KB187301

三國志

요시카와 에이지 평역

※ 일러두기

1. 이 작품은 나관중의 《삼국지연의》와 고난 분산湖南文山의 《통속삼국지》 등을 저본으로 삼아 저자가 나름대로 살을 덧붙이고 해설을 가미하여 평역한 것이다.

2. 삼국지 시대의 길이를 나타내는 척尺(자)과 무게를 나타내는 근斤은 현재의 도량형 기준과 다르다. 즉, 삼국지 시대의 1척(자)은 23.1센티미터이고 1근은 220그램이다. 이에 준해서 본문에 묘사된 등장인물의 신장과 사물의 높이, 깊이, 거리 그리고 무게를 가늠하는 것이 합당하리라 본다.

3. 본문의 날짜 표기는 모두 태음력을 기준으로 했다.

4. 본문 내 인물과 지명, 관직명의 한자 병기는 처음 나올 때만 하는 것을 기준으로 했고, 자주 등장하지 않는 인물과 지명, 관직명은 그때그때 병기했다. 또 한자를 병기했을 때 뜻이 명확해지는 단어나 동음이의어에도 그 뜻을 분명히 전달하기 위해 병기했다.

5. 본문 내 연도 표기는 나라별 연호와 연도를 먼저 표기하고 ( ) 안에 서기 연도를 표기하여 독자들의 이해를 도왔다.

6. 본문에 나오는 한자성어와 관직명은 ( )를 붙여 그 뜻을 간략히 설명하였으나 독자들의 이해를 돕기 위해 1권 끝에 부록을 마련하여 본문 내의 부족한 설명을 보충했다.

三國志

5

출사

·

오장원

잇북
it BOOK

차례

九 출사

十 오장원 五丈原

여록

삼국지 지도

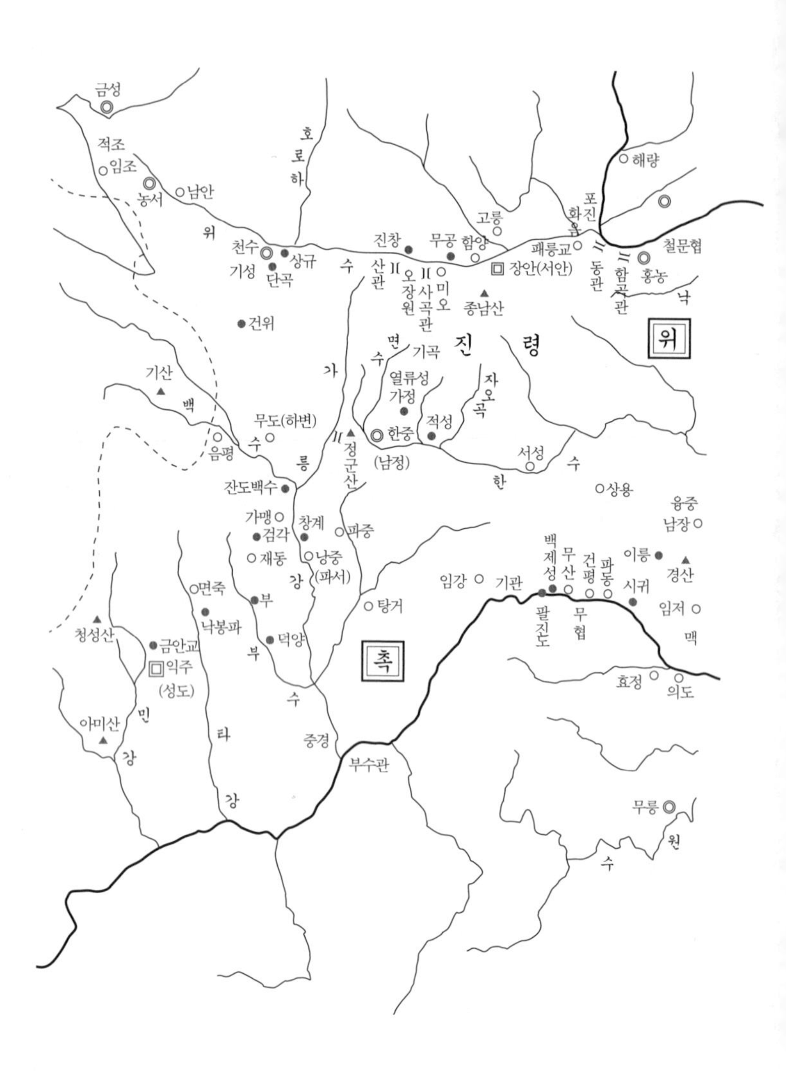
금성
적조
임조
농서
남안
호로하
위
천수
상규
기성
단곡
위수
진창
무공
함양
고릉
패릉교
포진
화음
해량
철문협
홍농
동관
함곡관
낙
장안(서안)
산관
오장원
사곡관
미오
종남산
건위
위
면수
기곡
진령
가릉
열류성
가정
자오곡
기산
백수
무도(하변)
한중
(남정)
적성
음평
정군산
서성
한수
상용
잔도백수
가맹
창계
검각
파중
재동
낭중
(파서)
강
용중
남장
이릉
경산
백제성
무산
건평
파동
임강
기관
시귀
임저
맥
팔진도
무협
면죽
부
탕거
낙봉파
덕양
청성산
금안교
익주
(성도)
촉
부수
효정
의도
아미산
민강
타강
중경
부수관
무릉
원수

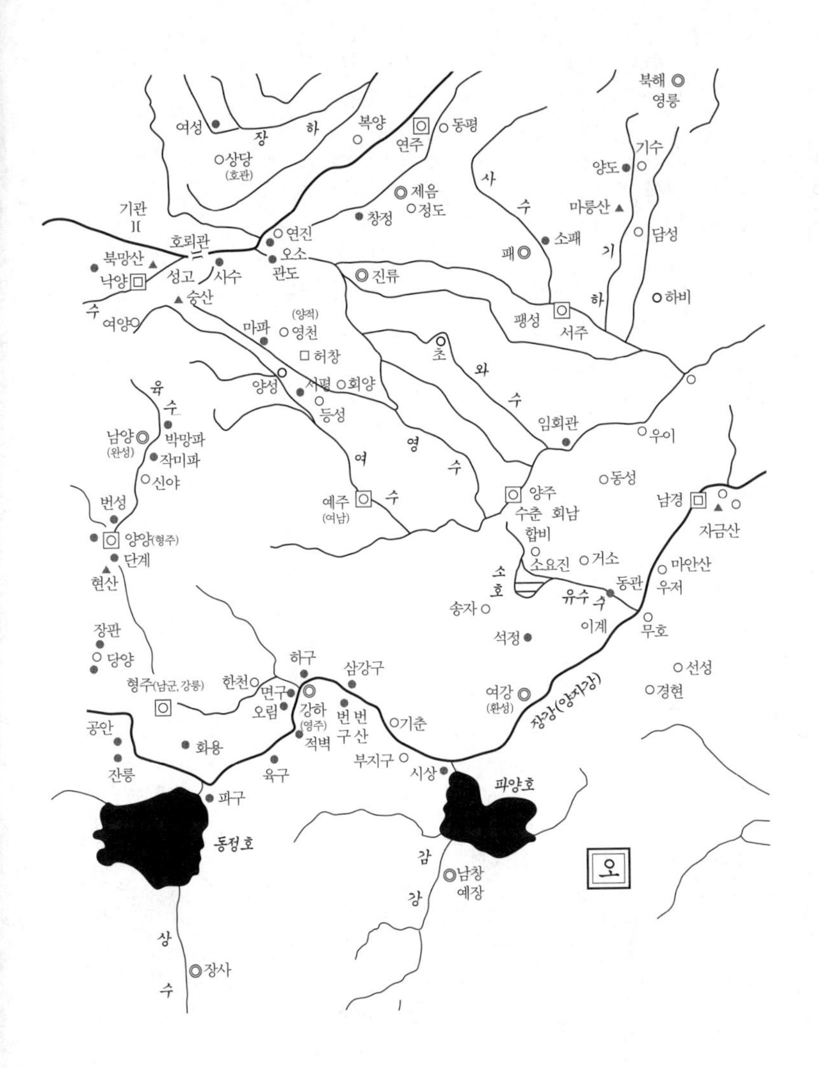

북해
영릉
여성
장
하
복양
연주
동평
상당
(호관)
기수
양도
사
제음
정도
창정
수
마릉산
기관
연진
소패
담성
호뢰관
북망산
오소
패
기
낙양
성고
사수
관도
진류
하
하비
숭산
수
여양
(양적)
영천
마파
팽성
서주
허창
초
와
양성
서평
회양
육
수
등성
수
임회관
남양
(완성)
박망파
작미파
우이
영
여
수
신야
동성
번성
예주
(여남)
수
양주
수춘
회남
남경
양양(형주)
합비
자금산
단계
소요진
거소
마안산
현산
소
호
동관
우저
유수
수
송자
장판
이계
무호
석정
당양
하구
삼강구
선성
형주(남군, 강릉)
한천
면구
강하
(영주)
여강
(환성)
경현
장강(양자강)
오림
번
구
번
산
기춘
공안
화용
적벽
부지구
육구
시상
잔릉
파구
파양호
동정호
감
남창
예장
오
강
상
장사
수

九 출사

出師

뼈를 깎다

||| 一 |||

아직 적과 아군 모두 눈치채지 못한 듯했지만 번성樊城 점령 일보 직전에 관우 군 내부에서는 미묘한 변화가 일어나고 있었다. 위魏나라 본토에서 급파한 칠군七軍을 격파하는 한편, 번성의 턱밑까지 육박해서 그 남은 수명을 완벽하게 틀어쥐며 승리를 눈앞에 두고도 무슨 일인지 지금까지 관우 군이 보여준 파죽지세가 조금은 무뎌진 듯했다. 그 이유를 아는 사람은 관평을 비롯한 극소수의 막료밖에 없었다. 지금도 관평과 왕보 등의 장수들이 머리를 맞대고 의논하고 있었다.

"……전군의 생사와 관련된 문제이니 소홀히 할 수 없소."

"한때의 분함은 참고 일단 군을 형주로 돌려 만전을 기한 후 다시 오는 것이 좋을 듯합니다."

"참으로 상황이 곤란하게 됐소."

침통하게 의견을 주고받고 있었다.

그때 참모 한 명이 급히 달려와 전했다.

"관우 장군의 명령입니다. '내일 새벽부터 총공격을 개시하여 무슨 일이 있어도 내일 중으로 번성을 점령하라. 나도 출진할 것이다. 각 진영에도 전달하고 소홀함이 없도록 하라.'라고 말씀하셨습니다."

"뭐, 총공격을 개시하고 전장에 나가신다고?"

사람들은 놀라서 서로 얼굴을 마주 보았다. 그리고 큰일이라는 듯이 일동은 진중의 후미진 곳에 있는 방으로 가서 조심스럽게 장막 안을 들여다보았다.

"오늘 기분은 어떠십니까?"

관우는 자리에 앉아 있었다. 뼈가 드러날 정도로 살이 빠졌고 눈 가장자리는 피로로 기미가 끼어 있었으나 목소리는 평소와 전혀 다르지 않았다.

"별일 없네. 다들 모여서 무슨 일인가?"

"다들 장군의 성치 않은 몸을 걱정하고 있던 차에 장군의 명령을 받고 찾아뵈었습니다. 좀 더 요양하신 후에 위군을 공격하는 것이 어떻겠습니까?"

"하하하하. 화살에 맞은 상처를 걱정하는 건가? 걱정 말게. 나 관우가 이 정도의 상처에 어찌 꺾이겠나? 또 어찌 천하 대사를 그만둘 수 있겠나? 내일 진두에 서서 번성을 단번에 짓밟아버리겠네."

왕보가 가까이 다가가 말했다.

"건강한 모습을 뵈오니 저희도 마음이 든든합니다. 그러나 아무리 영걸이라 해도 병에는 이길 수 없습니다. 근래의 용태를 헤아리건대 아침저녁으로 식욕도 없으시고 얼굴색도 좋지 못하며 특히 주무실 때의 신음 소리를 들으니 고통이 여전히 심한 듯합니다. 촉의 유일무이한 분이시기도 하고 장래를 위해서도 일단 형주로 돌아가 충분히 요양하시기를 청합니다. ……지금 대장군의 신상에 만일의 일이라도 생긴다면 형주뿐만 아니라 촉 전체에 있어서도 큰 손실이 될 것입니다."

"……."

아무 말 없이 듣고 있던 관우는 천천히 앉은 자세를 바꾸며 왕보의 말을 부정했다.

"이보게 왕보, 그리고 관평을 비롯해 다른 이들도 쓸데없는 걱정은 하지 않아도 되네. 내 목숨은 이미 촉에 바쳤네. 무인의 목숨은 하늘만이 아는 법. 번성 하나 취하지 못하고 형주로 돌아간다면 나의 무장으로서의 이름뿐만 아니라 촉의 국위에도 영향이 미치지 않겠나? 화살 한 발에 입은 상처 따위는 아무것도 아니네. 전장에 서면 열 발, 백 발을 맞기도 하지 않나? 아무 소리 말고 내 명령에 따르도록 하게."

사람들은 한마디도 못하고 물러 나왔으나 근심은 더욱 깊어졌다. 그날 밤 관우는 또 고열로 밤새 끙끙 앓았다. 방덕이 쏜 화살에 맞은 팔뚝의 상처 때문이었다. 그 화살촉에 죽은 방덕의 일념이 담겨 있는 듯했다.

총공격도 그 때문에 어쩔 수 없이 중단되었다.

왕보와 관평은 사방으로 사람을 보내 명의를 수소문했다.

그때 오나라 쪽에서 떠돌이 의원이 동자 한 명과 함께 작은 배를 타고 찾아왔다. 패국沛國 초군譙郡 사람으로 화타華陀라는 의원이었다.

||| 二 |||

강기슭을 감시하는 한 장수가 화타를 데리고 관평에게 왔다.

"이 떠돌이 의원은 오나라에서 왔다고 합니다만, 얼마 전부터 각 주에 사람을 보내 의원을 찾고 있다는 말을 듣고 도움이 될까 싶어 데리고 왔습니다."

관평은 기뻐하며 자신의 막사로 맞아들인 뒤 우선 정중하게 물었다.

"선생의 존함은?"

"화타, 자는 원화元化라 하오."

"오군 대장 주태周泰의 상처를 치료해주었다는 명의시군요."

"평소 존경하는 천하의 의사義士가 지금 독화살을 맞고 괴로워한다는 소식을 듣고 멀리서 배를 저어 달려왔소."

"아버님은 촉의 대장군이십니다. 선생은 오나라의 의원이신데 무슨 연유로 멀리서 찾아오셨습니까?"

"의원에게는 국경이 없습니다. 단지 인仁을 따를 뿐이지요."

"오오, 그렇다면 즉시 아버님의 상처를 봐주십시오."

화타를 데리고 그는 관우의 막사로 갔다. 때마침 관우는 마량을 상대로 바둑을 두고 있었다. 고열로 인해 입안은 바짝 말랐고 상처의 심한 통증으로 때때로 온몸을 부르르 떨 지경이었지만, 강한 정신력으로 버티며 다른 사람들이 아무렇지도 않게 볼 정도로 태연히 바둑을 두고 있었다.

"아버님, 오나라의 명의 화타 선생이 찾아오셨습니다. 한번 상처를 보이심이 어떻겠습니까?"

"음, 음. ……기다려라, 기다려. 마량, 내 차례인가?"

웃옷을 한쪽만 벗은 관우는 상처가 난 팔뚝을 의원의 손에 맡기고 여전히 오른손으로는 바둑을 두었다.

"어떤가, 마량. 묘수가 아닌가?"

"웬걸요. 그 한 점은 이따 제가 먹을 것입니다."

두 사람은 모두 바둑에 열중하느라 화타의 얼굴조차 돌아보지 않았다. 그러나 화타는 관우의 옆에서 속옷의 소매를 걷어올리고 가만히 팔뚝의 상처를 보고 있었다.

주위에 있는 다른 신하들은 모두 눈이 휘둥그레졌다. 상처는 마치 잘 익은 모과 열매만큼 퉁퉁 부어 있었다. 화타는 탄식했다.

"오두烏頭라는 독약이 화살촉에 묻어 있었는데 그 맹독이 이미 골수까지 파고들었습니다. 조금만 더 방치해두었다면 한쪽 팔을 쓸 수 없게 되었을 것입니다."

관우는 비로소 화타의 얼굴을 돌아보면서 물었다.

"지금이라면 고칠 방법이 있겠나?"

화타는 자신 있게 말했다.

"방법은 있습니다만, 장군께서 두려워하지 않을까 걱정입니다."

"하하하하. 죽음조차 두려워하지 않는 대장부가 어찌 의원의 손길을 두려워하겠나? 괘념치 말고 치료해주게."

관우는 한쪽 팔을 맡긴 채 다시 바둑을 두기에 여념이 없었다.

화타는 약 주머니에서 두 개의 쇠고리를 꺼내 하나는 기둥에 박고 또 하나는 관우의 팔에 끼워 밧줄로 묶을 준비를 했다. 관우는 이상히 여기며 물었다.

"화타라고 했나? 어쩔 생각인가?"

화타가 대답했다.

"의료용 칼로 살을 째고 팔뚝 뼈를 드러나게 하여 독으로 부식된 곳과 변색된 뼈를 깨끗이 깎아낼 것입니다. 이 수술로 기절하지 않은 환자는 없습니다. 아무리 장군이라도 고통에 날뛸 것입니다. 그래서 움직이지 못하도록 잠시 이렇게 묶어놓는 것입니다."

"뭔가 했더니 그 준비였나? 나는 괜찮으니 그냥 치료해주게."

관우는 쇠고리를 빼고 그냥 수술해달라고 청했다.

화타는 상처를 절개하기 시작했다. 아래 받쳐놓은 은쟁반에 피가 흘러넘쳤고 화타의 양손과 칼도 피투성이가 되었다. 그리고 팔뚝 뼈를 예리한 칼로 깎아내기 시작했다. 관우는 전과 다름없이 바둑판에서 눈을 떼지 않았으나 주위에 있는 관평과 근신들은 모두 파랗게 질렸고, 그중에는 견디지 못하고 뛰쳐나간 사람조차 있었다.

마침내 수술이 끝나자 술로 상처를 씻고 실로 꿰맸다. 화타의 이마에도 땀방울이 맺혀 있었다.

건업 회의

||| 一 |||

수술을 마치고 물러갔던 화타가 다음 날 관우의 용태를 살피러 왔다.

"장군, 어젯밤엔 어떠셨습니까?"

"어젯밤엔 푹 잤네. 아침에 눈을 떠보니 통증도 씻은 듯이 가셨더군. 선생이야말로 참으로 천하의 명의야."

"아니, 저도 지금까지 많은 환자를 겪어봤습니다만, 아직 장군과 같은 환자를 만난 적은 없습니다. 장군은 참으로 천하의 명환자이십니다."

"하하하, 명의와 명환자라. 그러니 병이 낫지 않을 리가 있겠나? 앞으로 섭생은 어떻게 하면 되겠나?"

"화를 내지 말아야 합니다. 노기를 터뜨리는 것은 절대 금물입니다."

"고맙네. 잘 지키겠네."

관우는 백금을 싸서 화타에게 건넸으나 화타는 받지 않았다.

"큰 의원은 나라를 고치고 어진 의원은 사람을 고칩니다. 저는 나라를 고칠 만한 능력은 없습니다. 그래서 하다못해 의인의 몸이라도 고쳐주고 싶어서 먼길을 마다 않고 여기까지 온 것입니다.

돈을 벌기 위해서 온 것이 아닙니다."

화타는 다시 작은 배를 타고 훌쩍 떠나버렸다.

그 무렵 위 왕궁을 중심으로 허도許都와 업도鄴都의 관가는 묘한 공포에 떨고 있었다.

연이은 파발은 모두 번천樊川 지방의 패전을 전했다. 칠군의 전멸, 방덕의 전사, 우금의 투항 등이 나라 안에 널리 퍼지자 백성들까지 동요하며 관우 군이 공격해오지 않을까 겁을 먹고 도망치는 이들조차 있었다.

위 왕궁에서는 오늘도 그 일로 회의가 열렸다. 이 회의에서도 관우를 두려워하는 사람들은 벌써 위 왕궁 천도설까지 주장했으나 사마의가 일어나서 그래서는 안 된다고 열변을 토했다.

"요컨대 이번의 대패는 위군이 약했기 때문이 아니라 관우가 홍수를 이용했기 때문입니다. 관우의 세력이 성장하는 것을 오의 손권은 탐탁지 않게 여기고 있습니다. 지금 오를 설득하여 관우의 뒤를 치라고 한다면 손권은 반드시 응할 것입니다."

사마의와 함께 승상부의 주부主簿로 있는 장제蔣濟도 통곡하며 말했다.

"나와 우금은 30년 지기였는데 이번 전투에서는 방덕보다도 못할 줄이야. ……지금 중달이 제시한 계책은 참으로 명안이니 한시라도 빨리 오에 급사를 파견하고 우리도 일치단결하여 이 치욕을 씻어야 합니다."

조조는 생각했다. 단지 말만 잘하는 자를 보내면 오나라가 움직이지 않을지도 모른다. 어디까지나 어려운 일은 위나라가 맡겠다는 사실을 분명히 한 후에 오나라를 설득하자고 했다.

이를 위해서 서황이 대장으로 선발되어 병사 5만을 이끌고 급히 행군하여 양릉파陽陵坡까지 진출했다.

"오가 호응하기로 결정되면 즉시 관우 군을 공격하라."

서황 군은 밀명을 받고 대기하며 때를 기다리고 있었다.

위의 급사는 오의 주도主都인 건업建業에 도착해서 바야흐로 오의 향배야말로 천하의 장래를 좌우하는 것이라 모든 외교적 수단을 동원하고 물밑 작업도 게을리 하지 않으며 길보가 전해지기를 기다렸다.

건업성 안에서 열린 평의는 좀처럼 결론이 나지 않았다. 오나라에도 중요한 기로였다. 그뿐만 아니라 오나라는 얼마 전부터 위나라가 어수선한 틈을 노려 강북의 서주徐州를 빼앗을 궁리를 하던 참이었다. 그러나 조조가 제시한 조건도 꽤 좋았다.

'관우를 공격하여 형주를 빼앗을까, 아니면 위의 요구를 거절하고 서주를 빼앗을까?'

두 가지 사이에서 망설이고 있었다.

이때 상류의 육구陸口를 수비하던 여몽呂蒙이 급거 귀국했다. 그는 시국이 급박하게 돌아가고 있는 것을 간파하고 헌책하기 위해 돌아왔다고 했다.

손권은 즉시 불러서 물었다.

"무슨 계책이 있다는 말이오?"

"지금이야말로 우리 오는 장강을 이용해 형주를 취해서 촉과 위와의 국경을 확실히 해두어야 합니다. 장강 상류의 험지를 국경으로 삼고 강마정병强馬精兵을 길러두면 서주쯤은 언제든 탈취할 기회가 있을 것입니다."

여몽은 굳은 필승의 신념을 품고 있는 듯 주장했다.

||| 二 |||

여몽의 발언은 회의 방침을 정하기에 충분한 힘이 있었다. 왜냐하면 그의 임지인 육구는 위 · 촉 · 오 삼국의 이해가 교차하는 요해 지역이었는데, 그는 그곳의 방위 사령이라는 중책을 맡고 있을 뿐만 아니라 지략과 재능도 단연 오에서 내로라하는 인물이었기 때문이다.

"큰 계책이 결정된 이상 현지의 일은 모두 그대의 생각에 맡기겠소. 상황에 맞춰 생각대로 처리하시오."

얼마 후 손권이 말했다. 즉, 최근의 대위對魏 문제도, 시국 방침도 결의된 것으로 보였다.

여몽은 다시 쾌속선을 타고 육구로 돌아갔다. 그리고 즉시 형주 방면으로 첩자를 보내 알아보니 생각지도 못한 대비가 되어 있는 것이 발견되었다.

20~30리의 간격으로 연안 곳곳에 봉화대가 설치되어 만약 오와의 접경에 변이 생기면 봉화를 올려 순식간에 형주 본성에 알려지게 된 것이다. 그리고 방어망도 완비되어 물샐틈없는 구조였다.

여몽은 관우가 예상 외로 조심성이 많다는 것을 알고 안 되겠다며 혀를 찼다. 그리고 그날부터 지병이 도졌다고 꾀병을 부리며 방 안에 틀어박혀서 아군까지도 철저하게 속였다.

육구의 병사들이 전혀 움직임을 보이지 않을 뿐만 아니라 여몽이 병에 걸려 일체 사람들에게 얼굴도 보이지 않는다는 소문에 건업에 있는 손권도 걱정했다.

"이 중요한 시국에?"

그는 초조한 나머지 오군吳郡의 육손陸遜을 불러 명했다.

"급히 육구로 가서 여몽의 용태를 보고 오라."

명령을 받은 육손은 "걱정할 것 없습니다. 아마도 여몽의 병은 꾀병일 것입니다."라고 말하고 나왔다. 그는 이미 여몽의 마음을 꿰뚫어 보고 있었다.

육구에 도착해서 보니 여몽은 병실에 누워 있었고, 조용한 진중에서 장졸들은 수심에 잠겨 있었다.

육손은 여몽을 만나자 놀리듯이 웃으며 말했다.

"장군. 이제 병상에서 일어나시지요. 병은 제가 즉시 고쳐드리겠습니다."

"육손, 그대는 아픈 사람을 놀리러 왔는가?"

"아니 주군의 명을 받고 장군을 진찰하러 왔습니다. 제가 재주가 없다고는 하나 얼마 전 장군께서 건업에 왔을 때 이미 그 마음을 간파했습니다. 이후, 육구로 돌아가시자마자 오후吳侯의 기대를 저버리고 갑자기 병이 난 것은 생각건대 형주의 방비가 장군의 예상과는 달랐기 때문이 아닙니까?"

여몽은 천천히 일어나 다급하게 주위를 둘러보았다.

"육손, 목소리를 낮추게. 누가 들으면 어쩌려고?"

"괜찮습니다. 병사들도 멀리 물러가게 했습니다. 형주의 관우는 한편으로는 번성과 싸우면서 오와의 접경에도 경계를 게을리하지 않고 있습니다. 아니, 오히려 평상시보다 수비 병력을 강화하고 있습니다. 그리고 이미 여러 곳에 봉화대를 세웠습니다. 여몽 각하의 병은 바로 거기에 있다고 생각합니다만 제 진찰이 틀렸습니까?"

"음…… 대단하군. 실은 말한 그대로네."

"그렇다면 더욱 병이 악화되었다고 하고 저와 함께 건업으로 돌아가시지요. 제가 환자를 데리러 온 모양새가 되니 딱 좋습니다."

"그리고? 그 후에는?"

"이미 각하께서도 짐작하고 계시겠지만 관우가 방심하지 않는 것은 각하와 같은 오에서도 최고라고 하는 장군이 이곳에 계시기 때문입니다. 병을 핑계로 각하께서 자리에서 물러나고 이름도 없는 장수와 교대한 후 오직 형주의 기세를 두려워하는 모습만 보이십시오. 그러면 관우의 마음도 점점 교만해져서 결국에는 이곳을 수비하는 병력을 번성 쪽으로 돌릴 것입니다. 그때가 바로 오가 진출할 때가 아니겠습니까?"

여몽과 육손

||| 一 |||

육손은 여몽보다 10여 세나 어렸다. 당시 오군吳郡의 한 지방에 사는 그의 명성은 낮았고 지위는 영관급 정도에 지나지 않았다. 그러나 그의 재능은 손권도 평소 아끼고 있었고, 여몽도 그를 높이 평가하며 장래에 대한 기대가 컸다.

두 사람을 태운 배가 다시 오의 건업으로 돌아갔다. 둘은 오후 손권을 만나 형주의 실상을 자세히 고했다. 또 여몽은 자신의 꾀병은 적을 속이기 위한 계책이었다고 말하고 괜한 걱정을 끼친 것을 사죄했다.

"육구의 수비 대장으로는 부디 다른 사람을 임명해주십시오. 소장이 있는 한 관우는 경계를 늦추지 않을 것입니다."

"계책이 있어서 지금 그대가 병을 핑계로 자리에서 물러나는 것은 상관없지만 육구가 우리에게는 중요한 땅이오. 그대 외에 대체 누구를 임명하면 좋겠소?"

"육손이 제격입니다. 그 외에는 적임자가 없습니다."

"육손을?"

손권은 난색을 표하며 말했다.

"예전에 주유는 오나라 제일의 요해는 육구라며 수비 대장으로 노숙을 천거했고 노숙은 그대를 추천했소. 이번이 세 번째에 해당하는 수비 대장이니 좀 더 인망재덕人望才德과 기략원모機略遠謀를 겸비한 인물을 추천해야 하지 않겠소?"

"그래서 육손을 추천하는 것입니다. 육손에게 부족한 것은 단지 지위와 명성, 나이뿐입니다. 그러나 그의 이름이 아직 내외에 알려지지 않은 점이 오히려 좋은 조건이라고 할 수 있습니다. 육손 이상으로 유능하고 명성이 있는 대장이 대신 간다면 관우를 속일 수 없을 것입니다."

손권과 여몽 사이에 이런 이야기가 오간 후 육손은 일약 편장군偏將軍 우도독右都督에 임명되어 즉시 육구로 부임하라는 명령을 받고 누구보다도 놀랐다.

"나이도 어리고 재능도 없는 저는 도저히 여몽 각하의 뒤를 이어 그런 큰 임무를 감당할 수 없습니다. 필시 임무를 완수하지 못하고 주군의 명을 욕되게 할 것입니다. 부디 다른 사람을 임명해 주십시오."

육손은 몇 번이나 사양했으나 손권은 아랑곳하지 않고 말 한 마리와 비단 두 필, 술과 안주를 내리며 어서 가라고 재촉했다.

육손은 어쩔 수 없이 육구로 갔다. 임지에 도착한 그는 예물과 편지를 관우의 진영에 보내 앞으로 잘 부탁한다는 인사를 했다.

육손이 보낸 사자를 앞에 두고 관우는 크게 웃었다.

"여몽이 병들어서 핏덩이 애송이한테 육구를 지키게 하다니, 때가 된 건가."

이후 형주 수비는 식은 죽 먹기라며 관우는 혼자서 기뻐하며 자꾸만 웃었다고 한다. 돌아온 사자에게 이런 이야기를 들은 육손도 관우와 마찬가지로 무척 기뻐했다.

"이제 됐다."

그 후 육손은 일부러 군무를 게을리하며 관우의 동정을 살피는 데만 열중했는데, 아니나다를까 관우는 팔뚝의 상처가 낫자마자 난공불락인 번성 점령에 열을 올리기 시작하더니 얼마 전부터 은밀히 육구 방면의 병력을 거두어 번성 쪽으로 조금씩 옮기는 모습이었다.

"때가 왔다."

육손은 그 상황을 즉시 건업에 보고했다.

손권은 보고를 받자마자 바로 여몽을 불러 명했다.

"때가 무르익었소. 육손과 협력하여 형주를 공격하시오. 즉시 출진하시오."

그리고 후진의 부장으로 자신의 아우인 손호孫皓를 특별히 딸려 보냈다.

3만 정병은 하룻밤 사이에 80여 척의 쾌속선과 군선에 올랐다. 참군하는 장수로는 한당韓当, 장흠蔣欽, 주연朱然, 반장潘璋, 주태周泰, 서성徐盛, 정봉丁奉 등 쟁쟁한 맹장들만이 선발되었다.

그중 열 척 정도는 상선으로 위장하고, 상인으로 변장한 자들이 짐을 산더미처럼 실은 후 돛을 높이 올리고 한나절 정도 강을 거슬러 올라갔다.

||| 二 |||

며칠 후 오의 위장 선단은 심양강潯陽江(구강)의 북쪽 기슭에 도착했다. 풍랑이 거세고 칠흑같이 어두운 밤이었으나 돛을 내리기

도 전에 한 무리의 병사들에게 곧 발각되었다.

"누구냐? 어디에서 온 배냐?"

즉시 배에서 내린 일곱 명의 대표자는 그대로 그들의 둔영屯營으로 끌려갔다.

파수병은 모두 관우 휘하의 병사들이었다. 이곳 상산象山에는 봉화대가 있고 형주까지 수백 리 사이에 같은 봉화대가 곳곳의 산봉우리에 있었다.

둔영은 봉화대가 있는 산 아래에 있었다. 일곱 명의 대표자는 엄중한 조사를 받았다. 물론 모두 오나라의 병사들이지만 그럴듯한 말로 꾸며댔다.

"저희는 매년 북쪽의 산물을 싣고 강을 남쪽으로 내려가 남쪽의 물자를 구해서 북쪽으로 올라갑니다. 즉, 저희는 계절에 따라 강을 오르내리는 장사치들입니다. 실은 늘 그래왔듯이 심양강의 맞은편 기슭에 가서 모레 열릴 장터에 물건을 팔 예정이었습니다만, 공교롭게도 거친 풍랑과 바람의 방향 때문에 맞은편 기슭에 배를 대지 못했습니다. 날이 새면 바람의 방향도 바뀔 테니 즉시 떠나겠습니다. 부디 자비를 베풀어주셔서 날이 밝을 때까지 이쪽 기슭에 머무는 것을 허락해주십시오."

번갈아 사정한 후 배에서 가지고 온 남방의 술과 진미를 뇌물로 바치자 병사들은 조사하는 태도를 갑자기 바꾸며 말했다.

"그렇다면 이번만 봐주겠다. 여기는 봉화대가 있는 요새이니 날이 밝으면 즉시 심양 쪽으로 배를 이동시켜라."

"네. 물론입니다."

일곱 사람은 모두 손을 모으고 말했다.

"감사한 말씀을 배에 있는 자들에게도 전하고 오겠습니다."

그중 한 사람이 강기슭으로 돌아갔다.

그리고 얼마 지나지 않아 그가 10여 명의 뱃사람을 더 데리고 왔다. 손에는 술 단지와 음식이 들려 있었다. 그는 배에 있는 자들을 대신하여 감사의 말을 한 후 이것들을 바치고 싶다고 했다.

"좋다. 받아두어라."

파수대의 대장은 먼저 받은 술을 마시고 이미 얼큰하게 취한 듯했다. 부하들도 곧 취하기 시작했다. 배에서 온 사람들이 노래를 부르고 춤을 추며 흥을 돋웠다.

그러는 중에 파수병 중 한 명이 "뭐지?"라며 귀를 기울였다.

"바람인가?"

"아니, 이상한데?"

밖으로 달려나가 봉화대 위를 올려다보았다. 거기서 와 하는 함성이 들려왔기 때문이다.

"앗, 적이다!"

절규했을 때는 이미 한 무리의 기마무사들이 그곳을 포위한 뒤였다. 별동대가 산 뒤로 기어올라 어느새 봉화대를 점령해버렸던 것이다.

날이 밝으니 어젯밤의 상선뿐만 아니라 80여 척의 병선이 강을 뒤덮고 있었다. 형주의 수비병은 모두 얼떨떨한 표정으로 생포되었다.

"놀라지 마라. 두려워하지 마라. 너희들의 목숨을 빼앗지는 않겠다. 오히려 너희들은 오늘 오후에 어떤 공적을 세우느냐에 따라 출세가 약속되어 있다."

상륙한 여몽이 포로들을 타일렀다. 그리고 금품을 주며 앞으로의 대우를 약속한 후 그중에서도 특히 확실하게 항복을 표시한 자들을 골라 말했다.

"다음 봉화대를 지키고 있는 대장을 설득하라. 설득에 성공해서 공을 세우는 자는 높이 쓰겠다."

이 계책은 차례차례 성공하여 여몽의 대군은 날마다 형주로 다가갔다. 그들은 적이 믿고 있던 '연결 봉화'를 무력하게 만들며 형주의 성시로 밀고 들어갔다.

여몽은 막대한 은상을 걸고 한 무리의 항복한 병사들을 성시로 보내 유언비어를 퍼뜨려 적을 교란시켰다.

또 다른 한 무리의 항복한 병사들이 형주성 아래에 와서 외쳤다.

"문 열어라. 큰일났다."

성안에 있는 자들은 아군을 보고 문을 열었다. 그러자 즉시 오군이 밀고 들어와 팔방에 불을 지르는 바람에 성안은 혼란의 도가니로 변하고 말았다.

삿갓

||| 一 |||

형주의 본성은 너무나 쉽게 함락되었다. 관우는 후방을 너무 경솔히 여겼다. 전장에만 힘을 쏟고 내정과 방어에서는 큰 실수를 한 것이다.

봉화대를 너무 의지한 것도 본성이 함락된 요인 중 하나였으나 특히 좋지 않았던 것은 성안을 수비할 인물이 없었다는 것이었다. 수비 대장 반준潘濬도 평범한 장수였고, 공안公安의 부사인傅士仁도 신중하지 못한 자였다.

어째서 고르고 골라 이런 평범한 장수들만 남기고 원정을 떠났을까? 관우는 번성 출진 전에 이 두 장수가 잘못을 저질렀기 때문에 군기를 바로잡기 위해 그 죄를 엄히 물어 징벌하는 대신 출진군에서 제외시킨 것이었다. 무사로서 전장에 나가지 못하고 남겨진다는 것은 벌을 받는 것보다 더한 불명예였기 때문이다.

그런데 반준이 진정한 무인이었다면 이런 불명예를 오히려 분발하는 계기로 삼았을 것이다. 그러나 반준과 부사인은 관우의 처사에 불만을 품고 관우 휘하에서는 출세하기 글렀다며 딴마음을 먹고 내정도 군무도 소홀히 하고 있을 때 어떤 예고도 없이 갑자기 오의 군사들이 공격해온 것이었다. 성이 함락된 것은 어찌 보면 당연한 결과였다.

하나, 함부로 사람을 죽이는 자.
하나, 함부로 물건을 훔치는 자.
하나, 함부로 유언비어를 퍼뜨리는 자.
이 중에서 하나라도 범하는 자는 참수형에 처함.

오군 대도독 여몽

점령 직후 아직 오후 손권이 입성하기도 전에 벌써 마을마다 이런 방이 붙자 백성들은 모두 오에 귀순했다.

형주성에 있던 관우의 일족이 여몽의 지시에 따라 정중히 다른 저택으로 옮겨져 부족함 없이 오군의 보호를 받는 것을 본 형주 사람들은 여몽에게 고마워하며 그의 이름을 입에서 입으로 전했다.

여몽은 날마다 대여섯 명의 부하들을 이끌고 몸소 전후의 민정民情을 살피며 말을 타고 돌아다녔다. 하루는 도중에 갑자기 소나기가 내렸다. 비에 젖으면서도 여전히 순시를 계속하고 있는데 맞은편에서 한 병사가 백성이 쓰고 있는 삿갓을 빼앗아 투구 위에 쓰고 쏜살같이 뛰어오는 것을 보았다.

"잡아라. 저 병사를 잡아오너라."

여몽은 채찍을 들어 가리켰다.

두 명의 기마무사가 빗속을 달려 즉시 그 병사를 잡아왔다. 그 병사는 여몽도 잘 알고 있는 같은 고향 사람이었다.

그러나 여몽은 그를 노려보며 말했다.

"나는 평소 동향, 동성同姓인 사람은 죽이지 않겠다고 맹세했지만, 그것은 사적인 일로 공적인 맹세가 아니다. 너는 이 소나기를 만나자 백성의 삿갓을 빼앗았다. 높이 내건 방문 중 하나를 어긴 이상 비록 같은 고향 사람이라 해도 법을 어길 수는 없다. 목을 베어 거리에 걸겠으니 각오해라."

병사는 기겁하며 놀라 빗속에서 여몽 앞에 엎드려 애원했다.

"목숨만은 살려주십시오. 우발적인 실수였습니다. 삿갓 하나쯤은 괜찮겠지 싶은 마음에 그만……."

그는 간곡히 호소했지만 여몽은 고개를 가로저을 뿐이었다.

"안 된다. 절대로 안 돼. 우발적인 실수라는 것은 알고 있다. 또 겨우 삿갓 하나에 지나지 않는 것도 안다. 그러나 용서할 수 없다. 그것이 법의 엄정함이라는 것이다."

그 병사의 목과 삿갓이 거리에 내걸렸다. 백성들은 소문을 전해 듣고 참으로 공평한 대장이라며 칭송이 자자했다. 오나라 병사들은 두려워 떨며 길에 떨어진 물건 하나조차 줍지 않았다.

강 위에서 대기하고 있던 오후 손권은 장수들을 이끌고 입성했다. 그리고 즉시 항복한 적장 반준을 만나 그의 청을 받아들여 오군에 편입하고 옥에 있는 위군 장수 우금을 꺼내 목에 채운 칼을 풀어주며 말했다.

"오나라에 봉사하라."

형주의 변모

||| 一 |||

오나라는 큰 숙원 중 하나를 이루었다. 형주를 오나라의 영토로 편입한 것은 유표가 죽은 이래 오랜 바람이었다. 손권의 기쁨, 오군 전체의 득의양양함은 가히 짐작할 수 있을 것이다.

육구의 육손도 이윽고 축하하기 위해 왔다. 모두가 모인 자리에서 여몽이 육손에게 물었다.

"형주의 중심부는 이미 점령했지만 이것으로 형주 전체를 우리 수중에 넣었다고는 할 수 없네. 공안에는 여전히 부사인이 건재하고 남군南郡에는 미방糜芳의 일군이 지키고 있는데 그들을 칠 좋은 계책이 없겠나?"

그러자 옆에 있던 사람이 일어서더니 "그 건이라면 무력을 쓸 필요가 없습니다."라고 호언장담했다.

그는 회계會稽 여요餘姚 사람 우번虞翻이었다. 그를 보고 손권이 빙그레 웃으며 말했다.

"우번, 무슨 계책이 있나? 말해보게."

우번이 인사를 올리고 말했다.

"저와 부사인은 어린 시절부터 친구였습니다. 제가 말하는 이해득실에는 그도 귀를 기울일 것입니다. 그 때문에 공안의 무혈 점령을 믿어 의심치 않습니다."

"재미있군. 가서 설득해보게."

손권은 그에게 500여 명의 기병을 내주었다. 우번은 자신에 차서 공안으로 향했다. 사실 그는 부사인의 평소 됨됨이를 잘 알고 있었기 때문에 이번 일의 성공을 확신하고 있었다.

한편 부사인은 요즘 전전긍긍이었다. 해자를 깊이 파고 성문을 닫고 첩자들을 푸는 등 무척 예민한 모습이었다.

그때 친구 우번이 500여 기의 기병을 이끌고 온다는 소식을 듣고는 의심암귀疑心暗鬼에 사로잡혀 성안에서 숨을 죽이고 있었다. 우번은 성문 아래까지 가서 쪽지를 화살에 매달아 성안으로 쏘았다.

"뭐, 화살에 매단 쪽지가 도착했다고? ……어디, 뭐라고 쓰여 있나 보자."

부사인은 그것을 펴서 우번의 글을 읽어내려갔다. 몇 번이나 반복해서 읽었지만, 딱히 의심할 만한 구절은 없었다.

'그래, 비록 이곳을 끝까지 지켜낸다고 해도 어차피 관우가 돌아오면 전쟁 전의 죄를 물어 죄와 공이 상쇄되겠지. 만약 오군에 포위당하고 관우의 원군이 제때 도착하지 않는다면 완전히 자멸할 수밖에 없을 거고. 우번의 말은 나를 진심으로 생각해주는 말임이 틀림없다.'

그는 달려나가서 병졸에게 문을 열게 했다. 그리고 우번을 맞아들였다.

"만나고 싶었네."

그는 우선 옛정을 나눈 다음 잘 부탁한다며 일체를 맡겼다.

"내가 왔으니 안심하게."

우번은 그를 데리고 즉시 형주로 돌아갔다. 물론 손권은 매우 기뻐하며 우번에게 큰 상을 내리고 부사인에게는 관대하게 말했다.

"그대의 속내를 알았으니 결코 옛 신하들과 차별을 두지 않겠네. 돌아가서는 부하들을 잘 타일러서 오에 충성할 수 있도록 해주게. 그리고 전과 마찬가지로 공안의 수비 대장을 맡아주게."

은혜에 감사하며 부사인이 성을 나오려 할 때 여몽이 손권의 소매를 잡아당겼다.

"저자를 저대로 돌려보낼 생각이십니까?"

"지금에 와서 죽일 수도 없지 않소?"

"빈손으로 돌려보내는 것이야말로 모처럼 온 인간을 죽이는 것입니다. 어째서 그에게 사명을 주지 않습니까?"

여몽이 뭔가를 속삭이자 손권은 급히 신하를 보내 부사인을 다시 불러오게 했다.

그리고 다짜고짜 질문을 하나 던졌다.

"남군의 미방과는 친교가 있겠지? 당연히 어제까지 같은 편이었으니까."

"네. ……교분은 있습니다만."

"그럼, 우정으로 미방을 설득해보게. 만약 그를 설득하여 내 앞으로 데려오면 미방을 중용할 것이고, 그대에게는 은상을 내릴 것이네. 어떤가?"

"즉시 남군으로 가겠습니다."

부사인은 허겁지겁 돌아갔다. 손권은 여몽을 돌아보며 싱긋 웃었다.

||| 二 |||

'대단히 어려운 임무를 맡았구나.'

부사인은 걱정스러운 얼굴로 친구 우번에게 상의하러 갔다. 그리고 푸념 섞인 말투로 호소했다.

"지금 생각하니 자네 말을 들은 것이 큰 실수였네. 오후의 명령에 '어렵습니다. 미방을 설득하는 것은 무리입니다. 죄송합니다.'라고 했다면 즉시 내가 두마음을 품었다며 목을 베고 공안의 성을 거저 빼앗았을 것이네. ……미방은 촉에서도 다른 사람과 달리 유비가 처음 군사를 일으켰을 때부터의 숙장宿將이네. 나의 세 치 혀로 설득해봤자 순순히 항복할 리가 없어."

그러자 우번은 그의 소심함에 웃으며 등을 한 번 툭 쳤다.

"이보게. 마음을 단단히 먹어야지. 자네의 장래가 달린 문제가 아닌가. 아무리 미방이라고 해도 돌부처는 아닐 터. 그의 일족은 원래 호북湖北의 부유한 상인이었네. 우연히 무료한 재산가가 유비라는 풍운아의 사업에 흥미를 갖게 되어 은밀히 뒤에서 군자금을 댄 것을 인연으로 미축, 미방 형제 모두 유비의 휘하에 들어간 것이 그의 이력이 아닌가? 이것으로 헤아리건대 미방은 지금도 속으로 분명 이해득실을 따지고 있을 것이네. 명성도 목숨도 필요 없다고 하는 자는 손을 쓰기 어렵지만, 계산이 분명한 인간은 설득하기 쉽네. ……자, 신념을 가지고 이렇게 해보는 것이 어떻겠나?"

"무슨 묘안이 있나?"

"다시 말해서 이렇게 하는 것이네."

마침 거기에 있는 종잇조각 뒤에 우번은 무언가를 적었다. 부사인은 얼굴을 가까이 대고 눈으로 읽다가 갑자기 깨달은 듯한 표정을 지었다.

"앗, 그렇군. 과연."

크게 감탄하는가 싶더니 곧 용기를 얻은 듯한 모습으로 "그럼, 다녀오겠네."라고 말한 뒤 떠났다.

열 명 정도의 기병을 이끌고 그는 남도로 떠났다. 미방은 성을 나와 친구를 맞이했다. 그는 우선 관우의 소식을 묻고 형주성 함락을 한탄하며 슬픔의 눈물을 흘렸다.

"아니, 실은 그 일로 오늘은 자네에게 상의할 일이 있어서 왔네만."

"상의라니?"

"내가 충의를 모르는 바 아니네만 형주가 패한 이상 이젠 어찌해볼 도리가 없네. 쓸데없이 병사들을 죽게 하고 백성들을 괴롭게 하는 것보다는 낫겠다 싶어서 깊이 생각한 끝에 실은 이미 오에 항복을 맹세했네."

"뭐? 항복했다고?"

"자네도 깃발을 내리고 나와 함께 손권을 만나세. 손권은 아직 젊고 장래가 촉망되며 매우 훌륭한 명군으로 보이더군."

"부사인, 사람을 보고 말하게! 이 미방과 한중왕이 맺은 군신의 언약을 어찌 보고 하는 말인가?"

"……하지만."

"닥치게! 오랫동안 두터운 은혜를 입은 한중왕을 지금에 와서 배반할 내가 아니네."

그때 미방의 신하가 급히 고하러 왔다. 전장에 있는 관우가 보낸 사자라고 했다.

"들여보내라."

미방이 말했다. 사자가 와서는 화급한 일이니 말로 하겠다고 한 후 다음과 같은 관우의 명령을 전했다.

"'번천 지방의 대홍수로 인해 전황은 유리하게 전개됐지만, 군량은 말할 수 없이 부족해져서 전군의 피폐가 극에 달했다. 그러니 남군과 공안 두 지방에서 급히 군량미 10만 석을 조달하여 내 진영까지 수송하도록 하라. 만약 지체하면 성도成都에 보고하여 엄벌에 처하겠다.'는 명령입니다."

미방과 부사인은 얼굴을 마주 보았다. 참으로 무리한 주문이었다. 군량미 10만 석을 구하는 것도 곤란했고, 형주가 함락된 지금은 수송하는 것도 어려웠다.

'어쩌면 좋단 말인가?'

미방은 팔짱을 끼고 고개를 떨구었다. 변심한 부사인은 더 이상 상담 상대가 되지 못했고 관우의 명령을 거역하면 나중에 어떤 화를 당할지 모른다.

"윽!"

그때 갑자기 피 보라가 일며 사자가 쓰러졌다. 미방은 놀라 펄쩍 뛰었다. 부사인이 갑자기 검을 빼서 사자를 벤 것이다. 그 피가 묻은 검을 든 채 그는 미방을 다시 압박했다.

||| 三 |||

미방은 기절할 것처럼 창백해져서 부들부들 떨었으나 이윽고 입을 열었다.

"난폭하게 구는 것도 정도가 있다. 자네는 대체 무슨 이유로 관우가 보낸 사자를 베어 죽였는가……?"

부사인도 새파랗게 질린 얼굴로 말했다.

"자네의 결단을 촉구하기 위해서네. 또 우리의 목숨을 지키기 위해서야. 자네는 관우의 마음을 모르겠는가? 관우는 불가능한 것을 알면서도 무리한 명령을 내려 나중에 형주의 패인을 우리의 태만함으로 돌릴 검은 속셈이네. 미방! 우리 손권에게로 가세. 이대로 있다가 개죽음을 당하고 싶은가? 어서 성을 나가세!"

그는 검을 거두고 미방의 손을 잡아끌었다. 물론 이것은 우번이 가르쳐준 계책으로, 관우의 명령도 거짓이었고 그 사자도 가짜인 것은 말할 필요도 없다.

미방은 여전히 망설였다. 다소 의심이 들었기 때문이다. 그러나 이때 땅을 뒤흔드는 함성과 북소리가 들려왔다. 소스라치게 놀라 성벽 위로 달려가 보니 오의 대군이 이미 성을 포위하고 있었다.

"어째서 자네는 살고자 하지 않는가?"

부사인은 망연자실해 있는 미방의 팔을 잡고 억지로 성에서 나왔다. 그리고 우번을 통해 여몽을 만났다. 여몽은 또 미방을 데리고 손권에게로 갔다.

위나라의 도성으로 오나라의 특사가 정보를 가지고 왔다.

특사가 말했다.

"오나라는 이미 형주를 차지했습니다. 위나라는 어째서 이 기회에 관우를 공격하지 않는 것입니까?"

물론 조조도 이런 형세를 손 놓고 보고만 있었던 것은 아니다. 다만 오나라의 태도가 확실해질 때까지 기회를 엿보고 있었을 뿐이다.

"때가 되었다."

조조가 움직이기 시작했다. 대군을 이끌고 낙양의 남쪽으로 나갔다. 거기서 더 남쪽인 양릉파에는 이미 서황 군 5만이 적과 대치하고 있었다.

"위왕께서 몸소 출진하시어 이번에야말로 관우를 완전히 격파할 생각이시오. 며칠 안에 수십 리 더 전진해오실 것인데 서황 군이 우선 선봉에 서서 적군의 선봉에 일격을 가하시오."

전령이 서황의 진영에 와서 조조의 뜻을 전했다.

"알겠소."

서황은 즉시 서상徐商과 여건呂建 두 부대에 자신의 대장 깃발을 걸게 한 후 정공법을 취하게 하고, 자신은 500여 기의 기습부대를 편제하여 면수沔水의 물길을 따라 적의 중심부라고 볼 수 있는 언성偃城의 후방으로 우회했다.

마침 관우의 아들 관평은 언성에 주둔해 있었고, 부하인 요화는 사총四冢에 진을 치고 있었다. 그동안 그들은 광야의 기복을 이루는 곳에 12개소의 요새를 설치하고 한편으로는 번성을 포위하고 한편으로는 위의 원군에 대비했다.

"양릉파의 위군이 갑자기 움직이기 시작했습니다. 서황의 대장기를 휘날리며."

동요한 언성의 군사들이 보고했다. 관평은 만반의 준비를 하고 그들이 접근해오기를 기다렸다.

"서황이 직접 온다니 바라던 바다."

그는 정병 3,000명을 이끌고 성문을 나가 지리적 이점을 이용해 진을 친 후 북과 징을 울리고 군기를 휘날리며 기다렸다.

그러나 위의 대장기는 거짓이었다. 대장기 아래에서 달려나온 것은 서상과 여건이었다. 두 사람은 창을 들고 관평을 협공했다.

"돌려보내지 않겠다. 이 애송이야!"

그러나 관평의 용맹함은 서상을 쫓고 여건을 몰아붙여 오히려 그들을 당황하게 했다. 결국 도망가는 두 사람을 쫓고 쫓아 10여 리나 추격했다.

그때 전혀 예측하지 못한 방면에서 한 떼의 군마가 바람처럼 나타나 측면을 공격하더니 대장 한 명이 외쳤다.

"관평, 아직도 모르느냐? 형주는 이미 오의 손권에게 빼앗겼다. 너는 집 없는 패장의 아들놈. 무슨 목적으로 아직도 전장에서 우물쭈물하고 있느냐?"

그가 바로 진짜 서황이었다.

귀밀머리에 쌓인 눈

||| 一 |||

"뭐! 형주가 함락됐다고?"

관평은 맥이 빠져 서황을 내버려두고 급히 후퇴했다. 그는 혼란스러웠다.

'정말일까? 설마.'

언성 근처까지 달려왔을 때 무슨 일인지 성에서 뭉게뭉게 검은 연기가 피어오르고 있었다. 그리고 불꽃 속에서 거미 새끼처럼 도망쳐 나오는 아군 병사들에게 무슨 일인지 물으니 이런 대답이 돌아왔다.

"서황의 병사들이 어느 틈에 성의 뒷문으로 돌아서 쳐들어왔습니다."

"그렇다면 오늘 전투는 그의 계략에 걸려든 아군의 졸전拙戰이었단 말인가."

발을 동동 구르며 분해했지만 이미 때는 늦었다. 관평은 사총으로 말을 달렸다.

요화는 그가 진중으로 들어오자마자 물었다.

"오늘 여기저기서 형주가 함락되었다, 형주가 오군에 점령되었다는 소리가 들리고 있습니다만, 장군도 들었습니까?"

관평은 검을 빼 들고 아군들 가운데 서서 요화에게 할 대답을 전군을 향해 했다.

"유언비어가 퍼진 것은 모두 적이 아군의 전의를 꺾기 위한 계책일 뿐이다. 함부로 유언비어를 퍼뜨리고 거기에 관심을 갖는 자는 목을 치겠다."

며칠 동안은 오직 수비에만 치중하면서 부근의 요해와 적정敵情을 살폈다. 사총은 앞에 면수가 흐르고 중요한 길목에는 방벽을 둘러쳤으며 성 뒤쪽에는 골짜기와 산, 울창한 숲이 있어 새도 날기 어려운 지형이었다.

"지금 서황은 승기를 타고 급하게 전진하여 맞은편 산까지 와 있다는 정탐군의 보고요. 생각건대 적이 진을 친 저 민둥산은 지형적으로 불리하고 반대로 우리 진지는 견고하기 그지없으니 소수의 병력으로도 지킬 수 있을 것이오. 우선 그대와 내가 은밀히 나가 야습을 감행하는 것이 어떻겠소?"

언성을 잃은 관평은 그것을 설욕하기 위해 조바심을 내는 듯했다. 결국 요화를 설득해 본거지를 나왔다. 물론 병사들은 최정예로 뽑았다.

황야의 언덕 하나에 하나의 병영이 있었다. 즉 최전선 부대였다. 이런 소규모 부대가 옆으로 길게 이어져서 열두 군데나 되었다.

이 전선이 적에게 돌파당하면 큰일이었다. 한 군데가 돌파당하면 12개 부대의 연결이 끊기기 때문이다. 관평의 혈기에 따라 요화가 움직인 것도 요컨대 그 중요성 때문이었다.

"오늘 밤, 적이 있는 민둥산에는 내가 공격해 올라가겠소. 그대는 이 전선을 지키다가 적이 흐트러지면 열두 진이 하나가 되어 적을 포위하고 사방으로 도망치는 적을 몰살시키시오."

관평은 요화를 남겨두고 깊은 밤 민둥산을 급습했다.

그러나 산 위에는 깃발들만 즐비할 뿐 사람이 없었다.

"아뿔싸!"

급히 퇴각하려는데 사방의 굴과 바위 뒤, 산 뒤쪽 등에서 일제히 땅이 갈라지는 듯한 함성이 밀려왔다.

여건과 서상 두 장수가 관평을 쫓아오며 말했다.

"관우의 아들놈아, 네놈의 아비는 너에게 달아나는 것만 가르쳐 주더냐?"

산을 벗어나 들로 나와도 위군은 늘어나기만 했다. 풀들이 모두 위군으로 변해 관평을 쫓는 것 같았다.

요화가 지키는 전선도 이 노도처럼 밀려오는 위군을 막지 못하고 순식간에 붕괴되어버렸다. 아니, 그뿐만이 아니라 사총의 진영에서도 화염이 활활 치솟으며 밤하늘을 태우고 있었다. 간신히 면수의 강변까지 나오니 맨 앞에 서황이 말을 타고 서서 섬멸전을 펼치고 있었다.

"한 놈도 놓치지 마라."

이제는 만회할 여지도 없었다. 완벽한 패배였다. 관평과 요화는 어쩔 수 없이 번성으로 달아났다. 그리고 관우 앞에 나아가 주먹으로 눈물을 훔치며 말했다.

"면목 없습니다."

"전장에서 패배는 늘 있는 일이다."

관우는 꾸짖지 않았다. 그러나 관평이 형주 방면의 소문을 전하자 "바보 같은 소리!"라며 호통쳤다.

"육구의 대장은 아직 꼬맹이다. 게다가 봉화대를 설치하여 대비하고 있고 형주 수비는 태산처럼 안전하거늘 너마저 적의 유언비어에 넘어가서야 되겠느냐!"

||| 二 |||

조조의 중군과 서황의 선봉은 그야말로 거침없이 진격했다. 산야에 가득한 수십만의 대군이 관우의 진영을 향해 물밀 듯이 밀려가고 있었다.

"왔느냐! 서황."

관우의 왼쪽 팔뚝의 상처는 아물었으나 그 손으로 청룡언월도를 잡은 것은 참으로 오랜만이었다.

"서황은 피하십시오."

관평이 충고했으나 관우는 무슨 소리를 하냐며 긴 수염을 옆으로 흔들었다.

"서황은 옛 친구다. 한마디 알아듣도록 타이른 후 내가 아직 늙지 않았다는 걸 보여줘야 해."

드디어 양군이 맞서게 된 날, 관우는 말을 타고 나가 서황을 만났다. 서황은 뒤에 약 스무 명의 맹장을 거느리고 있었다.

말 위에서 고개 숙여 인사한 후 서황이 입을 열었다.

"헤어진 지 벌써 수년. 장군의 귀밑머리가 어느새 눈처럼 하얗게 변했군요. 제가 젊었을 때 친히 가르침을 받았던 것을 지금도 잊지 않고 있습니다. 오늘 얼굴을 뵙게 되어 참으로 감개무량하고 기쁘기 그지없습니다."

"오오, 서황. 자네도 근래 이름이 높아져서 나도 속으로 경하하고 있었네. 그건 그렇고 어째서 내 아들 관평에게는 그리도 가혹하게 굴었나? 예전의 친분을 잊지 않았다면 다른 사람에게 공을 양보하는 한이 있더라도 본인은 후진에 있었어야 하지 않았나?"

"그렇지 않습니다. 장군, 벌써 잊으셨습니까? 소년 시절 장군께서 저에게 가르친 말씀을. '대의를 위해서는 부모도 버려야 한다.'고 하지 않았습니까? 제장은 들어라. 저 백발이 성성한 머리를 가지고 오는 자에게는 큰 상을 내리겠다!"

호령과 동시에 뒤에 있는 맹장들과 함께 서황도 도끼를 휘두르며 관우에게 덤벼들었다.

나는 늙지 않았다! 나는 늙지 않았다! 관우는 자신을 질타하며 쉴 새 없이 청룡도를 휘둘렀다.

그러나 팔뚝의 상처가 완전히 나은 것도 아니고 나이도 있는 데다 병석에 누워 있던 몸이다. 위태위태해서 보고 있을 수가 없었다. 특히 아버지를 생각하는 관평은 더욱 그러했다. 관평은 즉시 퇴각의 징을 울리고 병사들을 거두었다.

그런데 이 퇴각의 징이 불행의 전조였다. 같은 시각 오랫동안 농성 중인 번성의 병사들이 문을 열고 나왔다. 이들은 죽을 각오를 하고 나온 병사들이었기 때문에 포위망을 쉽게 돌파했다. 거기에 있던 관우 군은 양강襄江의 기슭으로 우르르 쫓겨갔다.

이 두 방면의 패배로 관우 군은 전체적으로 균열을 일으키더니 밤이 되자 속속 양강의 상류를 향해 패주하기 시작했다.

위의 대군이 곳곳에서 튀어나와 패주하는 병사들을 공격했다. 특히 여상 부대의 기습으로 강에 빠져 죽은 자의 수가 얼마인지 모를 정도였다.

간신히 강을 건너 양양으로 들어가 아군을 돌아보니 말도 안 되게 줄어든 병력과 참혹한 몰골에 천하의 관우도 눈물을 흘리지 않을 수 없었다.

그뿐만 아니라 이곳에 도착하여 비로소 형주가 함락됐다는 소문이 적이 퍼뜨린 유언비어가 아니라는 것을 알았다. 자신의 일족과 처자식이 여몽의 보호를 받고 있다는 소식을 듣고 관우는 분해하며 길게 탄식했다. 그리고 하늘을 올려다본 채 한동안 아무 말이 없었다.

이윽고 위군이 강 위에서 시외에 걸쳐 속속 몰려오고 있었기 때문에 양양에도 오래 머무를 수 없었다. 어쩔 수 없이 이번엔 공안성으로 가고 있는데 도중에 아군 장수 중 한 명이 허겁지겁 도망쳐 와서 보고했다.

"공안도 부사인이 성을 열어 오군에 넘겨주었고, 남군의 미방도 그의 설득으로 손권에게 항복했습니다."

"아아, 이게 어떻게 된 일인가."

이를 악문 관우의 분노는 하늘을 찔렀다. 그런데 눈을 부릅뜨고 한쪽을 노려보고 있던 그가 갑자기 말갈기 위로 엎어졌다.

팔뚝의 상처가 터진 것이었다.

사람들이 그를 안아 내려 응급 처치를 했다. 관우는 자신의 어리석음을 후회하며 여몽의 계책과 봉화대의 변고를 듣고는 갑옷 소매에 얼굴을 묻고 소리 내어 엉엉 울었다.

"나의 불찰로 어린놈의 계책에 걸렸구나. 무슨 면목으로 살아서 형님의 얼굴을 본단 말인가."

한편 번성을 나와 하룻밤 사이에 공격과 수비가 바뀌어 이제는 추격군이 된 조인은 신하인 사마 조엄趙嚴에게 충고를 들었다.

"이 이상 관우를 궁지에 모는 것은 어리석은 짓입니다. 오나라에 화근을 남겨두기 위해서는 관우를 살려두는 것이 좋습니다."

조인도 그의 말에 수긍하고 병사들을 거두어 조조가 있는 중군으로 돌아갔다.

조조는 서황을 이번 전투의 최고 훈공자라고 칭찬하며 평남장군平南將軍에 봉하고 양양의 수비를 맡겼다.

달이 지는 맥성

||| 一 |||

나아가려고 하니 앞에는 형주의 오군이 있고, 물러서려 하니 뒤에는 위의 대군이 득시글거렸다.

패군이 도망치는 벌판에는 폐부를 끊는 슬픈 바람뿐이었다.

"대장군. 시험삼아 여몽에게 한번 서신을 보내보는 것이 어떻겠습니까? 여몽이 육구에 있었을 때는 자주 그가 밀서를 보내 때가 오면 제휴하여 오를 치고 위를 멸망시키자고 문경지교刎頸之交를 청해오지 않았습니까? 지금도 그 생각을 깊이 간직하고 있을지도 모릅니다……."

부하인 조루趙累가 권했다.

"그렇게라도 해볼까?"

칠흑같은 어둠 속에서 한 점 불빛이라도 찾고 싶은 심정이었다.

관우는 편지를 썼다.

사자가 편지를 들고 형주로 갔다. 이 소식을 듣고 여몽은 일부러 성 밖까지 맞이하러 나와 말 머리를 나란히 하고 몸소 안내했다.

"관우 장군의 사자가 왔대. 관우 님의 가신이라면 번천樊川에 종군한 우리 자식들의 소식도 알겠지?"

사자가 왔다는 소식을 전해 들은 형주의 백성들은 저마다 자신의 아들과 남편, 아버지, 동생, 숙부, 조카는 살아 있는지 죽었는지 소식을 알려달라며 사자의 주위로 몰려들었다.

"돌아갈 때, 돌아갈 때 알려드리리다."

사자는 백성들을 타이른 후 겨우 성안으로 들어갔다. 여몽은 편지를 보고 말했다.

"관우 장군의 입장은 충분히 이해합니다. 또 옛정도 잊지 않았소. 그러나 교제는 사사로운 것. 지금의 일은 국가의 명령이오. 건강에 유의하시라고나 전해주시오."

사자를 융숭히 대접하고 선물로는 금과 비단을 들려 정중하게 성문까지 배웅했다.

돌아가는 사자의 모습을 보고 형주의 백성들은 미리 써두었던 편지와 위문품을 가지고 나와 사자에게 전하며 말했다.

"이것을 우리 아들에게 전해주시고, 이것은 남편에게."

그리고 또 저마다 말했다.

"우리는 모두 여몽 님의 어진 정치 덕분에 이전보다 더 따뜻한 옷을 입고 있습니다. 여몽 님께서는 병자에게 약을 주시고 어려움을 당한 자를 도와주셔서 아무 걱정 없이 지내고 있으니 이 소식도 우리 아들과 남편에게 전해주십시오."

사자는 괴로웠다. 귀를 막고 도망가고 싶었다.

이윽고 고요하고 쓸쓸한 황야에 자리잡은 진영으로 돌아와서 관우에게 사실대로 고하자 관우는 장탄식을 하며 말했다.

"아아, 나는 도저히 여몽의 계책에는 미치지 못하는구나. 지금 생각하니 모든 것이 여몽의 계략이었다. 형주의 백성들을 그렇게까지 순종케 하다니 참으로 무서운 인물이구나……."

그리고 입을 다문 채 아무 말도 하지 않았다. 단지 눈에 눈물이 한 방울 맺혀 반짝일 뿐이었다.

야영지에서는 오래 머무를 수 없다. 큰비라도 내리면 즉각 주위 일대는 늪이 되고 강이 된다. 이렇게 된 이상 죽을 각오로 형주까지 돌진하자. 여몽과 일전을 겨루는 것도 나쁘지 않을 것이다.

관우는 명령을 내리고 내일은 진을 거두고 떠나기로 결정했다. 그런데 날이 밝고 보니 대부분의 병사가 어느 틈에 달아나고 남은 자는 얼마 되지 않았다.

'아아, 낭패로다. 이렇게 될 줄 알았다면 형주의 백성들이 부탁한 편지나 물품, 전언 등을 병사들에게 전하지 말 것을.'

사자로 갔던 장수는 혼자서 후회했지만, 이미 때는 늦었다. 남아 있는 병사들의 얼굴에도 고향에 대한 그리움과 미련이 짙게 드리워진 채 완전히 전의를 상실한 모습이었다.

"가고 싶은 자는 가라. 난 혼자서라도 형주로 가겠다."

관우는 단호하게 출발했다.

그러나 도중에 오의 장흠과 주태 두 장수가 험로를 장악하고 기다리고 있었다. 강기슭에서 싸우고 다시 들에서 싸우다가 밤이 되자 산으로 들어갔다. 그러나 그곳엔 오의 서성이 숨어서 기다리다가 사방에서 일어나 공격해왔다.

"100만의 적도 대수롭지 않다."

평소와 다름없는 침착한 모습으로 관우는 지칠 줄 모르고 싸웠다. 그러나 반달이 산골짜기에 교교히 비칠 무렵 메아리치는 사람들의 목소리를 듣고는 천하의 관우도 전의를 잃고 말았다.

부모는 자식을 부르고 자식은 부모를 불렀다. 혹은 남편의 이름을, 혹은 아내의 이름을 서로 부르는 소리가 쓸쓸한 바람 속에서 간간이 들렸다. 그리고 관우의 병사들이 곳곳에서 백기를 흔들며 형주 방향으로 달려갔다.

"아아, 이것도 여몽의 계책인가."

관우는 망연자실하여 달빛 아래 멍하니 서 있었다.

||| 二 |||

날아가는 새 떼는 불러도 돌아오지 않는다. 흘러가는 강물은 불러도 돌아보지 않는다. 완전히 전의를 잃고 도망치기 시작한 병사들의 발길을 다시 군대의 깃발 아래로 돌아오게 하는 것은 어떤 명장이라도 불가능할 것이다. 이제는 수수방관할 수밖에 없었다.

"이제 틀렸구나."

관우는 차가운 석상처럼 움직이지 않았다. 남은 장졸들은 500명도 되지 않았다.

"어떻게든 활로를 찾아야 합니다."

관평과 요화는 얼마 되지 않는 병사들을 지휘하여 적의 포위망을 기습해서 마침내 한쪽에 혈로를 뚫었다.

"우선 맥성麥城까지 달아나시죠."

그들은 관우를 호위하고 산기슭으로 달렸다.

맥성은 가까운 곳에 있었다. 그러나 지금은 지명만 남아 있는 옛 진秦나라 시대의 고성에 지나지 않았다. 물론 오랫동안 사람이 살지 않아 벽도 돌담도 황폐하게 무너져 있었다.

"500의 정령精靈이 하나가 되어 수비한다면 막아내지 못하란 법도 없다."

이곳에 들어와 요화가 사기를 돋우자 관평도 거들며 큰 소리로 외쳤다.

"그렇다. 미련을 버리지 못한 나약한 병사들은 모두 떨어져 나가고 이곳에 남은 장졸들이야말로 체로 걸러낸 진정한 대장부들이다. 한 명이 천 명을 상대할 수 있는 맹졸들뿐이다. 병력의 많고 적음은 문제가 되지 않는다!"

그렇게는 말했지만 관평도 요화도 내심 최악의 사태를 각오하고 있었다. 두 사람은 관우 앞으로 가서 또 이렇게 진언했다.

"여기에서 상용上庸은 그리 멀지 않습니다. 상용성에는 촉의 유봉과 맹달 등이 있습니다. 도움을 청해 원군을 불러서 병력을 충원한 후 위군을 공격한다면 십중팔구 형주를 탈환할 수 있을 것입니다."

"그 계책밖에는 없구나."

관우는 망루에 올라갔다. 그리고 고성 밖을 바라보았다. 놀랍게도 사방의 산과 강에 오나라의 깃발과 오군들이 가득했다. 즉, 개미 새끼 한 마리 통과하지 못하는 철통같은 포위였다. 게다가 대오는 정렬되어 있고 사기는 높았으며 말 울음소리마저 우렁찼다.

관우는 돌아보며 말했다.

"누가 저 겹겹이 둘러싼 포위망을 뚫고 사자로 상용까지 갈 수 있겠는가? 나가면 당장 목숨을 잃을 수도 있다."

이 말을 듣자마자 요화가 대답했다.

"제가 맹세코 사자로서의 임무를 완수하겠습니다. 만약 성공하지 못할 경우에는 죽음뿐, 즉시 다음 사자를 보내십시오."

그날 밤 요화는 관우의 편지를 옷 속에 넣어 꿰매고 사람들의 배웅을 받으며 성문을 빠져나왔다. 즉시 어두운 밤길에 징과 북, 철창 소리가 울렸다. 오의 대장 정봉의 부하가 벌써 발견하고 추격해왔다. 이 모습을 보고 관평의 부대가 나가 철저히 짓밟아버렸다. 요화는 겨우 사선을 넘었다.

그는 온갖 고초를 겪으며 거지꼴이 되어 간신히 목적지인 상용에 도착했다. 그리고 성을 찾아가 유봉을 만나자마자 자세한 이야기를 했다.

"관우 장군께서 지금 맥성에서 진퇴양난에 빠졌습니다. 만약 원군이 늦어진다면 관우 장군은 최후를 맞을 수밖에 없습니다. 한시가 급합니다. 즉시 원군을 보내주십시오."

그는 물 한 모금 마시지도 않고 다급하게 말했다.

유봉은 고개를 끄덕였다. 그러나 무슨 생각을 했는지 그를 기다리게 하고 갑자기 "어쨌거나 맹달과 상의해보겠네."라며 맹달을 부르러 사람을 보냈다.

이윽고 맹달이 도착하여 다른 방으로 안내되었다. 유봉은 그곳으로 가서 단둘이 그 문제에 대해 의논하기 시작했다. 마침 이곳에서도 각지에서 작은 전투가 벌어져 병사들이 분산되어 있는 상황이었다. 이럴 때 본성의 병사들을 나누어 멀리 보낸다는 것은 두 사람에게도 결코 쉬운 문제가 아니었다.

三

맹달은 난색을 표하며 유봉을 설득했다.

"거절합시다. 안타깝지만 관우의 요구에 응할 수 없습니다. 왜냐고 할 필요도 없이 형주 9개 군에는 지금 적어도 40만의 오군이 있고 강한江漢에는 위군 40만~50만이 움직이고 있습니다. 거기에 불과 2,000이나 3,000의 원군을 보낸들 무슨 도움이 되겠습니까? 오히려 상용을 위험에 빠뜨릴 것입니다."

맹달의 말은 지극히 옳았다. 그러나 유봉은 고민했다. 왜냐하면 관우가 그의 숙부였기 때문이다.

맹달은 그의 안색을 보고 말했다.

"당신은 유가의 양자이기 때문에 원래는 한중왕의 태자인데 그것을 방해한 자가 관우였습니다. 처음에 그 건에 대해서 한중왕이 공명에게 물었을 때 공명은 영리한 자라 집안일은 관우나 장비와 상의하라고 하며 교묘히 회피했습니다. 그래서 관우에게 물으러 갔는데 관우는 서자를 태자로 세우지 않는 것이 고금의 정해진 법도이고, 유봉은 양자이니 산중의 성 하나를 주면 될 것이라고 당신을 그저 먼지 정도로밖에는 보지 않은 자입니다."

"……그렇기는 하지만 지금 관 장군이 위기에 처한 것을 보고 돕지 않는다면 세상의 비난을 면치 못할 것이오."

"어찌 한 잔의 물로 큰불을 끄지 못했다고 비난하겠습니까?"

유봉은 결국 맹달의 말을 옳게 여겨 요화를 만나 병력 지원을 거절했다. 뜻밖의 말에 놀란 요화는 머리를 치고 얼굴을 땅바닥에 문대며 통곡했다.

"만약 도와주지 않으시면 관우 장군께서는 맥성에서 죽음을 맞이하실 것입니다. 죽어가는 것을 보고도 돕지 않을 생각입니까?"

"한 잔의 물로 큰불은 끌 수 없네."

유봉은 이 한 마디를 남기고 안으로 도망치듯 들어가 버렸다.

요화는 맹달을 면회하기를 청했지만, 아프다는 핑계를 대며 만나주지 않았다. 결국 그는 발을 동동 구르며 상용을 떠났다. 그리고 이를 갈며 말에 채찍질을 해 아득히 먼 성도를 향해 달렸다.

천산만수千山萬水, 아무리 길이 멀어도 이렇게 된 이상 한중왕에게 직접 원군을 청할 수밖에 없다고 생각했기 때문이다.

맥성은 날마다 무너져가고 있었다. 관우와 관평을 비롯해 500여 명의 장졸들은 목을 빼고 요화와 원군이 오기를 기다렸다.

"오늘일까, 내일일까?"

그러나 이따금 하늘을 나는 철새 떼밖에는 보이지 않았다.

군량도 떨어지고 마음도 지쳐 인마 모두 생기를 잃었다. 묘지와도 같은 고성 안에는 단지 잡초만이 무성했다.

관우는 어두운 방에서 눈을 감고 있었다. 조루가 와서 엎드려 말했다.

"성의 운명도 이제 다한 듯합니다. 어떻게 하면 좋겠습니까?"

"그저 잘 지켜라. 끝까지."

관우는 이 한마디밖에는 하지 않았다.

그때, 성문을 두드리는 자가 있었다. 오의 독군 참모이자 공명의 형인 제갈근이었다.

"오랜만입니다."

제갈근은 관우를 만나자 오후의 뜻을 전했다.

"명장은 때를 안다고 했습니다. 대세는 이미 결정되었습니다. 형주 9개 군 중에서 남은 것은 맥성 하나, 나머지는 오나라의 손에 넘어갔습니다. 게다가 안에는 식량도 없고 밖에서 원군도 오지 않는 이상 아무리 장군이 신념을 굽히지 않는다 해도 소용없습니다. 주군께서는 저를 보내 장군을 정중하게 모셔오라고 말씀하셨습니다. 어떻습니까? 저와 함께 영화와 장생의 길, 즉 오의 진영에 항복하러 가지 않겠습니까?"

관우는 어깨를 들썩이며 웃었다.

"오후는 사람 보는 눈이 없군. 겁쟁이나 설득하는 말은 집어치우시오. 곤란한 상황이라고는 해도 나는 무문의 구슬이오. 깨져도 빛을 잃지 않소. 조만간 성을 나가 손권과 일전을 벌일 테니 돌아가서 그렇게 전하시오."

"장군께서는 어째서 스스로 자멸을 청하십니까?"

그때 한쪽 구석에서 닥치라는 호통과 함께 칼을 빼 들고 제갈근에게 덤벼드는 젊은이가 있었다. 관우는 꾸짖으며 관평의 팔을 잡았다.

"멈춰라. 공명 군사의 형님이시다. 군사를 봐서 보내드려라."

그리고 제갈근을 성 밖으로 쫓아내고는 다시 조용히 눈을 감았다.

촉의 산은 멀다

||| 一 |||

1800여 년 전의 중국에서도 오늘의 중국이 보이고 현대의 중국에서도 삼국 시대의 중국을 종종 볼 수 있다.

전란은 고금을 통해 중국 역사를 관통하는 황하의 물결이며 장강의 파도다. 무슨 숙명인지 이 나라 대륙에는 수천 년 동안 단 반세기도 전란이 없었던 적이 없다.

그래서 중국의 대표적인 인물은 모두 전란 중에 태어나 전란 속에서 살았다. 또 민중도 그 끊임없는 전란 속에서 밭을 갈고 전전긍긍하며 자식을 낳고 유랑도 이합도 고락도 모든 생계도 땅벌처럼 전화 속에서 영위해왔다.

특히 후한 시대의 삼국 대립은 중국의 전 영토를 온통 전화 속으로 몰아넣었다. 그 광범위한 불길은 북으로는 멀리 몽강蒙疆에 이르렀고, 남으로는 오늘날의 운남雲南에서 인도차이나반도까지 이르렀다는, 그야말로 황토 대륙 전체가 대혼란기였다.

이때 구민인애救民仁愛의 기치를 내걸고 일어난 것이 유비였고, 한조의 이름을 빌려 왕위에 올라 패도의 길을 걸은 것이 조조였고, 부강한 강남의 재력으로 병사와 말을 길러 항상 북진을 꾀한 것이 건업(지금의 남경)의 손권이었다.

건안 24년(219).

조조는 자신의 야망을 드러내며 스스로 위왕의 자리에 올라 황제를 모독했고, 유비 역시 공명의 권유에 따라 촉의 성도에서 한중왕 자리에 올랐다. 그리고 위오 양국의 접경 지대인 형주에는 관우를 두고 잠시 내정 확충에 힘을 쏟고 있었다.

촉의 크나큰 불행은 그때 형주에서 일어났다. 관우의 죽음과 형주를 잃은 것이 그것이다.

후세의 역사가들 사이에서는 의견이 분분했는데 이것을 유비의 순탄한 인생과 호운好運이 부른 방심이라고 하기도 하고, 또 왕을 보필하는 공명의 일대 실태失態라고도 하며 유비와 공명 두 사람을 싸잡아 비난하기도 했다.

그러나 대국적으로 보면 촉의 입장에서 중원의 대사는 형주보다 오히려 한중에 있었다. 그리고 그 한중에서는 위의 조조가 직접 대군을 이끌고 한중을 다시 탈환하려고 획책하고 있었다. 이때 당연히 촉의 관심은 조조에게 향해 있었다.

그 조조와 오의 손권은 적벽 대전 이래 숙적이었다. 하룻밤 사이에 그 오랜 장벽이 외교 공작에 의해 제거되어 위오 우호를 맺고 오의 대함선이 장강을 거슬러 올라가 형주를 제압하리라고는 꿈에도 생각할 수 없는 변화였음이 틀림없다.

더불어 유비와 공명도 관우의 용맹과 지략을 지나치게 믿고 있었다. 충렬용지忠烈勇智, 실로 관우는 당대의 명장이었음이 틀림없다. 그러나 그렇다 해도 한계가 있다. 일단 형주라는 발판을 잃고 나자 천하의 관우도 참으로 비참해지고 말았다. 전 국토에 전운이 한창일 무렵, 이 대장성大將星이 맥성의 풀밭에 떨어진 것을 경계로 삼국의 대역사는 이때까지를 '전삼국지前三國志'라고 부를 수 있을 것이고, 이후를 '후삼국지後三國志'라고 불러도 될 것이라고 생각한다. '후삼국지'야말로 유비의 사후 그의 아들을 보필하며 오장원五丈原에서 최후를 맞을 때까지 충성과 의를 다한 제갈공명이 중심이 된다.

||| 二 |||

공명의 형, 제갈근은 언제나 난처한 처지에 있었고 또 항상 힘겨운 심부름만 했다.

성격이 온후하고 박식한 그도 유능한 인재였지만, 그 이상으로 훌륭한 동생 제갈공명의 명성에 가려 이름도 떨치지 못했고 존재마저 잊히기 일쑤였다.

어쨌거나 자신은 오나라를 섬기고 동생 공명은 촉에 있다. 오후를 비롯해 오의 장졸들에게 의심받지 않고 오나라의 진중에 있는 것만으로도 그가 얼마나 정직하고 절조 있는 인물이었는지 알 수 있다.

그럼에도 불구하고 그에게 임무가 주어지거나 사자로 뽑힐 때는 대촉 외교의 책모策謀라든가 관우를 아군으로 포섭하는 공작과 같이 어쨌거나 간접적이긴 해도 육친에게 활시위를 당기는 괴롭고 어려운 임무만이 주어졌다.

전에 형주에 사자로 갔을 때도 고초를 겪었는데, 이번에도 맥성에 들어가 관우를 설득하는 데 얼마나 마음이 괴로웠는지 모른다. 왜냐하면 그를 만나기 전부터 그를 너무 잘 알고 있었기 때문이다.

'유비와는 젊은 시절 도원에서 의형제의 의를 맺었고, 동생 공명도 항상 존경한다는 장군이다. 아무리 좋은 조건과 좋은 말로 설득해도 저 사람이 변절하여 오나라에 항복하는 일 따위는 절대 없을 것이다.'

그러나 일말의 희망은 있었다.

'맥성의 운명은 이제 다했다. 먹을 것도 없고 병력도 부족하며 후방의 지원도 없다. 인정에 약한 관우가 굶어 죽을지도 모르는 500여 명의 부하들을 구하기 위해 결국 항복을 생각할지도 모른다.'

하지만 이것도 제갈근의 공상에 그치고 말았다. 꿋꿋하고 단호한 관우 앞에서 그는 그런 일로 사자로 간 것조차 부끄럽게 여기지 않을 수 없었다. 무슨 말을 해도 일소에 부칠 뿐만 아니라 관우의 양자가 검을 빼 들고 위협하는 바람에 허둥지둥 돌아가는 쓰라린 경험을 하고 말았다.

"……아깝구나. 참으로 아까운 인물이로다."

그는 혼자 중얼거리며 돌아갔다.

아군의 본진에서 애타게 기다리던 손권은 제갈근이 돌아오자마자 바로 물었다.

"어떻게 되었소?"

"듣는 척도 하지 않았습니다."

제갈근도 사실대로 보고하며 이렇게 덧붙였다.

"관우의 마음은 철석과도 같았습니다. 어차피 범인을 설득하는 이해利害로는 그를 항복시키려 해도 헛수고에 지나지 않을 뿐 아니라 오히려 주군께서 비웃음만 살 것입니다."

그러자 옆에 있던 여범呂範이 손권의 얼굴을 보며 말했다.

"제가 점을 쳐보겠습니다."

관우의 촉에 대한 충절을 알면 알수록 관우를 죽이지 않고 어떻게든 아군으로 끌어들이기 위해 여러모로 손을 쓰며 애쓰고 있는 손권의 마음을 여범도 잘 알고 있었기 때문이다.

"음. 그럼, 점을 좀 쳐볼까요?"

여범은 손권 앞에서 물러나 즉시 깨끗한 옷으로 갈아입고 제단이 있는 방으로 들어갔다. 복희, 신농의 영전에 엎드려 기도하기를 한 시진, 점치기를 세 번, 지수사地水師의 괘를 얻었다.

이미 밤이 되었으나 그는 다시 손권 앞으로 돌아와 점괘를 보고했다. 마침 손권과 바둑을 두고 있던 여몽이 손바닥을 들여다보듯이 말했다.

"적이 멀리 달아나려고 하고 있다는 점괘는 맞소. 내가 생각하는 것과 일치하오. 아마도 지금 관우는 맥성에서 도망쳐 나오려고 필사적으로 고심하고 있을 것이오. 그것도 대로를 택하지 않고 성의 북쪽으로 좁고 험한 산길을 찾아서 야음을 틈타 돌파를 시도할 것이 틀림없소."

손권은 손뼉을 치며 말했다.

"바로 그때요. 복병들이 그를 좁은 산길에서 생포할 때는."

그는 급히 군령을 내리려 했지만 여몽은 여전히 바둑판을 바라보며 혼자 웃고 있었다.

||| 三 |||

"자, 두던 바둑부터 끝내시지요. 이번엔 주군께서 두실 차례입니다."

여몽은 바둑판을 사이에 두고 손권에게 다음 수를 재촉했다.

그러나 이미 마음이 다른 데 가 있는 손권이 말했다.

"이럴 때가 아니오. 바둑은 이제 그만 두고 맥성의 샛길에 대한 준비를 해야 하지 않겠소?"

그러자 여몽이 대답했다.

"걱정하실 필요 없습니다. 비록 관우에게 땅을 뚫고 하늘을 나는 재주가 있다 하더라도 절대로 저 안에서 도망칠 수 없을 정도로 단단히 준비해두었습니다."

"그렇다면 성의 뒷문에도, 뒷산 방면에도 벌써 복병을 매복시켜 두었단 말이오?"

"물론입니다. 자, 다음 수는 어디입니까?"

그는 다시 바둑에 몰두했다. 손권도 그 말에 침착함을 되찾고 바둑을 두고 있는데 이번에는 여몽이 불쑥 혼잣말을 하더니 뒤에 있는 무사에게 명령했다.

"……그래. 북문의 공격군이 좀 많군. 여봐라, 반장潘璋을 불러오너라."

즉시 반장이 불려왔다. 여몽은 바둑을 두다가 돌아보며 명령했다.

"맥성의 북문에는 3,000명의 공격군이 있는데 약한 병사들로 700~800명만 남기고 나머지는 서북쪽 산중에 매복시켜라. 네가 서둘러 가서 직접 지휘하도록."

반장이 물러가자 이번에는 시종에게 주연朱然을 불러오게 했다.

"새로 병사 4,000명을 충원해 맥성의 남, 북, 서 세 방면에서 더욱 압박을 가하라. 그리고 그대는 따로 1,000명의 병사를 이끌고 북쪽의 샛길과 산야 등을 구석구석 살피고 있도록."

그러고 나서 여몽은 즉시 바둑판 앞을 물러나 유쾌하게 웃으며 말했다.

"어떻습니까? 역시 제가 이겼습니다. 죄송하지만 아직 주군의 실력으로는 저를 이길 수 없습니다."

손권도 함께 웃었다. 비록 바둑에서는 졌지만 지금 맥성은 함락되기 직전이고 관우를 생포하는 것도 시간문제이기 때문에 크게 만족하고 있었기 때문이다.

그에 반해 맥성 안은 비참하기가 이루 말할 수 없었다.

500명의 병사가 300명으로 줄었다. 병자는 늘고 탈주자가 끊이지 않았다. 밤이 되자 고성 밖에 있는 오나라의 진영에서 형주의 병사들이 소리를 낮춰 불렀다.

"구邱야, 나와라."

"이李야, 이야. 도망쳐 나와."

이것은 효과가 있었다.

천하의 관우도 지금은 계책이 다한 듯했다. 왕보와 조루를 향해 절망스럽게 말했다.

"이제 마지막이군. 돌아보면 이 대패를 초래한 것은 오직 나의 능력이 부족했기 때문이다. 요화가 도중에 목숨을 잃었는지 모르겠지만 원군에 대한 희망도 끊겼다."

의롭고 충성스럽기로 한 시대를 울린 영걸도 이제는 마지막임을 깨달았는가 싶어 왕보는 저도 모르게 눈물을 흘리며 말했다.

"아닙니다. 아직 계책이 다한 것은 아닙니다. 활로가 아직 있습니다. 얼마 전부터 살피건대 북문 쪽은 적이 약하니 그곳을 돌파하여 북방의 산중으로 해서 촉으로 달아난다면 오늘의 비운을 적에게 되갚아줄 날이 올 것입니다. ……뒤는 제가 목숨을 걸고 지키겠습니다. 성과 함께 산산조각이 날 때까지 뒤를 지키겠습니다.

부디 서둘러 촉으로 떠나십시오."

이미 군량도 바닥이 났고 화살도 떨어졌다. 관우는 마침내 눈물을 삼키며 왕보와 헤어졌다. 즉, 불과 100여 명을 성에 남겨두고 200명이 채 되지 않은 병사들을 이끌고 달이 뜨지 않는 날을 골라 맥성의 북쪽으로 불시에 치고 나간 것이다.

||| 四 |||

관평과 조루, 두 장수가 관우의 앞에 서서 우선 북문 부근의 오군을 격파하고 주종 200명은 오로지 산을 향해 달렸다.

맥성의 북쪽과 연결된 험준한 봉우리만 넘으면 길은 촉으로 통하고 오군의 포위망에서 벗어나게 된다.

"그때까지만 버티자."

"그때까지는 복병을 만나도 눈길도 주지 마라. 그냥 쫓아버리고 길을 서둘러라."

암호처럼 이렇게 주고받으며 관우를 둘러싼 병사들은 이윽고 초경初更(19시~21시) 무렵 어두운 산길을 오르기 시작했다.

그런데 잠시 동안은 마주치는 적도 없고 복병이 나타날 기미도 보이지 않았다.

산 하나를 넘으니 다음 산이 보였다. 그 사이는 서쪽 늪이 길게 뻗어 나와 마치 옻칠을 한 그릇처럼 어둠에 싸인 분지가 자리잡고 있었다. 졸졸 흐르는 물, 우뚝 솟은 바위, 관우와 관평이 탄 말은 몇 번이나 돌부리와 덩굴에 발이 걸렸다.

그때 갑자기 앞쪽 늪에서 깜박깜박 무수한 불빛이 보였다. 왼쪽 산에서도 한 무리의 횃불이 달려 내려왔다. 오른쪽 봉우리에서도,

그리고 뒤쪽에서도 불빛이 모여들며 이윽고 하늘을 태울 것처럼 사방을 뒤덮었다.

"오군이다."

"복병이다."

벌써 화살이 소나기처럼 쏟아져 내리고 있었다.

관우는 청룡언월도를 말 위에서 고쳐 잡더니 말했다.

"관평, 길을 열어라."

"아버님, 이쪽으로 오십시오."

관평이 앞장서서 공격해오는 복병을 베며 앞으로 나아갔다. 그 뒤를 따라 관우가 말을 몰고 가려는데 오의 대장 주연이 옆쪽에서 소리쳤다.

"관 장군, 기다리시오."

관우는 잠깐 돌아보았으나 싸우려 하지 않고 그대로 달렸다. 주연은 쫓아가며 집요하게 창을 들고 덤볐다.

"일찍이 장군이 적에게 등을 보였다는 말은 들은 적이 없소. 그런데 오늘 밤은 어떻게 된 일이오?"

"그렇게도 내 칼에 목이 베이고 싶으냐?"

관우는 말 머리를 돌려 청룡언월도를 한 번 휘둘렀다. 주연은 얼굴을 숙이고 사력을 다해 돌진했으나 애초에 관우의 적수가 되지 못했다. 이윽고 겁을 먹고 달아났다.

"쫓지 않겠다."

관우는 적의 유인을 경계했으나 기호지세騎虎之勢(호랑이를 타고 달리는 형세라 중도에서 그만둘 수 없음)라고나 할까, 관평의 모습도 보이지 않고 소수의 아군 병력도 뿔뿔이 흩어지자 결국 주연을 쫓아

마침내 산의 좁고 험한 길까지 가고 말았다.

그곳은 임저臨沮의 샛길로 나무꾼조차 길을 잃고 헤매는 미로였다.

갑자기 사방의 산에서 바위가 무너져 내려 말 다리까지 파묻힐 것만 같았다. 그의 주위를 떠나지 않던 일고여덟 명의 병사들도 모두 바위에 깔려 목숨을 잃고 말았다.

"아아, 여기가 현세인가, 지옥인가."

관우는 중얼거리며 급히 말 머리를 돌리려 했으나 오의 대장 반장의 병사들이 횃불을 던지며 그의 앞과 뒤를 막아섰다. 마침내 관우가 고립되어 진퇴양난에 빠진 것을 확인한 그들은 일제히 북을 치고 징을 울리며 맹수의 왕을 모는 몰이꾼처럼 와아 하고 같은 편을 부르고 또 와아 하고 같은 편에게 대답했다.

"아버님, 아버님……!"

어디선가 관평의 목소리가 들렸다. 관우는 혼란스러웠다. 아들은 어디에? 조루와 다른 아군들은 어떻게 되었을까?

"관 장군, 관 장군. 이미 조루의 목도 떨어졌소. 언제까지 미련이 남아 힘겨운 싸움을 이어갈 참이오? 깨끗하게 항복하고 천명을 오에 의탁하시오."

오군 대장 반장은 잠시 후 말을 몰고 와서 관우에게 말했다. 관우도 긴 수염을 바람에 날리면서 머리 위로 휘둘러 올린 청룡언월도 아래로 그를 노려보며 소리쳤다.

"필부가 어찌 진정한 무혼武魂을 알겠는가!"

반장은 10합도 싸우기 전에 도망치기 시작했다. 관우가 뒤쫓아가 깊은 산속의 샛길로 들어갔을 때 사방의 거목 뒤에서 갈고리가 달린 밧줄과 추가 어지럽게 날아왔다. 관우의 말 또한 뭔가에 다리가 걸려 울부짖었다.

천명이 여기서 끝나는가. 동시에 관우는 말에서 떨어졌다. 그때 반장의 부하 마충馬忠이라는 자가 갈퀴와 자고刺股(막대 끝에 U자 모양의 쇠를 꽂은 무기)로 목을 누르자 결국 제압당하고 만 관우는 몰려드는 병사들에 의해 뒷짐결박을 당했다.

풀을 먹지 않는 말

||| 一 |||

관평도 아버지를 찾아 헤매다가 주연과 반장의 병사들에게 생포되고 말았다. 밧줄에 묶여 손권의 진영으로 끌려가는 동안에도 아버지를 부르며 분하다는 말만 반복했다.

소식을 들은 손권은 다음 날 이른 새벽에 장막에 나와 마충에게 관우를 끌고 오게 하여 기분 좋게 그를 바라보며 말했다.

"나는 일찍이 장군을 흠모하여 장군의 딸을 나의 며느리로 맞으려 한 적이 있소. 장군은 어째서 그때 나의 간절한 뜻을 거절한 것이오?"

관우는 잠자코 있을 뿐이었다. 손권은 말을 이었다.

"또한 장군은 항상 천하무적일 것이라고 생각했는데 어찌 오늘 우리 군의 손에 잡히셨소? 이것은 오에 항복하고 오를 섬기라는 하늘의 뜻이 아니겠소?"

관우는 조용히 눈을 감았다.

"잘난 척 그만해라. 푸른 눈의 애송이, 자줏빛 수염의 소인배, 우선 들어라. 진정한 무장의 말을."

그는 자세를 바로 했다.

"유 황숙과 나는 도원결의를 하고 천하를 깨끗이 청소하겠다는 뜻을 세운 이래, 수많은 전투와 고난 속에서도 서로를 의심한다든가 배신하는 일은 꿈에도 생각해본 적이 없는 사이이다. 지금 오의 계략에 빠져 비록 목숨을 잃는다 해도 구천 아래에 여전히 도원의 맹세가 있고 구천 위에 여전히 나의 넋이 있다. 너희 역적 놈들을 멸망시키지 않고 그냥 둘 것 같으냐? 항복하라니, 참으로 가소롭구나. 어서 목을 쳐라!"

그리고 그는 입을 다물더니 두 번 다시 아무 말도 하지 않았다. 마치 바위를 앞에 두고 있는 듯했다. 손권은 주위를 돌아보며 속삭였다.

"나는 불세출의 영웅을 잃고 싶지 않네. 무슨 방법이 없을까?"

주부 좌함左咸이 의견을 말했다.

"방법이 없습니다. 예전에 조조도 관우를 얻기 위해 사흘에 한 번 작은 연회를 베풀고 닷새에 한 번 큰 연회를 베풀었습니다. 또 수정후壽亭侯라는 영예로운 관직을 내리고 열 명의 미녀를 주어 밤낮으로 기분을 맞추게 하며 어떻게든 그를 잡으려 했습니다만, 결국 조조의 휘하에 머무르지 않고 다섯 관문의 대장들을 베고 유비에게 돌아간 예도 있지 않습니까?"

"……."

"조조에게조차 그랬습니다. 하물며 오나라에 어찌 머물겠습니까? 쓰라린 경험을 한 조조도 나중에 몹시 후회했습니다. 지금 그를 죽이지 않으면 훗날 오에 큰 화가 될 것입니다."

"……."

손권은 여전히 입을 다물고 잠시 코로 숨을 쉬다가 이윽고 자리에서 일어나자마자 자신도 놀랄 정도로 큰 목소리로 말했다.

"베어라, 베어버려! 어서 관우를 끌어내라!"

무사들이 몰려나와 관우를 진영 밖 광장으로 끌고 갔다. 그리고 양자 관평과 나란히 앉히고 목을 쳐서 떨어뜨렸다. 건안 24년(219) 10월로 이날 늦가을의 구름은 낮게 맥성의 들판을 뒤덮었고, 비도 안개도 아닌 차가운 것이 자욱하게 끼었다.

"마충에게는 포상으로 관우가 타던 말을 내리겠다. 관우에게 뒤지지 않는 공을 세우도록 하라."

관우의 애마는 세상에서 이름 높은 적토마였다. 손권은 마충에게 적토마를 주고 또 반장에게는 관우의 유물인 청룡언월도를 주었다.

누구나 명장과 닮기를 원한다. 그래서 오의 장졸들은 비록 적이지만, 관우의 유물이라면 고름 하나라도 갖고 싶어 했다. 그런 의미에서 마충은 모두의 선망의 대상이 되었지만, 네댓새가 지나자 잔뜩 풀이 죽은 얼굴이었다.

"……왜 그러나?"

다름이 아니라 포상으로 받은 적토마가 관우가 죽은 날부터 풀을 먹지 않았기 때문이다. 가을 햇살 아래 끌고 나와 향기로운 사료를 주어도, 물가로 끌고 가도 머리를 흔들며 슬프게 맥성 쪽을 향해 울기만 할 뿐이었다.

맥성에서는 아직 100여 명의 관우 군이 농성하고 있었다. 그러나 그 후 오군이 맥성에 육박하자 이미 왕보도 관우의 죽음을 알고 있었던 듯 망루 위에서 뛰어내려 죽었다. 또 관우의 오른팔이라고 불리던 주창도 스스로 목을 베어 분사憤死했다.

二

관우가 죽은 뒤로 갖가지 불가사의한 이야기가 전해진다. 그의 무덕武德과 인망을 아까워하며 한탄하는 서민들의 입에서 시작되어 어느새 신비로움이 더해져 설화가 만들어지고 그것이 항간에 퍼진 것이리라. 어쨌거나 여러 소문이 생겨났다.

형주의 옥천산玉泉山에 보정普靜이라는 노승이 있었다. 그는 원래 사수관汜水關의 진국사鎭國寺에 있던 승려로 관우와는 젊은 시절부터 알고 지내던 스승이자 마음을 나누던 벗이었다고 한다.

근래 이 보정 화상이 달 밝은 밤, 암자에서 홀로 쓸쓸히 앉아 있는데 하늘에서 사람의 목소리가 들렸다.

"보정 스님, 내 목을 돌려주시오. 내 목을 돌려주시오."

이렇게 두 번이나 똑똑히 들렸다.

올려다보니 구름 사이로 관우의 얼굴이 또렷이 보였다. 오른쪽에는 주창, 왼쪽에는 관평, 그 외 장수들의 모습도 보였다. 보정은 큰 소리로 물었다.

"관운장, 지금 어디 계시는가?"

그러자 하늘의 목소리는 몹시 원통하다는 듯이 대답했다.

"여몽의 간계에 빠져서 오군에 죽임을 당했소. 스님, 나의 머리를 찾아서 나의 영혼을 달래주시오."

보정은 일어나 뜰로 나가서 말했다.

"장군, 어찌 그리도 어리석게 구천을 떠돈단 말이오? 장군이 오늘까지 걸어온 산야에는 장군과 같은 원한을 가진 백골이 겹겹이 쌓여 있거늘. 도원의 맹세는 이미 깨졌으니 지금은 눈을 감고 구천에서 편히 쉬는 것이 좋겠소."

그가 불자佛子로 달을 치니 즉시 관우의 모습이 안개처럼 사라져버렸다.

그러나 그 후에도 달 밝은 밤이나 비가 내리는 밤이면 암자 문을 두드리며 "스님, 가르침을 주십시오."라는 목소리가 이따금 들린다고 하여 옥천산 부근의 마을 사람들은 상의 끝에 사당을 지어 관우의 영혼을 위로했다고 한다.

또 오의 손권은 형주 전투 후에 대연회를 베풀어 장졸들을 위로했는데 여몽이 보이지 않았다. 그는 그 자리에서 여몽에게 사자를 보내 전했다.

"이번에 형주를 얻은 것은 모두 그대의 계략 덕분이오. 그대가 보이지 않으니 섭섭하구려. 나는 그대가 올 때까지 잔을 들지 않고 기다리겠소."

여몽은 과분한 말에 황공하여 즉시 연회에 참석했다. 손권은 그에게 잔을 주며 말했다.

"주유는 적벽에서 조조를 무찔렀지만 불행히도 일찍 세상을 떠났소. 노숙도 제왕의 큰 모략을 가지고 있었으나 형주를 취하지 못했소. 그러나 이 두 사람은 나의 반평생에서 만난 쾌걸 중의 쾌걸이었소. 그런데 오늘 형주는 나의 것이 되었고, 게다가 나의 여몽이 눈앞에 건재하니 이보다 더 유쾌한 일이 없구려. 그대는 실로 주유나 노숙보다 더 뛰어난 오의 보물이오."

그러자 여몽은 갑자기 잔을 내던지더니 손권을 노려보며 큰 소리로 욕을 퍼부었다.

"푸른 눈의 애송이, 자줏빛 수염의 소인배가 어디서 잘난 척인가!"

참석한 모든 사람이 일어서서 그의 주위에 몰려들어 다른 곳으로 데려가려고 했으나 여몽은 괴력을 발휘하여 놀라서 소란을 떠는 사람들을 짓밟고 결국 상좌를 빼앗아버렸다. 그리고 귀신 들린 눈을 치켜뜨며 으르렁거리듯이 말했다.

"내가 전장을 종횡하기를 30년, 네놈의 계책에 빠져 목숨을 잃었다 해도 반드시 영혼은 촉군과 함께하며 오를 멸망시키겠다. 이렇게 말하는 나는 한의 수정후 관우다."

손권은 물론 그 자리에 있던 사람들은 모두 공포에 떨며 다른 방으로 달아나버렸다. 그러나 불이 꺼져 캄캄해진 그곳에서 여몽은 나오지 않았다. 나중에 사람들이 불을 밝혀 들고 그 방에 가보니 여몽은 자신의 수염을 움켜잡은 채 고통스럽게 일그러진 얼굴로 죽어 있었다.

이 또한 당시 항간에 떠도는 소문 중에 하나다. 물론 진상과는 거리가 먼 이야기이지만 형주 점령 후 얼마 지나지 않아 여몽이 병으로 세상을 뜬 것만은 사실이었다.

국장

||| 一 |||

오후 손권은 여몽의 죽음에 하염없이 눈물을 쏟으며 작위를 내리고 관곽棺槨을 갖추어 후하게 장례를 치른 후 말했다.

"건업에서 여패呂覇를 불러라."

여패는 여몽의 아들이다. 이윽고 장소가 그를 데리고 형주에 왔다. 손권은 아버지를 잃은 가여운 그를 바라보며 위로의 말을 건넸다.

"아버지의 관직을 그대로 이어받도록 하게."

그때 장소가 물었다.

"관우의 장례는 어떻게 하셨습니까?"

"그의 몸은 참수한 후 치워버렸소. 머리는 소금에 절여 보관하고 있을 것이오."

"어떻게든 해야 할 텐데……."

"장례식 말이오?"

"아니, 앞으로의 대비 말입니다. 그와 유비, 장비는 삶도 죽음도 함께하자고 도원에서 맹세한 사이입니다. 관우가 목이 잘렸다는 소식을 들으면 촉은 전력을 총동원하여 원수를 갚으려 들 것입니다. 공명의 지모와 장비의 용맹, 마초, 황충, 조운 등의 맹장들이 목숨을 아끼지 않고 우리 나라로 공격해온다면 우리가 과연 그들을 막아낼 수 있겠습니까?"

"……."

손권의 낯빛이 창백해졌다. 손권도 그 점을 생각하지 않은 것은 아니었으나, 장소가 진심으로 두려워하고 있는 것을 보자 그도 새삼 심각하게 생각하지 않을 수 없었다.

장소는 말을 이었다.

"우리가 두려워해야 할 문제가 하나 더 있습니다. 촉은 목적을 달성하기 위해 과거는 돌아보지 않고 위나라에 접근할 것입니다. 촉이 영토를 일부 떼어 조조에게 준 후 위촉 동맹을 맺고 오로 남하하면 오는 그 자리에서 사분오열四分五裂의 패배를 당하여 다시는 장강을 거슬러 올라가 패권 경쟁을 할 수 없을 것입니다."

"……장 장군, 그것을 미연에 막으려면 어떻게 하면 되겠소?"

"그렇기에 죽었다고는 하지만 관우의 처리가 매우 중요합니다. 관우의 죽음은 조조의 지시에 의한 것이었고, 조조의 소행이라며 이 화근의 열쇠를 조조에게 넘겨버리는 것입니다. 저는 그렇게 생각합니다. 그래서 관우의 머리를 사자에게 들려 조조에게 보내는 것입니다. 조조는 전에 주군께 서신을 보내 관우를 치라고 했으므로 기꺼이 그것을 받을 것입니다."

"과연."

"그리고 우리는 천하를 향해서 관우를 죽인 것은 위나라라고 하는 것입니다. 그렇게 하면 유비의 원한은 당연히 위의 조조를 향할 것이고, 우리는 제삼자의 입장에 서서 앞으로 일어날 일에 대처해나갈 수 있을 것입니다."

이런 국제적인 일에 묘수를 생각해내는 사람은 과연 장소밖에 없었다. 손권은 그의 말을 받아들여 즉시 사자를 뽑아 관우의 머리를 조조에게 보냈다.

그 무렵 조조는 이미 전투에서 이기고 낙양으로 돌아와 있었는데 오나라의 사자가 관우의 머리를 바치러 왔다는 보고를 듣고 말했다.

"마침내 그는 수급이 되고 나는 살아서 만나는 날이 왔구나."

그는 먼 옛날 일을 추억하는 한편 손권의 태도가 기특하다고 좋아하며 신하들과 함께 사자를 불러 관우의 머리를 살폈다.

그러자 신하들 사이에서 갑자기 큰 소리로 외치는 자가 있었다.

"대왕, 대왕. 너무 기쁜 나머지 오가 보내온 큰 화근덩어리까지 함께 받아서는 안 됩니다."

사람들의 시선이 일제히 그에게 쏠렸다. 조조가 이유를 묻자 그가 거침없이 말했다.

"이것은 오가 화근을 전가하여 촉의 원한을 우리에게 돌리려는 무서운 계략입니다. 관우의 머리로 위와 촉이 상극相剋하게 만들어 두 나라가 싸우다가 지치기를 기다리는 오의 간계임이 틀림없습니다."

그는 사마의, 자는 중달이었다.

||| 二 |||

오의 음모도 결국 위를 속이지 못했다. 위에도 사리에 밝은 자가 있었다. 사마의의 말은 오의 사술을 그야말로 속속들이 까발린 것이었다.

조조도 소름이 돋는 것을 느끼며 사마의의 말은 오의 의중을 정확히 간파한 것이라고 수긍했다. 그리고 관우의 머리를 그대로 오로 돌려보내야 한다는 의견까지 나왔지만 사마의가 저지했다.

"아니, 그렇게 하면 대왕은 아량이 좁은 사람이 될 뿐입니다. 일단 거두시고 사자를 돌려보낸 후 또 다른 방법을 강구해야 할 것입니다."

이윽고 오의 사자가 돌아가자 조조는 국장을 선포하고 100일 동안 낙양에서 음악을 연주하지 못하게 했다. 그리고 침향목으로 관우의 몸을 만들어 머리와 함께 낙양의 남문 밖 언덕에 매장했다. 그 장례식은 왕후의 예를 갖춰 거행되었고, 장의위원장은 사마의가 맡았다. 대소 백관들이 모두 관우를 전송하기 위해 나왔고, 의장 수백 기와 조화弔花, 방조放鳥, 제물로 바칠 양과 소 등이 낙양 거리에 길게 이어졌다. 그리고 이 성대한 국장이 거행되는 식장에는 위왕 조조가 주청한 칙사가 서서 지하의 관우에게 직위를 내리기까지 했다.

"형왕荊王의 자리를 내리노라."

오나라는 화를 위나라에 전가하고 위나라는 화를 바꿔 촉나라에 은혜를 베풀었다.

삼국 간의 전쟁은 단지 시산혈하屍山血河(시체가 산처럼 쌓이고 피가 강처럼 흐름)의 천지뿐만 아니라 외교적 술수와 민심의 파악에도 허허실실虛虛實實의 지혜가 불꽃을 튀기기 시작한 것이다. 이것을 조조와 유비가 세상에 나오기 시작한 서전시대序戰時代와 비교하면 이제 전쟁 그 자체의 수행과 성격이 완전히 달라진 것을 알 수 있다.

즉, 전과 같이 부분적인 승리나 전과만으로 내가 이겼다며 축배를 드는 일은 있을 수 없게 된 것이다. 바야흐로 촉도 위도 오도 총력을 기울여 운명을 건 승부를 내지 않으면 안 되는 시대에 돌입함과 동시에 이 삼국 대립의 형태가 일대일로 싸울지 아니면 둘이 동맹하여 남은 하나를 공격할지와 같은 국제적인 움직임과 외교전의 유도 등에 보다 중대한 국운이 걸리게 되었다고 할 수 있다. 즉, 큰 전쟁의 무대 뒤에서는 인간의 온갖 지혜가 동원된 전쟁 이상의 전쟁이 벌어지는데 이 시대의 전쟁에서도 역시 그런 모습을 볼 수 있었다.

시간을 조금 거슬러 올라가서 성도에 있는 유비가 유모劉瑁의 미망인인 오씨吳氏라는 과부를 새롭게 왕비로 삼았다.

오씨는 정숙하고 현명하며 미인이었다. 유비가 형주에 있던 시절 손권의 여동생을 아내로 맞이한 적도 있으나 그녀와 헤어지고 나서 오랫동안 적적하게 지내던 그도 그 후 젊은 왕비 오씨와의 사이에 두 아들을 낳았다.

형의 이름은 유영劉永, 자는 공수公壽.

아우의 이름은 유리劉理, 자는 봉효奉孝라고 한다.

그 무렵 형주 방면에서 촉으로 온 사람이 재미있는 이야기를 전했다.

"최근 오나라의 손권이 관우를 포섭하기 위해서 관우의 딸을 자신의 며느리로 맞아들이고 싶다고 사자를 보냈는데 관우는 호랑이의 자식을 개의 새끼에게 시집보낼 수 없다며 단칼에 거절했다고 합니다."

공명의 귀에 소문이 들어간 것은 꽤 시간이 지난 후로 공명은 형주에 변고가 생길 것을 알고 유비에게 주의를 주었다.

"누군가를 대신 형주로 보내 관우 장군과 교대시키지 않으면 형주는 위험해질 것입니다."

그 무렵 형주의 전황을 알리는 파발이 밤이고 낮이고 촉으로 들어왔다. 그러나 그것은 모두 승전보였기 때문에 유비는 오히려 기뻐했다. 시간이 흘러 가을 10월의 어느 날 밤, 그가 책상에 기대 꾸벅꾸벅 졸고 있는데 왕비 오씨가 그를 깨웠다. 그는 우연히 꾼 꿈에 섬뜩함을 느끼며 주위를 둘러보았다.

흔들리는 성도

||| 一 |||

달빛은 궁전의 차양을 넘어 유비의 무릎 근처까지 비추고 있었다. 왕비는 촛불이 꺼진 것을 보고 시녀를 불러 불을 켜게 하면서 유비에게로 다가갔다.

"무슨 일이십니까?"

"아니, 책상에 기대 책을 읽고 있었는데……."

유비는 중얼거렸지만 이내 자신의 말을 부정하듯이 반문했다.

"혹시 내가 신음하는 소리라도 들었소?"

"네, 신음하고 계셨습니다."

왕비는 웃으며 두 번이나 큰 소리가 나기에 무슨 일인가 하고 보러 온 것이라고 했다.

"그렇군. 그렇다면 깜박 잠이 들어 꿈이라도 꾼 모양이군."

유비는 겨우 정신이 돌아온 듯 미소를 지었다. 그리고 아들들을 불러 왕비와 함께 잠시 즐거운 시간을 보내다가 잠자리에 들었다.

그런데 그날 새벽녘에 그는 또 초저녁에 꾸었던 꿈과 같은 꿈을 꾸었다.

꿈속에선 달이 떠 있고 먹물처럼 차가운 바람에 끊임없이 구름이 흘러가고 있었다. 그 구름 소리인지 바람 소리인지 모를 소리가 그치자 침실 장막 안에 누군가 엎드려 있는 사람이 있었다.

깜짝 놀란 유비가 그에게 소리쳤다.

"아니, 나의 의제 관우가 아닌가. 이보게 아우, 이 늦은 밤에 대체 무슨 일인가?"

그는 관우가 분명했지만 평소의 관우와는 달리 얼굴도 들지 않고, 그저 꼼짝 않고 눈물만 흘릴 뿐이었다. 그리고 꺼져가는 목소리로 한마디 했다.

"도원결의도 허무하게 과거의 일이 되었습니다. 형님, 어서 군사를 일으켜 의제의 원한을 풀어주십시오……."

그러고는 아무 말 없이 절을 한 번 하더니 스르륵 장막 밖으로 나가는 것이었다.

"기다리게. 기다려, 아우."

유비는 꿈속에서 소리치며 그를 쫓아 복도까지 달렸으나 그때 하늘에 떠 있던 달이 공처럼 날아서 서산으로 떨어지는 것이 보였다. 놀란 유비는 얼굴을 감싸면서 그 자리에 쓰러지고 말았다.

꿈은 꿈에 지나지 않았지만, 그가 복도에 쓰러져 있었던 것은 사실이다. 공명은 그날 아침 평소보다 일찍 등청했는데 신하에게 그 이야기를 듣고 즉시 한중왕의 내전으로 찾아갔다.

"안색이 좋지 않아 보이는데 간밤에 편히 주무시지 못하셨습니까?"

"오오, 군사."

유비는 그를 기다리고 있었다는 듯 "실은 간밤에 두 번이나 같은 꿈을 꾸었는데 군사를 부르러 사람을 보낼까 하고 생각하던 참이었소."라고 말하고 꿈 이야기를 있는 그대로 전했다.

공명은 웃으며 말했다.

"그것은 주군께서 멀리 있는 관우 장군을 늘 염려하고 계시기 때문입니다. 즉, 번뇌몽이라는 것으로 지친 마음이 그려낸 환상에 지나지 않습니다. 우선 오늘은 아름다운 가을 정원에서 왕비님, 왕자님들과 종일 즐거운 시간을 가지시는 것이 좋을 듯합니다."

공명은 즉시 방을 나왔다.

그리고 중문 복도까지 오자 창백한 얼굴의 태부太傅 허정許靖이 맞은편에서 다급하게 오고 있기에 그를 불러 세워 물었다.

"태부, 무슨 일이오?"

허정이 빠르게 고했다.

"형주가 무너졌습니다. 오늘 새벽의 파발에 의하면."

"뭐? 형주가?"

"오나라 여몽의 계략에 빠져 관우 장군이 형주를 빼앗기고 맥성으로 도주했다고 합니다."

"……으음, 아마도 사실일 것이오. 밤마다 천문을 보니 형주 하늘에 한 줄기 흉운이 떠다니고 있는 듯했소. 그렇군……. 그런데 태부, 이 일에 대해서는 아직 한중왕께는 말씀드리지 않는 것이 좋겠소. 갑자기 놀라시면 건강에 해로울지도 모르오."

그때 복도 모퉁이에 유비가 모습을 드러내며 멀리서 말했다.

"군사, 그렇게 걱정하지 마시오. 나는 건강하오. 또 형주의 함락도 관우의 변고도 대강 짐작하고 이미 각오하고 있었소."

그때 마량과 이적이 와서 각각 형주가 함락됐다는 비보를 전했다. 또 그날 오후가 지나 관우의 부하 요화가 거지꼴을 하고 나타났다.

||| 二 |||

요화가 도착함으로써 사태는 마침내 명료해졌다. 유비의 비통함은 이때부터 분노로 바뀌었다.

상용에 있는 유봉과 맹달이 형주가 함락된 것을 보고도, 관우가 위기에 처한 것을 알고도, 또 요화가 원군을 청하러 갔음에도 완강하게 원군을 보내지 않고 이 중대한 사태를 방관했다는 진상을 직접 요화의 입을 통해 들었기 때문이다.

"어찌 의제 관우가 죽어가는 것을 보고도 돕지 않았단 말인가. 참으로 괘씸한 놈들이로다. 절대로 용서치 않겠다."

그는 삼군에 명하여 친히 출진하겠다며 낭중에 있는 장비에게 파발을 보냈다.

변고가 생겼네. 속히 들어오게.

공명은 그의 슬픔과 분노를 온 힘을 다해 달랬다.

"우선 마음을 진정시키십시오. 신이 직접 군사를 이끌고 가서 반드시 고립된 관우 장군을 구하겠습니다. 유봉과 맹달의 처분은 나중에 하셔도 될 것입니다."

이윽고 장비도 달려오고 촉나라 내의 병마도 속속 성도로 집결했다. 요 며칠 삼협三峽의 빽빽한 구름도 바람에 흩어지고 왠지 어수선한 그때, 나라 안을 비탄에 빠뜨린 마지막 파발이 도착했다.

"어느 날 밤, 관 장군이 군을 이끌고 맥성을 나와 촉으로 달려오는 도중에 임저라는 곳에서 마침내 오군 대장 반장의 부하인 마충이라는 자의 손에 붙잡혔습니다. 그리고 그날 오군 진영에서 관

장군과 관평 부자가 함께 목이 떨어져 허망하게 최후를 맞이하셨습니다."

이미 짐작하고 있던 일이었지만 막상 실제로 듣고 나니 충격은 이루 말할 수 없이 컸다.

"아아, 관우가 이제 이 세상 사람이 아니란 말인가."

유비는 통곡하다가 끝내 혼절하고 말았다. 그 이후 사흘 동안 먹지도 않고 신하들도 만나지 않았다. 그러나 공명만은 안으로 들어가기를 청해 마치 아녀자처럼 비탄에 잠겨 있는 유비를 꾸짖듯이 간언했다.

"인간의 생사는 천명에 있고 부귀는 하늘이 내리는 것입니다. 도원의 맹세도 약속이라면 인간의 죽음이나 이별도 당연히 약속된 일입니다. 만약 주군마저 건강에 이상이 생긴다면 촉은 어찌한단 말입니까?"

"군사, 나를 마음껏 비웃어주시오. 사내답지 못하다는 것을 알면서도 마음은 어쩔 수가 없구려."

"그런데 한탄만 하시고 분한 기색이 없으신 것이 이상합니다."

"너무 분해서 사람들도 만나지 않는 거요. 군사는 어찌하여 그런 책망을 하는 것이오? 맹세코 오와는 해와 달을 함께하지 않을 것이고 오에 반드시 복수할 것이오."

"그런 결심이시라면 아녀자처럼 눈물이나 흘리고 계실 때가 아닙니다. 그 후로도 계속, 당장 오늘 아침에도 새로운 정보를 전하는 파발이 오고 있습니다만, 장막을 닫고 나오지 않으시니 정보관情報官들도 그것을 고할 수가 없어서 모두 난감해하고 있습니다."

"잘못했소. 고치도록 하리다."

"오늘 아침에 들어온 정보에 의하면 오나라는 관우 장군의 머리를 위나라로 보냈고, 위나라는 그것을 왕후의 예를 갖춰 국장으로 치렀다고 합니다."

"오나라의 속셈은 무엇이오?"

"우리에게 원한을 사는 것이 두려워 위에 화근을 전가하고 우리의 원망을 위로 돌리려는 수작입니다."

"누가 그런 속임수에 넘어갈 줄 알고? 당장에 출진하겠소. 그리고 오를 치고 관우의 영혼을 위로하겠소."

"안 됩니다."

"어째서요? 방금 내가 눈물을 흘리는 것을 보고 아녀자 같다고 꾸짖던 군사가 그런 말을 하는 것은 모순이 아니오?"

"때를 기다려야 합니다. 관우 장군이 아직 살아 있다면 어떤 희생도 감수하겠지만, 이제는 조급히 서둘러봐야 소용없습니다. 이렇게 된 이상 잠시 병사를 거두시고 가만히 정세를 살피며 오와 위 사이에 불화가 생겨 양자가 싸우기 시작했을 때가 촉이 일어설 때입니다. 그때까지는 원통함도 가슴에 묻어두고 계십시오."

이날 한중왕의 이름으로 촉나라 내에 상喪이 선포되었고 궁 남문에는 관우를 기리는 단이 마련되었다. 눈이 내려 쌓이는 한겨울, 조기弔旗는 차가운 하늘에 얼어붙어 있었다.

배나무

||| 一 |||

전장에 있을 때는 나이를 잊고 지내던 조조도 개선하여 조금 한가해져서 마음껏 사치스러운 생활을 즐기게 되자 어디가 아프다, 어디가 불편하다며 호소하는 날이 많았다.

그도 올해로 이미 65세의 노령이었다. 몸이 마음처럼 움직이지 않는 것이 당연했지만, 조조는 아직 그렇게 생각하지 않는 듯했다.

"요즘 몸이 좋지 않은 것은 관우의 영혼이 저주라도 내린 것이 아닌가 싶구나."

그는 때때로 이렇게 걱정하곤 했다. 그러던 어느 날 신하들이 권했다.

"낙양 행궁이 너무 길어지다 보니 자연히 괴이한 일이 일어나는 것입니다. 거처를 바꾸면 기분전환이 된다고 하니 궁전을 새로 짓는 것이 어떻겠습니까?"

그전부터 조조는 건시전建始展이라는 이름의 건물을 짓고 싶다는 소망을 품고 있었으나 그가 원하는 유능한 장인을 아직 찾지 못하고 있었다. 그래서 지금 그 말을 하니 신하 중에 한 사람이 말했다.

"낙양에 소월蘇越이라는 건축에 뛰어난 장인이 있습니다. 그라면 분명 마음에 드실 것입니다."

가후에게 명하여 즉시 소월에게 그 뜻을 전하라고 했다. 불려온 소월은 설계도를 그려 가후를 통해 조조에게 전했다. 조조는 아홉 칸 대전을 중심으로 남루南樓와 북루北樓를 연결하고, 안쪽에 건시전을 배치한 구상 등이 상당히 마음에 드는 듯했다.

그러나 아홉 칸의 대전에 쓸 마룻대로 필시 그렇게 긴 나무가 없을 것이었기 때문에 소월을 불러 물었다.

"그대의 설계도는 참으로 훌륭하지만 실행하기 어려울 것 같군. 어디에서 이렇게 큰 목재를 찾을 수 있겠나?"

소월이 대답했다.

"낙양에서 30리, 약룡담躍龍潭 연못에 사당이 하나 있습니다. 거기에 있는 배나무는 높이가 10여 장이나 되는 아주 오래된 신목神木입니다. 그것을 베어 마룻대로 쓰는 것이 어떻겠습니까?"

"뭐, 배나무? 그것참 별나군. 그 나무를 쓴다면 천하에 둘도 없는 건축물이 되겠구나."

나이가 들어도 기이한 것을 좋아하는 버릇은 사라지지 않는 모양이다. 조조는 즉시 인부들을 보내 배나무를 베게 했다. 그러나 그 신목은 톱날도 도끼날도 전혀 들어가지 않아서 여러 날이 지나도록 나무를 베지 못했다.

이 소식을 들은 조조는 분명 인부들이 사당의 신목이라는 전설에 두려움을 느낀 탓이라고 생각하고 자신이 직접 그곳에 가서 그들이 믿는 미신의 어리석음을 깨우쳐주겠다며 수레를 준비하라고 명했다. 그리하여 조조는 수백 명의 병사를 이끌고 약룡담으로 달려갔다.

수레에서 내려 배나무를 올려다보니 가지 끝은 구름에 닿았고 뿌리는 백룡처럼 연못에 뒤얽혀 있었다.

조조는 밑동으로 다가가 말했다.

"하늘 아래, 나에게 괴이한 것이란 없다. 지금 너를 베어 건시전의 마룻대로 쓰겠으니 너에게 넋이 있다면 이를 기꺼이 받아들여라."

검을 빼서 배나무를 내려쳤다.

그러자 그 광경을 보고 있던 마을의 노인들과 신관 등이 모두 큰 소리로 통곡했다. 그 울음소리와 함께 배나무 잎이 우수수 떨어지더니 둥치에서 피 같은 수액이 뿜어져 나왔다.

"이미 내가 첫 칼자국을 내었다. 만약 나무의 정령이 저주를 내린다면 나에게 내릴 것이다. 저주를 받을 걱정이 없어졌으니 두려워 말고 베어라."

그는 소월과 인부들에게 그렇게 말하고 즉시 낙양으로 돌아갔다.

그런데 궁문에 도착해서 수레에서 내린 그의 안색이 예사롭지 않았다. 그는 기분이 좀 좋지 않다고 중얼거리더니 바로 침실로 들어가 버렸다.

얼마 후 의원이 조조의 침실에서 황망히 나왔다.

"아무래도 열이 너무 높아."

그는 눈살을 찌푸리며 약료藥寮로 들어갔다.

침실의 장막 사이로 이따금 헛소리가 새어 나왔다. 그때마다 신하가 달려가 살피고 있으면 조조는 눈을 치켜뜨고 사방을 둘러보며 물었다.

"배나무 괴신怪神은 어디로 갔느냐?"

신하가 그런 자는 없다고 대답하자 조조는 고개를 거칠게 저으며 말했다.

"아니, 새하얀 옷을 입은 괴신이 배나무 정령이라며 몇 번이나 나의 가슴을 짓눌렀다. 찾아보아라."

||| 二 |||

이튿날 조조는 여전히 두통을 호소했다. 이따금 배나무 정령에 대한 이야기를 하는 것도 어제와 다르지 않았다.

의원은 약이란 약은 다 써보았지만 환자의 고뇌는 전혀 줄어들지 않았다. 그리고 날이 갈수록 조조의 얼굴은 오래된 벽화의 안료가 떨어져 나가는 것처럼 점점 야위어갔다.

그런데 이날 아침엔 드물게 기분이 좋은 듯 조조는 문병 온 화흠華歆과 이야기를 나누고 있었다.

"의원의 치료도 효험이 없으시다면 지금 금성金城에 머물고 있다는 화타를 부르십시오. 화타는 천하의 명의입니다."

화흠이 적극적으로 권했다.

조조도 마음이 동해서 말했다.

"명의 화타의 이름은 진작부터 들었네. 패국 초군 태생으로 이전에 오의 주태를 치료한 이가 아닌가?"

"잘 알고 계시는군요. 말씀하신 대로 그가 치료하면 낫지 않은 사람이 없다고 할 정도입니다. 장에 병이 나 복부가 썩어가는 중병에 걸린 자도 마폐탕麻肺湯을 마시면 잠깐 동안 가사 상태가 되는데, 그때 칼로 배를 열고 내장을 약으로 씻어낸 후 즉시 원래 자리에 넣고 실로 상처를 꿰맸더니 스무 날도 지나지 않아 완쾌되었다고 합니다."

"으음…… 그렇게 거친 치료를 한단 말인가?"

"아닙니다. 그가 수술하는 사이에 병자는 고통을 전혀 느끼지 못한다고 합니다. 또 이런 이야기도 들었습니다. 감릉甘陵의 상부인相夫人이 임신한 지 6개월 무렵 무슨 이유인지 심한 복통이 나서 사흘 밤낮을 괴로워하여 화타에게 진맥하게 했더니 화타는 진맥하자마자 이렇게 말했다고 합니다. '아아, 참으로 안타깝다. 아이는 사내아이인 듯한데 식독食毒으로 이미 뱃속에서 숨이 끊어졌구나. 지금 치료하지 않으면 환자의 목숨도 위험할 것이다.' 그러고는 즉시 약을 지어 환자에게 주자 이윽고 죽은 사내아이가 나오고 부인은 이레가 지나자 원래의 몸으로 돌아왔다고 합니다."

"그런 신통한 재주가 있는 명의라면 한 번 봐야지. 즉시 불러오도록 하게."

병자는 희망에 차서 명했다. 화흠은 즉시 사자를 보내 먼 금성 땅에서 화타를 낙양으로 데려오게 했다.

화타는 도착한 날 바로 조조의 병실을 찾아갔다. 그리고 신중하게 진맥한 후 말했다.

"이것은 풍식風息이 틀림없습니다."

조조가 고개를 끄덕이며 말했다.

"그럴 것이네. 과인의 지병은 편두통인가 하는 것인데 그것이 발작하면 심하게 머리가 아프고 며칠 동안 음식도 먹지 못하네. 어렵게 와주었으니 모쪼록 내 지병을 고쳐주시게."

"음……."

화타는 조금 난처한 얼굴로 생각에 잠겨 있다가 입을 열었다.

"방법이 없는 것은 아닙니다. 하지만 매우 어려운 수술을 해야 합니다. 지병의 뿌리는 뇌에 있기 때문에 아무리 약을 드셔도 아무 효과가 없을 것입니다. 유일한 방법은 마폐탕을 드시고 가사 상태처럼 의식도 지각도 없는 상태에서 뇌를 쪼개 병의 근원을 잘라 제거하는 방법밖에 없습니다. 그리하면 십중팔구는 완치될 것입니다."

"만약 열에 하나라도 일이 잘못된다면 어떻게 되는가?"

"송구합니다만 수명이 다됐다고 여길 수밖에 없습니다."

조조는 버럭 성을 냈다.

"이 돌팔이 같으니라고! 네놈이 감히 내 목숨을 가지고 의학 실험을 할 셈이냐?"

"하하하하, 저는 자신이 있습니다만 겸손하게 말씀드렸을 뿐입니다. 일찍이 형주의 관우 장군이 독화살에 맞아 괴로워할 때도 제가 가서 그의 팔뚝을 째고 뼈를 깎아 독을 제거하여 완전히 낫게 했습니다. 어찌 대왕께서는 그 정도의 수술에 겁을 먹고 저의 의술을 의심하십니까?"

"닥쳐라. 팔뚝과 뇌가 같다는 말이냐? 그러고 보니 너는 관우와 친한 사이인가 보구나. 보아하니 내 병을 핑계로 접근해서 관우의 원수를 갚으려는 속셈이로구나. 여봐라, 이 돌팔이를 포박하여 옥에 가두어라."

병자는 벌떡 일어나 아수라처럼 손가락질하며 소리쳤다.

조조의 죽음

||| 一 |||

당대의 최고 명의를 만나고도 조조는 치료를 받지 않았다. 오히려 화타를 의심하며 옥에 가뒀다. 그야말로 조조의 천수가 여기서 다했다는 징조였다.

그러나 전옥典獄(교도관)인 오吳 압옥押獄(옥졸)은 죄 없는 화타의 처지를 안타깝게 여겨 침구와 술, 음식 등을 넣어주었다. 고문하라는 명령을 받고도 은밀히 비호하며 그저 보고만 올릴 뿐이었다. 그의 은혜에 깊이 감사한 화타는 어느 날 다른 사람이 없을 때 눈물을 흘리며 말했다.

"오 압옥. 은혜는 감사하네만 만약 윗사람에게 알려지기라도 하면 자네는 즉시 면직될 것이네. 나도 이제는 나이를 먹어 오래 살지 못할 테니 앞으로는 그냥 모른 척하게."

"아닙니다. 선생님께 죄가 있다면 저도 절대로 비호하지 않았을 것입니다. 저는 오나라에 있을 때부터 선생님의 인격과 신기를 깊이 존경하고 있었습니다. 모쪼록 그런 걱정은 하지 마십시오."

"그렇다면 자네는 오나라 태생인가?"

"네. 성도 오가입니다. 젊은 시절 의술을 좋아하여 의원 밑에 들어가 공부한 적도 있습니다만, 결국 그쪽 방면으로 뜻을 이루지 못하고 옥졸이 되고 말았습니다."

"……으음, 그렇군. 그렇다면 은혜를 갚는 의미로 집에 보관하던 나의 비전서를 자네에게 주겠네. 내가 죽은 후 그 신효神效를 전부 익혀서 세상의 병자들을 고쳐주게."

"네? 선생님, 정말입니까?"

"지금 고향 집에 있는 사람에게 서신을 써줄 테니 금성에 있는 우리 집에 가서 그 의서를 받아오게. 서신에도 쓰겠지만 그것은 《청낭서靑囊書》라고 해서 서고 깊숙이 숨겨두고 지금까지 다른 사람에게는 보여준 적이 없는 의서네."

화타는 본인의 집에 보내는 편지를 써서 오 압옥에게 건넸다. 그런데 마침 조조의 병이 위독해졌다는 소문이 퍼지면서 궁문의 안팎은 물론 각 관청이 왠지 모르게 어수선해지고 긴장감을 더해 가자 그는 화타에게 받은 편지를 품속에 깊이 간직한 채 열흘 남짓을 그냥 보내고 말았다.

그러던 어느 날 이른 새벽, 검을 든 무사 일곱 명이 느닷없이 옥사로 우르르 몰려와서 옥졸에게 명했다.

"위왕의 명령이다. 옥문을 열어라."

그들은 화타가 있는 옥문을 열게 하고 안으로 뛰어들었다. 그리고 다음 순간 외마디 비명이 옥사 밖까지 들렸다. 오 압옥이 그곳에 도착했을 때는 피 묻은 칼을 든 일곱 명의 무사가 마침 유유히 나오고 있던 참이었다. 무사들은 그를 보고 말했다.

"오 압옥, 위왕의 명령으로 지금 막 화타를 베었다. 그놈이 매일 밤 꿈에 나타나니 베어 죽이고 오라는 말씀이셨다."

오 압옥은 그날로 사직하고 금성으로 여행을 떠났다. 그리고 화타의 집을 찾아가 편지를 전하고《청낭서》를 받아 고향으로 돌아왔다.

"나는 전옥을 그만두고 앞으로 의원이 될 거요. 그것도 천하의 대의大醫가 될 생각이오."

오랜만에 술을 마시며 아내에게 말했다. 그리고 그날 밤은 푹 잤다. 이튿날 아침 무심코 마당을 내다보니 아내가 마당에 떨어진 낙엽을 쓸어모아 불을 피우고 있었다. 오 압옥은 깜짝 놀라 소리쳤다.

"무슨 짓이오!"

그는 황급히 나가 불을 밟아 껐지만《청낭서》는 이미 낙엽과 함께 재가 되고 만 뒤였다. 그의 아내는 안색이 변해 길길이 날뛰는 남편에게 차갑게 대답했다.

"설령 당신이 유명한 의원이 된다 한들 당신이 이 일로 옥에 갇힌다면 그게 무슨 소용이죠? 화근이 되는 책을 태워버렸을 뿐이에요. 아무리 야단쳐도 상관없습니다. 남편이 옥에서 죽는 걸 볼 수는 없으니까요."

이런 이유로 화타의《청낭서》는 결국 세상에 전해지지 못했다. 그리고 조조의 병도 그 무렵 더욱 악화되었고, 낙양은 춥고 걱정스러운 겨울을 맞이하고 있었다.

||| 二 |||

겨울로 접어들면서 한때 조조가 위독하다는 소식이 전해졌지만 12월이 되자 병세가 차도를 보였다.

오의 손권은 병문안을 위해 사절단을 보냈는데 같이 보낸 서신에서 스스로를 신臣이라고 칭하며 아부를 떨었다.

> **위가 촉을 친다면 신의 군대는 언제든지 양천兩川으로 공격해 들어가 대왕의 일익一翼이 되어 충성을 다하겠습니다.**

조조는 병석에 누워서 코웃음을 치며 중얼거렸다.

"애송이 손권이 나에게 불 속의 밤을 줍게 하려는 계략이구나."

노룡老龍이 점차 연못 속으로 가라앉고 있다는 낌새를 챈 조정의 신하들과 그의 시중侍中, 상서尙書 등의 자리에 있는 일부 책동가들 사이에서는 이때 조조를 대위大魏 황제의 자리에 올리려는 운동이 은밀히 추진되고 있었다. 존재감 없는 한조를 폐하고 자신들의 부귀영화도 함께 꾀하겠다는 속셈에서였다.

그런데 조조는 "나는 그저 주나라 문왕 정도로 만족한다."라는 말만 할 뿐 자신이 황제의 자리에 오르겠다는 말은 하지 않았다. 그러나 이 말이 지닌 속뜻을 헤아려보면 자신의 아들을 제위에 오르게 하고 자신은 아들이 이어갈 왕조의 태조로 숭상받는다면 만족한다는 뜻이었다.

또 어느 날은 사마의 중달이 남몰래 조조에게 와서 이런 조언을 했다.

"오의 사자가 와서 스스로를 신이라고 칭하며 무릎을 꿇었으니 이참에 손권에게 뭐든 은혜를 내리고 천하에 알리는 것이 좋지 않겠습니까?"

조조는 고개를 끄덕이고 바로 지시를 내렸다.

"그래, 맞아. 잘 말해주었네. 여봐라, 손권에게 표기장군驃騎將軍,

남창후南昌侯의 인수를 보내고 형주 목에 임명한다고 발표하라."

그날 밤, 그는 꿈을 꾸었다. 세 마리의 말이 하나의 구유에 머리를 박고 서로 먹이를 먹기 위해 다투고 있는 꿈이었다. 아침이 되어 가후에게 꿈 이야기를 하자 가후는 웃으며 말했다.

"말 꿈은 길몽이 아닙니까? 그래서 말 꿈을 꾸면 민간에서는 축하할 정도입니다."

가후는 쓸데없이 자꾸 걱정하는 병자를 기쁘게 해주었다.

그러나 이 꿈은 이윽고 조씨를 대신하여 사마씨司馬氏가 천하를 취할 전조라고 말하는 사람들도 있었다.

구름도 얼어붙는 12월 중순 무렵부터 조조의 용태는 다시 위독해졌다. 한 시대를 풍미한 영웅도 병은 이길 수 없었다. 그는 밤이고 낮이고 악몽에 시달렸다. 낙양의 모든 전각과 건물이 무너져 내리는 듯한 소리가 자꾸 들린다는 것이었다. 그리고 그때마다 먹구름 속에서 일찍이 그의 명령으로 허망하게 최후를 맞이한 한조의 복 황후와 동 귀비, 또 국구 동승 등의 일족이 나타나 피로 물든 백기를 흔들기도 하고 구름 속에서 북과 징을 치고 함성을 지르는가 하면 수만 명의 남녀가 소리 높여 웃다가 순식간에 사라져버린다는 것이었다.

"이것은 모두 악귀가 하는 짓이니 한 번 천하의 도사들을 모아 기도를 올리게 하는 것이 어떻겠습니까?"

근신이 말하자 조조는 쓴웃음을 지으며 말했다.

"날마다 천금을 소비한다 해도 천명이라면 하루도 수명을 연장할 수 없다. 하물며 영웅이 죽음에 임하여 도사를 불렀다고 하면 천하의 웃음거리가 되지 않겠나?"

그 후 조조는 중신들을 머리맡에 불러 엄숙하게 말했다.

"나에게 네 명의 아들이 있는데 넷 모두 영웅호걸이라고는 할 수 없네. 평소에 내가 생각한 것을 공들에게 이야기했으니 내 뜻을 잘 헤아리고 나에게 충절을 다해 섬겼던 것처럼 장남 조비를 세워 장구한 계획을 이루도록 하게. 알겠나?"

말을 마치고 그는 그 순간 예순여섯 해의 생애를 돌아보았는지 주르륵 눈물을 흘렸다. 그리고 일족과 군신이 오열하는 가운데 홀연히 숨을 거두었다. 때는 건안 25년(220) 봄 정월 하순, 낙양에는 돌 같은 우박이 내리고 있었다.

무조

||| 一 |||

조조의 죽음은 천하의 봄을 잠시 적막하게 만들었다. 위나라뿐만 아니라 촉과 오나라 사람들의 가슴에도 인간은 결국 누구도 피할 수 없는 천명이 있다는 것을 새삼스럽게 각인시켰다.

"고인이 되고 나니 그의 위대함을 더 잘 알겠군."

"그와 같은 인물은 역시 백 년에 한 번도 나오지 않을 거야. 천 년에 한 번이라면 몰라도."

"단점도 많았지만 장점도 많았지. 만약 조조가 나타나지 않았다면 역사는 이렇게 되지 않았을 걸세. 어쨌거나 유사 이래의 풍운아였고 천하의 간웅이었어. 그가 죽으니 적막하기 그지없군."

요 며칠 동안 낙양 사람들은 모이기만 하면 조조의 죽음을 애도하고 조조의 일화를 이야기했다. 또 조조라는 인물을 평가하고 그를 그리워했다.

"나는 한의 상국相國 조참曹參의 후예다."

조조는 스스로 이렇게 말하고 다녔지만, 사실은 많이 달랐던 듯하다. 그의 양할아버지 조등曹騰은 한조漢朝의 중상시中常侍였으니 말하자면 환관이었고 때문에 당연히 자식은 없었다. 그래서 그의 아버지 조숭曹嵩은 다른 집에서 양자로 온 사람이었고, 어쨌거나 그다지 좋은 집안은 아니었던 듯하다.

원소袁紹와 싸웠을 때 원소를 위해 격문을 지은 진림陳琳이 그 격문에서 조조를 가리켜 '간사한 환관이 낳은 추물〔간엄유추姦奄遺醜〕'이라고 그의 아픈 곳을 찌른 점을 봐도 알 수 있다.

소년 시절 고향을 떠나 낙양에서 유학했다. 대학을 나와서도 방탕하게 지내다가 나중에 간신히 궁문을 지키는 경리警吏가 되었다. 오랫동안 박봉에 이가 들끓는 관복을 입고 큰소리만 치고 다녔기 때문에 누구도 그를 상대하려 하지 않았다. 그 당시에 그를 한 번 본 자장子將이 한마디로 갈파했다.

"너는 치세의 능신이자, 난세의 간웅이다."

조조의 성격과 생애를 한마디로 요약한 명언이었다. 당시 조조 역시 자장의 평가에 대해 "바라던 바입니다."라고 대답하고 떠났다고 하니, 박봉의 젊은 말단 관리의 가슴에는 이미 그 무렵부터 난세의 혼란을 보고 혼자 굳게 결심한 것이 있었음은 의심할 여지가 없다.

그의 풍채와 취향에 대해서도 고서의 기술을 종합해보면 유비처럼 살이 찌지도 않았고, 손권처럼 허리가 길고 다리가 짧은 단신도 아니었다. 마른 편으로 키가 컸다. 《조만전曹瞞傳》(삼국 시대 오나라 신원 미상의 인물이 쓴 조조의 전기)의 묘사를 보면 다음과 같다.

가벼워 위엄이 없고, 음악을 좋아하여 음악하는 자를 늘 곁에 두었다. 옷은 가벼운 비단옷에 늘 수건과 작은 물건들을 넣는 주머니를 찼다. 다른 사람과 이야기할 때는 희롱하기를 좋아하고 기뻐서 크게 웃을 때는 머리를 상 위까지 숙여 상

위의 음식이 날아가 버리는 것이 아닌가 싶을 정도였다.

대강 그의 일상은 이것으로 상상할 수 있다. 또 그가 말랐다는 증거는 《영웅전英雄傳》의 이야기인데 여포가 잡혀서 조조 앞에 끌려왔을 때 "공은 어찌 그리도 말랐소?"라고 야유하자 조조가 "정란반정靖亂反正(위태로운 상황을 평정하고 태평한 세상을 만듦), 내가 마른 것은 국사國事 때문이다."라고 마른 것이 오히려 자랑스러운 듯 대답했다는 것에서도 알 수 있다.

밤에는 경서를 읽고 아침에는 시를 읊었다. 특히 많은 책을 읽고 고향에 학문을 가르치기 위한 정사精舍를 세우고 청사 내에는 대문고大文庫를 두었다. 또 고금의 병서를 모아 간직하고 스스로도 글을 쓰는 등 그는 결코 무武 일변도의 사람은 아니었다.

단지 그에게 아쉬운 점은 그의 간웅적인 성격이 만년에 이르러 충성스럽고 선량한 신하들의 충언에 귀 기울이지 않고 결국 위왕을 참칭하고 더 나아가 한조의 제위帝位를 노릴 정도로 교만해진 점이다. 그가 젊은 시절부터 군웅들과 싸울 때마다 주장한 '존조구민尊朝救民'은 결국 자신이 패권을 잡기 위한 거짓말에 지나지 않았음을 만년에 와서 스스로 폭로한 셈이다. 영웅도 늙으면 어리석어지는가 하고 탄식하며 직언하던 충신들도 지금은 많은 수가 세상을 떠났다.

이렇게 위나라는 젊은 조비曹丕의 세대로 넘어갔다. 조비는 아버지가 죽었을 때 업도의 성에 있었다. 이윽고 낙양을 떠난 장례 행렬이 업도에 도착한 날, 그는 슬프게 울부짖으며 그 행렬을 성 밖으로 나가 맞이했다.

||| 二 |||

조비는 조조의 장남이다.

지금 업도의 위 왕궁에서 아버지의 관을 맞이한 그는 얼마나 슬프고 당혹스러웠을까? 너무도 위대한 아버지가 남긴 너무도 큰 업적을 눈앞에 둔 그는 아버지를 잃은 슬픔과 함께 한때는 뭘 어찌해야 할지 알지 못했을 것이다.

위궁 위에는 근심스러운 구름이 떠 있고, 궁 안은 향 연기로 아침을 알린다. 밤낮으로 제를 올리니 통곡 소리만 진동했다.

이런 고서古書의 기술도 과장이 아니었을 것이다.

이때 측신인 사마부司馬孚가 답답하다는 듯이 타일렀다.

"지금 태자께서는 슬픔에 잠겨 있을 때가 아닙니다. 또 주위의 중신들도 사군嗣君(왕위를 이은 임금)을 독려하여 하루라도 빨리 치국만대治國萬代의 정책을 세워서 백성들의 마음을 진정시켜야 하오."

이에 중신들이 대답했다.

"그런 주의는 따로 주지 않아도 아는 일이지만, 무엇보다도 위왕의 왕위에 태자를 올리는 절차를 밟는 것이 먼저가 아니겠소? 그런데 아직 조정에서는 그것을 허락하는 칙령조차 내려오지 않았소."

그러자 병부상서兵部尙書 진교陳矯가 앞으로 나오더니 갑자기 거친 목소리로 말했다.

"늘 그렇지만 중신들의 우유부단, 듣는 것만으로도 속이 타는 말씀이군요. 나라에 하루라도 주인이 없으면 안 됩니다. 지금 위왕께서는 승하하시고 태자께서는 관 옆에 계시니 비록 칙명이 늦더라도 즉시 태자를 왕위에 오르게 한다면 누가 감히 따르지 않겠소? 만약 이를 막고자 하는 자는 스스로 앞으로 나와 이름을 대시오."

그가 검을 빼 들고 눈을 부라리자 중신들은 모두 놀라 눈이 동그래져서 이의를 다는 자가 없었다.

그때 죽은 조조가 신임하던 중신인 화흠이 허창에서 급히 달려왔다. 화흠이 왔다는 말에 사람들은 무슨 일이 일어났나 싶어서 더욱 놀라 마른침을 삼켰다.

화흠은 도착하자마자 우선 조조의 영단靈壇에 절을 하고 태자 조비에게 여러 번 인사한 후 신하들을 둘러보며 큰 소리로 비난했다.

"위왕의 서거가 전해져 백성들은 하늘의 태양을 잃은 듯 애곡하며 일손도 잡히지 않는 모양이오. 그대들은 다년간 많은 녹을 받아먹고도 오늘과 같은 이러한 때에 망연히 손을 놓고 대체 뭘 그리 우물쭈물하고 있는 것이오? 어째서 하루빨리 태자를 세워 새로운 정강政綱을 걸고 천하에 위나라가 건재하다는 것을 보이지 않는 것이오?"

사람들은 입을 모아 이미 그 일에 대해 의논하고 있었으나 아직 조정에서 아무 소식이 없기 때문에 삼가고 있는 중이라고 해명했다.

그러자 화흠이 코웃음 치며 말했다.

"조정에는 지금 그런 재주와 지각이 있는 신하도 없고 무엇보다 허도에는 정사를 행할 기능조차 없소. 그런데 수수방관하며 칙명이 내려오기만을 기다리겠다니, 대체 언제까지 기다릴 생각이오? 그래서 내가 직접 조정에 가서 천자께 상주하여 칙명을 받아왔소."

화흠은 품속에서 칙서를 꺼내 일동에게 보이더니 소리 높여 읽기 시작했다. 칙서의 내용은 위왕 조조의 공을 칭송하고 대를 이을 조비에게 아버지의 왕위를 이을 것을 명령한 것으로 건안 25년(220) 봄 2월 조칙이라고 분명히 쓰여 있었다.

중신들을 비롯해서 사람들은 모두 기뻐했다. 물론 이것은 황제의 본의가 아니었으나, 위나라에 자신의 세력을 심어두려는 화흠이 허도의 조정에 달려가 무리하게 청한 것이었다.

어쨌거나 형식은 갖추어졌다. 조비는 위왕의 자리에 올라 백관의 축하를 받음과 동시에 천하에 그것을 알렸다.

그때 파발이 도착했다.

"언릉후鄢陵侯 조창曹彰이 10만 명의 병사를 이끌고 장안에서 이리로 오고 있습니다."

"뭐, 아우가?"

조비는 의심하며 만나기도 전부터 몹시 두려워했다. 조창은 조조의 차남으로 형제 중에서 무예가 가장 뛰어났다. 조비는 자신과 왕위를 다투기 위해서 오는 것이 아닌가 하여 전전긍긍하며 대책을 강구했다.

||| 三 |||

조조에게는 네 명의 아들이 있었다.

생전에 조조가 가장 총애한 아들은 셋째 조식이었지만, 조식이 너무 예술적이고 섬세해서 일찌감치 '나의 뒤를 이을 자질은 아니다.'라고 배제했다. 또 넷째 조웅은 병이 많고 둘째 조창은 용맹하지만 세상을 다스릴 재능이 부족했다. 그래서 조조는 후사를 맡길 사람은 역시 첫째 조비밖에 없다고 생각했다. 조비는 부모가 보기에 성실하고 인정이 많은 데다 공손하고 겸손하나 세상에서 흔히 말하는 얌전하고 굼뜬 맏아들의 전형적인 모습이 다소 보였다. 그러나 그것도 신하들의 보필을 받으면 문제가 없을 것이라고 생각하고 중신들에게도 그 뜻을 유언으로 남겼다.

그러나 왕위 계승의 일로 형제들 사이에서는 전부터 무언의 다툼이 있어왔고, 특히 형제들을 각각 따르는 신하들 사이에도 암투가 있었기 때문에 지금 형제 중에서도 가장 성격이 거친 조창이 10만 병사들을 이끌고 장안에서 온다는 소식을 듣고는 조비도 불안했음이 틀림없다.

"걱정하지 마십시오. 그분의 기질은 소신이 잘 알고 있습니다. 우선 소신이 가서 본심을 알아보겠습니다."

그렇게 말하고 그를 위로한 간의대부諫議大夫 가규賈逵는 서둘러서 성문 밖으로 나가 조창을 맞아들였다. 조창은 그를 보자마자 물었다.

"선군先君의 옥새와 인수는 어디에 두었느냐?"

가규는 정색하며 대답했다.

"집에는 장자가 있고 나라에는 태자가 있습니다. 망군亡君의 인수는 마땅히 있어야 할 곳에 있습니다. 대체 무슨 이유로 그것을 물으십니까?"

조창은 할말이 없는지 입을 다물어버렸다.

궁문에 다다르자 가규는 거기서 다시 못을 박았다.

"오늘 여기에 오신 것은 선친을 문상하기 위함입니까, 왕위를 다투기 위함입니까? 다시 말하면 충성스럽고 효를 아는 사람이 될 생각입니까, 대역죄인이 될 생각입니까?"

조창이 발끈 성을 내며 말했다.

"나에게 어찌 다른 마음이 있겠는가! 이곳에 온 것은 아버님을 문상하기 위함이다."

"그렇다면 10만의 병사를 이끌고 들어오실 필요는 없을 것입니다. 모두 여기에서 물려주십시오."

이리하여 조창은 혼자 궁문으로 들어가 형 조비와 대면하여 손을 맞잡고 아버지의 죽음을 애도했다. 조비가 위왕의 자리에 오른 날부터 개원改元하여 건안 25년(220)은 동년 봄부터 연강延康 원년으로 부르게 되었다.

화흠은 공로를 인정받아 상국相國의 자리에 올랐고 가후는 대위大尉에 봉해졌으며 왕랑王郎은 어사대부御史大夫로 승진했다. 그 외에 높고 낮은 관료와 무인 모두에게 포상이 내려졌고 조조의 장례가 끝난 날 고릉高陵의 분묘에서는 특사가 서서 보고제報告祭를 올렸다.

"이후 무조武祖라는 시호를 바칩니다."

장례가 끝난 후 상국 화흠은 어느 날 조비에게 가서 말했다.

"둘째 왕자님은 전에 이끌고 왔던 10만의 군마를 모두 위성에 넘기고 이미 장안으로 돌아가셨다고 하니 그분은 일단 의심하지 않으셔도 될 것입니다. 셋째 왕자님과 넷째 왕자님은 부친상에 얼굴도 보이지 않고 지금까지 즉위에 대한 어떤 축하의 말도 없습니다. 그러니 영을 내려 그 죄를 물어야 마땅합니다. 그냥 둘 일이 아닙니다."

조비는 그 말에 따라 즉시 영을 발하여 두 아우에게 사자를 보내 죄를 물었다.

조웅에게 갔던 사자는 돌아와서 눈물을 흘리며 고했다.

"늘 병약하기도 하셨지만 죄를 묻는 문서를 전달했더니 그날 밤 목을 매어 자결하셨습니다."

조비는 몹시 후회하며 후하게 장사를 지내주었다. 셋째 조식에게 갔던 사자도 돌아왔지만, 이 사자의 보고는 조웅 때와는 달리 조비를 격노케 했다.

일곱 걸음의 시

||| 一 |||

조비가 심하게 화를 낸 것은 다 이유가 있었다.

이하는 영을 가지고 조식에게 갔다가 돌아온 사자의 말이다.

"소신이 방문한 날도 소문대로 임치후臨淄侯 조식께서는 정의丁儀, 정이丁廙 등 총애하는 신하들을 데리고 전날 밤부터 주연을 연 듯했습니다. 그건 그렇다 치더라도 적어도 형님인 위왕의 영을 가지고 사자가 왔다고 하면 입을 헹구고 술자리를 정리한 후 공손히 맞아들여야 하거늘 자리에서 움직이지도 않고 술자리로 소신을 불렀습니다. 게다가 신하인 정의가 사자인 소신을 보자마자 '함부로 입을 놀리지 마라. 선왕께서 살아계실 때 이미 한 번 우리 조식 님을 태자로 세우시겠다고 분명히 말씀하신 적이 있다. 그런데 간신들의 말에 속아 결국 뜻을 이루지 못하고 돌아가셨건만 그 장례가 끝나자마자 우리 조식 님께 죄를 묻는 사자를 보내는 것은 그야말로 언어도단이다. 조비라는 주군이 그리도 우둔한 주군이더냐? ……아니면 주위에 제정신이 박힌 신하가 없는 것이냐?'라고 비난을 퍼부었습니다. 또 한 사람 정이라는 자도 '너는 모르느냐? 우리 주군은 학식과 덕이 뛰어나고 시상이 풍부하여 붓을 잡으면 즉시 주옥같은 문장이 나온다. 게다가 태어나면서부터 왕자王者의 풍모를 갖추신 분이다. 네가 모시는 조비 따위와는 천성부터가 다르다. 특히 조비의 신하들은 모두 평범하고 어리석으니 어찌 어진 주군과 아둔한 주군을 구별할 수 있겠느냐?'라며 처음부터 막무가내로 몰아세우는 통에 할 수 없이 영만 전하고 허둥지둥 돌아왔습니다……."

이렇게 해서 조비의 분노는 결국 형제간의 분쟁을 일으키게 되었다. 그의 엄명을 받은 허저는 정병 3,000여 명을 이끌고 즉시 조식의 거성인 임치臨淄로 달려갔다.

"우리는 왕의 군사다."

"왕명을 가지고 온 군대다."

허저의 병사들은 저마다 한마디씩 하며 문을 지키는 병사들을 짓밟고 찔러 죽이며 대항할 틈도 주지 않고 안으로 밀고 들어갔다. 그리고 마침 오늘도 주연을 즐기고 있던 정의, 정이를 비롯해 조식까지 모두 포박하여 수레에 싣고 즉시 업도의 위성으로 돌아왔다.

증오로 얼굴이 붉어진 조비는 일당을 계단 아래로 끌고 오게 하여 힐끗 쳐다보더니 허저에게 명했다.

"우선 저 두 놈부터 주살하라."

검광劍光이 번뜩이자 두 개의 목이 떨어졌다. 계단의 난간은 붉게 물들고 땅에는 피의 연못이 생겼다.

그때 조비의 뒤로 급히 달려오는 발소리가 들리더니 안색이 창백해진 노부인이 그의 다리에 매달려 울먹였다. 두 신하가 눈앞에서 목이 날아가자 핏속에서 상심하고 있던 조식이 창백해진 얼굴을 들어 보니 노부인은 자신들 형제를 낳은 어머니 변씨였다.

"앗…… 어머니."

조식이 저도 모르게 아이처럼 자비를 구하는 손을 내밀자 노모는 눈물이 가득한 눈으로 노려보며 호되게 꾸짖었다.

"식아, 너는 어째서 선왕의 장례식에도 참석하지 않았느냐? 네놈 같은 불효자는 없을 것이다!"

그리고 조비의 옷자락에서 손을 놓지 않으며 말했다.

"비야, 비야. 잠깐 내 말 좀 들어다오. 평생의 소원이다."

그러면서 조비를 끌고 편전 뒤로 가서 부디 형제의 정을 생각해서 조식의 목숨을 살려달라고 눈이 짓무를 정도로 울며 조비에게 부탁했다.

"알겠습니다……. 그렇게 슬퍼하지 마십시오. 처음부터 아우를 죽일 생각은 없었습니다. 다만 혼을 좀 내주려던 것이었습니다."

조비는 그대로 안으로 들어가 며칠 동안 정사를 돌보러 대전에도 나오지 않았다.

화흠이 그의 기분을 살피러 왔다. 그리고 이야기를 나누다가 물었다.

"얼마 전에 모후께서 무슨 말씀을 하셨습니까? 조식을 죽이지 말라고 하지 않으셨습니까?"

"상국은 어디에서 그 말을 들었소?"

"엿들은 것은 아닙니다만 그 정도는 충분히 추측할 수 있습니다. 그런데 대왕의 결심은 어떠하신지 궁금합니다."

||| 二 |||

화흠이 말을 이었다.

"조식의 재능을 아껴 그냥 두시면 주위 사람들이 그를 중심으로 무슨 짓을 꾸밀지 모릅니다. 지금 제거하지 않으면 훗날 큰 화근이 될 것입니다."

"……하지만 나는 어머님께 이미 약속했소."

"뭐라고 약속하셨습니까?"

"절대로 아우를 죽이지 않겠다고……."

"어째서 그런 말씀을……."

화흠은 혀를 차며 말했다.

"그렇지 않아도 조씨 가문에 재능 있는 사람은 조식밖에 없다며 조식이 입을 열면 소리는 문장을 이루고 아무렇게나 하는 말조차 주옥같이 아름답다고 모두 칭송하고 있습니다. 황공하옵니다만 그런 평판은 모두 주군께 불리한 것이 아닙니까?"

"그렇지만 어쩔 수가 없어요."

"아닙니다. 한 번 이렇게 해보시는 것이 어떻겠습니까?"

화흠은 조비의 귀에 입을 가져다 댔다. 조비의 얼굴에는 아우의 재능에 대한 질투가 드러나 있었다. 간신의 달콤한 말은 젊은 주군의 약점을 찔렀다.

그가 일러준 계책은 이러했다.

"지금 조식을 불러 그의 시재를 시험해보고 만약 잘하지 못하면 그것을 구실로 죽이십시오. 또 소문대로 재능을 보이면 관작을 떨어뜨리고 멀리 보내 천하가 번망한 시대에 시문에 빠져 있는 자들의 본보기로 삼으면 될 것입니다. 일거양득의 계책이 아닙니까?"

"좋소. 즉시 부르시오."

조비의 부름에 조식은 두려워 떨며 형님의 방으로 끌려왔다. 조비는 일부러 쌀쌀맞게 말했다.

"이보게 아우, 아니 식아. 집안의 법도로는 형제지만 국법에 의하면 군신 관계다. 그런 생각으로 들어라."

"예."

"선왕도 시문을 좋아했기 때문에 너는 자주 시를 지어 비위를 맞추며 알랑거리는 통에 형제 중에서도 가장 큰 사랑을 받았지만, 그 무렵부터 은밀히 다른 형제들도 말하더구나. 너의 시는 직접 지은 것이 아니라 너의 주위에 있던 시문의 명가가 대신 지은 것이라고. 나도 실은 그것을 의심하고 있다. 진짜인지 거짓인지 오늘 여기서 너의 재능을 시험해보려고 한다. 만약 나의 의심이 풀리면 목숨은 살려주겠으나 그 반대인 경우에는 오랫동안 선왕을 속인 죄를 즉석에서 묻겠다. 알겠느냐?"

그러자 조식은 찌푸렸던 인상을 펴며 대답했다.

"네, 알겠습니다."

조비는 벽에 걸려 있는 큰 폭의 옛날 그림을 가리켰다. 두 마리의 소가 격투하는 묵화에 예스러운 서체로 누군가가 글을 써놓았다.

> 이두투장하二頭鬪牆下(두 마리의 소가 서로 담벼락 아래서 싸우다가)
> 일우추정사一牛墜井死(한 소가 우물에 빠져 죽었다)

조비는 그 글자들을 한 글자도 사용하지 않고 투우에 대한 시를 지으라는 어려운 문제를 조식에게 냈다.

조식은 종이와 붓을 청하여 그 자리에서 시 한 수를 적어 형의 손에 건넸다. 우牛라는 글자도 투鬪라는 글자도 쓰지 않은 멋진 투우에 대한 시가 적혀 있었다.

조비는 물론 그 자리에 있던 신하들도 모두 혀를 내두르며 그의 재능에 놀랐다. 화흠은 당황하여 책상 아래에서 조비의 손에 뭔가 적은 쪽지를 슬쩍 건넸다. 조비는 눈을 내리깔고 쪽지를 보더니 즉시 소리 높여 다음 문제를 냈다.

"식아! 일어나거라. 그리고 실내를 일곱 걸음 걸어라. 만약 일곱 걸음을 걷는 동안 시 한 수를 짓지 못하면 너의 머리는 여덟 걸음째에 바닥에 떨어질 것이다."

"네……."

조식은 벽을 향해 걸음을 옮겼다. 한 걸음, 두 걸음, 세 걸음…… 걸으면서 그는 구슬프게 읊었다.

> 자두연두기煮豆燃豆萁(콩을 삶는 데 콩깍지로 불을 때니)
> 두재부중읍豆在釜中泣(콩이 솥 안에서 우는구나)
> 본시동근생本是同根生(본래 같은 뿌리에서 났거늘)
> 상전하태급相煎何太急(어찌 이리 급하게도 삶아대는가)

조비는 끝내 눈물을 흘렸고 신하들도 모두 울었다. 시는 사람의 심금을 울린다. 조식의 시는 조식의 목숨을 구했다. 그날로 안향후安鄕侯로 좌천되어 말을 타고 쓸쓸히 위 왕궁을 떠났다.

사사로운 정을 끊다

||| 一 |||

한중왕 유현덕은 건안 25년(220) 봄, 60세가 되었다. 조조보다 여섯 살 아래다.

조조의 죽음은 벌써 성도에도 전해졌다. 다년간의 호적수를 잃은 유비의 가슴에는 일말의 적막감이 찾아왔다. 적이지만 아까운 인물이라고 과거의 전투를 돌아봄과 동시에 이윽고 죽음이 자신에게도 필연적으로 찾아올 것이라고 생각했음이 틀림없다.

'나도 벌써 예순이구나.'

나이를 먹으면 조급해진다는 인간의 공통점은 크든 작든 그러한 심리가 무의식중에 작용하기 때문일 것이다. 유현덕도 예외는 아니었다. 자신이 살아 있는 동안에 오나라를 정벌하고 위나라를 멸망시켜 이상을 실현하고자 하는 마음이 나이가 들자 더욱 심해졌다.

마침 위나라에서는 조비가 왕위에 올라 조정을 더욱 업신여기고 있다는 말을 듣고 유비는 어느 날 성도의 한 궁에 문무 대신들을 모아놓고 위나라의 부도덕함을 비난하고 또 관우의 죽음을 애석히 여기며 말했다.

"우선 오를 쳐서 관우의 원수를 갚은 다음 교만한 위를 공격할 생각인데 경들의 생각은 어떠하오?"

사람들의 눈이 반짝였다. 지금은 국력도 충분히 회복했고, 병마는 유사시를 대비해 훈련을 게을리하지 않았다. 사람들은 모두 이견이 없는 듯했다.

이때 요화가 나서며 말했다.

"유봉과 맹달은 위험에 처한 관우 장군을 돕지 않아 죽게 했습니다. 오에 원수를 갚기 전에 먼저 그들을 처리하는 것이 복수전의 의의가 있을 것입니다."

유비는 고개를 크게 끄덕이며 말했다.

"그 일에 대해서는 나도 하루도 잊지 않고 있네. 즉시 유봉과 맹달을 소환하여 벌을 내리도록 하라."

옆에 있던 공명이 간언했다.

"아니, 화급하게 소환한다면 반드시 변고가 생길 것입니다. 우선 두 사람을 일군의 태수로 봉한 후 천천히 처리하는 것이 좋을 듯합니다."

반란의 동기는 항상 그런 일을 계기로 일어난다. 과연 그렇구나 하며 사람들은 공명의 명찰明察에 감탄했다.

그런데 그날 신하들 중에 팽의彭義라는 자가 있었다. 그와 맹달은 평소 매우 친분이 두터웠다. 회의가 끝나자 급히 성을 나가더니 집에 돌아오자마자 밀서를 쓰기 시작했다.

자네의 목숨이 위험하네. 전직을 알리는 서찰이 도착해도 방심하지 말게. 관우의 죽음이 다시 문제시되기 시작했네.

이 밀서를 전하러 가던 사내가 남쪽 성문 밖에서 야간 경비를 서고 있던 마초의 부하에게 붙잡혔다.

마초는 편지를 보고 소스라치게 놀랐지만 확실하게 하기 위해 팽의의 집을 방문하여 그의 동정을 살피기로 했다.

"잘 오셨소."

아무것도 모르는 팽의는 술을 내와 밤이 깊도록 마셨는데, 그러는 동안에 마초의 교묘한 말에 걸려들어 자신의 속내를 털어놓고 말았다.

"만약 상용의 맹달이 들고일어나면 장군도 성도에서 내응해주시오. 불초 팽의에게도 충분히 승산이 있소. 장군과 같은 대장부가 언제까지 변변찮은 촉의 문지기 개에 만족하며 지낼 것이오?"

마초는 다음 날 한중왕을 찾아가 팽의의 밀서와 함께 어젯밤의 일을 모두 고했다. 유비는 즉시 팽의를 체포하라고 명하고 잡아들인 그를 하옥시킨 후 공모한 무리가 있는지 조사하기 위해 고문했다.

팽의는 깊이 후회하며 옥중에서 잘못을 뉘우치고 반성하는 글을 공명에게 보내 부디 살려달라고 호소했다. 유비도 그의 진정陳情을 보고 마음이 움직인 듯 말했다.

"군사, 어떻게 하면 좋겠소?"

공명은 차갑게 고개를 저으며 말했다.

"그가 쓴 글은 광인의 말이라고 보셔야 합니다. 반골인 자는 한때 은혜를 입어도 나중에 반드시 그 반골을 드러냅니다."

그리고 그는 오히려 그날 밤 즉시 팽의를 죽이라고 제언했다.

팽의가 죽임을 당했다는 소식을 듣고 멀리 떨어진 곳에 있는 맹달도 신변에 위협을 느끼기 시작했다. 그에게는 원래 반역하려는 마음이 있었는데, 그의 부하 신탐申耽과 신의申儀 형제가 위나라에 투항을 권했다.

"위나라로 달아나면 조비가 중용할 것이 틀림없습니다."

그는 같은 성에 있는 유봉에게도 알리지 않고 불과 50~60명의 부하들만 데리고 한밤중에 도주했다.

||| 二 |||

유봉은 날이 밝은 뒤에야 맹달이 도주했다는 소식을 들었으나 여전히 믿지 못하겠다는 얼굴로 말했다.

"그의 부하들은 모두 남아 있고 어제와 달라진 점이 없다. 사냥이라도 나간 것이 아니냐?"

주위의 신하들이 의심스러운 점을 말해도 설마 하며 느긋한 모습이었다.

그때 국경의 책문에서 파발이 날아왔다. 50명가량의 장졸이 관문을 뚫고 위나라로 갔다는 보고였다. 그제야 허둥지둥 병마를 규합하여 유봉이 몸소 앞장서서 급히 추격했으나 때는 이미 늦었다.

'맹달이 어째서 관직과 군대를 버리고 위나라로 가버렸을까?'

아직 아무것도 깨닫지 못한 유봉은 단지 그의 생각을 의아하게 여길 뿐이었다. 얼마 후 성도에서 급사가 와서 한중왕의 명령을 전했다.

맹달의 반역은 명백하다. 어찌 수수방관하고 있는가. 즉시 상용과 면죽의 병사들을 일으켜 그의 불의를 꾸짖고 목을 베도록 하라.

이는 공명의 깊은 계책으로 유비는 성도의 촉군을 보내 처리할 생각이었으나, 공명은 그것이 상책은 아니라고 보고 유봉에게 맹달의 추격을 명하면 그 싸움에서 이기든 지든 유봉은 성도로 돌아올 수밖에 없으니 그때 처단하는 것이 최선의 방법이라고 설득한 것이다.

한편 위나라에 투항한 맹달은 조비 앞에 끌려가 일단 심문을 받았다. 조비는 내심 이 유력한 대장의 투항을 환영하면서도 반신반의하며 물었다.

"유비가 너를 홀대한 것 같진 않던데 대체 무슨 연유로 우리에게 투항한 것이냐?"

맹달이 대답했다.

"관우 군이 전멸했을 때 맥성으로 지원하러 가지 않은 것에 대해 유비가 책임을 묻고 있습니다. 관우를 죽음으로 몰고 간 것은 맹달이라며 저를 해하려는 뜻을 알았기 때문입니다."

마침 양양 방면에서 급보가 들어왔다. 유봉이 6만여 병사를 이끌고 국경을 침범하여 곳곳에 불을 지르며 진격해오고 있다는 것이었다. 조비는 맹달을 시험해보기에 좋은 기회라고 생각했다.

"양양에는 하후상과 서황 등이 있으니 결코 걱정할 필요는 없지만, 시험삼아 일단 그대가 양양의 아군에 가세하여 유봉의 목을 가지고 오라. 그대의 처우에 대해서는 그 이후에 생각해보기로 하겠다."

조비는 그를 산기상시散騎常侍 건무장군建武將軍에 임명하고 양양으로 보냈다.

맹달이 양양에 도착했을 때 유봉의 병사들은 이미 교외에서 80리 떨어진 곳까지 와 있었다. 그는 한 통의 편지를 적어 유봉의 진영에 사자를 보내며 말했다.

"답장을 받아오너라."

유봉이 편지를 받아서 보니 우정 어린 문장으로 다음과 같이 쓰여 있었다.

생각한 것이 있어서 나는 위나라의 신하가 되었네. 자네도 위나라에 항복하여 장래의 부귀를 약속받는 것이 어떻겠나? 자네는 한중왕의 양아들이지만 원래 구씨寇氏의 아들이 아닌가? 유씨의 대통은 이미 한중왕의 친자가 이어받기로 되어 있네. 자네도 이 기회에 위나라에 와서 가문을 다시 일으켜보지 않겠나?

유봉은 편지를 읽자마자 찢어서 내던졌다.

"지금까지는 아직 그에게 일말의 우정이 남아 있었건만 이런 불충불효를 권하는 악인이라는 것을 알았으니 오히려 단념하기 쉽군."

그는 사자의 목을 치고 즉시 병사들을 이끌고 양양성으로 진격했다.

그러나 유봉은 연전연패했다. 적의 진두에는 언제나 맹달이 나타나 유봉을 괴롭혔다.

게다가 양양성에는 위나라의 용장으로 유명한 서황과 하후상이 있었기 때문에 도저히 상대가 되지 않았다.

참패를 거듭한 유봉 군은 세 명의 적장에게 포위되어 심한 타격을 입고 결국 상용으로 패퇴했지만 그곳도 어느새 위군에 점령되어 있었다.

그는 결국 100여 명의 병사를 이끌고 성도로 도망치는 것 외에는 다른 수가 없었다. 공명의 선견지명이 적중한 것이었다.

||| 三 |||

유봉이 패해서 돌아왔다는 소식을 들은 유비는 신하에게 지시했다.

"방에 들이지 마라. 계단 아래에 있게 하라."

그리고 공명을 쳐다보며 한숨을 내쉬었다.

그는 무거운 걸음을 옮겨 바깥채에 가서 계단 아래 엎드려 있는 양자 유봉을 노려보며 말했다.

"이놈, 무슨 면목으로 돌아왔느냐?"

유봉은 겨우 얼굴을 들고 묻지도 않은 것에 대해 변명을 늘어놓았다.

"숙부님을 위기에서 구하지 않은 것은 저의 뜻이 결코 아니었습니다. 그때 맹달이 완강하게 거절하는 바람에 그만 그의 말에 넘어가 어쩔 수 없이 저도 지원하러 가지 못한 것입니다."

유비는 눈꼬리를 올리며 말했다.

"시끄럽다. 그런 변명은 듣고 싶지 않다. 너는 사람의 음식을 먹고 사람의 옷을 입는 인간임에도 맹달의 궤변에 동조하여 위기에 처한 숙부를 죽음으로 몰고 갔으니 개나 짐승과 다를 것이 없다. 참으로 정나미가 떨어지는 놈이구나. 썩 물러가라. 보기도 역겹다."

심하게 꾸짖었지만, 오랫동안 길러온 자식인지라 사사로운 정이 앞서는 것이 사실이었다. 눈물을 머금고 고개를 옆으로 돌린 채 다시는 계단 아래 있는 아들을 똑바로 보지 않았다.

"……전적으로 저의 잘못입니다. 부디 이번 한 번만 용서해주십시오. 부탁드립니다."

유봉은 눈물을 흘리며 몇 번이나 이마를 땅바닥에 찧었다. 그러나 유비는 외면한 채 목석처럼 사사로운 정을 억누르고 있었다.

그러는 동안 유봉은 어린아이처럼 오열했다. 그 소리에는 유비도 가슴이 찢어지는 듯했다. 마침내 그의 화난 얼굴이 자애로운 아버지의 얼굴로 변하려고 했다.

"……."

그러자 그때까지 잠자코 유비를 지켜보던 공명이 눈짓을 보내 무너지려는 유비의 의지를 다시 다잡게 했다.

유비는 갑자기 벌떡 일어서더니 주위의 신하들에게 명령했다.

"여봐라, 저놈을 끌고 가서 당장 목을 베도록 하라."

그리고 고개를 숙이고 도망치듯이 안으로 들어가 버렸다.

방 안에 틀어박혀 그는 혼자 벽을 보며 한탄하고 있었다. 그때 한 나이 든 신하가 조심스럽게 와서 말했다.

"양양의 전장에서 도망쳐온 부하들에게 유봉 님에 대해 제가 여러 가지로 물어보았습니다. 유봉 님은 상용에 있을 때부터 이미 지난날의 잘못을 깊이 뉘우치고 있었으며, 맹달이 위나라로 달아난 후에는 더욱 참회하는 모습을 보였다고 합니다. 그리고 양양의 진영에서도 맹달의 항복을 권유하는 편지를 찢고 그 사자도 그 자리에서 벤 후 전투에 임했다고 합니다. 이것으로 그 후의 심정을 알 수 있습니다. 부디 자비를 베풀어주시기를 저희 신하들도 간절히 청하옵니다."

그렇지 않아도 유비는 살려주고 싶어서 견딜 수 없는 참이었다. 그는 누군가 그렇게 말해주기를 바라고 있던 차에 이런 말을 들었던 것이다.

"오오, 그에게도 일말의 양심은 있었단 말인가. 충효가 무엇인지 조금은 분별할 수 있는 모양이군. 가엾은 녀석. 죽일 것까지는 없지."

그는 구르듯이 복도로 나왔다. 그리고 유봉을 살려주라는 명령을 전하라고 늙은 신하를 보냈다.

그러나 그때 이미 무사들이 유봉의 목을 베어 그곳으로 가지고 오고 있었다.

"뭐, 뭐라고? 벌써 목을 베었단 말이냐? 경솔하게 분노에 차서 결국 아들을 죽이고 말았구나. 아아, 슬프도다."

그는 정신 나간 사람처럼 중얼거리며 한탄했다.

그때 공명이 와서 한탄하는 그를 방 안으로 부축해 들어갔다. 그리고 조용히 말했다.

"저도 목석이 아니니 주군의 심정을 모르지 않습니다. 그러나 국가의 대계를 생각하신다면 그리 슬퍼할 일이 아닙니다. 이 정도의 슬픔에 평범한 사람처럼 슬퍼하신다면 어찌 대업의 기초를 세울 수 있겠습니까? 아녀자나 어린아이와 같은 정입니다. 자신의 눈물을 스스로 비웃으십시오. 주군은 한중왕이십니다."

"……."

유비는 고개를 끄덕였다. 그러나 예순의 노령인 그에게는 이 일도 나중에 병의 원인 중 하나가 되었다.

개원

||| 一 |||

위나라에서는 그해 건안 25년(220)을 연강 원년으로 고쳤다. 또 여름 6월에는 위왕 조비의 순유巡遊가 있었다. 문무백관을 수행원으로 삼고 호위에는 정병 30만을 거느리고 아버지 조조의 고향인 패국 초현을 방문하여 선조의 묘에 제사를 올렸다.

백성들은 길을 쓸고 행렬이 지나가면 엎드려 절했다. 특히 고향인 초현에서는 길에 나와 술을 바치고 떡을 올리며 "고조高祖께서 고향에 오신 적도 있지만 그때도 이렇게까지는 성대하지 않았지." 라고 서로 축하했다.

그러나 조비의 체류는 너무 짧았다. 제사가 끝나자마자 돌아갔기 때문에 고향 사람들은 왠지 맥이 빠졌다. 하후돈이 위독하다는 보고를 받았기 때문이었는데 조비가 귀국했을 때는 이미 대장군 하후돈은 죽은 뒤였다.

조비는 아버지 때부터의 공신을 후하게 장사지냈다.

"흉사는 연이어 일어난다고 하더니 정월 이래 반년 동안은 장제葬祭만 치르는구나."

조비는 중얼거렸다. 신하들도 조금은 걱정되던 참이었는데, 8월 이후에는 신기하게도 길한 일만 계속되었다.

"석읍현石邑縣이라는 시골에 봉황이 내려왔다고 합니다. 개원改元한 해에 크게 길할 징조라고 떠들면서 현민의 대표가 축하하러 왔습니다."

신하가 이렇게 전하여 조비를 기쁘게 했다. 그리고 얼마 지나지 않아 이런 보고가 들어왔다.

"임치에 기린麒麟이 나타나서 백성들이 기린을 우리에 넣어 바쳤습니다."

또 늦가을 무렵 업도의 한 지방에서 황룡이 출현했다고 누구랄 것 없이 소문을 퍼뜨리며 어떤 사람은 봤다, 어떤 사람은 보지 못했다는 등 소란을 떨었다.

이상한 것은 이런 소문이 퍼지는 것과 때를 같이하여 위왕을 대대로 모시고 있는 신하들이 날마다 전각에 모여 그럴듯한 이유를 붙여가며 제위를 찬탈할 음모를 공공연히 의논하기 시작했다는 것이다.

"지금 하늘이 상서로운 징조를 보여주셨소. 이는 바로 위가 한을 대신하여 천하를 다스리라는 계시. 위왕께 황제의 자리를 물려주도록 한제漢帝께 상주해야 하오."

시중 유이劉廙, 신비辛毘, 유엽劉曄, 상서령 환해桓楷, 진교陳橋, 진군陳群 등을 주축으로 문무관 40여 명이 마침내 연서한 결의문을 들고 중신인 대위 가후, 상국 화흠, 어사대부 왕랑 등 세 사람을 설득하러 갔다.

"그대들이 생각한 부분은 일찍이 우리도 생각한 것이었네. 선군인 무왕武王의 유언도 있으니 필시 위왕께서도 이의는 없을 걸세."

세 중신의 말도 부절을 맞춘 듯 일치했다. 기린도 봉황도 먼 지방에서 나타난 것이 아니라 어쩌면 이들 중신들의 머릿속에서 나온 것일지도 모른다.

그러나 조롱박에서 망아지가 튀어나온다거나 회의실에 황룡이 출현하는 등 상식적으로는 절대 있을 수 없는 일이 일어나는 것은 중국에선 이상한 일도 아니었다. 백성들도 기적을 좋아한다. 봉황 따위는 없다는 설보다 있다는 설이 더 많은 사람의 지지를 받고 있었다.

조정을 받드는 것도, 제위에 대한 관심도, 이 대륙의 백성들은 황룡과 봉황을 생각하는 것과 같은 것이었다. 상류층과 중류층의 인사들 중에서도 자국의 역사에 대해 그 시대에 적응한 해석을 내리고 자신들의 인위人爲를 모두 천상天象이나 상서로운 조짐 탓으로 돌렸다. 즉 기운機運을 조성하여 공작을 꾸미는 식이었다.

왕랑, 화흠, 중랑장 이복李伏, 태사승太史丞 허저 등 위나라의 신하들은 결국 허도의 내전으로 가서 엎드려 주청했다. 아니, 황제에게 압박을 가했다고 하는 표현이 맞을 것이다.

"황공하옵니다만, 이미 한조의 운기는 다했사옵니다. 황위를 위왕께 물려주시고 천명에 따르시기를 바라옵나이다."

||| 二 |||

헌제는 아직 서른아홉 살이었다. 아홉 살 때 동탁에게 옹립되어 천자의 자리에 오른 이래 전화 속에서 몇 번이나 천도하고 고난의 길에서 굶주림조차 맛보며 이윽고 허창을 도성으로 정하고 겨우 후한의 조묘가 안정되는가 싶었다. 그러나 조조의 전횡은 그치지 않았고 위나라 신하들의 무례와 조정 신하들의 영락으로 조정은

있어도 없는 것이나 다름없었다.

후한의 역대 황제 중에서 헌제만큼 불우한 사람도 없었을 것이다. 그의 생애는 기구하고 박복하기 짝이 없었다.

게다가 지금 또 위나라 신하들로부터 신하로서 도저히 입에 담아서는 안 되는 것을 강요당했다. 그의 심정은 어땠을까?

황제도 물론 그것을 그 자리에서 바로 수락할 수는 없었다.

"과인의 부덕은 그저 나 자신을 원망할 수밖에 없지만 과인이 능력이 부족하다고 해서 어찌 조종祖宗(임금의 조상)의 대업을 버릴 수 있겠소? 일단 한 번 논의해보리다."

황제는 이렇게 말하고 내전으로 들어가 버렸다. 화흠과 이복의 무리는 그 후에도 계속 황제를 찾아가 기린, 봉황의 상서로운 조짐에 대해 이야기하거나 역수曆數에 대해 말하곤 했다.

"소신들이 밤에 천문을 보니 한의 기운은 이미 쇠하고 황성皇星은 빛을 잃었사옵니다. 그에 반해 위왕의 건상乾象은 하늘과 땅에 가득하옵니다. 그야말로 위가 한을 대신할 징조가 아니고 무엇이겠습니까? 사천대司天臺의 역관들도 모두 그렇게 말하고 있사옵니다."

그리고 언제는 반 협박조로 이렇게 말하기도 했다.

"옛날 삼황三皇, 오제五帝도 덕으로 황제의 자리를 물려주어 덕 없는 자는 덕 있는 자에게 양보하는 것을 원칙으로 삼았사옵니다. 가령 천리에 따르지 않으면 반드시 자멸하거나 혹은 다음 황제의 세력에 의해 쫓겨났사옵니다. 한조 이미 400년, 결코 폐하의 부덕이 아니라 자연스럽게 그 시기가 도래한 것이옵니다. 이 점을 깊이 생각하시어 망설인다거나 화를 자초하는 일이 없도록 주의하십시오."

그러나 황제는 여전히 완고하고 명확하게 말했다.

"길조나 천상의 일은 모두 취하기에 부족한 뜬소문이오. 사실이 아니오. 고조께서 3척의 검을 들고 진과 초를 멸망시킨 후 과인에 이르기까지 400년. 어찌 경솔하게 불후의 토대를 버릴 수 있겠소?"

황제는 그들의 말을 물리치고 여전히 굴복할 기색을 보이지 않았다.

그러나 그러는 사이에 위나라의 신하들은 위왕의 위력과 황금과 영예 등으로 유혹하여 조정의 내관들을 부패시키는 데 힘을 쏟았다. 그렇지 않아도 진심으로 한조를 생각하는 충신들은 대부분 죽거나 늙거나 또는 자리에서 물러나 충성스러운 신하가 전혀 없었다.

위나라의 권세에 알랑거리고 두려워 떨며 황제의 신하이면서도 위나라의 눈치만 보는 자만이 남아 있었다.

그 때문인지 아닌지는 확실치 않으나 요즘 황제가 조정에 나와도 신하들 중에는 모습을 보이지 않는 자가 날마다 늘어갔다. 어떤 자는 병을 핑계로, 어떤 자는 제사를 핑계로, 어떤 자는 아무 연락도 없이 자리를 비웠다. 아니, 결국에는 황제 혼자만 남게 되었다.

"아아, 어찌하면 좋단 말인가."

황제는 눈물을 흘렸다. 그러자 황제의 뒤에서 조 황후가 조용히 다가와 의미심장하게 말했다.

"폐하, 오라버니 조비가 저에게 즉시 오라고 사자를 보냈습니다. 건강에 유의하십시오."

황후는 이 말을 남기고 서둘러 떠나려 했다.

황제는 황후가 다시 돌아오지 않으리라는 것을 알아채고 옷소매를 잡았다.

"그대마저 과인을 버리고 조가曹家로 돌아가려는 것이오?"

황후는 그대로 궁궐 앞에 대령한 수레까지 멈추지 않고 걸었다. 황제는 뒤쫓아갔다. 그러자 거기에 서 있던 화흠이 이제는 무릎을 꿇어 예도 취하지 않고 교만한 모습으로 말했다.

"폐하, 어째서 신의 간언을 듣지 않고 화를 입으려 하십니까? 황후의 일뿐만 아니라 이러고 계시면 시시각각 화가 폐하께 닥쳐올 것입니다."

||| 三 |||

이 무슨 비도非道이고, 이 무슨 무례인가. 늘 참아왔던 헌제도 몸을 떨며 진노했다.

"신하 된 자가 이게 무슨 망발이냐? 과인이 황제의 자리에 오른 지 어언 30여 년, 그동안 한 번도 악정을 펼친 적이 없다. 만약 천하에 오늘의 정치를 원망하는 자가 있다면 그것은 위왕의 독재 때문이라는 것을 하늘이 알고 땅이 안다. 누가 과인을 원망하고 한조의 변고를 바라겠느냐?"

그러자 화흠도 어의御衣의 옷자락을 잡고 언성을 높여 말했다.

"폐하, 오해하지 마십시오. 신들이 결코 불충하기 때문에 드리는 말씀이 아닙니다. 충성스럽기 때문에 만일의 화를 우려하여 말씀드리는 것이옵니다. 지금은 한마디로 충분합니다. 이 자리에서 신들에게 결의를 말씀해주십시오. 허락하시는지, 허락하시지 않는지."

"……."

황제는 떨리는 입술을 깨물고 아무 말이 없었다.

그때 화흠이 왕랑 쪽으로 잠깐 시선을 돌리자 황제는 그 틈에 소매를 뿌리치고 황급히 안쪽의 편전으로 뛰어 들어갔다.

즉시 궁정의 여기저기에서 여느 때와 다른 발소리가 어지럽게 들리기 시작했다. 문득 보니 위왕의 친족인 조휴와 조홍이 검을 찬 채로 계단을 뛰어 올라와서 큰 소리로 말했다.

"부보랑符寶郎은 어디 있느냐? 부보랑, 부보랑!"

부보랑이란 황실의 옥새와 보기寶器를 수호하는 관직명이다. 한 나이 든 조신이 두려워하는 기색도 없이 두 사람에게 다가왔다.

"내가 부보랑 조필祖弼이오만……."

"음, 그대가 부보랑인가? 옥새를 꺼내 우리에게 넘겨라."

"당신들은 제정신으로 그런 말을 하는 것이오?"

"거절하겠다는 것인가?"

조홍이 칼을 빼 들고 조필의 얼굴에 들이댔다. 그러나 조필은 겁먹은 기색도 없이 질타했다.

"옥새가 천자의 어보御寶라는 것은 세 살 먹은 어린아이도 아는 일. 신하 된 자가 손댈 물건이 아니다. 도리도 예의도 모르는 무례한 놈들. 신발을 벗고 계단 아래로 썩 물러나라!"

조홍과 조휴 두 사람은 분노하여 그 자리에서 조필을 정원으로 끌어낸 후 목을 베어 연못 속에 던져버렸다.

무장한 위나라 병사들은 이미 궁중에 가득했다. 황제는 급히 조신들을 모아 피눈물을 흘리며 비장하게 선언했다.

"한 고조 이래 역대 황제의 위업을 과인의 대에 폐하다니 이 무슨 부덕함이란 말인가. 구천 아래에 계신 선제들을 뵐 면목이 없소. 일이 이미 이 지경에 이른 이상 위왕에게 자리를 물려주고 과인은 오직 만민의 안온만을 빌 생각이오……."

눈물이 뺨을 타고 흘러내렸다. 신하들도 오열했다.

그때 가후가 성큼성큼 들어와서 재촉했다.

"잘 결정하셨습니다. 폐하! 한시라도 빨리 조서를 내려 피를 보는 일만은 없도록 하십시오."

황위 이양을 승인하기는 했으나 황제는 여전히 눈물만 흘리고 있을 뿐이었다. 그러나 가후는 즉시 환해桓楷와 진군 등을 불러 거의 강제적으로 황위를 이양한다는 조서를 쓰게 하고 그 자리에서 화흠을 사자로 삼아 옥새를 들게 한 후 궁궐에서 나왔다.

"칙사, 위 왕궁으로 갑시다."

물론 조정의 백관을 수행원으로 삼고 어의를 받들어 화려하게 의장을 꾸미고 나왔기 때문에 거리의 백성들과 일반인들은 궁중에서 일어난 위나라 대신들의 극악한 행위를 쉽게 알아차리지 못했다.

"왔는가?"

조비는 분명 만족스러운 웃음을 지었을 것이다. 조서를 읽자마자 즉각 수락하겠다고 대답할 것 같은 모습에 사마의 중달이 황급히 말렸다.

"안 됩니다. 그렇게 가볍게 수락해서는."

||| 四 |||

'설령 갖고 싶어서 견딜 수 없는 것이라도 바로 받아서는 안 됩

니다. 어떤 일이든 세 번은 사양한 후에 겸손하게 받는 것이 예의입니다. 천하의 비난을 받지 않기 위해서는 보다 엄숙하게 사양하는 모습을 과장해서 보여주는 것이 좋지 않겠습니까?'

사마의는 눈짓으로 그렇게 조비에게 말했던 것이다.

조비도 즉시 알아채고 속마음과는 전혀 다른 말을 칙사에게 했다.

"저는 천자가 될 태생이 아닙니다. 천자의 자리를 이으실 분은 오직 천자뿐입니다."

그리고 일단 옥새를 돌려보냈다.

칙사의 대답을 듣고 황제는 몹시 당황했다.

"조비가 받지 않는다고 하는군. 어찌된 일일까?"

그러나 시종들을 돌아보며 말하는 황제의 표정은 다소 밝아진 듯했다.

황제의 곁을 떠나지 않고 있던 화흠이 즉시 이렇게 상주했다.

"옛날 요堯 황제께 아황娥皇과 여영女英이라는 두 딸이 있었습니다. 요가 순舜에게 천자의 자리를 물려주려 할 때 순은 거절하며 받지 않았습니다. 그래서 요 황제는 두 딸을 순왕과 결혼시키고 나중에 황위를 물려주었다는 예가 있습니다. ……폐하, 현명하게 생각하십시오."

헌제는 다시 원통한 눈물을 참을 수 없다는 표정을 지었다. 할 수 없이 다음 날 다시 고묘사高廟使 장음張音을 칙사로 삼아 사랑하는 황녀 두 명을 수레에 태우고 옥새와 함께 위 왕궁으로 보냈다.

조비는 몹시 기뻐했다. 그러나 이번에도 가후가 옆에서 '안 됩니다, 안 돼요.'라는 얼굴로 고개를 저었다.

허무하게 칙사를 돌려보낸 후 조비는 조금 못마땅한 얼굴로 그에게 따졌다.

"요순의 예도 있는데 어째서 이번에도 거절하라고 했소?"

"그렇게 서두르실 필요가 없습니다. 저는 오직 세상 사람들의 비난을 막기 위해서입니다. 조가의 아들이 마침내 황위를 빼앗았다고 세상의 식자들이 입을 모아 비난하기 시작하면 곤란하기 때문입니다."

"그렇다면 세 번이나 칙사를 기다리란 말이오?"

"아닙니다. 이번에는 화흠에게 은밀히 귀띔해두겠습니다. 즉, 화흠에게 높은 대를 만들게 하여 그것을 수선대受禪臺라고 명명하고 모월 길일을 택해 천자가 친히 옥새를 위왕에게 전하는 의식을 거행하도록 권하는 것입니다."

위왕의 참위僭位는 이처럼 주의에 주의를 거듭 기울인 끝에 이루어졌다.

수선대는 그해 10월 번양繁陽 땅에 완공되었다. 삼중의 높은 대와 식전式典의 네 개의 문은 화려하게 장식되었고, 조정 왕부王府의 관리 수천 명, 어림군 8,000명, 호위군 30여만 명이 깃발을 들고 수선대 아래 늘어섰다.

10월 경오일庚午日, 인시寅時.

이날, 엷은 구름이 잔뜩 끼고 붉은 태양은 차갑게 반짝였다.

헌제는 대에 올라갔다. 그리고 황위를 위왕에게 물려준다는 책문을 읽었다. 목소리는 쉬었고 때때로 떨렸다.

조비는 팔반八盤의 대례大禮라는 의식 후에 대에 올라 옥새를 받았고 황제는 높고 낮은 구조정의 신하들을 이끌고 눈물을 숨기며 계단 아래로 내려갔다.

동시에 천지의 모든 소리를 무색하게 할 만큼 주악이 크게 울려 퍼지고 만세 소리는 구름을 흔들었다. 그날 저녁 큼지막한 우박이 쏟아졌다.

조비 즉 위제魏帝는 "이후 국명을 대위라고 한다."라고 선포하고 연호도 황초黃初 원년이라고 고쳤다.

고 조조에게는 '태조 무덕황제'라는 시호를 내렸다.

여기서 불쌍한 처지가 된 것은 헌제였다. 위제의 신하들이 찾아와서 야박한 말을 전했다.

"금상께서 인자하셔서 그대를 차마 죽이지 못하고 산양공山陽公에 봉하셨소. 오늘 즉시 산양으로 가서 다시는 도성으로 돌아오지 마시오."

산양공은 얼마 안 되는 구신들과 함께 나귀를 타고 초라하게 시골로 떠났다.

유비, 대촉 황제에 오르다

||| 一 |||

조비가 대위의 황제가 되었다는 소식을 듣고 촉나라의 성도에 있던 유비는 "이게 무슨 일이냐?"라고 비분강개하며 날마다 세상의 무도함을 통탄하고 있었다.

도성에서 쫓겨난 헌제는 그 이듬해, 지방에서 서거했다는 소식도 전해졌다. 유비는 더욱 슬퍼하며 멀리서나마 제사를 지내고 효민황제孝愍皇帝라는 시호를 바쳤다. 그리고 모든 것을 공명에게 맡긴 채 슬픔에 빠져 정무를 보지 않는 날이 많았다. 최근에는 식욕도 없는 듯했다.

'큰일이군.'

내외의 일부터 촉의 앞날에 대한 근심까지 공명의 가슴에는 많은 걱정거리가 있었다.

유비는 61세, 그는 아직 41세로 한창때였다. 게다가 인내심이 강한 사람으로 '백 번만 참으면 저절로 근심이 사라진다.'라는 말을 입에 달고 살 정도였다. 그는 스스로 '이것이 내 천성이니까.'라며 힘든 일이 있을 때도 혼자서 위로하며 이겨내는 식이었다.

또 그는 좀처럼 움직이지 않았다. 말을 많이 하지 않고 조금 우울한 면조차 있었다. 그래서 유비라도 방에 틀어박혀 있으면 그도 일에 지쳐서 우울해하는 것처럼 보였다. 아니 언뜻 보면 무능해 보이기조차 했다.

그러나 그는 조금도 쉴 줄 모르는 두뇌의 소유자로 누구보다도 자신의 성격을 잘 알고 있는 그가 '이것이 내 천성이니까.'라며 스스로를 위로하는 이유도 거기에 있었다.

후한의 조정이 망하고 이듬해 3월 무렵이었다. 양양의 장가張嘉라는 늙은 어부가 찾아와서 말했다.

"밤에 양강에서 그물을 치고 있었는데 한 줄기 빛과 함께 강바닥에서 이런 것이 올라왔습니다."

그는 그것을 멀리서 촉까지 가지고 와서 공명에게 바쳤다.

황금으로 된 인장이었다.

금빛 찬란한 도장의 인면印面에는 여덟 자의 전문篆文(전자체의 문자)이 새겨져 있었다.

수명우천受命于天
기수영창旣壽永昌

공명은 그것을 한 번 보자마자 소스라치게 놀랐다.

'이것이야말로 진짜 전국옥새傳國玉璽(나라에서 나라로 전해지는 옥새라는 뜻으로 황제를 상징하는 말)다. 낙양 대란 때 한실에서 사라진 이래 오랫동안 행방이 묘연하다는 그 보물이 틀림없어. 조비에게 건네진 것은 그 때문에 조정에서 임시로 만든 것일 거야.'

그는 태부 허정許靖과 광록대부 초주譙周 등을 급히 불러서 고전의 사례를 면밀히 조사하게 했다. 사람들은 이 소식을 전해 듣고 말했다.

"한조의 종친인 우리 주군께서 적극적으로 한의 정통을 이어야 한다고 하늘이 계시한 것이 틀림없다."

"그러고 보니 최근 성도의 서북쪽 하늘에 매일 밤 상서로운 기운이 있는 빛줄기가 피어오르더군."

공명은 분위기가 무르익었다고 생각하고 어느 날 중신들과 함께 유비를 찾아갔다.

"지금이야말로 황제의 자리에 오르셔서 한조의 정통을 바로잡고 조묘의 영을 위로하며 만민을 평안하게 할 때입니다."

그는 제위에 오를 것을 권했다.

깜짝 놀란 유비는 불같이 화를 내며 말했다.

"그대들은 나를 후세에까지 불충불의한 자로 만들 셈이오?"

공명은 자세를 바로 하며 말했다.

"역적의 아들 조비와 주군을 동일시하는 것이 아닙니다. 그와 같이 황제를 시해한 대죄를 대체 누가 응징하겠습니까? 경제의 피를 이은 주군 외에는 없지 않습니까?"

"그렇기는 하나 신분이 낮아져 탁군의 일개 촌부였고, 하늘 아래 아직 하나의 왕덕도 베풀지 못했소. 비록 한조가 망했다 하나 내가 그 뒤를 잇는다면 역시 조비와 같은 악명을 얻을 것이오. 다시는 말도 꺼내지 마시오. 나는 그럴 생각이 없소."

유비는 도무지 들으려 하지 않았다.

공명은 아무 말 없이 물러났다.

그리고 그 후부터 병을 핑계로 정사를 의논하는 자리에도 일체 얼굴을 내밀지 않았다.

'그렇게 많이 아픈가?'

유비는 걱정되기 시작했다. 결국 더는 참지 못하고 몸소 공명의 집을 찾아갔다.

||| 二 |||

공명은 황공한 마음에 병상에서 일어나 깨끗한 옷으로 갈아입고 유비를 맞이했다. 유비는 그의 병실에 들어오자마자 황급히 말했다.

"어서 누우시오. 무리하여 병이 도지면 모처럼의 문병이 아무 소용이 없지 않소? 사양 말고 어서 누우시오."

"참으로 황공하옵니다. 주군께서 친히 신하의 집에 오신 것만으로도 황공하기 그지없는데 누추한 병자의 방까지 찾아오셔서 문안해주시니 뭐라고 말씀드려야 할지 모르겠습니다."

"조금 야윈 듯하구려. 식사는 잘하고 있소?"

"별로 입맛이 없습니다."

"대체 무슨 병이오?"

"마음의 병입니다. 몸에는 아무 이상이 없습니다."

"마음의 병이라니?"

"그저 현명하게 살펴주시기를 바랄 뿐입니다."

공명은 눈을 감았다. 그리고 유비가 아무리 물어도 "몸에는 아무 이상이 없지만, 마음의 병 때문에 지금 가슴이 타들어가는 듯합니다."라고만 대답할 뿐이었다.

"군사, 혹시 얼마 전의 진언을 내가 거절한 것 때문에 병이 난 것이오?"

"그렇습니다. 신 제갈량, 초려를 나온 지 어언 10여 년, 재주는 미천하나 주군을 성심껏 섬기며 지금 파촉을 취하여 하나의 이상이 실현되었다고 생각했습니다. 그러나 이 땅에 만대의 기초를 세워 더욱 발전시켜 나아가려 하는 이때 주군께서는 무슨 생각이신지 세상의 평판이 두려워 일신의 명분에만 얽매여 있고 천하에 큰 뜻이 없으신 듯합니다. 분란의 암운을 걷어내고 만대에 이르는 태평의 기초를 세우는 것은 하늘이 택한 자만이 할 수 있는 일로 뜻만 있다고 누구나 할 수 있는 일이 아닙니다. 불초 제갈량이 초려를 나와 주군을 섬긴 것은 주군이야말로 바로 하늘이 택한 분이라고 믿어 의심치 않았기 때문입니다. 또 주군께서도 당시에는 백세만민을 위해 세상을 바로잡겠다는 불타는 의지와 큰 뜻을 가지고 계셨습니다. 그런데 아아, 결국 주군께서도 나이가 드니 작은 성취에 만족하여 그저 일신의 무사만을 바라게 된 것은 아닌가 하고 이런저런 생각을 하다 보니 신의 병이 날마다 무거워지는 것 같습니다."

공명의 말은 침통하기 그지없었다. 또 그의 말에는 티끌만큼도 사리사욕이 없었다. 유비는 생각을 굽히지 않을 수 없었다.

원래 그는 명분을 그 무엇보다도 중시하는 사람이었다. 세상의 훼예포폄毁譽褒貶(칭찬하고 비방하는 말과 행동)을 신경 쓰는 성격이었다. 그러했기 때문에 이 문제에 대해서 공명의 의견에 쉽게 따르려 하지 않았던 것이다. 그러나 주위의 형세와 촉의 내부적인 움직임도 더는 유비의 망설임을 허락하지 않았다.

"잘 알았소. 내 생각이 너무 짧았소. 내가 이대로 아무 말 않고 있으면 세상 사람들은 오히려 조비의 즉위를 인정하는 것으로 생각할지도 모르겠구려. 군사의 병이 나으면 반드시 진언을 받아들이겠소."

유비는 그렇게 약속하고 돌아갔다.

며칠 후 공명은 밝은 표정으로 정무소에 나타났다. 태부 허정, 안한장군安漢將軍 미축糜竺, 청의후青衣侯 상거尙擧, 양천후陽泉侯 유표劉豹, 치중종사治中從事 양홍楊洪, 소문박사昭文博士 이적伊籍, 학사學士 윤묵尹默 등의 문무관들은 날마다 회의를 열어 대전大典의 전례典例를 조사하거나 즉위식의 절차에 대해 논의를 거듭했다.

건안 26년(221) 4월, 성도는 성도가 생긴 이래로 가장 성대한 행사로 활기가 넘쳤다. 유비가 탄 가마는 궁문을 나와 무담武擔의 남쪽에 만들어진 대례대大禮臺로 향했다. 사방을 가득 메운 군대와 별처럼 둘러선 문무백관의 만세 소리 속에서 그는 옥새를 받고 촉의 황제가 되었음을 만천하에 선포했다.

배무排舞의 예가 끝나자 즉시 장무章武 원년이라고 개원하고 국호도 대촉大蜀이라고 정했다.

대위에는 대위의 황제가 생기고 대촉에는 대촉의 황제가 생긴 것이다. 하늘에 두 개의 태양이 없듯이 한 나라에 두 명의 군주는 있을 수 없다는 천고의 철칙이 여기서 깨진 것이다. 오는 과연 이러한 상황에 대해서 어떤 움직임을 보일까?

||| 三 |||

촉제의 자리에 오른 유비는 그 용모까지도 변해 자연스럽게 한중왕 때보다 천자의 무게를 더하며 뭐라고 표현하기 어려운 만년의 기품을 지니게 되었다.

가장 달라진 것은 기백이었다. 한때는 너무 소극적인 생각으로 명분과 인도주의에 사로잡혀 젊은 시절부터 장년기에 걸쳐 품었던 큰 뜻도 노년에 접어들면서 완전히 사라졌나 싶었는데, 공명의 집에 병문안 갔다가 공명의 말을 들은 뒤로 뭔가 크게 깨달은 듯 도량이 넓어지고 정무를 보는 데도 지칠 줄을 몰랐다.

"과인이 죽기 전에 하지 않으면 안 되는 숙제가 있소. 그것은 오나라를 정벌하여 옛날 도원에서 결의한 관우의 원수를 갚는 일이오. 우리 대촉의 군비는 오로지 그 목적을 위해 매진해왔다고 해도 과언이 아니오. 지금 과인이 군사를 일으켜 옛날에 맹세한 일을 행하려 하니 경들도 전력을 다하도록 하시오."

어느 날, 촉제는 군신들을 모아놓고 이렇게 선언했다. 조정의 백관들은 엄숙했고 기침 소리 한 번 들리지 않았다. 천자의 말에 어찌 이의가 있으랴 하는 표정으로 사람들은 눈을 반짝이며 대답하고 흥분된 얼굴로 결의를 나타냈다. 그때 조자룡이 혼자 서슴없이 반대하고 나섰다.

"안 됩니다. 지금 오나라를 쳐서는 안 됩니다. 위나라를 치면 오나라는 자연히 멸망할 것입니다. 만약 위나라를 먼저 치지 않고 오나라를 공격하면 반드시 위나라와 오나라가 동맹을 맺어 우리는 곤경에 빠질 것입니다."

"조 장군, 무슨 말을 하는 것인가?"

유비는 길게 찢어진 눈으로 그를 보며 꾸짖듯이 말했다.

"오나라는 불구대천의 원수. 과인의 의제를 죽였을 뿐만 아니라 과인을 배신하고 달아난 부사인, 미방, 반장, 마충의 무리가 모두 살고 있는 곳이네. 그 살을 씹고 구족을 멸하여 도리에 어긋난 극악한 행위를 한 자들의 말로를 세상에 보이지 않는다면 과인이 대촉 황제가 된 의의가 없단 말이네."

"골육에 대한 원한도, 불충한 무리에 대한 응징도, 요컨대 폐하의 사사로운 분노에 지나지 않습니다. 촉 제국의 운명은 더욱 무거운 것입니다."

"관우는 국가의 중진重鎭, 마충과 부사인의 무리는 국적, 그 옳고 그름을 바로잡고 원한을 갚는 것은 국가가 당연히 해야 할 일이 아닌가? 이것을 어찌 사사로운 분노라고 하는 것인가? 백성들도 모두 분노할 만한 적개심과 전쟁의 명분이 분명해야만 비로소 전쟁에서 이길 수 있네. 그대의 말은 일리가 있게는 들리지만 지지를 받기에는 부족해."

촉제의 결의는 확고했다.

그 후 촉제의 칙사는 은밀히 남만南蠻(운남 · 곤명)을 왕래했다.

그리고 남만의 병사 5만여 명을 지원받는 데 성공했다.

그러는 사이에 장비의 일신에 변고가 생겼다. 그 무렵 장비는 낭중(사천성 낭중)에 있었는데 거기장군 사례교위로 봉해짐과 동시에 낭주閬州 일원一円의 목사를 겸임하라는 명을 받았다.

"우리 형님이 천자의 자리에 오르셔도 여전히 부족한 아우를 잊지 않고 계시는구나."

감정의 기복이 심한 그는 이렇게 말하며 칙사 앞에서 통곡했다.

관우가 죽었다는 소식을 들은 이후 장비는 더욱 감정적이 되었다. 취해서는 화내고 술이 깨서는 욕을 퍼부었다. 또는 울면서 오나라 쪽 하늘을 노려보며 검을 빼 들고 이를 악물었다.

'언젠가 반드시 형님의 원수를 갚고야 말 테다.'

진중의 병사들은 이런 격정에 휩싸인 장비에게 두들겨맞곤 했다. 때문에 장졸들 사이에서는 장비에게 원한을 품는 자까지 생긴 듯한 분위기였다.

은작의 칙령을 접한 날도 장비는 칙사를 접대한 후 말했다.

"어째서 촉의 조신들은 황제께 하루라도 빨리 오나라를 치라고 진언하지 않는 것인가?"

그는 빨리 오나라를 치지 않는 것이 칙사의 잘못인 양 호통쳤다.

봄을 떠나보낸 도원

Ⅲ 一 Ⅲ

아무리 술을 마셔도 질리지 않는 장비였다. 관자놀이에 굵은 힘줄을 드러내며 얼굴뿐 아니라 눈까지 붉어져서는 칙사에게 침을 튀기며 말했다.

"조정의 신하뿐만 아니라 공명 등도 실로 얼빠진 자들이로다. 듣자 하니 공명은 이번에 황제를 보좌하는 승상의 자리에 올랐다는데 그를 비롯해서 촉의 문무관들은 영작榮爵에 만족하여 이제는 전쟁의 고난 같은 건 싫어진 모양이지? ……참으로 한심스러운 소인배들 같으니. 이 못난 장비도 오늘 은작을 받아 참으로 감사하게는 생각하나 관우 형님이 세상에 없다고 생각하니 오나라에 복수해야 한다는 생각이 더욱더 간절해진다. ……원통하구나. 참으로 원통해. 오나라를 무찌르기도 전에 나만 이런 은작을 받고 무사태평하게 지내는 것이 미안해서 견딜 수가 없구나. 지하의 관우 형님이 얼마나 이를 갈고 있을지 생각하면……."

장비는 울기 시작했다. 취해서 감정이 격해지면 그는 늘 비분에 잠겨 통곡하는 것이 버릇이었다. 그렇다고는 하나 이것은 결코 취해서 한 빈말이 아니라 평소에 품은 생각을 말한 것이었다. 그 증거로 칙사가 돌아가자마자 촉의 궐기를 촉구하기 위해 그도 즉시 성도로 향했다.

황제 유비 역시 도원의 맹세를 지켜야 한다고 생각하고 있었다. "나는 오나라와 같은 하늘 아래 살지 않겠다."고 선언하고 나서부터 그는 매일 연병장에 나와 친히 병사들을 열병하고 군마를 훈련시키며 오직 오나라를 공격하기 위해 준비하고 있었다. 그러나 공명을 비롯해 사직의 장래를 생각하는 문무백관들 중에는 반대하는 의견이 많았다.

"폐하께서는 천자의 자리에 오르신 지 아직 얼마 되지 않았습니다. 지금 전쟁을 일으키는 것은 종묘의 정사를 위해 결코 좋지 않습니다."

그런 이유로 유비도 어쩔 수 없이 출병을 미룰 수밖에 없는 상태였다.

그때 장비가 성도에 도착했다.

그는 유비가 연병장의 연무당演武堂에 있다는 말을 듣고 즉시 그곳으로 가서 황제를 배알했다. 장비는 옥좌 아래에 엎드리자마자 황제의 다리를 안고 소리 높여 통곡했다. 유비도 장비의 등을 토닥이며 그의 비통한 심정을 위로했다.

"잘 왔네. 관우는 이미 세상을 떠났고 도원에서 결의한 의형제도 지금은 자네와 나 둘뿐이네. 몸은 건강한가?"

장비는 주먹으로 눈물을 닦으며 말했다.

"폐하께서는 아직 지난날의 맹세를 잊지 않으셨습니까? 불초도 관우 형님의 원수를 갚기 전에는 어떠한 부귀나 영작도 기쁘지 않을 것 같습니다."

유비도 눈물을 글썽이며 말했다.

"과인의 마음도 같네. 언젠가 반드시 자네와 함께 오나라를 공격할 것이야."

장비는 기뻐하며 말했다.

"폐하께 그런 용기가 있다면 언젠가라고 말씀하지 마십시오. 저는 지금 당장이라도 오나라를 공격하고 싶습니다. 평화로운 일상에 젖어 오직 자신의 안일만을 생각하는 문관이나 일부 무인들의 반대에 부딪혀 미루고 있다가는 살아 생전에 원한을 갚지 못할 것입니다."

"옳은 말이네."

유비는 이 순간 용단을 내려 결국 장비에게 직접 명령을 내리고 말았다.

"자네는 즉시 출정 준비를 하고 낭중에서 남쪽으로 가게. 과인 또한 대군을 이끌고 강주江洲로 가서 자네와 합류하여 오나라를 공격하겠네."

장비는 뛸 듯이 기뻐하며 계단을 뛰어 내려갔다. 그리고 즉시 낭중으로 돌아갔다. 그러나 황제가 출진을 준비하려 하자 즉시 내부에서 반대가 일어났다. 학사學士 진복秦宓 같은 사람은 그것이 잘못되었음을 직언했다.

"과인과 관우는 한몸이다. 지금 관우는 세상을 떠나고 오나라의 교만은 하늘을 찌른다. 어찌 좌시할 수 있겠는가. 경들이 이 이상 더 과인을 막는다면 옥에 처넣고 목을 베겠다."

유비는 강경했다. 그는 온화하고 보수적인 사람이었으나 만년의 이 일에 대해서만은 완전히 다른 사람이 된 듯했다.

||| 二 |||

공명 또한 표문을 올렸다.

오나라를 치는 것도 좋지만 지금은 때가 아닙니다.

그는 강력하게 간언했지만, 유비를 막지는 못했다.

촉의 장무 원년(221) 7월 하순, 촉군 75만은 성도를 떠났다.

이 중에는 전에 남만에서 원군으로 빌린 붉은 머리에 검은 피부를 가진 만이대蠻夷隊도 섞여 있었다.

"군사는 성도에 남아 태자를 도우시오."

유비는 공명을 성도에 남겼다.

사촌지간인 마초와 마대도 진북장군 위연과 함께 한중 수비를 위해 남겼다. 한중 땅은 전선으로 군량을 수송하기 위해 중요한 땅이었다.

출정군의 선봉에는 황충, 부장에는 풍습馮習, 장남張南, 중군호위中軍護衛에 조융趙融, 요순廖淳, 후진에는 직속의 여러 대장들. 견고한 진이 구름처럼 촉나라의 협곡에서 남으로 남으로 흘러갔다.

그런데 이때 촉나라에는 슬픈 사건 하나가 터졌다. 바로 장비의 일신에 일어난 예상치 못한 재난이었다. 낭중으로 급히 돌아온 장비는 이미 오를 집어삼킨 듯한 기개로 진중의 장졸들에게 명령했다.

"즉시 출진 준비를 하라."

그리고 부하인 범강范疆과 장달張達 두 사람을 불러 지시했다.

"이번에 오나라를 토벌하는 전쟁은 의형 관우의 죽음을 애도하는 전투다. 병선의 장막을 비롯해 깃발과 갑옷, 전포까지 모두 흰

색으로 하고 전투에 임할 생각이다. 그러니 책임지고 사흘 안에 준비하라. 나흘째 새벽에 낭중을 출발할 것이니 착오가 있어서는 안 된다!"

"……네."

대답은 했으나 두 사람은 놀라서 눈을 동그랗게 떴다. 기한이 너무 짧았다. 아무리 생각해도 무리였다. 그러나 장비의 성격을 알고 있었기 때문에 일단 그 자리에서 물러나 상의했다. 그리고 다시 장비 앞으로 와서 사정 이야기를 했다.

"적어도 열흘의 유예는 주셔야 합니다. 그렇게 단시일 내에는 도저히 준비할 수 없습니다."

"뭐야? 할 수 없다고?"

장비는 핏대를 세우며 소리질렀다. 옆에는 참모들도 있고 작전도 세워놓은 터라 그의 마음은 이미 전장에 있는 것과 다름없었다.

"출진을 앞두고 빈둥빈둥 열흘이나 허송세월을 하라고? 내 명을 거역하는 놈들은 가만둘 수 없다."

그는 무사들에게 명하여 두 사람을 진영 앞에 있는 커다란 나무에 묶었다.

그뿐만 아니라 직접 채찍으로 두 사람을 때렸다. 동료들이 보고 있는 앞에서 이런 일을 당한 범강 형제는 심한 모욕을 느꼈을 것이다.

하지만 두 사람은 이윽고 비명 속에서 죄를 빌며 외쳤다.

"용서해주십시오. 하겠습니다. 반드시 사흘 안에 명령하신 물건을 조달하겠습니다."

지극히 단순한 장비는 밧줄을 풀어주며 말했다.

"거봐라. 하면 할 수 있잖아? 풀어줄 테니 죽을 각오로 준비해라."

그날 밤 장비는 장수들과 함께 술을 마시고 잠들었다. 평소에도 늘 있는 일이었지만, 그날 밤은 특히 심하게 취한 듯 장막 안으로 들어가자마자 코를 골며 잠에 곯아떨어졌다.

이경二更 무렵 두 괴한이 몰래 들어와 장막 안쪽 벽에 한동안 달라붙어 있었다. 범강과 장달이었다. 장비의 숨소리를 충분히 확인한 후 품속에서 단검을 꺼내자마자 기합 소리와 함께 장비에게 달려들어 목을 베어버렸다. 머리를 들고 나는 새처럼 어둠 속을 달려간 그들은 낭강閬江에 매어둔 배 한 척에 뛰어올라 일가와 일족 수십 명과 함께 강을 내려가 결국 오나라로 달아나버렸다.

실로 안타까운 일이었다. 의협심 많은 대장부가 애석하게도 성격이 거칠고 생각이 짧았다. 아직 그의 용맹은 촉을 위해 쓰일 날이 많았건만 여기서 생을 마쳤다. 그의 나이 55세였다.

흘어지는 기러기

||| 一 |||

더위가 한창인 7월, 촉의 75만 대군은 성도를 떠나 행군을 이어가고 있었다. 공명은 100리 밖까지 배웅했다.

"태자를 잘 부탁하오. 그럼."

유비가 어서 돌아가라고 재촉하자 공명은 걱정을 한아름 안고 성도로 돌아갔다. 다음 날 야영을 하고 있는데 장비의 부하 오반吳班이라는 자가 온몸이 땀에 흠뻑 젖어서 달려왔다.

"이것을 보십시오."

그는 숨을 헐떡이며 한 통의 표문을 내밀었다. 근신이 그것을 받아 유비에게 건넸다. 유비는 표문을 읽자마자 비명과 같은 소리를 질렀다.

"뭐? 장비가?"

그는 현기증이 나고 혼절할 것 같아 이마를 한 손으로 받치고 신음했다. 팔다리가 떨리고 안색이 새파래지더니 이마에서는 식은땀이 흘렀다.

"어젯밤에 두 번이나 잠에서 깨고 왠지 마음이 불안하더니……."

이렇게 중얼거리며 그는 쉴 새 없이 눈물을 흘렸다.

"어쩔 수 없는 숙명, 적어도 오늘 밤에 제사라도 지내주어야겠다. 제단을 만들어라."

그는 새하얀 입술로 힘없이 말했다.

이튿날 아침, 다시 출격 준비를 하는데 한 젊은 장수가 하얀 전포를 입고 은빛 투구와 갑옷 차림으로 한 무리의 군마를 이끌고 급히 달려왔다.

"장비의 아들, 장포張苞입니다."

그가 이름을 대자 즉시 유비 앞으로 안내되었다.

"오오, 아버지를 닮아 믿음직한 청년이로구나. 오반과 함께 과인의 선봉에 서겠는가?"

유비는 그를 보고 슬픈 와중에도 기쁨을 느끼며 꽤 기운을 차린 모습이었다.

장포는 대답했다.

"부디 선봉에 세워주십시오. 그리고 아버님을 대신해서 아버님을 뛰어넘는 공을 세우겠습니다. 그렇지 않으면 구천에 계신 아버님께 면목이 서지 않을 듯하옵니다."

그런데 같은 날 관우의 차남 관흥關興도 한 무리의 병사들을 이끌고 찾아왔다. 유비는 관우의 아들을 보자 다시 눈물을 흘렸다. 전쟁을 눈앞에 두고 너무 많은 눈물을 흘리자 근처에 있던 한 장수가 간언했다.

"천자의 눈물이 땅에 떨어지면 3년 동안 가뭄이 든다는 옛말도 있습니다. 폐하, 사직의 무거움을 생각하시어 부디 옥체를 보존하소서. 그리고 병사들의 사기를 북돋우는 데 힘써주십시오."

"알겠네."

유비도 바로 깨달았다.

육순이 넘은 몸으로 천리의 국경 밖으로 70여만의 대군을 이끌고 원정에 나섰다. 아직 싸우기도 전에 상심해서 건강을 해치게 되면 어떻게 오나라를 이길 수 있겠는가. 스스로도 그렇게 생각한 것이다. 또 그의 기쁨과 걱정이 즉시 전군의 사기에 큰 영향을 주는 것은 물론이고 장졸들 사이에서는 천문이나 지변地變에 끊임없이 신경 쓰며 앞날의 길흉에 대해 말하는 이들도 적지 않았다.

어느 날 진진陳震이 유비에게 고했다.

"이 부근에 청성산靑城山이라는 영봉이 있습니다. 거기에 사는 이의李意라는 선사가 점을 잘 쳐 사람들이 당대의 신선이라고 부르고 있습니다. 그를 불러 앞으로의 길흉을 한 번 점쳐보심이 어떻겠습니까?"

유비는 별로 마음이 내키지 않았지만 다른 장수들 중에도 권하는 자가 많았기 때문에 진진을 사자로 보내 이의를 불러오게 했다.

진진은 즉시 청성산으로 올라갔다. 이윽고 산길로 접어들자 과연 소문대로 청운이 가득하여 신선이 사는 곳이 바로 이런 곳이겠구나 하는 생각이 들었다.

||| 二 |||

올라가면 올라갈수록 길은 점점 좁아졌고, 강은 시내가 되고 폭포가 되었다. 상서로운 기운이 감도는 안개가 나무들을 휘감고 있고, 봉우리에서 불어오는 바람과 새소리에 귀도 마음도 깨끗해진 진진은 자신의 사명을 깜빡 잊을 정도였다.

그때 저쪽에서 한 동자가 걸어와 그의 앞에서 걸음을 멈추더니 빙긋 웃었다.

"당신이 진진 선생이시죠?"

갑작스러운 물음에 그는 깜짝 놀랐다.

"어떻게 내 이름을 알았느냐?"

"어제 저의 스승님께서 말씀하셨습니다. 내일 촉제의 사자로 진진이라는 사람이 올 것이라고……."

"뭐? 그렇다면 네 스승이 이의 선사시냐?"

"그렇습니다. 하지만 스승님께선 누가 와도 만나지 않습니다."

"그런 말 말고 부디 안내해주렴. 부탁이다. ……다른 사람도 아닌 천자의 사자가 아니냐. 만약 선사를 만나지 못한다면 나는 돌아갈 수 없다."

"그럼, 말씀드려보겠으니 따라오세요."

동자는 앞장서서 걸어갔다.

몇 리를 따라가자 별천지가 펼쳐졌다. 동자는 암자로 들어가 스승에게 고했다. 이의는 할 수 없이 나와서 칙사를 맞이하며 물었다.

"천자의 칙사께서 무슨 일이십니까?"

진진은 지금 남쪽 원정길 도중에 있는 촉제의 뜻을 자세히 말하고 정중하게 예의를 갖춰 부탁했다.

"선옹仙翁께 묻고 싶은 것이 있다고 하셨습니다. 저와 함께 촉군 진영까지 함께 가주시기를 청합니다."

이의는 망설이다가 대답했다.

"칙령이라니 어쩔 수 없지요."

그는 묵묵히 진진을 따라 산을 내려갔다.

유비는 이윽고 선옹에게 기탄없이 술회하고 물었다.

"이미 아시는 바와 같이 과인이 젊은 시절 관우, 장비와 문경지교刎頸之交를 맺고 전장을 누빈 지 30여 년, 드디어 촉을 평정한 후 사람들은 과인이 중산정왕의 후예인 점을 들어 제위에 오를 것을 권해 왕업의 터전을 닦았으나 뜻밖에도 과인의 두 아우가 목숨을 잃고 그 원수들은 모두 오에 있소. 하여 과인은 뜻을 정하고 오를 치기 위해 여기까지 온 것인데 앞으로의 길흉은 어떻겠소? 선옹의 점괘를 기탄없이 들려주시오."

이의는 차갑게 말했다.

"그것은 모릅니다. 모든 것이 천수, 즉 천운입니다."

"옹은 그 천수를 잘 안다고 들었소. 부디 점을 쳐주시오."

"산골에 사는 미천한 자가 어찌 그런 대우주의 일을 알겠습니까?"

"아니, 겸손이 지나치시구려. 부디 한 말씀만이라도 가르침을 주시오."

거듭되는 요청에 이의도 더는 거절하기 어려웠는지 종이와 붓을 달라더니 묵묵히 뭔가를 그리기 시작했다.

그는 아이가 그린 그림처럼 병마와 무기류를 그리더니 그것을 갈기갈기 찢어버렸다. 그렇게 그리고 나서 버리고 그리고 나서 버리기를 되풀이하여 100장이 넘는 종이를 모두 휴지로 만들어버렸다.

그리고 마지막 한 장에는 위를 향해 누워 있는 인형 옆에서 그 인형을 묻으려고 땅을 파고 있는 사람의 모습을 그렸다. 이의는 잠시 붓을 멈추고 자신의 그림을 바라보더니 그 그림 위에 '백白'이라고 쓰고는 붓을 던졌다.

"황공하옵게도……."

그리고 의미를 알 수 없는 말을 중얼거리더니 유비에게 절을 하고 안개처럼 조용히 돌아가 버렸다. 그가 떠나는 뒷모습을 바라보며 유비는 언짢은 표정을 짓고 있었다. 그리고 주위에 있는 장수들에게 지시했다.

"하찮은 자를 불러들여 쓸데없이 시간만 허비했군. 아마도 광인일 것이다. 어서 이 종이들을 태워버려라."

그때 장비의 아들 장포가 황제에게 와서 고했다.

"벌써 앞쪽에 오군이 나타난 것 같습니다. 부디 저를 선봉에 세워주십시오."

||| 三 |||

"오오, 그 뜻이 참으로 장하구나. 장포, 어서 가서 공을 세우도록 하라."

유비가 선봉의 인수를 손수 장포에게 건네려고 할 때 계단 아래에 있던 장수들 중에서 이렇게 외치는 자가 있었다.

"폐하, 잠시 기다려주십시오. 선봉의 인수는 부디 저에게 내려주시옵소서."

그는 관우의 차남 관흥이었다. 관흥은 앞으로 나와 땅바닥에 엎드려 절한 후 눈물을 흘리며 호소했다.

"돌아가신 저의 아버님이야말로 오늘의 전투를, 또한 저의 활약을 지하에서 두 눈 부릅뜨고 지켜보고 계실 것이옵니다. 어찌 선봉을 다른 사람에게 맡길 수 있겠습니까? 부디 선봉은 저에게 맡겨주시옵소서……."

그때 장포가 옆에서 끼어들었다.

"어이, 관흥. 그대는 무슨 능력이 있어서 선봉에 서려고 하는가?"

관흥은 웃으며 대답했다.

"나는 궁술에 재주가 있네."

"무예라면 나도 뒤지지 않아. 나는 장비의 아들이야."

장포도 물러서지 않았다. 유비는 중간에서 어떻게 하면 좋을지 몰라 고민하는 모습을 보이다가 입을 열었다.

"그렇다면 두 사람이 무예를 겨루어보아라. 이기는 자에게 인수를 내리겠다."

"그렇다면 보십시오."

장포는 우선 300보 앞에 깃발을 늘어세우고 그 깃발 위에 작고 붉은 과녁을 붙인 후 활을 쏘았는데 한 발, 한 발 모두 붉은 과녁을 꿰뚫었다.

"과연 장비의 아들이다."

사람들이 우레와 같은 박수를 보냈다. 그러자 관흥도 활을 들고 앞으로 나와 말했다.

"장포의 활 솜씨는 그리 대단한 것이 아닙니다. 큰소리치는 것 같지만, 제 화살이 날아가는 곳을 보십시오."

그는 몸을 반달처럼 뒤로 젖힌 후 팽팽히 당긴 활을 공중으로 향했다. 마침 기러기 소리가 구름을 스치고 있었다. 잠시 숨을 멈춘 후 공중을 노려보는 사이에 기러기 떼가 머리 위를 지나가자 관흥이 활을 쏘았다. 그의 화살에 맞고 기러기 한 마리가 땅에 떨어졌다. 너무나 훌륭한 솜씨에 문무관들이 일제히 소리쳤다.

"맞았다, 맞았어!"

그리고 그를 칭찬하는 소리가 한동안 끊이지 않았다.

장포는 초조해져서 소리쳤다.

"이봐 관흥, 전장에서는 활이 다가 아니다. 너는 창을 다룰 줄 아느냐?"

관흥도 지지 않고 즉시 말에 올라타며 말했다.

"많이는 몰라도 우선 이 정도쯤이야……."

그는 검을 빼 들고 장포의 머리 쪽을 겨누었다.

"뭐야? 시건방지게!"

장포도 아버지의 유품인 장팔사모를 들고 당장이라도 일전을 벌일 기세였다.

"멈춰라!"

유비가 꾸짖었다.

"부친상이 끝난 지 얼마나 되었다고 같은 편끼리 싸우려는 것이냐? 너희 아버지들은 피로 의를 맹세한 사이였다. 만약 상대를 다치게 한다면 구천에 계신 너희 아버지들이 얼마나 한탄하겠느냐?"

두 사람은 무기를 버리고 말에서 뛰어내렸다. 그리고 머리를 땅바닥에 조아렸다.

"앞으로는 관우와 장비처럼 사이좋게 지내도록 해라. 그리고 나이가 많은 쪽을 형으로 부르며 아버지들에 뒤지지 않는 우의를 나누도록 해라."

황제의 말에 두 사람은 재배하고 그렇게 하겠다고 맹세했다. 관흥이 장포보다 한 살 많았기 때문에 형이 되어 의형제를 맺었다.

적군이 벌써 코앞에 왔다는 보고가 속속 올라왔다. 선봉의 수륙군 두 부대에 두 사람을 세우고 유비는 후진이 되어 바로 뒤에서 따라갔다. 그날 이후 행군은 임전 대형이 되어 노도처럼 오의 국경으로 밀고 들어갔다.

오나라의 외교술

||| 一 |||

한편 장비의 머리를 배 밑에 숨기고 촉의 상류에서 천릿길을 한 척의 배로 달아난 범강과 장달 두 사람은 그 후 오의 도성인 건업에 와서 장비의 머리를 손권에게 바치며 충절을 맹세했다. 그리고 큰 소리로 고했다.

"촉군 70여만 명이 오를 향해 진격해오고 있습니다. 일각이라도 빨리 국경에 병력을 보내지 않으면 유비를 비롯해 오랜 원한에 불타는 촉군 무리가 노도와 같이 이 강남과 강동을 휩쓸어버릴 것입니다."

손권은 소스라치게 놀라 그날로 중신들을 모아놓고 회의를 열었다.

"결국 유비가 대군을 이끌고 건곤일척乾坤一擲의 기세로 쳐들어오고 있소. 보아하니 관우를 죽인 복수를 하러 오는 모양인데 어떻게 그 맹공을 막을 수 있겠소?"

그의 말이 끝나도 대답하는 자가 없었다.

결사적으로 쳐들어오는 적을 막기가 쉽지 않다는 것을 모두 잘 알고 있었기 때문이다.

그때 제갈근이 입을 열었다.

"제가 화친의 사자가 되어 목숨을 걸고 다녀오겠습니다."

사람들은 냉소의 눈빛으로 그를 바라보았다. 지금까지 제갈근이 사자로 가서 사명을 성공시킨 예가 없었기 때문이다. 그러나 비록 성공하지 못하더라도 그러는 사이에 적의 날선 기세를 무디게 만들고 아군의 군비에 만전을 기할 수 있을 것이다. 손권은 허락했다.

"좋소. 우선 화친을 청해봅시다."

명을 받은 제갈근은 즉시 배를 타고 장강을 거슬러 올라갔다.

때는 장무 원년(221) 가을 8월이었다.

그 무렵 촉제 유비는 이미 대군을 이끌고 기관夔關(사천성 봉절)에 도착하여 그곳에 있는 백제성白帝城을 최고 사령부로 삼고 선봉을 천구川口 근처까지 진격시켰다.

그때 오나라의 사자로 제갈근이 왔다. 유비는 그를 만나기도 전에 오나라의 속셈을 간파하고 만나지 않으려 했다. 그러나 황권黃權이 계속 만나기를 권했다.

"만나지도 않고 돌려보내시면 적이 속 좁은 인물로 볼 것입니다. 오히려 그를 통해 우리의 생각을 충분히 말한 후 돌려보내시면 전쟁의 명분도 분명해지고 또한 더욱 권위가 설 것입니다."

유비도 그의 생각에 동의하고 제갈근을 들어오게 했다. 제갈근이 엎드려 말했다.

"신의 아우 공명은 오랫동안 폐하를 섬기며 촉에 있습니다. 고로 다른 사람보다 폐하의 권고眷顧(보살핌)를 받을 수 있지 않을까 하여 주군 손권이 특별히 불초를 사자로 보내 오나라의 진심을 아뢰고자 하옵니다."

"짧게 말하시오. 사자로 온 이유가 무엇이오?"

"우선 양해를 구하고 싶은 것은 관우 장군의 죽음입니다. 오나라는 원래 촉나라에는 아무런 원한이 없사옵니다. 형주 문제도 주군 손권의 누이동생을 폐하의 아내로 보낸 후부터는 폐하의 병사들에 의해 통치된다면 오나라의 영지나 매한가지라고 오나라에서는 초연히 포기하고 있었사옵니다만, 그곳을 지키던 관우 장군께서는 오나라의 여몽과 불화를 일으켜 결국 일이 그 지경에 이르게 된 것이옵니다. 이 일은 실로 저희 주군께서도 유감스럽게 생각하는 부분으로 만약 위나라의 압박이 없었다면 결코 관우 장군을 공격할 일은 없었을 것이라고 거듭 말씀하셨사옵니다."

황제는 눈을 감고 한마디도 하지 않았다. 제갈근은 말을 이었다.

"관우 장군의 죽음도 촉오의 갈등도 생각해보면 모두 위의 책략에 의한 것이옵니다. 두 나라가 싸우면 위가 어부지리를 취할 것이 자명합니다. 부디 창을 거두시고 이전의 친선을 회복하여 오나라에 돌아와 계시는 손 부인을 다시 촉의 별궁으로 맞이하셔서 오랫동안 우호 관계를 유지하기를 바라옵나이다. 저희 주군의 바람은 그것 외에는 아무것도 없사옵니다."

그는 열변을 토했다.

||| 二 |||

그러나 유비는 여전히 침묵으로 일관했다. 제갈근은 필생의 변설과 지혜를 짜내어 한마디를 덧붙였다.

"폐하께서도 조비의 악행을 익히 알고 계실 줄 아옵니다. 끝내 한 황제를 폐하고 자신이 황제의 자리에 올라 만백성을 비분에 휩싸이게 하지 않았습니까? 지금 한실의 후예이신 폐하께서 원수를 갚아야 한다면 위를 치셔야 할 것이옵니다. 그 찬학簒虐(임금을 죽이고 그 자리를 빼앗음)의 죄를 바로잡지 않으시고 오를 공격하는 것은 대를 알지 못하고 소를 앞세우는 군주라고 세상 사람들의 웃음거리가 될 것이옵니다. 그 점을 깊이 고려해주시옵소서……."

여기서 유비는 눈을 부릅뜨더니 제갈근의 말을 손을 들어 제지했다.

"오나라의 사자, 수고했소. 이제 됐으니 오나라로 돌아가시오. 그리고 손권에게 과인이 조만간 찾아갈 터이니 목을 씻고 기다리라고 전하시오."

"……네?"

위세에 눌려 제갈근은 머리를 숙였다.

옥좌에서 거친 발소리가 들렸다. 머리를 들어 보니 유비는 이미 거기에 없었다.

온후하고 인자하며 소극적인 성격의 유비가 적국의 사자에게 이렇게까지 크게 소리를 친 적은 없었다. 제갈근도 최선을 다했지만 단념하지 않을 수 없었다. 그리고 여기에 아우 공명이 없는 것도 유비의 결의가 얼마나 굳은지를 증명하는 것이라고 생각했다.

그의 귀국으로 오나라는 더 큰 충격을 받았다.

이제 전쟁은 피할 수 없다. 미증유의 결전. 그런 분위기가 급격히 확산되었다.

강 또는 산야에서는 이미 전선으로 병마가 속속 보내지고 있었다. 그렇게 어수선한 가운데 중대부中大夫 조자趙咨라는 자가 위나라로 출발했다.

물론 오나라의 사절로 가는 것이었다. 튼튼한 말과 강한 병사는 북국의 전통이고 외교에 능한 것은 오나라였다. 어떤 변고가 생겨도 일단 외교적인 방법으로 접근하는 것을 게을리하지 않았다.

"뭐? 오나라가 사절을 보내 과인에게 표문을 올렸다고?"

대위 황제 조비는 히죽 웃으며 그 표문을 읽었다.

근래, 한가로이 지내던 조비는 사자 조자를 만나 이것저것 캐물었다. 가볍게 담소를 나누는 동안 오나라의 인물과 내정이 어떤지를 알아내려는 말투였다.

"사절에게 묻겠소만 그대의 주군 손권은 한 마디로 어떤 인물이오?"

조자는 코가 납작하고 작은 사내였으나 의연하게 대답했다.

"총명인지용략聰明仁智勇略한 분입니다."

그리고 뻔뻔하게 조비를 똑바로 보며 눈을 껌벅이면서 반문했다.

"폐하, 왜 그리 웃으십니까?"

"과인도 웃지 않으려고 하는데 참기가 어렵군. 자신의 주군은 그리도 대단하게 보이는가 싶어서 말이오."

"뜻밖의 말씀을 하시는군요."

"어째서 뜻밖이라는 것이오?"

"저는 폐하의 어전이라 매우 겸손하게 말씀드린 것입니다. 기탄없이 말하라고 하신다면 폐하께서 웃지 않게 말씀드릴 수 있습니다."

"말해보시오. 손권의 훌륭한 점을."

"오의 대재大才 노숙을 평범한 사람들 가운데서 발탁한 것은 총聰입니다. 여몽을 사졸에서 발탁한 것은 명明입니다. 우금을 잡았지만 죽이지 않은 것은 인仁입니다. 형주를 취함에 있어 병사 한 명 다치게 하지 않은 것은 지智입니다. 삼강에 의거하여 천하의 형세를 살피는 것은 용勇입니다. 몸을 굽혀 위나라를 따르는 것은 약

略입니다. ……그러니 어찌 총명지인용략한 주군이라고 하지 않을 수 있겠습니까?"

조비는 웃음기를 거두고 납작코의 작은 사내를 다시 보았다. 몸을 굽혀 위나라를 따르는 것을 약略이라고 표현하다니, 위나라의 신하들도 그의 대담함에 모두 혀를 내둘렀다.

||| 三 |||

조비는 그를 뚫어지게 쳐다보았다. 대위 황제의 위엄이 모욕당했다고 생각한 듯했다.

이윽고 조자를 향해 놀리듯이 말했다.

"과인은 지금 마음속으로 오나라를 치려고 생각하고 있었소. 그대는 어떻게 생각하시오?"

조자는 이마를 치면서 대답했다.

"아, 그것도 나쁘지 않습니다. 대국에 원정할 병력이 있다면 소국에도 방어할 기략이 있습니다. 어찌 그저 두려워만 하고 있겠습니까?"

"으음, 오나라 사람들은 위나라를 두려워하지 않는단 말인가?"

"과하게 두려워하지도 않습니다만, 과하게 얕보지도 않습니다. 우리 정병 100만과 함선 수백 척, 삼강三江의 거친 물살에 의지하여 우리는 오직 스스로 믿고 있을 뿐입니다."

조비는 내심 크게 놀라 물었다.

"오나라에는 그대와 같은 인물이 얼마나 되는가?"

그러자 조자는 배를 잡고 웃기 시작했다.

"저 같은 인간은 되로 재서 수레에 실을 만큼 많습니다."

결국 조비는 깊이 감탄하며 사자를 격찬했다.

"사자로 어디를 보내든 주군의 이름을 욕되게 하지 않는다는 것은 실로 이 사내를 두고 하는 말인 듯싶구나. 기특하다. 참으로 기특해. 술을 대접하도록 해라."

조자는 크게 체면을 세웠다. 극진한 환대를 받았을 뿐만 아니라 조비에게 좋은 인상을 주어 외교적으로 생각 이상의 성과를 거두었다.

즉, 대위 황제는 사자가 귀국할 무렵 앞으로 원조할 것을 확약하고 오후 손권을 오왕으로 봉하여 구석九錫의 영예를 더해 신하 태상경太常卿 형정邢貞에게 인수를 들려 조자와 함께 오나라로 보냈다.

황제가 직접 정한 일이기 때문에 위나라의 조신들은 어쩔 수 없었으나 오나라의 사자가 도성을 떠나자마자 여기저기서 의심하며 "그 난쟁이 똥자루만 한 놈한테 한 방 먹은 꼴이야."라고 말하는 사람이 많았다.

유엽 같은 사람은 황제의 심기를 불편하게 할 것을 무릅쓰고 간언했다.

"지금 오나라와 촉나라가 서로 싸우는 것은 실로 하늘이 그들을 멸하려는 것으로 만약 폐하의 군대가 오나라와 촉나라 사이로 나아가 안으로는 오나라를 깨뜨리고 밖으로는 촉나라를 공격한다면 양국은 즉각 붕괴하기 시작할 것입니다. 그걸 너무도 확실하게 오나라에 원조를 약속한 것은 이 천재일우의 호기를 아깝게 흘려보내는 것이라 사료됩니다. 일이 이렇게 되었으니 오나라에 협력하는 척하면서 오나라를 내부로부터 교란시키고 다른 한편으로는 촉나라를 칠 계책을 서둘러 세우시기를 바랍니다."

"불가하오. 그랬다간 천하에 신의를 잃을 것이오."

"그렇기는 하나 오나라의 계책에 걸려 손권에게 오왕의 자리를 내리시고 또 구석의 영예까지 더한 것은 호랑이에게 날개를 달아 준 것과 같습니다. 내버려두었다간 오나라는 급격히 강대해져서 훗날 일을 도모할 때는 손쓸 방법이 없을 것입니다."

"이미 그는 과인에게 신하의 예를 취하였으니 그를 칠 명분이 없소."

"그것은 아직 손권의 관위官位도 가볍고 표기장군 남창후라는 신분에 불과했기 때문입니다. 그러나 앞으로는 오왕이라 불리고 폐하와도 불과 한 계급 차이밖에 나지 않는 신분이 되면 자연스럽게 교만해지고 위세도 생겨서 어떤 식으로 나올지 모르는 일입니다. 그때 폐하께서 노하시어 토벌군을 보내신다면 세상 사람들은 그것을 보고 위나라는 강남의 부와 여인들을 약탈할 속셈이라고 입을 모아 비난할 것입니다."

"아니, 잠시 잠자코 보고 있으시오. 과인은 촉도 돕지 않고 오도 구하지 않고 그저 양자가 싸워 힘이 다하는 것을 기다릴 생각이오. 더는 말하지 마시오."

그렇게까지 깊이 생각했다면 무슨 말을 더 하랴. 유엽은 부끄럽게 여기며 황제 앞에서 물러났다.

||| 四 |||

외교적인 큰 성공과 손권이 오왕에 봉해졌다는 길보는 벌써 건업성에 전해졌다.

이윽고 위나라의 칙사 형정이 배로 도착했다는 소식이 들렸다.

목을 빼고 기다리던 손권은 직접 맞이하러 나갈 채비를 서둘렀다.

업도에도 자존심이 강한 신하는 있다. 손권이 들떠 있는 모습을 보고 조금 전부터 못마땅한 얼굴을 하고 있던 고옹顧雍이 결국 한마디 하고 말았다.

"위나라의 신하 따위를 맞으러 나갈 것까지는 없지 않습니까? 주군께서는 이미 강동, 강남의 국주가 아닙니까? 어찌하여 다른 사람이 내린 관직 따위를 감지덕지하며 받으려 하십니까?"

"아니요, 고옹. 그것은 마음이 좁은 사람이나 하는 말. 옛날 한나라 고조께서는 항우로부터 봉토를 받은 적도 있지만, 나중에 한중의 왕이 되지 않았소? 모두 시대의 변화요."

손권은 군신을 거느리고 성문을 나섰다. 멀리 나가서 정중하게 맞이하기 위해서였다.

형정은 상국의 칙사라고 거들먹거렸다. 게다가 그는 수레에서 내리지도 않고 성문을 통과하려고 했다. 그러자 오나라의 숙장 장소가 불같이 화를 내며 꾸짖었다.

"멈춰라. 수레에 탄 인간은 예의를 모르는 야만인인가, 가짜 사자인가? 아니면 오나라에는 사람이 없다고 생각하고 무례하게 구는 것인가, 무장이 없다고 업신여기는 것인가?"

그러자 늘어서 있던 군신들도 입을 모아 말했다.

"오나라 3대, 아직 타국에 굴복한 적이 없다. 그런데 무례한 사자를 맞이하면서까지 우리 주군께서 다른 사람이 주는 관직을 받다니, 참으로 통탄할 일이구나!"

그중에는 격분하여 통곡하는 자조차 있었다.

형정은 급히 수레에서 뛰어내려 사죄했다. 그리고 늘어서 있는 군신들을 향해 물었다.

"지금 통곡하며 소리친 분은 어느 분이십니까?"

"나요, 왜 그러시오?"

앞으로 나온 사람은 편장군偏將軍 서성徐盛이었다.

"……당신이었소?"

형정은 다시 한번 그에게 무례를 사죄하고 지나갔다. 그리고 속으로 오나라를 얕보지 말아야겠다고 생각하는 듯했다.

그러나 손권은 갖은 예우와 환대로 사절을 대접했다. 그리고 대위 황제의 이름으로 보내온 오왕의 봉작도 진심으로 기뻐하며 받았다.

"감사히 받겠습니다."

또 그날로 업도성 안에 이 일을 고하고 문무백관의 축하를 받았다.

형정은 우선 일이 잘 풀린 것 같아 안심했다. 그리고 머잖아 위나라로 귀국할 날이 되자 오왕은 강남의 산해진미로 준비한 송별회를 열어 선물을 산처럼 쌓아놓고 말했다.

"수고스럽겠지만 가지고 가시오."

위의 궁중에서 호화로운 생활에 익숙한 형정도 그 어마어마한 양의 선물에는 저도 모르게 눈이 휘둥그레졌다.

주옥, 금은, 직물, 도기, 서각犀角(코뿔소의 뿔), 대모玳瑁, 비취, 산호, 공작, 투압鬪鴨, 명계鳴鷄 등 세상의 갖가지 보물들이 잔뜩 있었다. 그리고 그것들은 금 안장을 얹은 백마 100마리에 실려 강기슭의 객선까지 운반되었다.

나중에 숙장 장소는 오왕에게 따지듯이 말했다.

"위제는 분명 우쭐해할 것입니다. 아무리 생각해도 그와 같은 예물은 과했습니다. 지나치게 아첨했습니다."

손권은 가볍게 웃으며 말했다.

"아니, 욕심은 끝이 없는 법이오. 선물을 갖고 나면 지나치게 많다고 여기지 않을 것이오. 요컨대 그에게는 이利를 가지고 접근할 수밖에 없어요. 그러나 나중에 저런 예물은 모두 돌이나 기와에 지나지 않을 것이오."

"과연."

장소는 얼굴이 밝아지며 기쁨에 겨워 고개를 끄덕였다. 지금까지 오나라에서 3대에 걸쳐 주군을 보필해온 숙장의 입장에서는 아직 어리다고 생각했던 손권이 어느새 배포가 두둑한 어른이 된 것이 눈물이 날 정도로 기뻤으리라.

늘어서 있던 신하들도 모두 손권의 심려深慮에 탄복했다.

일전

||| 一 |||

그 후 촉군은 백제성에 주둔하고 있었으나 진격하지 않고 조용히 준비하며 오직 남방과 강북의 동정만을 살피고 있었다.

그때 첩보가 들어왔다.

"오나라가 위나라에 급거 원군을 요청한 듯하나 위나라는 단지 오왕의 직위를 손권에게 내렸을 뿐 조비의 태도는 여전히 중립을 유지하고 있습니다."

"과인의 예상대로 조비는 어부지리를 얻을 속셈일 테지. 좋다. 그렇다면 출진이다!"

황제 유비는 비로소 단호하게 명령을 내렸다.

그때 남만의 사마가沙摩柯가 오랑캐 땅의 사나운 병사 수만 명을 이끌고 가세했고, 동계洞溪의 대장 두로杜路와 유녕劉寧 두 사람도 병사들을 이끌고 참전했기 때문에 전군의 사기는 이미 오나라를 집어삼킨 듯했으며 수로의 군선들은 무구巫口(사천성 무산)로, 육로의 군사들은 자귀秭歸(호북성 자귀) 근방까지 진출했다.

소용돌이치는 장강의 물결, 빈번하게 전해지는 상류의 전운 소식에 오나라에서는 '국난이 다가온다.'고 묘한 긴박감에 휩싸여 있으면서도 한편으로는 위나라의 움직임을 살피려는 심리를 다분히 갖고 있었다.

이럴 때 다른 나라를 의지한다는 것이 얼마나 위험하고 어리석은 일인지를 손권은 곧 깨달았다. 위나라는 여전히 원군을 보내지 않고 있었다.

그래서 손권은 마침내 일국 대 일국의 승부를 결의하고 군신들에게 그 뜻을 밝혔지만, 회의장은 무거운 침묵만 흐를 뿐 누구 하나 나서서 일전을 겨루자고 말하는 사람이 없었다.

그때 한쪽 구석에서 일어나 분연히 외치는 자가 있었다.

"전하께서 천 일 동안 병사를 양성하신 것은 단 하루를 쓰기 위함입니다. 저는 아직 미숙한 애송이이지만 이런 때야말로 평소에 갈고 닦은 병법을 적개심과 충성된 마음으로 국주를 위해 활용해야 한다고 생각합니다. 부디 소신을 제일 먼저 전선으로 보내주십시오."

그는 손권의 조카에 해당하는 무위도위武衛都尉 손환孫桓으로 불과 25세의 청년이었다.

"오오, 조카로구나."

손권은 매우 기쁘게 여기며 그의 청을 허락했다.

"네 집에는 이이李異와 사정謝旌이라는 만부부당의 용장도 두 명이나 있다고 들었다. 좋다. 나가서 싸워라. 부장으로는 노련한 호위장군虎威將軍 주연朱然을 붙여주겠다."

이리하여 오군 5만은 의도宜都(호북성 의도)까지 서둘러 진격했다. 주연은 우도독, 손환은 좌도독으로 각각 2만 5,000명을 양날개로 나누고 촉과 대치했다.

백제성을 나와 자귀를 거쳐 이 의도까지 오는 동안 촉군은 진군하는 곳마다 석권하고 각 지방에서 항복한 병사들을 수용했다.

"듣자 하니 오의 손환도 아직 젊은 장수라고 합니다. 그 선봉에 저를 보내 그와 싸우게 해주십시오."

유비가 적을 관망하고 있을 때 관흥이 이렇게 청했다.

전에 장포와 선봉을 다투다 싸울 뻔한 일이 있었기 때문에 유비는 조건을 붙여 허락했다.

"의제 장포도 데리고 가거라."

관우의 아들과 장비의 아들, 두 사람은 분연히 떨치고 일어나 병력을 나누어 마치 검은 회오리바람처럼 오군 속으로 달려 들어갔다.

유비는 즉시 풍습馮習과 장남張南 두 장수를 불러 명했다.

"마음을 놓을 수가 없군. 두 사람 모두 큰 전투는 처음인 젊은이들이네. 즉시 강병들로만 뽑아 그들의 뒤를 따르게."

결과는 촉의 대승이었다. 오군 대장 손환도 젊고 또 첫 출진이었기 때문에 관흥과 장포에게 모든 진지가 철저히 유린당했다. 게다가 믿고 있던 사정은 장포에게 목숨을 잃고 이이는 화살을 맞고 도망치다가 뒤에서 달려온 관흥에게 청룡언월도를 맞아 두 동강 나고 말았다.

다만 적진으로 너무 깊숙이 들어간 장포는 이를 깨닫고 돌아오려고 하는데 관흥의 모습이 보이지 않았다. 혹시나 싶어 적진으로 더 깊이 들어가서 목청껏 소리쳐 부르며 찾았다.

"의형, 의형."

아버지 관우도 아버지 장비도 넋이 있다면 두 사람의 용맹함과 우정에 지하에서 기쁨의 눈물을 흘리고 있을 것이다.

||| 二 |||

광야에 해가 떨어져 주위가 어두워져도 아직 장포는 돌아오지 않았다. 관흥도 돌아오지 않았다.

"오늘 전투는 아군의 대승이다."

속속 돌아오는 병사들의 말을 듣고도 유비는 기쁘지 않았다.

'두 사람은 어떻게 됐을까?'

그는 들판의 진영에 서서 두 사람이 돌아오기를 애타게 기다렸다.

마침내 두 사람이 말 머리를 나란히 하고 돌아오는 모습이 보였다. 그들은 적장 한 명을 포로로 데리고 오고 있었다. 오나라에서도 유명한 담웅譚雄이라는 용장이었다. 이자를 추격하여 생포하기 위해서 관흥은 아군과 멀리 떨어졌으나 겨우 장포를 만나서 함께 돌아왔다고 황제께 고했다.

"두 사람 모두 아버지의 이름을 욕되게 하지 않았구나."

유비는 두 사람의 어깨를 두드리며 칭찬했다. 그리고 담웅의 목을 친 후 화톳불을 피워 인마의 혼백을 제사 지내고 일동에게 술을 내렸다.

서전에서 대패를 당했을 뿐만 아니라 세 사람의 대장까지 잃은 오나라의 손환은 부끄러웠다. 우선 진을 한 발짝 물렸다.

"반드시 설욕해야 한다."

그가 방비를 새로이 하니 병사들은 많이 줄었지만 전의는 더욱 타올랐다.

촉군은 천천히 다음 전투의 기회를 살피면서 이렇게 결론지었다.

"저렇게 전의에 불타고 있으니 같은 전법을 쓴다면 먼저처럼 승리할 수 없을 것이다."

풍습, 장남, 장포, 관흥은 모두 같은 의견이었기 때문에 계책을 세우고 조용히 준비하기 시작했다.

오군의 좌익인 육군은 패했지만 가까운 강기슭에는 우익인 수군이 남아 있었다. 그 강기슭의 초계대哨戒隊가 어느 날 촉의 한 병사를 잡아서 수군의 도독부로 끌고 왔다.

"어쩌다 잡혔느냐?"

"길을 잃었습니다."

"아군 진영에선 어쩌다가 떨어져서 이런 데서 헤매고 있었느냐?"

"대장 풍습의 밀명으로 오늘 밤 손환의 진영에 불을 질러 야습할 것이니 낮 동안 부근에 숨어 있으라고 하여 쉰 명 정도가 나왔는데, 나중에 기름을 옮기다가 부대원들을 놓쳤습니다."

도독 주연이 이 말을 듣고 손뼉을 치며 기뻐했다.

"병사들을 육지로 올리고 촉군이 야습하러 오는 퇴로를 끊고 역으로 손환과 협공하도록 하자."

그는 즉시 서신을 써서 손환의 진영에 전령을 보냈다.

그러나 그 전령은 도중에 기다리고 있던 촉의 병사에게 목숨을 잃고 말았다. 이 모든 것은 풍습과 장남이 생각해낸 계략이었기 때문에 미리 전령이 지나갈 것을 알고 있었던 것이다.

그것도 모르고 그날 저녁 주연은 이미 대군을 배에서 육지로 올리고 출격 준비를 마친 뒤였다. 그러나 대장 최우崔禹가 주의를 주었다.

"아무래도 조금 이상합니다. 일개 사졸의 말을 맹신하여 이와 같은 행동을 일으키는 것은 조금 경솔합니다. 도독께서는 수군을 지키며 여기에 계시는 것이 좋겠습니다. 제가 가겠습니다."

주연도 일리 있다고 생각하고 자신은 남기로 했다. 그리고 최우에게 1만 명이 안 되는 군사를 내주었다.

예상대로 이경二更 무렵 손환의 진지에서 맹렬한 불길이 올랐다. 화공이 있을 것이라는 사실은 낮에 전령을 보내 알렸지만, 손환에게 가던 전령이 도중에 죽임을 당할 줄은 예상하지 못했다.

"어서 지원하러 가자."

서둘러 가고 있는데 도중의 수풀과 저지대에서 기다리고 있던 복병이 공격해왔다. 장포와 관흥의 병사들이었다.

최우는 생포되고 부하들은 큰 타격을 입고 뿔뿔이 흩어져서 도망쳤다. 주연은 당황하여 그날 밤 수군을 50~60리가량 하류로 후퇴시켰다.

한 번도 아니고 두 번이나 패배한 손환은 진영 전부가 타버리자 원통하지만 어쩔 수 없이 이릉성夷陵城(호북성 의도, 의창의 동북부)으로 퇴각했다.

촉군은 가차없이 이들을 몰아붙이며 최우의 목을 베고 위세를 올렸다. 그리고 서전의 두 번에 걸친 대패 소식은 이윽고 건업성 안을 암담하게 만들었다.

"전하, 그렇게까지 상심하실 것은 없습니다. 오를 건국한 이래 이미 세상을 떠난 명장이 여러 명 있습니다만, 여전히 훌륭한 명장들이 10여 명이나 있습니다. 우선 감녕을 부르십시오."

숙장 장소가 위로했다.

동장군

一

겨울이 왔다.

연전연승의 촉군은 무협과 건평, 이릉에 걸친 70여 리의 전선을 견고하게 지키며 장무 2년(222) 정월을 맞이했다.

군신들에게 신년 축하주를 내리는 날 유비도 약간 취해서 술회했다.

"눈인가, 내 귀밑머리인가. 과인도 나이를 먹었지만 경들도 나이를 먹어 겨울을 나기가 힘들었을 것이오. 그러나 관흥과 장포 두 사람이 열심히 해주어 과인도 크게 힘을 얻었소."

그날 오후에 이런 소문이 전해졌다.

"황충이 불과 10여 명의 병사를 이끌고 오나라에 투항했습니다."

유비는 고하러 온 자에게 웃으며 말했다.

"아니, 황 장군은 오늘 아침에도 이 자리에 있었다. 아마도 내 말을 듣고 오나라를 치러 갔겠지. 과인의 술회야말로 마음에도 없는 말이었거늘. 아아, 그도 칠순의 나이 든 무사, 무슨 일이라도 생기면 큰일이다. 관흥과 장포는 즉시 가서 그를 구하라."

유비의 추측은 틀리지 않았다. 황충은 정말로 불과 10여 명의 병사를 이끌고 적과 일전을 벌이기 위해 나선 것이었다. 그는 도중에 아군의 이릉 진지를 통과했다.

풍습과 장남이 그를 보고 물었다.

"노장군, 어딜 가십니까?"

황충은 말에서 내리지도 않고 분연히 황제의 술회에 대해서 이야기했다.

"폐하께서 신년 축하 자리에서 휘하 장수들이 모두 나이가 들어 도움이 되는 자가 적다고 하시더군. 내가 나이는 많지만, 아직도 열 근의 고기를 먹고 활 두 개를 동시에 당길 수 있네. 그래서 지금부터 오군의 허를 찔러 폐하의 어심을 편안케 해드릴 생각이네만."

"장군, 당치도 않습니다."

장남은 온 힘을 다해 말렸다. 노인이 괜한 오기로 나이에 걸맞지 않은 일을 벌이려고 한다는 듯이.

그는 충고했다.

"지금 오군 진영은 작년과는 완전히 다릅니다. 젊은 손환은 후방으로 물러나고 전선에는 새롭게 건업에서 대군을 이끌고 온 한당과 주태 등 노련한 장수들을 배치하고 선진에는 반장, 후진에는 능통 그리고 오에서 전투에 제일 능하다는 감녕이 전군을 주시하며 유사시에는 언제든 출격할 수 있도록 대기하고 있다고 합니다. 게다가 그 수가 10만 명이라고 하는데 그런 곳에 불과 10여 명을 이끌고 가서 무엇을 할 생각입니까?"

장남은 이렇게 말하면서 크게 웃었다.

그러나 황충은 들은 체도 하지 않고 "그대들은 구경이나 하게."라는 말을 남기고 떠나버렸다. 장남과 풍습은 어이없는 표정으로 바라보고 있다가 급히 일개 부대를 뒤따라 보냈다.

"사신에게 홀린 모양이야. 그렇다고 죽게 내버려둘 수는 없지."

황충은 이윽고 반장의 진영으로 들어갔다. 불과 10여 명의 병사가 태연히 중군까지 들어가 버린 것이다. 이상하게 생각한 파수병이 아군을 불렀을 때 황충은 이미 반장과 싸우고 있었다.

"관 장군의 원수를 갚기 위해 홀로 이곳까지 왔다. 나는 촉 제일의 노장 황충이다."

전선에는 이변이 없고 중군 내에서 일어난 싸움이었다. 반장의 외진外陣은 모두 전방을 버리고 중심으로 모여들었다.

그때 장남의 부대가 황충을 지원하러 왔다. 또 관흥과 장포도 수천 명의 병사를 이끌고 눈보라처럼 밀려왔다. 어지럽게 뒤엉켜 싸우다가 반장은 놓쳤지만 충분한 전과를 거두었다. 그리고 들판으로 나와 대치 상태에 들어갔다.

"무사해서 다행입니다. 자, 노장군. 돌아가시지요."

장포와 관흥 등이 돌아갈 것을 재촉해도 황충은 돌아가려고 하지 않았다.

"내일도 싸울 것이네. 다음 날도. ……관 장군의 원수를 갚을 때까지."

그리고 이튿날 또 이 일흔이 넘은 무장은 선봉에 서서 종횡무진 뛰어다녔다.

"반장은 나오너라."

그러나 오늘은 오군도 대비하고 있었다. 황충은 싸우기 불리한 지형으로 몰렸다. 혈로를 뚫어 달아나려고 하자 사방에서 돌이 날아오고 검은 바람이 일었다. 그리고 오른쪽 산에서는 주태, 왼쪽 계곡에서는 한당, 뒤쪽 골짜기에서는 마충, 반장과 같은 오의 군사들이 안개처럼 그의 퇴로를 끊어버렸다.

||| 二 |||

호기롭던 황충도 지금은 어쩔 줄을 몰랐다. 화살이 날아와 몸에 박히고 말은 돌에 맞아 쓰러졌다. 기력이 다하고 눈이 침침했다.

"이제 틀렸구나."

그는 스스로 목을 베어 죽으려고 했다.

그때 오군 대장 마충이 말을 몰고 달려왔다. 이를 본 황충은 단말마의 용기를 짜내 마충 앞에 유령처럼 버티고 섰다.

"저승길의 길동무로 삼아주마."

"백발이 성성한 머리가 아직도 아까우냐?"

황충은 마충이 찌른 창 자루를 잡고 놓지 않았다. 그러는 동안 사방의 오군이 갑자기 소란스러워지기 시작하자 마충은 이윽고 힘에 겨워했고, 오히려 노장 황충에게 창을 빼앗기고 말았다.

관흥과 장포 두 사람은 이 산간에서 황충이 곤경에 빠졌다는 것을 어떻게 알았는지 그를 구하기 위해 급히 달려왔다. 마충은 신변이 위험하다는 것을 깨닫고 상대를 버리고 골짜기로 달아났다.

"노장군, 이제 안심하십시오."

귓전에 대고 말했지만 황충은 그 이후의 일은 아무것도 기억하지 못했다. 그가 정신을 차렸을 때는 아군의 진중에 편안히 누워서 관흥과 장포의 간호를 받고 있었다.

아니, 누군가 뒤에서 자신의 등을 쓰다듬는 사람이 있었기 때문에 고통을 참고 뒤돌아보니 바로 황제 유비였다.

"노장군, 과인의 잘못을 용서해주시오."

"아아……."

황충은 놀라서 일어나려 했으나 엄청난 출혈과 노쇠로 그저 괴로운 표정만 지을 뿐이었다.

"아니옵니다, 폐하. 폐하 같은 고덕高德한 분의 곁에서 일흔다섯이나 먹을 때까지 오랫동안 모실 수 있어서 실로 인간으로 태어난 보람이 있었사옵니다. 이 목숨, 어찌 아끼겠습니까? 오직 옥체를 보존하소서."

그는 말을 마치고 홀연히 숨을 거두었다.

어두운 진영 밖에는 눈보라가 휘몰아치고 있었다.

"아아, 또 한 사람이 가버렸구나. 오호대장군 중에 벌써 세 명이나 세상을 떠나다니."

성도로 그의 관을 보내는 날, 유비는 광야에 서서 눈 내리는 잿빛 하늘을 오랫동안 올려다보고 있었다.

'이래서는 안 되겠다.'

유비는 스스로 마음을 다잡고 어림군을 지휘하여 효정猇亭(호북성 의도의 서쪽)까지 진군했다.

그런데 뜻하지도 않았던 오의 한당 군을 만나 전투가 벌어졌다. 장포는 한당의 유일한 부하 하순夏恂을 무찌르고 관흥은 주태의 아우 주평周平의 목을 베었다. 황제는 이 모습을 보고 손뼉을 치며 감탄했다.

일전일진一戰一進. 촉군은 시체의 산을 넘고 피의 강을 건너며 진격했다. 황제를 지키는 백모白旄(흰 소꼬리로 장식한 깃발), 황월黃鉞(금칠한 의장용 도끼), 황색 비단으로 만든 산개傘蓋까지 모두 얼어붙어 수정 주렴을 매단 듯했다.

오나라의 수군을 통솔하던 감녕은 건업을 나올 때부터 몸이 좋지 않았기 때문에 겨울이 되자 지병이 도져 어쩔 수 없이 육상군의 퇴각과 함께 말을 타고 강기슭을 따라 물러갔다.

도중에 매복하고 있던 촉군의 남만 부대가 일시에 일어나 이들을 습격했다. 그의 군대는 대부분이 배에 있었으므로 따르는 부하는 매우 적었다. 게다가 남만군의 대장 사마가의 용맹은 흡사 악귀나 나찰 같았기 때문에 살아남은 자가 거의 없을 정도로 도륙당하고 말았다.

아픈 감녕은 사마가가 쏜 화살을 어깨에 맞고 부지구富池口(호북성 공안의 남쪽)까지 혼자 달아났으나 마지막임을 직감했는지 말을 큰 나무 아래 버리고 그 나무의 밑동에 앉은 채로 세상을 떠나고 말았다.

2월이 되었다.

효정 방면에서는 여전히 격전이 벌어지고 있었다. 촉나라 병사들은 필승의 신념이 있었고, 오나라 병사들은 싸우면 반드시 진다는 패배의식에 사로잡혀 있었다.

그런데 그날의 전투에서 전군이 개가를 올리며 돌아왔음에도 무슨 일인지 밤이 되어도 관흥만 돌아오지 않았다.

"보고 오너라. 걱정되는구나."

황제는 장포에게 명령했다. 그 밖의 다른 장수들에게도 흩어져서 찾아보라고 명한 후 늦은 밤까지 잠을 이루지 못했다.

넋을 위로하다

||| 一 |||

돌아가는 것도 잊고 오군을 추격하던 관흥은 혼전 속에서 관우를 죽인 반장을 만났다.

어찌 놓치겠는가. 도망가는 반장을 쫓아가다가 결국 산속까지 들어가고 말았다.

산속에 있는 한 집에서 불빛이 새어 나오기에 들어가 하룻밤 묵어가기를 청하자 한 노옹이 사립문을 열고 방으로 안내했다.

"자, 들어오시지요."

관흥은 방에 들어서자마자 소스라치게 놀라 엎드려 절했다. 정면의 작은 단에 불을 밝히고 돌아가신 아버지 관우의 화상이 모셔져 있었기 때문이다.

"노옹, 저의 선친과는 어떤 인연이 있으신지요?"

"그렇다면 당신이 관우 장군의 아드님이시오?"

"그렇습니다. 저는 관흥입니다."

"이 땅은 예전에 관우 장군께서 통치했던 영지입니다. 장군께서 살아 계실 때도 우리는 은덕을 기리며 집집이 조석으로 절을 올렸지요. 하물며 신명神明이 되신 지금은 말할 것도 없고요."

노옹은 그렇게 말하며 관흥을 위로했다. 그리고 이 기이한 인연을 기뻐하며 마루 밑에 저장해두었던 술독을 열어 밤새도록 환대했다.

깊은 밤, 밖에서 문을 거칠게 두드리는 자가 있었다.

"문 열어라. 나는 오군 대장 반장인데 길을 잃었다. 아침까지 방을 좀 써야겠다."

관흥이 벌떡 일어나며 말했다.

"참으로 신기한 일이군. 이건 분명 돌아가신 아버님이 인도하신 거야."

그는 밖으로 뛰어나가자마자 반장에게 덤벼들었다.

"아버지의 원수, 반장, 꼼짝 마라."

허를 찔린 반장은 결국 목이 잘리고 말았다. 관흥은 뛸듯이 기뻐하며 반장의 머리를 말안장 옆에 매달고 노옹에게 작별 인사를 했다.

마침 산기슭에서 반장의 부하 마충이 올라왔다. 보니 주군인 반장의 머리를 말안장 옆에 매단 젊은 무사가 내려오고 있었다. 게다가 그의 손에는 반장이 관우를 잡은 공로로 오왕에게 하사받은 관우의 유명한 청룡언월도가 들려 있었다.

"네놈은 누구냐!"

마충은 분노로 머리털을 곤두세우며 관흥에게 덤벼들었다. 관흥도 아버지의 원수와 한패라며 전력을 다해 싸웠다.

마침 한 무리의 군마가 횃불을 들고 올라왔다. 유비의 명령을 받고 관흥을 찾아 나선 장포의 병사들이었다.

"앗, 적이 너무 많다."

위기를 느낀 마충은 뒤도 돌아보지 않고 도망갔다. 장포와 관흥 두 사람은 손을 잡고 아군의 본진으로 돌아와 황제 앞에 반장의 머리를 바쳤다.

연전연패 중인 오군은 반장까지 죽임을 당하자 도저히 촉군을 당해낼 수 없다는 분위기가 감돌고 있었다.

원래 이들 중에는 전에 관우를 떠나 여몽에게 항복한 형주의 병사들이 많았기 때문에 촉제에 대해서 싸우기도 전부터 일종의 두려움을 품고 있었다. 그중에는 두마음을 품고 있는 자들도 상당히 많았다.

오의 병사들은 모이기만 하면 수군거렸다.

"촉나라의 천자가 미워하고 있는 것은 촉나라를 배신하고 관우 장군을 적에게 팔아넘긴 미방과 부사인 두 사람이다. 그러니 그 두 사람의 목을 베어 촉제의 진영에 바치면 분명 후한 은상을 내릴 것이다."

미방과 부사인은 신변에 위험을 느끼자 결국 이런 작당을 했다.

"아군 사이에 언제 폭동이 일어날지 모르니 방심할 수 없네. 촉제가 미워하는 자는 마충이 분명해. 지금 우리가 마충의 머리를 가지고 촉제 앞에 무릎 꿇고 지난 잘못을 뉘우친다면 분명 용서해 줄 걸세."

그리고 그들은 자신들의 목이 잘리기 전에 어느 날 밤 마충이 자고 있는 틈을 타서 마충의 목을 벤 후 그 목을 가지고 탈출하여 촉군 진영으로 달려갔다.

||| 二 |||

미방과 부사인 두 사람을 보고 유비는 불같이 화를 내며 호통쳤다.

"사람도 아닌 것들, 보는 것만으로도 역겹구나. 무슨 면목으로 여기까지 왔느냐? 자신들이 곤란에 처하니 관우를 팔고 다시 곤란에 처하니 오를 배신하고 마충의 목을 베어 가지고 오다니. 그 심사가 추악하고 행위가 비열한 개만도 못한 놈들. 만약 네놈들을 용서한다면 무문武門을 욕되게 할 뿐만 아니라 세상의 절의는 모두 사라질 것이다. 더욱이 관우의 위패를 봐서도 결코 살려둘 수 없다. 관흥, 관흥. 저 두 원수놈을 너에게 줄 테니 목을 베어 선친의 넋을 위로하도록 하라."

"감사합니다."

관흥은 기뻐하며 양손으로 두 사람의 멱살을 잡아 관우의 영전으로 끌고 가서 목을 베어 바쳤다.

목적을 달성한 그의 기쁨과는 반대로 장포는 의기소침해 있었다. 황제는 그의 마음을 헤아리고 위로의 말을 건넸다.

"아직 너의 돌아가신 아버지의 넋을 위로하지는 못했지만, 곧 오나라를 공격하여 건업성에 들어가는 날 반드시 선친의 원수도 갚을 것이다. 장포, 너무 슬퍼하지 말거라."

그런데 그 무렵 그 원수인 범강과 장달은 이미 쇠사슬에 묶여서 함거에 실려 건업성에서 쫓겨난 뒤 길거리에서 백성들의 구경거리가 되고 있었다.

두 사람이 이런 처지가 된 데에는 이유가 있었다.

계속되는 패전의 비보로 오나라의 건업에서는 보수적인 일부 중신들 사이에서 화평론이 급격히 대두했다. 그들의 의견은 대강 이랬다.

"원래 촉과 오는 동맹 관계에 있었다. 그런데 지금 촉이 오에 적개심을 품고 공격해온 것은 여몽과 반장, 부사인, 미방 등에 대한 분노 때문인데 그들은 지금 모두 세상을 떠나버렸다. 남은 자는 범강과 장달 두 사람뿐이다. 그러나 저런 인물들 때문에 오가 엄청난 대가를 치를 이유는 눈곱만큼도 없다. 즉시 체포하여 장비의 머리와 함께 촉군 진영에 돌려보내야 한다. 그리고 형주 땅도 유비에게 돌려주고 손 부인도 유비에게 보내겠다고 표문으로 화평을 청한다면 촉군은 즉시 깃발을 내릴 것이다. 그러면 이 이상 천하에 오나라의 위신이 추락하는 일은 없을 것이다. 이 상태로 가다가는 결국 이 건업성에서 촉나라의 깃발을 보게 되는 일이 생길지도 모른다."

물론 주전파의 강력한 반발도 있었으나 결국 싸우면 싸울수록 오가 위태로워 보였기 때문에 손권도 그 의견에 동의하고 말았던 것이다.

그래서 정병程秉을 사자로 삼아 서신을 들려 유비가 있는 효정으로 보냈다. 그는 함거에 가두어 끌고 온 범강과 장달을 비롯해 소금에 절인 장비의 머리를 침향목으로 만든 상자에 봉해서 촉제 앞에 내밀었다.

유비는 그것을 거두고 범강과 장달을 장포의 손에 맡겼다. 장포는 이마를 치며 기뻐했다.

"이거야말로 하늘이 주신 것이다."

함거의 철문을 열어 한 사람씩 끌어내서 맹수를 도살하듯 목을 베어 죽였다. 그리고 두 개의 목을 아버지의 영전에 바치며 소리 높여 통곡했다. 그 모습을 바라보던 오나라의 사자 정병은 등골이 서늘해졌다.

그런데 유비가 아무 말이 없자 정병은 대답을 재촉했다.

"주군의 말씀으로는 손 부인을 돌려보내고 다시 화친을 맺기를 간절히 바라고 있습니다."

유비는 오나라의 제안을 거절하며 분명히 선언했다.

"과인이 바라는 것은 이 정도가 아니다. 오나라를 치고 위나라를 평정하여 천하를 하나의 낙원으로 만들어 광무의 중흥을 실현하고자 하는 것이다."

일개 서생

一

정병은 도망치듯 급히 오나라로 돌아갔다. 그 결과 다시 건업성에서는 대회의가 열리고 각료 이하 오나라의 제장은 새삼스럽게 촉나라의 왕성한 전의를 재인식하고 모두 두려움에 떨었다.

"여러분, 무엇을 그리 두려워하는 것이오? 우리나라에는 국가의 기둥이라고 할 수 있는 인재가 있소. 어째서 여러분들은 이럴 때 그를 전하께 추천하여 촉을 치려 하지 않는 것이오?"

그때 자리에서 이렇게 외친 자가 있었다. 이름은 감택闞澤, 자는 덕윤德潤이었다.

손권은 그 말에 눈을 반짝이며 그가 누구인지 감택에게 물었다.

"누구요, 그가? 우리나라에 그런 큰 인물이 있는 줄은 미처 몰랐소. 지금 오는 사느냐 죽느냐 하는 위급한 상황에 처해 있소. 만약 오를 다시 일으킬 만한 인물이 재야에 있다면 나는 무슨 수를 써서라도 그를 불러올 것이오."

감택이 대답했다.

"다름이 아니라 그는 지금 형주에 있는 육손입니다."

그러자 회의장이 술렁이기 시작했다. 그중에는 조소하는 목소리까지 들렸다.

"……?"

손권은 고개를 갸웃거렸다. 사람들은 아니라고 했다. 장소, 고옹 등의 중신들도 쓴웃음을 지으며 반대했다.

"오나라의 기둥으로 존경받은 사람은 처음엔 주유 공이었고, 다음이 노숙 공이었습니다. 얼마 전까지는 여몽 공이었는데 국가에 큰 난리가 일어나도 백성들은 이 사람이 있으니 괜찮다고 믿고 의지했습니다. 그러나 지금은 여몽 공도 죽고 온 나라가 이 난국을 걱정하며 고인들을 기리는 것은 이해가 갑니다만, 새파란 일개 서생에 불과한 육손을 호국의 영걸이라고 생각하는 사람은 한 사람도 없을 것입니다. 감택이 뭔가 착각한 것 같습니다."

장소가 말하자 고옹도 거들었다.

"육손은 원래 문관으로 군사에는 아무런 재주가 없습니다. 게다가 나이는 어리고 세상의 유생과 마찬가지로 유약합니다. 아무리 봐도 그리 대단한 수재는 아닙니다. 설령 그를 등용하신다 해도 부하들이 그에게 복종하지 않을 것입니다. 윗사람에게 복종하지 않는 것은 난이 일어날 징조라고 했습니다. 요컨대 그를 써서 촉을 치려는 생각은 치인癡人(어리석고 못난 사람)의 꿈에 지나지 않을 것입니다."

그 외에도 반대하는 사람은 헤아릴 수 없을 정도로 많았지만, 손권은 일동의 반론을 물리치고 "육손을 불러오라."라고 즉시 형주로 파발을 보내 명을 전달했다.

그가 이런 결단을 내린 것은 감택이 "만약 제 말에 틀림이 있다면 저의 목을 쳐도 좋습니다."라며 모든 책임을 지고 천거에 힘쓴 이유도 있지만, 그보다는 죽은 여몽이 생전에 육손을 칭찬했던 것이 떠올랐기 때문이다.

'여몽이 자신을 대신해 형주의 수비를 맡길 정도라면 나이는 어려도 뭔가 재능이 있는 인물임이 틀림없다.'

그는 이렇게 생각했다. 육손은 부름에 응해 급히 건업으로 돌아와 손권을 알현했다. 손권이 물었다.

"그대에게 이 큰 임무를 맡기려 하는데 잘 해낼 자신이 있는가?"

"국가의 존망이 달린 이때 어찌 사양할 수 있겠습니까? 삼가 대명을 받들겠습니다."

그는 은근히 자신이 있음을 내비친 뒤 이렇게 덧붙였다.

"전하의 입으로 대명을 내리신 이상 이것으로도 충분합니다만, 부디 문무의 백관들을 모두 불러 엄숙하게 의식을 거행한 후 어명의 검을 신에게 내려주시옵소서."

손권은 승낙했다. 그리고 건업성의 북쪽 정원에 급히 대臺를 만들게 하여 백관을 늘어세우고 궁녀와 악사를 배치한 후 육손을 단으로 올라오게 했다. 그리고 오왕 손권이 직접 검을 내리고 백모, 황월, 인장, 병부 등 모든 것을 준 후 육손에게 대권을 맡겼다.

"지금 그대를 대도독 호군진서장군護軍鎭西將軍으로 봉하고 누후婁侯의 칭호를 내린다. 이후 6개 군 81개 주를 비롯해 형주의 군마를 총지휘하라."

||| 二 |||

육손이 새롭게 총사령관에 임명되어 전쟁터에 나가게 되었다는 소식이 전해지자 전선에 있는 오나라의 장수들은 심한 불만을 드러냈다.

"저런 애송이가 대도독 호군장군에 임명되다니 이게 대체 무슨 일이야?"

"저런 문약한 자가 군대를 지휘할 수 있다고 생각하는가?"

"군주의 생각을 도통 모르겠군. 이것은 주위에서 농간을 부린 것이 분명해."

게다가 벌써 오나라의 전면적인 붕괴를 입에 올리는 자조차 있었다.

육손이 임지에 도착했다. 형주의 군마를 모으고 정봉, 서성 등의 장수들을 새롭게 충원하고 당당히 신예의 기치를 총사령부에 늘어세웠다. 그러나 이미 전부터 각 부서에 있는 대장들은 모두 복종할 생각이 없었다. 심지어 축하의 말을 건네는 자조차 없었다.

그러나 육손은 전혀 신경 쓰지 않고 때가 되기를 기다렸다가 "군사 회의를 열 것이니 한 사람도 빠지지 말고 모두 참석하시오." 라고 장수들에게 통고했다.

그날 육손은 어쩔 수 없이 참석한 장수들보다 한 단 높은 대에 서서 이렇게 말했다.

"내가 건업을 떠나올 때 군주께서는 친히 나에게 보검과 인수를 내리시며 국내의 일은 과인이 맡겠으니 국외의 일은 장군이 맡으라고 하셨소. 그리고 만약 부하 중에 나의 명을 거역하는 자가 있다면 우선 목을 치고 나중에 보고해도 좋다고 덧붙이셨소. 나는 전하의 이런 신임에 감격하여 일신을 돌볼 틈도 없이 이렇게 부임해 온 것이오."

우선 품고 있는 생각을 말하여 아군 사이에 떠도는 근거 없는 낭설 중 하나를 일소하고 다음과 같이 강하게 선언했다.

"군 내에는 항상 군법이 있소. 왕법에 준한다고도 하오. 각 부대는 군율을 더욱더 엄격히 지키시오. 만약 어길 시에는 적을 치기 전에 내부의 적부터 베겠소."

사람들은 아무 말 없이 다른 곳을 쳐다보고 있었다. 그때 불만자 중 한 명인 주태가 앞으로 나와 장대를 올려다보며 말했다.

"전부터 전선에 나와 악전고투하던 군주의 조카 손환이 얼마 전부터 이릉성에 포위되어 있소. 안에는 군량도 없고 밖에는 촉군들이 지키고 있소. 지금 대도독께서 이곳에 오셨으니 하루 빨리 묘계를 생각해내어 우선 손환을 구출해서 군주의 마음을 편케 해드리고 더불어 우리의 사기도 고양시켜주기를 청하오. 그럼 묻겠소. 대도독에게는 이에 대한 대책이 있으시오?"

육손은 대수롭지 않게 대답했다.

"이릉의 일개 성 따위는 지엽에 지나지 않소. 게다가 손환은 부하들을 통솔하는 데 뛰어나니 분명 힘을 합쳐 잘 지킬 것이오. 당장은 지원하지 않아도 성이 함락될 일은 없을 것이오. 오히려 나는 촉군의 중심을 공격하고 싶소. 적의 중심이 무너지면 이릉 같은 곳은 저절로 포위가 풀릴 것이오."

이 말을 듣고 사람들은 소리 내어 웃었다.

"가능할까? 이 사람 전혀 대책이 없군."

그리고 멸시하는 말을 주고받으며 돌아갔다. 한당과 주태 등은 낯빛이 바뀔 정도였다.

"저런 대도독이 왔으니 이제는 멸망할 수밖에 없겠구나."

이튿날, 대도독의 이름으로 각 부서에 군령이 내려왔다.

공격당할 만한 곳을 단단히 지키고 굳이 진격하려 하지 말라. 단 한 명이라도 나가서 싸우는 것을 금한다.

"어리석군. 더는 참을 수 없다."

장수들은 울분과 불만에 가득 차서 마침내 대도독에게 몰려갔다.

"우린 전쟁터에 나와 있소. 이미 목숨을 버릴 각오를 하고 여기에 와 있단 말이오. 그런데 수수방관하며 자멸이나 기다리는 명령을 내리다니 무슨 생각이오? 군주께서도 그런 소극적인 뜻으로 귀공을 임명하신 것은 아닐 텐데요?"

한당과 주태 등이 나서서 저마다 완강하게 반대하자 육손은 손에 검을 들고 큰 소리로 질타했다.

"나는 일개 서생에 지나지 않으나 군주를 대신해서 명령을 내리는 몸이오. 이 이상 이론을 제기하는 자는 누구를 막론하고 목을 베어 군율을 분명히 하겠소."

||| 三 |||

장수들은 입을 다물었다. 두려움을 안고 모두 돌아갔다. 그러나 누구 한 사람 육손에게 복종은 하지 않았다. 오히려 처음에 왔을 때보다 불만은 더욱 깊어졌다.

"일개 서생이 갑작스럽게 권력을 쥐게 되니 저렇게 잘난 척이군."

장수들은 돌아가는 길에 한마디씩 조소했다.

그러는 사이에 사기가 더욱 높아진 촉의 대군은 효정猇亭에서 천구川口에 이르는 광대한 지역에 40여 개소의 진지와 참호를 구축했다. 낮에는 군기가 하늘을 덮고 밤에는 화톳불이 하늘을 태웠다.

"이번에 오군 총사령이 육손이라는 자로 바뀌었다는데 들어본 적이 없는 인물이오. 누구 아는 사람 없소?"

적군 조직이 개편되었다는 소식이 전해진 날 유비는 즉시 신하들에게 물었다.

마량이 대답했다.

"적은 과감하게 새 인물을 등용한 듯합니다. 육손은 강동의 일개 서생으로 아직 애송이입니다만, 오나라의 여몽조차 선생이라고 존경하며 결코 서생 취급을 하지 않았다고 합니다. 재주가 뛰어난 자로 판단하기 어려운 자입니다."

"그런 인재를 어째서 오는 지금까지 쓰지 않은 것인가?"

"아마도 그와 친한 친구조차 그에게 그런 기량이 있었는지 몰랐기 때문이 아니겠습니까? 여몽은 보는 눈이 있어서 진작부터 그를 등용한 것이옵니다. 오군이 형주를 공격한 것도 관우를 쓰러뜨린 것도 여몽의 기략이라고 알려져 있습니다만, 실은 모두 육손의 머리에서 나온 것이었습니다."

"그렇다면 육손이야말로 우리 의제를 죽인 원수가 아닌가?"

"그렇다고 할 수 있을 것입니다."

"어째서 빨리 알려주지 않았나? 그런 원수라면 하루라도 빨리 잡아야 할 것이다. 즉시 진격하라."

"우선 신중하게 생각해보심이 어떨까 싶습니다. 육손의 재능은 여몽에게 뒤지지 않고 주유보다 모자라지도 않습니다."

"그대는 과인의 병략이 새파란 애송이한테도 미치지 못한다는 말인가?"

마량은 더 이상 간할 말을 찾지 못했다. 황제 유비는 제장에게 즉시 진격할 것을 명했다.

의견 일치를 보지 못하고 있던 오군 진영도 촉군이 맹진해오는 것을 보고 더는 개인적인 의견을 내세우고 있을 수만은 없었다. 신속하게 단결하여 총사령부의 유막에 모인 오군 제장은 촉군과 어떻게 싸워야 할지에 대해 육손의 의견을 구했다.

"현상 고수, 함부로 움직이지 마라. 그것뿐이오."

육손은 이렇게만 말하고 "저 산은 한당이 지키고 있는 곳이 아닌가. 예기銳氣가 지나치군."이라며 염려가 되었는지 직접 말을 타고 그곳으로 달려 올라갔다. 그리고 당장이라도 병마를 이끌고 적진으로 달려가려는 한당을 저지하며 말했다.

"한 장군, 경솔하게 산을 내려가지 마시오."

한당은 격분해서 말했다.

"대도독, 저것이 보이지 않소? 들판에 너울거리는 황색의 비단 산개야말로 촉제가 있는 곳이 분명하오. 그것을 눈앞에 보면서도 나가지도 않고 웅크리고 있을 거라면 더는 전쟁 따윈 하지 않는 것이 낫소."

"적의 계책은 보지 않고 단지 겉모습만 본다면 그렇게 생각하는 것도 무리가 아니지. 촉의 현덕이라는 자가 눈에 보이는 포진만으로 오군 진영 앞에 나타났을 리가 없소. 어리석게 그의 덫에 걸려 병사들을 잃는 우를 범하지 마시오. 다행히 지금은 한여름의 무더위가 기승을 부리고 있소. 우리가 나가서 싸우지 않고 진영을 지키며 시간을 보내면 적군은 광야의 더위에 날마다 기력이 약해지고 물이 필요하게 되어 결국 산림으로 진영을 옮길 것이오. 그때 반드시 내가 명을 내려 장군들의 분기奮起를 촉구할 것이오. 장군,

이 또한 오나라를 위해서요. 청컨대 찬바람이 불 때까지 적의 망동과 도발을 그저 웃으며 구경이나 하고 있으시오."

전선全線의 어떤 부대도 움직이지 않았기 때문에 한당도 어쩔 수 없이 주먹을 움켜쥐고 육손의 명령에 따라 가만히 있을 수밖에 없었다.

촉군은 오군을 유인해내기 위해 욕을 퍼붓고 조롱해가며 줄기차게 화를 돋우었다.

백제성

Ⅲ 一 Ⅲ

적을 유인하기 위해 욕을 퍼붓고 우롱하며 화를 돋우는 것은 이미 낡은 병법이었다.

촉군은 일부러 허점을 보이거나 약한 병사들을 앞에 내세우며 적을 유인하기 위해 애썼지만, 오군은 두더지처럼 진영 안에서 한 발짝도 나오지 않았다.

나무 한 그루 없는 광야였다. 밤은 그렇다 치더라도 낮의 더위에 풀도 마르고 땅은 타는 듯했다. 게다가 물은 멀리서 길어와야만 했다. 병자가 속출하고 사기는 떨어져 수습할 수 없는 상태가 되었다.

"안 되겠군. 일단 다른 곳으로 진영을 옮기도록 하라. 시원한 산속이나 물이 있는 골짜기로."

황제 유비도 결국 이런 명령을 내릴 수밖에 없었다. 그러자 마량이 주의를 주었다.

"한꺼번에 이렇게 대규모로 군을 후퇴시키는 것은 위험하옵니다. 반드시 육손이 추격해올 것입니다."

"걱정 마라. 약한 노병을 후미에 남기고 거짓으로 패한 척하며 후퇴할 것이다. 만약 적이 추격해온다면 과인이 몸소 정예를 매복시켜두었다가 이들을 칠 것이고, 우리에게 계책이 있다는 것을 알면 함부로 추격해오지 않을 것이다."

제장은 이것이야말로 황제의 묘책이라고 칭송했다. 그러나 이런 설명을 듣고도 여전히 마량은 불안한 듯 말리려 했다.

"요즘 공명 군사가 틈틈이 한중까지 나와 곳곳에 있는 요해의 방비를 강화하고 있다고 들었습니다. 한중은 멀지 않으니 서둘러 이 근방의 지형과 포진을 그려 사자에게 들려 보내 군사의 의견을 물은 후 진을 옮겨도 늦지 않을 것이옵니다."

유비는 웃으며 그 사자로 마량을 임명하고 말했다.

"과인도 병법을 모르는 사람이 아니네. 원정까지 나와서 어찌 일일이 군사에게 의견을 구할 수 있겠나? 그러나 마침 군사가 한중까지 와 있다고 하니 그대가 가서 과인의 근황을 전하고 전투 상황을 말해두는 것도 좋겠군. 그리고 뭔가 의견이 있다면 듣고 오게."

마량은 적과 아군의 포진부터 지형에 이르기까지 자세하게 그려서 갔다. 이렇게 종이 위에 그려놓고 보니 그것은 사지팔도四至八道라는 대진이었다.

다음 날이었다.

오나라의 파수병이 산 위에서 공 굴러가듯 달려 내려가서 한당과 주태에게 급히 보고했다.

"촉군이 차례차례 먼 산림 쪽으로 진을 옮기기 시작했습니다."

"그렇군."

두 사람은 또 대도독 육손의 진영까지 말을 달려가서 고했다.

"지금 이러한 보고를 받았습니다."

그러자 육손은 마치 가뭄에 비구름을 본 듯 말할 수 없는 기쁨을 얼굴에 드러냈다.

"오오, 그렇소?"

"대도독, 즉시 전군에 추격 명령을 내리시지요."

"아니, 기다리시오. 나와 함께 갑시다."

그들은 말 머리를 나란히 하고 고지대로 달려 올라갔다.

보고만으로는 함부로 행동할 수 없다는 듯이 그는 자신의 눈으로 직접 광야를 살폈다.

"……과연 확실하군."

육손은 감탄했다. 병사를 후퇴시키는 것은 전진 이상의 기술을 필요로 한다고 한다. 지금 보니 촉의 대군은 빗자루로 쓴 것처럼 대부분 철수했다. 그리고 오의 전선 앞에는 후군이 약 1만 명 정도 남아 있었다.

"저런. 기회는 순식간에 지나간다고 하는데 대도독의 느긋함에 절호의 기회를 놓치고 말았구나. 이렇게 된 이상, 한당과 제가 저 1만 명이라도 섬멸하고 오겠습니다."

주태가 발을 동동 구르며 이렇게 말하자 육손은 그조차도 저지하며 말했다.

"아니, 사흘만 더 기다리시오."

그는 채찍을 들어 한쪽 방향을 가리키며 분기하는 두 사람의 말은 들은 척도 하지 않았다.

||| 二 |||

주태는 발끈해서 말했다.

"일각을 지체했다가 승기를 놓쳤는데 사흘이나 더 기다렸다가는 대체 어떻게 되겠어?"

상대하기도 싫다는 듯이 얼굴을 돌리고 땅에 침을 뱉었다.

그러나 육손은 여전히 채찍으로 한쪽을 가리키며 설명했다.

"저 골짜기, 앞쪽의 산그늘 등에 음산한 살기가 감돌고 있소. 아마도 촉의 복병일 것이오. 후미에 약한 노병들만 남기고 적이 멀리 후퇴하는 것은 우리를 유인하려는 뻔한 계략임이 틀림없소."

그리고 병사들의 출격을 엄격히 금하고 본진으로 돌아가 버렸다.

"참으로 나약하구나."

"서생의 병법이란……."

사람들은 겁이 많고 마음이 약한 육손을 비웃으며 될 대로 되라는 자포자기의 심정으로 각자의 진영에 머물러 있었다.

상황이 그러한 것을 알고 촉의 노병들은 오군 진영 앞에서 일부러 갑옷을 벗고 낮잠을 자거나 하품을 하고, 또 욕을 퍼붓곤 했다.

"나와라. 못 나오겠지?"

그들은 노골적으로 야유를 퍼부었다.

"더는 참을 수 없다."

주태와 한당 등의 제장은 사흘째 되는 날 육손에게 몰려갔다. 그러나 육손은 여전히 허락하지 않았다.

"서두르지 마시오."

그는 씁쓸한 얼굴로 그들을 저지했다.

주태는 공격적으로 다그쳐 물었다.

"만약 촉군이 모두 멀리 후퇴한다면 어떻게 하겠소?"

육손은 한마디로 잘라 말했다.

"그것이야말로 내가 바라는 바요. 그보다 좋은 일은 없지요."

참으로 어이없는 대도독이라며 사람들은 크게 웃었다.

그때 파수병의 대장이 와서 보고했다.

"오늘 아침 아직 안개가 걷히기 전에 적군 노병 1만 명도 어느 틈에 사라져버렸고, 또 골짜기의 저지대에서 약 7,000~8,000명의 촉군이 나타나 황색의 산개傘蓋를 호위하며 유유히 멀어져가는 것이 보였습니다."

"아아, 그것이 바로 유비다. 결국 놓치고 말았구나."

제장은 분해했지만, 육손은 다음과 같이 말하며 달랬다.

"유비는 당대의 영웅. 아무리 이를 갈아도 그가 정진正陣을 펴고 있는 동안은 무찌를 수 없소. 장기전으로 접어들어 이 더위에 병자들이 속출하고 사기가 떨어지자 어쩔 수 없이 물 근처로 진을 옮겼으나 그러면서도 계책을 마련했소. 즉, 자신은 정병을 이끌고 골짜기에 숨어 있고 일부러 약한 노병을 남겨 우리를 유인한 것이오. 그러나 사흘이 지나도 우리가 움직이지 않자 결국 떠나버렸소. ……서서히 순풍이 불어 우리에게 유리해질 것이오. 두고 보시오. 제군, 열흘도 지나지 않아 촉군은 사분오열四分五裂하여 멸망할 테니까."

장수들은 또 시작이군 하는 얼굴로 듣는 둥 마는 둥 했다. 특히 한당은 분통을 터뜨리며 조롱했다.

"과연, 우리 대도독은 참으로 멋진 이론가이십니다."

그런 사람들은 신경도 쓰지 않고 육손은 그 자리에서 한 통의 편지를 썼다. 오왕 손권에게 보내는 것이었다. 그는 편지에 이렇게 썼다.

촉군이 전멸할 날도 머지않았습니다. 대왕 이하 건업성 안의 대신들도 이제 베개를 높게 하고 마음 편히 주무셔도 될 것입니다.

촉군은 주력을 수군으로 옮기기 시작했다. 육로에는 효정이라는 요해가 있고 육손의 두터운 진영이 있었다. 어느 쪽이나 끈질기게 버티고 있었기 때문에 쓸데없이 시간만 보내고 있다고 판단한 유비는 조금 서두를 필요성을 느끼기 시작했던 것이다. 그리고 오나라의 본토로 깊숙이 공격해 들어가 오왕 손권과의 결전을 기대하고 있었던 것으로 보인다.

그래서인지 요 며칠간 촉의 군선은 속속 장강을 따라 내려가 강기슭의 적들을 몰아내고 그 자리에 기지인 수채를 쌓았다.

||| 三 |||

촉나라와 오나라의 개전은 위나라에 반가운 소식이었다. 지금 위나라의 첩보 기관은 최고의 활약을 펼치고 있었다.

대위 황제 조비는 어느 날 하늘을 우러러보며 웃었다.

"촉은 수군에 힘을 쏟아 매일 100리 이상 전진하고 있다고 하는데 드디어 유비가 죽을 날이 왔구나."

옆에 있던 신하들이 의아해하며 물었다.

"지금 하신 말씀은 무슨 뜻이옵니까?"

"그대들은 모르겠소? 촉군은 이미 육지에 40여 개소의 진지를 구축했는데 지금 또 수백 리의 수로로 진군하고 있소. 75만의 대군이라 해도 800리에 걸친 전선에 배치하면 촉군은 뿔뿔이 흩어지는 꼴이 되는 것이오. 또 육손의 진영을 두고 수로로 나온 것은 유비의 운이 다한 것으로 볼 수 있소. 옛말에도 초목이 무성한 곳과 높고 평평한 곳, 습한 곳과 지세가 험한 곳에 영채를 세우는 것은 병가의 금기라고 했소. 가까운 시일 내에 촉은 대패할 것이오."

그러나 군신들은 여전히 믿지 못하겠다는 듯이 오히려 촉군의 기세를 두려워하며 국경의 수비를 강화할 것을 촉구했으나 조비는 아니라고 단언하며 말했다.

"오가 촉을 이기면 그 기세로 오가 촉으로 밀고 들어갈 것이오. 그때야말로 우리 병마가 오나라를 취할 때요."

그는 손바닥을 들여다보듯 정세를 설명했다. 그리고 조인에게 일개 부대를 내주며 유수濡須로 보내고 조휴에게도 일개 부대를 내주며 동구洞口 방면으로 서둘러 가게 했으며 조진에게도 일개 부대를 내주며 남도南都로 보냈다. 이렇게 세 방면에서 오나라를 살피며 대기시킨 것을 보면 과연 그도 조조를 이을 만한 전략가였다.

촉의 마량은 한중에 도착했다. 마침 공명은 한중에 와 있었다.

"의견이 있으면 듣고 오라고 폐하께서 말씀하셨습니다. 우리 군은 800여 리에 걸쳐 강과 산을 따라 지금은 40여 개소의 진지를 세우고 그 선진은 계속 오나라의 본토로 공격해 내려가고 있습니다."

마량은 자신이 그려온 그림을 꺼내 전황을 상세히 설명했다.

공명은 큰일이라는 듯 무릎을 치며 탄식했다.

"아아, 누가 이런 작전을 짰소?"

"폐하께서 직접 생각하신 포진입니다."

"으음…… 한조의 운명도 이제 다했단 말인가."

"어째서 그렇게 낙담하십니까?"

"강을 따라 공격해 내려가는 것은 쉬우나 강을 거슬러 퇴각하는 것이 어려운 점, 이것이 첫 번째요. 또 초목이 무성한 곳, 높고 평평한 곳, 습한 곳과 지세가 험한 곳에 영채를 세우는 것은 병가의 금기, 이것이 두 번째요. 전선이 길어 병력이 분산되는 점, 이것이 세 번째요. ……그렇지. 마 장군, 그대는 즉시 전장으로 돌아가시오. 그리고 내 말을 전하고 화를 피할 수 있도록 혼신을 다해 간하시오."

"만약 그사이에 육손 군에게 패했을 경우에는?"

"아니요. 육손은 깊숙이 추격해오지는 않을 것이오. 왜냐하면 그는 위나라가 호시탐탐 기회를 엿보고 있다는 것을 알고 있기 때문이오. ……만약 위급한 상황에 몰렸을 때는 황제를 백제성에 모시도록 하시오. 몇 해 전에 내가 촉에 들어올 때 후일을 대비해서 그곳 어복포魚腹浦에 10만의 병사를 숨겨두었소. 만약에라도 육손이 아무 생각 없이 추격해오면 그는 생포되고 말 것이오."

"어복포라면 여러 번 오간 적이 있습니다만, 여태까지 한 번도 병사 한 명 본 적이 없습니다. 거짓말이시죠? 지금 말씀은."

"아니요. 곧 알게 될 것이오."

공명은 편지 한 통을 써서 마량에게 건네고 성도로 돌아갔다. 마량은 다시 오와의 전장으로 말을 달렸다.

오의 육손은 이미 행동을 개시했다. 때가 왔다며 군을 나누어 우선 강남에 진을 친 제4의 촉군을 공격하기 시작한 것이다.

그곳은 촉군 장수 부동傅彤이 지키고 있었다. 그곳을 야습하는

데 오군의 능통과 주태, 한당 등이 앞다투어 선봉을 지원했으나 육손은 무슨 생각을 했는지 순우단淳于丹을 지명하며 5,000명의 병사를 내주었다. 그리고 서성, 정봉을 후진으로 따르게 했다.

||| 四 |||

특별히 기습전에 선발된 것을 명예로 생각하고 그날 밤, 촉의 제4진을 급습한 순우단은 생각지도 못한 남만군과 적장 부동의 무용에 격퇴당하여 심각한 타격을 입었을 뿐만 아니라 목숨조차 위험에 빠졌다. 그러나 후진에 있던 서성과 정봉 두 부대의 도움으로 간신히 돌아올 수 있었다.

"면목 없습니다. 군율에 따라 패전의 벌을 받겠습니다."

온몸에 꽂힌 화살을 뽑지도 않고 그는 육손 앞에 나아가 사죄했다.

"결코 그대의 죄가 아니오."

육손은 책망하지 않았다. 오히려 자신의 죄라고 말했다.

"어젯밤의 기습전은 촉군의 허실을 알기 위해 순우단에게 명하여 한 번 찔러본 것에 지나지 않소. 그러나 그 때문에 나는 촉군을 깰 방법을 깨달았소."

서성이 물었다.

"어젯밤과 같은 일을 반복한다면 쓸데없이 병력만 손상될 것이오. 촉군을 깰 방법이란 무엇입니까?"

"그것은 지금 천하에 공명 외에는 모를 것이오. 다행히 이 전장에는 공명이 없소. 이는 하늘이 우리를 돕는 것이오."

그는 나팔수를 불러 고동을 불게 했다. 각 진영의 높고 낮은 지위의 장수들이 그 소리를 듣고 즉시 그의 앞에 집결했다. 육손은 군령단軍令壇에 올라서서 장수들에게 명을 내렸다.

"우리가 싸우지 않은 지 백수십 일, 하늘에서 비가 내리지 않은 지 한 달 남짓, 지금이야말로 때가 무르익었소. 하늘의 이利, 땅의 이利, 사람의 이利가 모두 우리에게 있소. ……우선 주연 장군은 풀과 잡목 류를 배에 싣고 강 위로 나가 바람을 기다리시오. 아마도 내일 오시午時가 지날 무렵 동남풍이 불 것이오. 바람이 불면 강북의 적진으로 다가가 유황과 염초를 던져 그들의 진영을 불태우시오. 또 한당 장군은 일군을 이끌고 동시에 강북의 기슭에 상륙하고, 주태 장군은 강남의 기슭을 공격하시오. 그 외의 장군들은 나의 지시를 기다리시오. 그러면 내일 밤이 되기 전에 유비의 목숨은 우리 오의 것이 될 것이오. 자, 출진하라!"

대도독 취임 이래 이처럼 적극적인 명령을 내린 것은 처음이었기 때문에 주연과 한당, 주태 등도 기뻐하며 출진 준비를 했다.

다음 날 오시 무렵부터 강 일대에 풍랑이 일기 시작했다. 그때 촉의 중군 진영에서 깃발을 높이 휘날리던 깃대가 뚝 부러졌다.

"무슨 징조일까?"

유비가 눈살을 찌푸리자 정기程畿가 대답했다.

"이는 야습의 징조라고 예부터 전해지고 있사옵니다."

그때 강기슭을 지키는 파수대의 대장이 와서 고했다.

"어젯밤부터 강 위에 배가 무수히 떠 있었는데 이 풍랑에도 물러가지 않습니다."

유비는 고개를 끄덕이며 말했다.

"그 보고는 이미 들었다. 의병계擬兵計일 것이다. 명령이 있기 전에는 함부로 움직이지 말라고 수군에 단단히 일러라."

또 다른 보고가 들어왔다.

"오군의 일부가 동쪽으로 이동하고 있다고 합니다."

"계속 유인책을 쓰는 것이다. 아직 움직일 때가 아니다."

이윽고 해가 질 무렵 강북의 진지에서 연기가 피어오르기 시작했다. 실수로 불이 난 것이라고 생각하고 바라보고 있는데 조금 하류 쪽에 있는 진영에서도 불길이 올랐다.

"이렇게 바람이 강하게 부는데 불안하구나. 관흥, 보고 오너라."

새벽이 되어도 불은 꺼지지 않았다. 아니 북쪽 기슭뿐만 아니라 남쪽 기슭에서도 화염이 솟았다. 유비는 즉시 장포를 보냈다.

"수상한 불길이군."

밤하늘은 더욱 붉게 타들어가고 있을 뿐이었다. 파도 소리인지, 사람들이 외치는 소리인지, 엄청난 열풍이 물보라를 일으키고 모래를 날렸다.

"아아, 본진 근처에서도."

누군가가 갑자기 절규했다.

유비의 진지와 가까운 숲에서 마른 나뭇잎이 쪼그라들며 타고 있었다.

"앗."

그의 부하들이 당황하여 허둥지둥하고 있을 때 적인지 아군인지 모를 사람들이 연기 속을 우왕좌왕 뛰어다니고 있었다.

"적이다! 오군이다!"

유비의 눈앞에서는 이미 격렬한 전투가 벌어지고 있었다. 그는 사람들에 의해 말에 태워졌다. 그러나 거기에서 아군인 풍습의 진영까지 달리는 동안 전포 자락에도 말안장에도 불이 붙고 말았다.

아니, 달리는 대지의 풀도 하늘의 나무 꼭대기도 모두 불길에 휩싸여 있었다.

||| 五 |||

그런데 도착한 풍습의 진영도 혼란스럽기는 마찬가지였다. 여기는 불뿐만 아니라 오군 대장 서성의 공격을 받고 있었다.

'이게 어떻게 된 일인가?'

유비는 넋이 나갔다. 적의 계략에 빠졌을 때는 자신이 처한 상황을 적확하게 알지 못하는 법이다. 유비의 심리도 그와 비슷했다.

"여기도 위험합니다. 이렇게 된 이상 백제성으로 가시지요. 일각이라도 빨리 백제성으로."

호종하는 사람 중에 누군가가 외쳤다. 그 소리는 떨렸고 거기에 대답하는 소리는 연기에 숨이 막혔다.

유비는 정신없이 말을 달렸다. 화염 속을, 연기 속을. 이 모습을 본 풍습이 자신도 같이 가겠다고 부하 10여 명과 함께 따라왔으나 도중에 서성을 만나 부하들을 비롯해 본인까지 목숨을 잃었다.

"유비를 생포하라!"

풍습의 목을 벤 서성은 기세를 올리며 유비를 뒤쫓았다.

유비의 앞에는 오군의 정봉이 일개 부대를 매복시켜놓고 기다리고 있었다. 그는 불시에 협공을 당해 진퇴양난에 빠지고 말았다.

만약 이때 아군인 부동이나 장포가 구하러 오지 않았다면 그의 운명은 오군 대장의 손에 넘어갔을 것이다. 그러나 때마침 그를 구하러 온 아군의 도움으로 더욱 엄중한 호위를 받으며 마안산馬鞍山으로 달아났다.

산 정상까지 와서야 유비는 비로소 정신을 차릴 수 있었다. 높은 곳에서 내려다보니 놀랍게도 구불구불 70리에 걸친 진영이 모두 화염에 싸여 있었다. 이곳에서 비로소 유비는 육손의 원대한 화계火計의 전모를 알게 되었다.

"무서운 놈이구나."

그러나 이미 때는 늦었다. 그가 하늘을 올려다보며 통탄했을 때, 육손 군은 마안산 기슭을 겹겹이 포위하고 있었다. 그리고 산 전체를 불로 태울 셈인지 여러 방면의 산길에서 불을 질렀다. 수백, 수천 마리의 화룡이 산을 기어 올라왔다.

폭풍같이 몰아치는 북과 징 소리, 해일처럼 밀려오는 인마의 소리. 유비와 그의 일행은 죽음을 각오할 수밖에 없었다. 그러나 혈기 넘치는 관흥과 장포 등이 곁에 있었다.

"걱정하지 마십시오."

화염이 약한 길을 골라 강으로 통하는 산기슭을 향해 정신없이 내려갔다.

그러나 화염이 보이지 않는 길에는 육손 군의 복병이 기다리고 있었다. 돌파하여 위험은 벗어났지만, 복병은 점점 늘어나며 끈질기게 추격해왔다.

"화공으로 공격해오는 적은 불로 막아라."

누군가가 순간적인 기지로 길에 불을 질렀다. 그러나 불길이 너무 약했기 때문에 촉군은 모두 화살을 꺾고 갑옷을 벗어 불 속에 던지고 깃대까지 태워 화력을 키웠다.

덕분에 불이 나무에서 나무로 옮겨붙어 맹렬히 타오르며 추격해오는 오군을 간신히 막을 수 있었다.

그러나 그렇게 간신히 강기슭으로 나왔으나 또 새로운 적을 만났다. 오군 대장 주연이 대기하고 있었던 것이다.

되돌아가 골짜기로 피하자 이번에는 함성과 함께 골짜기 아래에서 육손의 깃발이 나타났다. 이제 여기서 죽는구나 하고 유비가 절망스럽게 외쳤을 때 다시 생각지도 못한 원군이 그의 앞에 나타났다.

상산의 조자룡이었다.

그가 어떻게 여기에 왔을까? 그의 임지 강주는 한중은 물론 그 어디보다도 전장과 가까웠기 때문에 공명이 마량과 헤어져 성도로 돌아갈 때 '즉시 가서 폐하를 지원하시오.'라고 파발을 보내놓았던 것이다.

어쨌거나 조운의 원군은 지옥에서 만난 부처님이었다. 그렇다고는 해도 상황이 너무나 달라졌다. 처음 유비가 백제성에 입성했을 때는 75만의 대군이었는데 지금은 고작 수백 명밖에 남지 않았다.

조운과 관흥, 장포 등은 황제가 성에 들어가자마자 아군을 규합하기 위해 즉시 성 밖으로 나와 왔던 길로 다시 달렸다.

돌로 된 병사와 팔진

||| 一 |||

전군이 일단 모두 무너지니 700여 리에 이어져 있던 촉군의 진영들도 마치 범람하는 홍수에 고립된 마을처럼 그 기능도 잃고 연락도 끊겨 각 부대는 각자도생으로 탁류처럼 밀려오는 오군과 맞서 싸울 수밖에 없었다.

그 때문에 어제부터 오늘에 걸쳐 목숨을 잃은 촉군 장수가 몇 명인지 몰랐다. 우선 부동은 오의 정봉 군에 포위되어 적에게 투항의 권유를 받았다.

“승산 없는 싸움에 사력을 다하기보다는 오나라에 항복하여 오랫동안 무문의 영광을 누리지 않겠는가.”

“나는 촉나라의 장수다. 어찌 오나라의 개에게 항복할 수 있겠는가?”

부동은 이렇게 말하며 대군 속으로 뛰어들어 장렬한 최후를 맞았다.

또 촉의 제주祭酒 정기程畿는 아군이 10여 명밖에 남지 않자 촉의 수군에 합류하여 싸울 생각으로 강기슭까지 달려갔으나 거기도 이미 오의 수군에게 점령되어 진퇴양난에 빠지고 말았다.

그러자 오군의 한 장수가 역시 항복을 권유했다.

"정 제주, 정 제주. 수륙 모두 촉나라의 깃발이 서 있는 곳이 없다. 말에서 내려 항복하라."

정기는 바람에 머리카락을 날리며 소리쳤다.

"오늘까지 주공을 섬기며 전장에 나와 도망치는 것을 모르고 적을 만나면 맞서 싸우는 것밖에 모른다."

사방팔방으로 말을 달려 싸우다가 스스로 목을 쳐서 장렬한 최후를 맞았다.

촉군 선봉 장남은 오랫동안 이릉성을 포위하고 오의 손환을 공격하고 있었으나 아군 조융趙融이 말을 몰고 와서 "중군이 패하여 전선이 무너지고 폐하의 행방도 묘연합니다."라고 고하자 갑자기 포위를 풀고 유비의 행방을 찾으려 했다.

그때 성안의 손환이 때가 왔다며 추격하러 나와 각지의 오군과 연합하여 장남과 조융의 앞길을 막았기 때문에 두 사람도 이윽고 어지럽게 뒤엉켜 싸우다가 허망하게 전사하고 말았다.

이처럼 촉군 장수들이 잇달아 목숨을 잃었을 뿐만 아니라 멀리 남만에서 원군으로 참전한 오랑캐군 장수 사마가까지 오군의 주태에게 사로잡혀 결국 목이 떨어져 나갔고, 또 촉군 장수 두로杜路와 유녕劉寧은 부하들을 이끌고 오나라에 항복했다.

"이제 다 이루었다. 촉제 유비를 생포하는 일만 남았을 뿐이다."

오군 총수 육손은 자신의 진면목을 드러내며 이 대승을 계기로 직접 군사들을 지휘하며 적에게 숨 돌릴 틈조차 주지 않고 유비가 도망간 방면으로 오직 돌진할 뿐이었다.

벌써 어복포 앞까지 진격해왔다. 이곳엔 오래된 관문이 하나 있었다. 육손은 이곳에서 야영하며 병마를 쉬게 하고 그날 저녁 관문 위로 올라가 전방을 바라보다가 주위의 대장들을 돌아보며 물었다.

"저것이 무엇이오?"

그는 매우 놀란 모습이었다.

"멀리 산을 따라서, 또 강에 접하여 일진一陣의 살기가 하늘을 찌를 듯하오. 적군 복병이 살기를 품고 기다리고 있는 것이 틀림없소. 진격해서는 안 되겠군, 진격해서는 안 돼."

갑자기 10리 남짓 진을 물린 뒤, 주의 깊게 앞길을 살피게 했다. 얼마 지나지 않아 척후병들이 차례차례 돌아왔으나 입을 맞춘 듯 같은 보고를 했다.

"없습니다. 적군은 한 명도 보이지 않습니다."

"그래?"

육손이 이상히 여기며 산으로 올라가 전방의 산을 가만히 살폈다. 그리고 신음하듯이 중얼거리며 내려왔다.

"자욱한 귀기鬼氣, 매서운 살기, 어찌 복병이 아니겠는가? 척후병들이 미숙한 것이 틀림없다. 노련한 자들로 뽑아 다시 주의 깊게 살피고 오게 하라."

||| 二 |||

날도 저물어 밤이 되었으나 육손은 여전히 마음이 쓰이는지 몇 번이나 진영 앞으로 가서 어복포의 밤하늘을 올려다보았다.

"이상하군. 밤이 되니 낮보다 더 살기가 느껴지는구나. 대체 저기 있는 복병은 어디 병사들인가?"

조심성이 많은 육손은 의심을 거두지 못하고 밤새도록 잠을 이루지 못하는 듯했다. 미명 무렵 이윽고 척후병이 돌아와 보고했다.

"살피고 왔습니다. 아무리 자세히 살펴도 적병이 없는 것은 확실합니다. 그러나 강기슭에서 산과 산의 좁은 길에 걸쳐 크고 작은 수천 개의 돌이 마치 돌로 만든 사람인 것처럼 쌓여 있습니다. 그 사이에 서니 소슬한 바람이 불어 귀기가 느껴졌습니다."

육손은 마침내 결심하고 직접 10여 명의 부하를 이끌고 아직 동도 트지 않은 새벽 무렵 어복포로 가서 시찰하기 시작했다.

마침 네댓 명의 어부가 있기에 육손이 말을 세우고 물었다.

"이보게, 자네들이라면 알 것 같은데 이 근처 강기슭에서 산을 따라 곳곳에 높다랗게 돌이 쌓여 있는 이유가 무엇인가? 무슨 이유가 있나?"

그중에 나이 많은 어부가 대답했다.

"몇 년 전, 제갈공명이라는 사람이 촉나라로 돌아가는 도중에 이곳에 배를 대고 많은 병사를 내리더니 며칠간 훈련하며 진을 펼치고 있었습니다만, 얼마 후 배를 타고 돌아갔습니다. 그런데 돌아간 후에 보니 어느 틈에 기슭 일대에 돌문인지 돌탑인지 사람처럼 보이는 돌무더기가 엄청나게 쌓여 있었습니다. 그 후로 강물도 묘한 곳에서 흘러들어오고 때때로 회오리바람이 일기 때문에 누구도 저 석진 안으로 들어가지 않게 되었습니다."

이 말을 들은 육손은 "그렇다면 공명의 장난이로구나."라며 다시 말을 몰아 둑 위로 올라갔다.

높은 곳에 올라가 조망하니 언뜻 어지럽게 쌓여 있는 것 같던 석진이 질서 정연한 포석으로 늘어서 있고 길을 따라 사방팔면에 문이 있었다.

"가짜 병사, 가짜 진. 이건 그저 사람을 현혹시키는 사기술에 지나지 않는다. 이런 것 때문에 어제부터 쓸데없이 걱정한 것이 부끄럽구나."

육손은 크게 웃고는 강을 따라, 산을 따라, 석진 안을 둘러보고 돌아가려고 했다.

"어? 여기도 막혔군."

"아니, 이쪽입니다."

"아니다, 아니야. 이렇게 가면 다시 오던 길이 나와."

주종 10여 명은 여우에게 홀린 듯 이리저리 헤매었다. 아무리 해도 돌로 어지럽게 쌓은 팔진에서 빠져나올 수 없었다.

그러는 사이에 햇빛이 구름에 가리더니 광풍이 모래를 날리고 하얀 물결이 기슭에 부딪히며 천지가 잠깐 사이에 험한 형상으로 변했다.

"앗, 북소리가 아닌가."

"아닙니다. 파도 소리입니다. 바람 소리입니다."

"아뿔싸! 내가 가짜 병사라고 우습게 봐서 결국 공명의 계책에 빠지고 말았구나. 밤이 되어 풍파가 더욱 거세지면 이곳은 물에 잠길 것이고 우리는 허무하게 목숨을 잃을지도 모른다."

"어두워지기 전에 출구를 찾아야 합니다."

사람들의 눈은 점차 충혈되어갔다. 그러나 여전히 석진 밖으로 나가지 못하고 있었다.

그때 한 백발의 노인이 불쑥 나타나더니 그들을 보고 히죽 웃었다. 누구냐고 물으니 "나는 제갈량의 장인 황승언의 벗으로 오랫동안 요 앞에 있는 산에서 살고 있는 사람이오."라고 대답했다.

육손이 예를 갖추고 길을 묻자 노옹은 지팡이를 짚고 앞장서며 말했다.

"아마도 길을 잃고 헤매고 있는 것 같아 산을 내려와 여기까지 왔소이다. 자, 이쪽으로 나오시오."

육손과 그의 부하들은 그를 따라가자 큰 어려움 없이 팔진 밖으로 나왔다.

"안녕히들 가시오. 내가 팔진 안에서 당신들을 꺼내준 사실은 누구에게도 말해서는 아니 됩니다. 공명의 장인 황승언에게 미안해서 말이오."

백발의 노인은 그렇게 말하고 지팡이를 바람에 맡긴 채 표표히 안개가 자욱한 산으로 돌아갔다.

'사냥감을 쫓는 사냥꾼이 산을 보지 않았구나. 이렇게까지 깊이 들어온 것은 큰 잘못이었다. 그래. 우리 군은 이 이상 앞으로 진군해서는 안 된다.'

무슨 생각을 했는지 육손은 급히 전군에게 명하여 나는 듯이 오나라로 되돌아가 버렸다.

공명을 부르다

||| 一 |||

촉군을 무찌르는 것도 빨랐으나 퇴각하는 것도 신속했다. 승리로 교만해진 오나라의 대장들은 육손을 향해 놀리듯이 물었다.

"어렵게 백제성의 턱밑까지 가서 돌로 된 병사들과 진을 보고 갑자기 퇴각해버린 것은 대체 무슨 이유입니까? 공명이 실제로 나타난 것도 아닌데 말입니다."

육손은 진지하게 대답했다.

"맞소. 내가 공명을 두려워한 것은 확실하오. 하지만 되돌아온 이유는 따로 있소. 그것은 조만간 경들도 알게 될 것이오."

사람들은 그 자리를 넘기기 위해 발뺌하는 말이라고 대충 흘려들었으나 하루가 지나고 그다음 날 급변을 알리는 보고가 오나라의 각지에서 잇달아 올라왔다.

"위나라의 대군이 세 방향으로 나눠서 공격해오고 있습니다. 즉, 조휴 군은 동구洞口로 진출했고, 조진은 남군南郡의 경계로 밀려오고 있고, 조인은 벌써 유수를 향해 구름처럼 남하하고 있습니다."

"그렇지!"

육손은 손뼉을 치며 자신의 명찰明察이 틀리지 않은 것을 기뻐하더니 즉시 전투태세에 들어갔다.

한편, 육손에게 재기 불능의 대패를 당한 유비는 백제성에 숨은 뒤로 왕년의 의기는 어디로 갔는지 탄식만 하고 있었다.

"성도로 돌아가 군신들을 볼 면목이 없구나."

깊은 궁 안의 깨진 주렴만이 그의 상한 마음을 감싸고 있었다. 그러는 사이에 마량이 돌아와 공명의 말을 전했다. 그러나 황제는 한숨만 내쉴 뿐이었다.

"지금에 와서 말해봤자 푸념에 지나지 않으나 승상의 말을 들었더라면 오늘과 같은 고통은 당하지 않았을 것을."

그는 멀리 있는 공명을 그리워했지만, 성도로 귀환하지 않고 백제성을 영안궁永安宮이라 부르며 머물러 있었다.

그 무렵 촉의 수군 장수 황권黃權이 위나라로 가서 조비에게 항복했다는 소문이 들렸다. 촉의 측신들은 유비에게 황권의 처자식과 일족을 베어야 한다고 권했으나 유비는 "아니 황권이 위나라에 항복한 것은 오군 때문에 퇴로를 차단당해 진퇴양난에 빠졌기 때문일 것이오. 황권이 나를 버린 것이 아니라 과인이 황권을 버린 죄요."라고 말하며 오히려 그의 가족을 보호하라고 지시했다.

위나라에 항복하여 조비를 만난 황권은 조비로부터 진남장군에 봉하겠다는 제의를 받았으나 그저 눈물만 흘릴 뿐 전혀 달가워하지 않았다. 그래서 조비가 싫으냐고 물으니 "패군의 대장, 그저 죽음만 면할 수 있다면 그보다 더한 은혜는 없습니다."라고 대답하며 넌지시 신하가 되기를 거부하는 뜻을 비쳤다.

그때 신하 한 명이 들어와서 일부러 큰 소리로 보고했다.

"지금 촉에서 돌아온 세작의 보고에 따르면 황권의 처자식과 일족이 유비의 분노에 의해 모두 참형에 처해졌다고 합니다."

이 말을 들은 황권은 쓴웃음을 지으며 말했다.
“그것은 분명 잘못 안 것이거나 거짓말일 것이오. 나의 황제는 결코 그런 분이 아니올시다.”
그는 오히려 가족들이 무사하다고 믿고 있는 듯했다.
조비는 더 이상 아무 말도 하지 않고 그를 물러가게 했다. 그 후에 즉시 삼국의 지도를 펼치고 은밀히 가후를 불렀다.
“가후, 과인이 천하를 통일하려면 우선 촉을 쳐야 하겠소, 오를 먼저 공격해야 하겠소?”
가후는 잠시 말없이 생각에 잠겨 있다가 이윽고 입을 열었다.
“촉도 어렵고, 오도 어렵고……. 요컨대 양국의 허를 찌를 수밖에 없습니다. 그러나 폐하께서 반드시 소망을 이룰 날이 있을 것입니다.”
“지금 우리 위군은 그 허를 노리고 세 방면에서 오로 향하고 있소. 그 결과는 어떨 것 같소?”
“아마 아무 이익도 없을 것입니다.”
“전에는 오나라를 공격하라고 하고 지금은 아니라고 하는군. 경의 말은 일관성이 없지 않소?”
조비는 머리가 매우 영민했다. 모사 가후라 해도 때때로 그에게 꼼짝 못 할 때가 있었다.

||| 二 |||

그러나 가후는 감히 말했다.
“그렇습니다. 전에 오나라가 촉군에게 밀려 패퇴를 거듭할 때가 위나라가 오나라를 공격할 절호의 기회였습니다. 그러나 지금은

형세가 완전히 역전되어 육손은 촉나라에 대승을 거뒀고 오군의 사기는 하늘을 찌를 듯합니다. 하여 지금은 오나라를 공격하기 어려울 뿐만 아니라 오히려 공격하는 것이 불리하다고 말씀드리는 것입니다."

"더는 말하지 마시오. 어림의 병사는 이미 오나라와의 접경에 나가 있소. 과인의 마음은 이미 정해졌소."

조비는 들은 척도 하지 않았다. 그리고 세 방향의 대군을 보강하고 스스로도 병사들을 독전督戰하기 위해 나섰다.

오나라는 한편으로는 촉을 공격하고 한편으로는 위를 맞이했다. 그러나 육손의 신속한 지휘와 용병술로 인해 당황하지 않고 당당하게 세 방면에서 공격해오는 위군과 맞서 싸웠다.

그중에서도 특히 오나라에 있어서 가장 중요한 방어선은 도성인 건업과 가까운 유수濡須의 한 성이었다. 위나라는 이 성을 공격하기 위해 조인을 보냈다. 조인은 휘하의 대장 왕쌍王双과 제갈건諸葛虔에게 병사 5만여 명을 내주며 유수를 포위하게 했다.

"이곳만 무너뜨리면 적의 심장부인 건업에 그야말로 비수를 꽂는 것이다. 전군은 전력을 다하라. 지금이야말로 큰 공을 세울 때다."

조비가 독전하기 위해 나선 진도 바로 이곳이었다. 자연히 위군의 사기는 더더욱 높아졌고 전쟁의 기운이 붉은 해를 가리고 살기가 지축을 흔들었다.

그때 유수의 수비를 맡은 오군 대장은 나이 아직 27세의 주환朱桓이었다. 주환은 젊지만 담력이 있었다. 앞서 성병 5,000명을 나누어 선계羨溪를 수비하기 위해 보냈기 때문에 성안에 남아 있는 병사가 얼마 되지 않았다. 사람들은 모두 벌벌 떨며 말했다.

"이렇게 적은 인원으로는 도저히 눈앞에 있는 위의 대군을 막아낼 수 없어. 지금 여기에서 물러나 후진과 합류하거나 후진을 이곳으로 부르고 건업에 새로운 병사들을 청하지 않으면 싸울 수 없을 거야."

이 모습을 본 주환은 주요 부하들을 모아놓고 말했다.

"위의 대군은 그야말로 산천을 가득 메우고 있다. 그러나 그들은 멀리서 온 병마이고 이 더운 날씨에 피곤에 지쳐 있다. 머지않아 많은 병력으로 인해 고통을 받을 날이 올 것이다. 진중의 돌림병과 식량난이 그들을 기다리고 있다. 그에 반해 병력이 적다고는 하지만 우리는 산 위의 시원한 곳에 있고 철벽같은 험지로 둘러싸여 있다. 즉, 남쪽에는 큰 강이 있고, 북쪽에는 험준한 산을 등지고 있다. 우리는 편안히 앉아서 저들이 지치기만을 기다리면 된다. 병법에도 이렇게 말하고 있다. '객병客兵의 숫자가 배이고 주병主兵의 숫자가 반일지라도 주병이 능히 객병에게 이긴다.' 평야와 강, 광야의 전투는 병사의 숫자보다는 계책에 있음을 과거의 많은 전투를 봐도 알 수 있다. 중요한 것은 사기. 너희들은 나의 지휘를 믿고 백전백승의 신념을 가져라. 내일 성을 나가 그 증거를 저들에게도 똑똑히 보여주겠다."

이튿날 그는 일부러 빈틈을 보여 적군을 유인했다.

아니나다를까 위나라의 상조常雕가 성문으로 공격해왔다. 그러나 성안은 쥐죽은 듯 고요하고 병사 한 명 없는 듯했다.

"적에게는 전의가 없다. 혹은 이미 성의 뒷문으로 달아났는지도 모른다."

병사들은 모두 부주의하게 성벽에 매달리고 상조도 해자까지 말을 몰고 와서 지시하고 있었다.

굉음이 한 발, 그와 동시에 수백 개의 깃발이 성루와 망루, 돌담, 누문 위 등에서 많은 꽃이 일제히 핀 것처럼 휘날렸다. 돌과 화살이 위군 위로 한꺼번에 쏟아져 내렸다. 성문이 팔자 모양으로 열리고 주환이 홀로 말을 타고 적군 사이로 뛰어들어 위군의 대장 상조의 목을 단칼에 베어 떨어뜨렸다.

앞 부대가 위급하다는 소식을 듣고 중군의 조인은 그 자리에서 대군을 이끌고 진격해왔으나 뒤돌아보니 선계의 골짜기에서 구름처럼 일어난 오군이 퇴로를 끊고 뒤에서 북과 징을 울리며 육박해오고 있었다.

이날의 패전이 위군에게는 패배의 시작이었다. 이후 연전연패, 아무리 해도 주환 군을 이길 수 없었다.

게다가 동구와 남군 두 방면에서도 패배했다는 소식이 전해졌다. 잘못하다가는 조비 황제의 귀로마저 위험해질 것 같았기 때문에 조비도 결국 이곳을 단념하고 분하지만 일단 위나라로 되돌아갔다.

남은 자식을 부탁하다

||| 一 |||

이해 4월 무렵부터 촉제 유비는 객지인 영안궁에서 병이 들었는데, 그 병세가 날마다 깊어졌다.

"지금 몇 시인가?"

머리맡의 촛불을 켜던 숙직 신하와 전의가 대답했다.

"잠에서 깨셨나이까? 지금은 삼경三更(23시~01시)이옵니다."

하얗게 반짝이는 불빛을 바라보며 병석의 유비는 혼잣말처럼 중얼거렸다.

"그렇다면 꿈이란 말인가……."

그리고 날이 밝을 때까지 죽은 관우와 장비의 추억을 신하들에게 이야기했다.

신하들은 모두 기회가 있을 때마다 성도에 돌아갈 것을 권했으나 그는 오나라에 패한 것을 여전히 부끄럽게 여기며 그때마다 어두운 표정을 지었다.

"성도의 신하들과 백성들을 볼 면목이 없구나."

병은 점점 위독해졌다. 그도 이미 천수를 깨달은 듯 말했다.

"승상 공명을 만나고 싶다."

황제의 위독을 알리는 급사는 그때 이미 성도에 도착해 있었다.

공명은 보고를 받자마자 여장을 꾸린 뒤 태자 유선劉禪을 도성에 남겨두고 아직 어린 유영劉永과 유리劉理 두 왕자만 데리고 밤낮없이 달려 이윽고 영안궁에 도착했다.

그는 그사이에 몰라보게 변한 유비를 보고 병상 아래 엎드려 오열했다.

"……가까이. 더, 가까이."

황제는 근신에게 명하여 용상 위에 자리를 마련하게 하고 거기에서 공명의 등에 여윈 손을 얹고 말했다.

"승상, 용서하시오. 부족한 과인이 제업帝業을 이룰 수 있었던 것은 오직 승상 덕분이었건만……. 결국 경의 간언을 듣지 않아 이렇게 패배하고 몸에 병까지 얻어 목숨이 얼마 남지 않게 되었소. ……과인이 없어도 여전히 내외의 대사 일체를 경에게 맡길 수밖에 없소. 과인이 없어도 공명이 세상에 있다는 것만을 유일한 기쁨으로 알고 과인은 저세상으로 떠나겠소."

눈물이 하염없이 흘러내렸다. 병든 얼굴을 뒤덮은 눈물은 공명의 목덜미마저 적셨다.

"폐하, 부디 옥체를 보전하소서. 적어도 태자께서 성인이 될 때까지만이라도."

공명이 목메어 위로하자 황제는 고개를 저으며 주위의 근신들을 모두 방 밖으로 물러가게 했다. 그중에는 마량의 아우 마속馬謖도 있었다. 너무 울어 눈꺼풀이 붉게 부어오른 마속의 모습이 애처로워 보였다.

유비가 불쑥 물었다.

"승상은 마속의 재능을 평소 어떻게 보고 있었소?"

"믿음직한 젊은이로 앞으로 충분히 영웅이 될 만한 그릇이라고 보고 있습니다만."

"아니, 병중에 보아 하니 말이 너무 많고 담력이 재주보다 떨어져서 장차 쓰기에 어려운 인물이라고 생각했소. 주의하도록 하시오."

그는 평소와 다름없이 이런저런 말을 했다. 그러나 황혼 무렵 갑자기 용태가 변한 듯 신하들이 다 모여 있는지 물었다.

공명이 신하들은 모두 한숨도 자지 않고 대기하고 있다고 대답하자 유비는 그럼 장막을 걷으라고 명했다. 그리고 용상에서 일동에게 마지막으로 알현할 시간을 주었다.

또 태자 유선에게 주는 유조遺詔를 신하들에게 맡기며 반드시 지키게 하라고 말한 뒤 다시 눈을 감았으나 이윽고 공명을 향해 말했다.

"과인은 가난하고 천하게 자란 터라 책을 별로 많이 읽지는 못했지만, 인생이 무엇인지는 이 나이가 되어 깨달은 듯싶소. 더는 슬퍼하지 마시오."

그리고 뭔가 마지막 한마디를 하려는 듯 숨을 가다듬었다.

||| 二 |||

유비와 공명의 저승과 이승의 경계는 고작 몇 번의 호흡할 시간밖에 없었다. 공명은 유비의 용상에 매달려 얼굴을 가까이 대고 하염없이 눈물을 흘리며 말했다.

"뭔가 분부할 말씀이 있거든 부디 서슴지 말고 명령을 내려주십시오. 비록 재주는 없지만 목숨이 붙어 있는 한 그 말씀을 마음에 새기고 반드시 실현하도록 하겠사옵니다."

"잘 말해주었소. 과인은 이제 세상을 떠날 것이오. 내가 할 일은 끝났소. 다만 승상의 충성심을 믿고 대사에 관해 한마디만 부탁하고 나면 더는 걱정이 없겠구려."

"……대사에 관해 한마디를 부탁하신다니요?"

"승상, 사람이 죽음을 앞두고 하는 말은 진실하다고 하더이다. 과인의 말에 쓸데없이 겸손해할 필요는 없소. ……승상의 재능은 조비의 열 배나 되고 손권 따위는 비교도 되지 않소. ……부디 촉을 안정시키고 우리의 제업을 견고히 해주시오. 다만 태자 유선은 아직 어리니 장래를 알 수가 없소. 만약 유선이 황제의 자질이 있으면 그대가 보필해주면 참으로 기쁠 것이오. 그러나 그에게 재능이 없고 제왕의 그릇이 아니라면 승상 스스로 촉의 황제가 되어 만민을 통치하시오……."

공명은 엎드려 울며 어찌할 바를 몰랐다. 참으로 대단한 영단, 비장한 유언이었다. 태자가 재능이 없으면 공명이 제업을 이루라는 것이었다. 공명은 용상 아래 머리를 찧으며 오열했다.

유비는 두 왕자 유영과 유리를 가까이 불러 타일렀다.

"내가 죽은 후에 너희 형제는 공명을 아버지로 섬기거라. 아비의 뜻을 거슬러서는 안 된다. 알겠느냐?"

잠시 부모로서 헤어지기 섭섭한 듯 쳐다보고 있다가 다시 공명을 향해 말했다.

"승상, 거기에 앉으시오. 과인의 아들들로 하여금 아버지 될 사람에게 맹세의 절을 시키려 하니."

두 왕자는 공명 앞에 나란히 서서 거역하지 않을 것을 맹세하며 절을 했다.

"아아, 이것으로 안심이오."

유비는 깊이 한 번 숨을 내쉬더니 옆에 있는 조자룡을 돌아보며 말했다.

"그대도 백전만난百戰萬難 속에서 오랫동안 동고동락해왔으나 결국 오늘 헤어지게 되었구먼. 잘 지내시게. 또 승상과 어린 아들들을 부탁하네."

이엄에게도 같은 말을 하고 그 외의 문무관들을 향해서도 한마디 했다.

"시간이 얼마 남지 않아 한 사람 한 사람에게 일일이 다 말할 수는 없소. 부디 마음을 하나로 모아 사직을 돕고 건강을 지키도록 하시오."

말을 마치고는 홀연히 숨을 거두었다. 그의 나이 63세, 촉의 장무 3년(223) 4월 24일이었다.

영안궁의 모든 이들이 슬퍼하며 탄식하는 가운데 공명이 이윽고 그 영구를 모시고 성도로 돌아갔다.

성을 나와 영구를 맞이한 태자 유선은 애통해하며 밤낮으로 상을 치렀다. 그리고 아버지의 유조를 펼쳐 읽고 반드시 지킬 것을 제단 앞에 맹세했다. 또 군신들 앞에서도 맹세했다.

촉의 신하들도 선제의 유조를 암송할 정도로 반복해서 읽으며 반드시 지키겠다고 공명 앞에 맹세했다.

"나라에 하루라도 주군이 없어서는 아니 되오."

공명은 백관들과 의논하여 그해 태자 유선을 황제의 자리에 올리고 한의 정통을 잇는 대식전을 거행했다. 동시에 장무 3년은 건흥建興 원년으로 개원했다.

새 황제 유선, 자는 공사公嗣, 나이는 아직 17세였지만 유비의 유조를 받들어 공명을 공경하고 그의 말을 존중했다.

황제의 뜻에 따라 공명은 무경후武卿侯에 봉해지고 익주 목이 되었다. 또 그해 8월 혜릉惠陵의 장례가 끝나자 선제 유현덕의 시호를 소열황제昭烈皇帝라 했다.

대사면령大赦免令이 내려져 나라 전체가 소열황제의 유덕을 기리고 또 새 황제의 치세에 그 은덕이 미치기를 기도했다.

물고기 무늬

||| 一 |||

유비의 죽음은 많은 곳에 영향을 미쳤다. 촉제가 세상을 떴다는 소식을 듣고 누구보다 기뻐한 것은 위제 조비였다.

"이 기회에 대군을 일으키면 단번에 성도를 무너뜨릴 수 있지 않겠소?"

그는 호시탐탐 기회를 엿보며 군신들에게 물었으나 가후가 "공명이 있습니다."라는 말로 그의 경솔함에 강하게 반대했다.

그때 조비 옆에서 벌떡 일어나 "지금이야말로 촉을 칠 때입니다."라며 위제의 말에 힘을 실어준 사람이 있었다. 그는 하내河內 온성溫城 사람으로 사마의, 자는 중달이었다. 조비는 내심 기뻐하며 물었다.

"사마의, 그 계책은?"

중달이 인사를 하고 나서 말했다.

"중원에서 무턱대고 군사를 일으켰다간 아군에 유리하지 않을 것이옵니다. 그렇기는 하나 5로五路의 대군으로 공명을 꼼짝 못 하게 만들면 촉을 무너뜨릴 수 있사옵니다. 게다가 지금 유비가 죽고 그의 아들 유선이 이제 막 황제의 자리에 오르지 않았습니까?"

"5로란 어떤 전법이오?"

"우선 요동으로 사자를 보내 선비국鮮卑國의 왕에게 금과 비단을 선물로 내리고 요서의 오랑캐군 10만을 빌려 서평관西平館으로 진격시키는 것이 1로一路입니다."

"음, 2로二路는?"

"멀리 남만국南蠻國에 밀사를 보내 국왕 맹획孟獲에게 장래 큰 이익을 약속하고 남만군 10만을 익주의 영창永昌과 월준越雋 등지로 보내 남만으로 하여금 촉을 위협하게 하는 것이옵니다. 이것이 2로입니다."

중달의 웅변은 세차게 흐르는 강물처럼 거침이 없었다.

"3로三路는 화친책을 세워서 오나라를 움직여 양천과 협구를 공격하게 하는 것이고, 4로四路는 항복해온 촉장 맹달에게 상용을 중심으로 하는 10만 병사로 부성涪城을 취하게 하는 것이옵니다. 5로는 일족인 조진 장군을 중원대도독中原大都督으로 삼아 양평관陽平關에서 대군을 이끌고 당당하게 촉을 공격하는 정공법正攻法을 쓰는 것이옵니다. 아무리 공명이 지혜를 짜내도 5로에서 50만의 대군이 공격한다면 막아내지 못할 것이옵니다."

원대한 규모, 신묘한 작전. 한 마디 한 마디 신념을 갖고 말하는 그 장중한 목소리에도 끌려 이의를 제기하는 사람은 없었다. 조비는 무척 만족해하며 즉시 실행하라고 명했다.

사자는 다섯 방면으로 서둘러 떠나고 도성의 병부에는 묘한 긴장감이 감돌기 시작했다. 일말의 아쉬움이 있다면, 이 무렵 조조 시대의 공신인 장료와 서황 등의 장수들이 모두 열후에 봉해져 대부분 자신의 영내에서 노후를 보내고 있다는 것이었다.

그렇다고는 하나 신진 영걸들도 결코 적은 숫자는 아니었다. 조조 이래 오랫동안 일개 문관으로 머물러 있던 중달이 갑자기 두각을 나타낸 것도 새로운 시대의 도래를 알리는 것이었다.

한편 촉의 성도는 그 후 정무의 모든 것을 공명에게 맡기고 신구 모두 결속하여 유비의 사후에도 전혀 흐트러지지 않는 모습을 보였다.

그러는 사이에 고 거기장군 장비의 딸이 마침 올해 열다섯 살이 되어 어린 황제 유선의 황후가 되었다.

그러나 이 경사로부터 얼마 후 위나라의 대군이 5로에서 촉나라로 진격해온다는 소식이 전해졌다. 게다가 승상 공명은 무슨 일인지 조정에 얼굴조차 비치지 않았다.

||| 二 |||

국경의 다섯 방면에서 위급을 전하는 파발이 끊임없이 성도의 관문을 통과했다. 그때마다 사태의 중대성과 조야朝野의 불안은 커져갔다. 5로 작전에 의한 위의 대침략 양상은 다음과 같은 것이라고 백성들 사이에도 전해졌다.

제1로는 요동 선비국(요녕성)의 병사 5만이 서평관(감숙성 서녕西寧)을 침범하여 사천四川으로 진격해오는 것.

제2로는 남만왕(귀주, 운남, 미안마의 일부) 맹획이 약 7만 명의 병사를 이끌고 익주의 남부를 석권하며 오려고 하는 것.

제3로는 오나라의 손권이 장강을 거슬러 와서 협구에서 양천으로 공격해 들어오는 것.

제4로는 배반한 장수 맹달을 중심으로 상용의 병력 4만이 한중을 치는 것.

제5로는 대도독 조진이 양평관을 돌파하여 동서남북 네 방면의 아군과 호응해서 대거 촉나라에 들어와 성도를 짓밟으려는 것.

이 5로의 병력을 합치면 50만~60만이 넘을 것으로 예상되었다.

황제 유선이 두려움에 떤 것은 말할 필요도 없다. 황제였던 아버지와 헤어진 것도 얼마 전, 자신이 황제가 된 것도 최근의 일이었다.

"승상은 어째서 보이지 않는 것이오? 어서 승상을 부르시오."

오직 공명에게만 의지하며 몇 번이나 물었다.

물론 공명에게 여러 번 사자를 보냈으나 공명은 문을 닫아건 채 "최근 병 때문에 조정에도 나가지 못하오."라는 말뿐이었다. 아무리 사태의 심각성을 전해도 얼굴조차 보이지 않는다는 것이었다.

황제 유선은 더욱 두려움에 떨며 황문시랑黃門侍郎 동윤董允과 간의대부諫議大夫 두경杜瓊을 칙사로 또 보냈다.

두 사람은 즉시 승상부로 달려갔다. 그러나 소문대로 문은 닫혀 있고 아무리 말해도 문지기는 들여보내주지 않았다. 할 수 없이 두 사람은 화가 나서 문밖에서 큰 소리로 외쳤다.

"위의 조비가 5로에 군사를 일으켜 우리나라는 지금 다섯 방면이 위기에 처했소. 그런데 승상이란 분이 병을 핑계로 조정에도 나오지 않으시니 대체 무슨 생각이시오? 선제께서 아드님을 맡기신 지 얼마 되지도 않았고 분묘의 흙도 채 마르기 전이 아니오?"

그러자 안에서 달려오는 발소리가 들리더니 문도 열지 않고 대답했다.

"승상께서는 내일 아침에 출사하여 여러분들과 의논하겠다고 하십니다. 그러니 오늘은 돌아가십시오."

할 수 없이 두 사람은 돌아가 황제에게 사실대로 고했고, 백관들은 승상이 나온다며 아침부터 회의실에 모여 있었다.

그런데 정오가 지나고 날이 저물도록 끝내 공명은 나타나지 않았다. 백관들은 원망과 비난을 하다가 저녁 무렵 모두 돌아가 버렸다.

황제의 걱정은 이만저만이 아니었다. 이튿날 날이 새자마자 두 경을 불러 의논했다.

"사태는 위급하고 승상은 두문불출이니 대체 이 일을 어떻게 하면 좋겠소?"

"어쩔 수 없습니다. 이렇게 된 이상 황제께서 친히 승상의 집을 방문하시어 그의 의중을 묻는 것이 좋겠습니다."

황제 유선은 서궁으로 가서 어머니인 태후를 만나 다녀오겠다며 자초지종을 고했다.

태후는 소스라치게 놀랐다.

"어째서 승상이 선제의 유칙에 반하는 행동을 하려는 걸까요?"

그러고는 자신이 가마를 타고 공명에게 가서 묻겠다고 했으나 황후가 움직이는 것은 너무 송구한 일이라며 황제가 즉시 승상부로 향했다.

승상부의 관리들과 문을 지키는 병사들은 깜짝 놀랐다. 갑작스러운 황제의 행차에 몸 둘 바를 모르고 무릎을 꿇고 엎드려 어가를 맞이했다.

"승상은 어디에 계시느냐?"

황제가 수레에서 내려 삼중문까지 걸어가 관리에게 물으니 관리는 황송해하며 대답했다.

"안뜰의 연못가에서 물고기들이 헤엄치는 것을 바라보고 계십니다. 아마 지금도 거기에 계실 것이옵니다."

||| 三 |||

황제는 홀로 성큼성큼 안뜰로 들어갔다. 보니 공명은 정말로 연못 근처에 서서 대나무 지팡이를 짚고 가만히 수면을 바라보고 있었다.

"승상, 무엇을 하고 있소?"

황제가 뒤에서 말을 거니 공명은 지팡이를 버리고 잔디 위에 엎드려 절했다.

"언제 오셨습니까? ……마중 나가지 못한 대죄를 용서해주시옵소서."

"그런 사소한 일은 됐고 위나라의 대군이 5로로 진군하여 우리 국경을 범하려 하고 있소. 승상은 모르시오?"

"선제께서 돌아가실 때 불초 신에게 폐하를 부탁하시고 또한 국사를 맡기셨사옵니다. 그런데 어찌 소신이 그런 큰일을 모르겠나이까?"

"그렇다면 어째서 조정의 회의에도 나오지 않는 것이오?"

"그저 재상이라는 이유로 아무 계책도 없이 참석하는 것은 오히려 사람들에게 혼란만 가중시킬 뿐이기 때문이옵니다. 그래서 한동안 호젓이 심사숙고하고 있었던 것이옵니다. 그리고 이렇게 날마다 연못가에 서서 살아 있는 물고기를 바라보며 파문의 허와 어유魚游의 실을 이 세상 모습과 견주어 생각하는 사이에 오늘 문득

한 가지 생각이 떠올랐습니다."

공명은 황제를 방으로 청하여 사람들을 멀리 물리고 은밀히 대책을 아뢨다.

"우리 측의 마초는 원래 서량 태생으로 오랑캐 사이에서는 신위천장군神威天將軍으로 불리며 지금도 명성이 높습니다. 그러니 그를 보내 서평관을 지키게 하고 오랑캐 세력을 달래면 1로의 수비는 걱정하지 않으셔도 될 것이옵니다."

또 2로의 방어에 대해서는 이렇게 설명했다.

"원래 남만의 장졸들은 용맹하기는 하나 진취적 기상이 희박하고 의심이 많으며 싸움이 잦기 때문에 지혜로서 다루기 쉽습니다. 그래서 이미 소신이 위연에게 격문을 보내 의병지계擬兵之計를 내리고 익주 남방의 요소요소에 군대를 배치해두었기 때문에 이 역시 걱정하실 필요가 없사옵니다."

공명은 말을 이었다.

"또한 상용의 맹달은 한중으로 진격해오는 형세입니다만 그는 원래 촉군 장수이고 시서詩書에 밝고 의로우며 아군인 이엄과 친분이 두터운 인물입니다. 의를 알고 시서를 읽는 인간에게 양심이 없을 리가 없사옵니다. 따라서 생사의 친분을 나눈 이엄에게 그 방면을 수비하게 하고 소신이 쓴 편지를 이엄이 쓴 것처럼 해서 그의 손으로 맹달에게 전달하게 하는 것이옵니다. 그렇게 하면 맹달은 양심의 가책을 느껴 나아가지도 물러서지도 못하고 결국 꾀병을 부리며 머뭇거리면서 시간만 보낼 것이옵니다. ……다음은 위의 중군인 조진이 공격하는 양평관의 수비입니다만, 그곳은 지세가 험한 요해인 데다가 조자룡이 수비하는 곳이니 쉽게 무너지지 않을 것이옵니다. 이렇게 살펴보면 이상의 4로는 걱정할 필요가 없고, 이 동시 작전이 규모가 크기는 하지만 신에게는 별거 아닙니다. 그러나 만약을 위해서 관흥, 장포 두 사람에게 각각 병사 2만을 주고 유격대로서 공격군에게 무슨 일이 생겼을 경우 달려가서 지원하라고 밀명을 내려두었으니 안심하시기 바랍니다."

그는 비로소 황제 유선에게 만반의 준비가 되었음을 털어놓은 후 말했다.

"다만 문제는 오의 움직임입니다."

그는 여기서 눈을 반짝이며 말에 힘을 주었다. 요컨대 모든 대책의 성공 여부는 오나라에 달려 있다는 마음속의 확신을 모습으로 드러내며 말했다.

"신이 보건대 오는 위나라가 출병을 재촉해도 그동안의 감정과 나라 간의 교류 부족 등으로 결코 가볍게 그 명을 따르지 않을 것이옵니다. ……단지 여기서 예상되는 위험은 우리의 국경 4로의 전황이 위나라에 유리하게 전개되어 우리가 패할 것으로 보이는 경우입니다. 확실하게 그렇게 보일 때는 오나라도 부화뇌동하여 밀물처럼 협구에서 공격해올 것이옵니다. 그러나 우리의 수비가 철벽같으면 오는 움직이지 않을 것이옵니다. 위나라의 명을 따르지 않을 것입니다. ……그래서 지금, 소신은 이번에 중대한 사명을 띠고 오나라에 사자로 갈 인물을 찾고 있사옵니다."

||| 四 |||

공명과 함께 안뜰에 있는 방에 들어간 채 시간이 지나도 황제가 돌아오지 않자 문밖에서 기다림에 지친 시종들은 무슨 일인가 싶어 이상히 여기고 있었다.

그때 공명이 황제의 뒤를 따라 저쪽에서 걸어 나오는 것이 보였다. 황제의 표정은 이곳에 오기 전과는 다른 사람이 된 것처럼 밝았고 미소마저 띠고 있었다. 백관은 그 모습을 보고 미루어 짐작했다.

'뭔가 좋은 일이 있는 게 분명해.'

어가를 호종하는 사람들까지 갑자기 명랑해지고 밝아졌다.

그중에서 하늘을 올려다보고 웃으며 혼자 기뻐하는 자가 있었다. 공명은 그를 주의해서 보다가 어가가 떠나려 할 때 그를 붙잡으며 말했다.

"그대는 남으시게."

그리고 황제를 전송한 후 그를 안으로 들어오게 하여 자리를 내주며 물었다.

"그대는 어디 출신인가?"

"의양義陽 신야新野입니다."

"이름은?"

"등지鄧芝, 자는 백묘伯苗입니다."

"관직은?"

"호부상서戶部尙書로 국내의 호적을 조사하고 있습니다만."

"호적 조사는 그대에게 적임이 아니지 않은가?"

"그런 것은 생각해본 적이 없습니다."

"조금 전에는 왜 혼자서 웃었나?"

"실로 유쾌했기 때문입니다."

"무엇이 그리도 유쾌했나?"

"무엇이라니요? 승상은 위나라의 5로 침공에 대해서 확실한 대책을 말씀하셨을 것입니다. 촉나라 백성의 한 사람으로서 이것이 어찌 기쁘지 않겠습니까?"

"그대는 방심할 수 없는 자군."

공명은 노려보는 듯했으나 그것은 오히려 등지의 재능을 아끼는 눈빛이었다.

"만약 그대가 그 계책을 세운다면 어떤 방책을 취하겠나?"

"저는 그런 정치가가 아닙니다만 4로의 방비는 쉬울 것이라고 생각합니다. 문제는 오가 어떻게 나오느냐입니다."

"좋다. 그대에게 명하노라."

공명은 갑자기 엄숙하게 말하고 그를 방 안으로 안내하여 밀담을 나눈 후 술을 대접하고 돌려보냈다.

이튿날 공명은 비로소 조정에 나왔다. 그리고 황제 유선에게 상주했다.

"오나라에 사자로 보낼 자를 찾았사옵니다. 파격적인 발탁입니다만 윤허해주시옵소서."

그는 등지를 추천했다. 등지는 감격해서 "이 사명을 완수하지 않고는 살아 돌아오지 않겠습니다."라고 외치고는 그날로 출발했다.

이때 오나라는 황무黃武 원년으로 개원하고 점점 강대해져가고 있었으나 위나라의 조비로부터 '함께 촉을 쳐서 둘로 나눕시다. 우리에게 4로의 대계가 있으니 부디 오도 대군을 일으켜 강을 거슬러 올라가 동시에 촉을 공격합시다.'라는 군사 제휴 요청을 받고 의견이 둘로 갈려 쉽게 결론을 내리지 못하고 있었다.

손권도 쉽게 결정하지 못하고 육손의 뜻을 묻기 위해 사자를 보내 그를 건업으로 불렀다. 건업으로 와서 회의에 참석한 육손은 양 갈래 길에서 헤매고 있는 국책에 명료한 지침을 주었다.

"지금 위의 제안을 거절한다면 위는 반드시 원한을 품고 촉과 일시적으로 휴전하고 우리 오를 공격해올지도 모릅니다. 그렇다고 해서 그들의 뜻대로 촉을 친다면 막대한 비용과 병사들이 손실될 것입니다. 또 그로 인해 나라가 피폐해지면 다음에는 우리가 공격받을지도 모릅니다. 그리고 위에도 현명한 인재가 많지만, 촉에도 공명이 있는 이상 그렇게 간단히 패하지는 않을 것입니다. 그러니 이번에 전진하는 척하면서 전진하지 않고 싸우는 척하면서 싸우지 않는 지연책을 쓰며 4로의 전황을 잠시 관망하고 있는 것이 상책입니다. 만약 전황이 위나라에 유리하게 흘러간다면 우리 군도 즉시 촉나라로 쳐들어가면 될 것입니다."

촉오의 수교

||| 一 |||

요컨대 육손의 헌책은 첫째 위나라의 요구를 거절하지 않고, 둘째 촉나라와 숙원 관계를 만들지 않으며, 셋째는 아군의 내실을 더욱 충실히 하고 유리한 형세에 따르자는 것이었다.

오나라는 이것을 기본 방침으로 정하고 이후 군을 진격시켰으나 군이 싸우려 하지 않고 단지 사방에 세작을 보내 정보만 수집하며 촉위 양군의 전황을 살피고 있었다.

4로의 위군은 조비가 계산한 대로 전황이 유리하게 전개되지 않았다. 우선 요동군은 서평관을 경계로 촉의 마초에게 격퇴되었고, 남만군은 익주 방면에서 촉군의 의병지계에 걸려 무너졌고, 상용의 맹달은 진실인지 거짓인지 병을 핑계로 움직이지 않았으며, 중군의 조진 역시 조운에게 요새를 점령당해 양평관에서도 패배하고 사곡에서도 물러나 완전히 패색이 짙어졌다.

"……아아, 다행이다. 만약 육손의 말을 듣지 않고 우리가 공격을 개시했다면 우리 오나라는 곤경에 빠졌을 것이다. 육손의 선견이 참으로 신통하구나."

손권도 지금에 와서는 진심으로 기뻐하며 육손을 더욱 신뢰하게 되었다. 그때 촉에서 등지라는 자가 사자로 왔다는 보고가 들어왔다.

장소가 손권에게 말했다.

"이는 공명의 계책이 분명합니다."

"어떻게 대처하면 되겠소?"

"우선 그 사자를 시험해보십시오. 어떤 인물인지, 그의 제의에 어떻게 대처할지는 그 이후에 해도 될 것입니다."

손권은 무사들에게 명하여 대전 앞뜰에 큰 세 발 솥을 놓고 거기에 수백 근의 기름을 붓게 한 후 장작을 쌓아 부글부글 끓이게 했다.

"촉의 사자를 들여보내라."

손권은 군신들과 함께 계단 위에서 거만한 자세로 기다리고 있었다. 1,000여 명의 무사들은 계단 아래에서 궁문에 이르기까지 번쩍이는 창과 검, 도끼 등을 들고 늘어서 있었다.

이날, 객관을 나와 처음으로 궁문에 안내되어 온 등지는 지극히 검소한 의관에 원래 풍채도 시원치 않은 남자였기 때문에 시종으로 착각할 정도였다. 그가 안내자의 뒤를 따라 들어왔다.

그러나 그는 궁성 안을 가득 메운 검과 창을 보고도 전혀 두려워하는 기색이 없었고 큰 솥에서 부글부글 끓고 있는 기름을 보고도 거의 아무런 감정도 드러내지 않았다. 그저 계단 아래로 오더니 씩 웃으며 손권이 앉아 있는 단을 올려다보고 있을 뿐이었다. 손권은 주렴을 거두게 한 후 그를 보자마자 큰 소리로 호통쳤다.

"내 앞에 와서 인사도 하지 않다니, 네놈은 누구냐?"

등지는 의기양양하게 버티고 선 채로 말했다.

"상국의 칙사는 소국의 국주에게 인사하지 않는 것이 관례요."

손권의 얼굴이 붉으락푸르락했다.

"건방진 놈, 세 치 혀로 역이기酈食其가 제왕齊王을 설득한 것을 흉내내려는 것이냐? 딱한 놈, 설사 너에게 옛날 수하隨何나 육가陸賈와 같은 언변이 있다 해도 이 손권의 마음은 움직일 수 없다. 돌아가거라, 썩 돌아가!"

"하하하, 하하하하."

"필부, 어째서 웃는 것이냐?"

"오나라에는 호걸도 많고 현인도 별과 같이 많다고 들었소만 어찌 일개 유생을 이리도 두려워하는 것이오?"

"닥쳐라. 누가 너 같은 자를 두려워한단 말이냐?"

"그렇다면 어찌 나의 혀를 걱정하는 것이오?"

"네놈을 보낸 것은 공명이다. 공명이 사자를 보내 우리 오와 위의 사이를 멀어지게 하고 대신 오와 촉의 우호를 두텁게 하려는 속셈이 아니냐?"

"신은 적어도 촉 제국의 사자이고, 또 촉나라 안에서 선발된 제일의 사신이며 유생이오. 그런데 창칼을 들고 가마의 끓는 기름으로 맞이하다니 이게 무슨 경우요? 오왕을 비롯해 건업성 안의 신하 중에는 한 명의 사신을 맞아들일 만한 도량을 갖춘 자가 없단 말이오? 참으로 뜻밖의 일이오……."

실망한 듯 말하자 중신들도 부끄러워하고 손권도 자신의 좁은 도량을 깨달았는지 즉각 위압적인 무사들을 물러가게 하고 비로소 그를 계단 위의 자리로 맞아들였다.

||| 二 |||

"다시 묻겠네만 그대는 촉의 세객으로서 이 손권에게 무슨 말을

하러 왔는가?"

"조금 전에 대왕께서 말씀하신 대로 촉오 양국의 수교를 청하러 왔습니다."

"그렇다면 나는 심히 걱정이군. 이미 촉주 유비는 죽고 후주는 어리기 때문에 이후로 국가의 체면을 유지할 수나 있을지 어떨지."

손권이 여기까지 말을 꺼내자 등지는 이제 됐다고 확신했다.

"대왕도 한 세기의 영걸, 공명도 당대의 큰 인물. 촉에는 산천의 험지가 있고 오에는 삼강이 있습니다. 이것으로 입술과 이의 제휴를 맺는 데 무슨 부족과 불안이 있겠습니까? 대왕께서는 강대한 국력을 가지고 있으면서도 위나라의 신하임을 자청하고 계십니다만, 두고 보십시오. 위는 구실을 붙여서 반드시 왕자를 인질로 요구할 것입니다. 그때 만약 위의 명령을 따르지 않으면 위는 오를 공격하고 우리 촉에는 좋은 조건을 제시하며 군사 동맹을 촉구할 것이 틀림없습니다. 장강의 물살은 빠르니 만약 촉의 수륙군이 위의 청을 받아들인다면 오는 절대로 무사치 못할 것입니다."

"……."

"대왕께서는 어떻게 생각하십니까?"

"……."

"아아, 이제 끝이군. 대왕께서는 처음부터 나를 세객으로만 보고 계시는구나. 그리고 내 말에 속지 말아야겠다는 생각이 앞서고 있으니……. 저는 결코 저의 개인적인 공을 세우려고 이런 말씀을 드리는 것이 아닙니다. 무엇보다도 양국의 평화를 원하여 촉을 위해서 그리고 오를 위해서 필사의 각오로 말씀드리는 것입니다. 대답은 사자를 촉으로 보내 전해주십시오. 제가 사자로서 할 말은 다 했으니 이 몸은 목숨을 끊어 그것이 거짓이 아님을 증명하겠습니다."

등지는 말을 마치자마자 즉각 자리에서 일어나 난간으로 달려가더니 부글부글 기름이 끓는 솥 안으로 뛰어들려고 했다.

"멈추시오, 선생."

손권이 크게 소리치자 신하들이 달려와서 뛰어내리기 직전인 등지를 뒤에서 잡았다.

"선생의 성의는 잘 알았소. 타국에 사자로 와서 군명을 욕되게 하지 않는 신하가 있고, 또 그 인물을 알아보고 높이 쓰는 재상이 있으니 촉의 앞날은 이 하나만 봐도 잘 알 수 있소. 선생, 우선 상빈의 자리에 앉으시오. 귀국의 바람은 충분히 고려하겠소."

손권은 갑자기 태도를 바꿨다. 즉시 측신에게 명해 별당에 연회를 마련하게 하고 상빈의 예로 등지를 다시 맞이했다.

등지는 성공적으로 사명을 완수했다. 그의 열의가 갑자기 손권을 심기일전하게 만들었는지, 아니면 손권이 이미 가슴속에 위나라를 버릴 생각을 품고 있었는지, 어느 쪽이든 촉과 오의 국교 회복은 그 가능성이 약속되었다. 등지는 극진한 대접을 받으며 열흘이나 건업에 머물렀다.

그가 귀국할 때 오의 신하 장온張蘊이 답례의 사자로 임명되어 등지와 함께 촉나라로 가게 되었다. 그러나 장온은 등지와 비교하면 한참 떨어지는 인물이었다.

'아직은 쉽게 조인을 허락하지 않을 것이다. 이 눈으로 촉의 실상을 보고 나서 정할 일이야. 조약이 이루어질지, 그렇지 않을지는 내 보고에 달렸다.'

그는 이런 거만한 생각을 가지고 촉나라로 향했다.

촉나라에서는 대오 정책의 첫걸음이 우선 성공을 거두었기 때문에 황제 유선을 비롯하여 군신들은 장온이 도문에 들어오는 날 대대적으로 환영하며 반겼다. 때문에 장온은 더욱더 교만해져서 촉나라의 백관을 경시했으며 대전에 들어가서는 황제의 왼쪽에 앉아 오만한 태도를 보였다.

사흘째 되는 날에는 그를 위해서 환영 연회가 궁의 성운전에서 열렸다. 이날 밤에도 장온은 방약무인傍若無人하게 굴었으나 공명은 그의 비위를 맞춰주며 그가 하는 대로 내버려두었다.

||| 三 |||

분위기가 무르익었을 때쯤 공명은 장온에게 겸손히 예를 다해 거듭 말했다.

"선제의 뒤를 이은 유선 폐하도 최근에 보위에 오르시어 멀리서나마 오왕의 덕을 깊이 흠모하고 계십니다. 귀국하시거든 오왕께 우리 촉과 오랫동안 우의를 맺어 함께 위나라를 치고 공영共榮의 기쁨을 나눌 수 있는 날이 빨리 오도록 잘 말씀드려주시오. 부탁합니다."

"으음. ……글쎄요, 어떨까요?"

장온은 그런 공명을 곁눈질로 보면서 일부러 화제를 돌렸다. 그리고 대인인 척 오만하게 웃었다.

드디어 돌아갈 날이 되자 조정에서는 어마어마하게 많은 금과 비단을 전별 선물로 주고, 공명을 비롯한 문무백관도 모두 비단과 금은을 선물로 내놓았다. 장온은 기쁨을 감추지 못했다. 그리고 공명의 저택에서 열린 마지막 만찬에 참석했을 때 주연 중에 한

건장한 사내가 성큼성큼 들어오더니 주빈 가까이에 앉으며 손을 내밀었다.

"장온 선생, 내일 돌아가신다고 들었습니다. 어떻습니까? 귀공이 관찰한 촉은. 하하하하, 일단 한잔 주시지요."

장온은 자신의 존엄이 손상된 듯 불쾌한 얼굴로 집주인 공명에게 물었다.

"저 사람은 누구요?"

공명이 대답했다.

"익주의 학사로 이름은 진복秦宓, 자는 자칙子勅입니다."

장온은 비웃으며 말했다.

"학사군. 요즘 어린 학사들이란."

그러자 진복이 정색하고 장온을 노려보았다.

"어리다고 하셨는데 우리 촉나라에서는 세 살 어린아이도 학문을 닦는 게 일상입니다. 하여 스무 살이 넘으면 학문에 있어서는 누구나 충분한 실력을 갖추게 되지요."

"허면 그대는 무엇을 배웠나?"

"위로는 천문에서 아래로는 지리에 이르기까지 삼교구류三教九流, 제가백가諸家百家, 고금의 흥망, 성현의 책까지 읽지 않은 서책이 없습니다."

진복은 일부러 큰소리친 후에 반문했다.

"오나라에서는 대체 몇 살부터 학사로 인정받습니까? 예순, 일흔이 되어서야 겨우 학문다운 것을 갖춘다면 세상에 공헌할 시간이 너무 적지 않습니까?"

모처럼 기분이 좋았던 장온은 불쾌한 기색을 드러냈다. 그리고 풋내기 애송이라고 생각했는지, 아니면 자신의 학문을 자랑하고 싶은 마음이 들었는지 시험삼아 묻겠다면서 천문과 지리, 경서, 사서, 병법 등에 걸쳐 잇달아 어려운 문제를 냈다. 그러나 학사 진복은 고금의 예를 들고 책 속의 자구와 문장을 암송하며 그의 문제에 대해 하나하나 막힘없이 대답하여 듣는 이들을 홀딱 반하게 만들 정도였다.

'촉나라에는 이런 수재가 몇 명이나 있을까?'

장온은 술이 확 깬 얼굴로 결국 입을 다물었다. 또 스스로 부끄럽게 여긴 듯 어느 틈에 자리를 뜨고 말았다.

공명은 그가 부끄러움을 느낀 채 촉을 떠나게 해서는 안 된다고 걱정하며 그를 별실로 불러 말했다.

"선생은 이미 천하를 평안케 하고 국가를 경영하는 실제적인 학식이 풍부하나 진복 같은 자는 아직 학문을 학문으로밖에는 생각하지 못하는 풋내기로, 말하자면 어른과 어린아이의 차이이니 용서하시길 바랍니다. 술자리에서의 농담은 누구나 일시적인 농담으로밖에는 듣지 않습니다."

공명은 깊이 사죄하며 위로했다.

"아니, 나도 전혀 신경 쓰지 않습니다."

장온도 기분을 풀고 다음 날 귀국했는데 그때도 촉에서 답례의 사자로 등지가 동행했다.

얼마 후 촉오 동맹이 성립되어 양국 간에 정식 문서가 교환되었다.

군함 건조에 총력을 다하다

||| 一 |||

위나라는 최근 두 명의 중신을 연이어 잃었다. 대사마 조인과 모사 가후가 병사한 것이다. 두 사람의 죽음은 모두 국가적으로 큰 손실이었다.

"오나라가 촉과 동맹을 맺었습니다."

하필이면 이럴 때 시중 신비辛毗에게 이 소식을 들은 황제 조비는 뭔가 잘못된 것이라며 믿으려 하지 않았다.

그러나 잇달아 들어오는 보고는 그것이 사실임을 입증했다. 조비는 화를 내며 말했다.

"좋다. 그렇게 명료하게 밝혀져서 오히려 다행이다. 협구로 진격하는 것을 우물쭈물했던 것도 다 이것 때문이었구나. 반드시 보복하고야 말겠다."

영이 떨어지자 대군이 즉시 남하하여 오를 일제히 짓밟을 태세를 취했다.

신비가 간하여 말렸다.

"촉나라의 국경으로 진격한 5로 작전도 성공하지 못했는데 다시 오나라를 정벌하기 위해 군사를 일으키는 것은 국가적으로 좋지 않습니다."

"썩은 선비는 군에 관한 일에 간섭하지 마라. 촉과 오가 동맹을 맺었다는 것은 우리를 공격하기 위해서가 아닌가? 그런데도 태평하게 그것을 기다리라는 말이냐?"

그의 노여움은 무시무시했다. 그때 사마중달이 간언했다.

"오나라는 장강을 중심으로 방어진을 구축하고 있습니다. 수군을 주력으로 삼고 강력한 함대를 갖추지 않으면 이기기는 어려울 것입니다."

이것은 조비의 생각과 일치하는 견해였다. 위나라의 수군력은 그때까지 약 2,000척의 배와 100여 척의 함정이 있었으나 다시 수십 개소의 조선소에서 밤낮없이 함선을 건조하게 했다.

특히 이번 건함建艦 계획에서는 기존에 없는 획기적인 대함을 만들었다. 용골龍骨의 길이는 20여 장, 병사 2,000여 명을 태울 수 있었다. 이것을 용선龍船이라 부르고 10여 척의 진수進水가 끝나자 황초 5년(224) 가을 8월에 다른 함정 3,000여 척을 더해서 마치 장성長城이 물에 떠내려가듯 오나라로 내려갔다.

수로는 장강이 아니라 채하蔡河와 영수潁水에서 호북의 회수淮水로 나가 수춘壽春, 광릉廣陵에 이르러 장강을 끼고 오나라의 수군과 결전을 벌인 후 즉시 건너편 기슭인 남서南徐에 상륙하여 건업으로 공격해 들어간다는 작전을 세웠다.

일족인 조진은 이때도 선봉을 맡았고 장료, 장합, 문빙, 서황 등의 노장들이 그를 보좌했다. 황제가 있는 중군에는 산개傘蓋와 군기를 중심에 두고 허저와 여건 등이 호위를 맡았다.

오나라가 받은 충격은 컸다.

"이렇게 갑자기 공격해오다니……."

손권도 당황한 빛을 보이고 군신들도 아연실색했다. 이때 고옹이 말했다.

"이번 공격은 촉오 동맹이 일으킨 것이니 당연히 촉나라는 우리를 도울 의무가 있습니다. 공명에게 고해서 즉시 촉군으로 하여금 장안 방면을 치게 하는 한편 우리는 남서의 요해를 지켜야 합니다."

그러나 그런 계책으로는 아무래도 막기 어렵다는 생각이 들었다.

"육손을 불러라, 육손을. 그가 없으면 좋은 계책도 세울 수 없다."

손권은 급히 형주에서 그를 부르려 했으나 그날 회의 자리에 있던 서성이 원망스러운 듯 말했다.

"대왕, 대왕의 신하들은 모두 자신들을 대왕의 수족이라고 생각하고 있는데 어찌 대왕께서는 자신의 수족을 그리도 가볍게 여기시옵니까?"

서성의 자는 문향文嚮이고 낭야琅琊 거현莒縣 사람으로 일찍부터 군사 전략에 이름이 높았다. 손권은 그를 보며 말했다.

"오오, 서성 장군이 있었군. 만약 장군이 강남의 수비를 맡아준다면 무슨 근심이 있겠소? 건업과 남서의 군마를 주어 장군을 도독으로 임명하려고 하는데 어떻소?"

손권은 그의 신념이 어느 정도나 되는지 가늠하려는 듯 가만히 그를 응시했다.

서성은 명쾌하게 대답했다.

"불초 서성에게 그 대임을 맡겨주신다면 목숨을 걸고 반드시 위나라의 대군을 깨부수겠습니다. 만약 그렇지 못할 때는 구족을 멸하시는 벌을 내려도 결코 원망하지 않겠습니다."

||| 二 |||

오나라를 점령하기 위해 전력을 다해 내려온 위나라의 대함대는 이미 채하(하남성河南省)와 영수(안휘성安徽省)에서 회수로 내려갔고, 그 선봉은 어느새 수춘(하남성 남양)에 접근하고 있다고 전해졌다. 그리고 이 급보가 전해질 때마다 오나라의 모든 장졸들은 국방의 일선에서 생사를 걸고 "여기서 이기지 못하면 이 나라는 없다. 이 나라가 없으면 우리도 없다."라며 총력을 결집하고 있었다.

그런데 신임 국방 총사령관 서성의 명령에 건건이 반항적으로 나오는 골칫거리가 있었다. 손권의 조카로 이름은 손소孫韶, 자는 공례公禮라는 젊은 장수였다.

그의 주장은 이러했다.

"한시라도 빨리 군마를 정비하여 강북으로 건너가 위나라의 수군을 회남(회수의 남쪽 기슭)에서 격파해야 합니다. 국방을 말로만 외치며 적을 기다리고 있다가 위나라의 대군이 우리 영토에 상륙하면 백성들은 동요하고 수습할 수 없는 결과를 초래할 것입니다."

서성은 이 말에 결사반대하며 "대강을 건너가 싸우는 것은 아군에게 매우 불리하다. 위군 선봉은 모두 노련한 명장들로 채워져 있으니 쉽게 무너지지 않을 것이다. 그들이 기세를 타고 강을 건너 이곳으로 몰려올 때야말로 위군을 섬멸할 때다."라는 방침을 기본으로 만반의 준비를 하고 있었다.

이미 위의 몽동艨艟(쇠가죽으로 선체를 덮어 적의 화살이나 돌을 막고, 돌진하여 적의 배를 쳐부수는 데 쓰이는 좁고 긴 전투용 배의 이름)이 회수로 들이닥쳐 부근의 요지는 그 육군들에 의해 유린당하고 있다는 소식이 들려왔다. 손소는 이를 악물고 이를 어찌 보고만 있겠냐며 여러 번 서성에게 호소했다. 그리고 그의 소극적인 전술을 비난하며 만약 자신에게 일군을 내어준다면 강북으로 건너가 위제 조비의 목을 베어오겠다, 이를 허락해달라, 만약 허락하지 않는다면 동지들을 규합하여 밤에 몰래 탈주하겠다고 떼를 썼다.

서성도 결국은 참지 못하고 군율을 문란케 하는 놈이라며 크게 호통치고 무사들에게 명했다.

"손소의 목을 쳐라. 이처럼 멋대로 구는 자가 있으면 부하들에게 명령을 내릴 수 없다!"

무사들은 손소를 원문 밖으로 끌고 갔다. 그리고 형을 집행하려 했으나 아무래도 그는 오왕 손권이 총애하는 조카인지라 "네가 해라." "아니다. 네가 해라."라며 서로에게 집행을 미루면서 시간만 보내고 있었다.

그러는 사이에 누가 궁에 이 사실을 알렸다. 놀란 오왕은 몸소 말을 타고 조카를 구하러 왔다.

손소는 숙부의 도움으로 목숨을 건지게 되자 기회는 이때다 싶어 거듭 호소했다.

"저는 전에 광릉에 있던 적이 있어서 이 근방의 지리는 훤히 알고 있습니다. 그래서 서성에게 저의 생각을 말하고 병사들을 내어달라고 했으나 그는 자신의 존엄이 손상됐다고 생각했는지 오히려 저를 참형에 처하려 했습니다."

손권은 그를 아꼈기 때문에 그 씩씩한 뜻을 높이 평가하며 말했다.

"음, 음……. 그렇다면 너는 위제 조비가 대함을 끌고 장강을 건너오기 전에 우리가 먼저 가서 그를 치자는 의견을 주장했다는 말이냐?"

"그렇습니다. 태평하게 위나라의 대군을 기다리고 있다간 오나라는 멸망할 것이라고 생각합니다."

"좋다. 서성은 어떻게 생각하고 있는지 함께 진중으로 가서 물어보도록 하자. 나를 따라오너라."

형리와 무사 들도 함께 갔다.

서성은 왕의 방문에 놀라기는 했으나 정색하고 왕을 나무랐다.

"신을 대도독으로 임명한 것은 전하가 아니십니까? 지금 신이 군기를 잡으려고 하는데 전하께서 국법을 어기시다니 이 무슨 일입니까?"

오왕은 논리 정연한 말에 한 마디도 못하고 그저 손소가 아직 어리고 혈기가 왕성하니 이번 한 번만은 용서해달라고 거듭 청했다.

회하의 수상전

||| 一 |||

손권에게 조카 손소는 의붓형의 아들이기도 하고 또 형의 가문인 유씨兪氏의 상속인이었다. 그래서 그가 죽으면 형의 가문은 대가 끊기게 되는 것이다.

자신이 오왕이기는 해도 군율 앞에서는 어쩔 수 없었기 때문에 손권은 그런 사정마저 이야기하며 서성에게 조카의 목숨을 살려달라고 간청했다.

왕의 말에 서성도 양보하지 않을 수 없었다. 손권은 옆에 있는 조카에게 말했다.

"도독께 사과해라."

그러나 손소는 강하게 머리를 흔들며 말했다.

"싫습니다!"

그는 더욱 소리 높여 내뱉듯이 말했다.

"나약한 도독의 작전에는 앞으로도 복종할 생각이 없습니다. 제가 복종하지 않는 것은 군율을 어기는 것이 될지 모르나 우리나라를 위해서는 가장 좋은 계책이라고 믿어 의심치 않습니다. 이 충혼, 어찌 죽음을 두려워하겠습니까? 하물며 어찌 초지를 굽힐 수 있겠습니까?"

그의 고집에는 오왕도 질린 듯했다.

"정말이지 멋대로 구는 놈이군. 대도독, 이런 놈은 진중에 두지 마시오."

그는 더 이상 참을 수 없다는 듯이 급히 말을 타고 궁으로 돌아가 버렸다.

그날 밤 서성이 자고 있는데 깜짝 놀랄 보고가 올라왔다.

"손소가 부하 3,000명을 이끌고 멋대로 병선을 띄워 강을 건너갔습니다."

"이런, 결국 일을 저지르고 말았군."

서성은 화가 치밀었지만 그렇다고 죽는 것을 보고만 있을 수도 없었기 때문에 급히 정봉丁奉에게 병사 4,000명을 내주고 원군으로 보냈다.

그날 위나라의 대함대는 광릉까지 진출해 있었다.

선봉의 정찰선은 앞질러 가서 장강을 살피고 있었는데 물만 가득할 뿐 평상시의 교통도 끊기고 배 한 척 보이지 않았다. 이 보고를 들은 조비가 말했다.

"남쪽 기슭에 있는 오군에 뭔가 계책이 있을지도 모른다. 과인이 친히 살피고 오겠다."

기함旗艦인 용함을 강어귀에서 장강으로 끌고 나가 선루에 올라 강의 남쪽을 살폈다.

기함 위에는 용봉일월龍鳳日月의 오색기가 나부끼고 백모白旄와 황월黃鉞을 든 병사들이 늘어서 있어서 그 위풍이 대단했으며 광릉 연안의 크고 작은 호수에는 수많은 몽동이 불을 밝히고 있었는데, 그 빛이 하늘에 가득한 별빛을 지워버릴 지경이었다. 오의 연안은 어디를 봐도 칠흑 같은 어둠뿐이었다.

신하 장제蔣濟가 권했다.

"폐하. 이런 상태라면 단숨에 맞은편 기슭으로 쳐들어간다 해도 이렇다 할 반격은 없을지도 모릅니다."

"아닙니다!"

급히 제지한 것은 유엽이었다. 그는 경계했다.

"허허실실, 귀신도 예측할 수 없는 것이 병법이라고 했습니다. 조급히 공을 세우려 하지 말고 우선 며칠 더 적의 동태를 살펴야 합니다."

"그렇소. 조급히 굴 것 없소."

조비도 동의했다. 그는 이미 오나라를 집어삼킨 듯했다.

이윽고 달이 떴다. 수 척의 쾌속정이 빠른 속도로 노를 저어 왔다. 적지로 깊숙이 들어갔다가 돌아온 정찰정이었다. 정찰병이 보고했다.

"오나라의 연안 일대를 아무리 둘러봐도 적막한 것이 사람 그림자 하나 보이지 않았습니다. 마을에도 불빛 하나 없고 부락도 무덤처럼 조용했습니다. 위군이 공격해온다는 소식을 듣고 발 빠르게 피난한 것 같습니다."

조비도 크게 웃으며 고개를 끄덕였다.

"그럴지도 모르지."

오경五更(03시~05시) 무렵이 되자 강 일대에 짙은 안개가 자욱이 끼기 시작했다. 한동안 지척도 보이지 않는 안개 바람과 검은 파도만이 소용돌이치고 있었다. 그러나 이윽고 날이 밝고 태양이 높이 떠오르자 안개가 걷히고 건너편 기슭 10리 앞까지 훤히 보일 정도로 쾌

청해졌다.

"아아!"

"저것이 어떻게?"

뱃전의 장졸들은 모두 손가락으로 가리키며 소란을 떨었다. 대장 한 명이 선루에 올라가 조비의 방에 대고 뭔가 큰 소리로 고하고 있었다.

||| 二 |||

오군 도독 서성도 결코 아무것도 하지 않고, 아무 대책도 없이 있었던 것은 아니다. 그가 처음에 고집스럽게 수비를 주장한 것은 나중에 적극적인 공세를 펴기 위해서였다.

날이 밝자마자 배 위의 장졸들이 놀라 소란을 떨고 있는 동안 조비도 선실에서 나와 손을 이마에 대고 손그늘을 만들어 바라보니 과연 부하들이 놀란 것도 무리는 아니었다. 오나라의 연안 수백 리가 하룻밤 사이에 완전히 변해 있었다.

어젯밤까지만 해도 불빛 하나, 깃발 하나 보이지 않았고, 항구는 물론 마을에도 사람 그림자 하나 보이지 않는다고 정찰병이 보고했는데, 지금 바라보니 항구에는 진지와 수채가 늘어서 있고, 산에는 깃발이 빼곡히 휘날리고, 언덕에는 노궁대弩弓臺와 석포루石砲樓가 있었다. 또 강기슭의 요소요소에는 수많은 병선이 수풀처럼 돛대를 세우고 엄청난 위세를 보이고 있었다.

"아, 이건 무슨 전술인가? 오나라에는 우리에겐 없는 전술에 능한 장수가 있나보구나."

조비는 저도 모르게 길게 탄식하며 적이지만 훌륭하다고 칭찬했다.

요컨대 이것은 오나라의 서성이 강에서 보이는 모든 방어 시설에 초목이나 천을 덮어씌우고, 주민들을 다른 곳으로 이동시키고, 성곽에 위장색을 칠해 적의 눈을 완벽히 속였던 것이다. 그리고 조비가 탄 기함을 비롯해 위나라의 전 함대가 회하의 좁고 험한 길에서 장강으로 나올 조짐을 보이자 하룻밤 사이에 전 연안의 위장을 벗기고 과감하게 결전 태세를 취한 것이다.

'그에게 이런 준비와 신념이 있는 것을 보니 더한 계책이 있을지도 모른다.'

조비는 급히 회수로 배를 돌리라고 명령했으나 운 나쁘게도 강어귀의 기슭에 배가 올라앉아 날이 저물 때까지 그것을 끌어내리느라 쩔쩔매야 했다.

그리고 마침내 배를 끌어내렸으나 이번에는 어젯밤보다 심한 강풍이 불어서 배들이 이리저리 흔들리고 파도가 선루를 부수어 병사들이 쓰러지는 등 참으로 참혹한 밤이었다.

"위험하다, 위험해."

어둠 속에서 서로 경고하며 질풍에 시달렸는데, 그러는 동안에도 배와 배가 충돌하며 노가 부서지고 돛대가 부러져서 천지가 난폭하게 포효하는 가운데 군선은 발이 묶이고 말았다.

조비는 뱃멀미를 하여 중병이 든 사람처럼 선실에 누워 있었다. 그런 그를 문빙이 업어서 작은 배에 옮겨 겨우 회하 기슭에 있는 항구에 상륙했다.

뱃멀미는 흙을 밟으면 언제 그랬냐는 듯이 낫는다. 위나라의 육상 사령부가 있는 곳에 도착했을 때는 이미 평소의 건강을 완전히 회복했다.

“정말 힘들었다. 그러나 이런 궂은 날씨도 새벽까지는 잠잠해지겠지.”

그는 장수들과 함께 이야기를 나누고 있었는데, 그 시간은 그리 오래가지 못했다. 폭풍 속을 뚫고 두 연락병이 와서 큰일이 났다고 보고했기 때문이다.

“촉군 대장 조운이 양평관에서 나와 장안을 공격했습니다.”

조비는 다시 소스라치게 놀랐다.

“장안은 위나라의 심장부에 해당하는 요지. 우리의 원정이 길어질 것을 예상하고 공명이 발 빠르게 허를 찌르려는 속셈이 분명하다. 그렇다면 잠시도 그냥 놔둘 수 없다.”

그는 밤인데도 수륙 양군을 향해서 전원 철수를 명령하고 자신도 바람이 조금 잠잠해지기를 기다렸다가 원래 있던 용함으로 돌아가려고 했다.

그때 어디서 강을 건너왔는지 약 3,000명의 병사가 위나라의 본진에 불을 질러 단숨에 궤멸시킨 뒤 위제의 뒤를 추격해왔다.

‘아군인가?’

‘실수로 낸 불인가?’

이런 생각을 하다가 오군이라는 것을 알고 당황한 위제와 주위의 장수들은 쌓여가는 아군의 시체를 버려두고 간신히 용함으로 도망쳐와서 회하의 상류를 향해 10리쯤 도망쳐갔다. 그러나 그곳도 이미 좌우의 기슭은 물론 전방의 호수까지 어느새 불바다로 변해 있었다.

이 근방은 대선도 숨을 수 있을 만큼 갈대가 우거져 있었는데 오군은 여기에 대량의 어유魚油를 뿌려두고 오늘 밤 일제히 불을 질렀던 것이다.

위나라의 수천 척에 달하는 크고 작은 배들이 양쪽에서 맹렬히 타오르는 불꽃과 강물 위에서 춤추는 화룡에 여기서 불에 타 가라앉고, 저기서 폭발해 산산조각 나는 등 회하 수백 리는 다음 날 아침이 되도록 검은 연기가 자욱하여 어떤 결말에 이르렀는지조차 모를 지경이었다.

남만행

||| 一 |||

웅대한 포부도 허무하게 무산되고 조비가 철수하고 나서 며칠 후 회하 일대에 보이는 것이라고는 불에 타버린 좌우 기슭의 갈대밭과 불에 타 가라앉은 크고 작은 배들의 잔해, 그리고 기름 낀 수면에 둥둥 떠다니는 위군의 시체들뿐이었다.

이때 위나라가 입은 피해는 일찍이 조조가 당했던 적벽의 대패에 버금가는 것이었다. 특히 병력 손실은 그때의 3분의 1 이상이라 하고, 기능을 상실해 버리고 간 배와 군량, 무구 등 오나라가 노획한 전리품은 실로 막대했다. 그중에서도 오나라가 압승의 쾌재를 부를 수 있었던 것은 위나라의 명장 장료가 전사자 중 한 명이라는 사실이었다.

이렇게 오나라는 더 큰 자신감을 갖게 되었다. 그 논공행상⊠功行賞에 있어서 제일의 전공자로 추천된 사람은 손권의 조카 손소였다.

"과감하게 적진에 뛰어들어서 승기를 제대로 잡고 위군의 본진을 공격하여 조비를 혼란에 빠뜨리고 적의 이름난 용장을 벤 것이 몇 명인지 모릅니다."

도독 서성이 표문을 올렸으나 손권은 이렇게 말했다.

"아니요. 위군을 교만에 빠지게 하여 회하의 좁은 길로 끌어내 대승을 거둔 도독의 주도면밀한 계책에 비하면 아무것도 아니지요. 제일의 공신은 대도독 서성이오."

손권은 이렇게 칭찬하며 그를 일등공신으로, 손소를 이등공신으로 봉하고 정봉을 비롯한 다른 장수들에게도 은상을 내렸다.

이듬해, 촉나라는 건흥 3년(225)의 봄을 평화로운 분위기 속에서 맞이했다. 촉은 눈에 띄게 번성했다. 공명은 어린 황제를 보필하며 내치와 국력을 충실히 하는 데 심혈을 기울였다. 양천의 백성들도 그 덕에 감화되었고 성도의 거리는 밤에도 대문을 닫지 않았다. 게다가 지난 2, 3년 동안 풍작이 이어져서 관의 부역에는 모두 자진해서 나섰고 노인과 어린아이는 배를 두드리며 행복해하는 흐뭇한 광경을 전원의 도처에서 볼 수 있었다.

그러나 그런 낙토안민樂土安民의 모습도 주변의 정세에 따라서는 순식간에 어수선한 전시 상태가 되고 만다. 때마침 남방에서 성도로 파발이 전해졌다.

"남만국의 왕, 맹획孟獲이 변경을 침범했습니다. 건녕建寧, 장가牂牁, 월준越巂 등 여러 군郡도 모두 이에 합세했고 영창군 태수 왕항王伉만이 충의를 지켜 고군분투 중입니다만, 언제 그곳도 무너질지 알 수 없는 상황입니다."

이때 공명은 참으로 과감하고 빠른 결단을 내렸다. 그날 조정에 나가 황제 유선을 만난 공명은 이별을 고했다.

"남만은 반드시 한 번은 토벌하여 황제의 위엄을 보이지 않으면 영원히 국가의 화근이 될 것이옵니다. 신은 오랫동안 그 시기를 가늠하고 있었습니다만, 이제 더는 머뭇거릴 수 없사옵니다. 폐하께서는 아직 연소하시니 부디 성도에 계시며 소신이 없는 동안 정무에 힘써주시기를 바라옵나이다."

황제는 불안한 듯 보내고 싶어 하지 않았다.

"남만은 풍토와 기후가 좋지 않은 땅이라고 들었소. 누구든 다른 장수를 보내는 것이 어떨까요?"

공명은 고개를 저으며 말했다.

"소신이 없어도 국방에는 걱정할 것이 없사옵니다. 특히 백제성에는 이엄이 있습니다. 그라면 오의 육손도 능히 막아낼 것이옵니다. 또 위나라는 작년에 오나라를 공격하여 병력과 전함의 손실이 막심하니 지금은 다른 나라를 공격할 여력이 없다고 봐도 될 것이옵니다."

공명이 그를 위로하며 원정에 가기를 청하자 유선도 결국 허락했으나 옆에 있던 간의대부 왕련王連이 끈질기게 만류했다.

"승상은 국가의 기둥 같은 분이십니다. 풍토와 기후가 나쁜 남쪽의 오랑캐 땅으로 가시면 저희도 걱정을 놓을 수 없습니다. 남만 국경의 난은 비유하자면 종기 같은 것으로 신경 쓰면 까다로운 병이지만 그냥 놔두면 어느 틈에 낫게 됩니다. 부디 다시 생각해 주십시오."

||| 二 |||

왕련의 충고에 대해서 공명은 그 호의에 감사하면서도 초지를 꺾지 않았다.

"말씀은 감사합니다만, 남만은 불모지에 질병이 득세하고 문명과는 거리가 멉니다. 특히 토착민은 왕화王化를 입지 못하여 이들을 통치하기 위해서는 단순히 무력만으로도, 이利와 덕德으로도 어렵습니다. 강剛에 유柔, 무武에 인仁, 때에 따라 만전을 기하기 위해서는 역시 제가 가지 않으면 안 됩니다."

왕련도 서너 번 더 간했지만, 공명은 듣지 않고 그날 수십 명의 장수를 선발하여 부서별로 나눈 후 총군 50여만을 이끌고 익주 남부를 향해 출진했다. 그 도중에 관우의 삼남으로 관흥의 아우인 관색關索이 홀로 말을 타고 가세했다.

"지금까지 어디에 있었느냐?"

공명은 의아해하면서 눈물을 글썽이며 물었다. 형주가 함락되었을 때 그가 아버지 관우와 함께 있었기 때문에 지금까지 전사했다고 생각했기 때문이다.

"형주가 함락되었을 때 저는 큰 부상을 입고 포씨 집에 숨어 있었습니다. 오늘 승상이 남만으로 떠나신다는 소문을 듣고 밤낮없이 달려온 것입니다."

"허면 선봉에 서서 선친의 이름이 부끄럽지 않게 공을 세우도록 하거라. 여기에 온 것도 관 장군의 인도일 것이다. 무엇보다도 죽었다고 생각했던 네가 다시 촉나라의 깃발 아래 서게 되다니 좋은 징조구나."

공명은 여간 기뻐한 것이 아니었다. 다시 돌아온 관색도 용감하게 선봉에 섰다.

어느새 익주의 남부에 접어들었다. 산천은 험하고 날씨가 더워 중원에서의 전쟁과는 도저히 비교할 수 없을 정도로 힘들었다.

건녕(운남성 곤명) 태수 옹개雍闓라는 자는 이미 반촉 연합의 두목 중 한 사람으로 자부하며 배후에서는 남만국의 맹획과 굳게 결탁하고 좌우로는 월준군의 고정高定, 장가군의 주포朱褒와 전선을 형성하고 있었다.

"공명이 직접 오다니 바라던 바다."

그는 우선 6만 명의 병사를 그 통로로 보내 공명 군이 오면 짓밟아버리라고 지시했다.

그 6만 병사의 대장은 악환鄂煥이라는 자로 얼굴은 먹을 칠한 것 같고 이가 입술 밖으로 튀어나와 화를 내면 악귀 같았고 방천극을 휘두르면 만부부당, 운남 제일의 맹장이었다.

서전 첫째 날에 그를 상대한 촉의 장수는 위연이었다. 위연은 공명으로부터 계책을 받았기 때문에 쓸데없이 힘을 쓰지 않고 오직 지략으로 그를 피곤하게 만들었다. 그리고 일곱째 날의 전투에서 장익, 왕평 두 부대와 합세하여 맹장 악환을 보기 좋게 함정에 빠뜨려 그를 사로잡았다.

그러나 공명은 포박을 풀고 그를 놓아주며 말했다.

"그대의 주인인 월준의 고정은 본래 충의를 아는 자였으나 야심가 옹개에게 속아 모반에 가담하게 된 것이 틀림없다. 돌아가거든 그대가 고정에게 충간하도록 하라."

목숨을 건진 악환은 아군 진지로 돌아오자마자 고정을 만나 촉군의 강함과 공명의 덕을 이야기했다. 그때 공교롭게도 옹개가 찾아왔다. 옹개는 눈을 동그랗게 뜨고 악환을 바라보았다.

"너는 오늘 전투에서 적의 포로가 되었다고 들었는데 어떻게 다시 돌아왔느냐?"

고정이 거기에 대해 대답했다.

"공명은 실로 인자인 듯하오. 인정과 도리를 다해서 악환을 타일러 살려보내주었소."

그러자 옹개는 웃음을 터뜨렸다.

"그것이 놈의 사술이라는 것이오. 촉인蜀人의 인仁이라는 것은 처음부터 우리와 적대되는 성질이오."

그때 촉군의 야습으로 이야기는 거기서 끝나고 옹개는 자신의 성으로 도망쳐 돌아갔다.

이튿날 옹개는 성을 나와 같은 편인 고정과 굳게 연합하여 계속 남만의 북인 패정貝鉦을 울리며 싸움을 걸어왔지만, 공명은 웃으며 보기만 할 뿐 싸우려 하지 않았다.

"당분간 지켜보고만 있어라."

그러면서 사흘째도 싸우지 않고, 나흘째도 출격하지 않으며 이레가량을 진중에서 꼼짝도 하지 않았다.

||| 三 |||

'촉군은 약하다.'고 얕본 듯했다. 여드레째 되는 날 남만군이 대거 공격해왔다.

적확한 계책을 가지고 그들을 기다리던 공명은 많은 포로를 잡았다.

포로는 둘로 나누어 두 곳의 수용소에 가두었다. 한쪽에는 옹개의 부하만 가두고, 다른 한쪽에는 고정의 병사들만 가두었다.

그리고 일부러 이런 소문을 퍼뜨렸다.

"고정은 원래 촉에 충의한 자여서 고정의 부하들은 석방될 것이지만, 옹개의 부하들은 모두 죽임을 당할 것이다."

한 곳의 수용소는 환호했고, 한 곳의 수용소는 울며 슬퍼했다. 며칠이 지나서 공명은 우선 옹개의 부하부터 몇 명 끌어내 한 무리씩 심문했다.

"너희들은 누구의 부하냐?"

"고정의 병사입니다."

"틀림없는가?"

"틀림없습니다."

옹개의 부하라고 말하는 자는 한 명도 없었다.

"좋다. 고정의 부하라면 특별히 살려주겠다. 고정의 충의는 누구보다도 내가 잘 알고 있다."

모두 포박을 풀고 놓아주었다.

다음 날, 이번에는 진짜 고정의 부하들을 끌어내 이들의 포박을 풀어주었을 뿐만 아니라 술까지 대접했다. 공명은 그들 사이에 섞여서 잡담하듯이 말했다.

"너희들의 주인 고정은 참으로 충직한 사람이다. 그런 의리 있는 사람이 촉에 반역을 꾀할 리가 없지. 십중팔구는, 아니 열에 열은 옹개나 주포의 속임수에 넘어갔을 것이다. 그 증거로 오늘 옹개로부터 밀사가 와서 촉제가 영지의 안전과 은상을 약속해준다면 언제라도 고정과 주포의 머리를 가져오겠다고 고하고 갔다. 나는 고정의 의리와 충절을 믿기 때문에 돌려보냈으나 이 사실 하나만으로도 너희들의 주인이 옹개의 손에 놀아나고 있다는 것을 알 수 있을 것이다."

단순한 남만의 오랑캐 병사들은 석방되어 자신들의 진지로 돌아가자 모두 공명의 관대함을 격찬하며 주인인 고정을 향해서도 옹개를 주의하라고 충고했다.

고정도 의심하며 은밀히 옹개의 진중에 사람을 보내 알아보게 했다. 그러자 거기서도 옹개의 부하들이 모이기만 하면 공명을 칭송하자 첩자는 이렇게 보고했다.

"대체 공명이 적인지 아군인지 모르겠습니다."

"……그렇다면 역시 옹개와 공명이 내통하고 있었다는 말인가?"

그는 확인하기 위해 심복을 공명의 진중으로 보냈다.

그러나 그는 도중에 촉의 복병에게 들켜 공명 앞으로 끌려갔다.

"수상한 자입니다."

공명이 그를 한 번 보더니 물었다.

"아니, 자네는 얼마 전에 옹개의 사자로 왔던 자가 아닌가? 그 후 목을 빼고 기다려도 소식이 없더니 무슨 일인가? 어서 돌아가서 주인 옹개에게 희소식을 기다리고 있으라고 전하게."

그리고 한 통의 편지를 적어 건네주며 부하에게 위험하지 않은 지점까지 데려다주게 했다. 사내는 목숨을 건졌다고 기뻐하며 고정의 진지로 돌아왔다. 애타게 기다리고 있던 고정이 어찌되었는지 묻자 사내는 배를 잡고 웃으며 말했다.

"도중에 붙잡히는 바람에 이제 죽었구나 싶었습니다만, 공명은 저를 옹개의 사자로 착각한 듯 이런 편지를 적어 옹개에게 전하라며 주었습니다. 일단 보십시오."

편지를 본 고정은 경악했다. '고정과 주포의 목을 베어 항복을 맹세한다면 촉의 천자에게 상주하여 은상을 내리겠소.'라는 내용의 편지로 한시바삐 실행에 옮기라는 독촉장이었다. 고정은 신음하며 생각에 잠겨 있다가 이윽고 부장 악환을 불러 그 편지를 보여주며 상의했다.

"그대는 이것을 어떻게 생각하는가? 또 옹개의 본심은 무엇이라고 생각하나?"

||| 四 |||

악환은 그보다 단순한 자였다. 그는 편지를 보자마자 분개했다.

"이런 증거가 있는 데 무엇을 더 망설이십니까? 진중에 연회를 열어 옹개를 시험삼아 초대해보십시오. 그가 떳떳하다면 올 것이고, 두마음을 품고 있다면 오지 않을 것입니다."

또 두 번째 안으로는 이렇게 권했다.

"만약 오지 않는다면 놈이 두마음을 품고 있는 것이 명백하니 오늘 밤 직접 기습을 감행하십시오. 저는 따로 군대를 이끌고 가서 그의 배후를 치겠습니다."

고정은 결국 결심하고 악환의 말에 따랐다. 예상대로 옹개는 군사 회의를 구실로 오지 않았다.

고정은 야습을 결행했다. 옹개에게는 아닌 밤중에 홍두깨 같은 일이었다. 게다가 옹개의 부하들은 얼마 전부터 태만에 빠져 있었고, 그중에는 고정의 병사들과 한패가 되는 자들도 있어서 대패한 옹개는 홀로 말을 타고 달아나려 했다.

뒷문으로 공격한 악환은 즉시 방천극을 휘둘러 단번에 그의 목을 쳐서 떨어뜨렸다.

날이 밝음과 동시에 고정은 옹개의 머리를 들고 공명의 진영에 가서 항복했다. 공명은 머리를 살펴본 뒤 갑자기 주위의 병사들을 돌아보며 소리쳤다.

"이놈의 목을 쳐라."

고정은 소스라치게 놀랐다. 그는 슬피 울며 원망스럽게 말했다.

"승상께서는 전투 중에 기회가 있을 때마다 불초 고정을 아껴주신다는 말을 하셨기에 거기에 깊이 감사하여 지금 항복하러 왔는데 다짜고짜 목을 베라고 하시니 이 무슨 까닭입니까? 승상은 인자의 가면을 쓴 악마요?"

"아니, 무슨 말을 한들 너의 항복은 거짓임이 틀림없다. 내가 너의 계책에 넘어갈 줄 알았느냐!"

상자 안에서 편지 한 통을 꺼내 이것을 보라며 고정 앞에 던져주었다. 틀림없는 주포의 필적이었다. 그는 이미 흥분하여 그것을 든 손도 떨리고 있었다.

"잘 보거라. 주포의 편지에도 고정과 옹개는 문경지우이니 방심하지 말라고 쓰여 있다. 따라서 이 머리가 가짜라는 것과 너의 항복이 그와 미리 짠 계책이라는 것을 추측할 수 있다. 이렇게 말하면 어째서 주포의 말만 믿느냐고 항변할지도 모르겠다만, 주포가 항복을 청해온 것이 벌써 몇 번째인지 모른다. 단지 그는 아직 자신을 증거할 만한 공을 세우지 못해 초조해하고 있을 뿐."

이 말을 들은 고정은 분해서 펄쩍 뛰며 외쳤다.

"승상, 승상! 저를 며칠만 살려주십시오. 죽여도 시원치 않은 놈은 주포입니다. 처음에 옹개의 모반에 저를 끌어들인 것이 그놈인데 지금에 와서 나를 팔아 자신의 야심을 채우려 하다니 살을 씹고 뼈를 부서뜨려도 분이 풀리지 않는 짐승 같은 놈입니다. 그의 계책에 걸려 이대로 목이 잘린다면 죽어도 눈을 감지 못할 것입니다."

"며칠 살려준다면 어떻게 할 생각인가?"

"물론 주포의 머리를 베어와서 저의 결백을 입증한 후, 정당한 처분을 받는다면 죽어도 여한이 없습니다."

"좋다, 가거라."

공명은 독려했다.

사흘 정도 지나자 고정이 전보다 더 많은 부하를 이끌고 군문으로 돌아왔다. 그리고 공명 앞에 주포의 머리를 놓고 말했다.

"이것은 가짜가 아닙니다. 눈을 크게 뜨고 보십시오."

"맞네, 맞아."

공명은 흘끗 보더니 무릎을 치며 말했다.

"전의 머리도 옹개가 분명했네. 다만 나는 그대에게 큰 공을 세우게 하려고 그렇게 말한 것일세. 나쁘게 생각 말게."

공명은 한바탕 웃고 그의 공을 치하했다.

고정은 얼마 후 익주 3개 군의 태수에 봉해졌다.

남방지장도

||| 一 |||

익주 평정으로 촉나라의 변경을 어지럽히던 여러 군의 불량한 태수들도 완전히 종적을 감추었다.

따라서 공명이 올 때까지 적군에 둘러싸여 고립되어 있던 영창 군의 포위도 저절로 풀려 태수 왕항은 감격의 눈물을 흘리며 성문을 열어 공명 군을 맞아들였다.

"겨울이 가고 오랜만에 봄 햇살을 보는 기분입니다."

공명은 성에 들어가 왕항의 충성심을 치하하며 물었다.

"그대에게는 훌륭한 가신이 있을 것이라 생각되오. 도대체 누가 이 작은 성을 지킬 수 있게 힘이 되어주었소?"

"여개呂凱라는 자입니다. 원하시면 당장 부르겠습니다."

"불러주시오."

여개, 자는 계평季平이 이윽고 공명 앞으로 나와 엎드려 절했다.

공명은 그를 고사高士로 맞이하여 나중에 있을 남만 정벌에 관해서 의견을 물었다.

여개는 가지고 온 두루마리 지도를 펼치며 말했다.

"저의 소견을 말씀드리기보다는 이것을 보시면 제 만 마디 말보다 나을 것입니다."

"이것은 어디 지도인가?"

"평만토치도平蠻討治圖라고도 하고 남방지장도南方指掌圖라고도 부르고 있습니다. 남방 만계蠻界의 흑노黑奴는 왕화를 모르고 문명에 익숙지 않은 데다가 자신들의 만용과 야성, 그 풍습에 따라 방자하게 구는 경향이 강해서 그들을 하루아침에 복종시킬 수는 없을 것입니다. 그래서 소생은 오랫동안 은밀히 만지蠻地에 사람을 보내 그 풍습과 습성, 무기와 병법을 조사하는 한편 남만국의 지리를 면밀히 관찰하여 이 지도를 완성했습니다. 지도에 깨알같이 적혀 있는 것이 방금 말씀드린 만지의 사정을 비롯한 기상과 풍토 등입니다."

공명은 감탄했다.

"평소 이런 준비를 묵묵히 해온 자의 공을 전시라 해서 잊어서는 안 되지."

공명은 여개를 정만행군교수征蠻行軍教授라는 요직에 앉혔다.

이렇게 영창성에 있는 동안 충분한 준비와 만지에 대해 연구한 후 공명은 마침내 대군을 이끌고 남쪽으로 내려갔다.

뙤약볕 아래 날마다 100리, 또는 수백 리를 행군했다. 공명은 부대마다 군의를 배치하고 군량과 음료부터 야영할 때의 해충이나 풍토병에 대해서도 세심한 주의를 기울였다.

"천자께서 보낸 사자가 오셨습니다."

"뭐, 칙사가?"

부장의 말에 공명은 자신이 직접 마중을 나가 중군으로 안내했다.

사자로 온 사람은 마속이었다. 공명은 그를 본 순간 놀란 듯했다. 마속이 하얀 도포에 흰 가죽으로 만든 흉갑을 걸친 상복 차림이었기 때문이다. 예민하고 영리한 마속은 공명의 미세한 표정 변화를 놓치지 않고 급히 고했다.

"진중에 상복을 입고 온 결례를 용서해주십시오. 실은 출발하기 전에 형 마량이 숨을 거둔 터라……."

일단 개인적인 사정을 먼저 말하여 공명의 마음을 진정시킨 뒤 말을 이었다.

"천자께서 저를 이 진중으로 보낸 까닭은 도성에 무슨 변고가 생겨서가 아니라 더운 오랑캐 땅에 가 있는 장졸들의 노고를 위로하기 위해서입니다. 성도의 미주美酒 100통을 하사하셨는데 이제 곧 도착할 것입니다."

그날 저녁 천자가 하사한 술이 도착했다. 공명은 이 술을 전군에 나눠주고 별이 총총한 야영지에서 마속과 마주앉아 술잔을 나누었다.

이런저런 이야기 끝에 그가 마속에게 물었다.

"지금 만국을 정벌하려고 하는데 자네의 고견을 듣고 싶네. 기탄없이 말해주게."

마속은 잠자코 있다가 이윽고 젊은이답게 솔직히 말했다.

"그것은 참으로 어렵습니다. 공을 세우기는 쉽지만, 실효를 거두기는 지극히 어려울 것입니다."

||| 二 |||

"어렵다니, 어째서 어렵다는 말인가?"

공명이 되묻자 마속이 대답했다.

"지금까지 남만 정벌에 성공한 예가 없습니다. 승상께서 지금 대군을 이끌고 정벌에 나선 이상 반드시 성공할 것입니다. 그러나 다시 도성으로 돌아가시면 즉시 원래 상태로 돌아가 야만족들은 난을 일으킬 생각을 하고 호시탐탐 허점만 노리며 결코 왕화에 복종하지 않을 것입니다."

그는 거리낌 없이 단언했다. 공명은 고개를 끄덕이며 물었다.

"허면 그런 미개한 오랑캐들에게 왕화의 덕을 알게 하고 진심으로 복종시키기 위해서는 어떻게 하면 되겠나?"

"지극히 어렵다고 말씀드린 것은 바로 그 점입니다. 용병술은 마음으로 복종케 하는 것이 상책이고 무력으로 복종케 하는 것이 하책이라고 들었습니다. 바라기는 그들이 은혜를 느끼고 덕에 감화되어서 촉군이 도성으로 철수한 뒤에도 왕화는 영원히 남아서 두 번 다시 모반을 꾀하지 못하게 하는 것이라고 생각합니다."

공명은 장탄식하며 그의 고견은 그야말로 자신의 생각과 정확히 일치한다며 그의 재능을 칭찬했다. 그래서 조정에는 다른 사자를 보내고 마속을 참군 대장으로 삼아 항상 자신의 곁에 두었다.

마속의 재능은 전부터 그도 인정하고 있었으나 그와 같은 젊은이에게도 남만 정벌의 방법을 물은 것만 봐도 승상 공명이 몸소 대군을 이끌고 임한 이번의 남만 정벌에 그가 얼마나 고심하고 있는지를 알 수 있다.

50만이라는 대군의 운명이 그의 지휘에 달려 있었다. 또 종래의 전장과는 달리 풍토와 기후도 나쁘고 물자 수송도 불편했으며 아직 사람의 발길이 닿지 않은 곳도 많았다.

만약 패하면 위와 오는 손뼉을 치며 홍수에 둑이 터진 듯 밀고 들어올 것이 뻔하다. 황제는 아직 어려서 촉의 도성을 지키기에는 힘이 없다. 선제 유비 때부터의 강직한 신하나 충성스런 장수가 적지는 않지만 멀리 떨어진 오랑캐의 땅에서 50만이 시체로 변하고 공명이 목숨을 잃었다는 소식이 전해지면 도성은 누란지위累卵之危에 놓이게 된다. 안으로 반역을 꾀하는 자가 나타나고 밖으로는 위와 오의 병사들을 맞이한다면 어찌 멸망하지 않겠는가. 앞길도 어려움이 많고 뒤에도 할 일이 많았다. 원정을 나온 뒤로 공명에게는 하루도 편안한 밤이 허락되지 않았다.

게다가 남만 정복을 성사시켜놓지 않으면 위와 오를 상대하면서도 항상 뒤를 살펴야 한다는 불안을 끊을 수 없었다. 지금이야말로 그 국가의 우환을 근절할 때였다. 공명은 예의 사륜거에 올라 백우선白羽扇을 들고 날마다 100리, 또 100리, 낯선 길을 50만의 병사를 이끌고 진군했다.

밀림의 맹수도, 험준한 골짜기의 새도, 남으로 남으로 달아났다.

"공명이 쳐들어온다."

이런 말이 입에서 입으로 전해지자 남만국의 왕인 맹획은 대군을 집결시켜 "중국 놈들에게 한방 먹여주자."라며 오히려 저 멀리 만국의 도성에서 출격했다.

촉의 정찰병이 발 빠르게 살펴본 바에 따르면 오랑캐군의 총 병력은 약 6만 명이었다. 그리고 2만씩 셋으로 나눠 3개 동洞의 원수元帥라고 칭하는 자…… 즉 제1군에는 금환결金環結을, 제2군에는 동도나董荼那를, 제3군에는 아회남阿會喃을 원수로 삼고 기다리고 있다는 것이다.

거기에 대해 공명은 "왕평은 좌군을, 마충은 우군을 담당하라. 나는 조운, 위연을 이끌고 중앙으로 진군하겠다."라고 명령했다.

이 명령에 조운이나 위연은 조금 불만스러운 표정을 지었다. 좌우의 양군이 선봉이고 자신들은 후군이었기 때문이다.

그러나 공명은 두 사람을 타이르듯 말했다.

"왕평과 마충은 장군들보다 이 지역 지리에 밝소. 게다가 나이도 있기 때문에 실수가 적을 것이오."

이렇게 두 사람의 혈기를 진정시키고 양날개가 깊숙이 전진한 후 중군을 출동시켰다. 그리고 유막의 장수들에게 둘러싸인 사륜거 위의 공명은 유유히 백우선을 흔들면서 이국의 새와 식물의 생태 등을 살피며 나아갔다.

||| 三 |||

만병은 오계봉五溪峰 정상에 방벽을 쌓고 3개 동의 병사들을 봉우리에 줄지어 배치하고는 "중국의 나약한 병사들은 이 봉우리조차 올라오지 못할 것이다."라며 자만에 빠져 있었다.

달빛을 이용해 그 아래의 골짜기까지 접근한 왕평과 마충의 선봉대는 도중에 잡은 만병의 척후를 길잡이로 삼아 샛길로 올라가서 한밤중에 적의 막사를 동과 서에서 급습했다.

함성과 함께 곳곳에서 불길이 치솟았다. 횃불이 유성같이 날았다. 오랑캐 진영은 발칵 뒤집혀 아수라장이 되었다.

오랑캐의 장수 금환결은 부하들을 질타하면서 불 속에서 뛰쳐나왔다. 그를 보고 촉군에서도 장수 한 명이 나와 격투 끝에 그의 목을 쳐서 창끝에 꽂아 들고 오랑캐 병사들에게 보이며 말했다.

"대항하는 놈들은 이렇게 될 것이다."

오랑캐 무리는 마치 마른 잎이 날리듯 사방으로 흩어져서 동도

나와 아회남의 진영으로 달아났다.

위연과 조운 등 촉의 중군도 이 무렵 이곳으로 진격해왔다.

남만군은 앞뒤에 있는 촉군을 보자 더욱더 당황하여 골짜기로 뛰어내려 머리가 깨진 자, 나무로 기어올랐다가 불에 타 죽은 자 또 창칼에 맞아 죽는 자, 항복하는 자의 수가 얼마인지 모를 정도였다.

날이 밝았다. 남만의 기괴한 봉우리와 산 위에는 아직 검은 연기가 자욱했다. 공명은 기분 좋게 아침 식사를 한 후 어젯밤의 군공을 제장에게 물었다.

"3개 동의 만병은 패주하여 오늘 아침에는 그림자 하나 보이지 않는군. 이는 실로 공들의 큰 용기 덕분이오만 적장은 잡았소?"

"제가 벤 자가 적장 중 한 명인 금환결인 줄 압니다. 한번 보십시오."

"오오, 조 장군. 늘 엄청난 활약을 해주어 고맙소. 다른 적장은?"

"유감스럽지만 모두 달아난 듯합니다."

"아니, 실은 여기에 생포해놓았소."

공명은 등 뒤의 장막을 향해 끌고 오라고 명령했다.

사람들은 믿지 않았지만, 이윽고 장막을 젖히고 무사 몇 명이 아회남과 동도나를 묶은 줄을 잡고 나타났다. 그리고 그 자리에 꿇어 앉혔다.

"아, 어떻게?"

놀라지 않은 이가 없었으나 이윽고 공명의 설명으로 자초지종을 알게 되었다. 공명은 전부터 유막에 있던 여개와 함께 이 부근의 지형을 면밀히 연구하고 있었다. 그래서 중군의 양날개가 정공법을 취하여 전진하기 사흘 전에 이미 장억張嶷과 장익張翼 두 사람에게 병사를 내주며 멀리 적군의 후방으로 우회하여 길목에 매복하고 있으라고 명했다는 것이었다.

"병기兵機란 귀신도 가늠하기 어렵다는 데 참으로 대단하십니다. 그런데 이 두 무지한 오랑캐 대장들의 목은 어쩌시겠습니까? 당장 벨까요?"

장수들이 묻자 공명은 고개를 저으며 오히려 그들의 결박을 풀어주라고 명령했다. 그리고 술과 안주를 주고 위로하며 타일렀다.

"이것은 우리 성도에서 생산한 비단 전포다. 너희들에게도 어울릴 것이다. 이 전포를 입고 항상 왕화의 덕을 잊지 말라."

이윽고 밤이 되자 샛길에서 남몰래 두 사람을 놓아주었다.

동도나도 아회남도 눈물을 흘리며 돌아갔다.

"이 은혜 잊지 않겠습니다."

공명은 그 후 사람들에게 말했다.

"내일 반드시 국왕 맹획이 직접 이리로 공격해올 것이오. 모두 단단히 대비하고 있다가 생포하도록 하시오."

그리고 계책을 가르쳐주었다. 조운과 위연은 각각 5,000명의 병사를 이끌고 어디론가 향했고, 그 외에 왕평과 관색 등도 한 무리의 병사들을 이끌고 다음 날 아침 일찍 본진을 떠났다.

맹획

||| 一 |||

남만국에서 '동洞'은 성채의 의미이고, '동의 원수元帥'라 함은 그 우두머리를 의미한다. 지금 국왕 맹획은 부하인 3개 동의 대장이 모두 공명에게 생포되고 그 병사들도 대부분 목숨을 잃었다는 보고를 듣자 갑자기 표정이 바뀌며 말했다.

"좋다. 원수를 갚아주마!"

맹획이라는 자의 위세와 지위는 남방의 오랑캐 나라들 중에서는 가장 강대했다. 그가 인솔해 온 직속 군대는 소위 만사蠻社의 검은 맹자猛者들로 궁마검창을 번쩍이며 괴기한 무구를 몸에 두르고 붉은 깃발을 휘날렸는데, 공명 군 못지않은 장비를 갖추고 있었다. 이들이 우연히 촉의 선봉인 왕평 군과 염천 아래에서 마주쳤다. 왕평은 말을 몰고 나와 외쳤다.

"야만족의 왕 맹획은 어디 있느냐?"

그 소리를 듣고 사자처럼 맹렬한 기세로 나선 것이 맹획으로 보였다. 그때 그의 차림을 원서에서는 이렇게 묘사하고 있다.

맹획은 깃발 아래 털이 곱슬곱슬한 적토마를 타고, 머리에는 깃털과 보석이 박힌 관을 쓰고, 몸에는 영락瓔珞(귀금속이나 구슬을 실에 꿴 장신구)**과 붉은 비단의 전포를 입고, 허리에는 전옥으로 만든 사자대를 둘렀으며, 발에는 매부리 모양의 녹색 신을 신고 있었다. 의기양양하게 좌우를 둘러보며 소나무 무늬 보검을 손에 들고 말했다.**

"중국인들은 공명의 이름만 듣고도 두려워 벌벌 떨지만 이 맹획이 보기에는 한 마리의 코끼리, 한 마리의 수범에도 미치지 못한다. 하물며 그 아래 있는 여우나 쥐새끼들은 말해 무엇 하겠는가! ……어이, 망아장忙牙長. 저놈을 짓밟아버려라."

그는 돌아보며 뒤에 있는 부하에게 명령했다.

망아장은 우렁차게 대답하며 타고 있는 괴수의 엉덩이를 가죽채로 후려쳤다. 그것은 큰 뿔이 달린 물소였다.

왕평과 겨루기를 대여섯 합, 그러나 검술의 수준이 달랐다. 망아장은 금세 쫓기기 시작했다.

부하의 피를 본 맹획은 자신의 야만성을 드러내며 "이놈!" 하고 소리치더니 왕평에게 덤벼들었다. 왕평은 거짓으로 달아나는 척했다.

"저놈 꼴 좀 봐라. 어서 돌아오지 못할까!"

털이 곱슬곱슬하고 붉은 말을 탄 맹획은 바람처럼 추격해왔다.

"지금이다!"

지켜보던 관색의 일군이 느닷없이 나타나서 그의 퇴로를 끊고 배후를 위협하자, 또 순식간에 장익은 오른쪽에서, 장억은 왼쪽에서 만병을 포위했다.

무지한 군과 병법을 아는 군의 우열은 너무나 극명한 결과로 나타났다. 토막토막 끊긴 만병은 벌집을 쑤셔놓은 듯 갈팡질팡하며 도망칠 방향조차 잡지 못했다.

맹획은 무심코 끓는 물에 손을 넣은 것처럼 당황했다. 서둘러 한쪽의 포위를 뚫고 금대산錦帶山 방향으로 달아났으나 그쪽 골짜기로 들어서자 골짜기 안에서 북과 징을 치는 소리가 들려서 바로 길을 바꿔 봉우리로 올라갔는데 이번엔 바위 뒤와 나무 뒤에서 촉의 사나운 병사들이 북소리와 함께 공격해왔다.

그중에는 촉장 조운도 있었다. 맹획은 간담이 서늘해져서 시냇물을 뛰어넘고 늪을 달려 마치 맹수가 죽음을 피해 달아나듯 달아났으나 사방에는 이미 촉군이 철통같이 지키고 있는 터라 빠져나갈 수 없는 상황이었다.

자못 분한 듯 혼자 신음하면서 그는 말에서 내려 시냇가로 갔다. 그리고 몸을 굽혀 물을 마시려 할 때 사방에서 다시 함성과 북소리가 메아리쳤다.

"……?"

겁에 질려서 필사적이 된 그의 형상은 너무나 무시무시했다. 그는 말을 버리고 나무뿌리와 바위 모서리 등에 의지하여 길도 없는 곳을 넘어가기 시작했다. 그리고 봉우리 위로 올라가 한숨 돌리고 있을 때 갑자기 나타난 조운에게 별 어려움 없이 잡히고 말았다.

밧줄도 그냥 밧줄로 묶으면 뚝뚝 끊어버리고 난폭하게 날뛰는 바람에 손을 쓸 수 없었다. 그래서 가죽끈으로 단단히 묶은 뒤 힘이 센 자들이 열 겹, 스무 겹으로 포위하여 겨우 공명의 본진까지 끌고 갔는데, 진중으로 들어갈 때도 한바탕 난동을 부려서 서너 명의 병사가 맞아 죽었을 정도였다.

그러나 영내로 끌고 오자 어림의 깃발이 정연하게 늘어서 있고 빙설氷雪이 무색할 정도로 횃불에 비친 창검이 번쩍거리는 것을 보자 그 위엄에 눌렸는지 그렇게 사납던 오랑캐 왕도 몸을 움츠리고 큰 눈만 이리저리 굴릴 뿐이었다.

||| 二 |||

영내의 안쪽에는 전에 포로로 잡은 오랑캐 병사들이 새까맣게 모여 있었다. 지금 공명은 그들 앞에 나와 훈계하고 있었다.

"너희들도 벌레나 짐승은 아닐 것이다. 부모가 있을 것이고 처자식이 있을 터. 생포되었다는 소식을 들으면 그들은 피눈물을 흘리며 슬퍼할 것이다. 그런데 어찌 무익하게 그 생명을 버리려 하는가? 두 번 다시 맹획같이 흉악한 자를 도와 아까운 생명을 버려서는 안 된다."

물론 공명은 모두를 풀어줄 생각이었다. 그뿐만 아니라 술을 대접하고 식량을 나눠주고 부상자는 치료도 해주었다. 무지한 오랑캐라고는 하나 모두 그 은혜에 감복하여 뒤돌아보고 또 돌아보며 돌아갔다.

그가 진중의 방으로 돌아오자 마침 그곳으로 병사들이 맹획을 끌고 왔다. 맹획은 공명을 보자 이를 갈며 당장이라도 덤벼들 듯한 모습이었다.

"맹획, 왜 그러느냐?"

공명은 조금 야유조로 희롱하면서도 온화하게 따져 물었다.

"우리 촉의 선제께서는 항상 너를 만왕, 만왕 하시며 총애하셨다. 그런데 그 은혜를 잊고 위와 내통하고 위가 겁을 먹고 움츠리자 이제는 스스로 모반을 일으키다니 대체 어떻게 된 일이냐?"

맹획은 코웃음 쳤다. 그리고 입에 뭔가 물고 있는 것처럼 입에서 거품을 흘리며 혼자 뭐라고 중얼거리는가 싶더니 이윽고 오랑우탄이 배를 긁을 때처럼 가슴을 펴고 공명을 노려보며 말했다.

"허튼소리는 집어치워라. 원래 양천 땅은 예전 촉의 것이지 지금의 촉의 것이 아니다. 익주의 남쪽도 그렇다. 바로 나의 것이다. 유비의 영토가 아니었고 유선의 땅도 아니다. 거기서 내가 무엇을 하든 무슨 상관이냐? 국경을 침범했다느니, 모반을 일으켰다느니 따위의 말을 늘어놓아봐야 이 맹획에게는 가소로울 뿐이다. 아하하하하."

"미안하게 됐지만 맹획, 너와 진지하게 논쟁을 벌일 생각은 없다. 그래서 무력으로 가르친 것인데 아무리 이를 갈아도 너는 이미 나에게 잡히지 않았느냐? 포로는 말할 자격이 없다. 우리 군에는 어찌다 생포되었느냐?"

"금대산의 길이 좁아 마음껏 내 힘을 발휘할 수 없었을 뿐이다."

"그렇군. 그럼 불리한 곳에 있었다는 말이군."

"실수로 사로잡혔지만, 비록 몸은 묶어도 내 마음은 묶을 수 없다."

"너도 가끔은 멋진 말을 할 줄 아는구나. 진심으로 복종하지 않는 자는 어쩔 수 없다. 결박을 풀어 놓아주마."

이렇게 말하면 감동해서 표정도 누그러지고 갑자기 목숨이 아까운 생각도 들겠지 싶어 바라보고 있었지만, 맹획의 경우는 정반대였다.

"좋다. 만약 나의 포박을 풀어 놓아준다면 반드시 군사들을 수습하여 다시 네놈과 자웅을 겨루겠다. 정정당당하게 싸운다면 네놈에게 질 내가 아니다."

"재미있군. 꼭 다시 와서 덤비거라. 나도 네가 진심으로 복종할 때까지 맞서 싸울 것이다."

그는 병사들에게 맹획을 풀어주라고 명령했다. 이 사실을 알고 진중의 대장들은 동요했다. '어렵게 잡았는데.' 하며 분하게 여기는 자, '괜찮을까?' 하며 불안해하는 자, 여러 가지 감정을 드러냈지만, 공명은 전혀 개의치 않고 술을 가져오게 했다.

"마시고 돌아가라."

그는 맹획에게 술을 권했다.

처음에는 의심하는 듯한 표정이었으나, 같은 술 단지의 술을 공명이 마시자 마침내 맹획도 큰 잔으로 벌컥벌컥 마시기 시작했다. 그리고 영문 뒤에서 풀어주자 덫에서 벗어난 맹호가 동굴로 서둘러 돌아가듯이 뒤도 돌아보지 않고 어디론가 사라져버렸다.

주먹을 불끈 쥐고 그 모습을 바라보던 장수들은 입을 모아 불평과 조소를 섞어 말했다.

"모르겠군. 승상의 마음은 우리 같은 자들은 정말 모르겠어."

공명은 웃었다.

"맹획 같은 자를 생포하는 것은 주머니 속의 물건을 꺼내는 것처럼 간단한 일이 아닌가?"

수송로

||| 一 |||

“대왕이 돌아왔다.”

“대왕이 살아 있다.”

이런 말이 전해지자 곳곳에 숨어 있던 남만의 패군들은 즉시 모여들어 그를 둘러쌌다. 그리고 저마다 의아해하며 물었다.

“어떻게 촉군 진영에서 무사히 돌아오셨습니까?”

“아무것도 아니다.”

맹획은 대수롭지 않은 듯이 웃으며 부하들에게 말했다.

“재수 없게 자세가 좋지 않은 곳에 몰리는 바람에 촉군한테 사로잡혔지 뭐야. 그러나 밤에 우리를 부수고 보초병 10여 명을 때려죽인 뒤 도망치려는데 또 한 무리의 군마가 나타나서 내 앞길을 가로막았지만, 약해빠진 중국놈들을 사방팔방으로 쫓아버린 후 말을 빼앗아 타고 돌아온 것이다. 하하하하. 덕분에 촉군 내부를 샅샅이 살필 수 있었는데 별로 대단치도 않았다.”

물론 부하들은 그의 말을 곧이곧대로 믿었다. 다만 아회남과 동도나는 먼저 공명에게 풀려난 뒤 자신들의 동에 틀어박혀 있다가 맹획의 부름에 어쩔 수 없다는 표정으로 마지못해하며 왔다.

맹획은 새롭게 또 각 동의 만장蠻將(오랑캐 장수)들에게 방을 보내 순식간에 10만 이상의 병력을 충원했다. 만계는 참으로 넓었고 그 만계에서 그의 위력은 끝이 없었다.

각 동에서 모인 만장들은 가지각색의 복장과 무기, 마구 등을 갖추고 있었는데, 그 모습이 참으로 괴이하고도 현란했다. 맹획은 그 가운데 서서 앞으로의 작전 방침에 대해 말했다.

"공명과 싸우는 법은 그와 싸우지 않는 것이 최선이다. 그는 마법을 부린다. 싸우면 반드시 그의 사술에 걸릴 것이다. 촉군은 천 리를 달려와서 이 익숙지 않은 더위와 거친 지형에 몹시 지친 모습이었다. 우리는 지금부터 노수瀘水의 맞은편 기슭으로 이동하여 저 대하를 앞에 두고 튼튼한 방벽을 만든다. 깎아지른 듯한 산과 절벽을 따라 길게 성을 쌓으면 아무리 공명이라 해도 어쩔 수 없을 것이다. 그리고 저들이 지쳤을 때를 노려 공격한다면 저들을 몰살시키는 것은 일도 아닐 것이다."

하룻밤 사이에 만병은 바람처럼 어디론가 후퇴해버렸다. 촉군 장수들은 수상하게 여기거나 혹은 공명의 인덕에 탄복한 그들이 모두 전장을 버리고 동으로 돌아간 것이 아닌가 하고 제각각 의견을 내놓았으나 공명은 그날로 출동 명령을 내렸다.

"오직 전진만 있을 뿐이다."

끝을 모르는 만지蠻地에서의 행군은 다시 사람들을 질리게 만들었다. 특히 많은 짐과 함께 이동하는 것은 정말 힘든 일이었다.

때는 이미 5월 말, 선봉은 가는 곳마다 노수瀘水의 강물을 보았다. 폭이 넓고 물살이 빠르다. 비가 많이 올 때는 흰 강물이 가득 차서 찰랑찰랑했다.

이 지방은 하루에도 여러 번 하늘에 구멍이 뚫린 듯이 큰비가 쏟아졌다. 지독한 더위에 시달릴 때 그것은 병마를 구해주지만 동시에 갑옷 안까지 흘러들어와 옷을 적시고 군량도 물에 젖었으며 때로는 길을 잃어 쏟아지는 빗속에서 꼼짝하지 못하게 되는 경우도 있었다.

"앗? ……건너편 기슭에 적이 있다."

"참으로 엄청나구나. 길게 늘어서 있는 저 방벽이."

건너편 기슭의 험준함과 그 험준한 자연을 이용한 만족의 최상급 방벽을 본 순간 선봉의 병사들은 간담이 서늘해졌다. 중국의 과학적 구조와는 전혀 다른 이색적인 방벽은 필요 이상으로 견고해 보였다.

당연히 원정군은 노수 앞에서 진군을 멈출 수밖에 없었다.

날마다 내리는 큰비, 낮에는 더위, 밤에는 해충과 독사, 각종 맹수의 위협 속에 보름 이상을 진중에 머물러 있었다.

공명은 명을 내렸다.

"노수의 기슭에서 100리 정도 퇴진하라. 각 부대는 높은 곳이나 수풀 속 등 자기 편하고 지내기 시원한 곳을 골라 진영을 구축하라. 굳이 싸우려고 조급해하지 말고, 한동안 인마를 쉬게 하면서 병에 걸리지 않게 오직 건강에만 유의하라."

||| 二 |||

이럴 때 여개는 큰 도움이 되었다. 전에 그가 바친 '남방지장도'를 참고하여 지리를 살피고 각각의 부대가 머물 땅을 선택할 수 있었다.

부장들은 각각의 위치에 진영을 구축했다. 야자 잎으로 지붕을 만들고 파초를 깔개 삼아 날마다 계속되는 더위를 견디고 있었다.

감군監軍 장완蔣琬이 하루는 공명에게 이렇게 말했다.

"산을 의지하고 숲을 따라 수십 리에 걸쳐 구축한 진지는 일찍이 선제께서 오의 육손에게 패했을 때의 포진과 비슷합니다. 만약 적이 노수를 건너 불로 공격해오면 막을 방법이 없습니다."

"일리 있는 말이네."

공명은 부정하지 않고 그저 웃었다.

"이 진지의 형태가 결코 좋다고 생각하지는 않지만 그렇다고 해서 다른 계책이 있는 것도 아니네. 일단 추이를 지켜보도록 하세."

그때 도성에서 부상병들을 위해 많은 약과 군량을 보내왔다. 지휘관으로 누가 따라왔느냐고 물으니 마대와 그의 부하 3,000명이라고 했다. 공명은 즉시 그를 불러 노고를 위로하는 한편 이렇게 말했다.

"그대가 이끌고 온 병사들을 최전선에 세우고 싶은데 그대가 지휘해주겠나?"

"단 한 명의 병사도 저의 병사가 아닙니다. 모두 조정의 군마이니 선제의 은혜에 보답하는 일이라면 사지라도 기꺼이 가겠습니다."

"여기에서 약 150리 떨어진 노수의 기슭에 유사구流沙口라는 곳이 있네. 그곳은 물살이 느려서 건너기에 좋아. 건너편 기슭으로 건너가면 산속으로 통하는 길이 하나 나오는데, 그곳이야말로 만병이 식량을 운반하는 유일한 길이네. 만약 그곳을 차단할 수 있다면 아회남과 동도나의 무리는 내란을 일으킬 것이네. 이런 임무를 맡기려고 하네만."

"반드시 성공하겠습니다."

마대는 흔쾌히 하류로 향했다.

유사구에 와서 보니 의외로 강물이 얕아서 배나 뗏목도 필요 없을 정도였기 때문에 걸어서 건너기 시작했다. 그런데 중간쯤 가자 별안간 말도 사람도 픽픽 쓰러지더니 강물에 떠내려가는 것이 아닌가. 마대는 놀라서 황급히 병사들을 기슭으로 올라오게 한 후 토착민에게 물으니 여기는 독하毒河라는 곳으로 더운 낮에는 수면에 독이 떠 있어서 강물을 마시면 반드시 죽지만 밤중에 시원할 때 건너면 결코 중독되는 일이 없다는 것이었다.

밤이 되기를 기다리는 동안 나무를 자르고 대나무를 엮어 수많은 뗏목을 만들었다. 덕분에 약 2,000여 기의 병사와 말은 무사히 강을 건널 수 있었다. 산지山地인 건너편 기슭은 진군할수록 점점 더 험해졌다. 다시 토착민에게 물으니 '협산夾山의 양장羊腸'이라 부르는 곳이라고 했다.

마대 군은 협산의 골짜기를 끼고 진을 쳤다. 그리고 그날 중에 이곳을 통과하는 오랑캐 수송대의 수레 100대 이상과 물소 400마리를 노획했다. 다음 날에도 노획물이 있었다. 이 일은 즉각 험지에 집결해 있는 만병 10여만 명에게 영향을 주었다.

그 길을 지키고 있던 만장 한 사람이 맹획의 본진에 가서 위급을 고했다.

"평북장군 마대가 병력을 이끌고 유사구를 건너왔습니다."

맹획은 술을 마시고 있다가 이 말을 듣고 웃으며 말했다.

"강의 중간까지 와서 반 이상은 죽었을 것이다. 멍청한 놈들."

"아니, 한밤중에 건너온 모양입니다."

"누가 적에게 그런 비밀을 가르쳐주었느냐? 토착민이라면 당장 찾아내 목을 베어라."

"이미 늦었습니다. 적은 협산 골짜기에 주둔하며 아군 수송대를 기습하여 매일 군량을 탈취하고 있습니다."

"뭐, 수송로가 끊겼다고? 넌 뭘 하고 있었느냐? 무능한 놈, 망아장을 불러라. 망아장을!"

망아장은 만장 중에서도 해괴한 모양의 창을 사용하는 용감무쌍한 자였다. 불려오자마자 그는 긴 창을 들고 귀신 탈 같은 얼굴을 들이밀며 물었다.

"대왕, 무슨 일입니까?"

"병사 3,000명을 이끌고 가서 협산에 있는 마대의 목을 가지고 오너라."

"다녀오겠습니다."

망아장은 씩씩하게 일군의 선두에 서서 협산으로 향했으나 얼마 후 그의 부하들만이 돌아와서 제각기 고했다.

"망아장이 적장 마대와 싸우다가 단칼에 베이고 말았습니다. 어째서 우리 대장이 그렇게 쉽게 죽었는지 이유를 모르겠습니다."

마음의 굴레

||| 一 |||

"그럴 리가 없는데."

맹획은 믿을 수 없었지만, 밤이 되자 토착민이 망아장의 머리를 주워 가지고 왔다. 그는 밤이고 낮이고 손에서 놓아본 적이 없는 술잔을 내던졌다.

"누가 가서 이 원수를 갚고 오너라. 망아장을 대신해서 마대의 목을 베어 가지고 올 자는 없는가?"

"제가 가겠습니다."

"동도나, 좋다. 이 치욕을 갚아주고 오너라."

그는 맹졸 2,000명을 더해 5,000명의 병사를 내주며 동도나를 협산으로 보냈다. 한편 아회남에게는 따로 대군을 맡기며 말했다.

"공명의 본군이 강을 건너오면 큰일이다. 너는 하류 일대를 지켜라."

촉군이 지칠 때까지 싸우지 않겠다고 생각하고 있던 맹획도 급소인 군량 수송로를 공격당하자 당황하지 않을 수 없었다.

협산의 마대는 동도나가 병사들을 이끌고 진지를 탈환하러 온다는 소식을 듣고 만병 앞으로 나아가 큰 소리로 타일렀다.

"동도나, 귀가 있다면 들어라. 너는 전에 우리 승상에게 잡혀 이미 죽은 목숨이었으나 승상의 덕을 입고 풀려난 자가 아니냐? 오랑캐 땅의 족속은 그래도 은혜를 안다고 들었는데 대장이란 자가 은혜를 모르는 것이냐? 그래도 싸우겠다면 이쪽으로 나와라. 너도 얼마 전의 망아장처럼 목을 베어 돌려보내주마."

동도나는 이 말을 듣자 몹시 부끄러워하며 깃발을 내리고 달아나버렸다.

"어떻게 된 일이냐?"

맹획은 눈을 부라리며 그를 책망했다.

동도나가 마대는 소문보다 걸출한 영웅으로 도저히 자신들의 상대가 되지 않는다고 말하자 맹획은 안색을 바꾸며 소리쳤다.

"이 배신자. 공명에게 은혜를 입고 두마음을 품었구나. 좋다. 본때를 보여주마."

맹획은 만도蠻刀를 빼 들고 그 자리에서 동도나의 목을 치려고 했다. 그러자 주위에 있던 만장들이 맹획을 말리며 동도나를 살려주기를 청했다.

"울화통은 터지지만 목숨만은 살려주겠다. 그러나 곤장 100대의 벌을 내린다."

병사들에게 명하여 사람들이 보는 앞에서 그를 벌거벗겨 곤장 100대를 쳤다. 온몸이 피투성이가 된 데다 체면까지 잃은 동도나는 자신의 주둔지로 돌아갔지만 분해서 견딜 수 없는 듯했다. 결국 심복들을 모아놓고 자신의 속내를 털어놓았다.

"우리는 나면서부터 만국에서 살았지만 일찍이 이유 없이 중국군이 쳐들어온 적이 없었다. 그런데 맹획이 어정쩡하게 잔꾀를 부려 위나라와 약정하고는 자신의 힘만 믿고 허세를 부려 촉의 국경에서 난을 일으켰기 때문에 일이 이렇게 된 것이다. 내가 보기에 공명은 실로 훌륭한 사람이다. 게다가 자신의 지모와 힘을 자랑하지 않고 촉제를 공경하며 왕자王者의 인仁을 실천하는 데 말뿐인 사람이 아니었다."

그리고 일동의 진의를 물었다.

"차라리 맹획을 죽이고 공명에게 항복하여 만토의 백성들을 행복하게 해달라고 부탁할 생각인데…… 너희들의 생각은 어떠냐?"

부하들 대부분은 모두 공명의 은혜를 입은 자들이었으므로 이구동성으로 찬성했다.

"동장, 우리도 그렇게 생각하고 있었습니다."

그리하여 즉시 결행하기로 했다. 마침 맹획은 본진의 막사 안에서 낮잠을 자는 중이었다. 그곳에 느닷없이 동도나의 부하 100여 명이 들이닥쳐 베개를 발로 걷어차고 일어나라고 소리치면서 손을 뒤로 묶었기 때문에 천하의 맹획도 소리만 칠 뿐 어쩔 도리가 없었다.

||| 二 |||

"무슨 일이냐?"

"무슨 일이 일어났느냐?"

벌집을 쑤셔놓은 것 같은 소동이 일어났다. 다른 만장과 만병들은 너무도 급작스럽게 벌어진 사태에 그저 어안이 벙벙할 뿐이었다.

"노수로, 노수로 가자."

동도나는 그사이에 부하 100여 명의 선두에 서서 맹획을 둘러

메고 만병의 본진을 무사히 빠져나왔다. 그리고 노수에 당도하자 기슭에 준비해두었던 통나무 배 안에 우선 맹획을 던져넣고 부하들과 함께 배를 저어 건너편 기슭으로 건너가 버렸다.

촉군 보초병이 즉시 공명의 중군에 이 소식을 전했다. 공명은 기다리고 있었다는 듯이 말했다.

"드디어 왔구나."

그리고 문에서 영내까지 병사들을 늘어세운 후 삼엄한 분위기 속에서 동도나 무리를 불렀다. 공명은 동도나로부터 자초지종을 전해 듣고 그의 공을 크게 치하한 후 부하들에게도 충분한 은상을 내렸다.

"일단 동으로 돌아가거라."

그리고 그들을 돌려보낸 후 맹획을 불러오게 했다. 공명은 뒤로 결박당한 채 끌려오는 그를 보자마자 웃으며 말했다.

"만왕, 또 왔는가?"

맹획의 눈은 분노로 충혈되어 있었다.

"오긴 왔지만 네 손에 생포되어온 것이 아니다. 그러니 잘난 체 하지 마라."

그는 온몸으로 부르짖었다. 공명은 부정하지 않았다.

"그렇군. 그러나 누구의 손에 잡혀왔든 전군의 총사라는 자가 결박당해 적의 진중으로 끌려왔다는 것은 이미 너의 위엄이 땅에 떨어졌다는 말이 아닐까? 그러니 이 참에 깨끗이 항복하는 것이 어떠냐?"

"닥쳐라!"

맹획은 침을 뱉으며 목을 사자처럼 좌우로 크게 흔들었다.

"내가 방심해서 기르던 개한테 손을 물렸을 뿐이다. 나의 수치도 아니고 내 전법이 잘못되어서도 아니야. 따라서 내 부하들은 복수를 맹세할지언정 나를 버리는 일은 결코 없을 것이다."

"물론 너는 충성스러운 부하들을 데리고 있다. 그러나 차례로 각 동의 부하들이 모두 동도나나 아회남처럼 되어버린다면 어쩔 셈이냐?"

"나 혼자서라도 싸우겠다."

"하하하. 도대체 무슨 말을 하는 것이냐? 맹획, 너는 이미 포로가 되어 내 앞에서 손가락 하나 마음대로 움직이지 못하는 신세가 아니냐?"

"……."

"지금 내가 목을 치라고 한마디만 해도 너의 목은 당장 떨어져 나갈 것이다. 다만 우리 촉군은 왕도의 병사들. 진심으로 항복하는 자를 어찌 죽이겠는가. 게다가 너는 만계의 왕으로 중국의 문명도 조금은 알고 글도 읽을 줄 알며 용병술 또한 뛰어나다. 죽이기에는 아까운 인물이지. 나는 진심으로 그렇게 생각한다."

"승상, 다시 한번 나를 풀어주지 않겠나?"

"풀어주면 어떻게 할 생각인가?"

"요새로 돌아가 격문을 띄워서 각 동의 용맹한 자들을 모아 올바른 전법을 궁리하여 다시 촉군과 일전을 벌이겠다."

"음, 그리고?"

"기필코 내가 이길 것이다. 그러나 만약 이번에도 촉군에 패한다면 동족 모두를 데리고 깨끗이 항복하마."

공명은 웃었다. 그리고 그의 포박을 풀어주라고 명했다.

"다음에는 마음껏 싸워보아라. 그리고 다시는 내 앞에 추한 꼴은 보이지 말고."

공명은 맹획에게 술을 대접하고 말을 내주었다. 그리고 노수의 강기슭까지 바래다주었다. 맹획은 배 안에서 두 번 정도 뒤돌아보았으나 맞은편 기슭에 도착하자마자 표범처럼 산성으로 달려 올라갔다.

공명, 세 번 잡고 세 번 놓아주다

||| 一 |||

산성으로 돌아온 맹획은 각 동의 만장들을 불러모으더니 또다시 아무렇지 않게 말했다.

"오늘도 공명을 만나고 왔다. 놈은 내가 결박되어도 나를 죽이지 못하더군. 왜냐하면 난 불사신이기 때문이지. 놈들의 칼을 이로 씹어 부러뜨리고 놈들의 진영을 짓밟고 빠져나오는 것쯤은 일도 아니야."

그는 허세를 떨며 무지한 만장들을 속였다.

"내가 아니었으면 살아서 돌아오지 못했을 것이다. 갈아 마셔도 시원치 않을 놈들은 동도나와 아회남 두 놈이다. 즉시 가서 놈들의 목을 가지고 와라."

다음 날 밤, 책문을 나간 만장들은 몇 패로 갈라져서 숨어 있었다. 낮에 공명의 거짓 사자를 보내 동도나와 아회남을 불러냈던 것이다. 두 사람은 계책에 넘어가 자신들의 동에서 나와 산을 넘어 노수로 향했다. 그때 갑자기 호각이 울리더니 사방에서 뛰어나온 만병들이 동도나를 죽이고 아회남을 포위하여 두 머리를 취한 뒤 그 몸뚱이를 골짜기로 걷어찼다. 그리고 소리를 지르며 승냥이 떼처럼 본진으로 돌아왔다.

"나를 배반하더니 꼴좋다."

맹획은 그들의 머리를 향해 욕을 퍼부었다. 그리고 주연을 열어 울분을 풀기 위해 밤새도록 술을 마셨다.

한숨 자고 일어난 그는 "몸이 근질거려서 견딜 수가 없군. 지금부터 본때를 보여준다. 촉군을 무찌르고 공명의 살을 씹고 피를 마시자. 무용을 떨칠 자 모두 나를 따르라."라며 구리 방울을 흔들고 날라리를 불게 하고 북을 치게 하여 출진을 촉구하자 진중의 만장들은 모두 떨치고 일어났다.

"자, 출격이다."

만장들은 각자 자신의 부대를 이끌고 맹획의 뒤를 따라 달려갔다.

맹획은 우선 협산으로 향했다. 그곳에 주둔하고 있는 마대의 부대를 섬멸시킬 생각이었으나 이미 촉군은 어디로 갔는지 그림자 하나 보이지 않았다.

"촉군들이 다 어디로 갔느냐?"

토착민에게 물으니 어젯밤 별안간 강을 건너 북쪽 기슭으로 후퇴해버렸다는 것이다.

"이런, 한발 늦었구나."

맥이 빠진 맹획은 일단 본진으로 물러났는데 아우 맹우孟優가 형 맹획이 고전하고 있다는 소식을 듣고 멀리 남방의 은갱산銀坑山에서 병사 2만 명을 이끌고 와 있었다.

오랑캐들에게도 형제애는 있는 모양이다. 아니, 중국인들보다 그 정은 더 뜨거운 듯, 잘 왔다, 잘 와주었다며 포옹을 하고 볼을 비볐다. 그리고 밤이 깊을 때까지 술을 마셨는데 술을 마시면서도 충분한 계책을 세운 듯 이튿날 맹우는 부하 100명에게 새털로 장식하고 남만에서 염색한 옷을 입게 한 후 노수의 건너편 기슭에 있는 적지로 향했다.

배에서 뭍으로 올라가는 만병들은 맨발에 발목에는 짐승의 뼈로 만든 발찌를 차고 있었고, 구리빛 피부의 상반신을 드러내놓고 있었다. 또 팔목에는 물고기의 눈이나 조개껍질로 만든 팔찌를 차고, 붉은 머리카락과 푸른 눈에, 머리는 백공작이나 극락조의 깃털로 장식하고 있었다. 참으로 괴이한 모습이었다.

게다가 그들은 금은주옥 혹은 사향과 직물 등을 미처 다 들 수 없을 정도로 손에 잔뜩 들고 맹우의 통솔 아래 공명의 진을 향해 조용히 걸어갔다.

이윽고 그 행렬이 진지에 접근하자 갑자기 망대 위에서 북소리가 울리며 한 무리의 군마가 앞을 가로막았다.

"멈춰라. 어디로 가느냐?"

맹우가 말에 탄 사람을 보니 맹획이 어제 놓쳤다고 발을 동동 굴렀던 촉의 마대였다.

맹우는 땅바닥에 엎드려 일부러 두려운 척하며 말했다.

"형을 대신해서 정식으로 항복을 청하러 왔습니다. 저는 맹획의 아우 맹우입니다."

"기다리고 있거라."

마대는 진문 안에 그 뜻을 전했다.

마침 장수들과 회의를 하고 있던 공명은 이 소식을 듣고 옆에 있는 마속馬謖을 돌아보며 미소 띤 얼굴로 물었다.

"……알겠는가?"

||| 二 |||

마속은 대답하며 고개를 끄덕였으나 주위 사람들을 의식하여 말로는 할 수 없다며 종이와 붓을 가지고 와서 뭔가 적어 은밀히 공명에게 보여주었다.

공명은 한 번 읽더니 씩 웃었다. 그리고 무릎을 치며 말했다.

"옳거니. 자네의 생각과 내 의중이 같군. 맹획을 세 번 사로잡는 계책은 그 방법밖에 없네."

다음으로 조운을 불러 뭔가 계책을 일러주고 이어서 위연과 왕평, 마충, 관색 등에게도 한 명 한 명 행동 방침을 주고 서두르라며 각기 다른 방면으로 보냈다.

그런 후 맹우를 불러 어째서 갑자기 항복하러 왔는지 일부러 수상히 여기는 척했다. 맹우는 땅바닥에 엎드려 말했다.

"형 맹획은 남국 제일이라고 소문이 날 정도로 고집이 센 자입니다. 때문에 두 번이나 잡혔으나 승상의 은혜로 목숨을 건졌으면서도 여전히 저항하며 저에게 원군을 청해왔습니다. 그러나 본국의 일족과 각 동의 장로들이 모두 결사반대하고 나서서 형의 완고함을 깨우치며 촉제께 복종하라고 간절히 권했습니다. 결국 형도 승상의 무위와 온정에는 도저히 대적할 수 없다는 것을 깨닫고 자신이 가는 것은 쑥스러우니 일단 저에게 대신 항복을 청하고 오라고 했습니다."

맹우는 만계에서는 드물게 변설에 능한 자였다. 그는 이렇게 호소하고 100여 명의 만병들이 들고 온 선물을 공명 앞에 산더미처럼 쌓아놓고 말을 이었다.

"형 맹획도 은갱산 궁전으로 돌아가 많은 재보를 우마에 싣고 천자께 헌상하기 위해 조만간 이곳으로 올 예정입니다."

공명은 자초지종을 듣고 비로소 그에게 친근감을 나타냈다. 그리고 진심으로 그의 항복을 환영하고 그가 가지고 온 선물을 바라보며 기쁨과 만족을 표명했다. 동시에 주연을 마련하여 성도의 미주, 사천의 맛있는 음식 등으로 극진히 대접했다.

날이 저물자 악공들이 음악을 연주하고 촉군은 춤을 추며 흥을 돋웠다. 남국은 밤이 깊어도 바람도 따뜻하고 별빛도 밝아 주연이 끝날 줄을 몰랐다.

그 무렵 이미 노수의 상류를 건넌 남만의 병사 1만여 명은 산속을 지나 촉군 진영의 불빛을 향해 교활한 짐승처럼 살금살금 다가가고 있었다. 그들은 유황과 염초, 짐승의 기름, 마른 나뭇가지 등을 손에 들고 있었다. 기회를 엿보다 벌떡 일어난 맹획이 손을 들어 신호를 보냈다.

"저기가 공명이 있는 곳이다. 오늘 밤엔 무슨 일이 있어도 그를 사로잡는다."

맹수 같은 병사들은 쏜살같이 달리기 시작했다. 맹획도 달렸다. 그러나 그곳엔 등불만 대낮같이 환할 뿐 사람들은 모두 취해서 쓰러져 있고 깨어서 돌아보는 자는 한 명도 없었다.

취해서 쓰러져 있는 자들도 모두 맹우의 부하들뿐이었다. 아니, 맹우 본인도 그들 사이에 쓰러져서 괴로운 듯 뒹굴며 아군을 향해 자신의 입을 손가락으로 가리키고 있었다.

"아우, 무슨 일이냐?"

맹획이 안아 일으켰으나 대답조차 하지 못했다. 공명의 계책에 걸려 한 사람도 빠짐없이 독주를 마신 것이었다.

"……당했구나."

그것도 모르고 만병들은 사방에서 염초와 기름병을 던지며 정신없이 불을 질렀다. 맹획은 맹우를 들쳐메고 달려나왔다.

"멈춰라. 밖에서 불을 지르면 안에 있는 아군이 불에 타 죽는다. 나는 맹획이다. 지나가겠다."

그때 화염 속에서 촉장 위연이 외쳤다.

"지나갈 수 있으면 지나가 봐라."

북을 울리며 창을 들이댄다. 당황하여 반대편으로 가자 조운 군이 기다리고 있다가 쫓아왔다.

"맹획, 천명이 다했다."

그는 어느 틈에 아우도 내던지고 혼자 노수의 상류로 달아났다.

||| 三 |||

강기슭에 한 척의 만선이 보였다. 20~30명의 만병도 타고 있었다. 숨을 헐떡이며 도망쳐온 맹획은 몸을 날려 배에 타면서 명령을 내렸다.

"어서 출발하라."

동시에 배 안의 병사들이 모두 일어나 선미와 선수로 나뉘어 앞뒤에서 맹획을 덮쳤다.

"잡았다!"

"앗, 착각하지 마라. 나다. 맹획이다."

필사적으로 발버둥치는 맹획을 묶어서 뭍으로 끌어냈다.

공명의 본진은 그날 밤도 포로로 그득했다. 공명은 그들 중에서 특히 더 난폭하게 군 자들을 열 명 골라 그 자리에서 베어 죽이고 그 외의 자들에게는 술을 대접하고, 혹은 곤장을 치고, 혹은 선물을 줘서 모두 돌려보냈다.

"맹획은 어떻게 할까요?"

장수들이 마지막으로 물었다. 공명은 천천히 그의 앞에 있는 의자에 앉으며 조롱했다.

"맹획, 또 왔느냐?"

맹획은 이제는 어느 정도 익숙해진 듯 분연히 대답했다.

"오늘 밤의 실패는 어리석은 아우 놈이 술에 정신이 팔려 나의 계책을 엉망으로 만들어버렸기 때문이다. 싸움에 졌다고는 생각하지 않는다."

"그러나 맹획, 싸움에서는 지지 않았을지 몰라도 계책에서는 진 것이 아닌가? 배에 뛰어든 것도 그렇다."

"그건 실수였어."

그 점에 대해서는 맹획도 솔직히 인정했다.

"인간이니 어두운 곳에서는 돌에 걸려 넘어지기도 한다."

그는 다시 억지를 부렸다. 공명은 조금 엄격한 얼굴로 말했다.

"이미 나는 너를 세 번이나 생포했다. 이제는 약속대로 너의 목을 베겠다. 맹획, 할 말이 있느냐?"

"잠깐만."

전과는 사뭇 다른 모습을 보이며 목숨이 아까운 듯 말했다.

"한 번만 더 풀어주시오."

"좋은 얼굴도 세 번이라고 했다. 나의 인의에도 한계가 있다."

"한 번만 더."

"그 한 번으로 이번엔 무엇을 하고 싶으냐?"

"미련 없이 일전을 치르고 싶소."

"또 생포된다면?"

"그때는 목이 잘려도 여한이 없을 거요."

"하하하하."

공명은 크게 웃었다. 그리고 자신의 칼을 빼서 그의 결박을 끊어 풀어주었다.

"맹획, 병법을 더 연구하여 두 번 다시 후회하지 않도록 진용을 정비하고 오너라. 그런데 너의 아우는 어디 있느냐?"

"내 동생?"

"육친을 잊다니…… 그러고도 만계의 왕으로 백성들을 따르게 할 수 있겠느냐?"

"불 속에서 구해냈으나 도중에 헤어져서 생사를 모르오."

"여봐라, 맹우를 이리 데리고 오너라."

공명이 명령하자 장수들이 즉각 장막 안으로 한 명의 만장을 끌고 왔다.

"어리석은 놈. 아무리 평소 술을 좋아하기로서니 적의 독주까지 마시는 바보가 어디 있느냐!"

공명이 웃으며 두 사람 사이에 끼어들었다.

"여기서 형제끼리 싸우지 말고 사이좋게 돌아가도록 해라. 그리고 형제가 힘을 합쳐 공격해봐라."

두 사람은 엎드려 절하고 돌아갔다. 배를 청하여 노수를 건넌 그들은 자신들의 산성으로 돌아가기 위해 산을 올라가는데 산채 위에서 촉장 마대가 깃발을 등에 꽂고 칼을 지팡이 삼아 짚고 서서 소리쳤다.

"맹획아, 원하는 것이 무엇이냐? 화살이냐, 창이냐, 석포냐?"

깜짝 놀라 다른 쪽 산봉우리로 달아나니 그곳에도 촉의 깃발이 빽빽하게 늘어선 가운데 조운이 모습을 드러내며 말했다.

"네놈은 승상의 큰 은혜를 잊었느냐?"

또 도망갔다. 그러나 가는 곳마다 촉의 깃발이 없는 곳이 없어서 결국 그들은 멀리 만지의 남쪽으로 달아났다.

왕의 바람과 부채

||| 一 |||

끝을 모르고 펼쳐져 있는 만계 수천 리. 공명 군은 노수를 뒤로 하고 전진을 계속했으나 수십 일이 지나도록 적은 한 명도 보이지 않았다.

맹획은 넌더리가 난 듯 만국의 중심부에서 멀리 물러나 재기를 모색하고 있었다. 그는 만국 8개 경境 93개 전甸의 각 동장들에게 금은과 영예로운 직책을 내리고 사자와 격문을 보냈다.

공명의 대군이 공격해왔다. 남계 전역을 정벌하고 이 나라에 촉나라의 도성을 세운 뒤 우리 토착민들을 모두 죽이겠다고 한다. 놈들은 사술을 잘 부리고 발달된 무기를 가지고 있어 보통내기들이 아니지만 수천 리를 행군하고 기후와 풍토에 익숙하지 않은 탓에 대부분 지쳐 있다. 그러니 무서워할 것 없다. 각 동의 병력이 힘을 합쳐 총공격한다면 촉제도 두 번 다시 우리 땅을 넘볼 수 없을 것이다.

격문은 성공했다. 각 동의 만왕들 중에는 향기롭고 맛 좋은 술에도 질리고, 잘 익은 과일과 짐승 고기에도 싫증을 내며 너무나

무료한 생활에 몸을 비비 꼬는 자들도 있었다. 그들이 만국의 왕 맹획의 격문에 오랜만에 큰 자극을 받아서 병사들을 이끌고 속속 규합하여 순식간에 구름 같은 대군단이 편성된 것이었다.

"좋다. 이 정도면……."

맹획은 몹시 기뻐하며 지금 공명이 어디에 진을 치고 있는지 정찰하게 했다.

"서이하西洱河에 대나무로 부교를 만들고 남쪽 강기슭과 북쪽 강기슭에 포진해 있습니다. 북쪽 강기슭에는 강을 해자로 삼아 성벽까지 쌓아놓고 있습니다……."

정찰병이 보고했다.

"하하하. 내가 노수에서 쓰던 포진을 그대로 흉내내다니."

야성은 쉽게 교만해진다. 그리고 과거의 패배는 금방 잊는다. 게다가 새롭게 연방 93개 전이 가세했기 때문에 투지로 활활 타오르고 있었다.

"깜짝 놀라게 해줘야겠군."

병사들을 진격시켜 공명이 진을 치고 있는 서이하의 남쪽을 노렸다.

등에 미얀마 비단을 깔고 모과나무 안장을 얹은 붉은 털의 물소를 타고 있는 맹획은 코뿔소 가죽으로 만든 갑옷을 입고 왼손에는 방패, 오른손에는 장검을 든 그야말로 위풍당당한 모습이었다.

마침 공명은 사륜거를 타고 남쪽 강기슭에 있는 촉군의 각 부대를 순찰하고 있었다.

"맹획이 대군을 이끌고 접근하고 있습니다."

공명은 부하에게 보고를 받고 갑자기 길을 바꿔 본진으로 서둘러 돌아가며 말했다.

"질풍운疾風雲이다. 젖기 전에 어서 피하라."

낌새를 챈 맹획은 지름길을 통해 바짝 추격해왔다. 그러나 공명군은 간발의 차이로 진문 안으로 달려 들어가 문을 굳게 닫아건 채 싸우려 들지 않았다.

"적이 너무 약하군."

만병들은 얕잡아봤다. 진즉부터 촉군 대부분이 피곤에 지쳐 있다고 들어왔기 때문에 더욱더 그러했다. 며칠이 지나자 알몸뚱이가 되어 진문 근처에 모여 엉덩이를 흔들며 춤을 추거나 눈꺼풀을 까뒤집고 혀를 내밀어 약을 올리며 촉군을 자극했다.

촉군 장수들은 이를 갈며 공명에게 달려와 청했다.

"원숭이 놈들이 사람을 바보 취급하는 것이 이만저만이 아닙니다. 진문을 나가 한 번 혼내주고 오면 안 되겠습니까?"

"왕화를 입으면 저 춤이 부끄럽게 여겨질 것이네. 잠시만 화를 누르고 있게."

공명은 허락하지 않았다.

원숭이들의 교만은 점점 더 심해졌다. 원래부터 군율이 없는 자들이었기 때문에 그 광태狂態는 기가 찰 노릇이었다. 하루는 공명이 높은 곳에서 바라보고 있다가 유막에 있는 사람들에게 말했다.

"때가 되었소."

가슴속에는 이미 계책이 서 있었다. 조운과 위연, 왕평, 마충 등에게 비책을 내리고 마대와 장익도 불러서 절대 방심해서는 안 된다는 당부의 말을 남기고는 사륜거를 타고 관색과 함께 대나무 부교를 건너 서이하의 북쪽으로 갔다.

||| 二 |||

뿔피리를 불고 큰 징을 치고 때때로 만고蠻鼓를 울리는 등 남만군은 이후 하루도 빼놓지 않고 진문 밖으로 몰려왔다.

그러나 촉군 진영은 조용했다. 깃발만이 바람에 나부끼고 아무 소리도 들리지 않았다. 화살 하나 날아오지 않았다.

맹획이 경고했다.

"공명은 계책이 많은 자이니 함부로 안으로 들어가지 마라."

그러나 심하다 싶을 정도로 아무런 변화도 없고 아침저녁의 밥 짓는 연기조차 피어오르지 않자 결국 어느 날 아침 과감하게 문 하나를 돌파하여 안으로 달려 들어갔다. 안에는 수백 대의 수레가 군량이 실린 채 버려져 있고, 무구와 마구 등이 여기저기 흩어져 있고, 자고 일어난 흔적, 먹었던 흔적만 그대로 남아 있을 뿐 넓은 진영의 어디를 봐도 말 한 마리, 사람 한 명 보이지 않았다.

"앗! 철수했다. 언제 퇴각한 거야?"

맹우가 의아해하자 맹획은 비웃으며 말했다.

"이 모습을 보니 꽤나 황급히 떠난 것 같군. 이렇게 견고한 진지를 버리고 공명이 하룻밤 사이에 퇴각한 것을 보니 본국에 무슨 급변이 생긴 것이 틀림없다. 아마도 촉나라의 본국으로 오나라가 쳐들어왔거나 위나라가 공격해왔거나 둘 중 하나겠지. 그래. 뒤쫓아가서 한 놈도 남기지 말고 섬멸하라."

맹획은 물소를 타고 서둘러 전군을 이끌고 서이하의 남쪽 강기슭까지 추격했다. 그러나 그곳에 가서 북쪽 강기슭을 보니 마치 장성 같은 성벽이 길게 이어져 있는 것이 보였다. 성루만 해도 수십 개소, 모두 깃발이 즐비하게 늘어서 있고 창칼이 번쩍이고 있어 다가갈 수조차 없었다.

"놀랄 필요 없다. 저것도 공명의 속임수다. 저렇게 해놓고 북쪽으로 퇴각하려는 계략일 것이다. 두고 봐라. 아우야, 사나흘만 지나면 또 저쪽에도 깃발만 남겨놓고 촉군들은 한 놈도 남아 있지 않을 것이다."

맹획은 맹우에게 그렇게 말하고 부하들에게 대나무를 잘라 대나무 뗏목을 만들라고 지시했다.

수천 명의 만병은 큰 대나무를 잘라 뗏목을 만들기 시작했다. 그동안 아침저녁으로 맞은편 강기슭을 주의해서 보고 있는데 과연 촉군의 수가 눈에 띄게 줄더니 나흘째 무렵부터는 한 명도 보이지 않게 되었다.

"어떠냐? 내 판단이."

그는 주위의 동장들에게도 으스대며 강을 건너려 했지만, 그날은 광풍이 불어서 돌멩이를 날릴 정도였기 때문에 인마를 강기슭에서 후퇴시켰다.

"바람은 그치지 않고 물결이 높으니 할 수 없지 않습니까? 얼마 전에 촉군이 버리고 간 진영에 들어가 날이 새기를 기다리는 편이 나을 듯싶습니다."

"그렇게 하도록 하자. 아우야, 전군에 퇴각 명령을 내려라."

맹획은 이렇게 말하고 가장 먼저 후퇴하여 촉군이 버리고 간 진영으로 들어가 쉬었다.

저녁이 되자 광풍은 더욱 심해져서 밤하늘에 모래가 날아다녔다. 말들은 물론 병사들도 모두 눈을 가리고 사방의 진문으로 들어와 그토록 넓은 진영 안이 가득 찰 지경이었다. 이윽고 잘 무렵

이 되었을 때 바람 소리 대신 북소리가 사방에서 울렸다. 그리고 안에서 갑자기 인마가 술렁대기 시작했을 때는 사면의 벽과 지붕이 모두 불길에 싸여 있었다.

밟혀 죽고 타 죽고, 그야말로 아비규환이었다.

"당했다!"

맹획은 얼마 안 되는 일족들에게 둘러싸여 맹렬한 불길을 피해 간신히 한쪽 출구로 달아났다. 그러나 밖으로 나오자마자 촉장 조운에게 쫓기기 시작했다.

서이하에 남겨두고 온 각 동의 병사들 속으로 달아나 숨으려 했으나 그들도 거의 섬멸되고 거기에는 촉의 마대 군이 들어와 있었다. 간이 콩알만 해져서 중도에 돌아가려 했으나 이미 퇴로도 촉군들이 점령하고 있었다.

산으로 달아나고 골짜기에 숨으며 밤새 도망쳐 다녔다. 그러나 길이 있는 곳에는 반드시 촉군의 징과 북이 울리고 창과 검이 나타났다.

불과 10여 명의 부하들과 함께 맹획은 기진맥진해져서 서쪽의 산허리로 내려왔다. 날이 밝았다. 맞은편에 야자 숲이 보였다. 한 무리의 군사가 깃발을 펄럭이며 사륜거 한 대를 밀고 오고 있었다. 맹획은 악몽이라도 꾼 사람처럼 비명을 지르며 뒤돌아 달아나려 했다.

||| 三 |||

사륜거 위의 공명은 평소와 다름없이 윤건을 쓰고 학창의를 입고 손에 든 백우선으로 부채질을 하다가 맹획이 기겁해서 달아나려는 모습을 보고 크게 웃으며 말했다.

"맹획, 어째서 달아나느냐? 너는 잡힐 때마다 말하지 않았느냐?

무용으로 싸우면 절대 지지 않는다고. 지금 등을 보이며 달아나려고 하는 것을 보니 정정당당하게 싸워도 나에게 이길 자신이 없나 보구나?"

그는 백우선을 들어 맹획을 불렀다.

그러자 맹획은 붉으락푸르락해져서 발길을 돌렸다.

"닥쳐라. 내가 언제 등을 보였느냐?"

그러고는 아군들을 돌아보고 맹수의 왕처럼 포효하며 말했다.

"각 동의 부하들은 들어라. 저기 있는 자가 공명이다. 저놈의 계책에 걸려들어 나는 세 번이나 수치를 당했다. 운 좋게 저놈을 만났으니 나와 함께 모두 힘을 합쳐 사람도 수레도 산산조각을 내버리자. 저놈의 목 하나를 치면 남만국 전체에서 축제를 벌일 수 있을 것이다."

10여 명의 부하들은 모두 각 동에서도 손에 꼽을 정도로 용맹한 자들뿐이었고, 아우 맹우도 원한에 불타고 있었기 때문에 함성을 지르며 사륜거를 향해 달려들었다.

촉군은 즉시 사륜거를 밀고 달아나기 시작했다. 뒤쫓는 것도 빨랐고 달아나는 것도 빨랐으나 그 거리가 좁혀진 순간 맹획과 맹우를 비롯한 만병들은 천지가 무너지듯 흙먼지와 함께 순식간에 함정에 빠지고 말았다.

그러자 그 굉음을 신호로 위연의 병사 수백여 명이 나무 사이사이에서 달려나와 함정 속에서 한 명 한 명 끌어올려 솜씨 좋게 줄줄이 묶어버렸다. 사륜거는 벌써 촉군의 본진으로 가고 있었다. 공명은 본진에 돌아오자마자 우선 맹우를 꿇어앉히고 부드럽게 훈계했다.

"네 형은 대체 왜 그러느냐? 사로잡혀서 이곳에 온 것이 오늘로 벌써 네 번째다. 미개한 만국이라고는 하지만 인간이라면 부끄러움이라는 것을 알 터. 네가 알아듣도록 말해보거라."

공명은 그에게 술을 대접한 뒤 포박을 풀고 부하들과 함께 놓아주었다.

다음으로 맹획을 불렀다. 그에게는 전과는 달리 큰 소리로 꾸짖었다.

"필부, 무슨 면목으로 다시 내 앞에 염치없이 밧줄에 묶여 끌려왔느냐?"

공명은 계속해서 큰 소리로 야단쳤다.

"중국에서는 은혜를 모르는 자를 사람도 아니라 하고 수치를 모르는 자를 짐승만도 못한 자라 하는데 너는 그야말로 그 짐승보다 못한 자로구나. 네가 그러고도 남만의 왕이냐? 넌 정말 희한한 짐승이구나."

맹획도 이날은 아무 말도 하지 못했다. 그도 부끄러운 줄 아는지 눈을 감은 채 그저 하얀 송곳니로 입술만 깨물고 있었다.

"더는 용서치 않겠다. 오늘은 너의 목을 베겠다."

공명이 말해도 그는 눈을 뜨지 않았다. 공명은 백우선을 들어 무사들에게 명령했다.

"이놈을 진 뒤로 끌어내어 목을 쳐라."

무사들이 달려들어 맹획의 밧줄을 잡고 일어서라고 재촉하자 맹획은 아무 말 없이 일어섰다. 그리고 걷기 시작했을 때 비로소 눈을 뜨고 공명을 노려보았다.

형장에 도착한 그는 태연하게 앉았으나 무사들을 돌아보며 한 번 더 공명을 이쪽으로 불러달라고 말했다. 그러나 무사들이 응할 기색을 보이지 않자 갑자기 큰 소리로 부르짖었다.

“공명, 공명! 한 번만 더 나의 포박을 풀어준다면 나는 반드시 다음에는 지난 네 번의 수치를 씻겠다. 죽어도 좋지만 수치를 모른다는 말을 듣고는 죽을 수 없다. 야, 공명. 다시 한번 싸워보자!”

공명이 일어나 나와 말했다.

“죽고 싶지 않다면서 왜 항복하지 않느냐?”

맹획은 돌연 머리를 흔들며 울 것 같은 눈을 하고 입에서 불을 뿜을 듯이 욕을 퍼부었다.

“항복은 하지 않아! 죽는 한이 있어도 항복은 못 해! 나는 속임수에 진 것이다. 이 사기꾼아! 정상적으로 다시 한번 나와 싸우자.”

“좋다. 그렇게까지 원한다면. 여봐라! 포박을 풀고 놓아주어라.”

공명은 옅은 미소를 지으며 방 안으로 들어갔다.

독천

||| 一 |||

맹획은 자신의 진영으로 돌아왔다. 그러나 며칠 동안은 멍하니 생각에 잠겨 있기만 했다.

"형님, 아무리 해도 공명에게는 이길 수 없으니 항복하는 것이 어떻겠소?"

아우 맹우가 이렇게 제안하자 그는 갑자기 정신이 돌아온 듯 눈을 부라리며 말했다.

"닥쳐라! 너마저 그런 말을 한단 말이냐? 한 번만 더 그런 말을 했다간 용서치 않겠다."

"형님이 요즘 멍하니 넋을 놓고 있으니 하는 말이오."

"내가 네 번이나 사로잡힌 것은 계략에 진 거다. 그래서 이번에는 내가 공명을 계략에 빠뜨릴 생각으로 지혜를 짜내고 있는 중이란 말이다."

"남만국에서 지혜가 있는 자라면 타사왕朶思王이 아니겠소?"

"그래, 맞아. 내가 왜 타사왕을 생각해내지 못했을까? 아우야, 당장 타사왕에게 다녀와야겠다."

그는 맹우를 독룡동禿龍洞의 타사왕에게 사자로 보냈다.

맹획의 부탁을 듣고 타사왕은 즉시 병사들을 집합시키고 만왕 맹획을 자신의 영토로 맞아들였다. 그리고 맹획으로부터 여러 번에 걸쳐 패한 이유와 공명의 지모가 뛰어나다는 말을 듣고 웃음을 터뜨리며 말했다.

"걱정하지 마십시오. 맹왕, 안심하셔도 됩니다. 우리 마을은 불락의 요새, 이곳에 병사들을 집결시키면 아무리 공명이라 해도, 촉군의 영걸이라 해도, 살아서 돌아가지 못할 것이오."

타사왕은 말을 이었다.

"맹왕이 지금 이곳으로 올 때 지나온 길은 평소에는 열려 있지만, 유사시에는 그 도중의 절벽과 절벽 사이의 좁고 험한 길을 거목과 바위로 막아 순식간에 마을 입구를 차단할 수 있게 되어 있소. 또 서북쪽은 암석이 치솟아 있고 밀림이 우거진 데다 독사와 전갈이 많고 새조차 넘을 수 없는 험준한 곳이오. ……하루 중에 미시未時(13시~15시)와 신시申時(15시~17시), 유시酉時(17시~19시) 밖에는 왕래할 수 없지요."

"그건 왜 그렇소?"

맹획이 묻자 타사왕은 자세히 설명해주었다.

"무슨 이유인지는 나도 모르겠소만 미시, 신시, 유시 외에는 독기를 품은 안개가 자욱하고 땅이 흔들리며 바위틈에서 끓는 유황이 분출되기 때문에 인마는 두려워서 접근할 수조차 없어요. 때문에 그 근방은 풀과 나무도 말라 죽고 보이는 곳이라곤 황량한 불지옥 같은 곳뿐이지요. 그리고 산 하나를 넘어 밀림으로 들어가면 네 곳에 독천毒泉이 있는데 그중 하나를 아천啞泉이라 부르며 마시면 하룻밤 안에 입도 짓무르고 장기도 끊어져 닷새도 못 가 죽어버립니다."

"허허. 그럼, 다른 샘은?"

"두 번째 샘은 멸천滅泉이라고 부르는데 색이 푸르고 따뜻한 것이 마치 목욕물과 같소. 만약 여기에 들어가 목욕을 한다면 피부가 짓물러 죽고 나중에 백골만이 남을 것이오."

"세 번째는?"

"흑천黑泉이라고 합니다. 물은 맑고 아름답소만 손발을 담그면 손발이 모두 검게 변하고 극심한 통증을 느끼게 되지요."

"네 번째는?"

"네 번째인 유천柔泉은 얼음장같이 차가워서 더위에 지친 나그네들이 모두 몰려들어 마시지만, 이 물을 마시고 살아남은 자는 지금까지 단 한 명도 없소."

"그럼 지나오지 못하겠군. 아무리 공명이라도 그곳은 넘을 수 없겠어."

"단, 후한 시대에 복파장군伏波將軍 마원馬援이라는 사람만이 여기까지 온 적이 있다는데 이후 어떤 영웅의 군대도 우리 마을을 통과한 자가 없소."

"고마운 일이군. 이 마을에 진을 치고 있으면 촉군은 진퇴양난에 빠질 것이 틀림없소."

맹획은 이마를 치며 몹시 기뻐했다. 그리고 북쪽 하늘을 쳐다보며 부르짖었다.

"자, 오너라 공명. 올 수 있으면 와봐라."

그 무렵 공명은 벌써 서이하 지방의 민심을 수습하고 찌는 듯이 더운 남국의 땅에서 더 남쪽을 향해 계속 행군 중이었다.

"전방으로 수백 리 사이에 만병은 물론 깃발 하나 보이지 않습니다. 토착민을 잡아 물어보니 맹획과 맹우는 더 남쪽으로 내려가 독룡동이라는 산골 마을에 병사들을 집결시켜놓았다고 합니다."

정찰대의 보고에 공명은 지장도를 꺼내 보았으나 그런 마을은 그려져 있지 않았다.

||| 二 |||

"여개."

공명은 옆에 있는 여개에게 지도를 보여주며 물었다.

"독룡동이라는 곳은 여기에도 그려져 있지 않은데 뭔가 아는 것이 없는가?"

"지장도에도 없는 곳이라면 상당히 외진 곳일 것입니다. 저도 잘 모르겠습니다."

그때 뒤에서 지도를 들여다보고 있던 막료 장완이 저도 모르게 탄식하며 간했다.

"이미 충분히 촉의 무위를 보여주었고 원주민의 민심도 수습하고 두루 왕화를 펴셨으니 이쯤에서 돌아가시는 것이 어떻겠습니까? 너무 깊이 들어가면 삼군은 허무하게 오랑캐 땅에서 목숨을 잃을지도 모릅니다."

공명은 그의 얼굴을 돌아보며 말했다.

"맹획이 바라는 것도 그것이겠지?"

장완은 얼굴을 붉히며 입을 다물었다. 공명은 우선 왕평의 부대에게 선봉을 명하고 서북쪽 산지로 나누어 들어가게 했으나 며칠이 지나도 돌아오지 않자 관색에게 1,000명의 병사를 내주며 연락을 취하게 했다.

이윽고 관색이 돌아와서 선봉의 변고를 고했다.

"왕평의 병사들은 열에 아홉이 사천四泉의 독수를 마시고 고통스러워하고 있거나 죽었습니다. 이미 소장의 부하들도 더위에 목이 타 경계할 겨를도 없이 샘으로 달려가 수십 명의 희생자가 발생했는데 그 참상은 차마 눈 뜨고 볼 수 없을 지경이었습니다."

공명은 놀랐다. 그의 해박한 지식으로도 해결할 수 없자 마침내 삼군에 출동을 명하고 자신은 사륜거를 타고 서로 독려해가며 미증유의 험지로 향했다.

나무 한 그루, 풀 한 포기 없는 산을 넘고 또 봉우리를 돌아 밀림지대로 들어가자 왕평이 맞으러 나와 즉시 공명을 네 곳의 샘 근처로 안내했다.

과연 공명조차 당장 달려가서 마시고 싶은 충동이 일게 하는 샘물이었다. 올려다보니 사면의 산은 병풍처럼 우뚝 솟아 있고, 새 한 마리 울지 않고, 짐승 한 마리 보이지 않는, 정말이지 요기가 살갗을 찌르는 곳이었다.

"아…… 저 바위 위에 보이는 사당은 무엇일까?"

그는 문득 한 봉우리의 중턱에 인공의 냄새가 나는 사당을 보고 덩굴에 매달려 절벽을 기어 올라갔다.

암반을 파서 만든 굴이었다. 그곳을 사당으로 삼아 한 장군의 석상이 모셔져 있었다. 옆에 세워져 있는 비명을 읽어보니 한나라 복파장군의 석상으로 먼 옛날, 장군이 남만을 정복하고 이 땅에 왔는데 토착민들이 그의 덕을 기려 여기에 모셨다고 새겨져 있었다.

공명은 석상 앞에 엎드려 한참을 기도하더니 살아 있는 사람에게 말하듯이 열렬히 호소했다.

"불초, 선제로부터 후주를 보필하라는 명을 받아 후주의 조서를 가지고 여기에 왔습니다. 우연히 이 땅에 들어와 장군의 위대한 넋을 뵈옵니다. 분명 하늘의 뜻이리라 믿습니다. 장군, 넋이 있다면 재능 없는 저를 도와 한조의 피를 이어받은 우리 삼군을 보살펴주시옵소서."

그때 수상해 보이는 노옹 한 사람이 지팡이를 짚고 저쪽 바위에 걸터앉아 승상을 불렀다.

"댁은 뉘시오?"

공명이 묻자 노옹은 이 지방에 사는 주민이라고 대답했다.

"여기서 2, 3리쯤 골짜기 안으로 들어가면 오봉五峰의 기슭에 만안계萬安溪라는 넓은 골짜기가 있습지요. 거기에 만안 은자라고 불리는 은자가 있는데 이 사람이 골짜기에서 나오지 않은 지 수십 년입니다. 그가 사는 암자 근처에는 안양천安養泉이라는 샘이 하나 있고 이 샘물이 사독四毒에 중독된 나그네나 토착민들을 구한 것이 지금까지 몇천 명인지 알 수 없지요. 지금 승상의 군대도 곤란에 빠져 있지 않소이까? 승상의 덕에 의해 이 늙은이도 어느 정도 왕화가 뭔지를 알았으니 태어난 보람이 있다고 생각합니다. 어쨌든 만안계로 가보시오."

이 말을 남기고 그는 이름도 밝히지 않고 어디론가 사라져버렸다.

"신묘神廟의 계시임이 분명하다."

공명은 믿었다. 이튿날 그는 호종하는 사람들과 함께 노옹이 가르쳐준 오봉의 깊은 골짜기를 찾아가 보았다.

남만 아가씨의 춤

||| 一 |||

바닷속을 가고 있는 듯한 푸른 어둠. 그러다가도 끝을 알 수 없는 깊은 숲과 골짜기 길을 갈 때는 갑자기 하늘에서 무지개처럼 햇빛이 비쳤다. 산간의 널찍한 골짜기다.

'오오, 여기가 만안계임이 틀림없다.'

공명은 말에서 내려 은자의 집을 찾게 했다.

"저기입니다. 저 산장입니다."

안내를 받아 그곳에 가보니 소나무와 노송나무가 지붕을 덮고 남국의 대나무와 야자수, 자줏빛의 기묘한 꽃 등이 울타리가 되어 진귀한 향기를 뿜고 있었다. 공명 일행은 저도 모르게 우두커니 서서 황홀한 듯 바라보고 있었다.

개 한 마리가 공명 일행의 낯선 행색을 보고 짖어댔다.

그러자 산장 안에서 새카만 금속 탄생불처럼 생긴 알몸의 동자가 뛰어나와 개를 쫓으며 말했다.

"아저씨가 촉나라의 승상이죠? 이쪽으로 오세요."

동자는 앞장서서 걸었다.

"얘야, 내가 한의 승상인 것은 어떻게 알았느냐?"

따라가면서 묻자 동자는 하얀 이를 보이며 웃었다.

"저렇게 많은 군사를 이끌고 남만을 공격해왔는데 남만 사람들이 모를 리가 있겠어요?"

그때 한 건물의 대나무 문이 안에서 열리더니 푸른 눈과 노랑머리의 노인이 나타나 동자를 꾸짖었다.

"이놈, 손님을 희롱하다니 무슨 말버릇이냐?"

그러고는 예의 바르게 집 안으로 맞아들여 인사했다.

붉은 비단 옷을 걸치고 죽관을 쓴 노인은 두툼한 귓불에 금귀걸이를 늘어뜨려 마치 달마선사達磨禪師와 같은 모습이었다.

공명이 찾아온 이유를 말하자 은자는 껄껄 웃었다.

"이 노부는 세상을 등지고 산야에 사는 사람으로 딱히 세상 사람들에게 도움이 되지 못한다고 생각하고 있던 참에 승상께서 방문해주시니 기쁘기 그지없습니다. 샘물의 독으로 쓰러진 병사들은 당장 이곳으로 데리고 오십시오. 고치기 어렵지 않습니다. 저의 힘으로는 고칠 수 없습니다만, 천연의 약천藥泉이 이 근처에 있습니다."

공명은 크게 기뻐하며 즉시 호위하는 자들에게 명하여 왕평과 관색에게 병자와 상해자를 이쪽으로 데려오게 했다.

동자는 은자와 함께 힘을 합쳐 사람들을 만안계의 샘터로 안내했다. 이 약천에서 목욕하고 염교 잎을 씹고 운향芸香의 뿌리를 짜서 마시고 노송나무 차와 소나무 꽃 나물 등을 먹자 병이 깊었던 자도 혈색이 돌아오고 병이 가벼웠던 자는 그 자리에서 나아 기뻐하는 소리가 골짜기에 가득했다.

은자는 또 공명에게 주의를 주었다.

"이 지역에는 독사와 전갈이 많으니 주의하십시오. 또 무엇보다도 행군에 가장 필요한 것은 물입니다만 복숭아 잎이 계곡물에 떨어진 후 오래되어 썩으면 반드시 맹독이 생기니 말에게 먹여서는 안 됩니다. 가는 곳마다 귀찮더라도 땅을 파서 지하수를 마시는 것이 안전합니다."

공명은 감사를 표하고 은자의 이름을 물으니 은자는 히죽 웃으며 대답했다.

"승상, 놀라시면 안 됩니다. 무엇을 숨기겠습니까? 저는 맹획의 형입니다."

"뭐요? 맹획의……."

"그렇습니다. 실은 우리는 삼 형제입니다. 제가 장남이고 다음이 맹획, 막내가 맹우입니다. 부모님께서는 일찍 돌아가시고 두 아우는 물욕이 강하고 권세와 영예를 좇으며 사납고 악하여 왕화에 따르지 않고 거의 손도 댈 수 없을 정도로 무도한 짓을 일삼았습니다. 아무리 타일러도 고쳐질 기미가 보이지 않았습니다. 그래서 저는 두 아우와 헤어져 왕성을 버리고 20여 년 전에 이 골짜기에 숨어들어온 이래 세상과 연을 끊고 살고 있습니다. 그런 부끄러운 인사입니다."

"아아, 그러셨군요."

공명은 감탄하며 말했다.

"예전에도 유하혜柳下惠와 도척盜跖 같은 형제가 있었지만, 지금 세상에도 당신과 같은 분이 계셨소? 천자께 상주하여 반드시 당신을 남만왕으로 만들어드리리다."

"아닙니다. 부귀를 바랐다면 애초에 이런 골짜기에서 살지 않았을 것입니다."

맹절孟節은 손을 내저었다. 그의 이름은 맹절이라고 했다.

||| 二 |||

돌아가는 길에 공명은 미개의 오랑캐 땅에도 맹절 같은 인물이 있다는 사실에 감탄해 마지않았다.

이렇게 삼군은 온갖 고난을 극복하고 겨우 목표로 한 마을에 접근했으나 여전히 곤란한 것은 식수를 확보하는 일이었다. 때로는 20여 장의 암반을 파내려가거나 천길 계곡으로 물을 뜨러 갈 결사대를 모집하기도 했다. 도중에 천 개의 물통을 만들게 하여 비가 내리면 거기에 빗물을 받아 우마의 등에 싣고 행군했다. 그 외의 의식 문제도 원정길에 궁핍함을 더해 사방에서 앓는 소리가 끊이지 않을 지경이었다.

그러나 영원한 것은 없다고 마침내 이 대원정군은 독룡동에 들어갔다. 그리고 독룡동 한편에 진을 치고 병마에게 양질의 물을 마시게 하며 야영지에서 움직이지 않았다.

아니, 움직이지 않는 척하면서 실은 관색과 왕평, 위연 등의 장수들은 이미 정면의 적지를 향해 인접 지방으로 우회하여 진격하고 있었다. 이것이 어떤 목표를 가진 작전인지는 공명 외에 아는 사람이 없었지만, 그 방면에서는 벌써 몇몇 추장과 부족민들을 생포하는 공을 세우고 있었다.

한편, 독룡동의 본진에서는 공명의 대군이 이미 만계에 들어왔다는 사실을 알고 크게 동요했다.

처음에는 타사대왕과 맹획 형제도 그럴 리가 없다며 믿지 않는 표정이었으나 연이은 부하들의 보고에 산에 올라 멀리 저편을 바라보니 촉군이 주둔하고 있는 막사가 수십 리에 걸쳐 늘어섰고, 군기가 바람에 나부끼고 있었다.

"대체 어디를 지나온 걸까? 보통 일이 아니군."

타사대왕은 몸을 떨며 안색이 바뀌었다. 금방이라도 혼절할 것 같았다. 그러나 단단히 결심한 듯 말했다.

"이렇게 된 이상 우리 동계洞界도 촉군에게 짓밟혀 처자식은 물론 일족 모두 목숨을 구하기는 어렵게 생겼소. 부족민들과 병사들을 총동원해서 놈들을 섬멸하든지 우리가 모두 죽임을 당하든지 둘 중 하나. 목숨이 붙어 있는 한 싸울 수밖에 없소."

이런 각오를 다지고 맹획 형제와 살아도 같이 살고 죽어도 같이 죽기로 피를 나누어 마시고 맹세했다. 그리고 수만 명의 만병에게도 같은 내용을 선포하자 맹획도 용기를 얻어 호언장담했다.

"설령 여기까지 왔다고 하더라도 놈들은 피곤에 지친 병사들이다. 어찌 패하겠는가. 대왕의 뜻이 그렇다면 우린 반드시 승리할 것이오. 이번에야말로 수만 명의 촉군을 한 놈도 살려 보내지 않겠소."

그는 더욱 투지를 불태우며 소와 말을 잡아 병사들에게 연회를 베풀었다.

"촉군은 신식 장비와 막대한 군수품을 가지고 있다. 저들의 훌륭한 장비, 양질의 갑옷과 전포, 좋은 말 그리고 수레와 말에 싣고 온 엄청난 양의 군량과 재물을 전부 다 너희들에게 줄 것이다. 촉군을 모두 죽이면 은상으로 나눠주마. 분연히 떨치고 일어나라."

그는 병사들의 야만성을 고무하고 독려했다. 그때 길보가 날아들었다.

"이웃 동의 추장 양봉楊鋒이 일족 3만여 명을 이끌고 합세하겠다고 왔습니다."

타사대왕은 뛸 듯이 기뻐하며 맞아들였다.

"우리가 패하면 당연히 이웃 은야동銀冶洞도 위태로워질 테니 가세한 것이로군. 이것은 우리가 이길 징조다."

양봉은 다섯 아들과 일가권속을 모두 데리고 들어왔다.

"대왕, 귀 동의 어려움은 저희 동의 어려움과 같소. 그래서 부족하지만, 힘을 보태기 위해 왔소. 큰소리치는 것 같소만 나에게는 무예를 연마해온 다섯 아들이 있소. 그러니 더는 걱정하지 마시오."

그는 자랑스럽게 다섯 아들을 소개했다. 과연 너나 할 것 없이 기골이 장대하고 맹기猛氣가 넘쳐흘렀다.

"감사한 일이오. 우린 이미 승리한 것이나 다름없소."

타사대왕과 맹획도 기뻐서 어쩔 줄 몰랐다. 그들은 술통을 열고 고기를 내와 주연을 베풀고 밤이 깊도록 기쁨의 술잔을 나누었다.

||| 三 |||

만가蠻歌와 만악蠻樂, 술잔이 돌고 흥은 더해갔다. 모두 전쟁은 이미 이긴 것이라고 생각했다. 흠뻑 취한 양봉이 맹획, 맹우와 술잔을 나누다가 불쑥 타사대왕에게 말했다.

"내가 데리고 온 권속 중에는 아리따운 처녀들이 많소. 여흥을 위해 그녀들에게 춤을 추게 한 후 술 시중을 들게 하리다."

대왕은 손뼉을 치며 맹획과 맹우를 돌아보았다.

"어떻소? 형제."

"좋다마다요."

두 사람도 이의가 없었다. 아니, 없는 정도가 아니라 맹우는 벌떡 일어나 좌중의 만장들에게 익살스럽게 말했다.

"지금부터 미녀들의 춤을 감상하실 텐데 군침을 흘리다가 기절하는 일이나 없도록 하시오."

우레와 같은 박수가 쏟아졌다. 양봉은 휘파람을 불며 손짓했다. 미리 여흥을 위해 준비해둔 모양이다. 양봉의 부름에 응해 미녀들이 일렬로 늘어서서 주연 자리로 걸어 들어왔다.

만족 아가씨들의 다갈색 피부는 모두 흑단처럼 반짝반짝 빛나고 있었다. 단정히 빗은 머리에는 꽃을 꽂고 허리는 새의 깃털과 동물의 엄니로 장식했으며 짧은 만도蠻刀를 차고 있었다. 원을 만들고 풀기를 반복하면서 엉덩이를 흔들며 춤을 추었다.

좌중에 있는 사람들도 엉덩이를 들썩이며 환호했다. 만족 아가씨들은 서로 손을 잡고 원을 만들어 그 원 안에 맹획과 맹우를 가두고 춤을 추다가 만가를 부르기 시작했다. 그때 양봉이 허공에 술잔을 던지며 큰 소리로 외쳤다.

"자, 지금이다."

그 순간 만족 아가씨들이 모두 단검을 빼 들고 원을 좁혔다. 맹획과 맹우는 소리를 지르며 남만 아가씨들을 걷어차고 원 밖으로 나오려고 했으나 양봉의 다섯 아들과 그 일족이 우르르 달려들어 밧줄로 묶어버렸다.

타사대왕도 도망치려는 것을 양봉이 발을 걸어 넘어뜨렸다. 그리하여 그도 간단히 양봉의 부하들에게 결박당하고 말았다. 소스라치게 놀란 것은 곤드레만드레 취하여 미희들의 춤을 넋 놓고 바라보던 만장들이었다. 그들 역시 양봉의 부하들에게 포위되고 말았다.

사전에 이미 신호의 봉화를 올린 듯 공명의 삼군이 낭랑하고 맑은 고동 소리, 북과 징 소리와 함께 다가오고 있었다. 이 사실을 알자마자 독룡동의 병사들은 앞다투어 어둠에 싸인 산과 들로 달아나버렸다.

맹획은 양봉을 향해 무시무시한 표정으로 소리쳤다.

"어이, 양봉. 네놈은 만국의 동주洞主가 아니냐. 동족을 함정에 빠뜨려 공명에게 넘길 생각이냐?"

양봉이 웃으며 말했다.

"실은 나도 사로잡혀 공명 앞에 끌려갔지만, 공명의 은혜를 입어 거기에 보답하기 위해 이 일을 자청하고 나선 것이다. 너도 항복해라."

"젠장, 무슨 개소리야?"

발악을 하며 저항하는 동안 공명이 막료들을 거느리고 도착했다. 놀라운 것은 양봉의 다섯 아들이라고 한 자들이 모두 촉의 병사들이었다는 것이다. 그들은 만복을 벗자마자 각자 갑옷으로 갈아입고 공명을 맞이하기 위해 늘어선 줄의 맨 끝에 가서 섰다.

공명은 맹획 앞에서 걸음을 멈췄다.

"이것으로 다섯 번째다. 맹획, 이제는 심복心腹할 수밖에 없을 것이다."

공명의 말에 맹획은 자포자기한 듯 대답했다.

"심복? 웃기지 마라. 내가 언제 너에게 잡혔느냐? 나를 결박한 것은 날 배신한 놈의 소행이다."

"필부 한 놈을 잡기 위해 총사가 직접 나설 수야 없지. 내 손가락이라도 만져보고 싶다면 너도 왕화를 입은 사람이 되거라."

"왕화, 왕화, 시끄럽게 떠든다만 나도 남만국의 왕이다. 우리의 도성은 선조 이래 은갱산(운남성)에 있으며 삼강三江의 요해와 관문에 둘러싸여 있다. 거기서 나를 이기면 인정해주마. 한데 뭐냐? 이깟 승리로 총사 운운하며 자만하다니 참으로 가소롭구나."

맹획의 악다구니와 반항심은 여전히 치열했다.

여걸

||| 一 |||

공명은 다섯 번째로 맹획을 놓아주며 말했다.

"네가 원하는 땅에서 네가 원하는 조건으로 한 번 더 싸워주마. 그러나 이번에는 너의 구족九族까지 멸족시킬지도 모르니 각오하고 덤벼라."

아우 맹우와 타사왕도 함께 놓아주었다. 세 사람은 말을 얻어 타고 부끄러운 듯 달아났다.

원래 맹획의 본국인 남만 중부의 만도蠻都는 운남(곤명)보다 훨씬 남쪽에 있었다. 그리고 만도의 지명을 은갱동銀坑洞이라고 불렀고, 넓은 옥토와 삼강이 교차하는 지점에 있었다.

이곳을 현대 지도에서 찾아보면 1800여 년 전의 지명은 남아 있지 않지만 인도차이나반도의 메콩강 상류, 또 태국의 메남강 상류, 미얀마의 살윈강 상류 등은 모두 멀리 그 원류를 운남성, 서강성西康省, 티베트 동쪽 산기슭 지방에서 시작하여 공명이 원정한 당시의 만계를 관통하고 있었던 것으로 여겨진다.

그리고 당시 만도를 묘사하고 있는 원서 《삼국지》의 기술을 봐도 다음과 같다.

은갱산이라고 불리는 이곳은 노수瀘水, 감남수甘南水, 서성수西城水라는 삼강에 둘러싸여 있고 땅은 평평하고 북쪽으로 1,000리 사이에는 만물이 많이 나고 동쪽으로 300리에는 소금을 채취할 수 있는 우물이 있고 남쪽으로 300리에는 양도동梁都洞이 있으며 남쪽은 높은 산이 많은데 엄청난 양의 백은이 산출된다.

때문에 도성을 은갱동이라 칭하고 남만왕의 거주지로 삼고 궁전과 누각을 모조리 은으로 장식하고 사람들은 모두 비단옷을 입고 감람나무 열매를 즐겨 먹으며 술 항아리에 맥주와 과일주를 저장해둔다.

궁전 안에 가귀家鬼라고 부르는 조묘祖廟를 세우고 사시사철 말과 소를 잡아 제사 지내고, 매년 복귀라는 제사를 지낼 때는 외국 사람을 잡아 산 제물로 바친다.

요컨대 현재의 미안마, 인도, 운남성이 맞붙어 있는 국경 부근이라고 보면 될 것이다.

맹획이 그 만도를 떠나 공명의 원정군을 일부러 귀주貴州 광서성廣西省의 국경 근처에서 맞이하여 악전고투를 거듭한 것도, 요컨대 그가 촉나라 국경 지방의 태수나 각 동의 만장들을 선동하여 난을 일으킨 탓에 자신이 진두에 서야만 했기 때문이다. 그가 공명에게 큰소리친 것처럼 자신의 진정한 실력은 만도의 삼강 요해를 의지하여 싸울 때 발휘될 것이라 여겨 이곳에서 싸우기를 원했던 것이리라.

그 맹획이 결국엔 패전을 거듭한 끝에 바라던 곳인 만도로 돌아왔다.

녹사은벽綠沙銀壁의 만궁에는 사방의 동주와 추장 수천 명이 모여 그야말로 세상이 멸망한 날이라도 온 듯 이변을 떠들어대고 있었다. 만토가 개벽한 이래 유례를 찾아볼 수 없는 대회의로 연일 열띤 논쟁이 벌어졌는데, 어느 날 맹획의 처남인 팔번부장八番部將 대래帶來가 제창했다.

"이제는 서남 열국에 위세를 떨치고 있는 팔납동장八納洞長인 목록왕木鹿王의 힘을 빌릴 수밖에 없습니다. 목록왕은 늘 큰 코끼리를 타고 진두에 서서 신기한 법력으로 바람을 일으키고 표범과 승냥이, 독사, 전갈 등을 권속처럼 이끌고 적진으로 진격합니다. 또 그의 수하에는 3만 명의 맹수와 같은 병사들이 있는데, 이에 지금은 왕의 무위를 이웃 나라인 천축도 두려워할 정도입니다. 오랫동안 우리 만도와는 대립하고 있으나 우리가 예를 갖춰 예물을 바치고 만계 일대의 대란에 대해 상세히 설명한다면 그도 만토 사람이니 반드시 가세할 것입니다."

이 말에는 모두가 쌍수를 들고 찬성했다.

"그렇다면 자네가 사자로 가게."

맹획의 명령에 대래는 즉시 서남국으로 출발했다. 아마도 지금의 미얀마나 인도 지방의 한 세력이었을 것이다.

은갱산 만궁의 전초기지로서 삼강의 요지에 삼강성三江城이 있다. 맹획은 타사대왕을 그곳의 총대장으로 보냈다.

||| 二 |||

촉의 대군은 마침내 삼강에 도착했다. 실로 기나긴 여정이었다.

모르긴 몰라도 전쟁보다 더한 전쟁이었으리라.

삼강성은 삼 면이 물이고 한 면은 육지와 연결되어 있었다. 공명은 우선 위연과 조운의 병사들에게 명해 성으로 접근해서 한 번 부딪쳐보게 했다. 그러나 과연 성은 견고했고 병사들은 강했다.

성벽 위에는 수많은 노궁이 설치되어 있었다. 그것은 한 번에 열 발을 쏠 수 있고 화살촉에 독이 발라져 있었기 때문에 화살을 맞으면 부상이란 없고 살이 짓무르고 오장이 튀어나와 죽게 된다.

세 번에 걸쳐 공격했으나 네 번째에 공명은 모든 진지를 10리 정도 뒤로 물렸다. 빠른 후퇴와 도망치는 것에 대해서 개의치 않는 점이 공명이 쓰는 전법의 특징 중 하나였다.

"촉군이 독화살이 두려워 진을 물렸다."

남만군은 자만했다.

병법은 지혜이자 문화다. 민도民度도 그것으로 알 수 있다. 이레, 열흘, 시간이 지남에 따라 그들은 더욱더 교만해져서 "공명이 참 대단한 인물인 줄 알았더니 별것도 아니군."이라며 적을 얕잡아보기에 이르렀다.

공명은 날씨를 살피고 있었다. 어떠한 경우라도 그는 자연의 힘을 이용하는 것을 잊지 않았다.

강풍이 부는 날이 계속되었다. 이 모래 섞인 강풍은 내일도 계속될 것이다.

공명의 이름으로 각 진지에 포고문이 걸렸다.

내일 저녁 초경까지 각 부대의 병사들은 한 사람도 빠짐없이 저고리 한 벌씩 준비하라. 어기는 자는 목을 베겠다.

무슨 영문인지 몰랐으나 엄명이었기 때문에 대장에서 졸병에 이르기까지 저고리를 준비해서 가지고 갔다.

"대체 이걸 어디에 쓰려는 걸까?"

공명은 장군대에 서서 세 가지 명령을 내렸다.

첫째, 각자 준비해온 저고리에 발밑의 흙을 담아 흙 자루를 만든다.

둘째, 각자 흙 자루를 지고 차례로 명령에 따라 행군한다.

셋째, 삼강성의 성벽 아래까지 가면 흙 자루를 쌓는다. 흙 자루 산이 성벽 높이와 같아지면 즉시 흙 자루를 밟고 올라가 성안으로 진입한다. 가장 먼저 성안으로 들어간 자에게는 큰 상을 내리겠다.

사람들은 이때 비로소 공명의 생각을 알았다. 촉군 20여만 명과 항복한 만병 1만여 명이 한 명도 빠짐없이 흙 자루를 짊어지고 삼강성의 성벽으로 다가갔다.

화살과 독화살을 난사했음에도 구름과 같은 대군이 한꺼번에 몰려왔기 때문에 육박해오는 병사들의 1,000분의 1도 쓰러뜨릴 수 없었다. 순식간에 흙 자루 산이 곳곳에 생겼다. 그 흙 자루의 수도 병사들의 수와 마찬가지로 20여만 개나 되니 아무리 높은 곳이라도 닿지 않을 리가 없었다.

위연, 관색, 왕평 등의 공격병들은 앞다투어 성벽을 넘어 성안으로 들어갔다. 들고 온 흙 자루를 안으로 던져넣어 성안에도 통로가 만들어졌다.

만병은 솥 안의 물고기처럼 우왕좌왕하며 어쩔 줄을 몰랐다. 대부분은 은갱산 방면으로 달아나거나 수문을 열어 강 위로 도망쳤다.

생포한 자가 셀 수 없을 정도였다. 늘 그렇듯 이들에게는 인을 실천하여 잘 타일러서 보냈다. 그리고 성안의 보물 창고를 열어 모두 삼군에 나누어주었다.

"뭐, 삼강이 무너졌다고? 벌써 공명의 군사가 들어왔다고?"

은갱산의 만궁에 있던 맹획은 안색이 하얘졌다. 일족을 모아 놓고 회의를 열었지만 모두 갈팡질팡하며 어쩔 줄을 모르는 모습이었다.

그때 비단 병풍 뒤에서 누군가 소리를 죽여가며 웃는 자가 있었다.

"무례한 놈, 누구냐?"

일족 중 한 사람이 들여다보니 맹획의 아내 축융祝融 부인이 침상에 누워 낮잠을 자고 있었다. 부인이 평소 방에서 키우며 아끼는 수사자도 부인의 허리 근처에 턱을 얹고 반쯤 눈을 감고 졸고 있었다.

||| 三 |||

그대로 다시 회의를 이어가는데 또 옆방에서 축융 부인이 키득키득 웃었다. 사람들이 거슬린다는 표정을 짓자 남편 맹획도 잠자코 있을 수 없어서 결국 호통을 쳤다.

"부인, 왜 웃는 거요?"

그러자 부인은 사자와 함께 침상에서 벌떡 일어나 나오더니 일족에게는 눈길도 주지 않고 남편 맹획을 향해 소리쳤다.

"뭡니까? 당신은 사내로 태어나서 패기도 없어요? 촉군 같은 놈들을 10만, 20만도 물리치지 못하고 이 남만의 왕이라고 할 수 있나요? 비록 나는 여자지만, 내가 가면 공명 따위가 이 나라를 짓밟지 못하게 할 거예요."

이 여성은 축융씨의 후예라는 집안에서 시집왔는데 말을 잘 타고, 말을 달리며 활쏘기에 능했다. 특히 단검을 던지면 백발백중 명중시키는 기술은 타의 추종을 불허했다.

그 대신 아내 천하인 듯 그녀의 말에 맹획은 납작하게 엎드려서 한 마디도 하지 못했다. 일족도 패전에 패전을 거듭한 터라 모두 침묵하고 있었다.

"군대를 빌려주세요. 내가 진두에 서서 촉군을 처리하고 오지요. 감히 공명 따위가 위세를 부리게 해서야 되겠어요?"

이튿날 털이 곱슬곱슬한 애마를 탄 그녀는 머리를 질끈 동여매고 맨발에 붉은 전의를 입은 차림으로 구슬이 잔뜩 박힌 황금 흉갑에 등에는 일곱 자루의 단검을 차고 손에는 한 길 정도의 창을 들고 불꽃처럼 전장을 누볐다.

그 창에 찔려 쓰러지는 촉군의 수는 실로 어마어마했다. 촉의 장억張嶷이 그 모습을 보고 "이상한 적이군."이라며 뒤에서 달려들었으나 갑자기 어디선가 날아온 단검에 허벅다리를 맞고 말에서 거꾸로 떨어졌다.

"저놈을 묶어라."

부하들에게 명령하고 부인은 다른 적에게 달려들었다. 촉의 마충이 이를 보고 달려들었으나 마찬가지로 날아온 두 개의 단검 중 하나가 말 얼굴에 맞는 바람에 그 역시 낙마하여 포로가 되었다.

그날의 전황은 맹획이 뛸 듯이 기뻐할 정도로 만병의 활약이 대단했다.

"승기가 보인다!"

부인은 자신이 사로잡은 장억과 마충의 목을 베어 더욱 사기를 고무하려 했으나 남편 맹획이 저지하며 말했다.

"아니, 나도 다섯 번이나 사로잡혔으나 공명이 풀어주었소. 당장에 저놈들의 목을 베면 내가 도량이 작은 자로 비칠 것이오. 공명을 생포한 후 줄지어 앉혀놓고 한꺼번에 목을 칩시다."

그래서 사로잡은 두 적장을 살려두고는 이따금 보면서 즐거워했다.

공명은 두 장군이 걱정되었다. 그러나 아마도 죽이지는 않을 것이라고 말하고 그들을 구출할 방법을 마련하여 조운과 위연에게 그 계책을 알려주었다.

더운 날씨 속에 날마다 치열한 교전이 이어졌다. 조운이 축융 부인에게 다가가 싸움을 걸었다. 과연 그녀도 여자였다. 조운에게는 이길 수 없다고 판단했는지 단검을 던지고 그 틈에 달아나버렸다.

"마치 나뭇가지 위의 새를 쫓는 것처럼 아무리 해도 잡을 수가 없구나."

조운도 감탄했다. 다음 날 위연은 일부러 진두에 나가지 않고 잡병을 내보내 부인을 야유하게 했다. 부인은 화를 내며 추격해왔다. 그리고 얼마 후 때가 됐다며 위연이 달려나갔다.

"타조 부인은 게 섰거라!"

부인은 돌아보며 단검을 던지고 늘 그랬던 것처럼 달아나려고 했다. 조운이 또 한편에서 북을 울리며 놀려댔다.

"너는 타조냐! 암컷 오랑우탄이냐!"

화가 난 부인은 촉군 속으로 돌진했다. 촉군은 도망치다가 멈춰

서서 악담을 퍼붓고 다시 도망치기를 반복했다.

그렇게 서서히 산간으로 유인해서 위기에 빠뜨리자마자 팔방에서 덮쳐 마침내 축융 부인을 생포하는 데 성공했다.

공명은 맹획의 진영에 사자를 보냈다.

"네 아내가 우리 진영에 와 있다. 장억, 마충과 교환하자."

맹획은 놀라서 즉시 두 장수를 돌려보냈다. 공명은 축융 부인에게 술을 대접한 후 돌려보냈다. 그녀는 조금 풀이 죽어 있었으나 한 말의 술이 들어가고 포승이 풀리자 잔뜩 들떠서는 맹획과 비슷한 호언장담을 늘어놓고 돌아갔다.

검은 나무 짐승들

ㅣㅣㅣ 一 ㅣㅣㅣ

이웃 나라에 사자로 갔던 대래가 돌아와서 고했다.

"우리의 간청이 받아들여졌습니다. 며칠 안에 목록왕이 자국의 군대를 이끌고 올 것입니다. 목록 군이 오면 촉군 따위는 산산조각이 날 것입니다."

그의 누나 축융 부인도 매형 맹획도 지금은 그것에 한 가닥 희망을 걸고 있는 상황이었다. 이윽고 팔납동의 목록이 수만 명의 병사들을 이끌고 시문市門에 도착했다는 소식을 듣자마자 맹획 부부는 궁문을 나와 맞이했다.

"아, 부부가 나란히 맞아주니 황송하구려."

목록왕은 흰 코끼리를 타고 왔다. 코끼리 목에는 금방울을 달고 칠보 안장을 얹었다. 또 몸에는 비단 가사를 걸치고 금 구슬 목걸이, 황금 발찌, 허리에는 영락瓔珞을 늘어뜨리고 대검 두 자루를 차고 있었다.

"안심하시오, 두 분 모두."

흰 코끼리에서 내리자 목록왕은 그렇게 말하면서 숲처럼 빽빽이 늘어서 있는 만기蠻旗 사이를 유유히 지나 부부의 안내를 받으며 왕궁의 안쪽으로 들어갔다.

그가 데리고 온 3만의 군대 중에는 1,000마리에 가까운 맹수도 있었다. 사자, 호랑이, 코끼리, 흑표범, 승냥이 등 그것들이 울부짖는 소리가 무시무시할 정도였다.

왕궁에서는 깊은 밤까지 환영 연회가 열린 듯 밤새 화톳불이 피어오르고 연주 소리가 들렸다.

맹획 부부는 사흘 동안 연회를 열어 온갖 아첨을 떨고 거절하지 못할 조건을 제시하며 목록의 환심을 사기 위해 노력했다. 대왕도 기분이 좋은 듯 도착한 지 나흘째 되는 날 출전 준비를 명했다.

"자, 내일은 촉군을 짓밟으러 가자!"

그런데 무엇 때문인지 그 전날 밤부터 아침까지 맹수 부대의 맹수들이 밤새 하늘을 올려다보며 울부짖고 있었다. 이유를 물으니 전투를 앞두고는 맹수들을 허기지게 만들기 위해 일부러 먹이를 주지 않는다는 것이었다. 이튿날, 대왕은 마침내 진두에 섰다. 늘 타던 흰 코끼리를 타고 두 개의 보검을 차고 손에는 손잡이가 달린 종을 들고 있었다.

촉군은 놀랐다.

"저게 뭐지?"

병사들이 싸우기도 전에 겁부터 집어먹은 모습을 보이자 조운과 위연 등이 망루에 올라가서 살펴보니 과연 병사들이 겁먹은 것도 무리가 아니었다. 머리는 물론 피부까지 새까만 목록 군의 병사들은 마치 옻칠을 한 악귀나찰 같았다. 게다가 대왕의 뒤에는 맹수 무리가 꼬리를 흔들며 구름을 향해 울부짖고 있었다.

"위 장군, 이 나이가 될 때까지 수많은 전장을 누볐건만 이런 적은 처음이오. 어떻게 될지 감이 잡히지 않아요."

"나도 처음이오. 참으로 괴이한 군대군요."

두 사람도 괴이하게 여기며 두려움을 느꼈을 때 갑자기 흰 코끼리에 앉아 있던 목록대왕이 들고 있던 종을 흔들었다. 그러자 앞열의 창 부대가 돌격하여 촉군과 어지럽게 뒤엉켜 싸우기 시작했다. 그 모습을 본 목록대왕이 이번에는 종을 아주 세게 흔들었다.

기회를 보고 있던 맹수 부대가 순식간에 쇠사슬을 풀고 우리를 열었다. 동시에 목록대왕은 입속으로 주문을 외며 기도하기 시작했다. 사자와 호랑이, 표범, 독사, 전갈 등의 무리가 흙먼지를 일으키며 풀을 기거나 날 듯이 달려 촉군을 덮쳤다. 그들의 뱃가죽과 등가죽은 붙어 있었다. 피에 굶주린 맹수들은 미친 듯이 날뛰었다.

도망치고, 도망치고 또 도망쳤다. 아무리 질타해도 촉군의 다리는 멈추지 않았다. 마침내 삼강의 경계까지 모두 퇴각하고 말았다. 만병은 대승을 거뒀다. 그들은 맹수 이상으로 용맹하게, 미처 달아나지 못한 촉군들을 죽이며 돌아다녔다.

요상한 종이 다시 울렸다. 목록왕의 흰 코끼리 주위로 배부른 맹수의 무리가 꼬리를 흔들며 돌아갔다. 그것들을 다시 우리에 넣거나 쇠사슬로 묶고 북과 뿔피리를 울리며 목록 군은 왕궁으로 되돌아갔다.

조운과 위연 두 장군으로부터 이날의 패배를 전해들은 공명은 웃었다.

"책에 적혀 있는 말이 거짓이 아니었군. 옛날 젊었을 때 내가 초려에서 읽은 병서에 남만국에는 승냥이와 이리, 호랑이와 표범을 이용해 구사하는 진법이 있다고 쓰여 있었는데 오늘의 것이 바로 그것이었어. 다행히 촉을 떠날 때부터 만일의 경우를 대비해 준비한 것이 있으니 결코 놀라서 소란 떨 것 없소."

그는 즉시 병사들에게 예의 수레를 끌고 오라고 명령했다.

||| 二 |||

하나하나 천을 씌워 병사들 사이에 숨겨서 가지고 온 20여 대의 수레가 있었다. 병사들은 이윽고 그것들을 남김없이 밀고 왔다.

"덮개를 벗겨라."

공명이 명령했다.

오두막 한 동쯤 되는 크기의 상자가 수레마다 실려 있었다. 뭐가 나오려나 하고 사람들이 호기심에 찬 눈으로 바라보고 있었다. 천이 벗겨지자 커다란 궤가 보였다.

10여 대의 수레에는 검은 칠을 한 궤가 실려 있고, 나머지 10여 대에는 붉은 궤가 실려 있었다.

공명은 직접 열쇠를 들고 붉은 궤만 모두 해체했다. 놀랄 만큼 거대한 목조 괴수怪獸가 수레를 다리 삼아 서 있었다. 사자 모양의 목수木獸, 호랑이 모양의 목수, 뿔 달린 코뿔소 모양의 목수, 모두가 무시무시하게 크고 괴이했다.

"대체 이것들로 어쩌실 생각입니까?"

"멀리 성도에서부터 밀고 온 20여 대의 수레가 이것이었습니까?"

장수들은 공명의 의중을 몰라 답답해했다.

다음 날, 촉군은 마을 어귀의 길 위에 다섯 겹의 두터운 방비를 쳤다.

전날의 승리에 우쭐해진 맹획이 목록왕과 함께 진두에 나타나서 손가락질로 가리키며 말했다.

"저기, 저기 보이는 사륜거에 탄 자가 촉의 공명이라는 놈입니다. 대왕, 부디 어제처럼 기분 좋게 놈들을 박살내주시오."

목록은 크게 고개를 끄덕이고 늘 그렇듯 종을 흔들어 흑풍을 부르고 후미에 있는 맹수 부대를 적진으로 돌진시켰다.

무시무시한 백수百獸의 포효에 모래가 날고 광풍이 일었다. 공명의 사륜거는 즉시 방향을 돌려 2겹째 진으로 숨으려 했다.

거대한 코끼리에 채찍질을 해 달려온 목록왕이 그 높은 안장 위에서 보검을 휘둘렀다.

"공명, 오늘은 기필코 너의 목숨을 가져가겠다."

칼은 사륜거의 기둥 하나를 쓰러뜨렸다. 목록은 다시 주문을 외면서 칼을 내려쳤으나 세 번 모두 닿지 않았다. 오히려 등 뒤로 돌아간 두 보병의 창에 코끼리의 배가 찔렸다.

그러나 창은 코끼리의 배를 뚫지 못했다. 하나는 부러지고 하나는 빗나갔다.

공명은 백우선을 높이 들고 질타했다.

"관색, 어째서 사람을 찌르지 않느냐? 목록왕을 죽여라."

"어딜!"

네 번째로 칼을 휘둘렀을 때, 어디선가 화살 하나가 날아와 목록의 목에 맞았다. 동시에 밑에서 찌른 관색의 창도 그의 턱을 꿰뚫었다.

목록은 땅을 울리며 떨어졌다. 오늘 공명의 사륜거를 밀던 보병들은 왕평 이하 모두 촉의 쟁쟁한 무장들이었다. 목록은 그것도 모르고 스스로 촉군 중에서 가장 강한 자들 사이로 뛰어들어 목숨을 잃은 것이다.

전날 맹활약한 맹수들도 이날은 전혀 도움이 되지 않았다. 바로 촉군 진영의 목수들 때문이었다. 이 나무로 만든 거대한 괴물은 수레바퀴를 발로 삼아 입에서는 불을 뿜고 괴이한 소리로 울며 앞으로, 옆으로 종횡무진했다. 살아 있는 호랑이, 표범, 이리 등도 그 괴이한 모습에 놀라 도망쳐버렸다.

목수 안에는 열 명의 병사가 들어가 있었다. 불을 뿜는 것도 포효하는 것도 또 전진하고 후퇴하는 것도 모두 내부에 장착한 화약과 기계에 의한 것이었다. 물론 공명이 고안한 전대미문의 신병기였다.

남만군도 놀랐지만 진짜 호랑이나 사자도 기겁했다. 살아 있는 맹수 부대는 일제히 꼬리를 내리고 뿔뿔이 흩어졌다. 촉군의 북과 뿔피리는 천지를 진동시키며 달아나는 만병을 추격하여 마침내 은갱산의 왕궁을 점령했다.

맹획과 그의 아내 축융, 대래 그 외의 일족 등 모두가 왕궁을 버리고 도망치다가 대기하고 있던 촉군에게 일망타진되었다. 그러나 공명은 맹획 이하 일족과 권속을 모두 풀어주며 말했다.

"둥지 없는 새, 집 없는 인간이 어찌 살아가겠는가. 하물며 왕화를 입지 못한 곳에 얼마나 힘이 있겠는가. 싸울 수 있는 한 싸워봐라."

이제는 큰소리칠 기력조차 없는지 맹획은 쥐새끼처럼 머리를 감싸 안고 어디론가 달아났다. 그런 그를 왕이라고 우러러보고 가장으로 떠받들던 권속들의 허망함은 말할 필요도 없었다.

등갑군

||| 一 |||

이제는 나라도 없고, 왕궁도 없고, 갈 곳도 없어 풀이 죽은 맹획은 주위 사람들에게 물었다.

"어디로 가서 재기하면 좋겠는가."

처남 대래가 말했다.

"여기에서 동남쪽 방면으로 700리를 가면 나라가 하나 있습니다. 오과국烏戈國이라고 하며 국왕은 올돌골兀突骨이라는 자입니다. 오곡을 먹지 않고 음식을 익혀 먹지 않고 맹수와 뱀, 물고기를 날로 먹으며 몸에는 비늘이 돋아 있다고 들었습니다. 그의 수하에는 등갑군藤甲軍이라 불리는 병사가 약 3만 명이 있답니다."

"등갑군이라니?"

"오과국의 산과 들에는 등나무가 지천으로 널려 있는데 그 덩굴을 말린 후 기름에 담그고 또 말린 후 기름에 담그기를 수십 번 반복한 뒤 그것으로 갑옷을 짜는 것입니다. 이 갑옷을 입은 병사들을 등갑군이라고 하는데 아직 이들과 싸워 이긴 나라가 없습니다."

"그건 왜지?"

"등갑은 첫째, 물에 젖지 않습니다. 둘째, 매우 가볍기 때문에 몸을 민첩하게 움직일 수 있습니다. 셋째, 강을 건널 때도 배를 이용하지 않고 등갑군들은 모두 물에 떠서 자유자재로 움직입니다. 넷째, 활도 칼도 뚫지 못할 정도로 단단합니다."

"음, 그렇다면 천하무적이겠구나. 한 번 올돌골을 만나 부탁해 봐야겠군."

맹획은 일족과 패잔병들을 이끌고 오과국을 향해 갔다.

올돌골은 그 자리에서 좋다며 크게 고개를 끄덕였다. 3만의 부하들은 즉시 등갑을 입고 동시洞市에 모였다.

맹획의 잔병들도 차츰차츰 모여들어 도합 10만여 명의 병사들이 오과국을 떠나 도엽강桃葉江에 진을 쳤다.

이 강은 물이 푸르고 양쪽 강기슭에 복숭아나무가 우거져 있다. 시간이 지나면 잎이 강물에 떨어져 일종의 독수毒水를 만들어내 그 물을 여행자가 마시면 심한 설사를 일으켰다. 그러나 오과국의 토착민에게는 오히려 정력을 더하는 약수가 되었다.

공명은 은갱산의 만도에 들어간 후 이곳을 다스리되 약탈하지 않고 위세에 복종하게 하되 살육하지 않고 오직 덕을 베풀고 군을 더욱 정비하며 왕정을 확대해갔다.

"위연 장군, 병사들을 이끌고 도엽 나루에 다녀오시오. 상대를 도발해서 그들의 실력이 어떤지 알아보도록 하시오."

위연은 즉시 도엽강으로 향했다. 그런데 가는 도중에 벌써 오과국의 병사들과 맹획의 연합군과 맞부딪쳤다. 만병이 대담하게도 강을 건너 먼저 공격해온 것이었다.

그들은 새로 충원한 10만 대군, 만병은 소수의 위연 군을 향해 함성을 지르며 무서운 기세로 돌진해왔다.

뿐만 아니라 서전을 치르기도 전에 놀란 것은 촉군이 쏜 화살이 아무 소용이 없다는 것이었다. 아무리 쏘아도 화살은 적병의 몸에 맞고 튕겨 나갔다.

맞붙어 싸울 때도 칼이 그들의 몸을 베지 못했다. 그러한 자신감도 동반해서 사기가 오를 대로 오른 등갑군은 물어뜯을 듯한 기세로 만도를 휘두르며 달려들었다.

촉군은 순식간에 베이고 쫓기며 총체적인 난국에 빠졌다.

"일단 후퇴하라."

올돌골은 뿔피리를 불어 유유히 병사들을 후퇴시켰다. 맹획보다는 병법을 잘 아는 자였다.

강을 건너 돌아갈 때 등갑의 병사들은 모두 강물에 몸을 맡기고 둥둥 떠서 마치 물매미 무리가 헤엄치듯이 쉽게 맞은편 강기슭으로 건너갔다. 그중에는 더웠는지 등나무 덩굴 갑옷을 벗어 강에 띄우고 그 위에 앉아서 건너가는 병사도 있었다.

그 모습을 보고 기가 막힌 위연은 공명에게 자신이 본 것을 사실대로 전했다.

"신기한 족속입니다."

공명은 고개를 갸웃거리고 있다가 이윽고 여개를 불러 물었다.

"어디 놈들인가?"

여개는 지도를 살펴본 후 철수하기를 강권했다.

"그들은 오과국의 등갑군일 것입니다. 도저히 인륜으로는 다스릴 수 없는 야만인들입니다. 게다가 도엽강의 강물은 독수라 그들 외에는 마실 수 없습니다. 이쯤에서 철수하시는 것이 어떻겠습니까? 저런 반인반수半人半獸의 군대와 싸우는 것은 위험하기 짝이 없습니다."

||| 二 |||

공명은 여개의 말에 납득하면서도 고개를 가로저으며 주위에 있는 사람들에게 말했다.

"일을 시작해놓고 끝을 내지 않는 것만큼 큰 죄는 없소. 지금까지 목숨을 잃은 병사들이 얼마나 많소? 그 많은 영령에게 뭐라고 사죄한단 말이오? 하물며 이 만계에 왕화를 입히지 못하고 한쪽에 어둠을 남긴 채 철수한다면 모든 것이 무의미하오."

다음 날, 공명은 사륜거를 타고 도엽강 기슭을 한 바퀴 돌며 부근의 지형을 살폈다. 또 사륜거에서 내려 걸어서 북쪽 산에 올라 산세를 살핀 후 묵묵히 진지로 돌아오자마자 마대를 불렀다.

"지난번에 사용한 목수거木獸車 외에 검은 궤를 실은 10여 대의 전차가 있을 것이네. 그대는 그것을 끌고 가서 병사들과 함께 도엽강 북쪽에 있는 반사곡盤蛇谷 안쪽에 숨겨두게. 그리고 전차는 이렇게 사용하면 되고."

공명은 작은 목소리로 꼼꼼하게 비책을 일러주었다. 비밀 유지가 최우선인 듯 공명은 평소와 다르게 엄중히 경고했다.

"만약 이 일이 새어나가 패했을 시는 군법에 따라 엄벌할 터이니 실수 없이 하도록."

그날 밤, 마대 군은 10여 대의 전차와 함께 홀연히 어디론가 사라졌다.

다음 날 아침 공명은 또 조운을 불러 일군을 내주며 말했다.

"장군은 반사곡 안쪽에서 삼강으로 가는 대로로 나가 이러이러한 준비를 하시오. 반드시 기일을 지켜야 하오."

다음으로 위연을 불러 말했다.

"그대는 정예병을 인솔하여 적의 정면으로 나가 도엽강 기슭에 진을 치시오. 병사들은 원하는 만큼 데리고 가도 좋소."

자신이 선봉의 최전선을 맡았다며 뛸 듯이 기뻐하는 위연을 보고 공명은 흥분한 그를 자중시키듯 말을 이었다.

"그러나 이겨서는 안 되고, 만약 적이 강을 건너 공격해오거든 적당히 싸우다가 후퇴하시오. 진영도 버리고 달아나시오. ……도망칠 곳에는 백기를 세워두겠소. 적이 또 그곳으로 공격해오거든 다음 백기가 서 있는 곳까지 달아나시오. 적은 점점 자만에 빠질 것이오. 그대는 다시 네 번째 백기가 보이는 곳, 다섯 번째 백기가 보이는 곳으로 진을 버리고 계속 달아나시오."

위연은 못마땅한 표정을 지었다.

"대체, 어디까지 도망치라는 말씀입니까?"

"대략 열닷새 동안 열다섯 번의 전투에서 패하여 일곱 곳의 진지를 버리고 오직 백기가 보이는 곳으로 달아나면 됩니다."

"알겠습니다."

군령이었기 때문에 거역하지 못하지만 위연은 마땅찮은 얼굴을 하고 물러났다.

그 외에 장익, 장억, 마충 등도 각각 명을 받고 자신들의 부서로 돌아가 "이번에야말로 만토의 적성敵性을 뿌리째 뽑아버리도록 하라."라는 공명의 말에 각각 만반의 준비를 하고 대기하고 있었다.

한편 올돌골과 맹획은 일단 강남으로 물러나 우쭐거리면서도 서로의 경거망동을 경계했다.

"공명이라는 놈은 사술에 능해 무슨 짓을 할지 모르오. 모쪼록 돌골대왕도 그 점을 조심하시오. 숲속과 산속 등 병사들을 숨길 만한 곳이 있으면 주의하는 것이 좋소."

"맹획, 그 점은 명심하고 있소. 그대야말로 성질이 급하니 주의하시오."

파수병이 보고하러 왔다.

"어젯밤부터 북쪽 기슭에 촉군이 진을 치고 있습니다. 꽤 많은 병력입니다."

"어디, 어디?"

두 사람은 강기슭에 나가 손그늘을 만들어 바라보았다.

"저런 곳에 견고한 진영이 만들어진다면 귀찮아지겠군. 당장 짓밟아버려라."

명령이 떨어지자 등갑군은 즉시 강을 건너 촉군 진지를 습격했다.

위연은 적당히 싸우다가 달아났다.

그러나 만병은 조심스럽게 움직였다. 멀리까지는 추격해오지 않았다. 승리를 거두자 미련 없이 강을 건너 원래 있던 건너편 기슭으로 철수해버렸다.

위연도 다시 원래 있던 강기슭으로 돌아가 진을 다시 구축하기 시작했다. 공명이 병사를 추가로 보내주었다. 그 모습을 본 만병도 병력을 늘려 다시 공격해왔다.

전차와 지뢰

||| 一 |||

이날은 등갑군 전체를 올돌골이 직접 지휘하여 강을 건너왔다.

촉군은 항전하는 척하면서 차례차례 무너지다가 이윽고 깃발과 무기, 투구 등을 버리고 앞다투어 퇴각했다. 그리고 백기가 보이는 지점에 집결했다.

"적은 도망치는 버릇이 들었다. 이제 됐다. 끝까지 쫓아가서 한 놈도 살려두지 마라."

올돌골은 승리에 취해서 후진에 있는 맹획에게도 신호를 보냈다. 그리고 다시 추격하여 적이 집결해 있는 곳을 공격했다.

위연은 예상한 일이었기 때문에 싸우다 패하고 싸우다 패하며 세 번째 백기, 네 번째 백기로 패퇴 지점을 찾아 계속해서 퇴각했다.

7일 동안 세 곳의 진지를 버리고 일곱 곳의 집결을 깨고 패퇴했다.

"이상한데? 너무 약해."

올돌골도 의심이 들었는지 추격을 늦췄다. 그러자 위연이 갑자기 기세를 올리며 새로 충원한 병력과 함께 역습하기 시작했다.

위연은 선두에 서서 올돌골을 향해 단기로 달려들었다. 그리고 그의 창끝을 피해 달아났기 때문에 올돌골은 지금이야말로 공격할 때라며 박차를 가해 추격해왔다.

유인작전은 어렵다. 너무 도망만 쳐도 의심을 산다.

위연은 가끔 돌아와서 적에게 욕을 퍼붓고 허세를 부리기도 하며 끝내 열닷새 동안 열다섯 곳의 백기를 따라 도망치고 또 도망쳤다.

이쯤 되자 마침내 의심 많은 올돌골도 자신의 무훈에 우쭐해지지 않을 수 없었다. 부하들을 돌아보며 집채만 한 코끼리 위에서 큰 소리로 말했다.

"보았느냐. 열닷새 동안 싸워서 촉군 진지 일곱 곳을 짓밟고 이기기를 열다섯 번, 이제 도엽강에서 300리 사이에 적병이라곤 한 명도 없다. 천하의 공명도 바람처럼 달아났으니 대세는 이미 정해진 것이나 다름없다. 모두 개가를 올려라! 개가를!"

거둔 전과와 노획한 술에 취해 무적 등갑군은 무시무시한 기염을 토하며 더욱 자신만만해져서 다음 날의 전투에 임했다.

이날, 흰 코끼리에 앉아 백월白月의 승냥이 머리 모자를 쓴 대장 올돌골은 청금靑金과 흰 구슬을 박은 비늘 갑옷을 입고 검은 사지를 드러낸 채 화난 나한羅漢 같은 얼굴로 촉군을 향해 창을 휘둘렀다.

위연은 그러한 그를 맞아 분전역투를 시도해보고 나서 일부러 산을 돌며 도망 다니다 반사곡으로 들어갔다.

부하들과 함께 추격해온 올돌골은 일단 코끼리를 세우고 복병이 없는지 주의 깊게 살폈으나 사방의 산에 초목도 없고 복병이 있는 기색도 보이지 않자 안심하고 전군을 이 골짜기에서 한숨 돌리게 했다.

"촉군은 어디로 달아났을까?"

그때 수하가 와서 보고했다.

"여기서부터 안쪽으로 들어가는 길에 커다란 궤를 실은 수레가 10여 대나 버려져 있습니다."

올돌골이 시찰해보니 과연 병량을 실은 수레처럼 보이는 수레가 여기저기에 버려져 있었다.

"이건 정말 굉장한 노획품이다. 적은 당황한 나머지 이 골짜기로 수레를 끌고 들어왔다가 진퇴양난에 빠져 버리고 달아난 듯하다. 수레 안에는 분명 성도의 진미가 실려 있을 것이다. 저것들을 모두 골짜기 밖으로 끌어내어 한곳에 모아두어라."

그리고 올돌골이 돌아가기 위해 골짜기의 좁은 입구에서 나오려고 하는데 갑자기 천지를 뒤흔드는 굉음이 들리더니 바위와 통나무가 머리 위에서 떨어져 내렸다.

"뭐지?"

너무 놀라서 물러설 틈도 없었다. 주위의 만병들은 바위와 통나무에 깔려 수백 명이 목숨을 잃었다.

그런데도 여전히 통나무와 바위가 떨어져 내려 골짜기 입구가 막혀버렸다.

"산 위에 아직 적군이 있다. 골짜기에서 속히 빠져나가라. 어서 길을 열어라."

그가 미친 듯이 소리치고 있는데 그 옆에 있던 수레 한 대가 저절로 불을 뿜었다.

더욱 놀라서 전군이 앞다투어 골짜기 안으로 우르르 몰려 들어가는 순간 하늘을 찢을 듯한 엄청난 소리가 나며 땅이 흔들렸다.

폭발로 날아간 만병의 손발은 토사와 함께 하늘의 먼지가 되었다.

二

올돌골은 코끼리 등에서 뛰어내렸다. 화염에 정신을 잃은 코끼리는 스스로 화염 속으로 뛰어들어 불에 타 죽었다.

그는 절벽에 달라붙어 올라가려고 했으나 좌우의 산 위에서 횃불이 비처럼 쏟아져 내렸다. 뿐만 아니라 바위와 바위 사이, 땅 밑에 숨겨놓은 도화선에 불이 붙자 그 넓은 골짜기도 순식간에 기름 솥에 불이 떨어진 것처럼 지옥으로 변하고 말았다.

불빛은 하늘에서 미쳐 날뛰고 폭발음은 그치지 않았으며 자욱한 연기에서는 지독한 냄새가 났다.

오과국의 등갑군은 한 명도 남김없이 불에 타 죽고 말았다. 그 수는 3만 명이 넘었다. 불이 꺼진 후 반사곡 위에서 내려다보니 마치 불에 구제驅除된 해충의 사체 더미를 보는 듯했다.

다음 날 공명은 그곳에 서서 눈물을 뚝뚝 흘리며 탄식했다.

"사직을 위해 다소 공은 있겠지만, 나의 수명은 반드시 줄어들 것이다. 어쩔 수 없다고는 하나 이렇게까지 많은 살상을 했으니."

듣는 이들 모두 애처로운 마음이 들었으나 조운만은 오히려 그것을 공명의 소승관小乘觀이라고 비난했다.

"생생유상生生流相, 명명전상命命轉相. 형상을 가지고 있다가 없어지고, 없어졌다가 다시 형상을 갖게 됩니다. 이것이 수만 년 동안 변함없이 이어져온 생명의 모습이 아닙니까? 황하의 물이 한 번 넘치면 수만 명의 생명이 사라집니다만 이삭은 익고 인구는 늘어갑니다. 황하의 범람은 하늘의 뜻이 있을 뿐 사람의 뜻은 없습니다만, 승상의 대업에는 왕화의 사명이 있지 않습니까? 오랑캐 100만 명을 죽인다 해도 오랑캐 땅에 천년의 덕을 심을 수 있다면 이 정도의 살업殺業은 아무것도 아닐 것입니다."

"아아…… 옳은 말이오."

공명은 조운의 손을 자신의 이마에 대고 다시 눈물을 흘렸다.

한편 남만왕 맹획은 후진에 있었는데 아직 오과국 병사들이 전멸된 것은 꿈에도 모르고 있었다.

그때 약 1,000명 정도의 만병이 그를 맞이하러 와서 말했다.

"오과국의 왕께서 등갑군을 이끌고 촉군을 추격해 마침내 반사곡에 공명을 몰아넣었습니다. 대왕께서는 즉시 오셔서 함께 공명의 최후를 보시라는 말씀입니다."

그 말을 듣고 맹획은 회심의 미소를 지었다.

'됐다. 공명도 이제 끝장이다.'

그는 즉시 코끼리를 타고 부하들을 전부 이끌고 반사곡을 향해 서둘러 갔다.

"너무 서두르다 길을 잘못 든 것이 아니냐?"

그가 눈치챘을 때는 앞에서 안내하던 수상한 1,000명의 만병 부대는 어디로 갔는지 보이지 않았다.

"조금 이상하군."

돌아가려 했으나 때는 이미 늦었다.

한쪽 수풀에서 장억과 왕평이 북을 치며 뛰어나오고 다른 쪽 산 뒤에서는 위연과 마충이 함성을 지르며 달려왔다.

"돌아가자, 아니 전진하라."

당황한 나머지 산기슭까지 도망쳐갔는데 산 위에서 깃발을 들고 북을 울리며 촉군이 와르르 밀어닥쳤다.

"맹획, 각오해라."

어느새 관색, 마대 등 젊은 촉장들이 용창龍槍과 사모蛇矛를 휘두르며 덤벼들었다.

"앗."

코끼리는 움직임이 둔하다. 맹획은 코끼리에서 뛰어내려 숲속으로 난 길을 따라 달렸다.

그때 앞쪽에서 금방울과 은방울을 울리며 비단 덮개가 시원해 보이는 사륜거 한 대가 다가왔다. 공명이었다. 특유의 생글거리는 미소를 띠고 있었다. 공명은 백우선을 들며 호통쳤다.

"반노反奴 맹획아! 아직도 깨닫지 못했느냐!"

맹획은 현기증이 나서 아아, 하고 두 주먹으로 허공을 때리더니 신음과 함께 정신을 잃고 그 자리에 쓰러지고 말았다.

마대가 어려움 없이 밧줄로 묶어 끌고 왔다.

맹수에게도 현기증을 일으킬 정도의 신경이 있는가 하고 촉의 장수들은 웃으면서 그가 갇혀 있는 임시 감방을 들여다보며 지나갔다.

왕풍만리

||| 一 |||

그날 밤, 공명은 장수들을 만나 이런저런 이야기를 했다.

"조운 장군은 너무나 좋은 말로 나의 전략을 위로해주었으나, 누가 뭐래도 이번에 대살육을 감행한 것은 음덕陰德을 크게 손상시킨 일이었소."

또 그 전략에 대해서는 이렇게 말했다.

"계속해서 열다섯 번을 퇴각하며 적을 우쭐하게 만든 뒤 반사곡으로 유인한 계책은 이미 여러분도 눈치채고 있었을 것이오. 그러나 이번 대섬멸전에서는 젊은 시절부터 연구해온 지뢰와 전차, 도화선 등을 사용해본 것이 종래의 전쟁과 다른 점이오. 그러나 전쟁이라는 것은 어디까지나 '사람'이 중심이 되는 것이지 '병기'가 중심이 되는 것이 아니오. 따라서 이 신병기를 우리가 보유하는 것에 의해 우리 병사들이 약해지는 일이 있어서는 절대로 안 될 것이오."

그는 말을 이었다.

"처음 등갑군이 출현했을 때는 나 역시 어찌해야 할지 몰랐소. 그것은 그들의 유리한 점만을 보았기 때문인데, 반대로 그들의 약점을 생각해보았소. 당연히 '물에 유리한 것은 반드시 불에 약하다.'는 원리로 기름에 적신 등나무 덩굴 갑옷은 불에 대해서는 아무런 대비가 되어 있지 않을 뿐만 아니라 오히려 그들의 몸을 태우는 땔감 역할을 할 뿐이라는 것에 생각이 미쳤소. 화염차, 지뢰의 계책은 모두 거기에서 생각해낸 것이오."

그는 병법을 강의하듯 뒷이야기를 들려주었다.

사람들은 모두 승상의 계책은 헤아릴 수 없다고 탄복하며 엎드려 절했다. 공명은 이튿날, 진중에 있는 감옥에서 맹획과 축융 부인, 대래, 맹우 등을 줄줄이 끌어내어 불쌍히 쳐다보며 말했다.

"마음이 없는 자들에게는 아무리 사랑을 쏟아부어도 소용이 없단 말인가. 인간이라고는 생각할 수 없는 무리들, 보고 있는 내 눈이 부끄럽구나. 당장 포박을 풀고 산야로 돌려보내라."

공명이 애증을 넘어선 표정으로 뒤돌아가려고 할 때였다. 갑자기 이상한 울음소리가 들렸다.

"승상…… 기다려주시오. 잠깐만 기다려주시오."

맹획이 소리쳤다. 아니 밧줄에 묶인 채 달려들어 공명의 옷자락을 물었다.

"무슨 일이냐?"

곁눈질로 보며 묻자 맹획은 머리가 땅에 닿을 듯이 조아리며 내뱉듯이 목소리를 짜내어 말했다.

"잘못했소. 용서해주시오."

그리고 엉엉 울며 말을 이었다.

"배우지 못한 야만스러운 저희들이지만 일곱 번 사로잡아서 일곱 번 놓아주었다는 이야기는 일찍이 들어본 적이 없습니다. 아무리 왕화가 미치지 못한 곳의 인간이기로서니 어찌 이 큰 은혜에 감동하지 않을 수 있겠습니까? ……용서해주십시오. 부디 용서해주십시오."

"으음…… 진심이냐?"

"어, 어찌 거짓을 아뢰겠습니까? 지금에 와서 생각해보니 과거의 죄만큼 두려운 것이 없습니다."

"좋다. 그럼 지금부터 함께 기뻐하고 함께 번영하도록 하자."

공명은 몸을 숙여 자신의 손으로 그의 밧줄과 축융 부인, 맹우, 대래 등 권속의 밧줄을 모두 풀어주었다.

"비로소 나의 마음이 통했군. 아니, 왕풍만리王風萬里, 이제 남은 곳이 없구나. 나도 기쁘게 생각한다."

맹획의 권속은 입을 모아 칭송하며 맹세했다.

"승상의 위엄, 왕풍의 자애, 우리 남인南人은 다시는 거역하지 않겠습니다."

공명은 다시 말투를 바꿔 맹획에게 물었다.

"너는 지금 진심으로 따르겠다고 하는 것이냐?"

"물론입니다."

"그렇다면 나와 함께하자."

그는 두려움에 떠는 맹획의 손을 잡고 위로 올라오라고 청했다. 부인과 일족에게도 자리를 내주고 기쁨의 연회를 함께하며 잔을 들어 약속했다.

"그대의 죄는 모두 내가 질 것이고 나의 공은 모두 그대에게 양보하겠네. 그러니 그대는 이전처럼 남만국 왕으로서 만토의 백성들을 아껴주시게. 그리고 나를 대신해 왕화에 힘써주게."

이 말을 들은 맹획은 양손으로 얼굴을 감싼 채 한동안 참회의 눈물을 흘렸다. 권속들 역시 감동의 눈물을 흘리며 기뻐한 것은 말할 필요도 없다.

||| 二 |||

원정 만리, 귀환의 날이 왔다.

돌아보면 백난백전百難百戰, 살아 있다는 것이 기적처럼 느껴졌다.

장사 비위費褘가 은밀히 공명에게 간언했다.

"이렇게 먼 만토까지 와서 어렵게 공을 세우고도 우리 쪽 관리를 아무도 남겨두지 않고 가는 것은 잡초를 베고 비가 오기를 기다리는 것과 같지 않습니까?"

"아닐세."

공명은 고개를 저었다.

"우리 쪽 관리를 남겨두고 가면 어떤 면에서는 이로운 것도 있지만. 세 가지 이롭지 못한 점도 있네. 아전이 왕화의 덕을 욕되게 하는 것이 첫 번째. 왕도와 멀리 떨어져 있기 때문에 관리로서의 소임을 게을리 하고 사사로이 위세를 떨치는 것이 두 번째. 외인이 머무르면서 만인 간에 당파가 생기면 서로를 의심하게 되어 사사로이 싸움을 벌일 우려가 있는 것이 세 번째. 관리를 두어 다스리기보다 본래의 만왕, 만민이 서로 협력하게 하는 것이 더 낫네. 게다가 공물을 바치게 하면 성도에서는 신경도 물자도 쓰지 않고 이곳을 국가의 외벽이자 풍부한 산물이 나는 땅으로 삼을 수도 있을 걸세."

"참으로 현명하신 계책입니다."

그 자리에 있던 모든 사람이 공명의 말에 탄복했다.

촉군이 북쪽으로 돌아간다는 소식을 듣자 만토의 동족洞族은 물론 일반 토착민도 앞다투어 금구슬과 진귀한 보물, 약, 향료, 소, 짐승의 가죽, 말 등을 진영으로 가져와 바치며 맹세했다.

"이후 매년 천자께 공물을 바치겠습니다. 절대로 거역하지 않겠습니다."

그리고 언제부터인지 공명을 "자부慈父 승상, 대부大父 공명."이라고 부르며 그의 전적지마다 벌써 사당을 지어 사시사철 공물을 바치며 제사를 지냈다.

때는 촉의 건흥 3년(225) 가을 9월.

공명과 삼군은 드디어 귀로에 올랐다.

중군을 선봉으로 좌군과 우군이 공명의 사륜거를 호위하고 전후에는 붉은 깃발과 은빛 깃발이 늘어섰다. 그 뒤로 이어지는 공물 수레와 기마대, 백상대白象隊 또 보병 수십 개 부대 등의 모습은 그야말로 장엄한 광경이었다. 그 장관에 더해 권속들을 이끌고 온 남만왕 맹획이 그 호종에 가담했고 많은 동주들과 추장들도 북 부대와 미인들을 이끌고 노수의 강기슭까지 전송하러 나왔다.

반사곡에서 3만의 만병을 불태워 죽였고, 이 노수에서도 많은 아군을 잃고 적병을 죽였다. 공명은 밤중에 강에 배를 띄우고 하늘에 제를 올리는 표문을 써서 넋을 위로하는 기도를 하고 이것을 전사한 혼백에게 바치며 명복을 빌었다. 그리고 공물과 함께 강에 흘려 보냈다.

예로부터 이 강이 거칠어졌을 때는 사람 셋을 산 채로 물에 던져 제사 지내는 풍습이 있다는 말을 듣고 공명은 밀가루에 고기를 섞어 사람 머리 모양으로 반죽하여 이것을 그날 밤의 공물로 삼았다.

이른바 '만두饅頭'라는 것은 노수의 희생에서 비롯된 것으로 만두를 처음 생각해낸 것이 공명이라는 설도 있지만 정말로 그런지는 알 수 없는 일이다.

어쨌든 귀환 길에서도 여전히 그는 각 지역의 풍속과 종교적 심리를 두루 살펴 덕을 베풀기를 잊지 않았다. 이는 단순히 오랑캐를 정복하는 무위武威 일변도와는 크게 다른 것이었다. 제문을 읽는 공명의 목소리는 파도를 잠재우고 삼군의 마음을 움직였으며 분별없는 만토의 백성들을 울렸다.

"그대들도 오랫동안 노고가 많았소. 조만간 황제께서 은상을 내리실 것이오."

공명은 안내를 맡았던 여개를 그 임무에서 해임하고 왕항王伉과 함께 부근 4개 군의 수비를 맡겼다. 또 작별을 아쉬워하며 여기까지 따라온 맹획에게도 작별을 고하고 거듭 충고했다.

"부디 정사에 힘을 쏟고 농사를 장려하고 집안을 잘 다스려 만년을 더욱 빛나게 하시게."

맹획은 울면서 남쪽으로 돌아갔다.

"아마도 그가 살아 있는 한 만토는 두 번 다시 반역을 일으키지 않을 것이오."

공명은 주위에 있는 장수들에게 말했다.

성도는 이미 겨울이었다. 남쪽에서 돌아온 삼군은 차가운 바람도 그리운 듯 개선문으로 들어갔다.

사슴과 위 태자

||| 一 |||

공명이 돌아온다, 승상이 돌아온다.

성도는 온통 환호로 들끓었다. 후주 유선도 그날 어가를 타고 궁문 30리 밖까지 공명과 삼군을 맞이하러 나왔다. 황제의 어가를 보고 공명은 수레에서 뛰어내려 땅에 엎드려 절하며 말했다.

"황공하옵니다. 신, 재주가 없어 원정에 나가 속히 평정하지 못하고 많은 어림의 병사들을 잃어 폐하의 신금宸襟을 편치 못하게 하였사옵니다. 우선 신의 죄를 벌하여주시옵소서."

"아니요, 승상. 과인은 무사한 승상을 보는 것만으로도 그저 기쁘기 한이 없소. 어서 승상을 일으켜라."

신하들에게 명하여 공명을 일으킨 후 황제가 몸소 손을 내밀어 어가 안으로 청했다.

어린 황제와 승상 공명이 같은 가마를 타고 얼굴에 햇빛을 받으며 궁의 화양문으로 들어서자 온 백성은 하늘에 닿을 듯이 환호했고, 궁중의 모든 누각과 전각에서는 일시에 음악을 연주하여 자줏빛 구름이 궁 위에 내리는 듯했다.

그러나 공명은 자신의 공은 기억에서 지웠다.

관리들에게 명해 종군 중에 전사하거나 부상당한 자들의 가족을 찾아가 빠짐없이 이들을 위로하게 하고 시간이 나면 오랫동안 가보지 못한 농촌에 가서 올해의 작황을 알아보고 마을의 노인과 성실하게 농사짓는 농부의 안부를 물었다. 또 효자를 표창하고 탐관오리를 징벌하고 조세의 과소를 바로잡는 등 모든 정사를 마음을 쏟아 행했기 때문에 도시, 지방 할 것 없이 이 나라야말로 낙토안민의 모습을 지상에 구현한 것이라고 그의 덕을 칭송하지 않는 사람이 없었다.

대위 황제 조비의 태자 조예曹叡의 뛰어난 재능은 최근 위나라에서 화제가 되고 있었다. 태자는 아직 열다섯 살이었다.

어머니는 견씨의 딸이었다. 경국지색이라고 불리며 처음에는 원소의 차남 원희의 부인이었지만, 전쟁에서 패한 후 조비의 아내가 되어 나중에 태자 조예를 낳은 것이었다.

그러나 조예에게 불행이 찾아왔다. 아버지 조비의 사랑이 어머니 견씨에게서 곽 귀비에게로 옮겨갔기 때문이다.

곽 귀비는 곽영郭永의 딸로 그녀의 용모는 위나라에서 누구도 따를 자가 없었다. 그래서 세상 사람들이 여자 중의 왕이라 칭했고 위궁에 들어오고 나서는 '여왕 곽 귀비'라고 불렸다.

그러나 마음은 용모처럼 아름답지 않았다. 견 황후를 제거하기 위해 장도張韜라는 조정의 신하와 작당하고 오동나무 인형에 황제의 생년월일을 적고 또 몇 년 몇 월에 땅에 묻힌다는 주문을 적어 일부러 조비의 눈에 띄는 곳에 버렸다.

조비는 이에 속아 끝내 견 황후를 폐하고 말았다.

그래서 태자 조예는 어린 시절부터 이 곽 여왕의 손에서 자라며 고생이 심했지만 천성이 쾌활하여 조금도 우울해하지 않았다. 특히 궁마에는 천재적인 재능이 있었다.

이른 봄, 조비는 신하들을 이끌고 사냥을 나갔다. 암사슴 한 마리를 발견한 조비가 화살을 쏘아 달아나는 사슴을 맞혔다. 어미 사슴이 화살에 맞아 쓰러지자 새끼 사슴은 조예가 타고 있는 말의 배 아래로 도망쳐와 몸을 웅크리고 숨었다.

이를 본 조비가 소리쳤다.

"조예, 어째서 활을 쏘지 않느냐? 아니, 어째서 검으로 베지 않는 것이냐? 새끼 사슴이 네가 타고 있는 말 아래에 있는데."

그러자 조예가 눈물을 글썽이며 말했다.

"지금 아바마마께서 어미 사슴을 쏘아 맞혔을 때도 가슴이 아팠습니다. 그런데 어찌 그 새끼 사슴을 죽일 수 있겠습니까?"

그는 활을 내던지고 엉엉 울기 시작했다.

'아아, 이 아이는 인자하고 덕이 있는 군주가 되겠구나.'

조비는 오히려 기뻐하며 그를 제공齊公으로 봉했다.

조비는 그해 여름 5월 상한傷寒(추위로 인해 생기는 병의 총칭. 감기, 급성 열병, 폐렴 등)을 앓다가 세상을 뜨고 말았다. 아직 마흔이라는 젊은 나이였다.

||| 二 |||

유언에 따라 조비가 생전에 아끼던 태자 조예가 위나라의 다음 황제가 되었다. 이것은 가복전嘉福殿의 약속에 의한 것이었다. 가복전의 약속이란 조비가 위독했을 때 세 명의 중신을 머리맡에 불러 유언을 전한 것이다.

"어리지만 내 아들 조예야말로 어질고 영특하여 능히 대위의 대통을 이을 것이오. 경들도 합심하여 그를 도와 과인의 뜻을 거역하는 일이 없도록 하시오."

"맹세코 말씀대로 하겠습니다."

세 중신도 맹세했다.

머리맡에 불려간 중신은 다음의 세 사람이었다.

중군대장군中軍大將軍 조진曹眞.

진군대장군鎭軍大將軍 진군陳群.

무군대장군撫軍大將軍 사마의 중달司馬懿仲達.

이에 의거하여 세 중신은 조예를 후주로 받들고 또 조비에게는 문제文帝라는 시호를 바치고 견씨에게는 문소 황후文昭皇后라는 칭호를 바쳤다.

자연히 위궁의 측신들과 일족의 관직에도 개혁의 바람이 불었다. 우선 종요鍾繇를 태부太傅로 삼고 조진은 대장군, 조휴는 대사마가 되었다. 그 외에 왕랑을 사도司徒, 진군을 사공司空, 화흠을 대위大尉로 임명했고, 또 다수의 문관과 무관에 대해서도 직위 수여와 진급이 행해졌으며 대사면령이 내려졌다.

여기서 문제는 사마의 중달이 표기장군驃騎將軍에 취임한 것이었다. 그는 그 무렵 서량을 지킬 사람이 없다는 것을 알고 있었기에 스스로 표문을 올려 신청했다.

"신에게 서량의 수비를 맡겨주십시오."

서량은 북쪽 오랑캐의 경계와 가깝고 도회지와는 비교가 안 될 정도로 낙후된 변경이다. 일찍이 마등과 마초가 출현한 곳으로 난이 잦아서 다스리기 어려운 곳이었다. 자진해서 그곳을 다스리고 싶다는 사마의의 부탁에 황제는 두말할 것도 없이 허락했고 중신들도 특이한 사람이라고만 생각할 뿐 아무도 반대하는 사람이 없었다. 때문에 조정은 그에게 '서량의 병마제독兵馬提督'이라는 관직을 내리고 인수를 건넸다.

"이제 한시름 놓을 수 있겠군."

사마의 중달은 북쪽을 향해 말을 달렸다. 실로 오랜만에 좁은 새장에서 벗어나 푸른 하늘로 나온 것 같은 기분이었다.

조조 때 관직에 올랐으니 궁중의 중신들 틈에 너무 오래 있었다. 그의 성격상 그런 연못 안에서는 오랫동안 있을 수 없는 모양이다.

촉나라의 세작은 벌써 소식을 듣고 즉시 이 사실을 성도에 보고했다. 촉나라의 신하들 중에는 누구도 이를 특별하게 생각하는 사람이 없었다.

"아, 중달이 서량으로 갔구나."

그 정도의 관심밖에 없었다. 그러나 이 소식을 듣고 소스라치게 놀라 입을 굳게 다문 사람이 있었다. 다름 아닌 공명이었다.

아니, 또 한 사람, 그와 마찬가지로 놀라서 즉시 승상부로 온 이가 있었다. 젊은 마속이었다.

"들으셨습니까?"

"어제 알았네."

"하내온 사람, 이름은 사마의, 자는 중달. 그는 위 일국의 인물이라기보다는 당대의 영웅이라고 저는 보고 있습니다만."

"훗날 우리 촉에 근심이 될 사람이 있다면 아마도 그 사람이겠지. 위제의 대통을 조예가 이은 것 따위는 신경 쓸 것도 없지만."

"저도 승상과 같은 마음입니다. 중달의 서량 부임은 간과할 수 없습니다."

"이참에 공격할까?"

"안 됩니다. 승상, 남만 원정을 다녀온 지 아직 얼마 지나지도 않았습니다. 이 점을 고려하셔야 합니다. 저에게 맡겨주십시오. 조예를 속여 병사들을 쓰지 않고 사마의를 죽음으로 몰아넣겠습니다."

젊은 마속은 큰소리쳤다. 공명은 마속의 얼굴을 바라보았다.

출사표

| | |　一　| | |

마속이 말을 이었다.

"무슨 이유에선지 사마의는 능력에 비해 오랫동안 위나라를 섬기면서도 위나라에서는 중용되지 않았습니다. 그가 조조의 밑에 들어가 도서료圖書寮에서 근무한 것은 약관 스무 살 전후라고 들었습니다. 조조, 조비, 조예 등 삼 대를 섬겨온 신하로서 지금 그의 위치는 너무도 적막하지 않습니까?"

공명은 가만히 마속을 바라보았다. 마속은 이렇게 전제하고 나서 자신의 계책을 공명에게 말했다.

"사마의는 자청해서 서량주로 부임했습니다. 분명 그의 마음에는 위나라의 중심부에서 몸을 피하고 싶은 이유가 있을 것입니다. 당연히 위나라의 중신들은 사마의의 행동을 언짢게 생각하며 분명 의심하고 있을 것입니다. 그런 까닭에 사마의 중달에게 모반의 조짐이 있다고 세상에 소문을 퍼뜨리는 동시에 각 지방에 거짓 회문을 보내면 위나라 조정은 이에 미혹되어 사마의를 죽이든지 관직을 삭탈하고 변경으로 내쫓을 것입니다."

그의 계획은 공명의 생각과 일치했다. 공명은 그의 헌언을 받아들여 은밀히 그 계책을 실행했다. 즉, 적국 내부에 유언비어를 퍼뜨리는 계책이었다. 나그네나 밀정을 이용하고, 연고가 있는 집에서 집으로, 아녀자의 입에서 입으로 퍼지게 하는 등 이 일에 모든 것이 통로로 이용되었다.

한편, 거짓 격문도 만들어 각 주의 무문武門에 발송했다. 예상대로 사마의에 대한 온갖 험담이 세상에 떠도는 가운데 이 격문 한 통이 낙양 업성의 문을 지키는 관리의 손에 들어갔고 그것이 또 즉시 궁문으로 상달되었다.

격문의 내용은 과격한 문구로 가득 차 있었다. 위나라 삼 대에 걸친 죄상을 열거하고 불만을 품고 있는 자들에게 위나라 조정의 타도를 선동했다.

"이것이 진정 사마의가 쓴 격문일까요?"

낯빛이 하얘진 조예는 여전히 믿을 수 없다는 듯 중신들과의 비밀회의에서 이렇게 물었다. 대위 화흠이 엎드려 대답했다.

"전에 사마의가 무슨 생각으로 서량 땅을 다스리고 싶다고 청했는지 궁금했습니다만, 이로써 신들은 그의 뜻을 알 수 있을 것 같사옵니다."

"허나 사마의에게 역심을 품게 할 만한 일을 한 기억이 없어요. 대체 그는 무엇이 원망스러워서 위나라를 배반할 마음을 먹은 걸까요?"

"그것은 이미 태조 무제(조조의 시호)께서 벌써 간파하고 말씀하셨사옵니다. '사마의는 매와 같이 보고 승냥이 같이 돌아본다.'라고. 하여 무제께서 계실 때는 서고의 문서 등을 정리하는 한직에 두고 병마에 관한 일은 일체 맡기지 않았사옵니다. 만약 그에게 병권을 부여하면 오히려 국익에 해가 되는 자라고 생각하셨기 때문이옵니다."

왕랑도 사견을 말했다.

"지금 화흠이 아뢴 대로 사마의는 약관부터 병법을 깊이 연구하고, 군기軍機와 병법을 알고 있으면서 선제 때도 조심하며 시치미 떼고 있다가 지금 아직 연소하신 폐하께서 즉위하신 것을 기회로 비로소 매와 같은 성격을 드러내 승냥이처럼 서량에서 격문을 날려 오랫동안 품어온 야망을 이루려는 것이라 사료되옵니다. 한시라도 빨리 정벌하지 않으면 결국 요원의 불길이 될 것입니다."

조예는 아직 나이가 어려서인지 신하들의 의견을 듣고도 여전히 망설이며 결단을 내리지 못했다. 그러던 중에 일족인 조진이 말했다.

"설마 그럴 리가 있겠습니까? 만약 경솔하게 처벌하여 그것이 진실이 아닐 경우 군신간에 소요를 자초하게 될 것이옵니다."

그의 반대도 온당하다는 판단에 결국 한나라의 고조가 운몽雲夢에 행차했을 때의 옛 지혜를 모방하여 위제가 친히 안읍安邑으로 가서 마중하러 나온 사마의의 기색을 살펴 그에게 모반의 기색이 보이면 그 자리에서 포박해버리는 것으로 의견이 모아졌다.

이윽고 행차 날이 되었다. 명령에 의해 사마의 중달은 서량의 병마 수만 명을 화려하게 치장하고 위제의 수레를 안읍에서 마중하기 위해 출발했다. 그러자 누가 말을 꺼냈는지 "사마의가 10만의 군사를 이끌고 이쪽으로 진격해오고 있다."는 말이 돌아 신하들은 동요하고 황제의 안색도 변했다. 가는 곳마다 인심은 흉흉하고 풍설이 난무했다.

||| 二 |||

아무것도 모르는 사마의 중달은 수만 명의 병사를 이끌고 안읍으로 들어왔다. 그러자 즉시 철갑으로 살벌하게 무장한 조휴의 병사들이 길을 막으며 말했다.

"지나갈 수 없다."

동시에 조휴도 말을 몰고 나와 호통쳤다.

"잘 들어라, 중달. 너는 선제로부터 친히 어린 황제를 부탁하는 유언을 받은 사람 중 한 명이 아니냐? 어찌 모반을 꾀한단 말이냐? 거기서 한 발짝이라도 발을 들인다면 따끔한 맛을 보여주겠다."

중달은 깜짝 놀라서 그것은 촉의 계책에 지나지 않는다며 소리 높여 외쳤다. 그리고 말에서 내려 검을 버리고 수만 명의 병사를 뒤로 한 채 단신으로 조휴를 따라갔다.

"자세한 것은 천자를 만나 직접 말씀드리겠소."

그리고 위제의 가마 앞에 다다르자 그는 땅에 엎드려 말도 안 되는 일이라고 눈물로 호소했다.

"신이 서량에 오고자 한 것은 결코 사심이나 사욕 때문이 아니옵니다. 그 땅의 중요성을 생각해서 은밀히 촉에 대비하기 위해서입니다. 부디 조금만 더 지켜봐주시옵소서. 반드시 촉을 토벌하고 이어서 오를 멸망시켜 삼 대의 군은君恩에 보답할 것을 맹세합니다."

그 신묘한 모습에 조예는 마음이 움직였지만, 화흠과 왕랑 등은 쉽게 믿으려 하지 않았다.

'그는 매이고 승냥이다.'

이런 생각으로 바라보았기 때문에 어쨌거나 처분을 기다리라며 중달을 대기시킨 후 어린 황제를 중심으로 비밀 회의를 열었다. 처음부터 화흠과 왕랑의 말이 결정적인 역할을 하리라는 것은 말할 필요도 없을 것이다. 즉시 이런 결정이 내려졌다.

"요컨대 사마의에게 병마를 가질 수 있는 지위를 준 것부터가 잘못이었다. 세상에 온갖 억측이 난무하고 이런 불온한 문제가 생기는 원인이기도 하다. 발톱 없는 매로 만들어서 들판에 풀어주는 것이 좋다. 이는 한나라 문제文帝가 주발周勃을 처리한 예다."

칙명에 의해 사마의 중달은 관직에서 파면당하고 그 자리에서 고향으로 돌려보내졌다. 그리고 그가 남긴 옹량雍凉의 군마는 조휴가 넘겨받았다.

이 일은 촉나라의 세작에 의해 즉시 성도에 보고되었다. 공명은 어떤 일이든 자신의 감정을 좀처럼 드러내지 않는 사람이지만 이 보고를 들었을 때만은 "중달이 서량에 있는 동안은 아무래도 뜻을 펴기 어려울 것이라고 단념하고 있었는데 지금은 아무 걱정이 없구나."라며 몹시 기뻐했다고 한다.

그는 승상부의 관저에 틀어박혀 며칠 동안 문을 닫아걸고 손님의 방문조차 일체 사절하고 있었다. 위나라의 5로 진공으로 국난에 빠지기 전에도 역시 이 문을 닫아걸었던 적이 있었으나 이번에는 그때처럼 그의 모습을 후원의 연못 근처에서도 볼 수 없었다.

며칠을 생각하던 그가 어느 날 밤 목욕재계한 후 촛불을 밝히고 후주 유선에게 바치는 글을 쓰기 시작했다. 유명한 '전출사표'가 실은 이때 쓰인 것이었다.

그는 지금 북벌을 단행하려는 결심을 굳힌 듯했다. 한 구절, 한 문장 심혈을 기울여 썼다. 미사여구를 고심하는 것이 아니라 이른바 마음 가득한 충절과 국가의 백년지계를 기술하려는 것이었다.

글 속에는 우선 황제로서 후주가 행해야 할 왕덕을 설명하고 더불어 천하의 정세를 논한 후 촉이 현재 처한 상황을 기술했다. 충신의 이름을 적고 신임할 것을 권하고, 선제 유비와 자신의 오랜 인연과 친분을 돌아보았다. 붓이 여기에 이르니 종이 위에 흘러내린 눈물로 얼룩진 것을 볼 수 있었다.

출사표는 장문이었다.

신 제갈량 아뢰나이다.

선제께서 창업하신 뜻의 절반도 이루지 못한 채 중도에 붕어하시고, 지금 천하는 셋으로 나뉘어 익주가 매우 피폐하니 실로 존망이 달린 위급한 시기이옵니다. 하오나 폐하를 모시는 신하들이 안에서 자신들의 소임을 게을리하지 않고 충성스러운 무사들이 밖에서 자신들의 몸을 돌보지 않고 애쓰는 것은 선제의 각별하신 은총을 입어 이것을 폐하께 갚고자 하기 때문이옵니다. 폐하께서는 마땅히 충언에 귀를 크게 열고 선제의 유덕을 빛내시며 뜻있는 선비의 의기를 드높여주소서. 망령되이 스스로 덕이 박하고 재주가 부족하다고 여기셔서 그릇된 비유를 들어 대의를 잃으셔서는 아니 되며, 충간의 길을 막아서는 아니 되옵나이다.

첫머리는 우선 어린 황제에게 훈계하는 내용이었다.

||| 三 |||

궁중(황제)과 부중府中(신하들)이 다 함께 한뜻이 되어 잘한 일을

상주고 잘못한 일을 벌하는 데 다름이 있어서는 아니 될 것이요, 만일 간사한 짓을 저질러 죄를 범한 자나 충성스럽고 선한 일을 행한 자가 있으면 마땅히 각 부서에 맡겨 그 형벌과 상을 논함으로써 폐하의 공평함과 명명백백한 다스림을 더욱 빛나게 하시고, 사사로움에 치우쳐 안팎으로 법을 달리해서는 아니 되옵나이다.

그리고 이렇게 국가의 대강령을 말한 후 사직의 인재를 열거했다.

시중侍中 곽유지郭攸之와 비위費禕, 시랑侍郞 동윤董允 등은 모두 선량하고 성실하며 그 뜻과 생각이 충성스럽고 순수하여 선제께서 뽑아 폐하께 남겨주신 인재들이옵니다. 어리석은 신이 생각건대 궁중의 크고 작은 일들을 모두 그들에게 물어보신 후에 시행하시면 부족하거나 빠진 것을 채우고 보충할 수 있어 널리 이로울 것이옵니다. 장군 상총尙寵은 성품과 행실이 바르고 군사軍事에 밝은지라 일찍이 선제께서도 그를 시험삼아 쓰신 뒤에 능력이 뛰어나다 하셨기에 중의를 모아 그를 천거하여 도독으로 삼았사옵니다. 어리석은 신이 생각건대 진중의 크고 작은 일들은 그에게 물어 결정하시면 반드시 군사들 간에 화목할 것이고 뛰어난 자와 부족한 자가 모두 적재적소에서 맡은 바 임무를 다할 것이옵니다.

어진 신하를 가까이하고 소인배를 멀리했던 것이 전한이 흥한 이유이옵니다. 소인배를 가까이하고 어진 이들을 멀리한 것이 후한이 기운 이유이옵니다. 선제께서는 생전에 신들과 이런 이야기를 나누시면서 일찍이 환제와 영제 때의 일에 대해 통탄을 금치 못하셨나이다. 시중과 상서, 장사長史와 참군參軍 이들은 모두 곧고 어질며 죽음으로 절개를 지킬 신하들이니 원컨대 폐하께서는 이들을 가까이하시어 믿고 쓰신다면 한실의 부흥을 기대할 수 있을 것이옵니다.

공명은 자신이 선제 유비와 서로 알게 된 계기를 회상하며 써내려가면서 뜨거운 눈물을 흘렸다.

신은 본디 미천한 백성으로 남양 땅에서 손수 논밭을 갈며 난세에 목숨을 보존하고자 했을 뿐 제후를 찾아 영달을 구할 생각은 없었사옵니다. 하오나 선제께서 신의 미천함을 상관하지 않으시고 황공하옵게도 스스로 몸을 낮춰 세 차례나 신의 초려를 찾아오시어 당세의 일을 하문하시니 신은 이에 감격하여 마침내 선제를 위해 몸을 아끼지 않으리라 결심하고 응하였나이다. 그 후 국운이 기울어 전쟁에 패하는 어려움 속에서 소임을 맡아 동분서주해온 지 어언 스물한 해가 되었사옵니다.

선제께서는 신이 삼가고 신중한 것을 아시고 붕어하실 때 신에게 대사를 맡기셨나이다. 명을 받든 이래로 밤낮으로 근심하고 탄식하며 혹시나 그 부탁하신 바를 이루지 못하여 선제의 밝으신 덕을 손상시키지 않을까 두려워하던 끝에 지난 5월에 노수를 건너 불모의 땅으로 깊숙이 들어갔사옵니다. 이제 남방은 평정되고, 병기와 갑옷도 넉넉하니 마땅히 삼군을 이끌고 북중원을 평정해야 할 것이옵니다. 원컨대 부족하나마 있는 힘을 다하여 간사하고 흉악한 무리를 쳐 없애고 다시 한 황실을 일으켜 옛 도성으로 돌아가고자 하옵니다. 이는 신이 선제의 은혜에 보답하고 폐하께 충성을 다하는 길이옵니다.

공명은 여기서 국가가 가야 할 곳을 명시하고 있다. 그리고 그것을 완수하는 것이 신하의 소임이며 촉의 대이상大理想이라고 말하고 있다. 즉, 그것은 한나라 황실의 부흥과 옛 땅으로의 환도, 이 두 가지의 실현이다. 그러기 위해서는 신하들의 헌신은 물론 황제 스스로도 어려움을 이겨내고 황제의 덕을 드러낼 각오를 해야 한다고 마치 아버지 같은 큰 사랑과 신하로서의 정으로 가르치고 있었다.

손익을 헤아려 폐하께 충언하는 일은 이제 곽유지, 비위, 동윤 등의 소임이니 원컨대 폐하께서는 신에게 도적을 토벌하고 한 황실을 부흥시키는 일을 맡겨주시옵소서. 공을 세우지 못하거든 신의 죄를 다스리시어 선제의 영전에 고하시옵소서. 만약 덕을 세울 만한 충언이 올라오지 않거든 곽유지, 비위, 동윤 등을 꾸짖어 그 태만을 세상에 알리시옵소서. 폐하께서도 마땅히 스스로 헤아리시어 옳은 길을 취하시고 신하들의 바른 말을 받아들이시어 선제께서 남기신 뜻을 좇으시옵소서.

신은 선제께 입은 은혜에 감격하여 지금 멀리 원정길에 오르고자 출사표를 올리매 눈물이 앞을 가려 무슨 말씀을 드려야 할지 모르겠나이다.

출사표의 전문全文은 여기서 끝이다. 아마도 그는 붓을 놓는 동시에 문자 그대로 선제 유비가 남긴 부탁에 대해서 한동안 눈을 감고 생각했을 것이다. 그리고 다시 그 맹세를 새롭게 다졌을 것이다. 그의 나이 47세, 때는 촉의 건흥 5년(227)이었다.

||| 四 |||

공명은 문을 나섰다. 오랜만에 집에서 나와 조정에 출사한 그는 황제 앞에 엎드려 출사표를 바쳤다.

후주 유선은 출사표를 보고 진심으로 말했다.

"상부相父, 상부가 남방을 평정하고 돌아온 지 1년여밖에 지나지 않았습니다. 그런데 지금 또 전보다 더 많은 군사를 이끌고 원정길에 오른다니 몸에 무리가 가지 않겠소? 벌써 상부도 쉰에 가까운 나이이니 나라를 위해서 조금 한가함을 즐기며 건강에 유의해주세요."

공명은 감격하여 눈물을 흘렸다.

"감사한 말씀입니다만 신이 선제로부터 어린 황제를 부탁하신다는 유조를 받은 이상 신의 마음은 그것을 이루기 전에는 자도 편치 않고 휴가를 얻어도 한가함을 즐길 기분이 들지 않사옵니다. 몸에는 아직 병이 없고 나이도 쉰 전이니 지금 그 임무를 다해야 하옵니다. 나이가 든 후에는 마음은 원해도 몸이 따르지 않을 것이옵니다. 너무 심려치 마시옵소서."

공명은 그저 위로의 말만 전한 후 일단 물러갔다. 그런데 출사표에 거론된 공명의 '북벌 단행'은 후주 유선만의 근심에 그치지 않고 촉나라 조정을 갑자기 불안에 휩싸이게 했다. 왜냐하면 촉한 땅은 선제 유비가 다스린 이래 아직 국가로서의 역사가 짧고 계속

된 군역으로 위나라나 오나라와 같은 강대국과 대립할 정도의 실력을 갖추지 못했기 때문이다.

재작년 남만 평정에 쏟아부은 물자와 인원만으로도 재무를 담당하는 관리들조차 한때 속으로 '더는 안 되겠어. 앞으로 어떻게 될까?'라며 피폐해진 국고에 조바심을 낼 정도였다. 다행히 원정군이 대승을 거둔 보상으로 받은 소와 말, 금은, 서각犀角 등 엄청난 남방 물자의 유입에 의해 크게 국력을 신장시킬 수 있었으나 그것도 아직 1년 반밖에는 지나지 않았다.

"이런 상황에서 또 위나라를 친다는 대망은 거의 무모한 거사라고밖에는 말할 수 없을 것이오."

당연히 촉나라 조정 안에서는 이런 논의가 벌어지고 있었다.

승상 공명의 결의에서 나온 것이었기에 출사표에 대해 대놓고 반대하는 사람은 없었다. 그러나 후주 유선을 둘러싸고 소극론이 꽤 큰 목소리를 내고 있었다.

"도저히 승산이 없는 전쟁이오."

"어쩔 수 없이 위나라의 침략을 막기 위해서라면 몰라도, 위나라도 지금 조비가 죽고 어린 조예가 황제의 자리에 올라 전쟁을 꺼리고 있는 판국인데 우리가 먼저 출사한다니 그 뜻을 모르겠소."

이러한 소극론을 펼치는 사람들이 가장 우려하는 점은 병력 부족과 전쟁 수행에 필요한 재원을 모으는 것이었다. 촉의 호적부에 근거하여 촉, 위, 오의 호수를 비교해보면 촉은 위의 3분의 1, 오의 절반밖에 되지 않았다.

그리고 인구 밀도를 보면 위의 5분의 1, 오의 3분의 1 정도밖에는 사람이 살고 있지 않았다. 또 개발된 모습이나 그 지세가 수비에는 유리하지만 문화적으로는 뒤처져 있다는 것을 알 수 있으며 상비군 수도 위나 오와 비교도 되지 않을 만큼 빈약했다.

게다가 후주 유선은 등극한 지 4년, 스물한 살이 되었지만 명군名君이라고는 할 수 없었다. 아버지 유비처럼 유능하지 못하고 무엇보다 고생을 모르고 자랐다.

"이런 사실을 누구보다도 소상히 알고 계실 텐데 승상은 무슨 생각으로 지금 이와 같은 대군을 일으키려 한단 말인가."

사람들은 모두 공명에게 복종하고 있었으나 여전히 공명의 진의를 알고 싶어 했다.

||| 五 |||

알 사람은 알겠지.

이것이 공명의 마음이었을 것이다.

그러나 어느 날 밤 불안해하는 모든 신하들을 대표라도 하듯 공명에게 간언하러 온 태사 초주譙周를 타이르는 그의 태도는 지극히 자상하고 친절했다.

"지금입니다. 지금이 바로 북위를 칠 때요. 위나라는 원래 천연자원이 풍부하고 비옥하여 인마가 강하고, 조조 이래 삼 대, 마침내 대국의 면모를 갖추기 시작했소. 이를 빨리 치지 않으면 도저히 무너뜨릴 수 없을 뿐만 아니라 우리 촉은 자멸할 수밖에 없을 것이오."

그는 우선 하늘의 때를 설명하고 더 나아가서 자국의 방비에 대해 말했다.

"우리 촉은 아직 약소하오. 천하의 13개 주 중에서 촉이 온전히 영유하고 있는 땅은 익주 하나밖에 없으니 면적상으로도 위는 물론 오와도 비교가 되지 않소. 따라서 병사도 부족하고 군수물자도 그들과 비교가 되지 않는 것은 어쩔 수 없는 일이오. 그러나 안심하세요. 약간의 승산은 있으니까."

그는 장부를 꺼내 아직 누구에게도 밝히지 않은 비밀 예비군이 있다는 사실을 비로소 털어놓았다. 그것은 형주 시절 이래로 꾸준히 녹을 보내며 영외의 여러 곳에서 양성해둔 낭인 부대와 남방을 비롯한 이국 땅에서 모집해 지난 1년간 조운과 마충 등이 훈련시킨 외인부대였다. 외인부대는 특히 그 병력을 연노대連弩隊, 폭뢰대爆雷隊, 비창대飛槍隊, 천마대天馬隊, 토목대土木隊의 5부로 편제하여 기동작전을 수행할 수 있도록 충분히 훈련시켜놓았다. 따라서 이들은 적이 예상하지 못한 부대이기 때문에 적의 작전에 혼란을 일으킬 것이라고 설명했다.

또 재원 조달에 대해서는 이렇게 말했다.

"북벌의 대망은 결코 최근에 갑자기 품은 것이 아니라 불초가 선제의 부탁을 받았을 때부터 계획했던 일이오. 그래서 나는 그 근본적인 힘이 무엇보다도 농사에 있다고 보고 대사농大司農, 도농督農의 관제를 두고 농업 진흥에 힘을 쏟은 결과 매년 군역에 동원되고도 국내의 농업에는 아직 충분한 여력이 있소. 또 전부田賦, 호세戶稅 외에 수년간 '소금'과 '철'을 나라에서 관리해왔소. 우리 촉의 천연소금과 철은 실로 천혜의 산물이라고 해도 좋을 것이오. 이러한 국가 경제를 기반으로 촉은 중원으로 진출할 날의 재원을 마련할 것이오."

그는 그동안의 고심을 진지하게 술회했다. 그가 평소 국가 경제를 튼실히 하기 위해 세심하게 준비했다는 것을 알 수 있는 또 다른 예로는 성도나 농촌의 부녀자들에게 비단을 짜게 한 것도 있다. 최근에는 특히 이 비단의 증산을 장려하여 남방과 서량의 오랑캐에게도 수출하고 비단에 한해서는 적국인 위나 오에 파는 일에도 큰 편의를 봐주었다. 그리고 그 대신 중요한 물자를 끊임없이 국내로 들여오게 했는데, 이 사실만 봐도 그가 얼마나 고심하며 경영했는지 알 수 있다.

간언하러 왔던 초주는 이런 고심과 준비에 대해 자세한 설명을 듣고는 한 마디도 못하고 돌아갈 수밖에 없었다. 때문에 조정 내의 불안은 물론 반대하는 소리도 없어졌을 뿐만 아니라 오히려 중원의 옛 도성으로 돌아가 옛날 한나라처럼 천하통일을 이룰 때가 머지않았다며 낙관하는 분위기마저 감돌았다.

"승상께 그 정도의 준비가 되어 있다면 분명 승리할 것이다. 아니, 반드시 이긴다."

아무것도 모르는 사람들이 낙관하며 경솔하게 승리를 꿈꿀 때 공명은 마음속으로 비장한 각오를 다졌다. 그는 결코 성공을 기대하지 않았다. 위나라의 강대함을 누구보다도 잘 알고 있었다. 그런 만큼 '내가 죽은 후에 누가 촉을 지킬 것인가, 내가 없으면 촉도 없다.'는 신념으로 목숨이 남아 있는 동안에 선제 유비에게 부탁받은 임무를 완수할 생각만 할 뿐이었다.

사람들에게는 말하지 않았지만, 유선의 자질이 아버지와 닮은 부분이 적다는 점도 걱정되었다.

또 위나라에는 조조 이래로 지금까지도 인재가 많다. 경영의 대재들, 진중의 영웅들이 적지 않다. 이에 반해 촉은 지금 관우와 장비도 없고, 황제는 젊으며 대부분의 조신이 평범했다. 이런 점도 공명의 마음을 더욱더 심란하게 했다.

그래도 그는 촉의 큰 꿈이 불가능하다고는 보지 않았다. 유비의 유조遺詔가 무리라고는 생각하지 않았다. 1,000여 글자의 출사표 속에 원망이 깃든 듯한 자구는, 그 말의 속뜻을 헤아려봐도, 전혀 없었다.

III 六 III

삼군의 출정 준비가 끝났다.

그동안 궁 내부에서 다소 복잡한 일이 있었지만, 국외에는 거의 아무런 정보도 누설하지 않았을 정도로 출정 준비는 신속하고 은밀히 진행되었다.

춘삼월, 병인의 날, 마침내 출정 명령이 떨어졌다.

"다녀오겠습니다."

작별 인사를 하기 위해 공명이 조정에 출사한 날, 후주 유선은 눈에 눈물을 머금고 다정하게 말했다.

"상부, 항상 건강에 유의하세요."

유선의 모습을 바라보고 있을 때도 공명의 뇌리에는 늘 선제 유비의 모습이 떠올랐다. 유선의 뒤에는 언제나 유비가 있다고 믿고 있었다.

"염려하지 마시옵소서. 설령 소신이 5년이나 10년 동안 자리를 비운다고 해도 폐하의 곁에는 뛰어난 기량을 갖춘 충성된 신하들이 내외의 일을 보좌하고 있사옵니다."

공명은 상주하면서 옥좌의 좌우를 둘러보았다. 그에게 단 한 가지 걱정은 자신이 향하는 정벌의 길이 아니라 뒤에 남을 유선을 보좌하는 일과 내치였다. 때문에 그는 지난 열흘 동안 큰 결심을 하고 인사이동을 단행했다.

곽유지, 동윤, 비위 세 중신을 시중으로 삼고 이들에게 궁중의 모든 정무를 맡겼다. 또 어림군을 관장하는 사람으로는 상총을 근위대장으로 삼아 자신이 자리를 비운 촉을 부탁했다. 그리고 승상부의 일은 장예長裔에게 모든 것을 맡기고 그를 장사長史로 임명했으며 두경杜瓊을 간의대부諫議大夫, 두미杜微와 양홍楊洪을 상서에, 맹광孟光과 내민來敏을 제주祭酒에, 윤묵尹默과 이선李譔을 박사에, 초주를 태사에 임명했다. 그 외에 그가 평소 눈여겨봐둔 믿을 만한 자들을 문무 양쪽의 기구에 배치하고 자신이 없는 촉나라의 방비에 만전을 기했다.

지금 그가 황제 주위에 있는 자들을 둘러본 것은 그 조용한 눈동자로 그들에게 부디 후일을 잘 부탁한다는 작별 인사를 대신한 것이었다. 그리고 드디어 성도를 떠날 날이 되자 유선은 궁문을 나와 도문 밖에서 그를 전송했다.

삼군의 깃발이 봄바람에 휘날렸다. 승상부 앞에 모여 출정하는 병마의 편제를 보니 다음과 같은 순서였다.

전독부前督部 진북장군鎭北將軍 승상사마丞相司馬 위연魏延.

전군도독前軍都督 부풍태수扶風太守 장익張翼.

아문장牙門將 비장군裨將軍 왕평王平.

후군後軍 병사兵使(병마절도사) 여의呂義.

군량 수송 겸 좌군左軍 병사兵使 마대馬岱.

부장副將 비위장군飛衛將軍 요화廖化.

우군右軍 병사兵使 분위장군奮威將軍 마충馬忠.

무융장군撫戎將軍 관내후關內侯 장억張嶷.

행중군사行中軍師 거기대장군車騎大將軍 유염劉琰.

중장군中將軍 양무장군揚武將軍 등지鄧芝.

중참군中參軍 안원장군安遠將軍 마속馬謖.

전장군前將軍 도정후都亭侯 원침袁綝.

좌장군左將軍 고양후高陽侯 오의吳懿.

우장군右將軍 현도후玄都侯 고상高翔.

후장군後將軍 안락후安樂侯 오반吳班.

장사長史 수군장군綏軍將軍 양의楊儀.

전장군前將軍 정남장군征南將軍 유파劉巴.

전호군前護軍 편장군偏將軍 허윤許允.

좌호군左護軍 독신중랑장篤信中郎將 정함丁咸.

우호군右護軍 편장군偏將軍 유민劉敏.

후호군後護軍 홍군중랑장興軍中郎將 관옹官雝.

행참군行參軍 소무중랑장昭武中郎將 호제胡濟.

행참군行參軍 간의장군諫議將軍 염안閻晏.

행참군行參軍 비장군裨將軍 두의杜義.

무략중랑장武略中郎將 두기杜祺.

수융도위綏戎都尉 성발盛勃.

종사從事 무략중랑장武略中郎將 번기樊岐.

전군서기典軍書記 번건樊建.

승상령사丞相令史 동궐董厥.

장전좌호위사帳前左護衛使 용양장군龍驤將軍 관흥關興.

우호위사右護衛使 호익장군虎翼將軍 장포張苞.

이 중에서 한 명, 없어서는 안 될 인물이 빠져 있었다. 바로 유비 이래의 공신, 상산의 조자룡이었다.

||| 七 |||

이날 출정군 속에서 조운의 모습이 보이지 않은 것은 이런 이유 때문이었다.

장판교 이래의 영걸도 이제는 나이를 먹어 귀밑머리가 희끗희끗해졌다. 공명은 남방 정벌 때도 그가 늙은 몸을 이끌고 시종 잘 싸워준 것을 생각하여 일부러 이번 편성에서 제외시킨 것이었다. 그러나 조운은 그런 배려가 달갑지 않았을 뿐만 아니라 발표된 편제를 보자마자 '왜 내 이름이 없지? 이상하군.' 하고 승상부로 가서 공명에게 따져 물었다.

"내 입으로 말하는 것이 어떨까 싶소만 선제 때부터 전장에 나가 물러선 적이 없고 적을 추격할 때는 가장 먼저 달려갔던 조자룡이오. 나이가 들었다고는 하나 요즘 젊은이들에게도 뒤지지 않소. 대장부로 태어나 전장에서 죽는 것은 더할 나위 없는 영광이오. 승상은 이렇게 말하는 나의 만년을 고목처럼 그냥 썩게 내버려둘 생각이오?"

이 말에는 공명도 할 말이 없었다. 그래도 말린다면 지금 이 자리에서 스스로 목을 베어 죽겠다고도 했다.

"그렇게까지 가고자 한다면 말리지는 않겠소. 허나 내가 선택한 부장 한 명을 데리고 가시오."

"부장을 데리고 가는 건 이의가 없지. 그런데 누구 말입니까?"

"중감군中鑒軍 등지입니다."

"등지라면……."

조운은 흔쾌히 동의했다. 그래서 공명은 편제의 일부를 바꿔 조운과 등지에게 정병 5,000명을 내주고 따로 전투에 능한 장수 열 명을 붙여주며 전부前部 대선봉군大先鋒軍으로 삼아 대군이 출발하기 하루 전에 성도를 출발시켰다.

이와 같은 대규모의 군대가 국외로 떠나는 것은 성도에서는 처음 있는 일이었기 때문에 이날 백성들은 일을 쉬고 병사들을 환송했고, 황제 유선도 작별을 아쉬워하며 백관과 함께 북문 밖 10리까지 배웅했다.

삼군은 이미 성도의 시가를 떠나 교외에 접어들었으나 교외로 나와도 전원의 백성들이 단사호장簞食壺漿(도시락 밥과 병에 담은 음료수라는 뜻으로, 간소한 음식을 마련하여 군대를 환영함을 이르는 말)하여 병사들을 위로했다.

마을을 지나갈 때마다 길가와 들판, 논과 밭 가에서도 그들은 땅바닥에 엎드려 공명의 사륜거에 절했다. 시골 처녀들은 병사들에게 수수로 만든 단물을 따르고 노파는 쑥떡을 만들어 장졸들에게 주었다.

공명은 편안하게 바라보았다.

'여긴 이제 아무 근심도 없구나.'

위나라는 큰 충격을 받았다. 촉나라의 출사(출병)는 나라의 존망을 걸고 오는 것임을 알았기 때문이다. 게다가 지금 위나라 사람들은 공명의 이름을 듣는 것만으로도 전율을 일으켰다.

"누가 그를 막을 수 있겠소?"

위제 조예는 신하들에게 물었다. 신하들은 잠시 말이 없었다. 그때 자신이 막겠다며 일어선 자가 있었다. 사람들의 눈길이 일제히 그에게 향했다.

"오오, 하후연의 아들이구나."

안서진동장군安西鎭東將軍 겸 상서부마도위尙書附馬都尉 하후무夏侯楙, 자는 자휴子休.

그의 아버지는 무조武祖 조조의 공신으로 한중 전투에서 목숨을 잃었다. 지금 촉군이 목표로 삼아 오는 곳도 한중이다. 원한이 있는 그 전장에서 아버지의 넋을 위로하고 나라에 보답하는 것이 자식 된 도리라고 그는 지금 말하는 것이었다. 아버지가 죽은 후 어린 그는 숙부 하후돈의 손에서 자랐다. 나중에 조조가 그를 가엾게 여겨 자신의 딸과 짝을 지어주었기 때문에 사람들의 존중을 받아왔으나, 이윽고 그의 경박한 천성과 쪼잔한 성품이 드러나자 위군 사이에서는 그다지 인망을 얻지 못했다.

그러나 그 위치가 대장군의 자격에 부족함이 없었기 때문에 대신들의 중론도 이견이 없었고 황제 역시 그의 뜻을 장하게 여기며 관서의 군마 20만 마리를 주고 공명을 분쇄하라며 인수를 내렸다.

十 오장원

五丈原

중원을 향해

||| 一 |||

촉나라의 대군은 면양沔陽(섬서성陝西省 면현沔縣, 한중漢中의 서쪽)까지 진군했다. 여기까지 왔을 때 '위나라가 관서의 정병을 장안長安(섬서성 서안西安)에 포진시키고 거기에 총본영을 두었다.'는 정보가 확실해졌다.

소위 천하의 험지인 촉의 잔도棧道를 넘어 여기까지 나온 것만으로도 군마는 일단 지친다. 공명은 면양에 도착하자 장수들을 향해 말했다.

"이곳엔 죽은 마초馬超 장군의 묘가 있소. 지금 우리 촉군이 북벌에 나선 것을 보고 백골이 된 자신을 한스럽게 여길 것이오. 제사를 지내도록 합시다."

그는 마대를 제주祭主로 명하는 한편 그 기간에 병마를 쉬게 했다.

하루는 위연이 요청했다.

"승상, 저에게 5,000명의 병사를 내어주십시오. 이러고 있을 동안에 장안을 궤멸시키겠습니다."

"계책을 보고 판단하겠소."

"여기서 장안까지는 열흘 정도면 갈 수 있는 거리입니다. 만약 허락하신다면 진령秦嶺을 넘고 자오곡子午谷을 건너 적의 허를 찔러서 혼란에 빠뜨린 후 그들의 군량을 불태우겠습니다. 승상께서는 사곡斜谷에서 출발하여 함양咸陽으로 나가시면 위나라의 하후무 따위는 단숨에 무찌를 수 있을 것이라고 생각합니다만."

"안 되겠소."

공명은 수락하지 않았다. 그의 제안을 잡담처럼 흘려듣고 말했다.

"만일 적군 중에 지략을 갖춘 자가 있다면 병사들을 산속 험지에 매복시켜두고 기다릴 거요. 그렇게 되면 그대의 병사 5,000명은 한 사람도 살아 돌아오지 못할 것이오."

"하지만 대로로 진군했다간 위의 대군에 의해 더 큰 피해를 입을지도 모릅니다."

공명은 고개를 끄덕였다. 그렇다고 수긍하는 듯했다. 그러나 공명은 자신의 생각대로 진군시켰다. 농우隴右의 대로로 나가는 정공법을 취한 것이었다.

이는 위나라의 예상에서 완전히 벗어난 작전이었다. 공명이 지략을 잘 쓴다는 선입견 때문에 틀림없이 기묘한 전법을 취할 것이라고 믿고 다른 샛길에도 병력을 나누어 철저히 방비해두었는데 의외로 촉군이 당당하게 대로로 직진해온 것이었다.

"우선, 서강西羌의 병사들로 싸워보게 해야겠군."

하후무는 한덕韓德을 불렀다. 그는 이번에 위군이 장안을 본영으로 삼게 되자 서량의 강병羌兵 8만 명을 이끌고 공을 세우기 위해 참가한 외곽 군의 수장이었다.

"봉명산鳳鳴山으로 가서 촉의 선봉을 막아라. 이번 전투는 위와 촉의 첫 번째 전투이니 이후의 사기에도 영향을 미칠 것이다. 크게 공을 세우도록 하라."

하후무의 독려에 한덕은 분연히 일어났다.

그에게는 네 명의 아들이 있었다. 한영韓瑛, 한요韓瑤, 한경韓瓊, 한기韓琪가 그들이다. 모두 궁술과 마술에 능하고 힘이 장사였다.

'8만 명의 강병과 믿음직한 네 아들이 있으니 촉군을 충분히 무찌를 수 있다.'

그는 자신만만하게 전장으로 향했다. 그러나 이것이 하후무가 위나라 직계 병사들의 손실을 최소화하고 촉군의 선봉을 시험해 보기 위한 계책이라고는 꿈에도 몰랐다.

바라던 대로 촉군의 선봉과 봉명산 아래에서 맞닥뜨렸지만, 첫 전투에서 한덕은 네 아들을 모두 잃고 말았다.

상대는 촉의 노장 조운이었다.

장남 한영이 "조운을 봤다."고 군사들 사이에서 알려왔기 때문에 네 아들을 이끌고 조운의 목을 베러 추격했다. 이윽고 조운이 말 머리를 돌려 "애송이야, 원하는 것이 이것이냐?"라며 창을 한 번 휘둘러 한영을 찔러 죽였다.

"늙은 놈이!"

한경과 한요, 한기가 세 방면에서 협공했지만, 조운은 순식간에 한경과 한기마저 죽이고 유유히 발길을 돌려 돌아가기 시작했다. 혼자 남은 한요가 급히 쫓아가서 조운의 등을 향해 칼을 휘둘렀지만, 조운은 몸을 비켜 칼을 피하고 한요를 자신의 말안장 쪽으로 끌어당기더니 "아아, 죽이기도 귀찮다."라며 이번에는 그를 사로잡아서 돌아갔다.

실의에 빠진 한덕은 대패하고 장안으로 달아났다.

||| 二 |||

등지는 오늘의 승리를 축하한 후 조운에게 말했다.

"연세도 이미 칠순이 넘었는데 오늘 전장에서 젊은 장수 셋을 죽이고 한 명을 생포해오시다니, 젊은이를 능가하는 활약에 정말 놀랐습니다. 성도를 출발하기 전에 승상께서 뒤에 남으라고 한 것에 불만을 터뜨리신 것도 무리가 아니군요."

조운은 유쾌하게 웃었다.

"그런 일도 있고 해서 오늘 더 힘을 냈네. 그러나 이 정도의 공으로 만족할 내가 아니지. 아직 나의 실력은 나이를 먹지 않았어."

등지는 전황을 소상히 적어 우선 서전의 길보를 후진에 있는 공명에게 급히 보냈다. 그에 반해 위군의 사기는 말이 아니었다. 특히 도독 하후무는 크게 우려했다.

'한덕이 단번에 패한 것만 봐도 내가 적을 너무 가볍게 본 것 같군. 대군이 가서 적의 선봉을 깨부숴야겠다. 그렇지 않으면 적의 사기만 높여줄 우려가 있어.'

그는 대군을 이끌고 장안의 본영을 떠나 봉명산으로 진격했다. 과연 그는 위제의 고모부답게 귀공자다운 풍채였다. 찬란한 황금 투구를 쓰고 백마에 걸터앉아 날마다 깃발 아래에서 전장을 살피고 있는데, 적장 조운이 늙은 몸을 이끌고 늘 당당한 모습으로 오가는 것을 보고는 자신만만하게 큰소리쳤다.

"좋다, 내일은 내가 나가서 저 늙은 놈을 찔러 죽이고 말겠다."

그러자 뒤에 있던 한덕이 말했다.

"쉽지 않을 것입니다. 그는 제 아들을 넷이나 죽인 상산의 조자룡입니다. 어찌 당해낼 수 있겠습니까?"

"자식을 넷이나 잃었다면서 부모 된 자가 어찌 보고만 있는가?"

한덕은 고개를 숙였다.

"기회를 보고 있습니다만."

몹시 부끄러워하는 모습이었다.

이튿날 한덕은 커다란 도끼를 휘두르며 전장을 누볐다. 그리고 조운과 맞닥뜨리자마자 이름을 대고 싸움을 걸었지만 10합도 싸우기 전에 조운의 창에 찔리고 말았다.

부장 등지도 조운 못지않게 활약했다. 불과 나흘 동안의 전투에서 하후무의 군용은 반신불수가 될 정도였다. 하후무는 진용을 재정비하기 위해 전군을 20리 정도 후퇴시켰다.

"참으로 막강한 자더군."

하후무는 회의 자리에서 마치 남의 일처럼 조운의 무용을 칭찬했다. 위제의 금지옥엽인 만큼 의연하다고 해야 할지, 뭐라고 해야 할지 몰라 장수들은 그의 얼굴을 물끄러미 바라볼 뿐이었다.

"아니, 정말로 강하더군. 옛날 당양 장판교에서의 활약은 전부터 나도 듣고 있었지만, 아무리 영웅이라도 이미 칠순의 백발이 성성한 노인. 저렇게 강할 줄은 몰랐는데 한덕의 커다란 도끼도 그의 앞에서는 맥을 못 추는 것만 봐도 정말 무서운 무장이야. 촉군의 선봉을 깨뜨리기 위해서는 우선 그를 제거할 계책부터 세워야 할 텐데……."

회의는 이것을 중심으로 진행되었다. 계책을 세우고 위군은 다시 전진했다. 이에 조운이 "젖비린내 나는 하후무를 단박에 박살내겠다."며 선봉으로 달려나가려고 했다.

"조금 이상합니다."

등지가 말렸지만, 조운은 듣지 않고 달려나갔다.

그리고 가는 곳마다 승리를 거두었으나 돌아보니 퇴로가 끊겨 있었다. 즉, 이날 위군은 신위장군神威將軍 동희董禧, 정서장군征西將軍 설칙薛則에게 각각 2만의 병사를 주고 은밀히 매복시켜놓았던 것이다.

등지와도 헤어지고 부하들도 뿔뿔이 흩어진 가운데 조운은 해가 질 때까지 적에게 쫓기며 포위망에서 벗어나지 못했다.

높은 언덕에 하후무의 기수가 서서 그가 서쪽으로 달리면 깃발로 서쪽을 가리키고, 남쪽으로 달리면 깃발로 남쪽을 가리켰기 때문이다.

'아아, 내가 늙음에도 굴하지 않았건만 하늘이 결국 여기서 나에게 죽음을 내리는구나.'

말도 지치고 자신도 지쳐서 쓰러지듯이 나무 아래 있는 돌에 걸터앉았다. 그리고 떠오르는 달을 바라보며 개탄했다.

||| 三 |||

갑자기 돌이 빗발처럼 쏟아져 내렸다.

눈사태가 난 것처럼 커다란 바위가 데굴데굴 굴러떨어졌다.

"적인가?"

조운은 숨 돌릴 틈도 없이 다시 지친 말에 채찍질을 해 달리고 있는데 달빛이 밝은 들판에서 한 떼의 검은 군마가 다가왔다. 하얀 전포에 백은의 갑옷을 입은 장수는 조운도 낯이 익었다. 그는 정신없이 손을 흔들었다.

"어이, 장포가 아닌가?"

"아아, 노장군이시군요!"

"어떻게 여기까지 왔는가?"

"승상의 명령입니다. 얼마 전에 등지로부터 승전의 소식을 듣자마자 위험하다며 즉시 저희에게 지원하라는 명을 내리셨습니다."

"아아, 신의 통찰력이구나. 그런데 자네의 왼손에 있는 수급은?"

"오는 도중에 격파하고 취한 위나라 장수 설칙의 수급입니다."

씩 웃으며 달빛에 들어 보이는데, 또 반대 방향에서 한 부대가 바람처럼 달려왔다.

"아, 위군인가?"

"아니, 관흥인 듯합니다."

기다리고 있자 과연 관흥이 이끄는 부대였다. 관우의 유품인 청룡언월도를 들고 그 역시 안장에 수급 하나를 매달고 있었다.

"노장군을 지원하기 위해 이쪽으로 오는 도중에 앞을 가로막는 위군들을 물리치고 그 대장 동희라는 자의 머리를 가지고 왔습니다."

"이야, 형님도 베었소?"

"아우도 베었나?"

두 사람은 두 개의 수급을 견주어보며 달빛 아래에서 껄껄 웃었다.

조운은 눈물을 글썽이며 독려했다.

"참으로 장하구나. 이 늙은이의 목숨 따위는 대수롭지 않다. 동희와 설칙이 죽었으니 적진은 그야말로 궤멸 상태일 터. 이때를 놓쳐서는 안 된다. 나는 상관 말고 무너진 위군을 추격하여 하후무의 목까지 베도록 하라."

"알겠습니다."

"다녀오겠습니다."

두 사람은 병사들을 이끌고 쏜살같이 달려갔다.

조운은 그들의 뒷모습을 바라보며 중얼거렸다.

“아아, 많이 컸구나. 장 장군과 관 장군도 지하에서 웃고 있겠지. 생각해보면 저 둘은 나에게 조카나 다름없는 녀석들이다. 시대가 바뀌었어. 국가의 상장군이자 조정의 중신인 나도 나이를 먹으니 역시 젊은이들을 따라갈 수 없구나. 부끄럽다. 이젠 죽기에 좋은 장소나 찾아야겠어.”

그 역시 말에 채찍질을 해 뒤를 따랐다.

부장 등지도 어디선가 나타나 그들과 합류했고, 한때 뿔뿔이 흩어졌던 촉의 병사들도 여기저기서 함성을 지르며 모여들었다.

새벽부터 다음 날까지 위군은 멈출 줄을 모르고 패주했다.

하후무는 잠시도 버티지 못했다. 아버지 하후연과는 전혀 다른 귀족다운 면모를 지닌 그와 그의 부하들은 달아나는 모습까지 현란했다. 그는 남안군南安郡(감숙성 난주의 동쪽)의 성으로 들어가 그곳에서 각 방면의 군사들을 흡수하여 수비를 강화했다. 남안은 견고하기로 유명한 성이었다. 얼마 지나지 않아 속속 이곳에 도착한 조운과 관흥, 등지, 장포 등은 사방을 둘러싸고 수십 일을 밤낮없이 공격했지만, 돌담의 돌 하나 움직이지 못했다.

공명은 나중에 도착했다.

병사들은 많지 않았다. 이곳에 오기 전에 면양과 양평, 석성 방면에도 병력을 나누어 보내고 자신은 중군만을 이끌고 왔기 때문이다.

“내가 오길 잘했군. 만약 그대들에게 맡겨두었다면 위군은 반드시 다른 행동을 취했을 걸세. 즉 한편으로는 한중을 공격하고 다른 한편으로는 우리의 뒤를 공격했을 거야. 하마터면 그대들의 군대와 중군이 둘로 나뉠 뻔했어."

등지가 고했다.

"그랬을 것입니다. 하후무는 위나라의 부마니까요. 그런 만큼 하후무 한 명을 생포하는 것이 나머지 장수 100명, 200명을 잡는 것보다 나을 것입니다. 좋은 계책이 없겠습니까?"

"오늘은 쉬고 내일 유리한 지리적 조건을 살피도록 하겠네."

공명은 침착했다.

||| 四 |||

남안은 서쪽은 천수군天水郡과 이어지고 북쪽은 안정군安定郡과 통하는 험지에 있었다.

공명은 다음 날, 주변 일대의 지리를 꼼꼼히 살피며 돌아다녔다. 그리고 관흥과 장포를 유막에 불러 은밀히 계책을 일러주었다. 또 노련한 인물을 골라 가짜 사자로 꾸며서 그에게도 뭔가 지시를 내렸다. 준비가 끝나자 남안성을 공격하기 시작했다. 그리고 "잡목을 쌓고 화약을 써서 화공으로 성을 함락시키겠다."라는 유언비어를 퍼뜨려 적의 귀에 들어가게 했다.

하후무는 콧방귀를 뀌며 전혀 두려워하는 기색이 없었다.

"공명, 공명 하더니 별거 아니군."

남안의 북쪽인 이웃 군郡 안정성은 위나라 태수 최량崔諒이 맡고 있었다. 어느 날 사자 한 명이 와서 큰 소리로 외쳤다.

"나는 하후무 부마의 부하인 배서裴緖라는 사람인데 화급을 다투는 일이 있어서 사자로 왔으니 급히 태수께 고해주시오."

최량은 즉시 달려나와 물었다.

"무슨 일로 왔소?"

사자인 배서가 대답했다.

"남안이 위험합니다. 그래서 제가 사자로 천수와 안정 두 군에 이렇게 도움을 청하러 온 것입니다. 급히 군 내의 병사를 일으켜 공명의 배후를 치십시오. 그리고 귀군이 적의 배후를 치면 성안에서 신호의 불을 올려 안팎에서 촉군을 협공할 예정이니 부디 실수 없이 하십시오."

"알겠소. 그런데 하후무 부마의 친서는 가지고 왔소?"

"물론입니다."

배서는 땀에 젖은 속옷에서 흠뻑 젖은 격문을 꺼내 건넨 뒤 "지금 천수군의 태수에게도 같은 내용을 전하러 가야 합니다."라며 향응도 거절하고 즉시 말에 채찍질을 해서 떠났다.

가짜 사자라고는 꿈에도 생각하지 못하고 최량은 병사를 모아 출격할 준비를 하고 있는데 이틀 후 다시 사자 한 명이 와서 성문에 고했다.

"천수군의 태수 마준馬遵은 바로 출격하여 촉군의 배후에 와 있는데 안정성은 뭘 꾸물거리고 있는 것이오? 하후무 부마의 명령을 가벼이 여기는 것이오?"

부마는 위제의 고모부다. 최량은 겁을 먹고 서둘러 출격 준비를 했다. 그런데 성을 떠나 70리, 밤이 되자 전방의 하늘이 화염에 휩싸였다.

"무슨 일이지?"

척후병을 보내고 그 척후병의 생사도 모르는데 촉의 관흥 군이 맹진해왔다.

"벌써 적이?"

놀라서 후퇴하자 뒤에서 장포의 군대가 함성을 지르며 왔다. 최량의 전군은 지리멸렬되었고, 그는 얼마 안 되는 부하들과 함께 샛길을 우회하여 안정성으로 돌아갔다.

"아니, 저 깃발은?"

올려다보니 촉의 깃발만이 성 위에서 나부끼고 있었다. 성두에는 촉장 위연이 쏴라, 쏴라 하며 목이 쉬도록 병사들을 독려하고 있는 모습이 보였다.

"아뿔싸!"

이제야 적의 계책을 깨달은 최량은 몸을 피할 수밖에 없었다. 천수군을 향해 도망가는데 한 무리의 병마가 북을 울리며 앞을 막아서더니 수풀 속에서 윤건을 쓰고 학창의를 입은 공명이 사륜거 위에 단정히 앉아 다가오고 있었다.

최량은 눈앞이 캄캄했다. 낙마한 것처럼 말에서 뛰어내려 그대로 땅바닥에 납작 엎드렸다. 공명은 항복을 받아들여 그를 데리고 진으로 돌아갔다.

"남안에는 지금 하후무가 총대장이 되어 지휘하고 있는데, 그대와 남안 태수와는 어떤 교분이 있는가?"

"이웃 군이기도 해서 꽤 친합니다."

"그는 어떤 사람인가?"

"양부楊阜의 족제族弟로 이름은 양릉楊陵이며 저와도 형제처럼 지내고 있습니다."

"양릉은 그대를 신뢰하나?"

"물론 신뢰하고 있다고 생각합니다만."

"하면……."

공명은 가까이 다가와서 친밀하게 말했다.

"성안에 들어가 양릉에게 이해관계를 잘 설명하고 하후무를 생포해오게. 그것은 귀공뿐만 아니라 벗을 위하는 길이기도 하네."

||| 五 |||

최량은 고개를 떨구었다. 침통한 얼굴로 한동안 생각에 잠겨 있더니 이윽고 결심한 듯 말했다.

"가겠습니다. 명하신 것을 이루겠습니다."

"어려운 일이지만 일이 성사되면 포상을 내리겠네."

"그 대신 승상, 이곳의 포위를 풀어주십시오."

"좋아."

공명은 즉시 전군을 20리 밖으로 물렸다.

밀명을 받은 최량은 성으로 들어갔다. 그리고 남안 태수 양릉과 상의했다. 두 사람은 친한 벗이었다. 최량은 사실대로 벗에게 말했다.

"어리석은 소리 말게. 인제 와서 위나라의 은혜를 배신하고 촉나라에 항복할 수 없네. 오히려 자네가 그런 밀명을 받고 온 것을 다행으로 여기고 계략을 역으로 이용하여 공명에게 반격을 가하지 않겠나?"

애초에 최량도 그럴 생각이었다. 두 사람은 함께 하후무 앞으로 갔다. 하후무는 기뻐하며 어떤 계책으로 공명을 사로잡을지 의논했다.

양릉이 말했다.

"수고스럽겠지만 자네가 한 번 더 공명의 진중으로 돌아가서 이렇게 말하는 것이네. 양릉을 만나 항복을 권했다, 양릉도 촉나라에 항복할 생각은 있지만 성안에는 털어놓고 함께 일을 도모할 부하가 적기 때문에 경계가 삼엄한 하후무를 생포할 수 없다고 말일세."

"음, 좋은 생각이군. 그리고?"

"그러니 만약 단번에 일을 성사시키고 싶다면 공명이 직접 병사를 이끌고 성안으로 들어오라, 그러면 안에서 문을 열어 병사들을 맞아들이고 동시에 성안을 교란시켜 소동이 일어난 틈에 부마를 사로잡는 것은 간단한 일이라고 권하는 것이지. 물론 그를 유인하기만 하면 삶아 먹든 구워 먹든 공명의 운명은 이미 우리 손안에 있는 것이나 다름없네."

"묘하군, 묘해. 하늘이 내린 계책이야."

최량은 미리 작전을 짜고 성을 나왔다. 그리고 공명을 그 계책에 걸려들게 하기 위해 애썼다. 공명은 정말로 믿는 듯 그가 하는 말에 일일이 고개를 끄덕였다.

"그럼, 우선 그대와 함께 촉군에 온 100여 명의 항복병이 있으니 그들을 데리고 가면 어떻겠나? 그들은 원래 그대의 부하였으니 그대를 위해서라면 수족이 되어 목숨을 아끼지 않을 테니 말일세."

"좋습니다. 하지만 승상께서도 일개 부대를 이끌고 함께 성으로 가는 것이 어떻겠습니까? 단숨에 대사를 이루기 위해서 말입니다."

"호랑이 굴에 들어가지 않으면 호랑이 새끼를 잡을 수 없지. 물론 나도 그 정도의 용기가 없는 것은 아니나 우선 우리 군의 장수인 관흥과 장포 두 사람과 함께 가게. 그 후, 신호를 하면 즉시 나도 성문으로 들어가겠네."

최량은 관흥과 장포를 데리고 가는 것이 내키지 않았지만, 괜히 기피했다간 의심을 받을 것이 틀림없었기 때문에 우선 두 사람을 성안에서 죽이고 이어서 공명을 유인하여 목적을 이루자고 마음을 정했다.

"알겠습니다. 그럼 성문에서 신호하는 대로 승상도 반드시 지체 없이 열린 문으로 돌입하십시오."

그는 단단히 다짐을 받았다.

해 질 무렵 한 무리의 군사가 남안성으로 떠났다. 미리 약속한 대로 양릉이 성문에 나타나서 누구냐고 소리쳤다. 최량도 그 소리에 응해 "우리는 안정에서 달려온 아군이오. 자세한 것은 화살에 매단 편지에 쓰여 있소."라며 준비해온 편지를 화살에 매달아 쏘았다.

양릉이 그것을 풀어 읽었다.

공명이 조심성이 많아 관흥과 장포 두 장수를 감시자로 딸려 보냈네. 그러나 성안에서 두 사람을 죽여버리는 것은 일도 아니네. 지난번에 세운 계책은 그 후에 실행하면 되니 염려 말고 성문을 열게.

하후무에게 보여주자 하후무는 손뼉을 치며 말했다.

"공명은 이미 우리 계책에 걸려들었다. 즉시 두 사람을 죽일 준비를 하라."

그는 무장한 병사 100명을 유막 뒤에 숨겨놓고 최량을 비롯해 관흥과 장포를 기다렸다.

六

"자, 들어오게."

양릉은 중문까지 마중 나왔다. 바로 앞에 본성의 전각이 있고 넓은 앞마당에는 전시戰時의 유막이 설치되어 있었다.

"실례하겠소."

관흥이 먼저 들어갔다. 이어서 장포를 지나가게 하려고 최량이 몸을 비키자 "먼저 들어가라."라며 재빨리 몸을 돌려 그의 등을 앞으로 밀더니 "최량! 너의 역할은 끝났다."라고 외치며 칼로 그를 내려쳤다.

그와 함께 관흥도 앞서가던 양릉에게 달려들어 뒤에서 칼로 찌르고 소리쳤다.

"관우의 아들, 관흥을 쉽게 성안으로 들였으니 이 성의 운도 다했구나. 개죽음을 당하고 싶지 않거든 어서 달아나라."

그는 종횡무진하면서 닥치는 대로 찌르고 벴다.

최량이 안심하고 데리고 들어온 100여 명의 옛 부하도 촉군 진영에 잡혀 있는 동안 공명의 은덕에 깊이 감복하고 이곳에 오기 전에 은상까지 약속받았기 때문에 이 소동이 일어나자마자 지시받은 대로 팔방으로 달려가 혼란한 틈을 이용해 불을 질렀다. 또 불길을 보고 이것을 관흥과 장포를 제거했다는 신호로 생각하고 성문의 병사들은 안에서 문을 열어 문 가까이에서 대기하고 있던 공명의 촉군을 맞아들였다.

성 전체의 위군이 섬멸당한 것은 말할 필요도 없다. 하후무도 막을 방법이 없어서 소수의 호종하는 병력을 이끌고 간신히 남쪽 문으로 달아났다.

그러나 퇴로가 있을 것이라고 생각한 남문 쪽 길이야말로 오히려 앞이 막혀 있는 함정이었다. 얼마 가지도 못했는데 촉의 일군이 함성을 지르며 길을 막고 포위했다.

"공명의 휘하, 아문장군 왕평이 기다린 지 오래다!"

심복을 비롯한 무사들이 모두 죽임을 당하고 하후무 부마는 생포되었다. 공명은 남안에 입성했다.

법을 공표하여 백성들을 안심시키고 하후무는 함거 안에 포로로 가두고 또 장수들을 한 방에 모아놓고 그 공을 표창했다.

잔치를 열어 축하주를 나누었는데 그 석상에서 등지가 물었다.

"승상께서는 어떻게 처음부터 최량이 거짓말을 한다는 것을 간파하셨습니까?"

"마음으로 마음을 읽는다. 그리 어려울 이유가 없네. 직감으로 그자가 진정으로 항복한 것이 아니라는 것을 깨달았기 때문에 그것을 즉시 계책에 이용했을 뿐이야."

"저희도 최량의 거동을 조금 수상하게 여겼습니다. 그래서 승상께서 그가 원하는 대로 남안성으로 돌려보냈을 때는 어떻게 될까 싶어서 걱정했습니다. 그러나 결과를 알고는 짐작 가는 점이 있었습니다."

"대체로 적이 우리를 속이려고 할 때는 우리의 계략을 쓰기 쉽네. 십중팔구 반드시 우리의 계략에 걸려들지. 최량이 거짓말하는 것을 알았기 때문에 일부러 그를 성으로 보내보았네. 그런데 그가 다시 돌아왔기 때문에 그의 계략이 성안의 사람들과 연결돼 있다는 것을 알았지. 더구나 관흥과 장포의 동행을 거절하지 못하고 마지못해 데려간 것도 그가 계책을 꾸미고 있다는 증거였네. 나는 그의 말을 완전히 믿은 것처럼 생각하게 한 뒤 오히려 그의 거짓을 역이용하여 이런 결과를 얻은 걸세."

그렇게 털어놓고 나서 공명은 또 자신의 전략을 평가했다.

"다만 이번 계책에서 한 가지 빠진 것이 있네. 바로 천수성 태수 마준일세. 그에게도 최량과 같은 계책을 썼지만 무슨 이유에서인지 성을 나오지 않더군. 즉시 가서 천수성도 함락하여 3개 군의 공략을 완성시켜야 하네."

남안에는 오의吳懿를 남겨두고 안정성 수비에는 유염을 파견하여 위연과 교대하게 한 뒤 전군을 새롭게 정비하고 천수군으로 진격했다.

아름다운 청년, 강유

||| 一 |||

그보다 먼저 천수군 태수 마준은 숙장과 중신들을 모아놓고 이웃 군의 원병 파병에 대해 의논하고 있었다. 주기主記 양건梁虔이 말했다.

"하후무 부마는 위나라의 금지옥엽과 같은 존재입니다. 바로 옆에 있으면서 위기에 처한 남안을 모른 척했다고 하면 나중에 반드시 문책당할 것입니다. 즉각 병사들을 이끌고 가서 도와야 합니다."

그때 위군의 배서라는 자가 하후무의 사자라며 찾아왔다. 말할 것도 없이 이 사내는 전에 안정성 성주 최량을 찾아갔던 가짜 사자였다. 그 사실을 알 리 없는 마준은 때가 때인 만큼 즉시 대면했다. 배서는 땀에 젖은 서신을 내밀었다. 여기서도 안정성에서와 마찬가지로 재촉했다.

즉시 후방으로 와서 공명 군의 배후를 치시오.

서신의 내용은 안정성에 전달한 것과 같은 것이었다. 하후무의 친서가 틀림없다고 생각한 마준은 사자를 위로했다.

"우선 객사에 가서 쉬시지요."

다음 날 아침 마준이 중신들과 상의하고 있는데 배서가 다시 성에 와서 반 협박조로 말했다.

"한시가 급한 이때 느긋하게 회의나 하면서 시간을 보내서야 되겠습니까? 이 사실을 빠짐없이 하후무 부마께 보고하겠소. 공명 군의 배후를 치든 말든 알아서 하시고, 나는 바빠서 지금 바로 떠나겠소."

그가 떠나려 하자 마준도 당황하고 중신들도 놀랐다. 후환이 두려웠기 때문이다. 그래서 즉시 병사들을 이끌고 지원하러 가겠다고 약속하며 그 자리에서 서약서를 적어 그의 손에 전했다.

"부디 하후무 부마께 잘 말씀드려주시오."

배서는 거만하게 굴며 이렇게 다짐을 하고 돌아갔다.

"좋소. 그럼 그렇게 전달하리다. 안정성의 최량은 이미 병사를 이끌고 와 돕고 있으니 지체하지 말고 즉시 전군을 이끌고 가서 공명의 배후를 치시오."

그날로 격문이 보내지고 천수군의 각지에서 속속 장졸들이 모여들었다. 이틀 후 전군이 출격을 위해 모였다. 마준도 막 성을 출발하려던 참이었다. 그때 성안 무장각武將閣에 도착해 있던 향토의 여러 장수 중에서 나비와 같이 가련한 아름다움을 지닌 젊은 장수가 달려와서 마준을 가로막고 간청했다.

"출진하시면 안 됩니다."

사람들이 놀라서 "강유가 정신이 나갔나?"라며 바라보고 있자 그 젊은 무사는 더욱 소리 높여 외쳤다.

"이 성을 나가면 끝장입니다. 태수께서는 두 번 다시 이 성으로 돌아올 수 없을 것입니다. 태수께서는 이미 공명의 계책에 걸려들었습니다."

나이는 아직 스무 살도 채 안 되어 보이는 홍안紅顔의 젊은 무사였다. 그가 누구인지 모르는 사람들은 옆에 있는 사람에게 물었다.

"누굽니까? 저 사람은."

같은 고향 사람이 대답했다.

"그는 이 천수군 기성冀城 사람으로 이름은 강유姜維, 자는 백약伯約이라는 젊은이입니다. 아버지 강경姜冏은 오랑캐와의 전투에서 목숨을 잃었다더군요. 홀어머니를 모시는데 향토에서는 효성이 지극하기로 소문이 자자하죠. 또 강유의 어머니도 훌륭한 부인으로 밤늦게까지 삯바느질을 하는 한편 항상 강유를 곁에 두고 아들이 책을 읽는 것을 들으며 고금의 역사를 가르치고 낮에는 낮대로 밭을 갈면서 무예에 힘쓰게 하고 병법을 공부하게 했다고 합니다. 아들 강유도 천재라고 할 수 있는 것이, 열대여섯 살 때 이미 향당의 학자들은 물론 노인들도 그의 재능과 지식에 혀를 내두르며 기성의 기린아麒麟兒라고 부를 정도였다니까요."

이런 소문 이야기도 하면서 사람들이 웅성거리며 보고 있는 사이에 태수 마준은 결국 출진을 보류했는지 말에서 내려 다른 장수들과 일족, 강유를 데리고 성루 안으로 들어가 버렸다.

||| 二 |||

강유는 배서를 보지도 않고 배서가 가짜 사자인 것을 천수성에 오자마자 즉시 간파했다.

"전국戰局의 흐름을 파악하고 그 수뇌부의 지도자를 살피고 병사를 움직이는 방향 등을 보면 시골에 있어도 그 정도는 알 수 있습니다. 생각건대 공명의 계략은 태수를 천수성에서 유인해내 매복시켜 놓은 병사들로 도중에 태수를 제거하고 비어 있는 이 성에 병사들을 보내 허점을 찔러 안팎으로 완전히 무너뜨린 뒤 천수군을 점령할 생각일 것입니다. 참으로 빤히 들여다보이는 계책입니다."

그는 마준과 그 일족을 향해 손바닥을 들여다보듯 적의 계책을 설명했다. 마준은 과연 그렇구나, 하고 깨닫고 말했다.

"만약 강유가 출진을 말리지 않았다면 나는 적의 함정에 빠졌을 것이다."

그는 새삼스럽게 전율하며 그의 충언에 깊은 감사를 표했다.

이 일로 마준은 강유를 깊이 신뢰하며 나이는 어려도 한참 선배인 숙장들과 다름없이 대우했다.

"오늘의 위난이야 일단 이렇게 피했지만, 내일부터는 어떻게 대처하면 되겠나?"

마준이 강유에게 물었다. 강유는 성 뒤편을 손가락으로 가리키며 말했다.

"눈에는 보이지 않지만, 저 뒷문 쪽 뒷산에는 벌써 촉군이 대거 매복하고 있을 것입니다. 태수의 군대가 성을 출발하면 그 틈을 노릴 작정으로요."

"뭐, 복병이 있다고?"

"걱정하지 마십시오. 그의 계책을 이용하는 계책은 그의 힘으로 그를 멸망시키는 것입니다. 부디 태수께서는 아무것도 모르는 척 다시 출진한다고 하고 성 밖 50리 정도까지 갔다가 즉시 성으로 되돌아오십시오. 저도 따로 병사 5,000명을 이끌고 요해에 매복해 있다가 뒷산에 있는 적병이 빈틈을 노리고 내려오는 것을 포착하여 섬멸하겠습니다. 만약 그들 중에 공명이라도 있으면 반드시 생포하겠습니다."

강유의 말에는 힘이 넘쳤다. 그렇다고는 하지만 아직 홍안의 미소년이라고 해도 좋을 젊은 무사였다. 아무리 타고난 자질이 다른 사람보다 뛰어나서 무기와 병법에 달통한 자라고는 하지만 일성일군一城一郡의 흥망을 이런 젊은이의 말 한마디에 맡기는 것은 무모하다는 의견이 일족이나 신하들 사이에 없는 것도 아니었다. 그러나 마준은 강유를 깊이 신뢰하고 있었다.

"만약 강유의 판단이 잘못되었다 해도 아군이 손해볼 일은 아무것도 없다. 어쨌거나 그가 말한 대로 해보자."

그는 다시 출진 명령을 내리고 그날 오후부터 출진을 개시했다. 남안성으로 가 적의 배후를 치겠다고 말하며 성 밖 약 30~40리까지 진군했다. 한편 공명의 명을 받아 뒷산에 숨어 있던 조운의 병사 5,000명은 마준이 출진한 직후 뒷문으로 달려갔다.

"성안에는 병력이 거의 남아 있지 않다. 빈집이나 다름없다. 성문을 부수고 단번에 성두에 촉의 깃발을 꽂아라."

그때 문 안에서 성 전체를 뒤흔들 정도로 큰 웃음소리가 들렸다.

"앗, 성안에는 아직 상당한 병력이 남아 있다. 방심하지 마라."

조운이 경계하고 있는데 산 위에서 함성이 들렸다. 무슨 일인가 싶어 뒤돌아보니 바위, 통나무 등이 눈사태라도 난 것처럼 밀려왔다.

"적인가?"

방어할 틈도 없이 또 한편의 늪에서도 징과 북을 울리며 일군이 기습해왔다. 천하의 조운도 당황하여 황급히 명령을 내렸다.

"서쪽 골짜기 사이는 넓다. 그곳으로 이동하라."

그러나 동시에 성안에서 빗발처럼 난사하는 화살에 수많은 부하가 쓰러졌다.

"늙은 촉장아, 달아나지 마라. 천수의 강유가 여기 있다."

소리치며 추격해오는 젊은 무장이 있기에 조운이 말을 세우고 보니 그야말로 꽃도 무색할 정도로 아름다운 청년이었다.

"죽이는 것이 가엾다만, 원한다면 어쩔 수 없지."

조운은 단숨에 해치울 수 있을 것이라고 여기고 그를 상대했으나 그의 창술이 보통이 아니었다. 전력으로 겨루기를 40여 합, 천하의 조자룡도 당해낼 수 없다고 생각했는지 갑자기 뒤돌아 달아났다.

||| 三 |||

거짓으로 성을 내준 마준은 성 밖 30리쯤 왔을 때 뒤에서 봉화가 오르는 것을 보자 즉시 전군을 이끌고 되돌아왔다.

이미 강유의 계책에 걸려 호되게 당한 조운 군은 패주하다 돌아오는 마준의 군사와 맞닥뜨려 앞뒤로 공격을 받고 철저하게 패하고 말았다. 마침 촉의 유격군인 고상과 장익이 이곳으로 지원하러 온 덕에 조운은 간신히 혈로를 뚫고 패잔병을 수습할 수 있었다.

"보기 좋게 패하고 말았소. 지는 것도 이렇게까지 철저하게 지니까 오히려 유쾌하구려."

공명의 얼굴을 보자마자 이 노장은 그렇게 솔직하게 말했다.

깜짝 놀란 공명은 의외라는 표정을 지었다.

"대체 어떤 자가 내 계책을 간파했단 말인가?"

강유라는 젊은 장수라는 말에 그는 숨을 삼키며 물었다.

"강유라는 자가 도대체 어떤 자이길래?"

마침 거기에 있던 그와 같은 고향 사람이 그의 태생에 대해서 소상히 이야기했다.

"강유는 홀어머니를 모시고 있는데 효성이 지극합니다. 지혜롭고 용맹하며 인성도 훌륭합니다. 공부하는 걸 좋아하고 무예에 뛰어나나 교만하지 않고 노인을 공경하는 참으로 아름다운 소년입니다."

"소년? 설마 어린아이는 아니겠지. 나이는?"

"아마도 스무 살이 채 되지 않았을 것입니다."

조운도 거들며 말했다.

"맞소. 스무 살은 넘지 않아 보이더이다. 몸집도 작고 나비처럼 예쁘장한 무사였소. 내 나이 일흔이지만 지금까지 강유와 같은 창술을 본 적이 없어요."

공명은 혀를 내둘렀다.

"천수군은 이미 손에 들어왔다고 생각했는데 참으로 뜻밖이군. 그런 영웅이 이런 시골에 있을 줄은 몰랐소."

그는 통탄하며 직접 진용을 새롭게 정비한 다음 며칠 뒤 신중하게 성으로 접근했다.

"성을 공격하는 데 있어서 첫날이 가장 중요하다. 첫날 공격해서 함락시키지 못하면 둘째 날 공격해도 함락되지 않고, 이레, 열흘, 날이 갈수록 함락시키기 어려워질 것이다. 수비하는 자는 자신감이 더하고 공격하는 자는 사기가 떨어지고 지치기 때문이다. 이까짓 작은 성, 병사들은 모두 힘을 내서 단숨에 짓밟아버려라."

공명은 선봉과 중군 각 부대의 부대장들에게 이렇게 훈시한 후 공격을 개시했다.

해자를 건너고 성벽을 기어올랐다. 선봉은 전력을 다해 공격했다. 그러나 정적에 싸인 성안에서는 아무도 항전하러 나오지 않았다. 이미 한 무리의 촉군은 성벽 높은 곳에 있는 성루 하나를 점령한 듯 보였다.

그때 굉음과 함께 사방의 성루에서 화살과 돌이 공격군 위에 빗발치듯 쏟아져 내렸다. 또 해자 부근에 있는 병사들 위로는 통나무와 커다란 돌이 땅을 울리며 떨어졌다.

해가 지기도 전에 촉군의 엄청난 사상자가 성벽 아래 산더미처럼 쌓였다. 게다가 한밤중이 되자 사방의 수풀과 민가에서 불길이 치솟았다. 함성과 북소리는 옆에서도 뒤에서도 성안에서도 일어나 사면이 완전히 적으로 둘러싸인 듯했다.

"알미울 정도로 완벽한 전법이다. 유감스럽지만 우리 병사들은 지치고 저들의 사기는 점점 높아지는구나. 어쩔 수 없다. 내일을 기약하도록 하자."

공명은 결국 총퇴각의 명령을 내릴 수밖에 없었다. 자신도 급히 사륜거를 뒤로 돌렸다. 그러나 때는 이미 늦었다. 뱀 같은 불길이 가는 곳마다 앞을 막았다. 모두 적의 복병이었다. 지금 생각해보니 적병 대부분은 성안이 아니라 성 밖에 있었던 것이다.

후퇴하라는 말에 일시에 흩어진 촉군은 적의 잘 짜인 포위망을 뚫지 못하고 사방에서 걸려들어 수없이 많은 병사가 목숨을 잃었다.

공명의 사륜거조차 연기에 휩싸인 채 화염 속에서 길을 잃고 헤맸다. 그러다 적에게 포위되어 붙잡히려는 것을 관흥과 장포의 도움으로 간신히 사지에서 빠져나올 수 있었지만 날은 아직 밝지 않았고, 앞길에도 긴 뱀과 같은 불길이 어둠 속에 가로놓여 있었다.

||| 四 |||

“누구의 병사들인지 가서 보고 오너라.”

공명의 명령을 받은 관흥이 이윽고 돌아와 보고했다.

“강유의 병사들입니다.”

멀리서 그 불의 포진을 바라보고 있던 공명은 깊이 탄식했다.

“그런데 보통 포진과는 다르군. 엄청난 수의 대군처럼 보이지만 실제 병력은 얼마 되지 않을 것이다. 단지 대장의 지휘에 따라 저렇게 보일 뿐.”

주위에 있는 자들에게 이렇게 말하고 있는 동안 벌써 불빛은 포위망을 좁혀오고 뒤에서도 화살이 잇달아 날아왔다.

“싸우지 마라. 우리 진용은 이미 깨졌다. 오직 병력 손실을 최소화하는 데만 집중하며 퇴각하라.”

공명도 간신히 적의 포위에서 벗어났다. 멀리 진을 물리고 아군을 살피니 예상외로 피해가 컸다. 싸우면 반드시 이기는 공명도 여기서 비로소 패전이라는 것을 알았다. 일방적으로 이기기만 하면 진정한 전쟁관도, 떨치고 일어설 힘도 생기지 않는다.

공명은 자신을 경멸하듯 입술을 깨물며 중얼거렸다.

“일개 강유조차 이기지 못하는 인간이 어찌 위나라를 무찌를 수 있겠는가.”

그는 생각에 잠겨 있다가 갑자기 안정군 사람을 불러 물었다.

“강유가 효심이 매우 지극하다고 들었는데 그의 어머니는 지금 어디에 있는가?”

“지금도 기성에 있습니다.”

“그렇군. 그럼 천수군의 군량과 재물을 저장해둔 곳은 어디인가?”

"아마도 상규성上邽城일 것입니다."

공명은 나중에 뭔가 생각이 있는 듯 위연의 부대를 기성으로 보내고 따로 조운에게 상규를 공격하라고 명했다.

이 소문이 천수성에 퍼지자 강유는 슬퍼하며 태수 마준 앞에 엎드려 부탁했다.

"제 어머니는 기성에 계십니다. 만약 기성이 적의 손에 넘어가면 자식 된 도리에 어긋나니 위험에 처한 기성을 구하는 한편 어머니를 지키고 싶습니다. 부디 저에게 병사 3,000명을 내주시고 잠시 이 본성을 떠나는 것을 허락해주십시오."

물론 그의 요청은 받아들여졌다. 서둘러 길을 가고 있는데 위연의 병사들과 맞닥뜨렸다. 그러나 위연은 승부를 보려 하지 않고 달아났다.

강유는 기성에 도착하자마자 즉시 어머니를 찾아뵙고 성에서 나오지 않았다. 한편 조운은 상규성으로 향했는데 이곳엔 천수에서 양건이 군사를 이끌고 지원을 나와 있었다. 조운은 양건에게 일부러 패해 그들을 성으로 들어가게 했다. 이런 작전은 모두 공명의 지시에 의한 것임은 말할 필요도 없었다.

그리고 공명은 남안에 사자를 보내 앞서 잡은 위의 황족인 하후무 부마를 이곳으로 보내게 했다.

"부마, 그대는 목숨이 아까운가?"

공명이 묻자 궁중에서 자라 아버지 하후돈과는 닮은 듯 닮지 않은 하후무가 눈물을 흘리며 말했다.

"승상께서 자비를 베푸셔서 만약 하나밖에 없는 목숨을 살려주신다면 이 은혜는 결코 잊지 않겠습니다."

"실은 지금 기성에 있는 강유가 나에게 서신을 보내 하후무를 살려준다면 자신도 촉에 항복하겠다고 했다. 지금 그대를 풀어줄 테니 기성에 가서 즉시 강유를 데리고 오겠는가?"

"살려만 주신다면 기꺼이 다녀오겠습니다."

공명은 그에게 의복과 말을 주고 진영에서 풀어주었다. 하후무는 새장 안의 새가 창공으로 풀려난 듯이 홀로 길을 서둘렀다. 그런데 도중에 많은 피난민을 만났다. 그는 말을 멈추고 그중 한 명에게 물었다.

"너희들은 어디 백성이냐?"

"기성의 백성들입니다."

"어째서 피난하는 것이냐?"

"성을 지키는 강유가 촉에 항복해버려서 촉나라 위연의 병사들이 마을마다 불을 지르고 약탈을 하거나 난폭하게 구니 거기에 있고 싶어도 있을 수 없습니다."

||| 五 |||

애초에 하후무는 촉에 항복할 생각은 털끝만큼도 없었다. 풀려난 것을 다행으로 여기며 위나라로 도망칠 생각이었다.

'강유가 벌써 촉에 항복했단 말인가. 그렇다면 기성으로 가봐야 소용이 없겠군.'

그는 갑자기 길을 바꿔 천수성을 향해 달렸다. 그 도중에도 많은 피난민을 길가에서 보았다. 그들에게 물어보아도 모두 이구동성으로 강유의 배반과 촉군의 약탈을 호소했다.

'강유의 변심이 사실이었구나.'

하후무는 그렇게 믿고 천수로 가는 길을 서둘렀다. 성에 도착하자 문을 두드리며 외쳤다.

"나는 부마 하후무다. 문 열어라!"

태수 마준은 놀라서 그를 맞아들이며 대체 어떻게 무사히 돌아왔느냐고 물었다. 부마는 자세히 이야기했다. 그리고 강유의 변심을 이야기하며 분개했다.

그러자 양서가 강하게 부정했다.

"지금 강유가 적에게 항복했다는 말은 믿을 수 없습니다. 뭔가 잘못 들은 것이 아닙니까?"

밤이 되자 촉나라 병사들이 네 개의 문을 에워싼 후 잡목을 쌓고 불을 질렀다. 그리고 한 장수가 선두에 나와서 목이 쉬도록 외쳤다.

"성안의 사람들이여, 잘 들어라. 나 강유는 하후무 부마의 목숨을 구하기 위해 촉에 항복한 것이다. 너희들도 아까운 목숨을 함부로 버리지 말고 촉에 항복하라."

마준과 하후무가 성루에서 내려다보니 그 갑옷과 말, 나이를 봐도 강유가 분명했다. 그러나 하는 말이 납득이 되지 않았다.

"성루에 계신 분은 하후무 부마가 아니십니까? 나에게 글을 보내 촉에 항복하면 부마의 목숨을 구할 수 있다기에 나는 촉에 항복했는데, 그 한 몸만 도망쳐 벌써 이 성에 와 있는 겁니까? 각오하시오. 이 원한은 활과 화살로 갚겠소."

성벽 아래에서 강유는 욕을 퍼부어댔지만, 이윽고 새벽이 가까워지자 지쳤는지 병사들을 수습하여 돌아가 버렸다.

물론 그는 진짜 강유가 아니었다. 나이와 모습이 흡사한 자를 뽑아 공명이 꾸민 가짜 강유였다. 그러나 밤중에 해자를 사이에 두고 봤기 때문에 마준도 하후무도 가짜 강유인지 알아채지 못했다. 그러나 강유를 의심하는 마음은 더 커졌다.

한편 진짜 강유는 전과 다름없이 공명 군에 포위되어 기성 안에 있었다. 그가 농성하면서 가장 힘든 것은 기성 안에는 열흘도 버티기 힘든 식량밖에 없다는 점이었다. 급하게 달려오는 바람에 식량을 운반해올 틈이 없었기 때문이다.

성안에서 보고 있는데 하루가 멀다 하고 많은 수레가 식량을 가득 싣고 촉군 치중대의 호위를 받으며 성 밖 북쪽 길을 지나갔다.

"이렇게 된 이상, 저걸 기습할 수밖에 없다."

그는 마침내 결심하고 군량을 탈취하러 나왔다. 그러나 이것이야말로 공명의 계책이었다.

매복하고 기다리던 왕평과 위연, 장익 등의 공격을 받고 강유는 다시 성으로 돌아갈 수 없었다. 함께 나온 병사들은 대부분이 죽고 남은 수십 명의 병사들도 장포의 일진을 돌파하다가 거의 목숨을 잃어 혼자가 되었다. 달아나려 해도 길도 없고 결국 천수성으로 달려갔다.

"나는 기성의 강유다. 원통하게도 기성은 함락되었다. 성문을 열어주시오."

성문 아래 서서 소리치자 성루 위에서 마준이 욕을 퍼부었다.

"닥쳐라! 네놈 뒤에 멀리 촉나라 병사들이 보이지 않느냐? 우리를 속여 문을 열게 한 후 촉군을 들여보낼 속셈이 아니냐? 필부, 배신자. 무슨 낯짝으로 여기에 왔느냐?"

어안이 벙벙해진 강유는 이런저런 사정을 호소했다. 그러나 호소하면 호소할수록 마준은 더 심하게 화를 냈다.

"어젯밤 이곳에 와서 옛 주인에게 활을 쏘더니 오늘 아침에는 혓바닥을 놀려 속이려 드느냐? 저놈을 쏴라!"

마준은 궁수들에게 소리쳤다.

'이게 대체 어찌된 일인가.'

강유는 기가 차서 눈물을 글썽였다. 어쩔 수 없이 날아오는 화살을 피해 장안 쪽으로 달렸다.

||| 六 |||

병사도 없고, 성도 잃고, 지금은 둥지 잃은 새와 같은 신세의 강유였다. 홀로 장안을 향해 달리기를 수십 리, 갑자기 앞에서 수천 기의 군마가 나타나 그의 앞길을 막았다. 촉나라 장수 관흥의 군대였다.

'아, 적이 벌써 이 방면까지 진출했단 말인가.'

몸은 지치고 마음은 슬픔과 근심으로 가득 찼다. 게다가 혼자여서 싸울 수도 없었다. 할 수 없이 말 머리를 돌려 다른 길로 다급하게 달려가고 있는데 한쪽 수풀에서 한 무리의 병사들이 뛰어나와 그를 포위했다.

"왔느냐, 강유! 어디로 가려는 것이냐?"

보니 깃발을 든 병사들 사이에서 사륜거 한 대가 다가왔다. 사륜거 위의 윤건을 쓰고 학창의를 입은 사람이 백우선을 높이 들고 소리쳤다.

"강유, 너는 어째서 깨끗하게 항복하지 않느냐? 죽기는 쉽고 살기는 어렵다. 이렇게까지 최선을 다했으니 너의 무문에 수치는 없을 것이다."

놀랍게도 공명의 뒤에는 어느 틈에 기성에 남겨두고 온 그의 어머니가 가마에 앉아 있었고, 그 가마를 수많은 장수가 호위하고 있었다.

뒤에는 관흥의 군대가 다가오고 있고, 앞에는 공명의 대군이 있다. 또 적에게 사로잡힌 어머니의 모습을 보자 강유는 가슴이 메어 말에서 뛰어내리자마자 땅바닥에 엎드려 모든 것을 하늘의 뜻에 맡겼다.

그러자 공명은 즉시 사륜거에서 내려 강유의 손을 잡고 그를 어머니 곁으로 데리고 갔다. 모자를 앞에 두고 공명이 말했다.

"나는 융중의 초려에서 나온 뒤로 오랫동안 천하의 인재를 찾고 있었네. 그것은 내가 깨달아 얻은 병법의 모든 것을 누군가에게 전수해주고 싶었기 때문일세. 그런데 지금 자네를 만나고 보니 평소에 내가 원하던 바가 이루어진 것 같네. 이후 내 곁에서 촉에 그 충성과 용기를 바치지 않겠나? 그러면 나도 그에 대한 보답으로 내가 쌓은 지식을 전수해주겠네."

모자는 은혜에 감사하며 눈물을 흘렸다. 강유는 이날 이후 공명을 사사하며 촉을 섬기게 되었다.

본진으로 돌아오자 공명은 다시 강유를 불러 예를 갖춰 물었다.

"천수와 상규, 두 성을 취할 방법이 없겠나?"

강유가 대답했다.

"화살 한 발만 쏘면 됩니다."

공명은 빙긋이 웃으며 즉시 옆에 있는 화살을 집어 건넸다. 강유는 붓과 먹을 청하여 그 자리에서 두 통의 편지를 썼다. 그가 아는 윤상尹賞과 양서梁緖에게 보내는 것이었다. 강유는 그것을 화살에 묶어 천수성 안으로 쏘았다.

성안의 병사가 편지를 주워 마준에게 건넸다. 마준은 편지를 보고 놀라고 당황해서 그것을 하후무 부마에게 보이며 말했다.

"이처럼 성안의 윤상과 양서도 강유와 내통하며 음모를 꾸미고 있습니다. 어떻게 처리할까요?"

"참으로 큰일이군. 일을 미연에 알게 된 것이 다행이오. 두 사람을 제거하시오."

즉시 사자를 보내 우선 윤상을 불렀다. 그러나 윤상과 교분이 있는 자가 그전에 그의 집에 이 사실을 알렸다.

윤상은 소스라치게 놀라 즉시 친구인 양서를 찾아가서 말했다.

"개죽음을 당하느니 차라리 성문을 열어 촉군을 맞아들이고 공명을 따르는 것이 낫지 않겠나?"

이미 마준의 명을 받은 군사들이 저택을 포위하기 시작했기 때문에 두 사람은 뒷문으로 빠져나가 성문으로 달려갔다. 그리고 안에서 문을 열고 깃발을 흔들어 촉군을 불러들였다. 기다리고 있던 공명은 명령을 내려 병사들을 안으로 들어가게 했다.

하후무와 마준은 손쓸 도리가 없어서 불과 100여 명의 부하들만 이끌고 북문으로 빠져나가 결국 오랑캐들의 국경까지 도망쳤다.

상규의 수비 대장은 양서의 아우 양건梁虔이었기 때문에 그도 이윽고 형의 설득으로 촉에 항복했다.

드디어 3개 군을 평정한 촉은 군용을 정비하고 대거 장안으로 진군하기로 했다. 그전에 공명은 병사들을 위로하고 우선 항복한 적장 양서를 천수 태수로 삼고 윤상을 기성의 영으로, 양건을 상규의 영으로 임명했다.

"어째서 하후무 부마를 쫓지 않으십니까?"

장수들이 묻자 공명이 대답했다.

"부마 같은 자는 한 마리 기러기에 지나지 않고, 강유를 얻은 것은 봉황을 얻은 것과 같네. 천 명의 병사는 얻기 쉽지만, 장수 한 명은 얻기 어렵다 했네. 지금 기러기 따위를 쫓을 여유는 없네."

기산의 들판

||| 一 |||

촉군은 크게 무위武威를 떨쳤다. 가는 곳마다 승리를 거두는 모습을 원서《삼국지》에서는 이렇게 기술하고 있다.

촉의 건흥 5년(227) 겨울, 공명은 이미 천수, 남안, 안정 3개 군을 공략하여 취하고 그 위세를 원근에 떨쳤다. 대군이 어느새 기산祁山을 나와 위수渭水 서쪽에 진을 치니 각 방면의 파발마가 낙양에 위급을 고하는 모습이 쉬지 않고 내리는 눈과 같았다.

이때 위나라는 대화大化 원년이었다.

국의國議를 통해 종친인 조진을 국방 총사령관에 임명했다.

"신은 재주가 없는 데다 나이가 들어 도저히 그 임무를 감당할 수 없습니다."

완강하게 사양했으나 위제 조예는 받아들이지 않았다.

"귀공은 집안의 큰어른이자 선제로부터 친히 유조를 받은 분이 아니십니까? 고모부가 촉에 패해 국난이 닥쳐오는 지금, 귀공이 그런 말씀을 하시면 누가 총대장이 되겠습니까?"

왕랑도 거들며 말했다.

"장군은 사직의 중신, 사퇴할 때가 아닙니다. 만약 장군께서 가신다면 부족한 저도 함께 가서 목숨을 버릴 각오로 적과 싸우겠습니다."

왕랑의 말에 마음이 움직인 조진은 결국 수락하기로 했다. 부장으로는 곽회郭淮가 선발되었다. 조진에게는 대도독의 깃발과 도끼를 하사하고 왕랑을 군사軍師에 임명했다. 헌제 때부터 조정에 출사한 왕랑은 76세였다.

장안으로 향하는 20만 대군, 실로 아름다운 광경이었다. 선봉의 선무장군宣武將軍 조준曹遵은 조진의 아우다. 그 부선봉장은 탕구장군盪寇將軍 주찬朱讚이었다.

대군은 어느새 장안에 이르렀고, 머지않아 위수의 서쪽에 포진했다.

왕랑이 말했다.

"제가 생각한 것이 있으니 대도독께서는 내일 아침 진을 되도록 넓게 펴시고 깃발 아래 위엄 있게 앉아서 제가 하는 일을 지켜보고 계십시오."

"군사는 무슨 계책이라도 있는 것이오?"

"백지상태입니다. 아무 계책도 없습니다. 단지 이 혀로 공명을 설득하여 위나라에 항복시키겠습니다."

나이가 여든에 가까운 노군사는 자신감에 넘치고 의기가 매우 높았다.

이튿날 아침, 양군은 기산 앞에 진을 쳤다. 이른 봄, 산과 들에는 햇살이 맑게 비추고 저편과 이편의 깃발과 갑옷은 햇빛을 받아 반짝반짝 빛났다. 그야말로 천하의 장관이라고 할 수 있는 대진對陣이었다.

북소리가 세 번 울렸다. 잠시 검과 활을 내려놓고 개전에 앞서 한마디씩 하자는 신호였다.

"과연 위나라의 군세는 참으로 웅장하구나. 지난번 하후무의 군세와는 비교도 되지 않아."

공명은 사륜거 위에서 자못 감동한 듯 바라보고 있었다. 문기門旗가 열리자 사륜거는 관흥과 장포 등의 호위를 받으며 중군을 나와 적진의 정면에서 멈췄다.

"약속에 따라 한의 제갈 승상이 여기 나왔다. 왕랑은 어서 나오너라."

맞은편을 향해 소리쳤다.

위군의 문기가 움직였다. 검은 갑옷에 은빛 전포를 입고 수염을 하얗게 기른 사람이 천천히 말을 몰고 다가왔다. 76세의 군사, 왕랑이었다.

"공명, 내 말을 듣거라."

"왕랑, 아직도 살아 있었느냐? 나에게 하고 싶은 말이 무엇이냐?"

"옛날, 양양의 명사들은 모두 그대의 이름을 입에 올렸다. 그대는 원래 도를 아는 자, 또 천명이 무엇인지도 알고, 시무時務에도 밝을 것이다. 그런데 융중에서 괭이를 잡고 책이나 읽던 일개 백면서생이 다소 시류를 탔다고 해서 구름을 얻은 양 어찌 명분도 없는 전쟁을 일으키려는 것인가?"

"누가 명분 없는 전쟁이라고 하는가? 나는 칙명을 받고 세상의 역적을 치려고 나선 것이다. 한조의 대신이 어찌 쓸데없이 백성들을 괴롭히겠는가?"

"어린아이 같은 말이로구나. 그저 웃음만 나올 뿐이다. 잘 들어라, 공명. 너는 위의 대제를 가리켜 함부로 입을 놀리는데 천수天數는 변하여 덕이 있는 자에게 돌아간다. 환제, 영제 이래 사해가 나뉘어 다투고, 군웅이 모두 패왕을 참칭한다. 우리 대조 무제 한 분만이 백성에게 자비를 베풀고 천지 사방을 깨끗하게 하고 온 세상을 석권하여 마침내 대위국을 세웠다. 사방 모두 그의 덕을 우러러 오늘에 이르렀다. 이는 권력으로 빼앗은 것이 아니라 덕에 의한 것으로 하늘이 그렇게 만든 것이다. 그런데 너의 주인, 유비는 어떠했느냐?"

||| 二 |||

원래 왕랑은 박학하기로 유명하고 대유학자의 풍모도 지니고 있다고 하여 위나라의 대들보 같은 인물이라고 천하에 널리 알려져 있었다.

지금 전쟁을 시작하기에 앞서 왕랑은 자신 있는 웅변으로 공명과 진두의 대논전을 벌인 것이다.

그가 모두冒頭에 먼저 말한 것은 위나라의 정의였다. 또 그 위나라를 일으킨 태조 조조와 촉나라의 유비를 비교하여 그 순리와 역리를 논파하고 조조가 천하 만방 위에 선 것은 요堯가 순舜에게 천하를 양보한 예와 같은 것으로 하늘에 응하고 인의를 따른 것이지만, 유비는 덕이 없음에도 불구하고 단지 스스로 한조의 후예라는 점만을 내세워 속임수와 위선으로 촉의 한쪽 구석을 빼앗아 오늘에 이른 것에 지나지 않는다. 이것은 작금의 민심에 비추어보아도 명백히 비판받아 마땅한 일이라는 것이었다.

그는 더욱 날카롭게 논진을 펴며 유비의 뒤를 이어 이곳에 온 공명을 공격하기 시작했다.

"그대 역시 유비의 위선에 휘둘려 그 잘못된 패도를 모방하여 자신의 재능을 그르치고 스스로 옛날의 관중과 악의에 비유하는 것은 언어도단이며 어리석은 말로 세상의 웃음거리에 지나지 않는다. 진정으로 옛 주인의 유언에 응답하고 촉의 고아를 소중히 여긴다면 어째서 이윤李尹과 주공周公을 본받아 분수를 지키고 자신의 잘못을 고치며 덕을 쌓고 세상을 다스림에 공을 세우려 하지 않는가? 그대가 지금의 황제를 지키는 충절은 이해가 간다만 여전히 무력을 행사하고 침략을 일삼으며 위나라를 공격하려는 뜻을 품는 것은 용서하기 어려운 모반이며 촉나라를 망하게 하는 일이다. 옛사람들도 '하늘을 따르는 자는 창성하고 하늘을 거역하는 자는 망한다.'고 했다. 지금 우리 대위大魏는 용맹한 병사가 100만이요, 훌륭한 장수가 1,000명, 대적하는 자는 계란으로 바위를 치는 것과 같다. 생각건대 너희는 썩은 풀 속의 반딧불, 어찌 우리 교교한 천상의 달빛에 미치겠는가."

그는 거의 숨도 쉬지 않고 논파하더니 마지막으로 이렇게 덧붙였다.

"그대가 제후의 지위를 얻고 촉주의 안태를 원한다면 어서 갑옷을 벗고 항복의 깃발을 올려라. 그러면 양국 모두 백성은 편안하고 병사들은 피를 보지 않고 함께 봄날을 즐길 수 있을 것이다. 거부한다면 촉나라는 천벌을 받아 촉나라 병사가 한 명도 살아서 돌아가지 못할 것이다. 그 죄는 모두 네가 받을 것이다. 공명, 마음을 가라앉히고 대답하라."

소문과 다르지 않게 실로 당당했고, 또 위나라의 전쟁 명분을 분명히 하는 것이었다. 적도 아군도 숨 죽인 채 귀를 기울이고 있었는데 특히 촉나라 병사들까지 일리 있는 말이라고 탄복해 마지 않는 표정이었다.

분별 있는 촉나라 장수들은 정말 큰일이라고 생각했다. 적의 변론에 매혹되어 촉의 삼군이 이렇게 감탄하고 있어서는 전투를 개시해도 승산이 없었다.

'승상은 뭐라고 할까? 뭐라고 대답할까?'

한쪽에 서 있던 마속 등도 걱정스러운 눈빛으로 사륜거 위에 앉아 있는 공명의 옆얼굴을 바라보고 있었다.

"……."

공명은 산보다 조용한 얼굴을 하고 있었다. 시종, 조용히 미소를 머금은 채.

마속은 옛날 계포季布라는 변설에 능한 장수가 한나라 고조를 진두에서 논파하고 결국 그 병사들을 물리친 예를 떠올리고 있었다. 왕랑이 노리고 있는 것은 바로 그 효과였다. 공명이 어서 논박해주었으면 하고 속으로 초조해하고 있는데 이윽고 공명이 천천히 입을 열었다.

"잘 말해주었다, 왕랑. 그대의 말은 참으로 훌륭하다. 그러나 그 논지는 자가당착과 기만에 지나지 않고 차마 듣고 있기 힘든 궤변에 불과하다. 자, 그렇다면 이제부터 내가 친절하게 설명해가며 가르쳐주마."

공명은 시원한 목소리로 되받아쳤다.

"너는 원래 한조의 구신舊臣. 위나라에 빌붙어서 먹고살고는 있지만, 마음 한구석에는 여전히 일말의 양심이 남아 있으려니 싶어 처음에는 공경하는 마음으로 대했다. 그런데 인제 보니 심신이 모두 썩어문들어져서 지금과 같은 대역무도한 말을 아무렇지도 않게 내뱉는구나. 안타깝도다. 장년의 영재도 위나라에서 길러지니 결국에는 이 짐말이나 다를 바가 없게 되고 말았구나. 너 한 명한테만 말하려니 입만 아프다. 양군의 군사들은 조용히 내 말을 들어라."

||| 三 |||

논리는 정연하고 목소리는 맑았다. 게다가 아무런 기교도 부리지 않고 격해지는 일도 없이 공명은 말을 이었다.

"지난날 환제와 영제는 미약하셨기 때문에 한나라의 법통이 문란해지고 간신이 창궐했다. 논밭은 해마다 흉년이 들고 각 주가 소란스럽더니 결국 난세의 양상을 드러냈다. 나중에 동탁이 나타나 일단 진정되었으나 조정과 백성의 의견을 함부로 사사로이 하였고, 결국 이각과 곽사 등이 난을 일으켜 한 황제를 민간에서 유랑하게 했으며 백성들을 도탄에 빠트렸다."

공명은 말을 멈추었다. 안으로는 감정을 억누르고 밖으로는 평정을 유지하려는 듯, 양쪽 소매를 가만히 털고 백우선을 무릎 위에서 고쳐 쥐더니 다시 말을 이었다.

"생각하면 눈물이 앞을 가리고 입에 담는 것조차 황송하다. 그 무렵 조정에는 사람이 있어도 없는 것과 같았다. 즉, 썩은 나무로 궁궐을 짓고 계단에는 낙엽만 쌓이고 금수와도 같은 관리들이 의관을 입고 녹을 먹었다. 또 승냥이의 심사를 가진 무리가 정사를 좌지우지하며 사사로이 이익을 챙기기에 바빴다. 노안비슬奴顔婢膝의 무리가 앞다투어 도를 말하고 정사를 사리사욕을 채우는 데 이용했다. 이리하여 말세가 되었다. 사직은 엉망이 되고 만민은 도탄에 빠져 그것을 애통해하는 자들은 모두 재야에 숨었다. 왕랑, 잘 들어라."

공명은 목소리를 높였다. 그 목소리는 종달새처럼 높이 하늘까지 울려 퍼졌다.

"세상이 혼탁할 때 나는 젊은 상심을 품고 양양의 교외에 거하며 때가 올 것을 믿고 묵묵히 책을 읽고 밭을 갈았던 일은 조금 전에 네가 말한 그대로다. 그러나 당시 사람들은 모두 조용히 절차탁마하며 당시의 조신과 위정자의 부패와 타락에 분노하지 않을 수 없었다. 나도 물론 너를 안다. 너는 대대로 동해의 해안가에 살면서 조상 모두 한조의 은혜를 입었다. 너 역시 처음에 효렴孝廉으로 천거되어 조정에 출사했고, 더욱 은우를 받아 겨우 지금에 이르게 되었다. 조정이 위태로울 때, 헌제께서 각 지방을 유랑할 때도 아직까지 나라를 바로잡고 간신들을 제거하고 심금을 평안하게 하였다는 말은 듣지 못했고, 오직 시류를 엿보며 권력자에게 아부하고 간교한 이론을 세우고 왜곡된 문장을 지어 도적이 대권을 훔치는 것에 협력했다. 그것을 팔아 영작을 사고 호화로운 집에서 맛있는 음식을 먹는 생활을 오늘 76세의 고령까지 유지해온 괴물, 그것이 바로 너 왕랑이 아니냐. 내가 촉나라의 총수가 아니라 백성의 한 사람으로 너의 고기를 씹고 너의 피를 개, 닭에게 주어도 충분치 않은 심정이다. 그런데 다행히 하늘이 나를 세상에 보내심은 하늘이 아직 한조를 버리지 않았다는 증거다. 나는 지금 삼가 칙령을 받들고 충성스럽고 용맹한 촉군과 생사를 맹세한 뒤 여기 기산의 들판에 나왔다. 늙은 간신아, 옳고 그름을 분명히 하고 세상을 광명으로 이끄는 전쟁은 네가 잘하는 처세술이나 말에 있는 것이 아니다. 집에 틀어박혀 음식을 탐하며 노욕에 빠져 있었다면 죽지 않을 것을 어찌 어울리지 않는 갑옷을 차려입고 무분별하게 이 진영 앞에서 설치고 있느냐? 그것만으로도 천하의 좋은 구경거리가 될 터인데 이 들판에서 시체가 되어 무슨 낯짝으로 황천에 계신 스물네 분의 황제를 뵐 생각이냐? 썩 물러가라, 늙은 도적아!"

늠름한 마지막 일갈이 화살처럼 논적論敵의 폐부를 꿰뚫은 듯했다.

결론적으로는 한조를 대신하기 위해 일어선 촉나라 조정과 위나라 조정 중에 어느 쪽이 바르냐는 것인데 정통성을 따지자면 위나라에는 위나라의 주장이 있고, 촉나라에는 촉나라의 논거가 있기 때문에 이것은 결말이 나지 않는 입씨름일 수밖에 없다. 그래서 공명은 이념 싸움을 피해 사람들의 정념을 찔렀던 것이다. 과연 그가 말을 마치자 촉나라의 삼군은 와아 하고 크게 소리쳐서 변론을 지지하고 또 자신들의 감정을 그의 말 위에 실었다.

그에 반해 위나라 진영은 벙어리처럼 입을 다문 채 기가 죽어 있었다. 게다가 왕랑은 공명의 통렬한 말에 피가 격해지고 기가 막혀서 수치스러운 듯 고개를 숙이고 있는가 싶더니 갑자기 신음을 토하며 말 위에서 굴러떨어져 결국 그대로 숨이 끊어지고 말았다.

||| 四 |||

공명은 백우선을 들어 다음으로 적군 도독 조진을 나오라고 소

리친 후 말했다.

"우선 왕랑의 시체를 후진으로 거두어가거라. 남의 상을 틈타 이기려는 마음은 없다. 내일, 진용을 새롭게 정비하고 결전을 치르도록 하자. 너도 병사들을 정비하여 다시 나오도록 하라."

말을 마친 그는 사륜거를 돌렸다.

의지하고 있던 왕랑을 잃은 조진은 서전에서 기가 꺾여버렸다. 부도독 곽회는 그를 격려하기 위해 필승의 작전을 역설했다. 조진도 다시 마음을 다잡고 그 치밀한 작전 준비에 돌입했다.

공명은 그 무렵 유막으로 조운과 위연을 불러 명령을 내리고 있었다.

"두 분 장군이 군사를 이끌고 위나라 진영을 야습하시오."

위연은 공명의 얼굴을 쳐다보며 말했다.

"아마도 성공하지 못할 것입니다. 조진도 병법에 있어서는 뛰어난 자이니 상중에 있는 자신의 진영을 우리가 야습할 것이라 생각하고 이에 대비하고 있을 것이 틀림없습니다."

공명은 그 말에 이렇게 훈계했다.

"우리의 바람은 그가 우리가 야습하리라는 것을 아는 것이오. 생각건대 조진은 기산 뒤에 병사들을 매복시켜두고 우리가 야습하면 그 틈을 노려 우리의 본진을 공격하여 일거에 격파할 생각으로 지금은 움직임을 멈추고 있는 것이 틀림없소. 그래서 일부러 장군들을 그가 바라는 대로 보내는 것이오. 도중에 변고가 생기면 즉시 이렇게 하시오."

공명이 뭐라고 속삭였다.

다음으로 관흥과 장포 두 사람에게 각각 일군을 내주며 기산의 험지로 보내고 마대와 왕평, 장억 등 세 명에게는 따로 계책을 주며 본진 부근에 매복해 있으라고 명했다.

그런 줄도 모르고 위군은 조준, 주찬 등을 대장으로 삼아 2만여 명의 병사를 은밀히 기산 뒤편으로 우회시켜놓고 촉군의 동정을 살피고 있었다. 그때 관흥과 장포의 두 부대가 촉군 진영을 떠나 아군을 야습하러 온다는 소식이 전해졌다. 그러자 조준 등은 작전대로 되어가는 것을 기뻐하며 돌연 산에서 내려와 촉군의 본진을 급습했다.

적의 의표를 찔러 그 허술한 틈을 노린 것이었다. 그러나 공명은 그들의 의표를 역으로 찔렀다.

위군이 와 하고 밀물처럼 함성을 지르며 촉군 본진에 돌입해보니 목책의 네 개 문에 깃발만 보일 뿐 적군은 그림자조차 보이지 않았다. 뿐만 아니라 곳곳에 산처럼 쌓아놓은 잡목이 불에 타기 시작하더니 그 불길이 하늘을 태우고 땅을 끓게 했다.

주찬과 조준의 무리는 "아뿔싸! 적에게도 계책이 있는 모양이다. 후퇴하라, 후퇴하라!"라고 목이 쉬도록 소리쳤지만 무슨 일인지 위군들은 조금도 후퇴하지 못하고 오히려 불길 쪽으로 밀려가고 있었다.

그도 그럴 것이 위군 뒤에는 이미 곳곳에 촉군이 바짝 다가와서 공격을 퍼붓고 있었던 것이다.

마대와 왕평 등도 가세하고 야습하러 갔던 장억과 장익 등도 급히 되돌아와서 후방을 끊고 모든 위군을 독 안에 든 쥐로 만들어 버렸다. 조준과 주찬의 군사는 대부분 창칼에 목숨을 잃거나 불에 타 죽었다. 그리고 두 대장조차 불과 수백 명의 병사만을 이끌고 겨우 달아났을 정도였다.

게다가 달아나는 도중에도 길을 막은 조운의 군사들에게 다시 한번 철저하게 짓밟혔고, 본진에 돌아와서 보니 여기도 관흥과 장포의 기습을 받아 전군이 궤란에 빠져 있었다.

여하튼 이번 서전은 위군의 참담한 패배로 시작하여 전멸 상태로 끝났다. 대도독 조진도 어쩔 수 없이 멀리 후퇴하여 엄청난 부상자와 패잔병을 일단 수습하고 전 편대를 재정비하지 않을 수 없었다.

서부 제2전선

||| 一 |||

당시, 중원 사람들이 서강西羌의 오랑캐라고 부른 것은 지금의 청해성青海省 지방, 즉 유럽과 동양의 대륙적 경계의 척추를 이루는 대고원 지대의 티베트인과 몽골 민족의 혼합체로 구성된 한 왕국을 가리켰던 것으로 보인다.

이 서강 왕국과 위나라는 조조 시대부터 교역도 하고 있었고, 그들로부터 공물도 받고 있었다. 다른 종족이 가장 영광으로 생각하고 기뻐하는 위계영작 등을 조정의 이름으로 그들에게 수여하고 있었기 때문에 그것을 은혜로 여겼던 것이다.

그때 위나라의 황제는 조진이 기산에서 대패했다는 소식을 듣고 공명의 대군이 만만치 않다는 것을 알고 멀리 서강의 국왕 철리길徹里吉에게 사자를 보내 교서를 전달했다.

고원의 강군을 일으켜 공명의 배후를 위협하고 서부 국경에 제2전선을 펴시오.

동시에 조진이 보낸 같은 목적을 지닌 사자도 입국했다. 엄청난 양의 보물과 진기한 선물이 서강의 무상武相 월길越吉 원수와 재상 아단雅丹 등에게 전달되었다.

"조조 이래, 많은 은혜를 입은 위나라가 위기에 처했습니다. 싫다고 거절할 수 없습니다."

무상과 재상의 건의에 의해 국왕 철리길은 즉시 강군의 출격을 허락했다. 아단 재상과 월길 원수는 25만 명의 장정을 모아 이윽고 동쪽의 저지대를 향해 진군했다.

서강의 고원을 내려오니 황하와 장강의 상류를 이루는 맑은 강물이 산과 산 사이에서 물결쳐 내려오고 있었다. 황하의 강물과 장강의 강물도 대륙으로 흘러 들어가면 짙은 황색으로 탁해지지만, 이 부근에서는 그리 탁하지 않은 맑은 계곡물이었다.

평화로운 나날에 지루함을 느끼던 고원의 맹병들은 공명의 이름을 듣고도 얼마나 대단한 인물인지 몰랐고, 오랑캐답지 않게 최신식 무기를 들고 벌써 촉군을 집어삼킨 듯한 기개로 진군하고 있었다.

유럽, 터키, 이집트 등의 서구 세계와 교류가 빈번하여 그 문화적 영향을 중국보다 먼저 받은 이 강족군羌族軍은 이미 철을 씌운 전차와 화포를 보유하고 있었고, 아라비아 혈통의 강인한 말에 노궁과 창검도 모두 우수했다.

군대의 짐을 운반하는 데 낙타를 이용했고, 게다가 긴 창을 들고 가는 낙타 부대도 있었다. 낙타의 목과 안장에는 많은 방울이 매달려 있었는데 그 방울 소리와 철로 씌운 전차의 바퀴 소리는 고원 병사들의 피를 더욱더 들끓게 했다. 이윽고 이 대군이 촉나라 국경인 서평관(감숙성)에 근접했을 때 아닌 밤중에 홍두깨 격으로 지금 기산과 위수 사이에 있는 공명에게 파발마가 도착했다.

"서부의 움직임이 심상치 않습니다. 급히 원군을 청합니다."

공명도 이 보고에는 안색이 바뀌어서 생각에 잠겼다.

"누구를 보내면 좋을까?"

공명이 중얼거리는 소리를 듣고 관흥과 장포 두 사람이 자신들을 보내달라고 청했다.

사태는 위급하고 길은 멀다. 게다가 전격전電擊戰(신속한 기동력과 기습 작전으로 짧은 시간 내에 적진을 돌파하는 기동 작전)으로 단번에 해결하지 못하면 전군이 불리해질 것이다. 그러기에는 이 젊은이들이 믿음직스럽지만 두 사람 모두 서부 지방의 지리에 어둡다. 그래서 공명은 서량주 출신인 마대를 붙여주고 5만 명의 병사를 내주며 즉시 출격하라고 명했다. 낮은 소나기구름이 흘러가듯이 원군은 서쪽으로 달려가 순식간에 강군의 대부대와 대치했다.

"강군의 장비가 정말 대단해 보이네. 저것들을 격멸하기가 힘들 것 같아."

우선 높은 지대에 올라가 적진을 살핀 관흥은 혀를 내두르며 마대와 장포에게 한숨을 쉬며 말했다.

"철차대鐵車隊라고나 할까, 강철로 씌운 전차가 즐비해. 철차를 둘러싸고 고슴도치처럼 전체에 못과 같은 가시를 덮고 그 안에 병사들이 있더군. 저걸 어떻게 격멸할 수 있을까? 만만치 않은 강적이야."

||| 二 |||

"관흥 장군답지 않군."

마대는 오히려 웃으며 격려했다.

"싸워보기도 전에 적의 기세에 압도당해서 어떻게 하겠나? 어쨌거나 내일 한 번 싸워보고 나서 저들의 실력을 가늠해보기로 하세. 의논은 그 후에 해도 늦지 않을 거야."

그러나 이튿날의 접전에서 촉군은 강군에게 철저히 농락당하고 말았다. 패배의 원인은 강군이 지니고 있는 철차대의 위력이었다. 그 기동력 앞에는 군의 무용도 전혀 먹히지 않았다.

기마전이나 보병전에서는 절대적으로 우세했지만, 강군은 패색이 보이면 철 고슴도치가 나와 피의 바퀴 자국을 그리며 달려드는 촉군을 깔아뭉갰고 차창으로는 노궁을 쏘아대며 종횡무진했다. 그리고 그때 강군의 월길 원수가 손에 철퇴를 들고 허리에는 활을 차고 준마를 달려 진두에 나타났고, 강군의 사격대는 활을 나란히 하고 하늘이 뒤덮일 정도로 화살을 쏴댔다.

때문에 촉군은 대부분 궤멸했고, 게다가 여기저기에서 섬멸되었다. 관흥의 경우는 특히 적의 표적이 되어 종일 쫓겨 다니면서 월길의 철퇴에 박살 날 뻔한 적이 몇 번이나 있었다.

먼저 본진에 돌아와 있던 마대와 장포는 밤이 되어도 관흥이 돌아오지 않자 "결국 혼전 중에 목숨을 잃었단 말인가?"라며 절망에 빠져 있었다.

그런데 한밤중이 되어 관흥이 피투성이가 된 몸으로 돌아와서 "오늘처럼 공포스러운 날이 또 있을까?"라며 진심으로 강군의 맹위에 치를 떨었다.

그는 도중에 골짜기 옆에서 월길의 부하들에게 포위되어 죽을 뻔했는데 신기하게도 그때 하늘에 아버지 관우의 모습이 보인 것 같더니 힘이 솟아나 한쪽에 혈로를 뚫고 정신없이 여기까지 도망쳐왔다고 평소의 그답지 않게 진심으로 자신의 참패를 인정하며 이야기했다.

"아니, 자네만의 패전이 아니네. 우리도 모두 대패했어. 병사들의 절반 이상이 목숨을 잃었을 걸세. 이 책임은 다 함께 져야지."

마대는 이렇게 말했지만, 장포는 그저 분해서 눈물만 흘릴 뿐이었다. 게다가 아직 내일의 전투에서 어떻게 이 퇴세頹勢를 뒤집을지에 대한 대책도 자신도 없었다.

"결국엔 질 것을 알면서도 이 이상 맞붙는 것은 참된 용기가 아니네. 나는 패군을 수습한 뒤 요해로 후퇴하여 일단 적을 막고 있을 테니 두 사람은 서둘러 기산으로 가서 승상을 만나 어떻게 하면 좋을지 의견을 듣고 오게. ……그때까지는 수비에 치중하며 한 달이나 두 달은 무슨 일이 있어도 버티고 있을 테니."

마대가 말했다.

관흥과 장포에게도 지금은 그 길밖에 없었다. 그래서 두 사람은 기산으로 밤낮없이 달렸다.

기산에서의 서전은 촉군이 대승을 거뒀지만, 얼마 전에 서부 방면으로 보낸 대규모 병력이 대패했다는 소식을 듣자 공명의 얼굴에는 불안과 초조의 기색이 역력했다.

이런 때일수록 지도자의 판단 하나가 장래를 결정하는 중대한 열쇠가 된다. 공명은 하룻밤이 지나고 다음 날 말했다.

"지금 이 기산에서는 조진이 수세에 있고 우리가 전쟁의 주도권을 쥐고 있소. 즉, 우리가 싸우지 않으면 그들도 움직이지 않는 상태이니 장군들은 내가 자리를 비우는 동안 수비에 치중하며 쓸데없이 나서서 적을 자극해서는 안 될 것이오."

그리고 자신이 직접 서평관으로 갈 것이라고 말하고 강유와 장익 두 장군을 포함해 새로 편성한 군 3만여 명에 관흥과 장포도 데리고 서둘러 서평관으로 출발했다.

서평관에 도착한 공명은 마중하러 나온 마대의 안내로 높은 지대에 올라 강군의 군용을 살폈다. 그리고 전에 들은 무적 철차대의 진영을 바라보더니 껄껄 웃으며 옆을 보고 물었다.

"저건 그냥 기계의 힘이군. 저 정도의 물건을 가진 적을 무찌르지 못해서야 어쩌자는 건가? 강유는 어떻게 생각하느냐?"

||| 三 |||

강유가 즉시 대답했다.

"적에게는 용기는 있어도 지략이 없습니다. 또 기계의 힘은 있지만, 정신력은 없습니다. 승상의 지휘와 우리 촉군의 힘으로 격파하지 못하는 것이 오히려 이상할 것입니다."

공명은 자신의 뜻과 같다는 듯 고개를 끄덕였다. 그리고 산을 내려가 진영에 들어가서 장수들에게 말했다.

"지금 붉은 구름이 들판에 일고 삭풍이 하늘에 눈을 부르고 있소. 지금이 바로 나의 계책을 사용할 때요. 강유는 일군을 이끌고 적 가까이 접근하라. 그리고 내가 붉은 깃발을 흔드는 것을 보거든 즉각 퇴각하라. ……그 외의 장수들에게는 나중에 따로 명령을 내리겠소."

곧 강유는 유인 작전의 선봉이 되어 강군에 접근했다. 이들을 보고 월길의 중군은 철차대를 사나운 소처럼 밀고 전진해와서 강유의 부대를 분쇄하려 했다.

강유의 부대는 도망가다가 멈춰서고 다시 도망갔다.

승리에 우쭐해진 강족의 대군은 이참에 촉군을 분쇄하고 전선을 확대하려고 결국 공명의 본진까지 돌진해왔다.

전투의 중반 무렵부터 큼지막한 함박눈이 내리기 시작하고 삭풍이 불더니 점차 이 지역 특유의 눈보라로 바뀌었다. 강유의 병사들은 흩날리는 눈보라와 마찬가지로 모두 앞다투어 진문 안으로 도망쳐 들어갔고, 공격병에 맞서 싸우는 자도 없었다.

철차대는 간단히 책문을 부수고 열 대, 스무 대, 서른 대…… 줄지어 밀고 들어왔다. 뒤이어 기마병 2,000명과 보병 3,000~4,000명도 함성을 지르며 들어왔다.

그런데 병영 곳곳에 얼어붙은 깃발과 쌓인 눈만이 보일 뿐 진중에는 병사 한 명 보이지 않았다. 뿐만 아니라 바람 소리인지 낙엽 소리인지 모를 이상한 소리가 어디선가 들려오고 있었다.

"이상한데? ……멈춰라. 깊이 들어가지 마라."

월길 원수는 아군을 제지했다. 그리고 말 위에서 귀를 기울이고 있다가 깜짝 놀란 듯 몸을 부르르 떨며 중얼거렸다.

"거문고 소리? ……거문고 소리가 들린다."

그렇다면 계책이 있는 것이 틀림없다. 공명이라는 군략에 능한 자가 새롭게 정예를 이끌고 왔다고 들었다.

"방심하지 마라. 앞뒤를 경계하라."

그는 소리 높여 경계하면서 더욱 의심에 사로잡혀서 물러서지도 못하고 나아가지도 못하고 눈보라 속에서 머뭇거리고 있었다. 그때 뒤에서 따라오던 후진의 아단 재상이 그 말을 듣고 크게 웃으며 엄명을 내렸다.

"공명은 속임수에 능한 자라고 들었소. 그저 사람의 마음을 현혹시키는 어린아이 장난 같은 계책이건만 무엇을 주저하고 무엇을 두려워하시오? 벌써 광야에는 눈이 열 자나 쌓였소. 퇴각하는 것이 오히려 어려우니 철차대를 앞세워 진중을 철저히 유린한 뒤 이곳을 차지하고 눈을 피하는 것이 좋겠소. 만약 공명을 발견하거든 그 기회를 놓치지 말고 사로잡도록 하시오."

월길도 이 말에 고무되어 다시 철차대의 진격을 명하고 병사들을 나누어 우선 진영의 모든 문을 막고 단숨에 적의 패잔병을 섬멸하려고 했다.

안쪽으로 깊숙한 수풀 속에 막사가 하나 있었다. 지금 막 거기에서 급히 남문 쪽으로 달아나는 사륜거 한 대가 보였다. 따르는 자도 네다섯 명의 장수와 100여 명 정도의 소부대에 지나지 않았다. 공명이 틀림없다고 생각한 강족의 부장들은 서로 공명을 사로잡기 위해 앞다투어 달려나가려고 했다.

"아니, 기다려라. 뭔가 수상하다."

월길이 그들을 제지했으나 아단 재상이 코웃음 치며 말했다.

"비록 그에게 다소의 계책이 있다 하더라도 이 병력으로 이 승리의 기세를 타고 추격하면 아무 일도 없을 것이오. 적군 총사를 눈앞에 두고 어찌 놓치겠소? 절대로 놓쳐서는 안 됩니다."

아단이 앞에 서서 지휘했다.

그러는 사이에 공명의 사륜거는 남쪽 책문을 나가 진영 뒤로 이어지는 수풀 속으로 달아나 숨어버렸다.

"놓치지 마라."

강족의 기마병과 전차, 보병 등은 눈을 차고, 눈에 범벅이 되고,

새하얀 입김을 뿜어 올리며 공명을 맹추격했다.

||| 四 |||

이때 강유의 부대가 남쪽 목책 밖에 나타나 강족의 대군이 공명을 추격하는 걸 방해하는 듯한 태세를 취했다.

"성가신 놈이다. 저놈부터 우선 처리해라."

이 지시에 따라 강군은 먼저 강유 군을 공격했다. 강유 군은 사력을 다해 분전했지만, 애초에 수적으로 비교가 되지 않았다. 거의 성난 파도 앞의 티끌처럼 당하고 말았다. 더욱더 기세등등해진 강군 수만 명은 숲길을 중심으로 공명의 사륜거를 추격했다.

"아직 멀리 가지는 못했을 것이다."

숲을 빠져나가자 눈이 하얗게 쌓인 들판이 나왔다. 다만 이쪽 언덕과 맞은편 평야 사이가 띠처럼 좁은 골짜기였다. 기병대와 보병대의 일부는 즉시 달려 내려가 맞은편으로 올라갔지만, 둔중한 철차대는 조금 늦는 바람에 철차의 행렬이 한 덩어리가 되어 그곳을 지나가게 되었다. 이윽고 앞쪽의 철차들이 움푹하게 팬 땅에 도착하자마자 갑자기 눈보라가 일더니 엄청난 굉음과 함께 그 모습이 사라졌다.

"앗, 빠졌다."

"함정이다."

뒤에서 속속 내려오기 시작한 철차 안의 병사들은 절규하며 차를 멈추려고 했으나 눈이 쌓인 경사진 길을 미끄러져 내려가는 차바퀴를 멈출 수가 없었다.

일대 소동이 벌어진 가운데 두 눈 멀뚱히 뜨고서 미끄러져 빠지고 또 그 위로 미끄러져 빠지고…… 길 하나에만 수십 대의 철차가 순식간에 지상에서 모습을 감추었다.

게다가 이 길 하나뿐만이 아니라 곳곳에서 이런 참혹한 일이 일어나고 있었다. 이 완만한 경사의 구덩이처럼 보였던 곳은 태고의 대지진 때 갈라진 것으로 보이는 긴 단층이었다. 몇 리에 걸쳐 있는 그 균열 위에 촉군이 판자를 걸치고 흙과 잡목 따위로 가린 곳에 오늘 아침부터 큰 눈이 내렸기 때문에 누가 봐도 그곳에 균열이 있으리라고는 생각하지 못했다. 뿐만 아니라 기병이나 보병 등이 달려 지나가는 정도로는 아무 일도 일어나지 않았기 때문에 강족이 의지하는 철차들이 대부분 이곳에 빠진 것이다.

계략이 성공한 것을 보고 촉군은 징과 북을 치고 함성을 지르며 들판의 끝과 수풀 뒤, 진영의 동서 등에서 한꺼번에 달려나왔다.

마대 군은 아단 재상을 생포하고 관흥은 원한이 있는 월길 원수를 말 위에서 단칼에 베어 울분을 풀었다.

강유와 장익, 장포 등의 활약 또한 말할 필요도 없었다. 처음부터 기동전에 주력하며 그 힘을 믿고 있던 강군이었기 때문에 이렇게 되자 촉군의 손에 거의 목숨을 잃거나 살아남은 자는 예외 없이 항복하고 말았다.

그러나 공명은 아단 재상의 포박을 풀고 정중하게 순리와 역리에 대해 타일렀다.

"촉 황제야말로 대한의 정통이오. 우리는 칙령을 받고 위나라를 치고자 하나 강국에 대해서는 결코 아무런 야심도 없소. 그대들은 위나라에 속은 것이오. 돌아가서 강국 왕에게 잘 전해주시오."

공명은 포로들을 모두 풀어주고 본국으로 돌려보냈다.

일이 마무리되자 공명은 즉시 기산을 향해 군을 돌렸다. 도중에 표문을 써서 사자에게 들려 성도의 유선에게 승전을 보고했다.

한편 위수에 진을 치고 있던 조진의 대군은 좋은 기회를 잃고 말았다. 조진의 불민함은 위나라에 있어서 만회하기 어려운 큰 실수라 할 수 있었다. 왜냐하면 그가 공명의 부재를 알고 행동을 개시한 것은 이미 공명이 서부에서 승리하고 돌아올 무렵이었기 때문이다.

게다가 공명의 부재에도 불구하고 촉군은 공명이 가르쳐주고 간 계책을 철저히 지켰기 때문에 조진의 대군은 오히려 몇 차례 패배를 당했다. 그 후 서부 방면에서 돌아온 촉군과 만나는 바람에 앞뒤에서 공격을 받아 결국 위수에서 총퇴각할 수밖에 없었다.

조진은 처음부터 그다지 자신이 없었던 임무였기 때문에 속으로만 슬퍼하면서 마땅한 두 번째, 세 번째 계책도 없었다. 낙양에 파발마를 보내 오로지 중앙의 원조와 지령만 기다릴 뿐이었다.

사마의 중달, 일어나다

||| 一 |||

위수의 파발마들이 잇달아 낙양에 도착했다. 그 모든 것이 패배를 전하는 소식이었다.

위제 조예는 낯빛을 잃고 군신들을 소집하여 지금 나라를 구할 자가 없는지 걱정스럽게 물었다.

화흠華歆이 말했다.

"이렇게 된 이상 황제 폐하께서 친히 위수까지 가시어 삼군의 사기를 진작할 수밖에 없사옵니다. 그저 몇 명의 장수를 바꾸는 것만으로는 적을 더욱더 우쭐하게 할 뿐이옵니다."

태부太傅 종요鍾繇가 아니라며 반대했다.

"지피지기면 백전백승이라고 했사옵니다. 조 도독은 이미 처음부터 공명의 상대가 아니었사옵니다. 지금 폐하께서 친히 가셔도 그 부족한 점을 보충할 만한 효과를 기대하기는 어려울 것이옵니다. 만일 또 패한다면 위나라가 위험하옵니다. 차라리 이때 재야에 숨어 있는 인재를 발탁하여 그에게 인수를 내리고 공명을 궁지에 몰아넣는 것이 상책인 줄 아옵니다."

종요는 위나라의 대로大老다. 재야에 있는 인재란 대체 누구를 말하는 것일까? 위제는 기탄없이 그를 천거하라고 했다.

"그 사람이란 바로 사마의 중달이옵니다. 작년에 적의 반간계에 빠져 세상의 뜬소문을 믿고 그를 추방한 것은 아무리 생각해도 안타까운 일이었사옵니다. 듣자 하니 지금 사마의는 고향 완성宛城에서 한가롭게 지내고 있다고 하옵니다. 그러한 영재를 그렇게 놀리기는 너무 아깝습니다. 부디 지금이라도 당장 부르도록 하시옵소서."

조예의 얼굴에는 후회의 빛이 역력했다. 그렇지 않아도 평소부터 신경 쓰이던 일이었는데 지금 그것을 종요에게 지적당하자 근심의 빛이 더욱 짙어졌다.

"과인의 가장 큰 잘못이었소. 그러나 누명을 쓴 것에 대해 원한을 품고 재야에 숨은 그가 명령에 따르겠소?"

"아니, 원래 그는 나라를 걱정하는 마음이 큰 사람이니 칙사를 보내신다면 반드시 명을 따를 것이옵니다."

조예는 칙사에게 평서도독平西都督의 인수와 칙서를 전하게 했다.

그대가 나라를 걱정하여 남양南陽 여러 도의 군마를 규합해서 날을 정해 장안으로 나온다면 과인도 장안으로 가겠소. 거기서 함께 공명을 물리치도록 합시다.

이 무렵 기산에 있는 공명은 연전연승의 기회를 놓치지 않고 일거에 위나라의 중심부를 공격하려고 만반의 준비를 하고 있었다.

"기운이 이미 무르익었소. 이제 장안을 점령하고 더 나아가 낙양으로 진격합시다."

그때 백제성白帝城을 지키는 이엄李嚴의 아들 이풍李豊이 불쑥 찾아왔다.

'오나라가 움직이기 시작한 것이 아닐까? 어쨌든 보통 일은 아닐 것이다.'

백제성의 위치를 고려하여 공명은 이렇게 짐작했지만, 공명과 만난 이풍의 말은 달랐다.

"오늘은 아버님을 대신해서 기쁜 소식을 전하러 왔습니다."

"기쁜 일이라니?"

"기억하실 것입니다. 관우 장군이 형주에서 패했을 때, 패배의 원인이었던 맹달을. 우리를 배신하고 위나라에 항복한 바로 그 맹달 말입니다."

"어찌 잊을 수 있겠나? 그 맹달이 또 무슨 일을 저질렀나?"

"자초지종은 이렇습니다. 맹달은 위나라에 항복하고 나서 조비의 신뢰를 받았지만 조비가 죽은 후 새 황제 조예의 대에 이르러서는 관심 밖으로 밀려나게 되었고, 최근에는 특히 황제와 대신들 사이에서 무시를 당하는 일이 잦은 데다가 과거 촉나라의 신하였다는 이유로 의심의 눈초리마저 받자 앙앙불락怏怏不樂(마음에 차지 않거나 야속하게 여겨 즐거워하지 아니함)한 심경이라고 합니다. 그의 부하들 중에도 지금은 고국을 그리워하는 자가 많고, 기산과 위수의 전황을 듣고는 어째서 촉을 떠나왔는지 지금 몹시 후회하고 있다고 합니다."

결국 맹달은 그런 심경을 편지에 자세히 적어 보내며 "부디 이 뜻을 제갈 승상께 전해주시오."라고 이풍의 아버지인 백제성의 이엄에게 알선을 부탁했다고 한다.

||| 二 |||

이풍은 이상의 경위를 대강 전달한 후 말했다.

"실은 아버님께서 맹달을 한 번 만났습니다. 그때 맹달이 '저의 마음은 위나라가 5로에 대군을 일으켜 촉나라로 들어가려고 할 때 보여드렸고, 승상께서 잘 알고 계시리라 생각하오. 부디 촉나라로 돌아갈 수 있도록 알선해주시오. 만약 그렇게 해주신다면 이번에 제갈 승상께서 장안을 공격하실 때 저는 신성新城과 상용上庸, 금성金城의 군사들을 모아 즉시 낙양을 쳐서 며칠 안으로 위나라 전토를 붕괴시키겠소.'라고 아버님께 말했다고 합니다."

"그렇군. 근래에 없는 경사로다. 좋은 소식을 전해주었구나."

공명은 손뼉을 치며 몹시 기뻐했다.

"지금 맹달이 본연의 마음으로 돌아와 우릴 돕고, 우리 군이 밖에서 공격하는 한편 그가 안에서 일어나 낙양을 친다면 천하를 즉시 바로잡을 수 있을 것이야."

공명은 이풍의 노고를 치하하기 위해 주연을 열었다. 그 자리에 파발마가 와서 고했다.

"위왕 조예가 완성에 칙사를 보내 사마의 중달을 평서도독에 임명하고 그의 출려를 촉구하고 있다고 합니다."

"……뭐, 사마의를?"

공명은 취기가 싹 가신 얼굴을 떨구었다. 옆에 있던 참군 마속이 이상하다는 듯이 물었다.

"승상, 무슨 일이십니까? 뭘 그리 놀라십니까? 겨우 사마의 정도에."

"아니, 그렇지 않네."

공명은 무겁게 고개를 저으며 설명했다.

"내가 보기에 위나라에 인물이라곤 사마의밖에 없네. 내가 은근히 두려워하는 사람도 그가 유일해. 지금 맹달의 일로 기뻐하고 있는 중이었으나, 자칫하면 그것조차 사마의 때문에 잘못될 수도 있네. 실로 좋지 않을 때 좋지 않은 인물이 나섰군."

"그렇다면 급사를 보내 맹달에게 주의하라고 충고하는 것이 어떻겠습니까?"

"물론 서둘러야지. 즉시 파발마를 준비하라고 명하고 사자를 뽑아놓게."

공명은 연회 자리에서 나와 맹달에게 보낼 편지를 썼다. 급사는 그날 밤 바로 출발하여 맹달이 있는 신성으로 서둘러 갔다.

공명으로부터 편지가 왔다는 말에 맹달은 틀림없이 이엄이 자신의 뜻을 전해준 것이라며 희색이 만면하여 편지를 열어 보았다. 그런데 자신의 뜻은 받아들여졌지만, 마지막 단락에 조금 기분 나쁜 구절이 있었다. 그것은 위제의 명에 의해 사마의가 완성에서 일어난 것을 알린 내용이었는데, 그것뿐이라면 괜찮았지만 사마의의 지략을 높이 칭찬하며 만전을 기해 대처하라고 꼬치꼬치 주의를 준 것이었다.

"과연 소문대로 제갈량은 의심이 많은 사람이구나……."

그는 코웃음을 치며 딱히 신경 쓰지 않고 편지를 둘둘 말아버렸다. 그리고 공명에게 답장을 써서 즉시 사자에게 들려 보냈다.

기다리고 있던 공명의 손에 답장이 도착했다. 그러나 공명은 한 번 읽자마자 혀를 차며 말했다.

"참으로 경박한 자로구나."

공명은 그의 편지를 손으로 꽉 움켜쥐어 구겼다. 그러고도 아직 화가 가라앉지 않은 듯 중얼거렸다.

"맹달이 그런 어리석은 마음가짐이라면 반드시 사마의의 손에 죽을 것이다. ……아아, 어쩔 수가 없구나."

그는 눈물을 흘리며 잠시 천장을 바라보고 있었다.

"승상, 무엇을 그리 한탄하고 계십니까?"

"마속, 이 편지를 보게. ……맹달의 편지에 의하면 가령 사마의가 자신의 신성을 공격하더라도 낙양에 가서 임관식을 하고 올 것이니 적어도 한 달은 걸릴 테고, 그사이에 충분한 방비를 할 수 있으니 걱정할 것 없다고 적혀 있네. 득의만만하게 사마의 중달을 얕보며 혼자 느긋하게 큰소리를 치고 있어. ……이젠 틀렸네. 더는 안 돼."

"어째서 안 된다는 말씀입니까?"

"방비가 허술한 틈을 타서 불시에 습격한다. 이런 기본적인 병법을 활용하지 못할 중달이 아니네. 그는 아마도 낙양에 가는 것을 뒤로 미루고 우선 완성에서 맹달부터 치러 가겠지. 맹달에게 경고하기 위해 우리가 보낸 사자가 도착하는 것보다 사마의가 더 먼저 도착할 것이야. 때는 이미 늦었네."

||| 三 |||

길게 탄식하며 대사는 이미 끝났다고 말했지만, 공명은 아직 포기할 수 없었는지 즉시 다시 경고의 편지를 써서 신성으로 사자를 급파했다.

한편 고향 완성에 틀어박혀 있던 사마의 중달은 퇴임 후에 한가로운 호호아好好爺(인품이 아주 훌륭한 늙은이)가 되어 장남 사마사司馬師, 차남 사마소司馬昭와 함께 지극히 행복한 나날을 보내고 있었다. 이 두 아들도 담대하고 지혜로우며 병서를 깊이 연구하여 아버지가 보기에도 믿음직한 청년들이었다.

오늘도 두 아들이 함께 아버지의 서재에 들어왔다가 왠지 아버지의 낯빛이 좋지 않아 보이자 사마소가 물었다.

"아버님, 왜 그리 표정이 어두우십니까?"

"으음, 아니다."

중달은 마디가 굵은 손가락을 빗 삼아 성기고 긴 수염을 쓸어내렸다.

사마사가 아버지의 우울한 얼굴을 바라보며 말했다.

"저는 알 것 같습니다. 아버님의 가슴에는 지금 울분 같은 것이 끓고 있습니다."

"시끄럽다. 너희들이 뭘 안다고 그러느냐?"

"아니, 분명 그럴 것입니다. 아버님께서는 천자의 부르심이 없는 것을 한탄하고 계신 것이지요?"

"뭐라고?"

그러자 아우 사마소도 큰 소리로 단언했다.

"그렇다면 전전긍긍하실 필요 없습니다. 분명 가까운 시일 안에 천자의 부르심이 있을 것입니다."

'오오, 우리 집에서 또 이런 기린아가 나왔단 말인가?'

사마의는 눈을 크게 뜨고 자기 자식인데도 넋을 놓고 바라보았다.

그리고 얼마 지나지 않아서 과연 칙사가 찾아왔다. 물론 사마의는 대명을 받들었다. 그리고 동시에 일족과 가신들을 소집하고 즉시 격문을 완성 곳곳에 배포했다.

평소 그를 우러르고 그를 추종하는 자들은 적지 않았다. 그의 고향은 즉시 군마로 가득 찼다. 그러나 중달은 병력이 예상한 숫자에 도달할 때까지 기다리지 않고 그날 즉시 행군을 개시했다.

늦게 도착한 병사들은 뒤쫓아와 군에 합류했다. 때문에 행군을 하면 할수록 병력이 늘어났다. 그는 왜 이렇게 서둘렀을까? 거기에는 중대한 이유가 있었다. 그는 고향에서도 위나라와 촉나라의 전황은 상세히 파악하고 있었고, 또 최근에 신성의 맹달이 모반을 일으킬 조짐을 보인다는 소식을 들었기 때문이다.

그것을 사마의에게 밀고한 것은 금성 태수 신의申儀라는 가신이었다. 맹달은 금성과 상용의 두 태수에게 이미 밀사를 보내 낙양을 교란시킬 계책을 세워놓았던 것이다.

중달은 이를 중요하게 생각했다. 만약 그 모략이 성공한다면 아무리 위나라가 대국이라 하더라도 내부에서부터 붕괴되고 말 것이다.

사실 며칠 동안 계속 근심하던 것도 그 때문이었다. 조정에서 물러난 뒤 그런 우울한 기색은 한 번도 보이지 않았던 아버지의 모습에서 벌써 그 원인과 다가올 필연적인 시운時運을 감지한 사마의의 두 아들도 아버지보다 나으면 나았지 못하다고는 할 수 없는 아들들이었다.

"미리 이 사실을 안 것은 하늘이 위나라를 돕고 천자가 복이 있기 때문일 것이다. 무엇보다도 만약 지금 우리 일가가 나서지 않는다면 낙양과 장안은 일시에 붕괴될 것이다."

그는 이마를 두드리며 이 경사스러운 일에 나서는 군대라고 하면서 낙양으로 가지 않고 서둘러 신성으로 향했다.

두 아들은 조금 걱정되어 말했다.

“아버님, 일단 낙양으로 가서 정식으로 칙명을 받는 것이 옳지 않겠습니까?”

“괜찮다. 그럴 시간이 없어.”

사마의가 대답했다. 그가 이토록 서두른 이유는 공명이 두려워하면서도 미리 헤아리고 있던 것과 완벽히 일치했다.

활기를 되찾은 낙양

||| 一 |||

이때 사마의가 이끄는 군대의 행군 속도가 이틀 정도의 길을 하루 만에 갔다고 하니 매우 신속히 움직인 것은 분명하다.

게다가 중달은 이에 앞서 참군 양기梁畿라는 자에게 신성 부근에 병사들을 풀어 이런 소문을 퍼뜨리라고 명했다.

"사마의 군이 낙양으로 가서 천자의 칙명을 받은 후 공명을 무찌를 예정이다. 이때 공을 세우고 명성을 얻고자 하는 자는 모집에 응해서 사마의 군에 합류하라."

물론 이것은 신성의 맹달을 방심시키기 위한 모략으로 중달의 대군은 신성으로 서둘러 가고 있었다.

도중에 장안으로 향하는 위나라의 우장군 서황을 만났다. 서황은 수상히 여기며 물었다.

"지금 위제께서는 조진 군을 독려하고 공명 군을 쳐부수기 위해 이미 장안으로 떠나셨소. 그런데 소문에 듣자 하니 사마 도독은 낙양으로 간다는데 어째서 황제도 안 계신 도성으로 일부러 가려 하시오?"

중달은 서황의 귀에 입을 대고 진실을 털어놓았다.

"소문은 소문일 뿐이오. 내가 지금 서둘러 가는 곳은 다름 아닌 맹달의 신성이오."

서황은 무릎을 치며 말했다.

"그렇다면 나도 귀군에 합류하여 도와드리고 싶소만."

더 바랄 나위가 없는 일이라며 사마의는 그에게 선봉의 일익을 맡겼다.

그때 제5부대의 참군 양기가 공명이 맹달에게 보낸 편지를 몰래 베껴 쓴 것을 가지고 왔다.

"이런 것을 손에 넣었습니다."

그것을 보고 중달은 화들짝 놀라서 말했다.

"위험하다. 만약 맹달이 공명의 경계를 순순히 따른다면 모든 일이 수포로 돌아갈 것이야. 능력 있는 자는 실로 앉아서 천리 앞을 내다보는구나. 내 계획을 이미 공명이 알고 있으니 일각이라도 빨리 서두르지 않으면 안 될 것이다."

사마사와 사마소 두 아들을 독려하여 행군에 더욱 박차를 가하며 밤낮 가리지 않고 서둘렀다.

상황이 이러할진대 신성에 있는 맹달은 이러한 사실을 짐작조차 하지 못하고 있었다.

금성 태수 신의와 상용의 신탐申耽 등에게 대사를 털어놓고 며칠 안에 공명과 합류하기로 밀맹을 맺어놓았기 때문에 안심하고 있었다. 그러나 실은 신의와 신탐이 한통속이 되어 위군이 오면 내응하여 맹달의 허를 찌르려고 한다는 사실은 꿈에도 모르고 있었던 것이다.

"사마의는 낙양으로 가지 않고 장안으로 향하는 듯합니다."

신성의 첩자들은 각지에서 모은 정보를 일일이 맹달에게 보고

했다.

"처음에는 낙양으로 간다고 들었습니다만, 도중에 서황의 군대와 만나 위제가 지금 도성에 없는 것을 알고 다음 날부터 길을 바꿔 장안을 향해 가고 있는 듯합니다."

이런 첩보도 받았다.

맹달은 새로운 정보를 들을 때마다 기뻐했다.

"모든 것이 우리가 생각했던 대로다. 이제 날을 정해 낙양으로 쳐들어가자."

상용의 신탐과 금성의 신의에게도 파발마를 보내 그 사실을 알리고 모월 모일, 군사회의를 열어 즉각 쳐들어가자며 자세히 말해 두었다.

그런데 어느 날 아침, 아직 약속한 날이 되기 전이었다. 새벽어둠을 뚫고 성벽 아래 한쪽에서 들려오는 북과 징 소리에 놀라 잠에서 깼다. 소스라치게 놀란 맹달은 무슨 일인가 싶어 갑옷을 입자마자 성루로 달려 올라갔다. 거기서 내려다보니 위나라의 우장군 서황의 깃발이 해자 근처에 보였기 때문에 화살을 집어 그 깃발 아래에 보이는 대장을 향해 쏘았다.

참으로 불운하게도 서황은 그날 아침 이마에 화살을 정통으로 맞고 말에서 털썩 떨어지고 말았다.

||| 二 |||

전투를 시작하기도 전에 대장을 잃은 서황의 선봉군은 단번에 사기가 떨어져서 모두 도망칠 태세를 취했다.

성루에서 이 모습을 바라보고 있던 맹달은 다소나마 용기를 되찾으며 말했다.

"우리의 대사가 들통난 것 같지만 공격군의 병력은 많지 않다. 게다가 서황은 단 한 발의 화살에 고꾸라졌다. 공격하고 있는 사이에 금성과 상용에서 원군이 올 테니 모두 나가서 기가 꺾인 공격군을 한 놈도 남기지 말고 격멸하라."

그리고 급히 금성에 사자를 보냈다.

성안의 병사들은 각 문에서 나가 위군을 공격했다. 맹달도 말을 타고 나가 "아아, 기분 좋다."라며 적병들을 때려눕히고 짓밟으면서 추격을 멈추지 않았다.

그러나 쫓아가면 쫓아갈수록 적병의 수가 많아지면서 뭉게뭉게 이는 먼지와 함께 적진은 점점 두터워질 뿐이었다. 이상하게 여긴 맹달이 문득 뒤쪽을 보니 천군만마 위에 있는 비단 대장기에 '사마의'라는 검은 세 글자가 수놓아져 있는 것이 아닌가.

'아뿔싸. 서황의 군사만 있는 것이 아니었구나.'

황급히 말 머리를 돌렸을 때는 이미 그가 이끄는 군용의 대오는 완전히 흐트러진 뒤였다. 뿐만 아니라 자신의 성으로 돌아가 문을 열라고 성문에 대고 소리치자 대답과 함께 문을 열고 튀어나온 것은 신탐과 신의의 병사들이었다.

"반역자! 네 운이 다했다."

"깨끗하게 천벌을 받아라!"

맹렬하게 다가온 자들을 보니 같은 편이라고 굳게 믿었던 두 사람이었다.

맹달은 소스라치게 놀라며 외쳤다.

"착각하지 마시오!"

그러나 신탐과 신의는 코웃음 치며 말했다.

"너야말로 문을 착각하여 이쪽으로 돌아오는 우를 범했구나. 저걸 봐라. 성곽 위에 높이 펄럭이는 것이 촉의 깃발인지, 위의 깃발인지. 저승길의 선물이니 잘 봐두어라."

그 성곽 위에서 이보李輔와 등현鄧賢 등의 위나라 장수들이 빗발처럼 화살을 쏘아대고 있었다.

맹달은 비겁하게 달아났지만 신탐이 뒤쫓아와서 단칼에 그를 베어버렸다. 무장의 가장 수치스러운 죽음은 등 뒤에서 칼에 맞아 죽는 것인데, 맹달이 바로 그렇게 죽고 말았다.

사마의는 항복한 병사들을 수습하고 아군을 정비했다. 하루 만에 승리를 거둔 위군은 북소리 한 번에 여섯 걸음씩 걸으며 당당하게 신성에 입성했다.

맹달의 목은 낙양으로 보내졌다.

사마의는 이보와 등현에게 신성의 수비를 맡기고 신탐, 신의의 병사들도 합류시켜 장안을 향해 서둘러 떠났다.

맹달의 머리가 낙양 거리에 걸리며 그 죄상과 전횡이 알려지자 촉군이 온다며 두려움에 떨던 낙양의 백성들은 갑자기 봄이 찾아온 것처럼 생기를 되찾았다.

"사마의가 일어났다."

"중달이 다시 위군을 지휘한다고 한다."

이미 장안에 와 있던 위제 조예는 사마의를 기다리다가 그의 모습이 행궁에 보이자 왕좌 가까이 불러 말했다.

"사마의, 일찍이 경의 관직을 삭탈하고 고향에서 쓸쓸하게 보내게 한 것은 과인이 부족해 적의 모략에 빠졌기 때문이오. 지금 깊이 뉘우치고 있소. 경도 원망스럽게 생각하지 않고 나라가 위급한 상황에 빠졌다는 소식을 듣자마자 달려와주었소. 게다가 도중에 모반을 꾀하는 맹달을 해치웠소. 만약 경이 일어나지 않았다면 낙양과 장안은 순식간에 무너졌을지도 모르오. 경이 와준 것이 참으로 기쁩니다."

사마의는 감격하여 눈물을 흘리며 엎드려 말했다.

"칙명도 받지 않고 오는 도중에 전투를 벌인 죄, 참으로 송구스럽게 생각하고 있었는데 과분한 말씀을 해주시니 몸 둘 바를 모르겠사옵니다."

"아니요. 질풍과 같은 계책, 번개 같은 공격은 옛날의 손자, 오자보다 앞설 것이오. 전쟁은 때가 중요한 법. 이후, 사태가 급박할 때는 과인에게 고할 것도 없이 경의 뜻대로 하시오."

황제는 사마의에게 전례가 없는 특권을 주고 금부와 은월을 한 쌍 내렸다.

거문고 타는 공명

||| 一 |||

위군의 대진용은 갖춰졌다.

신비辛毘, 자는 좌치佐治. 영주潁州 양적陽翟 태생의 그는 일찍부터 큰 인물로 이름이 높고 지금은 위제 조예의 군사로서 항상 황제를 가까이에서 보필하는 인물이다.

손례孫禮, 자는 덕달德達은 호군대장으로 일찍이 전장에 있는 조진의 대군에 5만의 정병을 더해 그를 지원했고, 또 사마의 중달은 장안의 관문 밖에서 총 병력 20만으로 선형진扇形陣을 전개했다. 그 장관은 실로 눈부실 정도였다.

중달 군의 선봉장으로 추천된 자는 하남의 장합, 자는 준의雋義로, 그는 중달이 특별히 황제에게 상주하여 자신의 군에 청한 유능한 장수였다.

중달은 그 장합을 장막으로 불러 말했다.

“공연히 적을 칭찬하는 것은 아니지만 내가 보기에 공명은 분명 희대의 영웅, 당대의 일인자네. 이자를 이기기는 결코 쉽지 않아.”

그는 이번 대전을 앞두고 진심으로 이렇게 말했다. 그리고 다시 말을 이었다.

“만약 내가 공명의 입장에서 위나라로 쳐들어간다면 이곳은 산과 골짜기가 험난하고 그것을 연결하는 10여 개의 길이 있으니 우선 자오곡子午谷에서 장안으로 들어가는 직전을 취할 것이네. 그러나 공명은 아마도 그렇게 하지 않을 걸세. 왜냐하면 과거의 전쟁을 보면 그의 용병술은 조심성이 많은 데다 어떤 경우에도 절대 지지 않는 불패의 땅을 택해 싸우기 때문이네."

그의 말은 공명의 마음을 손바닥 위에 올려놓고 설명하는 듯했다. 영웅은 영웅을 안다는 것인가 하고 장합은 넋을 놓고 듣고 있었다.

"아마도 그는 사곡斜谷(미현의 서남쪽 30리, 사곡관)으로 나와 미성郿城(섬서성, 미현)을 점령하고 거기에서 병력을 나누어 기곡箕谷(부하성현의 북쪽 20리)으로 향하지 싶네. 그러니 우리의 대책은 격문을 보내 조진 도독의 군사들에게 미성을 단단히 지키게 하는 한편 기곡 길에 병사들을 매복시켜놓았다가 그가 이쪽으로 올 때 분쇄하는 걸세."

"도독께서는 어떻게 하실 생각입니까?"

"극비 중의 극비인데……."

그는 목소리를 낮추었다.

"진령秦嶺의 서쪽에 가정街亭이라는 고지가 하나 있네. 옆에는 열류성列柳城이라는 성이 하나 있고. 이 고지와 성이야말로 한중의 급소에 해당하는 곳이네. 공명은 조진의 통찰력이 그다지 뛰어나지 않다고 판단하고 아마도 아직 거기까지는 병사를 보내지 않았을 걸세. ……장합, 그대와 내가 급히 그곳으로 가서 공격하는 것이네. 참으로 유쾌하지 않겠나?"

"아아, 정말 훌륭한 계책입니다. 분명 그것은 적의 폐부를 도려

내는 일이 될 것입니다."

"가정을 취하면 공명도 한중으로 물러날 수밖에 없네. 군량 운송로가 거기서 끊겨버리니까."

"농서의 각 군도 보급로가 끊기면 바로 붕괴되어 퇴각할 수밖에 없을 것입니다. 도독의 신묘한 계책을 누가 또 생각해낼 수 있겠습니까?"

"아니네. 계책만을 듣고 그렇게 기뻐하지 말게. 상대는 제갈공명이야. 맹달 따위와는 비교가 되지 않는 상댈세. 절대 경솔하게 생각해서는 안 돼."

"알겠습니다."

"1리를 전진하면 10리 앞에 척후를 보내고 10리를 전진하면 적의 복병이 없는지 살피며 담대하고 치밀하게 움직이도록 하게."

"물론입니다."

"그럼 준비하게."

선봉으로 장합을 보낸 후 중달은 서기에게 명해 격문을 쓰게 했다. 그리고 이것을 조진의 본진에 보내 작전 방침을 지시하는 한편 단단히 경고했다.

공명의 꾀에 넘어가 경솔히 움직이지 마시오

기산(감숙성 공창 부근) 일대의 산악과 황야는 위나라와 촉나라를 나누는 경계로 그 첫 번째 전투가 여기서 벌어지려 하고 있었다.

이 지형, 이 광대한 천지는 공명 쪽에서 선점한 전장이다. 이 큰 전투에 앞서 촉군이 지리적 우위를 점한 것이다.

신성 함락 소식은 공명의 마음에 일말의 걱정을 안겼다. 그는 그 소식을 들었을 때 주위 사람들에게 말했다.

"맹달의 죽음은 별로 아쉽지 않네. 그러나 사마의가 그렇게 빨리 대군을 이끌고 온 이상 가정의 길이 걱정되는군. 그는 즉시 가정을 노릴 것이네. 가정은 우리의 급소야. 잠시도 꾸물거릴 시간이 없네. 누가 빨리 가서 그곳을 지키지 않으면……."

||| 二 |||

누구를 보낼지 공명은 장수들을 둘러보며 물색하고 있는 듯했다. 그러자 그의 얼굴을 보며 참군 마속이 옆에서 몸을 내밀고 간청했다.

"승상, 저를 보내주십시오."

"……?"

공명은 마속을 돌아보았으나 처음에는 거의 의중에 두지 않는 듯한 모습이었다. 그러나 마속은 더욱 열심히 간청했다.

"비록 사마의나 장합이 뛰어난 명장이나 저도 다년간 병법을 공부해왔습니다. 특히 나이가 약관을 넘었음에도 여전히 아무 공도 세우지 못한 것은 세상에 대해서도 수치스럽습니다. 가정 하나 지키지 못할 정도라면 장래 무문武門에 무슨 도움이 되겠습니까? 부디 저를 보내주십시오."

그는 평소의 친분에 의지해 응석을 부리며 거의 매달리듯 끈질기게 부탁했다.

마속은 공명을 아버지처럼 따르며 스승으로 존경하고 있었다. 공명도 자애로운 아버지처럼 그가 자라는 모습을 다년간 지켜봐

왔다.

마속은 오랑캐와의 전투에서 전사한 마량의 어린 동생이다. 마량과 공명은 문경지교를 맺고 있었으므로 그의 유족은 모두 맡아서 돌보고 있었으나 특히 마속의 재능을 공명은 총애하고 있었다.

일찍이 유비는 공명에게 이렇게 경고한 바 있다.

"이 아이는 재주와 기량이 과하니 중요한 일에는 쓰지 않는 것이 좋을 것이오."

그러나 공명은 어느 틈에 그 말도 잊고 마속을 그 누구보다도 총애했다. 그리고 성장함에 따라 그의 재주와 능력도 함께 자라며 군계軍計, 병략兵略을 알지 못하는 것이 없었다. 누가 봐도 그는 공명 문하의 으뜸가는 준재로 공명은 그가 대성할 것을 기대하며 즐거운 마음으로 지켜보고 있었다.

그래서 공명은 지금 마속이 계속 졸라대자 아직 어린 그에게 임무가 너무 무거운 것이 아닌가 싶었지만, 힘든 전투와 강적을 경험하게 하는 것도 장래가 촉망되는 인재를 단련시킬 수 있는 좋은 기회라고 생각을 고쳐먹었다. 결국 공명은 그 미묘한 심리 속에 자신의 애정이 섞여 있다는 것을 눈치채지 못하고 그만 "가겠느냐?"라고 물어보고 말았다.

"가겠습니다."

마속은 밝은 얼굴로 즉시 대답했다. 그리고 강한 의욕을 보이며 맹세했다.

"만약 잘못된다면 저는 물론 일문권속 모두 군벌에 처해도 결코 원망하지 않겠습니다."

"진중에 실없는 말은 없다."

공명은 엄숙하게 주의를 준 후 거듭해서 경고했다.

"적장 사마의는 말할 것도 없거니와 부장 장합도 결코 쉽게 볼 수 있는 자들이 아니다. 명심하고 조금의 실수도 없도록 하라."

또 아문장군牙門將軍 왕평王平을 향해 지시를 내렸다.

"그대가 평소에도 신중하며 적어도 경솔한 인물이 아니라는 것은 나도 알고 있네. 해서 지금 마속의 부장으로 임명하여 특별히 함께 보내겠으니 반드시 가정의 요지를 사수하게."

공명은 더욱 세심하게 주의를 기울였다. 가정 부근의 지도를 펴놓고 지형과 진을 치는 법을 자세히 설명한 후 말했다.

"장안으로 공격해 들어갈 생각은 절대로 하지 마라. 이 요충지를 지키며 단 한 명의 적도 오가지 못하게 하는 것이 장안을 취하는 첫걸음이 될 것이다."

"알겠습니다. 존명대로 사수하겠습니다."

마속은 부장 왕평과 함께 2만여 명의 병사들을 이끌고 가정으로 가는 길을 서둘렀다.

그들을 보내고 하루 후에 다시 공명은 고상을 불러 1만 명의 병사를 내주며 명했다.

"가정의 동북쪽 기슭에 열류성이라는 곳이 있다. 그대는 거기로 가서 만약 가정이 위기에 처하거든 즉시 병사들을 이끌고 가서 마속을 지원하라."

공명은 여전히 안심되지 않는 부분이 있었다. 군이 큰 위기에 처했는데 거기에 '사사로운 감정'이 개입한 것을 이제야 의식하고 불안을 느꼈던 것이다.

||| 三 |||

가정의 요지를 중시하는 공명은 아직 준비가 충분하지 않다고 느꼈는지 위연을 후발대로 보내고 또 조운과 등지의 두 부대를 가정을 엄호하기 위해 기곡 방면으로 급파했다.

그리고 자신의 본진은 강유를 선봉장으로 삼아 사곡에서 미성으로 향했다. 우선 미성을 취하고 장안으로 진격하는 길을 열고자 하는 작전인 것은 말할 필요도 없다.

한편, 마속은 가정에 도착하자마자 지세를 시찰하더니 크게 웃으며 말했다.

"승상께서 지나치게 신중을 기하시는 듯하군. 산이라고 해봐야 대단한 산도 아니고 겨우 사람이 지나갈 정도의 길이 몇 개 있을 뿐인 가정 따위에 어째서 위가 대군을 보내오겠어? 전부터 승상의 작전은 항상 지나치게 신중하여 오히려 아군에게 의심을 품게 하더니."

그리고 산 위에 진을 치라고 명령했다. 그러자 부장 왕평이 엄하게 경고했다.

"승상이 명하신 작전의 요지는 산의 좁은 길을 전부 막아 거기를 차단하는 것에 있습니다. 만약 산 위에 진을 친다면 위군에게 산기슭을 포위당해 그 사명을 다할 수 없습니다."

"그것은 부녀자의 의견으로 대장부가 취할 행동이 아니오. 이 산이 낮다고는 하나 세 방면은 낭떠러지, 만약 위군이 온다면 가까이 접근하게 해서 공격하기에 적합한 곳이지요."

"승상께서는 이기라고 명하지 않았습니다."

"쓸데없는 참견 마시오. 손자도 사지에 들어가야 산다고 했소.

나는 어려서부터 병법을 배우고 승상조차 일이 있을 때마다 나와 계책을 상의하셨소. 잠자코 내 명령에 따르시오."

"그렇다면 장군은 산 위에 진을 치십시오. 나는 병사 5,000명을 데리고 따로 산기슭에 진을 치겠소. 기각지세掎角之勢로 방비합시다."

마속은 노골적으로 불쾌한 기색을 보였다. 대장의 위엄이 손상됐다는 느낌이 들었던 것이다. 한편으로는 특별히 주장으로 선택된 것에 대한 긍지와 평소부터 공명의 총애를 받고 있다는 자부심이 가득했다.

도착하자마자 주장과 부장이 논쟁을 벌이며 시간을 보내고 있는 사이에 벌써 근처의 백성들이 피난을 떠나며 말했다.

"위군이 온다, 위군이 온다."

'앗, 이러고 있을 틈이 없다.'

마속은 자신의 계책을 고집하며 명령을 내렸다.

"산 위에 진을 쳐라."

그리고 자신도 산 위로 올라갔다.

왕평은 병사 5,000명을 이끌고 산기슭에 진을 치고 마속과 자신의 포진을 자세히 그림으로 그려 파발마를 보내 공명에게 호소했다.

직접 명령을 내려주십시오

마속은 포진을 끝내고 산기슭을 바라보며 이를 갈았다.

'왕평 이자가 끝내 내 지시를 따르지 않는군. 개선 후에 승상 앞에서 그의 월권과 군율 위반의 죄를 반드시 묻도록 하겠다.'

다음 날, 또 그다음 날. 계속해서 아군인 고상과 위연 등이 열류성 부근에서 이 가정을 음으로 양으로 지원하며 위군을 견제한다는 소식을 듣고 그는 더욱 의기양양해졌다.

"위군이 들이닥치면 단번에 깨부숴주마."

그는 100만 대군이라도 삼켜버릴 듯한 기개로 적군을 기다렸다.

이때 중달은 가정에는 아직 단 한 명의 촉군도 오지 않았을 것이라고 예상하고 있었다. 그러나 먼저 출발한 사마소가 선진의 장합과 만났는데 이미 가정에는 촉의 깃발이 나부끼고 있다는 말을 들었다.

"그렇다면 나 혼자만의 생각으로 함부로 움직일 수 없소."

그는 급히 말 머리를 되돌려 아버지 중달에게 보고했다.

"아아, 과연 공명이구나. 신안神眼, 신속. …… 그렇다면 이미 늦었단 말인가."

몹시 놀란 중달은 잠시 망연자실했다.

||| 四 |||

사마의는 본진을 약간 움직이고 가정과 기곡, 사곡의 세 방면에 빈틈없이 촉각을 세웠다.

"조용히 따라오너라."

어느 날 밤, 그는 불과 열 명의 병사를 이끌고 전선으로 암행을 나섰다. 달빛을 이용해 은밀히 적진 부근의 산 네 곳을 둘러보고 한 고지에서 촉군 진용을 바라보며 어이가 없다는 듯이 말했다.

"이게 무슨 일인가?"

그는 주위를 돌아보며 말했다.

"감사하게도 하늘의 도움인지 촉군이 산 위에 진을 쳐서 스스로 패배를 자초하는구나."

본진으로 돌아오자마자 유막帷幕에 참군參軍들을 불러 물었다.

"가정을 지키는 촉장이 대체 누구냐?"

그리고 마속이라는 말을 듣자 그는 웃으며 크게 기뻐했다.

"천려일실千慮一失(천 가지 생각 가운데 한 가지 실책)이라는 말도 있건만, 천하의 공명도 사람을 쓰는 데 실수를 다 하는구나. 산을 지키는 촉장은 참으로 어리석은 자다. 단번에 해치울 수 있을 것이다."

그는 장합에게 명령했다.

"산의 서쪽으로 10리 떨어진 산기슭에 촉군의 일진이 있다. 그대는 거기를 공격하라. 나는 신탐과 신의 두 부대를 지휘하여 산 위의 명맥을 끊겠다."

중달이 '산 위의 명맥'이라고 생각한 것은 병사들에게 없어서는 안 될 '물'이었다.

산 위의 촉군은 산 밑으로 병사를 보내 물을 길어오게 하고 있었다. 위나라의 장합은 중달의 명령을 받고 다음 날 이른 아침 병사들을 이끌고 왕평 군을 고립시키러 갔다.

잠시 후, 사마의는 몸소 위나라의 대군을 인솔하여 산기슭을 열 겹, 스무 겹으로 포위해버렸다. 그러는 사이에 함성과 북과 징 소리는 구름을 움직이고 땅을 진동시켰다.

산 위의 마속은 산기슭을 내려다보며 명령했다.

"붉은 깃발이 움직이거든 단숨에 공격을 퍼부어 기어 올라오는 위군을 모두 죽여라."

유리한 지점에 있다고 생각하는 그의 필승의 기개는 하늘을 찌를 듯했다. 그러나 위군은 북과 징을 치며 함성만 지를 뿐 산 위로 공격해 올라오지 않았다.

"겁을 집어먹은 모양이군. 그렇다면 우리가 먼저 공격하여 섬멸해버리자."

마속은 빨리 공을 세우고 싶은 마음밖에 없었다. 촉군은 샛길로 달려 내려갔다. 마속은 위나라 장수의 머리 두 개를 취하여 산 위로 돌아왔다. 다수의 아군이 서전에서 이겼지만 돌아가는 길이 오르막이라 힘이 다하여 추격해오는 새로운 부대에 엄청난 수의 병사들이 목숨을 잃었다. 그런데도 마속은 눈앞의 승리에 도취되어 있었다.

"오늘 전투는 이겼다."

그러나 그날 밤부터 즉시 식수 부족으로 곤란을 겪어야 했다.

"뭐, 식수 보급로가 끊겼다고?"

마속은 소스라치게 놀랐다. 깨달았을 때는 이미 때가 늦었다. 그 이후 보급로를 탈환하려고 시도할 때마다 엄청난 손실을 입었다. 시간이 흐름에 따라 산 위의 군마는 갈증이 심해졌다. 밥 지을 물이 없어 생쌀을 씹거나 화식을 할 수밖에 없었고, 아무리 기다려도 비조차 내리지 않았다. 그러는 사이에 "물을 뜨러 간다."며 깊은 밤에 산을 내려간 병사들은 모두 돌아오지 않았다. 적에게 목숨을 잃은 것이라 생각했는데, 실은 속속 위나라에 투항한 것이었다.

결국 많은 병사가 단체로 위나라에 항복했다. 그리하여 산 위의 어려운 상황을 사마의도 알게 되었다.

"때가 되었다. 공격하라."

위군은 총공격을 개시했다.

"달아나지 않겠다."

마속도 죽을 각오를 하고 서남쪽 길로 우르르 내려갔다. 사마의는 일부러 길을 열어 궁지에 몰린 군대를 통과시킨 후 그 많은 병사가 산을 내려가자 비로소 몰아붙이며 섬멸전을 펼쳤다. 마속을 지원하기 위해 와 있던 위연과 고상은 50리 밖에서 달려왔지만, 그 도중에 사마소의 복병을 만났다. 또 왕평 군도 합세하여 여기에서 촉군과 위군이 어지럽게 뒤엉켜 싸움을 벌였는데 종일 누가 이기고 지는지도 모를 정도였다.

||| 五 |||

가정의 격전은 결국 촉군의 대패로 끝났다.

산기슭에 진을 친 왕평과 후진에 있던 위연, 열류성까지 나와 있던 고상 등이 일제히 군사를 일으켜 마속 군을 지원했으나 마속 군은 10여 일간 산 위에서 식수가 끊겨 병마가 모두 탈진 상태였기 때문에 싸울 힘도 없이 그저 패주하다가 위군에게 포위당해 대부분 목숨을 잃었다.

전투는 산과 들에서 사흘 밤낮 계속되었다. 위연이 마속을 구출하려는 것을 알아챈 사마의는 사마소에게 그 측면을 공격하라고 명했다. 또 장합은 엄청난 수의 기병을 이끌고 와서 촉의 이름난 대장의 목을 치겠다며 그들을 포위했으나 왕평 군과 고상 군이 측면에서 가세하는 바람에 결국 뜻을 이루지 못했다.

그러나 위연 군도 크게 타격을 입었고, 왕평 군도 만신창이가 되었다. 나흘째 되는 날 아침 겨우 패잔병을 수습하여 "이렇게 된 이상 열류성에 모여 선후책을 강구합시다."라는 고상의 의견에 따라 열류성으로 서둘러 갔지만, 도중에 또 생각지도 못한 적과 맞닥뜨렸다. 조진의 부도독 곽회의 부대였다.

곽회는 대도독 조진과 함께 기산 앞에 진을 치고 공명의 본진과 대치하고 있었는데, 가정이 무너졌다는 소식을 듣고 '사마의가 공을 독차지하게 놔둘 수 없다.'는 시기심에 급히 열류성을 취하러 온 것이었다.

'이 새로운 적과 싸우는 것은 자살하는 것과 다름없다.'

위연과 고상은 이렇게 보고 급히 길을 돌려 양평관으로 가서 일단 그곳을 지키고 있었다. 곽회는 그 사실을 알고 쉽게 열류성을 손에 넣을 수 있을 것이라 여기고 성벽 아래까지 오자 성 위로 연기가 피어오르고 석포 소리가 들리더니 엄청나게 많은 깃발이 움직이는 것이 보였다.

"아, 아직 촉군이 있었단 말인가."

그러나 자세히 보니 모두 위나라의 깃발이었고 한층 눈에 띄는 커다란 붉은 깃발에는 선명하게 '평서도독 표기장군 사마의'라고 쓰여 있었다.

"곽 장군, 무슨 일로 왔는가?"

그 근처에서 소리가 나서 자세히 보니 틀림없는 사마의 중달이 성 위 높은 난간에 기대 듬성듬성한 수염을 바람에 휘날리며 껄껄 웃고 있는 것이 아닌가.

깜짝 놀란 곽회는 속으로 나는 도저히 이 사람에게 미치지 못한다고 생각했다. 그리고 안으로 들어가 대면을 요청하고 경배하며 진심으로 존경하는 마음을 나타냈다.

"가정이 무너진 이상 공명도 도망칠 수밖에 없을 걸세. 그대는 즉시 그대의 병사들을 이끌고 공명을 추격하여 공격하게."

중달의 말에 곽회는 고분고분 다시 성 밖으로 나갔다. 이어서 중달은 휘하의 장합을 불러 말했다.

"위연과 왕평의 무리는 패군을 이끌고 양평관을 지킬 걸세. 거기에 이끌려 가볍게 추격하여 공격하면 즉시 공명이 뒤를 치고 들어와 대세를 바꾸려 할 것이 틀림없네. 병법에도 돌아가는 군대를 공격하지 말고 궁지에 몰린 적을 추격하지 말라고 경계하고 있네. 하여 우리는 지금 오히려 샛길로 촉군의 뒤로 돌아갈 걸세. 그대는 산길을 거쳐 기곡으로 가게. 그러나 촉군이 무너져도 그들을 전멸시키겠다고 성급하게 추격해서는 안 되네. 무기와 군량, 말 등을 수습하고 나서 즉시 사곡을 취하고 서성西城을 점령한 후 다음 작전에 돌입하도록. 서성은 산간의 작은 현이지만 거기에는 촉군이 틀림없이 군량을 쌓아두었을 걸세. 원정에 나서 유랑하는 촉군에게서 식량을 빼앗아버리면 그들의 패배는 필연적이니 굳이 우리 군이 많은 희생을 치를 필요도 없네."

명을 받은 장합은 엄청난 위군을 이끌고 기곡으로 갔다.

사마의도 신탐과 신의 두 사람을 열류성에 남겨두고 전진했다. 그의 전법은 이기면 이길수록 견실해졌다.

이 무렵 공명의 입장과 심경은 어땠을까? 아니, 그보다 먼저 왕평의 급사가 가정의 포진 모양을 편지와 함께 그림으로 그려 가져온 것을 본 그는 한 번 보자마자 갑자기 당혹한 표정이 되어 말했다.

"앗, 마속. 이 어리석은 놈이."

||| 六 |||

"그렇게 말했건만."

후회하는 모습을 좀처럼 보이지 않는 공명도 이때만은 참회의 눈물을 흘리며 혼잣말을 했다.

"마속, 이놈이 기어이 우리 군을 함정에 빠뜨리고 말았구나."

그는 아랫입술을 피가 나도록 꽉 깨물었다.

장사 양의楊儀는 일찍이 본 적이 없는 공명의 모습에 위로할 생각으로 조심스럽게 물었다.

"무엇 때문에 그리 장탄식을 하십니까?"

"이걸 보게."

공명은 왕평의 편지와 포진도를 던지듯이 건네주며 말했다.

"마속 이놈이 요도要道를 수비할 생각은 않고 일부러 산 위의 위험한 땅에 진을 쳤다는군. 너무 어리석어. 위군이 산기슭을 포위하고 물길을 끊으면 끝장이 아닌가. 아무리 어리다고는 하지만 이렇게까지 어리석을 줄이야."

"하면 제가 가서 급히 포진을 바꾸라는 승상의 명령을 전하겠습니다."

"글쎄, 시간에 늦지 않으면 좋으련만, 적장은 사마의 중달, 아마도 그는……."

"하지만 밤낮을 가리지 않고 서두르면……."

양의가 출발 준비를 하고 있는 사이에도 파발마가 쇄도하여 가정의 패배, 열류성의 상실을 연이어 고했다.

공명은 하늘을 올려다보며 통곡했다.

"대사를 그르쳤구나. 아아, 대사를 그르쳤어."

그리고 한 마디 크게 외쳤다.

"다 내 잘못이다!"

그는 급히 관흥과 장포를 불렀다.

"무슨 일입니까?"

"각각 3,000명의 병사를 이끌고 무공산武功山의 샛길로 가라. 위군을 봐도 공격하지 말고 단지 북을 울리고 함성만 지르도록. 적은 달아날 테지만 쫓지 말고 공격하지 마라. 그리고 적이 없는 것을 확인한 후 양평관으로 들어가라, 양평관으로."

"알겠습니다."

공명은 이어 장익을 불러 명했다.

"그대는 일군을 이끌고 검각劍閣(섬서와 감숙성의 경계)의 길 없는 산에 길을 만들도록. 우리는 그 길로 퇴각할 것이다."

그는 이미 총퇴각 외에는 다른 길이 없다는 것을 깨달았던 것이다. 은밀히 지시를 내려 퇴각 준비를 시키는 한편, 마대와 강유의 군대에게 후미를 맡기며 비통한 표정으로 말했다.

"그대들은 산간에 숨어 있다가 적이 오면 막고, 도망쳐오는 아군을 수습한 후 때를 가늠해 퇴각하라."

또 마충의 일군에게 이렇게 명했다.

"조진의 진지를 측면에서 공격하라. 그는 그 기세에 겁을 먹고 필시 위협적인 행동은 하지 않을 것이다. ……그러는 사이에 우리는 사람을 파견하여 천수와 남안, 안정 등 3개 군의 군관민을 모두 다른 곳으로 옮긴 후 한중으로 가게 할 것이다."

퇴각의 순서가 정해졌다.

그리하여 공명은 직접 5,000여 명의 병사를 이끌고 곧장 서성현으로 갔다. 그리고 그곳에 비축해놓은 군량을 착착 한중으로 옮기고 있는데 이런 보고가 들어왔다.

"큰일났습니다. 사마의가 직접 약 15만 대군을 이끌고 곧장 이쪽으로 오고 있는 모양입니다."

공명은 너무 놀란 나머지 낯빛을 잃었다. 주위를 둘러봐도 의지가 될 만한 장수는 대부분 각 방면으로 나눠 보냈고 남아 있는 자는 모두 문관들뿐이었다.

그뿐만 아니라 이끌고 온 5,000여 명의 병사들도 그 절반은 군량을 이송하기 위해 한중으로 보냈기 때문에 서성현의 작은 성안에는 소수의 병력밖에 없었다.

"위나라의 대군이 구름처럼 보였어. 저거야. 산기슭에서 세 길로 밀물처럼 밀려오는 것이 모두 위나라의 병사들, 위군의 깃발들이라고……."

성안의 병사들은 허둥거리기보다는 오히려 질려서 핏기 잃은 얼굴로 떨고 있었다.

"정말이지 어마어마하군."

공명은 성루에 서서 적이지만 멋지다며 밀물처럼 밀려오는 적을 바라보고 있었다.

||| 七 |||

이 작은 성, 이 적은 병사로는 아무리 막고 아무리 저항해도 밀려오는 위나라 대군에는 해일 앞의 흙벽만큼도 버티지 못한다.

상심하고 당황한 공명은 성루 위에서 묘지에 부는 바람처럼 스산한 성병들을 향해 의연하게 명령을 내렸다.

"서문을 열어라. 활짝 열어라. 문마다 물을 뿌리고 화톳불을 피우고 귀인을 맞이하듯 깨끗이 청소하라."

그리고 더욱 소리 높여 말했다.

"함부로 소란을 피우는 자는 목을 베겠다. 질서 정연하게 깃발을 늘어놓아라. 부서별로 깃발 아래 모여 숲처럼 침묵하라. 문을 지키는 병사들은 특히 한가로이 둘러앉아 적이 가까이 와도 절대 신경 쓰지 마라."

말이 끝나자 그는 평소 쓰고 있던 윤건을 화양건華陽巾으로 바꾸고 또 옷도 새 학창의로 갈아입었다.

"거문고를 가져오너라."

두 명의 동자를 데리고 성루의 가장 높은 곳으로 올라갔다. 그리고 성루의 창문 네 개를 모두 활짝 연 후 향을 피우고 단정하게 앉아 거문고를 무릎에 놓았다.

어느새 성벽 아래까지 물밀 듯이 밀려온 위나라의 선봉군은 멀리서 이 모습을 보고 수상히 여기며 즉시 중군의 사마의에게 보고했다.

"뭐, 거문고를 연주하고 있다고?"

중달은 믿지 않았다.

직접 말을 몰아 성벽 아래까지 와서 바라보았다.

"아아. ……제갈량."

올려다보니 달빛이 쏟아지는 높은 성루에 향을 피워놓고 거문고를 연주하는 사람의 모습이 보였다. 틀림없는 공명이었다.

맑고 고운 거문고 소리는 바람에 실려 난간을 돌고, 밤하늘의 달빛을 타고 흐르다가 땅 위에 빼곡한 병사들의 귀에 이슬처럼 흘러들었다.

"……?"

사마의는 왠지 모르게 몸이 덜덜 떨렸다.

'자, 들어오시지요.'라며 누가 맞으러 나오지만 않았을 뿐 눈앞에 있는 성문은 활짝 열려 있었다.

게다가 여기저기 물을 뿌려 청소한 곳에는 화톳불을 피워놓고 있었으며 문을 지키는 병사들조차 무릎을 끌어안고 모두 졸고 있는 듯했다.

그는 갑자기 선봉군을 돌아보며 소리쳤다.

"후퇴하라, 후퇴하라!"

놀란 차남 사마소가 말했다.

"아버님, 적의 속임수가 분명합니다. 어째서 후퇴하라고 명하시는 것입니까?"

"아니다."

사마의는 강하게 고개를 흔들었다.

"성문을 모두 활짝 열고 저러고 있는 모습을 보니 나를 화나게 해서 끌어들이려는 계책일 것이다. 함부로 움직여서는 안 돼. 상대는 제갈량, 가늠하기 어려운 자니 후퇴하는 것이 상책이다."

결국 위나라 대군은 밤을 새워 속속 퇴각해버렸다.

공명은 손뼉을 치며 웃었다.

"천하의 사마의도 보기 좋게 자기 꾀에 넘어갔구나. 만약 15만 대군이 성으로 밀고 들어왔다면 거문고 하나로 어찌 대적했겠는가. 천우신조가 아닐 수 없다."

공명은 이어서 부하들에게 말했다.

"성병은 불과 2,000명, 만약 겁을 먹고 달아났다면 지금쯤 모두 사로잡혔을 것이다. 이곳에서 후퇴한 사마의는 지금쯤 북산 길로 가다가 미리 매복시켜둔 우리 관흥과 장포 두 부대의 공격을 받아 호되게 당하고 있을 것이다."

그는 즉시 서성을 나와 한중으로 갔다. 서성의 관민도 공명의 덕을 흠모하며 대부분 한중으로 떠났다.

공명의 선견대로 북산의 협곡에 접어든 사마의 군은 촉군 복병의 기습을 받았다. 여기서 승리를 거둔 관흥과 장포는 굳이 추격하지 않고 단지 적이 버리고 간 엄청난 병기와 군량을 거두어 한중으로 서둘러 갔다.

또 기산의 앞쪽에 있던 조진의 위군 본진도 사마의가 결국 달아났다는 소식을 듣자마자 동요를 일으키며 쫓아가려 했으나 기다리던 마대 군과 강유 군에 호되게 당하고 말았다.

그때 위군은 장수 진조陳造를 잃었다.

八

한중에 도착한 공명은 기곡의 산중에 있는 조운과 등지에게 전령을 보내 말을 전했다.

"난 무사히 한중으로 퇴각했소. 후군의 노고에 감사하오. 경들 또한 무탈하게 이쪽으로 오기를 바라오."

이곳은 접경지에서 제일가는 험로다. 게다가 우군은 모두 한중으로 퇴각했다. 엄호를 위해 산중에 따로 떨어지게 된 두 사람이었으나 조운은 과연 천군만마의 노장이었다.

우선 등지 군을 먼저 출발시키고 그는 골짜기 안에 숨었다. 위나라의 부장 곽회는 "기산의 버려진 아이가 퇴각하기 시작했다. 한 놈도 한중으로 살아서 돌아가지 못하게 하라."라며 맹렬히 추격하기 시작했고, 부하 소옹蘇顒에게는 병사 3,000명을 내주며 샛길로 앞질러 가게 했다.

"조운이 여기 있다. 거기 오는 놈은 누구냐?"

갑자기 신비하고 영묘한 모습을 한 노장 한 명이 창을 들고 그들 앞에 나타났다.

"조운이 남아 있었구나."

소옹은 두려워 떨면서도 병사들을 독려하여 싸웠으나 결국 조운의 손에 목숨을 잃고 말았다.

"별것도 아닌 놈이군."

조운은 조용조용 후퇴했다. 그때 또 곽회의 부하 만정万政이 전보다 더 많은 병력을 이끌고 추격해왔다.

조운은 부하들을 돌아보며 말했다.

"너희들은 30리 앞 봉우리에 가서 기다려라. 나중에 가겠다."

그는 몇 명의 부하들만 남기고 전부 앞에 있는 산봉우리로 보냈다. 그리고 험한 샛길의 고개 위에 붙박이 무사 인형처럼 떡 버티고 섰다.

만정은 그 모습을 보고는 쉬 다가가지 못했다. 결국 그는 곽회를 만나 호소했다.

"조자룡은 아직 과거의 모습을 잃지 않았습니다. 아마도 큰 피해를 볼 것입니다."

"기린도 늙으면 둔한 말보다 못하다고 했다! 한물간 영걸이 무슨 대수라고!"

곽회는 억지로 나가 싸우게 했다.

길 양쪽은 절벽이고 그는 언덕 위에 서서 좁은 길을 가로막고 있었으므로 대군도 소용없었다. 뛰어 올라가는 자, 맞서는 자 모두 조운의 창에 고꾸라졌다.

날이 저물었다. 적이 겁먹은 것을 보고 조운은 말을 몰아 앞으로 나아갔다.

"움직였다."

만정이 추격하기 시작했다.

숲속에 이르자 조운이 불쑥 뛰어나왔다.

"왔느냐!"

만정은 당황한 나머지 말과 함께 골짜기로 굴러떨어졌다.

"거기까지 목숨을 빼앗으러 가는 것도 귀찮다. 진영에 돌아가거든 곽회에게 전해라. 언젠가 다시 꼭 만나자고."

조운은 아군 병사 한 명 다치게 하지 않고 조용히 한중으로 퇴각했다.

그 후 사마의는 촉군이 모두 깃발을 내리고 한중으로 달아난 것을 알고 서성으로 가서 아직 거기에 남아 있는 백성들을 모아놓고 훈계했다.

"적을 따라 한중으로 달아난 백성들은 위제의 인덕을 모르는 자들이다. 너희들은 선조 대대로 살아온 땅에서 움직여서는 안 된다."

그리고 공명의 시정施政 모습과 공명이 이 성에 있을 때의 모습 등 여러 가지를 물었다.

한 나이 든 백성이 말했다.

"도독께서 대군을 이끌고 이 서성을 공격하려고 하셨을 때 공명의 휘하에는 나약해 보이는 촉군이 불과 2,000명 정도밖에 없었습니다. 어째서 그때 돌연 후퇴하신 것입니까? 저희는 그게 참 이상했습니다."

비로소 공명의 계책을 안 사마의는 아무 티도 내지 않고 있다가 나중에 혼자가 되자 하늘을 우러러보며 길게 탄식했다.

"내가 이기기는 했지만 결국 공명에게 미치지는 못했구나."

그리고 각지의 요해를 더욱 엄중하게 지키게 한 후 이윽고 장안을 향해 개선 길에 올랐다.

마속을 베다

||| 一 |||

장안으로 돌아온 사마의는 황제 조예를 만나 즉시 상주했다.

"농서 각 군의 적은 남김없이 소탕했습니다만, 촉나라의 병마는 여전히 한중에 머물러 있사옵니다. 그러니 이것으로 위나라의 안태가 확보되었다고는 할 수 없습니다. 따라서 만약 신에게 칙령을 내려 만전을 기하라고 하신다면, 천하의 병마를 이끌고 촉나라로 들어가 화근을 제거하겠사옵니다."

황제는 그의 헌책을 받아들이려 했으나 상서 손자孫資가 간언했다.

"예전 태조 무조(조조)께서 장로張魯를 진압하셨을 때 군신들에게 경계하시며 '남정 땅은 지형이 험하고 사곡에는 500리의 석굴이 있으니 무력을 사용할 만한 땅이 아니다.'라고 말씀하셨습니다. 지금 그 험지로 들어간다면 내정이 곤란한 것을 노리고 오나라가 우리나라의 허점을 치고 들어올 것이 자명하옵니다. 그러니 국경을 단단히 지키고 국력을 충실히 하는 데 총력을 기울이면서 촉과 오가 파탄하기를 기다리는 것이 낫지 않겠사옵니까?"

황제는 두 의견을 듣고 망설이다가 물었다.

"사마의, 어떻게 생각하시오?"

"그것도 일리 있는 말이옵니다."

중달은 굳이 반대하지 않았다.

그래서 손자의 방침을 택하여 장안 수비에는 곽회와 장합 등을 배치하고 기타 요로의 방비에도 만전을 기한 후 황제는 낙양으로 환행했다.

한편 공명은 한중에서 일찍이 경험하지 못했던 패배의 쓴잔을 맛보고 그 뒷수습을 하고 있었다.

이미 각 부대는 대부분 속속 한중으로 퇴각해왔지만, 아직 조운과 등지의 두 부대는 돌아오지 않았다.

그들이 무사히 돌아올 때까지 그는 아직 일신의 피로를 돌아볼 때가 아니라며 날마다 '아직인가…….'라며 걱정스럽게 기다리고 있었다.

조운과 등지, 두 부대는 험지를 넘어 마지막으로 한중에 도착했다. 그들의 지친 모습으로 그들이 얼마나 고생하고 고전했는지 알 수 있었다.

공명은 몸소 마중 나가 그 누구보다도 반기며 노고를 치하했다.

"장군이 등지의 부대를 먼저 가게 하고 나중에 남아 적을 물리친 후 제일 마지막으로 왔다고 들었소. 나이가 들어서 더욱더 빛나는 무문의 정화, 장군과 같은 분이야말로 진정한 대장군이라 할 것이오."

그리고 창고 안에 있는 황금 50근과 비단 1만 필을 상으로 내렸다.

그러나 조운은 완강히 사양하며 받지 않았다. 그리고 이렇게 말했다.

"삼군이 지금 작은 공도 없이 돌아가는 중인데 소장의 죄가 어찌 가벼우리까? 한데 오히려 은상을 받으면 승상의 상벌이 공정하지 않다고 비난받는 원인이 될 것이오. 금품은 잠시 창고에 보관해두었다가 겨울이 되어 물자가 부족해졌을 때 병사들에게 조금씩이라도 나누어준다면 추운 군대 안에도 한 줄기 따뜻한 기운이 감돌 것이오."

공명은 깊이 감탄했다. 일찍이 유비가 이 사람을 왜 그토록 중용하고 신뢰했는지 새삼스럽게 수긍이 갔다.

이 흐뭇한 감동과는 반대로 그의 가슴에는 얼마 전부터 해결하지 않으면 안 되는 괴로운 숙제가 하나 있었다. 마속 문제였다. 마속을 어떻게 처리해야 할지 쉽게 판단이 서지 않았다.

"왕평을 불러라."

결국 처분을 내리기 위해 그는 어느 날 엄숙한 목소리로 명하고 군사 재판을 열었다. 이윽고 왕평이 왔다. 공명은 가정의 패전이 왕평 때문이 아니라는 것을 알고 있었으나 마속의 부장으로 보낸 자였기 때문에 엄하게 말했다.

"전후 사정을 숨김없이 말하라. 당시의 사정을 낱낱이 고하라."

공명은 우선 그의 진술부터 듣고자 했다.

||| 二 |||

왕평은 숨기지 않고 말했다.

"군사 포진은 현지에 가기 전부터 승상의 지시를 받은 터라 만사에 신중을 기할 생각이었습니다. 그런데 저는 부장이라는 위치였고, 마속은 주장이었기 때문에 제 말이 먹히지 않았습니다."

군사 재판이었고 왕평으로서는 일신의 대사이기도 했기 때문에 마속을 감쌀 수가 없었다. 그는 더욱 기탄없이 진술했다.

"처음 현지에 갔을 때 마속은 무슨 생각을 했는지 산 위에 진을 치겠다고 하여 저는 사력을 다해 반대했으나 결국 화를 내며 듣지 않는 바람에 할 수 없이 저만 군사들을 이끌고 산기슭 서쪽 10리 지점에 진을 쳤습니다. 그러나 위나라의 병사들이 구름처럼 몰려오니 5,000명의 적은 병력으로는 도저히 항전할 수 없었고 산 위의 본진도 물 보급로가 끊기자 속속 탈출하여 위나라에 항복하는 자들이 줄을 이었습니다. ……가정은 그야말로 모든 작전 지역의 급소와 같은 곳입니다. 그곳이 뚫리자 위연과 고상을 비롯한 다른 지원군도 거의 손을 쓸 수가 없었습니다. 이후의 참담한 정황은 다른 장군들에게 들으시기 바랍니다. 저는 처음부터 끝까지 승상의 뜻을 지키기 위해 최선을 다했으며 그 점에 대해서는 맹세코 하늘과 땅에 부끄러운 것이 없습니다."

"좋다. 물러가라."

그의 진술을 기록한 뒤 공명은 위연과 고상을 불러 조사하고 마지막으로 관리에게 마속을 데리고 오라고 명령했다.

마속은 공명 앞에 꿇어앉았다. 풀이 많이 죽은 모습이었다.

"……마속."

"네."

"너는 어린 시절부터 머리가 좋아서 병서를 읽고 전략을 암송했고, 나 역시 그런 너를 가르치는 데 노력을 아끼지 않았다. 그런데 이번에 가정에서는 내가 그리도 간곡하게 주의를 주었음에도 결국 돌이킬 수 없는 큰 과오를 저지르고 말았다. 이것이 어떻게 된 일이냐?"

"……네."

"네, 가 아니다. 가정은 우리 군의 급소나 같은 곳이니 죽을 각오로 임무를 완수하라고 입에 침이 마르도록 말하지 않았느냐?"

"면목 없습니다."

"쯧쯧, 어리석은 놈. 너도 조금은 성장했나 싶었는데 역시 아니었구나."

망연하게 통탄하는 공명의 중얼거림을 듣고 마속은 평소의 친분에 기대 얼굴을 붉히며 소리쳤다.

"왕평이 뭐라고 말했는지 모르지만 그렇게 많은 위군이 몰려오면 누가 갔더라도 막아내기 어려웠을 것입니다."

"닥쳐라!"

공명은 눈을 부라리며 말했다.

"왕평의 분전과 너의 패배는 논란의 여지가 없을 정도로 다르다. 그는 산기슭에 작은 방벽을 쌓아 이미 촉군이 모두 붕괴했어도 소대의 대오를 흐트러뜨리지 않고 진퇴했기 때문에 적도 한때는 그에게 복병이 있지나 않은지, 어떤 계책이 있는 것은 아닌지 의심하며 감히 접근할 수 없을 정도였다고 한다. 이것은 촉 전군을 엄호하는 묘수가 되었다. ……그와 비교해서 너는 방비의 첫 단계부터 왕평의 간언도 듣지 않고 고집을 부려 산 위에 진을 치는 우를 범했다."

"그렇습니다. 그러나 병법에도……. 높은 곳에서 낮은 곳을 보고 공격하면 파죽지세…… 라고 해서."

"어리석은 놈."

공명은 귀를 막고 싶어 하는 얼굴로 말했다.

"어설픈 병법가, 그야말로 너를 두고 하는 말이구나. 지금에 와서 무슨 말을 하랴. ……마속, 너의 유족은 네가 죽은 뒤에도 내가 부족함 없이 보살필 것이다. ……하나 너는…… 참형에 처한다."

공명은 고개를 돌려 무사들에게 명령했다.

"군법에 따라 이자를 끌어내서 진문 앞에서 목을 베어라!"

||| 三 |||

마속은 소리 높여 울었다.

"승상, 승상. 제가 잘못했습니다. 만약 제 목을 쳐서 대의를 바로잡을 수 있다면 저는 죽는 것을 원망하지 않겠습니다."

사형을 선고받고 그는 선한 성품을 드러냈다. 그 말을 듣고 공명은 눈물을 흘리지 않을 수 없었다.

가차 없는 무사들은 명령이 떨어지자마자 마속을 끌고 진문 밖으로 나가 목을 치려고 했다.

"멈춰라. 잠시 유예하라."

마침 밖에서 돌아온 성도의 사자 장완이 외쳤다. 그는 몹시 당황한 모습으로 들어오자마자 공명에게 간언했다.

"각하, 천하에 이렇게 할 일이 많을 때 어째서 마속 같은 유능한 인재를 참하려고 하십니까? 국가적인 손실입니다"

"오오, 장완. 그대와 같은 인물이 그런 말을 하는 것을 이해할 수가 없구려. 손자도 승리를 얻어 천하를 제압하고자 하는 자는 법 집행을 엄격히 해야 한다고 했소. 사해가 나뉘어 다투고 사람과 사람의 도리가 어지러워졌을 때 법을 버리고 무엇으로 세상을 바로잡을 수 있겠소? 깊이 생각하시오, 깊이."

"하지만 마속을 죽이는 것은 아까운 일입니다. 참으로 아깝습니다. ……그렇게 생각하지 않으십니까?"

"그 사사로운 정이야말로 가장 큰 죄가 되는 것이오. 마속이 범한 죄는 오히려 그것보다 가볍소. 아까운 사람이기에 더욱 목을 베지 않으면 안 되는 것이오. ……아직도 베지 않았느냐? 무엇을 하고 있느냐! 어서 머리를 가지고 와라."

공명은 눈빛으로 더욱 재촉했다. 이윽고 마속의 머리가 공명 앞에 바쳐졌다. 공명은 한 번 보더니 얼굴을 소매로 가리고 땅바닥에 엎드려 통곡했다.

"용서해다오. 죄는 나의 어리석음인 것을."

때는 촉의 건흥 6년(228) 5월, 젊은 마속은 아직 39세였다고 한다.

머리는 즉시 진중에 효시되었고, 그 아래 군율이 한 문장 적혀 있었다.

그 후 공명은 그의 머리와 몸을 실로 꿰매게 하여 관에 넣고 후하게 장례를 치러주었다. 동시에 그의 유족에겐 오랫동안 자신의 보호 아래 불편 없는 생활을 약속했으나 공명의 마음은 전혀 편치 않았다.

'죄는 나에게 있다.'

공명은 자해하고 싶을 정도로 자책했다. 그러나 촉은 위기에 처해 있었다. 또 선제의 유언도 있다. 맡은 중책을 생각하면 죽고 싶어도 죽을 수 없다는 사실을 새삼스럽게 깨달았다. 그래서 결국 이런 형식을 취할 수밖에 없었다.

공명은 촉제에게 글을 적어 성도로 돌아가는 장완에게 들려 보냈다. 모든 문장이 부끄러워하는 내용이었다. 이때의 대패가 결국은 자신의 어리석음에 있음을 깊이 사죄하고, 국가의 자산인 병사들을 너무 많이 잃은 죄에 대해 용서를 빌었다.

'신, 제갈량은 삼군의 최고 위치에 있으니 누구도 신의 죄를 벌하는 사람이 없습니다. 제가 스스로 직위를 3등급 강등하고 승상의 직위를 궁중에 돌려드리고자 합니다. 부디 잠시 저의 목숨을 유지할 수 있게 해주십시오.'

이런 의미의 글이었다.

황제는 대패했다는 보고에 속이 무척 상하던 차에 공명의 표문을 읽고는 더욱 괴로워하며 칙사를 보내 말을 전했다.

"승상은 국가의 대원로요. 한 번 실수를 했다고 해서 어찌 관직을 강등시킬 수 있겠소? 부디 원래의 자리를 지키며 사기를 앙양하고 국정을 돌보시오."

그러나 공명은 아무리 말해도 듣지 않았다.

"이미 마속을 베고 법의 존엄을 분명히 했는데 소신이 그것을 어물쩍 넘긴다면 도저히 앞으로 군기를 바로잡고 촉의 국정을 돌볼 수 없습니다."

할 수 없이 조정에서도 결국 그의 바람을 받아들여 승상의 직위를 박탈하고 우장군으로 병사를 총감독할 것을 명했다.

공명은 삼가 받들었다.

||| 四 |||

아무리 강대한 국가라도 전쟁에서 대패를 당하면 그 후에는 당연히 사기도 떨어지고 의기소침해지는 것이 일반적이다.

그러나 촉나라 백성들은 그렇지 않았다.

"두고 봐라, 다음번엔."이라며 오히려 더욱 뜨거운 적개심을 불태웠다. 공명이 눈물을 흘리며 마속을 벤 것은 모든 이들에게 큰 감명을 주었다.

당시에 20만 병사가 그 소식을 듣고 모두 눈물을 흘렸다.

《양양기襄陽記》에도 이렇게 적혀 있다.

그 때문에 패군에게 일반적으로 보이는 군령과 규율의 해이는 엄격하게 통제되고 있었고, 또 공명 스스로 자신의 직위를 강등하여 무겁게 책임을 진 태도도 모든 장졸의 마음에 '총수의 과실은 전 병사들의 과실이다. 승상 한 분의 죄로 돌려서는 안 된다. 두고 봐라.'라며 적개심을 더욱 타오르게 했다.

마속의 죽음은 헛되지 않았다. 더불어 공명은 공을 포상했다. 이미 노장군 조운의 노고를 치하했지만, 왕평이 가정 전투에서 군령에 충실히 임한 점을 포상하고 그를 새롭게 참군參軍으로 승진시켰다.

칙령을 가지고 한중에 와 있던 비위가 어느 날 그를 위로할 생각으로 말했다.

"서성의 수많은 백성이 각하를 흠모하여 한중으로 옮겨와 있다는 말을 듣고 촉의 백성들이 모두 기뻐하고 있습니다."

공명은 심히 불쾌하다는 듯 중얼거렸다.

"하늘 아래 한의 땅이 아닌 곳이 없네. 그대의 말은 국가 권력이 여전히 충분치 않다고 하는 것과 같아."

"강유라는 장수를 얻었다고 들었습니다. 황제께서도 몹시 기뻐하고 계십니다."

"아첨은 그만하게. 강유 한 명을 얻었다고 해서 가정의 대패를 보상받을 수는 없는 노릇. 게다가 죽은 촉군은 말해 무엇 하겠는가? 군 내에서 아첨은 금물이네."

옆에서 보면 도가 지나칠 정도로 그는 여전히 자책하며 삼가고 있었다.

또 어떤 사람이 공명에게 이렇게 말한 적이 있다.

"신통한 계책을 가지고 계신 분이니 다시 병사들을 일으켜 위나라에 보복할 계책을 가지고 계시겠지요?"

"아니, 그렇지도 않소."

공명은 고개를 저었다.

"무릇 지모만으로 전쟁에서 이길 수는 없소. 또 지난번의 대전에서는 촉나라가 위나라보다 병력이 많았지만 지고 말았소. 생각건대 지모도 아니고 병력의 많고 적음도 아니오."

그는 잠시 눈을 감고 조용히 몇 번 숨을 쉬더니 다음과 같이 말했다.

"많은 병력은 필요치 않소. 오히려 장졸의 수를 줄이고 훈련에 중점을 두어야 하오. 또 군기가 제일이오. 만약 나에게 잘못이 있을 때 스스럼없이 말해주시오. 그것이 충절이오. ……이런 점을 지키면 언젠가 오늘의 수치를 씻을 날이 반드시 올 것이오."

한중의 병사와 백성 들은 이 말을 전해 듣고 공명과 함께 스스로를 탓했다. 그리고 무예를 닦고 훗날을 기약하며 위나라의 하늘을 노려보지 않는 날이 없었다.

물론 공명도 권토중래捲土重來(흙먼지를 일으키며 다시 돌아옴. 즉 실패하고 떠난 후 실력을 키워 다시 도전하는 모습)를 다시 기약하고 있었다. 그는 그대로 한중에 머무르며 훗날을 준비하는 데 심혈을 기울였다.

'백성들이 모두 패배를 잊고 힘쓴다.'

당시 촉나라의 국정과 사기는 그야말로 이 말대로였다. 진정한 패배는 그 나라 안에서 무너졌을 때다. 비록 밖에서 한 번 패했을지라도 패배를 잊고 더 강하게 결속한 촉나라는 여전히 강력한 생명력이 있었다.

머리카락을 바치다

||| 一 |||

가정에서의 대승으로 위나라는 강대국의 면모를 더욱 뽐냈다. 위나라 국내에서는 그 무렵 승리의 여세를 몰아 "촉나라로 쳐들어가 화근을 뿌리째 뽑아버리자."라는 여론조차 고개를 들 정도였다. 사마의는 황제가 이런 여론에 떠밀려 움직일까 봐 걱정하며 늘 간언했다.

"촉나라에는 공명이 있고 검각이라는 험지가 있으니 절대로 저런 말에 귀를 기울여서는 안 됩니다."

그러나 그는 단지 안온함만을 구하고 있는 것이 아니었다. 전에 공명은 가정으로 나와 실패했으니 다음에는 반드시 진창도陳倉道로 나올 것이라고 예상했다. 그래서 황제에게 청하여 난공불락의 성 하나를 그 길에 쌓고 잡패장군雜覇將軍 학소郝昭에게 수비를 명했다.

학소는 태원太原 사람으로 충성스럽고 늠름한 무인의 전형이었다. 그의 사졸들도 모두 강했다. 떠나기에 앞서 진서장군鎭西將軍의 인수를 받고 맹세했다.

"불초가 진창을 수비하는 이상 장안도 낙양도 높은 곳에서 물난리를 보듯 마음을 편히 가지십시오."

촉나라와의 국경 쪽 방침이 정해지자 이번에는 오나라와 접해 있는 양주의 사마대도독 조휴로부터 표문이 올라왔다.

오나라의 파양鄱陽 태수 주방周魴이 전부터 위나라의 신하가 되고 싶어 했는데, 지금 밀사를 보내 일곱 개 조의 이해를 들어 오나라를 쳐부술 계책을 저에게 보내왔습니다. 한 번 보시기 바랍니다.

즉시 조정에서 회의가 열렸다. 주방의 말이 진실인지 아닌지에 대해 면밀히 검토했다.

사마의에게 의견을 묻자 그는 이렇게 대답했다.

"주방은 오나라에서도 지략을 갖춘 훌륭한 장수이므로 거짓이 아닐까 싶소. 그러나 이것이 진실이라면 이 기회 또한 버리기 아깝지요……. 그러니 대군을 세 방향으로 나누어 보내 그의 말이 거짓이더라도 절대 패하지 않을 태세로 임한다면 병사를 보내도 지장이 없을 것이오."

환성皖城과 동관東關, 강릉江陵의 세 길을 향해 낙양의 군대가 속속 남하하기 시작한 것은 그로부터 약 한 달 후였다.

이 움직임은 즉시 오나라에도 알려졌다. 오나라에서는 오히려 기다리고 있었다는 듯 건업에서 활발하게 군사적인 움직임을 보였다. 보국대장군輔國大將軍이자 평북도원수平北都元帥로 봉해진 육손은 오군吳郡의 주환朱桓, 전당錢塘의 전종全琮을 좌우 도독으로 삼고 강남 81개 주의 정병을 세 개로 나누어 세 길로 북상했다.

도중에 주환이 생각한 바를 육손에게 말했다.

"조휴는 위제의 종친으로 소위 금지옥엽 중 한 사람이기 때문에 양주를 지키고 있습니다만, 가문과 달리 타고난 성질이 지용을 겸비하지는 못한 것으로 보입니다. 들은 바에 따르면 이미 그는 우리 주방의 반간계에 걸려 진퇴양난에 빠졌다고 합니다. ……그렇다면 그가 달아날 길은 두 곳밖에 없습니다. 하나는 협석도夾石道, 다른 하나는 계차桂車의 길입니다. 게다가 그 두 길 모두 험하여 복병으로 치기 좋은 곳이니, 만약 허락해주신다면 제가 전종과 협력하여 조휴를 생포하겠습니다. ……그것만 성취된다면 수춘성壽春城도 단번에 취할 수 있을 것입니다."

육손은 가만히 듣고 있다가 이렇게 대답했다.

"기다리시오. 다른 생각이 있으니까."

그리고 그는 제갈근의 일군을 강릉 방면으로 보내 그 방면에서 내려온 사마의 중달의 병력을 막게 했다.

서전序戰, 가장 위급한 것은 일단 오나라의 주방에게 속고 있는 위군 도독 조휴였다.

||| 二 |||

조휴도 그렇게 쉽게 적의 모략에 넘어갈 사람은 아니었다. 그러나 주방이 오랜 시간 끈기 있게 신뢰를 쌓았기 때문에 그를 믿게 된 것이었다.

주방의 모반에 응해 위나라의 대군이 남하하기로 조정 회의에서 결정했기 때문에 그 역시 대군을 이끌고 완성으로 와서 주방을 만났다.

그때 그는 약간의 의심을 일소하고자 하는 기분에서 주방에게 확인하듯 물었다.

"귀공이 제출한 7개 조의 계책이 조정 회의에서 용인되어 위나라의 대군이 세 길로 남하하게 되었는데, 그대의 헌책에 틀림은 없겠지요?"

"만약 의심이 든다면 인질이든 뭐든 말씀만 하십시오."

"아니, 의심하는 것은 아니오. 이 일이 성공하여 오나라를 무찌르게 되면 그대의 공로는 조정에서 크게 인정받을 것이오. 동시에 나, 조휴도 명예를 얻겠지요."

"도독께서는 여전히 약간의 의심을 품고 계신 듯합니다."

"그 점은 이해해주시오. 만약 그대의 말에 조금이라도 거짓이 있다면 내 입장이 어떻게 되겠소?"

"지당하신 말씀입니다."

그러더니 주방은 갑자기 작은 칼을 꺼내 자신의 상투 밑동을 잘라 조휴 앞에 놓은 채 오열하며 머리를 숙였다.

조휴는 깜짝 놀라 물었다.

"앗, 이게 무슨 짓이오? 어째서 상투를……."

"아닙니다. 마음은 제 손으로 목이라도 베어 죽음으로 진실을 증명해 보이고 싶을 정도입니다. 이 충담忠膽과 이 성심, 하늘이 보고 있습니다……. 머리카락을 바쳐 맹세합니다."

주방은 어깨를 들썩이며 통곡했다. 조휴도 그만 눈시울이 붉어지고 말았다.

"미안하오. 내가 그만 쓸데없는 말을 했구려. 부디 마음을 푸시오."

그는 완전히 의심을 거두고 함께 주연 자리에 나가 진격에 대한 상의 등을 하다가 자신의 진으로 돌아왔다.

그때, 건위장군建威將軍 가규賈逵가 찾아와 말했다.

"아무래도 이상합니다. 머리카락까지 잘라가며 다른 마음이 없다는 것을 증명하려고 하다니, 오히려 미심쩍은 생각이 듭니다. 도독, 함부로 나가서는 안 됩니다."

"나가지 말라고?"

"그가 선도하여 동관으로 진격할 예정이지요?"

"물론이네."

"이 근방에 머무르며 좀 더 정세를 살피는 것이 어떻겠습니까?"

조휴는 콧잔등을 찌푸리더니 야유하듯 말했다.

"흠. ……그러는 사이에 그대가 동관에 나가 공을 세울 요량인가? 그것도 좋겠군."

다음 날 조휴는 단호하게 동관으로 갈 것을 명령하고 속속 군마를 내보냈다. 가규는 문책을 받고 뒤에 남겨졌다.

주방도 가병家兵들을 이끌고 마중 나와 앞에 서서 길을 안내했다.

말 위에서 조휴가 물었다.

"저쪽에 보이는 험한 산은 어디요?"

"석정石亭입니다."

"동관은?"

"저길 넘으면 어렴풋이 보일 것입니다. 아군을 저곳에 배치하면 동관은 단번에 취할 수 있을 것입니다."

조휴는 만족스러워했다. 그리고 석정산 위부터 요소마다 병사를 배치했는데 이틀 후 척후병이 보고했다.

"서남쪽 산기슭에 그 수는 알 수 없으나 오나라의 병사들이 있는 듯합니다."

조휴는 의심이 들었다. 주방의 말에 의하면 이 근방에 오나라의 병력은 한 명도 없다고 했기 때문이다. 또 보고가 들어왔다.

"간밤에 주방 이하 수십 명이 자취를 감췄습니다."

||| 三 |||

"뭐, 주방이 보이지 않는다고?"

조휴는 그제야 후회하며 소리쳤다.

"희대의 사기꾼이로다. 날 속이기 위해 머리카락까지 잘라 모략의 도구로 삼다니……. 으음, 설령 속았다 해도 별일이야 있겠는가. 장보張普, 산기슭에 보이는 오나라 병사들을 처리하고 와라."

이미 위험한 상황에 처했다는 것을 알면서도 그는 아직 사태의 심각성을 제대로 보지 못하고 있었다. 장보 역시 명령을 받자마자 '저까짓 것쯤이야.'라는 마음으로 기세등등하게 즉시 병사들을 이끌고 달려 내려갔다. 그런데 척후병이 보고 온 오군이라는 것이 예상 이상으로 강력한 오나라 서성徐盛의 군대였다.

"틀렸습니다. 소수의 병력으로는 상대가 안 될 것 같습니다."

장보는 얼마 지나지 않아 철저히 깨져서 도망쳐왔다.

조휴의 안색도 그때부터는 확연히 달라졌다. 그러나 그는 여전히 아군의 많은 병력에 의지하여 "우리는 기병奇兵(기습병)으로 이길 것이다."라며 그 준비에 들어갔다.

"내일 진시辰時를 기해 나는 2,000여 명의 병사들을 이끌고 산을 내려가 일부러 도망치는 척할 테니 너희들은 설교薛喬 부대를 비롯한 3만여 병사와 함께 남북으로 나뉘어서 산을 따라 매복해 있어라. 서성을 잡는 것은 식은 죽 먹기일 것이다."

그러나 그날 밤에 오군 쪽에서 먼저 적극적인 작전으로 나왔기 때문에 조휴의 계책은 실행하기도 전에 어긋나고 말았다.

요컨대 조휴 군을 이곳으로 끌어들인 것은 오나라의 주방이 처음부터 육손과 미리 짠 것이었으므로 오군은 이 좋은 먹잇감을 완전히 섬멸하고자 진작부터 압도적인 병력으로 포위망을 만들어놓았다.

즉, 육손은 위군이 경솔하게 움직일 것으로 예상하고 전날 밤에 미리 병력을 분배하여 석정 뒤로 보내는 한편 남북의 산기슭에도 견고한 진을 친 뒤 자신이 직접 지휘하며 그 정면에서 공격할 태세를 취하고 있었던 것이다.

그보다 조금 앞서 오나라의 주환은 석정의 뒷산으로 기어 올라가 잠행하고 있었는데 마침 아군 복병을 순시하러 오는 위나라의 장보와 마주쳤다.

처음에 장보는 한밤중이기도 하고 어두운 산허리여서 아군이라고 생각했는지 “어디 부대인가? 대장은 누구냐?”라고 물었다.

“우리는 오나라의 정병. 대장은 나, 주환이다.”

어둠을 틈타 장보에게 접근한 주환은 대답하자마자 단칼에 그를 베어버렸다.

한밤중의 기습전이 이렇게 시작되자 내일을 기다렸다가 행동하려고 준비하던 위나라의 본군은 혼란에 빠지고 말았다.

때문에 조휴도 막을 방법이 없어서 무너지는 아군과 함께 협석도 방면으로 도망쳐 내려갔다. 그러나 오군은 이 방면에도 충분히 대비하고 있었기 때문에 스스로 찾아온 먹잇감을 무수히 베었고, 항복한 자도 1만 명이나 되었다.

어쩌다 여러 겹의 포위망을 뚫은 위군도 말과 무기를 버리고 거의 맨몸이 되어 겨우 주장 조휴를 따라 달아났다.

"죽다 살았구나."

조휴는 중얼거리면서 두려움에 떨었지만, 실은 이 위험천만한 곳에서 그를 구해낸 사람은 이전에 그의 비위를 거슬러 진영에 남겨진 가규였다. 조휴를 걱정한 나머지 가규가 일군을 이끌고 뒤쫓아와서 석정의 북산에서 만난 덕에 가까스로 조휴를 구출해 돌아올 수 있었던 것이다.

세 방면 중 한 방면에서 위군이 대패했기 때문에 다른 두 방면에 있던 사마의 군과 만총 군도 불리한 상황에 놓여 결국 세 방면에서 모두 퇴각할 수밖에 없었다.

육손은 엄청난 노획품과 수만 명에 달하는 항복병들을 이끌고 건업으로 돌아왔다. 손권은 몸소 궁문까지 나와 맞이했다.

"이번의 공은 참으로 크오. 그대는 오나라의 기둥이라고 할 수 있소."

자신의 머리카락을 잘라 계책을 성공시킨 주방도 크게 칭찬을 받았다.

"그대의 공은 길이 역사에 기록하리다."

그 후 주방은 일약 관내후關內侯에 봉해졌다.

후출사표

一

촉오 동맹은 최근 어떤 변화도 보이지 않았다.

공명이 남만으로 원정하기 전, 그러니까 위나라의 조비가 대형 병선을 건조하여 오나라를 침략하려는 계획을 세우기 전에 촉나라는 등지를 사자로 보내 오나라에 수교를 청하고 오나라도 장온을 사자로 보내 그것을 기회로 맺어진 양국의 입술과 이와 같은 관계는 지금도 유지되고 있었다.

이것으로 미루어 짐작하면 위나라가 가정에서 승리하여 촉나라를 물리친 후에 즉시 오나라와 싸우게 된 이유를 단순히 조휴의 헌책이나 오나라 주방의 교묘한 유인책에 의한 것이라고는 할 수 없다.

더 큰 원인은 촉오의 맹약에 있었다.

위나라가 오나라를 침략할 때는 촉나라가 즉시 위나라의 배후를 위협한다. 만약 위나라와 촉나라가 서로 싸울 경우에는 오나라는 위나라의 측면을 공격할 의무가 있다.

이 조문에 의해 기산과 가정에서 전투가 개시되자 오나라는 당연히 어떤 형태로든 위나라의 측면을 향해 군사행동을 일으키지 않으면 안 되는 처지에 있었다.

이에 대해 위나라 역시 충분히 경계한 것은 말할 필요도 없다. 그런 분위기에서 우연히 주방의 궤계詭計(간사하게 남을 속이는 꾀)가 실행되었고 그것을 도화선으로 위나라와 오나라의 전쟁이 시작된 것이라고 보는 것이 옳은 견해일 것이다.

따라서 조휴가 패해 달아나는 것과 함께 오군의 철수도 빨랐다. 촉나라에 대한 조약 이행은 이것으로 다했기 때문이다. 게다가 오나라의 손권은 이 전과와 의무의 완수를 서신에 과장해서 적어 성도에 사자를 파견해 촉나라의 유선에게 전달했다.

> 오나라가 맹약을 중히 여기는 것은 서신에 적은 바와 같소. 귀국은 안심하고 공명으로 하여금 위나라를 공격하게 하시오. 오나라는 동맹국의 신의로 위나라의 국경을 위협하여 결국 위나라를 수미 양면에서 지칠 대로 지치게 만들겠소. 그리하여 위나라가 아무리 강하다고 자랑해도 패할 때까지 공격할 것이오.

그 후 위나라의 동정을 살피니 조휴는 석정의 대패를 크게 수치스러워하며 낙양에 도망쳐와 있었지만, 얼마 지나지 않아 종기를 앓다 죽고 말았다.

그는 나라의 원로이자 황족의 한 사람이었다. 조예는 후하게 장례를 치르라는 칙령을 내렸다. 그러자 그 장례를 계기로 오나라를 막기 위해 남쪽 국경에 있던 사마의 중달이 급히 상경했다. 장수들은 의아해하며 물었다.

"도독은 어째서 그리 급하게 올라오셨소?"

사마의 중달이 대답했다.

"아군은 가정에서 승리를 거두었지만, 그 대신 오나라에 패했소. 공명은 아군이 패색에 젖어 있는 것을 노리고 다시 신속히 행동할 것이 분명하오. 농서 땅이 위급할 때 누가 공명을 막을 수 있겠소? 이 사마의 중달 외에는 없을 것이오. 때문에 서둘러 올라왔소."

그의 말에 사람들은 코웃음을 쳤다.

"그가 생각 외로 비겁하더군. 오나라는 강하고 촉나라는 약하다고 생각하고 있는 거야. 과거의 승리에 도취되어 오는 이길 수 없지만, 촉은 이길 수 있다고 생각하는 듯해."

그러나 이런 말을 신경 쓸 사마의가 아니었다. 그는 나름대로 굳게 믿고 있는 것이 있는 듯 이따금 유유히 조정에 나가면서 다시 도성에서 편히 지내고 있었다.

한편 공명은 한중에 있으면서 군을 재편하고 군량 등도 계획대로 확보되자 위나라의 허점을 엿보고 있었다.

오나라가 대승을 거두었다는 소식을 듣고 성도에서 삼군에 술을 보내왔다. 공명은 어느 날 밤 주연을 베풀어 은상을 내리며 장졸들의 노고를 위로했다.

그런데 분위기가 한창 무르익었을 때, 한 줄기 바람이 불더니 정원의 노송 가지가 뚝 부러졌다. 공명은 순간 안색이 어두워졌지만, 장졸들의 주흥을 깨지 않기 위해 아무렇지 않은 모습으로 술잔을 기울이고 있었다. 그때 신하가 와서 전했다.

"지금 조운의 아들, 조통趙統과 조광趙廣이 왔는데 이리로 부를

까요?"

그 말에 공명은 깜짝 놀란 낯빛으로 탄식했다.

"아아, 조운의 아들이 찾아왔구나……. 노송의 우듬지가 결국 부러졌단 말인가."

그는 손에 들고 있던 술잔을 떨어뜨렸다.

||| 二 |||

그의 예감은 틀리지 않았다. 이윽고 공명 앞으로 온 조운의 두 아들은 아버지가 병사했다는 소식을 전했다.

"어젯밤, 아버님께서 돌아가셨습니다."

공명은 몹시 애석해했다.

"조운은 선제 이래의 공신, 촉나라의 대들보와 같은 분이었소. 크게는 국가의 손실이나 작게는 나의 한쪽 팔이 떨어져 나간 것과 같구려."

그는 눈물을 주르륵 흘렸다.

이 슬픈 소식은 즉시 성도에 전해졌다. 후주 유선도 큰 소리로 울며 탄식했다.

"옛날 당양의 혼전 속에서 조 장군이 과인을 구하지 않았다면 과인은 지금 이렇게 살아 있지 못했을 것이오. 슬프게도 그가 가고 말았구나."

후주 유선은 칙령을 내려 순평후順平侯라는 시호를 내리고 성도의 교외인 금병산에 국장으로 후하게 장례를 치렀다. 또 그의 장남 조통을 호분중랑虎賁中郎에 봉하고 차남 조광을 아문장牙門將으로 임명하여 아버지의 묘를 지키게 했다.

그때 근신이 들어와 보고했다.

"한중의 제갈량이 보낸 사자 양의가 지금 막 도착했사옵니다."

양의는 황제 앞에 엎드려 공손하게 공명의 서신을 바쳤다. 이것은 공명이 다시 북벌을 하겠다고 결의한 '후출사표'였다.

황제는 서신을 읽었다.

한과 도적은 양립할 수 없사옵니다. 왕업은 또 편안한 것이 아니옵니다. 이를 치지 않으면 앉아서 망하는 것을 기다리는 것과 같사옵니다. 앉아서 망하기보다는 오히려 나가서 쳐야 하옵니다. 어느 쪽이 좋은지에 대해서는 논의할 여지도 없사옵니다.

공명은 표문의 첫머리에 우선 이렇게 결론을 내리고 있었다. 그가 품은 이상과 주전론에 대해서 여전히 성도의 문관들 사이에서는 소극론이 나오고 있었기 때문이다.

그의 글은 계속되었다.

이 대업은 하루아침에 이루어지는 것이 아니옵니다. 위나라를 격멸하기 위해서는 어려움을 극복하고 오랜 인내가 필요한 것은 말할 필요도 없사옵니다.

그는 진중하고도 비장한 어조로 위나라의 강대한 군사력과 촉나라의 불리한 지형과 약점을 이치에 합당하게 논하고 또 지금 자신이 한중에 머물며 전포를 벗지 않는 이유를 6개 조로 나누어 설명했다. 그리고 선제의 유언에 부응하려는 일심과 국가를 생각하는 진심을 토로하고 마지막에 비장한 어조로 덧붙였다.

지금 백성은 곤궁하고 병사들은 지쳤다고 해도 여기서 멈춰서는 아니 되옵니다. 겨우 한 주州의 땅을 가지고 우리보다 스무 배 이상 되는 도적과 오랫동안 대치하고 있사옵니다. 이것이 신이 아직 전포를 벗지 못하는 이유이옵니다. 신은 오직 힘을 다하고 죽을 뿐이옵니다. 성패成敗에 대해서는 신의 판단이 미치지 못하옵니다. 삼가 표를 올려 판단을 구하옵나이다.

건흥 6년(228) 겨울 11월

'지난번에 위나라는 어마어마한 규모의 군대를 오나라와의 접경에 파견했으나 패배하고 나중에 조휴도 죽었다. 그 후 위나라 조정에는 전과 같은 기세나 전의도 보이지 않고 서역의 수비도 자연히 약해졌을 것이다.'

공명은 이렇게 판단하고 표문을 올린 것이다. 황제는 이를 허락했다. 양의는 한중으로 서둘러 돌아갔다. 조서를 받은 공명이 말했다.

"자, 출정이다."

약 반년 남짓을 신중하게 준비한 촉나라의 병마 30만을 이끌고 즉시 진창도를 향해 출격했다.

이해 공명은 48세, 때는 혹한의 한겨울, 천하에 험하기로 유명한 진창도(면현에서 동북쪽으로 20리)와 사면의 험준한 산은 온통 눈으로 덮여 있었고, 눈썹과 입김도 얼어붙고 말고삐마저 얼음 막대기가 될 정도로 추웠다.

||| 三 |||

위나라의 국경에 있는 상비군은 한중의 움직임을 보고 화들짝 놀라 즉시 도성 낙양에 보고했다.

"공명이 다시 침공했습니다. 촉의 대군이 무려 수십만. 서둘러 방어전을 준비하기 바랍니다."

최근 낙양의 분위기도 결코 낙관적이지만은 않았다. 오나라에 당한 패전의 타격은 확실히 컸다. 촉나라에 전력을 쏟자니 오나라가 호시탐탐 기회를 노리고 있는 것 같고, 오나라로 향하자니 촉나라의 움직임을 간과하기 어려웠다. 그런 정신적인 양면전에 대한 피로도에 더해 지난번에 조휴가 초래한 대패는 자신감을 적잖이 실추시켰다.

"공명이 또 쳐들어왔소. 장안의 일선을 굳게 지키고 국방의 안전을 꾀하기 위해서 대체 누구를 대장으로 삼으면 좋겠소?"

위제 조예는 신하들을 모아놓고 물었다. 그 자리에는 대장군 조진도 있었다. 조진은 면목 없다는 듯이 말했다.

"신 조진, 지난날 농서에 파견되어 기산에서 공명과 맞서 싸웠으나 공은 적고 과는 많았사옵니다. 그간 속으로 깊이 참회하며 충성을 바칠 수 없는 것을 부끄럽게 여기고 있었사옵니다. 그런데 최근 믿음직한 장수 한 명을 얻었습니다. 그는 60근이 넘는 커다란 검을 사용하고 천리정마千里征馬를 타고 달리면서 강궁을 쏘며 몸 두 곳에 유성추流星鎚를 가지고 있다가 한 번 던졌다 하면 어떤 강적이라도 쓰러뜨리는데 백 번을 던져서 단 한 번도 실수한 적이 없었사옵니다. 부디 이자를 이번에 신의 선봉으로 삼도록 허락해주시옵소서."

지략과 용맹을 겸비한 인재가 지금처럼 필요한 때도 없었다. 위제는 칙령을 내려 즉시 그를 불렀다. 대전에 한 괴웅怪雄이 나타났다. 신장은 7척, 검은 얼굴에 누런 눈을 하고 허리는 곰과 같고 등은 범과 닮았다. 게다가 제대로 갖춰 입고 허리에 띠까지 두르니 보통 풍모가 아니었다.

"오오, 훌륭하구나."

조예는 기뻐하며 바라보았다.

"어디 출신이오?"

조예가 조진에게 물었다. 조진은 자기 일처럼 우쭐해져서 재촉했다.

"왕쌍王双, 직접 대답하게."

왕쌍은 엎드려 대답했다.

"농서 적도狄道 태생으로 자는 자전子全이라 하옵니다."

"이미 이 맹장을 얻었으니 전군의 길조라 할 수 있소. 촉군이 와도 이제 걱정이 없구나."

위제는 그 자리에서 그를 전부前部 대선봉大先鋒에 임명하고 호위대장으로 봉했다.

"이것이 그대에게 어울리겠군."

위제는 비단 전포와 황금 갑옷을 왕쌍에게 내렸다. 그리고 조진에게는 전과 다름없이 총사령관의 인수를 내렸다.

"너무 자책하지 마시오. 다시 대도독으로서 전장에 나가 지난날의 전투를 교훈 삼아 공명을 쳐부수도록 하시오."

조진은 은혜에 감사하고 낙양의 병사 15만을 이끌고 장안으로 가서 곽회와 장합 등의 병력과 합세했다. 그리고 병사들을 전선

여러 곳에 배치하고 방어전 준비에 만전을 기했다.

이미 한중을 출발한 촉군은 진창도로 가는 도중에 '지나갈 수 있으면 지나가 보라.'는 듯 떡 버티고 서 있는 성 하나와 맞닥뜨렸다. 이 성은 전에 위나라가 공명이 다시 공격해올 것을 예상하고 쌓은 진창성으로 그곳을 지키는 자도 충성심이 강한 용장, 학소였다.

"눈도 많이 내리는 데다가 길도 험합니다. 게다가 위나라의 학소가 요해를 철통같이 지키고 있으니 쉽게는 통과할 수 없을 것입니다. 길을 바꿔서 태백령을 넘어 기산으로 나가는 것이 어떻겠습니까?"

촉군 장수들이 공명에게 말했다.

공명은 받아들이지 않았다.

"이 성 하나를 함락시키지 못한다면 기산으로 나가도 위나라의 대군에 이길 수 없을 것이오. 진창도의 북쪽은 가정. 이 성을 함락시켜 아군의 임시 근거지로 삼으시오."

그는 위연에게 공격 명령을 내렸다. 며칠을 공격했지만 성은 동요조차 없었다.

||| 四 |||

진중에 근상勤祥이라는 자가 있었다. 그 근상이 성의 수비 대장 학소와 같은 고향 친구라며 공명에게 청했다.

"저를 성으로 보내주십시오. 학소와는 꽤 친한 사이였습니다만, 제가 서천을 유랑하다가 결국 연락이 끊기고 말았습니다. 알기 쉽게 이해관계를 설명하고 그에게 항복하도록 권하겠습니다."

공명은 바라던 바라며 그의 청을 수락했다.

근상은 성문 아래에 가서 외쳤다.

"친구 근상이다. 오래간만에 학소를 만나러 왔다."

학소는 망루에서 한 번 본 후 옛 벗임을 확인하자 문을 열어 그리운 듯 맞아들였다.

"오랜만이네."

"건강해 보이는군."

"그런데 자네가 여긴 대체 무슨 일로 왔는가?"

"자네에게 꼭 소개하고 싶은 사람이 있네."

"오, 누구인가?"

"물론 그는 우리의 제갈량이네."

학소는 이 말을 듣자마자 낯빛이 변하며 말했다.

"돌아가게, 돌아가."

"자네는 왜 그리 화를 내는가?"

"나는 위나라를 섬기고 자네는 촉을 섬기고 있네. 그런 말을 한다면 친구로 만나는 것은 불가능해."

"친구이기 때문에 이렇게 자네를 위해 온 것이 아닌가. 이 성안의 병사는 몇천이지만 우리 촉군은 몇십만이네. 자네도 보지 않았는가. 승패는 이미 정해졌네. 자네만큼 훌륭한 무장이……."

"닥치게."

학소는 자리를 박차고 일어나 성문 쪽을 가리키며 말했다.

"당장 돌아가게. 살아서 돌아갈 수 있을 때."

"아니, 우리의 우정을 생각하고 아군의 부탁을 받고 온 나로서는 이대로 돌아갈 수 없네."

"좋다. 여봐라, 누구 없느냐?"

학소는 부하 장수를 불러 명령했다.

"손님을 말 등에 묶어라."

"네."

그는 말을 끌고 와서 다짜고짜 근상을 말 위에 묶었다. 그리고 성문을 열게 한 후 학소가 직접 창 자루로 말의 엉덩이를 때렸다.

말은 성 밖을 향해서 쏜살같이 달려갔다. 근상은 공명에게 사실대로 보고했다.

"그는 예전부터 의리가 있는 사내였습니다."

그러나 공명은 다시 한번 가서 이해관계를 들어 설득하라고 명했다. 학소라는 인물이 아까웠던 것이다. 근상은 갑옷을 입고 말을 치장한 뒤 이번에는 당당하게 해자 앞에 섰다.

"학백도郝伯道는 있는가. 다시 내 충언을 듣게."

이렇게 성을 향해 말하자 이윽고 학소가 망루 위에 모습을 나타냈다.

"풋내기, 무슨 일이냐?"

근상은 다시 설득했다.

"헤아리건대 이 일개 성으로는 촉의 대군을 막아낼 수 없을 것이네. 우리 승상은 자네의 재능을 아껴 다시 나를 여기로 보내셨네. 이 기회를 놓치지 말고 문을 열어 촉에 항복하고 이 근상과 함께 오래도록 교우의 즐거움을 나누는 것이 어떻겠나?"

"닥쳐라. 너와 나는 지난날 함께 공부하던 벗이었지만, 화살이 날아다니는 길에서는 아무 사이도 아니다. 일단 위나라의 인수를 받았고, 100명이라는 적은 병력이지만 이 몸을 믿고 맡겨준 이상 그 믿음을 저버릴 수 없다. 나는 무인, 너는 필부, 지금 화살을 쏘지 않은 것도 무인의 자비다. 전쟁의 훼방꾼은 썩 물러가라."

학소가 망루에서 모습을 감추자 즉시 엄청난 화살이 날아왔다. 근상은 할 수 없이 되돌아와 공명에게 말했다.

"저는 감당이 안 됩니다."

그는 포기하고 말았다. 공명은 한 마디로 결정했다.

"좋다. 이렇게 된 이상, 내가 직접 지휘하여 쳐부술 수밖에."

다시 기산으로 가다

||| 一 |||

한중에 머무는 1년 동안, 공명은 군의 기구를 정비하고 무구와 병기 등을 대대적으로 개선했다. 예를 들어 돌격전이나 속도전의 필요에 따라 산기대散騎隊와 무기대武騎隊를 새로 편제하고 말에 숙련된 장교를 그 부대에 배속했다. 또 기존에 활용도가 떨어졌던 노궁수에 새롭게 공명이 발명한 위력 있는 신무기를 더해 독립된 한 부대를 만들고 그 부장을 '연노사連弩士'라고 불렀다.

연노라는 것은 그가 발명한 신무기로 8치 정도의 짧은 화살이 한 번 쏘면 열 발씩 날아가는 것이었다.

또 대연노는 비창현飛槍弦이라고도 하는데 다섯 명이 시위를 당겨서 쏘는 것으로 단 한 발로 종종 철갑도 뚫었다. 따로 석탄石彈을 쏘는 석노도 있었다.

치중輜重(군량과 군수물자를 실어나르는 수레)으로는 목우유마木牛流馬라고 부르는 특수한 운송차가 고안되었고, 병사의 철모(철투구)에서 갑옷에 이르기까지 개량되었다.

그 외에 공명의 머리에서 나왔다고 후세에 전해지는 무기는 수없이 많지만, 그 어떤 것보다도 중요한 것은 그에 의해 이루어진 병법의 진보다. 팔진법 외에 종래의 손오孫吳(춘추전국 시대의 병법가 손자孫子와 오자吳子를 이르는 말)나《육도六韜》(주周나라 태공망太公望이 지은 병법서)에도 눈에 띄게 새로움이 더해져 후대 전쟁의 양상에도 획기적인 변혁을 초래했다.

그런데 학소가 지키고 있는 진창의 작은 성은 불과 3,000~4,000명의 적은 병력으로 이런 장비를 갖춘 촉나라의 대군에 포위된 것이니 고전을 면치 못한 것은 말할 필요도 없다.

그럼에도 불구하고 쉽게 무너뜨릴 수 없었던 것은 주장 학소의 흔들리지 않는 충성심 때문이기도 하고 또 명장 아래 약졸 없다고 성의 병사 3,000여 명이 일심 일체가 되어 적을 밀어냈기 때문이라고 할 수 있다.

'이러는 사이에 위나라의 대군이 오면 큰일이다.'

공명은 마침내 직접 진두에 서서 총공격을 개시했다. 운제雲梯와 충차衝車라는 신병기까지 밀고 나와 사용했다. 운제(구름 사다리)란 아주 높은 사다리 망루를 말한다.

망루 위는 방패로 둘러싸여 있고 그 위에서 성벽 안을 내려다보며 연노와 석노를 쏘아 적이 겁을 먹으면 그 위에서 또 다른 짧은 사다리를 무수하게 내려 마치 공중에 다리를 걸친 것과 같은 상태를 만들어 병사들이 원숭이처럼 건너 성안으로 들어가는 기기였다.

또 충차는 자유롭게 밀 수 있는 수레다. 이 수레에는 기중기 같은 갈고리가 달려 있는데 대 위의 톱니바퀴를 세 명의 병사가 돌리면 그물자루에 의해 지상의 무엇이든 운제 위로 옮길 수 있게 되어 있었다.

이 충차 수백 대가 성벽의 사면에서 접근해오는 것을 보고 학소는 불화살을 준비하고 기다렸다. 그리고 북소리를 신호로 즉시 불화살을 쏘고 기름 단지를 던지기 시작했다. 그 때문에 운제와 충차는 모두 화염 기둥이 되었고 촉군은 불에 타 죽었다.

"해자를 메워라."

공명은 흙을 파서 밤낮 가리지 않고 해자를 메우라고 명령했다. 그러자 성안의 병사들도 그 방면의 성벽을 더욱 높이 쌓았다.

"그렇다면 땅 아래로."

지하로 굴을 파게 하여 성안으로 들어가려 하자 학소도 성안에서 갱도를 만들고 그 갱도 옆을 길게 파서 거기에 물을 흘려보냈다.

천하의 공명도 공격하다 지쳤다. 그가 이 정도로 힘들어하는 공성전은 이전에도 없었고 앞으로도 없을 것이다.

"이미 스무 날이 지났다."

함락시키지 못한 성을 바라보며 자신도 모르게 탄식하고 있는데 파발마가 와서 급보를 전했다.

"위의 선봉 왕쌍의 깃발이 점점 다가오고 있습니다."

공명은 발을 동동 굴렀다.

"벌써 적의 원군이 왔단 말인가. 사웅謝雄, 사웅, 그대가 나가 맞서라."

부장으로는 공기龔起를 뽑아 각각 3,000명의 병사를 붙여주며 출동하게 하고 성안의 병사들이 기습적으로 나올 것에 대비하여 진을 20리 밖으로 물렸다.

||| 二 |||

공명은 일단 진용을 정비하고 자중하고 있는데 우려가 현실이 되었다. 이후 시시각각 들어오는 보고는 모두 사태의 악화를 전하

는 것이었다.

그중 앞서 출발했던 촉군은 비참한 몰골이 되어 도망쳐왔다. 그리고 입을 모아 이렇게 말했다.

"사웅 대장도 적장 왕쌍의 손에 목숨을 잃었습니다. 이어 2진으로 갔던 공기 대장도 왕쌍의 단칼에 두 동강이 났습니다. 위나라의 왕쌍은 도저히 상대할 수 없는 뛰어난 장수입니다."

공명은 크게 놀랐다.

'꾸물거릴 시간이 없다. 그의 군과 성안의 병력이 연락을 취한다면 우리의 대사는 허사가 된다.'

그는 요하, 왕평, 장억에게 출진하라고 명령했다.

그러는 사이에도 위나라의 원군은 용감무쌍한 왕쌍을 선봉으로 한겨울의 혹독한 추위와 험한 산길도 아랑곳하지 않고 진창성을 향해 밤낮을 가리지 않고 진군했다.

그들을 막기 위해 달려간 촉군은 첫 번째 전투에서 격퇴당하고, 두 번째 전투에서 맞붙은 요화와 왕평 등의 병력도 상대가 되지 않았다. 혼전 중에 촉장 장억은 위의 왕쌍이 자랑하는 60근의 대검을 피해 달아나다가 등에 유성추를 맞았다.

유성추라는 것은 무거운 철환을 쇠사슬에 연결한 일종의 분동이었다. 왕쌍은 이것을 몸에 지니고 다니며 필요한 때에 기습적으로 적에게 던졌다.

왕평과 요화는 장억을 구출하여 퇴각했지만 장억은 피를 토하며 목숨이 위태로운 상태였다.

이런 상황이었기 때문에 촉군은 급격하게 사기가 떨어졌고, 반대로 위군의 사기는 하늘을 찔렀다.

전진, 전진, 선봉 2만의 왕쌍 군은 거칠 것 없는 기세로 이미 진창성에 접근하여 봉화를 올려 성안에 있는 자들에게 '원군이 도착했다.'는 신호를 보냈다. 그리고 척군을 일소한 성 밖 일대에 포진을 끝냈다.

왕쌍 군은 크고 작은 수레를 길게 늘어놓고 위에는 목재를 쌓아 울타리를 만들고 또 참호를 길게 팠는데 그 견고함이 비할 데가 없었다.

그 모습을 보면서도 공명은 손쓸 방법이 없었다. 수많은 계책을 궁리하다 며칠을 허무하게 보냈다.

"승상, 마음을 편히 가지십시오. 지나치게 얽매이는 것은 좋지 않습니다."

"오오, 강유인가. 무슨 계책이라도 있다면 말해보라."

"제가 보기에 이럴 때는 오히려 '이離'가 중요하다고 생각합니다. 집착에서 벗어나는 것입니다. 이런 대군을 통솔하면서 쓸데없이 진창의 작은 성 하나에 구애되어 마음까지 구속되어버리는 것이야말로 적이 노리는 것이 아니겠습니까?"

"그런가. 오오, 이離로다…… 바로 이였어."

강유의 말에 공명도 크게 깨달은 바가 있었다. 그는 즉시 방침을 바꿨다. 즉, 위연의 병사들로 진창의 골짜기에 견고하게 진을 치게 한 뒤 위군과 대치하게 하고, 또 가까운 가정 방면의 요로에는 왕평과 이회李恢에게 명해 굳게 지키게 해놓고 공명 본인은 밤에 은밀히 마대와 관흥, 장포 등의 대군을 이끌고 진창을 출발해 멀리 산을 넘고 골짜기를 지나 기산으로 간 것이다.

한편, 위나라의 장안 총사령부에서는 대도독 조진이 왕쌍으로

부터 승전보를 듣고 크게 기뻐했다.

"공명도 첫걸음부터 비틀거리는 것을 보니 이제 왕년의 위세는 다한 듯하군. 전쟁의 앞날이 훤히 보인다."

영내에는 이미 승전의 기운으로 가득했다.

그때 선봉의 중호군中護軍 비요費耀가 기산의 골짜기에서 서성거리고 있는 촉군을 생포해왔다. 조진은 분명 적의 첩자일 것이라고 여기고 끌고 오게 하여 직접 심문했다. 그러자 그 촉군이 말했다.

"저는 결코 첩자가 아닙니다. ……실은."

그는 머뭇거리며 좌우에 있는 사람들을 둘러보더니 납작 엎드려 말했다.

"중대한 일을 고하고 싶습니다만, 사람들이 있는 곳에서 말씀드리기가 곤란합니다. 부디 헤아려주십시오."

||| 三 |||

청을 받아들여 조진은 사람들을 내보냈다. 촉군은 그제야 "저는 강유의 부하입니다."라고 이실직고하더니 품속에서 편지를 꺼냈다.

편지를 보니 틀림없는 강유의 필적이었다. 내용인즉, 잘못하여 공명의 위계에 빠졌다. 그러나 대대로 위나라의 녹을 먹었고, 지금 몸은 촉에 있지만 마음은 천수군에 있으며 고향에 계신 어머니를 잊을 수가 없다며 구구절절 눈물겨운 내용이었다.

그리고 마지막에는 "그러나 기다리고 기다리던 때가 지금 눈앞에 와 있습니다. 만약 저의 마음을 불쌍히 여겨 이 충정을 믿어주신다면 별지의 계책을 이용하여 촉군을 쳐부수십시오. 저는 제갈량을 생포하여 위군의 진영에 바치겠습니다. 다만 바라기는 그 공으로 다시 위나라를 섬길 수 있게 허락해주십시오."라고 적혀 있었다. 그리고 내응의 밀계가 다른 종이에 소상히 적혀 있었다.

조진은 마음이 움직였다. 비록 공명까지는 사로잡을 수 없다 하더라도 지금 촉군을 쳐부수고 강유를 같은 편으로 되찾아올 수 있다면 일석이조의 결과였다.

"좋다. 잘 전해라."

사자의 노고를 위로하고 날짜를 약속한 후 돌려보냈다. 그 후 그는 비요를 불러 강유의 계책을 알려주었다.

"즉, 강유는 위군을 진군시켜 촉군을 공격하고 거짓으로 패하여 달아나라더군. 그러면 자신이 촉군의 진중에서 봉화를 올릴 것이고 우리는 그것을 신호로 공격하여 협공하자는 것이네. 어떤가? 더없이 좋은 기회가 아닌가?"

"글쎄, 어떨까요."

"반응이 어찌 시큰둥한가?"

"공명은 지략이 뛰어난 자입니다. 강유도 여간내기가 아닙니다만. 아마도 사술일 것입니다."

"그렇게 의심하다가는 아무것도 못 해."

"어쨌거나 도독께서 몸소 움직이는 것에 대해서는 찬성할 수 없습니다. 우선 제가 일군을 이끌고 가서 시험해보겠습니다. 만약 공을 세운다면 그 공은 도독께 돌리겠습니다. 잘못되면 제가 책임을 지겠습니다."

비요는 5만 명의 병사를 이끌고 사곡 길로 출발했다.

협곡에서 촉의 보초병을 만났다. 그가 달아나는 것을 추격하는데 촉군이 공격해왔다. 일진일퇴, 며칠 동안 여러 번의 전투가 벌어졌다.

그런데 시간이 흐를수록 촉군 병력은 홍수 때 물이 불어나듯 쭉쭉 불어났다. 반대로 위군은 밤이고 낮이고 적의 기습 전략에 신경을 빼앗겨서 점점 지쳐가고 있었다.

그리고 그날, 사방의 골짜기에서 북과 뿔피리 소리가 울리고 갑자기 깃발이 나타나더니 사륜거 한 대가 철갑으로 무장한 기마 무사들의 호위 속에 다가왔다.

"앗, 공명이다."

위군은 두려움에 떨며 무너졌다.

비요는 멀리서 그 모습을 바라보다가 이윽고 주위의 부장들에게 말했다.

"어찌 두려워하는가? 이날을 기다려오지 않았느냐? 여봐라, 나가서 싸우다가 때를 보아 거짓으로 도망쳐라. 후퇴하는 것은 우리의 계략이다. 이윽고 적의 후진에서 불길이 솟을 것이다. 그것을 보면 북과 징을 울리고 함성을 지르며 되돌아가 격멸하라. 적군 중에 아군에 내응하는 자가 있으니 우리는 분명 승리할 것이다."

이렇게 명한 후 즉시 비요는 말을 몰고 나가 공명의 사륜거를 향해 외쳤다.

"패군의 대장이 수치도 모르고 또 왔느냐?"

공명이 사륜거 위에서 한 번 보더니 말했다.

"너는 누구냐? 조진에게 할 말이 있다."

공명은 비요를 상대도 하지 않았다.

비요는 화를 내며 되받아쳤다.

"조 도독은 금지옥엽, 어찌 수치를 모르는 너 같은 자를 만나겠느냐?"

공명이 백우선을 들어 삼면의 산에 신호를 보내자 즉시 마대와 장억 등의 군사가 우르르 쏟아져 내려왔다.

위군은 예정대로 재빨리 퇴각하기 시작했다.

||| 四 |||

위군은 싸우다가 달아나고 싸우는 척하다가 다시 달아나면서 자꾸만 뒤를 돌아보았다.

촉군 진영의 후방에서 불길이 오르기를 이제나저제나 하며 기다린 것이다.

비요도 그것만을 기다리며 좁은 산 사이를 약 30리 정도나 퇴각했다. 그러는 사이에 촉군의 후진에서 검은 연기가 피어오르는 것이 보였다.

"됐다. 강유가 내응하여 불을 질러 신호를 보내는 것이다."

안장을 두드리고 비요는 말 위로 뛰어올랐다. 그리고 말 머리를 돌리자마자 큰 소리로 호령했다.

"자, 돌아가자. 돌아가서 촉군을 협공하라."

대장의 예언이 적중하자 위나라의 장졸들은 용기백배했다. 즉시 발길을 돌려 지금까지 추격해온 촉군에게 갑자기 성난 파도처럼 달려들었다.

촉군의 기세가 꺾였다. 아니, 위군의 맹렬한 반격에 전세가 완전히 역전되었다. 촉군은 앞다투어 달아나기 시작했다.

"공명의 수레는 어디로 사라졌느냐?"

비요는 검을 들고 맹렬히 쫓기 시작했다. 이런 기세라면 금세 공명의 수레를 따라잡아 그 목을 단칼에 쳐서 떨어뜨리는 것도 어렵지 않으리라 생각했다.

"추격하라. 잡병 따위는 거들떠보지도 말고 서둘러라."

5만의 병사들은 산사태가 난 것처럼 골짜기를 따라 내려갔다. 어느새 강유가 불을 지른 산의 화기가 가깝게 느껴졌다. 불길에 나무가 타는 소리가 천지에 울리고 사방의 눈이 녹아 탁류가 되어 골짜기로 흘러내렸다.

그러나 적은 어디로 숨었는지 보이지 않았다. 막다른 골짜기의 입구는 바위와 돌, 통나무로 막혀 있었다.

'그런데 강유의 반군은 뭘 하고 있는 건가?'

문득 이런 의심이 들었다. 그때 갑자기 그는 몸서리를 쳤다. 속았다는 느낌이 들었기 때문이다.

그러나 때는 이미 늦었다. 통나무, 바위, 기름 먹인 잡목, 화약 등이 좌우 양쪽의 산에서 떨어져 내리기 시작했던 것이다. 말도 사람도 깔려 삽시간에 아비규환의 수라장으로 변했다.

"아뿔싸, 적의 계략이었구나."

비요는 경악했다. 앞다투어 달아나는 아군들 사이에서 도망치다 산간의 샛길을 발견하고 달려갔다.

그러자 그 골짜기에서 한 무리의 군마가 북과 징을 울리며 달려왔다. 그중 앞장선 자가 바로 그가 기다리고 있던 강유였다. 비요는 강유를 보자마자 화가 머리끝까지 치밀어 멀리서부터 욕을 퍼부었다.

"불충, 불효의 도둑놈. 잘도 우리를 속였구나. 두고 봐라, 이 애송이야!"

강유는 만면에 미소를 지으며 말을 몰아 가까이 다가와서 말했다.

"누군가 했더니 비요였구나. 내 손으로 잡고 싶었던 것은 조진이었다. 학을 잡으려 놓은 덫에 까마귀가 걸리다니 아쉽구나. 싸우기도 성가시니 투구를 벗고 항복해라."

"뭐라고? 이 배은망덕한 놈!"

비요는 소리치며 덤벼들었지만, 도저히 강유를 당해낼 수 없었다.

그는 다시 볼썽사납게 달아나기 시작했다. 그러나 돌아가는 길도 어느 틈에 차단되어 있었다. 산 위에서 그 수를 헤아릴 수 없을 정도로 많은 수레를 떨어뜨리고 그 위에 기름과 섶을 던져서 쌓고 거기에 다시 횃불을 던졌기 때문에 그 화염이 산 높이까지 솟아올랐다.

"분하다."

비요는 결국 오도 가도 못하고 그 자리에 선 채 죽음을 맞았다. 그러나 허무하게 타 죽지는 않았다. 자신의 검으로 스스로 목을 베었던 것이다.

"항복할 자는 여기에 매달려라."

절벽 위에서 몇 가닥의 동아줄이 내려왔다. 위나라 병사들은 앞다투어 그 동아줄에 매달렸으나 반도 살지 못했다.

나중에 강유는 공명 앞에 나와 사죄했다.

"이 계책은 저의 생각이었습니다만, 잡아야 할 조진을 잡지 못했으니 성공이라 할 수 없을 것 같습니다."

공명은 이렇게 평가했다.

"그렇군. 애석하게도 너무 큰 계책을 썼어. 큰 계책은 좋지만, 작은 계책으로 큰 전과를 얻는 것이 계책의 묘미가 아니겠나."

식량

||| 一 |||

오나라와의 접경에서 물러나 사마의가 낙양에 머무르는 것을 두고 당시 위나라 사람들은 시국이 이러한데 너무 한가롭게 지내는 것이 아니냐고 비난했다. 그러나 최근 '공명이 다시 기산에 오고, 그 때문에 위군의 선봉장 여러 명이 목숨을 잃었다.'는 정보가 선풍처럼 들려오자 중달에 대한 비난은 딱 멈췄다. 오히려 역시 사마의 중달의 안목은 범상치가 않다며 너나 할 것 없이 그의 선견지명에 감탄하는 모습이었다.

시대를 막론하고 어떤 대상에 대해 비방과 논쟁의 목표를 잃으면 심심해하는 소위 지식인과 정객政客은 낙양에도 많았다. 그들이 이번엔 방향을 바꿔 이런 비난을 쏟아내기 시작했다.

"대체 총병도독은 있는 거야, 없는 거야? 조진은 뭘 하고 있는 거야?"

조진은 위나라의 황족이다. 그런 만큼 황제 조예는 괴로웠다. 황제는 사마의를 불러 어떻게 하면 좋을지 물었다.

"두려워할 것은 촉이 아니라 오히려 공명이라는 존재요. 어떻게 하면 좋겠소?"

"너무 걱정하실 것 없사옵니다."

중달은 별일 아니라는 듯이 대답했다.

"촉군 스스로 물러가게 하면 되옵니다."

"그런 좋은 방법이 있소?"

"있습니다. 아마도 공명 군은 약 한 달 정도의 군량밖에는 가지고 있지 않을 것이옵니다. 왜냐하면 눈이 많은 계절인 데다 길은 험하기 때문입니다. 따라서 그가 바라는 것은 속전속결이옵니다. 소신이 취하는 계책은 장기 지구전이옵니다. 조정에서 사자를 보내 총병도독에게 그 취지를 전하십시오. 총병도독에게 각지의 수비를 견고히 하고 되도록 싸우지 말라고 명하시옵소서."

"과연 그렇겠군. 즉시 그 방침을 명하도록 하겠소."

"산에 쌓여 있는 눈이 녹을 무렵이 되면 촉군의 군량이 떨어져서 어쩔 수 없이 총퇴각을 개시할 것이옵니다. 허점은 바로 그때 있습니다. 그때 추격하면 반드시 대승을 거둘 것이옵니다."

"그 정도로 선견이 있다면 어째서 경이 진두에 나가 지휘하지 않는 것이오?"

"소신은 낙양에서 요양하고 있는 것도 아니고 목숨이 아까워서 이러고 있는 것도 아닙니다. 요컨대 오나라의 움직임을 아직 알 수 없기 때문이옵니다."

"오나라가 또 공격해올 것 같소?"

"물론입니다. 방심할 수 없습니다. 왜냐하면 오는 스스로 움직이는 것이 아니라 촉의 동정을 살펴 움직이기 때문이옵니다."

이후 며칠 동안 조진 군이 보내온 보고는 모두 위가 불리하다는 내용뿐이었다. 그리고 마침내 조진은 자신감을 잃은 듯 "도저히 현 상태로는 지켜내기 어렵습니다. 오직 성려聖慮를 바랄 뿐입니다."라며 암암리에 황제의 출진이나 사마의의 원조를 청해왔다.

그러나 사마의는 뭔가 생각하는 바가 있는 듯 좀처럼 움직이려 하지 않았다. 그리고 위제를 향해 이렇게 말할 뿐이었다.

"지금이야말로 총병도독이 분발해야 할 때이옵니다. 사자를 보내 공명의 허실에 걸리지 말라, 깊이 들어가 위험에 빠지지 말라고 주의를 주고 장기전을 취하라고 명하시옵소서."

그런 중달의 태도에서는 자신이 총병도독이라면 몰라도 그렇지 않은 이상 움직이지 않겠다는 속내가 느껴졌다. 어쨌거나 공명과 맞서고 있는 조진의 고전은 걱정스러웠다.

조정에서는 한기韓曁를 사자로 보내 조진에게 방침을 전하기로 했다. 그러자 사마의는 일부러 도성 밖까지 배웅을 나가 헤어질 무렵에 말했다.

"말하는 것을 잊었소만, 조진 총병도독의 공을 바라는 마음에서 꼭 주의를 주고 싶은 것이 있으니 전해주시오. 그것은 촉군이 퇴각할 때 결코 성질 급한 자나 말이 많은 자에게 추격하게 해서는 안 된다는 것이오. 경솔히 추격하면 반드시 적의 계책에 빠지게 될 것이오. 이것을 조정의 명령으로 덧붙여주시오."

중달은 진심으로 당부했다. 그러면서도 그 정도로 위군이 어려움에 처해 있는 것을 알면서도 그는 수레를 돌려 유유히 낙양으로 돌아갔다.

||| 二 |||

대상경大常卿 한기는 이윽고 총병도독의 본부에 도착하여 조진에게 조정의 방침을 전했다. 조진은 조서를 받고 한기를 배웅한

후 이 뜻을 부도독 곽회에게 말하자 그는 웃으며 말했다.

"그것은 조정의 의견이 아니라 사마의 중달의 의견입니다."

"누구의 의견이든 상관없지만, 조서의 내용에 대해서는 어떻게 생각하나?"

"나쁘지는 않습니다. 공명을 잘 파악하고 있습니다."

"그러나 만약 촉군이 우리 생각대로 후퇴하지 않을 경우에는?"

"왕쌍에게 계책을 주어 샛길마다 봉쇄하면 싫든 좋든 촉군의 군량이 끊겨 후퇴하지 않을 수 없을 것입니다."

"그렇게 된다면 좋겠지만."

"따로 저에게 묘책이 하나 있습니다."

곽회는 낙양의 사자가 전한 사마의의 방침에는 충분히 감탄하고 있었으나 그렇다고 그대로 하는 것은 이 총사령부에 사람이 없는 것 같아 싫었다. 그가 말한 계책 역시 조진을 움직이기에 충분했다. 조진도 어떻게든 연전연패의 오명을 씻고 싶었기 때문에 곽회의 계책을 천천히 실행에 옮기기 시작했다.

사실, 촉군의 큰 약점은 많은 병사를 먹일 '식량'에 있었다. 지금, 시간이 흐름에 따라 촉군은 '식량'을 구하기 위해 분주히 뛰어다니고 있는 것이 분명했으므로 적이 구하는 것을 좋은 미끼로 삼아 덫을 놓는 것이 곽회의 생각이었다.

그로부터 대략 한 달 후 위나라의 손례孫禮가 군량을 가득 실은 것처럼 꾸민 수레 수천 대를 끌고 기산의 서쪽에 있는 산악 지대를 행군하고 있었다.

누가 봐도 '후방에서 진창성과 왕쌍의 진영으로 운반해가는 것'임을 한눈에 알 수 있었다.

그러나 수레 위에는 모두 푸른 천이 씌워져 있고, 그 아래에는 유황, 염초, 또 기름과 잡목 등이 숨겨져 있었다. 이것이 곽회가 생각한 촉군을 낚을 미끼였다.

한편 곽회는 기곡과 가정의 두 요지에 많은 병사를 배치하고 직접 지휘를 맡아 장료의 아들 장호張虎, 악진의 아들 악침樂綝, 이 두 사람을 선봉에 세우고 미리 어떤 지시를 내려두었다.

물론 여기에 더해 진창도의 왕쌍과도 사전에 연락을 취해 촉군이 어지럽게 흩어졌을 때의 배치에도 만전을 기한 것은 말할 필요도 없다.

"농서에서 기산의 서쪽으로 수천 대의 수레가 진창도로 군량을 운반하는 모습이 보입니다."

촉의 척후병은 귀신의 머리라도 취한 듯 즉시 공명의 본진에 보고했다.

촉군 장수들은 이 말을 듣자마자 눈빛이 달라졌다.

"뭐, 군량을 운반하는 수레라고?"

촉군은 각 방면으로 난 길을 통해 극히 적은 양의 군량을 어렵게 조달하고 있는 형편이었고, 남아 있는 군량 역시 한 달분도 되지 않았기 때문에 그들이 흥분하는 것도 무리는 아니었다.

그러나 공명은 전혀 다른 것을 주위에 있는 자들에게 물었다.

"군량 수송대의 책임자는 누구인가?"

"척후병의 보고에 따르면 이름은 손례, 자는 덕달德達이라는 자라고 합니다."

"손례라는 자를 아는 사람은 없는가?"

"그는 위왕도 중히 쓰는 상장군上將軍입니다."

예전에 위나라에 있던 적이 있어서 그를 잘 아는 한 장수가 대답했다.

"일찍이 위왕이 대석산大石山으로 사냥을 갔을 때 커다란 호랑이 한 마리가 위왕을 향해 달려드는 것을 손례가 방패처럼 막아서서 호랑이와 맞서다가 결국 검으로 그 호랑이를 찔러 죽인 이후 위왕의 큰 신뢰를 받아 오늘에 이른 인물입니다."

"그렇군……."

공명은 수수께끼가 풀린 듯이 웃었다. 그리고 장수들에게 말했다.

"군량을 수송하는 데 그 정도 인물을 붙일 리가 없소. 생각건대 수레의 덮개 아래에는 화약과 마른 잡목 등이 실려 있을 것이오. 우리를 불로 공격할 생각을 하다니 우습군."

그는 이를 완전히 무시했으나 무시하는 데 그치지 않고 즉시 장성들을 모아놓고 적의 계책을 이용해 역공할 방법을 강구했다.

||| 三 |||

정보가 모였다. 척후병들이 바람처럼 드나들었다.

유막 안에서 공명의 신속한 명령이 차례로 떨어졌다. 마대가 제일 먼저 3,000명의 병사를 이끌고 어디론가 달려갔다. 이어서 마충과 장억이 각각 5,000명의 병사를 이끌고 출동했다. 오반, 오의 등의 군대도 뭔가 임무를 띠고 나갔다. 그 외에 관흥과 장포 등도 모두 병사들을 이끌고 나갔고, 공명도 의자를 기산의 정상으로 옮겨 서쪽 방면을 바라보고 있었다.

위나라의 군량 수송대는 매우 느렸다.

2리 가서 척후병을 보내고 5리 가서 척후병을 보냈다. 촉과 위의 간첩전을 방불케 했다.

위의 척후병이 고했다.

"공명의 본진이 움직이기 시작했습니다."

"분명 우리가 군량을 수송한다는 걸 눈치채고 군량을 빼앗으려고 나선 듯합니다."

"마대, 마충, 장억 등이 속속 촉군 진영을 떠나고 있습니다."

등등의 정보였다.

손례는 작전대로 되었다고 생각하고 즉시 이 소식을 조진의 진영에 보고했다. 조진은 다시 장호와 악침의 선봉을 향해 말했다.

"오늘 밤, 기산의 서쪽 방면에 불길이 보이면 촉군은 우리 화계에 걸려든 것이다. 그들은 우리의 계책에 걸려 본진을 비웠을 것이다. 하늘이 붉게 물든 때를 신호로 공명이 있는 진영을 향해 돌진하라."

이미 날도 저물 때라 기산의 서쪽에 진을 친 손례의 운송부대는 야영 준비를 하는 척하면서 실은 1,000여 대의 화공을 위한 수레를 곳곳에 배치하며 촉군을 태워 죽일 준비를 하고 있었다.

발화, 매복, 섬멸의 3단계로 순서를 정하고 전군은 조용히 자는 척했다. 그러자 과연 인마가 어둠을 틈타 다가오는 소리가 들렸다.

마침 서남쪽에서 강한 산바람이 불고 있었다. 손례는 단단히 벼르며 기다렸다.

그런데 아직 위군이 일어나지도 않았는데 불을 지른 자가 있었다. 바로 적인 촉군이었다. 처음에 손례는 아군이 실수한 것이 아닌가 싶어 당황했지만, 아군이 아닌 촉군이 불을 지른 것이라는 것을 알고 펄쩍 뛰며 원통해했다.

"공명이 이미 간파했다. 우리 계책은 실패했다."

1,000여 대의 수레는 불에 타고 촉군은 이미 두 패로 나뉘어 화살을 쏘고 돌을 날렸다. 북과 뿔피리 소리는 밤하늘에 울리고 불길은 하늘을 태웠으며 위군의 혼란은 이루 말할 수가 없었다.

바람을 타고 공격해오는 것은 촉의 장억과 마충 등이었다. 바람이 불어가는 쪽에서는 마대의 일군이 공격해왔다.

스스로 배치한 화차, 그 죽음의 진영 속에서 위군은 불을 뒤집어쓰고 싸울 수밖에 없었다. 뿐만 아니라 촉군이 골짜기나 좁은 산길에 매복해 있었기 때문에 그 힘이 분산되고 주장의 명령은 일관되게 전달되지 못했다.

불 속에서 칼을 맞고 죽임을 당한 수도 엄청났지만, 이리저리 헤매거나 달아나다가 불에 타 죽은 자나 화상을 입고 괴로워하는 자의 수도 얼마인지 몰랐다. 이렇게 해서 위군의 계책은 실패로 끝났을 뿐만 아니라 자신이 준비한 불에 자신이 타 죽는 참화를 부르고 말았다. 그날 밤 이런 일이 일어난 줄도 모르고 단지 하늘을 태우는 불길을 보고 때가 왔다며 행동을 개시한 것은 조진에게 명령받은 악침과 장호의 두 부대였다.

그들은 맹렬한 속도로 진격하여 공명의 본진에 뛰어들었다. 적은 그림자조차 보이지 않았다. 이것은 예상한 일이었으나 잠시 후에 진영 주위에서 갑자기 촉군의 함성이 일었다. 촉의 오반과 오의의 군사들이었다. 솥 안의 물고기는 그야말로 죽지 않기 위해 앞다투어 달아났다.

여기서도 위군은 살아남은 자가 거의 없을 정도로 처참히 무너진 데다가 그나마 살아남은 자들도 도망치다가 관흥과 장포의 두 부대에게 철저히 섬멸되었다.

날이 밝음과 동시에 사방에서 조진의 본진으로 모여든 패잔병들의 모습은 비참하기 짝이 없었다.

||| 四 |||

먹느냐 먹히느냐, 전쟁의 양상은 늘 가혹했다. 이 가혹함을 잘 알면서도 조진의 경솔한 행동은 거듭 참패를 불렀다.

그의 낙담은 공포에 가까웠다. 지금은 곽회의 헌책을 원망할 수도 없었다. 그는 총병도독이었기 때문이다.

"이후로는 절대로 함부로 움직이지 마라. 적의 유인에 넘어가지 마라. 그저 지키기만 하면서 수비를 견고히 하라."

이후의 경계는 삼엄했다. 오히려 도를 지나칠 정도로 견고했다. 그로 인해 기산의 풀은 수십 일 동안 병사들에게 짓밟히지 않았고 눈은 녹고 산야는 봄 안개에 붉게 물들었다.

안개 속을 지나가는 새 한 마리가 보였다. 공명은 날마다 오랫동안 천지를 바라보며 마치 안개를 마시며 살아가는 신선처럼 조용히 지내고 있었다. 그러던 어느 날, 편지를 적어 은밀히 진창도에 있는 위연의 진영으로 사자를 보냈다.

양의가 의아해하며 물었다.

"위연의 진영에 철수 명령을 내리셨다고 들었습니다만, 이유가 무엇입니까?"

"그렇네. 진창도뿐만 아니라 여기에서도 철수하려고."

"그렇다면 어디로 진격할 생각이십니까?"

"아니, 진격하는 것이 아니라 한중으로 돌아가는 것이네."

"네? 저는 이해가 안 됩니다."

"어째서?"

"이렇게 우리가 이기고 있고 온 산의 눈이 녹아 사기가 더욱 왕성해지고 있지 않습니까?"

"그렇기에 지금이 퇴각할 때라고 본 것이네. 위군이 오직 지키기만 하며 싸우지 않는 것은 우리의 병이 깊다는 것을 모르기 때문이네. 우리의 병은 다름이 아닌 군량 부족이네. 어쩔 도리가 없는 중병이지만 다행히 적은 단지 군량이 고갈되길 기다리고 있을 뿐 적극적으로 우리의 보급로를 끊으려고 하지 않네. 이것이 아직 우리가 살아 있는 이유일세. 만약 지금이라도 요양을 위해 돌아가지 않는다면 이 대군은 구하기 어려운 중태에 빠질 것이네."

"그 점은 저희도 줄곧 걱정하고 있는 점입니다만 지난번의 대승으로 얻은 전리품이 꽤 많으니 잠시 동안은 버틸 수 있습니다. 그 동안 계속해서 승리하여 적의 군량을 취하면 장안으로 쳐들어갈 때까지 연명할 수 있다고 생각합니다만……."

"아닐세. 풀은 먹을 수 있지만, 적의 시체는 양식이 되지 않아. 위나라 진영의 분위기를 멀리서 살피건대 대패 소식을 들은 낙양에서 대군을 이끌고 지원하러 올 것이 분명하네. ……그들은 새롭게 가세한 힘 있는 병사들인 데다가 후방에 군량을 운반할 수 있는 길을 얼마든지 가지고 있네. 그런데 어찌 우리가 이길 수 있겠나? 패해서 후퇴하는 것이 아니라 승리해서 떠나는 것이네. 후퇴도 전술 중 하나로 작전에 의한 행동이지. 그러니 그렇게 원통해하지 마시게."

공명은 양의를 통해 장수들의 불만을 잠재우려는 듯 차근차근 알아듣기 쉽게 설명했다.

"그러니 위연에게 보낸 사자에게도 계책을 하나 줘서 보냈으니 철수라고는 하지만 그냥 철수가 아니네. 두고 보게. 얼마 안 있어 저기 있는 왕쌍의 목을 위연이 가지고 올 테니."

관흥과 장포 등의 젊은 장수들은 역시 철수에 대해서 불만을 표시했지만, 양의의 설명을 듣고 착착 철수 준비에 들어갔다.

물론 철수 준비가 은밀히 진행된 것은 말할 필요도 없다. 물이 마르듯이 서서히 병사의 수를 줄이며 후퇴시켰다. 그리고 마지막까지 북과 징을 치는 자들은 남겨두어 평소와 다름없이 조련의 고둥을 불고 시간을 알리는 징을 치게 했다. 또 깃발을 늘어세워 여전히 대군이 남아 있는 것처럼 위장했다.

한편 위의 조진은 그 후 수비에만 전념했다. 사기가 바닥에 떨어져 있는 가운데 좌장군 장합이 때마침 낙양에서 원군을 이끌고 왔다.

조진은 그를 보고 물었다.

"귀하는 도성을 떠나올 때 사마의를 만나지 않았나?"

그러자 그가 대답했다.

"아니, 제가 이곳에 와서 가세한 것은 모두 사마의의 계책에 의한 것입니다."

||| 五 |||

"허허. ……그럼 역시 중달의 계책에 의해 왔단 말이군."

"낙양에서도 계속되는 이곳의 패전 소식에 상심하고 있습니다."

"나의 부덕함 탓이네. 참으로 면목이 없군."

"승패는 병가지상사. 패했지만 다음 승리를 기약한다면 고심할 필요 없습니다. ……그런데 요즘 전황은 어떻습니까?"

장합이 이렇게 묻자 조진은 비로소 옅은 미소를 지으며 대답했다.

"요 며칠 동안은 전황이 유리하게 돌아가고 있네. 이후 아직 큰 접전은 없었지만 여러 곳에서 아군이 계속 승리하고 있어."

"……앗, 그래서는 안 됩니다."

"어, 어째서 말인가?"

"거기에 대해서도 제가 낙양을 떠나올 때 사마의 중달이 경계하라고 했습니다."

"그럼, 아군이 이겨서는 안 된다고 했단 말인가?"

"그런 의미는 아니지만…… 그러니까 이렇게 말했습니다. ……촉군은 비록 군량이 부족하지만 결코 가볍게 철수하지 않을 것이다. 그러나 그의 병사들이 자주 적은 인원으로 출몰하고 그때마다 패하여 달아날 때는 뭔가 계책이 있는 것이 틀림없다. 반대로 그가 대군을 움직일 때는 아직 퇴진하려면 멀었다고 봐도 된다. 이것이 병법가의 현묘玄妙이니 조진 각하께 잘 전하라고 말했습니다."

"……하아, 과연. 그렇다면 얼마 전부터 이어온 아군의 승리가 다 헛일이었단 말인가."

뭔가 짚이는 것이 있는 듯 조진은 급히 첩자를 여러 명 보내 공명의 본진을 살피게 했다.

첩자들이 돌아와 보고했다.

"기산 위는 물론 아래에도 적군은 한 명도 없습니다. 단지 깃발과 방책만 남아 있을 뿐입니다."

다음으로 돌아온 자도 말했다.

"공명은 한중으로 철수한 듯합니다."

조진은 후회했다.

"또 그놈에게 속았단 말인가."

장합은 첩자들의 보고를 듣자마자 즉시 새로 병력을 꾸려서 공명의 뒤를 급히 추격해보았으나 때는 이미 늦었다.

또 진창도 어귀에서 오랫동안 위의 맹장 왕쌍과 대치하고 있던 위연은 공명의 서신을 접하고 즉시 진을 철수하기 시작했다.

당연히 이 사실은 바로 왕쌍에게 알려졌고, 그는 즉시 추격했다. 그리고 촉군에 가까워지자 말 위에서 소리쳤다.

"위연, 돌아와라. 왕쌍이 여기 있다. 돌아와라."

그는 끝까지 추격했다.

달아나는 촉군은 빨랐다. 그러나 왕쌍이 너무 빨리 추격했기 때문에 그의 주위에는 겨우 20~30명의 기마 무사밖에는 없었다.

그때 뒤에서 달려온 자가 주의를 주었다.

"장군, 너무 급히 추격하는 것 같습니다. 적장 위연은 아직 뒤에 있습니다."

"그럴 리가 없다."

그가 뒤돌아보자 무슨 일인지 진창성 밖에 있는 자신의 진영에서 검은 연기가 피어오르고 있었다.

"그렇다면 뒤로 돌아갔단 말인가?"

당황하여 되돌아갔으나 도중에 유명한 험로인 진창 협구의 동문洞門까지 오자 위에서 커다란 암석이 떨어져 그의 부하와 말을 모두 깔아버렸다.

"왕쌍, 어디로 가느냐?"

갑자기 그의 뒤에서 한 무리의 군마가 나타났는데 그 속에서 위연의 소리가 들렸다.

말 위에서 한 번 공중제비를 돌며 떨어지는 바람에 왕쌍은 달아나기는커녕 무용을 드러내지도 못하고 결국 위연의 칼에 목을 내주고 말았다.

위연은 그 머리를 창 끝에 높이 매달고 유유히 한중으로 철수했다.

한편 왕쌍의 죽음이 조진의 본영에 전해진 지 얼마 안 되어 진창성의 수비 대장 학소의 죽음도 전해졌다. 학소는 병사했으나 조진에게는, 또 위나라에는 흉사만이 거듭되고 있는 꼴이었다.

총병의 인

||| 一 |||

오나라는 위촉 양국의 소모전을 기뻐하며 그 대전이 더 오래, 더 가열되기를 바랐다.

이때를 맞이하여 오왕 손권은 마침내 오랜 야망을 드러냈다. 즉, 그도 위나라와 촉나라에 이어 황제를 참칭한 것이다.

4월, 무창의 남쪽 교외에 성대한 단을 쌓고 대례식전을 거행했다. 또 천하에 대사면령을 내리고 그날 황무黃武 8년의 연호를 황룡黃龍 원년으로 고치고 선왕 손견에게 무열황제武烈皇帝라는 시호를 붙였다.

황제 즉위에 이어 적자 손등孫登도 동시에 황태자에 책봉되었다. 그리고 태자의 보육補育을 위해 제갈근의 아들 제갈각諸葛恪을 태자좌보太子左輔로, 장소의 아들 장휴張休를 태자우필太子右弼로 임명했다.

제갈각은 핏줄을 따지면 공명의 조카다. 총명하며 목소리가 맑고 높았다고 한다. 어린 시절부터 신동이라 불렸는데 그가 여섯 살 때는 이런 일도 있었다.

어느 날 오왕 손권이 장난으로 나귀 한 마리를 궁궐의 정원으로 끌어내 나귀의 얼굴에 흰 분을 칠하고 거기에 '제갈자유諸葛子瑜(자유는 제갈근의 자)'라는 네 글자를 썼다.

제갈근의 얼굴이 다른 사람보다 길었기 때문에 그것을 나귀의 얼굴에 빗대 놀리는 장난이었다. 그러나 주군의 장난이었기에 당사자도 머리를 긁적이며 함께 쓴웃음만 지을 뿐이었다. 그때 아버지 옆에 있던 여섯 살의 제갈각이 갑자기 붓을 들더니 정원으로 내려가 나귀 앞에서 발돋움하고 그 얼굴에 쓰인 네 글자 아래에 두 자를 더 썼다.

제갈자유지려諸葛子瑜之驢(제갈자유의 나귀).

놀림을 당하고 있는 아버지의 수치를 멋지게 씻어낸 것이다. 중국어의 체면을 뜻하는 미엔즈面子의 어원이 이 고사에서 나왔는지는 알 수 없다.

그리고 승상 고옹顧雍과 상장군 육손陸遜도 함께 태자를 보필하게 한 후 무창성武昌城에 두고 손권은 다시 건업으로 돌아갔다.

이렇게 촉나라와 위나라가 싸우면 싸울수록 오나라는 차근차근 강대국의 면모를 갖춰갔다. 원로 장소는 병력을 강화하고 산업을 진흥시키고 학교를 세우고 농업을 장려하고 말을 기르며 오직 훗날을 대비하는 한편 촉나라에 특사를 파견해 위나라와의 선전善戰을 종용했다.

또 그 특사에겐 "이번에 우리 오나라에서도 전왕前王 손권이 등극하여 황제의 자리에 올랐습니다."라는 말을 전하여 국제적으로 이를 공인받으려는 부수적인 의도도 있었다.

그 특사는 성도는 물론 한중의 공명에게도 가서 전했다. 공명의 마음이 편치 않았던 것은 말할 필요도 없다. 왜냐하면 그의 이상은 한조의 통일이었기 때문이다. 하늘에 두 개의 태양이 있을 수 없다는 신념이 그의 세계관이었다. 그러나 지금은 그것을 주장할 수 있는 상황이 아니었다. 그랬다간 오나라가 이탈하든지 위나라와 손을 잡을 것이 뻔했기 때문이다. 그래서는 영원히 촉나라의 부흥은 없다. 촉나라가 멸망하면 그의 이상도 결국은 이룰 수 없게 된다.

"실로 경축할 일이오. 이는 오촉 양 제국의 공영을 확약하는 것입니다."

공명은 즉시 한중의 예물을 산처럼 쌓아 오나라의 사자에게 들려 보내 축하의 뜻을 표했다. 그리고 덧붙여 말했다.

"지금 귀국의 강병으로 위나라를 공격하면 위나라는 반드시 붕괴할 것입니다. 우리 촉군이 부단히 위나라를 공격했기 때문에 피폐해진 것은 말할 필요도 없습니다."

또 조정과 백성들에게 위나라를 공격할 때는 지금이라고 선전해주기를 부탁했다.

육손이 갑자기 건업으로 소환되었다. 그의 의견을 듣기 위해 오제는 목이 빠져라 기다리고 있었다.

"어떻게 하면 좋겠나? 촉의 요청에 대해서."

"수호의 조약을 맺은 이상 받아들여야만 할 것이옵니다. 그러나 촉나라가 먼저 움직이게 하고 우리는 오직 허를 노리고 있다가 이때다 싶을 때 공명보다 한발 앞서서 우리 오군이 먼저 낙양에 입성하면 될 것입니다."

손권은 기분 좋게 웃었다.

||| 二 |||

공명은 세 번째 기산 출병을 결행했다.

진창의 수비 대장 학소가 최근 병에 걸려 중태라는 정보를 입수했기 때문이다. 학소는 낙양에 변고를 고하고 자신을 대신할 대장과 원군을 요청했다.

장안에 있던 곽회는 장합에게 3,000명의 병사를 내주며 즉시 진창성으로 보냈다.

"일이 너무 급박하니 폐하께는 나중에 아뢰기로 하고 그대는 즉시 진창으로 출발하시오."

그러나 때는 이미 늦었다. 학소는 죽었고 진창은 촉군의 손에 넘어간 뒤였다.

어떻게 이리도 신속하게 진행되었을까? 공명의 내습을 끊임없이 알린 것은 강유와 위연 등의 일군이었는데, 사실 그 본군은 벌써 은밀히 한중을 출발해 지름길로 가서 사람들의 이목을 피해 진창성의 뒷문으로 들어가 한밤중에 첩자를 풀어 성안에 불을 지르게 한 후 혼란한 틈을 타서 밀고 들어간 것이었다.

그래서 아군인 강유와 위연이 성에 도착했을 때조차 이미 성이 함락된 후였다. 아무리 위나라의 장합이 서둘러 왔어도 도저히 시간에 맞출 수 없었던 것이다.

"승상의 귀신같은 계책에는 늘 탄복하고 있습니다만, 이번의 전격적인 행동은 저희도 처음 보는 것이었습니다."

강유와 위연 등은 성안으로 들어와 공명의 사륜거 앞에 인사하며 진심으로 그렇게 말하지 않을 수 없었다.

공명은 성안을 둘러보다가 불에 탄 학소의 주검을 발견하고는 "이 사람은 적이지만 그 충혼은 훌륭하니 예를 갖춰 매장해주도록 하라."라고 병사들에게 명했다.

그리고 또 강유와 위연에게 명했다.

"이곳은 함락했지만 두 사람 모두 갑옷을 벗지 말고 즉시 이 앞에 있는 산관散關으로 달려가라. 만약 지체하면 위군의 병마가 가득하여 제2의 진창이 될 것이다."

강유와 위연은 숨 돌릴 틈도 없이 산관으로 서둘러 갔다.

산관은 지키는 병사들이 적었다. 때문에 어려움 없이 차지했으나 촉의 깃발이 휘날린 지 불과 한나절도 되지 않아 사기가 높은 위군이 함성을 지르며 공격해왔다.

"과연 승상의 선견지명은 언제나 놀라워. 위의 대군이 벌써 온 모양이네."

망루에 올라가 이 모습을 보니 명성이 자자한 '좌장군 장합'의 깃발이 펄럭이고 있었다.

그러나 막상 여기까지 와서 보니 이미 산관도 촉군에게 빼앗긴 뒤였기 때문에 실망이 큰 듯 잠시 후 장합 군은 돌연 후퇴하기 시작했다.

"추격하여 쳐부숴라."

촉의 병사들은 관문을 나와 위군을 추격했다. 때문에 장합 군은 약간의 병력 손실을 보았을 뿐만 아니라 허무하게 장안으로 패주했다.

"이 방면은 우선 안정되었습니다."

강유와 위연으로부터 즉시 전황을 보고 받은 공명은 때가 무르익었다며 전군을 이끌고 진창에서 사곡으로 진군하여 건위建威를 공격한 뒤 기산으로 진격했다.

이곳은 두 번 싸운 옛 전장이었다. 게다가 그 두 번 모두 촉군은 승리하지 못하고 퇴각한 곳이었다. 공명에게는 실로 통한의 땅임이 틀림없었다.

그는 휘하의 장성들을 모아놓고 말했다.

“위나라는 두 번 승리하여 이번에도 예전처럼 내가 반드시 옹雍과 미郿 두 군郡을 노릴 것이라고 판단하고 그곳의 수비를 강화할 것이 분명하오. ……따라서 나는 발길을 돌려 음평陰平과 무도武都를 급습할 것이오.”

공명의 작전은 음평과 무도를 취해 적군을 그 방면으로 분산시키려고 한 듯했다. 그러나 적군을 분산시키기 위해서는 아군도 병력을 나누어야만 했다.

그쪽으로 보낸 촉군의 병력은 왕평의 1만 기와 강유의 1만 기, 합해서 2만의 병력이었다.

||| 三 |||

장안으로 후퇴한 장합의 보고와 또 공명이 기산으로 진출했다는 소식을 듣고 곽회는 몹시 놀랐다.

“그렇다면 촉군은 또 옹과 미, 두 군을 공격할 것이오. 장합, 그대는 이 장안을 지키시오. 나는 미성을 수비하고, 옹성에는 손례를 보내 지키게 하겠소.”

즉석에서 그는 병사들을 나누어 미성으로 서둘러 갔다. 장합은 낙양에 파발을 보내 기산 일대의 전황을 보고하며 요청했다.

“대군을 보내주십시오. 그렇지 않으면 사태는 예측할 수 없습니다.”

위나라 조정은 이만저만 당황한 것이 아니었다. 왜냐하면 이때 이미 오나라의 손권이 황제에 등극했다는 소식이 전해졌고, 이어서 촉오의 특사 교환과 함께 촉나라의 요청에 따라 무창의 육손이 대군을 이끌고 당장이라도 위나라로 쳐들어오려는 분위기가 팽배하다는, 위나라에 불리한 정보만이 들어왔기 때문이다.

촉나라도 강적, 오나라도 말할 필요도 없는 대적大敵. 이렇게 되니 어디에 중점을 둬야 할지 위나라 조정의 군정 방침은 논의만 거듭될 뿐 실질적인 계책이 나오지 않았다.

"사마의에게 물어볼 수밖에 없겠군."

노련하고 경험이 많은 장수들도 많았지만 위제는 결국 사마의밖에 의지할 사람이 없었다.

황제의 부름에 즉각 달려온 사마의였으나 황제 앞에 나와서도 최근의 국제 정세에 대해서는 전혀 아는 바가 없다는 얼굴을 하고 있었다. 그러나 황제가 묻자 자신의 의견을 실타래 풀듯이 술술 말하기 시작했다.

"그런 일은 고민할 필요도 없다고 생각하옵니다. 공명이 오나라를 부추기는 것은 당연합니다. 오나라가 그것에 응하는 것도 수교를 맺은 이상 당연한 일이라 할 수 있사옵니다. 그러나 오나라에는 육손이라는 거물이 군을 장악하고 있사옵니다. 또 오나라가 솔선하여 앞장서지 않아도 조약에는 위배되지 않으므로 공격하겠다고 해놓고 공격할 것처럼 하면서 실제로는 움직이지 않고 준비만 하며 촉나라의 공격과 우리의 방어를 지켜보면서 기회를 노리고 있을 것이 틀림없사옵니다. 따라서 오나라의 태세는 허입니다. 촉나라의 공격은 실입니다. 우선 실에 전력을 기울이고 나중에 허를 처리하면 될 것이옵니다."

"과연, 그렇군."

듣고 보니 이렇게 분명한 것을 어째서 갈피를 잡지 못하고 있었나 하고 위제는 무릎을 치며 감탄했다.

"경은 진정한 대장군감이오. 경을 제외하고는 공명을 당해낼 자가 없소."

위제는 그 자리에서 그를 대도독으로 봉하고 총병總兵의 인印(옛날 중국에서 관직의 표시로 차고 다니던 쇠나 돌로 된 조각물)까지 거두어 그에게 내리겠다는 조서를 내렸다.

중달은 매우 난처했다. 왜냐하면 그 총병의 인은 전군 총사령인 조진이 가지고 있는 것이었기 때문이다. 칙명을 거역할 수 없어서 받아들이기는 했으나 이렇게 말했다.

"칙명으로 인을 거두어들이는 것은 수치를 안기는 격이옵니다. 당사자의 체면도 말이 아니게 될 것이니 소신이 가서 직접 받아오겠사옵니다."

바로 장안으로 떠난 그는 병중에 있는 조진을 만나 병문안을 하고 이런저런 이야기 끝에 말했다.

"지금 오의 육손과 촉의 공명이 긴밀하게 협약을 맺고 우리나라의 국경으로 쳐들어온 것을 알고 계십니까?"

"네? 그렇소?"

조진은 화들짝 놀랐다.

"이 몸이 병이 들어서인지 누구도 그런 사실을 알려주지 않았소."

그러고는 분한 듯 눈물을 흘렸다.

"몸에 좋지 않습니다."

중달은 위로한 뒤 말했다.

"제가 도울 테니 유막 일은 너무 걱정하지 마십시오."

"아니, 이런 몸으로는 국가를 큰 위기에서 구해낼 역량이 없소.

부디 경이 이것을 받아 큰 고난을 감당해주시오."

그는 총병의 인을 꺼내 사마의에게 떠맡겼다. 사마의는 여러 번 고사했지만 조진은 뜻을 굽히지 않았다.

"조정에는 내가 나중에 상주하여 절대로 경에게 폐가 되지 않도록 하리다."

중달도 더는 거절할 수 없다는 듯이 그렇다면 일단 보관해두겠다고 대답하고는 받았다.

사마의, 계책에 빠지다

||| 一 |||

촉의 제갈량과 위의 사마의가 처음 정면으로 부딪치는 장관이 연출된 것은 건흥 7년(229) 4월 여름, 기산에서였다.

이때까지의 전투에서 중달은 진두에 서지 않고 내내 낙양에만 머물러 있었다. 서전인 가정 전투에서는 양평관까지 진격했지만, 공명이 성루에서 거문고를 연주하는 것을 보고 의심이 들어 퇴각했고, 그것을 본 공명이 바람처럼 한중으로 돌아가 버려 양군이 건곤일척乾坤一擲의 승패를 가르는 대전은 실현되지 않았다.

공명도 중달이 비범하다는 것을 알고 있었고, 중달도 애초에 공명이 큰 인물이라는 사실을 잘 알고 있었다.

서로를 잘 아는 상황에서의 대전이었다. 게다가 사마의 군 10만여 명은 아직 어떠한 손상도 입지 않은 신예였고, 그 선봉의 장합도 백전을 겪은 웅장이었다.

"공명이 기산의 세 곳에 진을 치고 깃발을 정연히 늘어세운 것이 보이는데 귀공들은 그가 여기에 온 이후 몇 번이나 그 전의를 시험해보았소?"

기산에 도착한 날 중달은 곽회와 손례에게 질문했다.

"아니, 오셔서 친히 지휘해주실 것을 기다리며 아직 한 번도 싸우지 않았습니다."

"공명으로서는 반드시 속전속결을 바랄 텐데 적이 여유를 부리고 있다면 뭔가 큰 계책이 있을 것이오. 농서의 각 군郡에서는 아무 정보도 없소?"

"모두 수비에만 힘을 쏟고 있는 듯합니다. 다만 무도와 음평 두 군으로 보낸 연락병만이 아직 돌아오지 않았습니다."

"그렇다면 공명은 그 두 군을 공격하려는 것이오. 귀공들은 샛길로 즉시 두 군을 지원하러 가시오. 그리고 수비를 단단히 한 후 기산의 뒤편으로 나오시오."

곽회와 손례는 그날 밤 수천 명의 병사를 이끌고 농서의 샛길로 우회해서 갔다.

두 사람은 말을 타고 가며 이야기를 나누었다.

"귀공은 공명과 중달 중 누가 더 뛰어난 영재라고 생각하시오?"

"글쎄요. 누구라고 말하기는 어렵지만, 공명이 조금 더 뛰어나지 않을까요?"

"그렇지만 이번 작전을 보면 공명보다 중달이 좀 더 날카로운 듯하오. 기산의 뒤편으로 나가면 공명도 당황할 것이오."

날이 밝을 무렵 선두에 있는 병마가 갑자기 소란스러워져서 무슨 일인가 보니 한 산의 소나무숲 사이에서 '한의 승상 제갈량'이라고 적은 커다란 깃발이 펄럭이며 안개인지 군마인지 모를 자욱한 것이 산 위에서 달려 내려오고 있었다.

"뭐지?"

말하고 있는데 한 발의 포성이 울렸다. 그것을 신호로 사방의 산에서 징과 북, 함성이 울리며 병사들이 몰려와 곽회와 손례의 병사들 4,000~5,000명을 순식간에 에워쌌다.

"밤길의 나그네여, 더는 전진해도 소용없다. 농서의 두 군은 이미 함락되어 우리 손에 들어왔다. 너희도 쓸데없는 싸움은 그만두고 우리 앞에 항복하라."

공명은 사륜거 위에서 외치며 모여 있는 적군을 앞뒤의 병사들에게 공격하게 하면서 곽회와 손례 쪽으로 다가갔다.

"좋다. 이 눈으로 공명을 본 이상 살려둘 수 없다."

두 사람은 큰 소리로 외치며 덤벼들었지만 왕평과 강유의 병사들에게 저지당했을 뿐만 아니라 많은 부하를 잃었다.

"지금은 어쩔 수 없다."

두 사람은 정신없이 달아났다.

"멈춰라. 아직 여기에 촉의 장포가 있는 것을 모르느냐?"

추격해온 자는 장포였다. 그러나 적도 죽기 살기로 도망갔고, 그도 너무 급하게 추격하다가 타고 있던 말의 발이 바위 모서리에 걸려 말과 함께 골짜기 아래로 굴러떨어지고 말았다.

뒤따라온 촉군은 그 모습을 보고 장 장군이 골짜기로 떨어졌다며 달아나는 적도 내버려두고 모두 골짜기 아래로 내려갔다. 장포는 가엾게도 바위 모서리에 머리가 부딪혀 중상을 입고 냇가에 혼절해 있었다.

||| 二 |||

곽회와 손례가 비참한 모습으로 돌아온 것을 보자 중달은 부끄럽게 여기며 오히려 두 사람에게 사과했다.

"이번 실패는 절대로 귀공들의 잘못이 아니오. 공명의 지모가 나를 앞질렀기 때문이오. 그러나 나에게 다른 계책이 없는 것도 아니니 귀공들은 각각 옹성과 미성 두 성으로 가서 철통같이 지키고 있으시오."

사마의는 종일 깊은 생각에 잠겨 있었다. 이윽고 장합과 대릉戴陵을 불러 말했다.

"무도와 음평 두 성을 취한 공명은 우선 전후의 경책經策과 무민撫民을 위해 그쪽에 가 있을 것이 틀림없소. 기산의 본진에는 여전히 공명이 있는 것처럼 깃발을 세워놓았지만 아마도 허세일 것이오. 그대들은 각각 1만 명의 병사들을 이끌고 오늘 밤 측면에서 기산의 본진을 치시오. 나는 정면에서 공격하여 단번에 그의 중심을 무너뜨리겠소."

장합은 미리 알아둔 샛길을 따라 밤 이경二更(21시~23시)에서 삼경三更(23시~01시)에 걸쳐 말에 재갈을 물리고 병사들에겐 가벼운 차림을 하게 한 뒤 빠르게 달려서 기산의 측면을 우회하기 시작했다.

우뚝 솟은 바위산의 좁은 길이었다. 절반 정도 갔을 무렵 그 길도 겹겹이 쌓인 잡목과 목재, 수레에 막혀 있었다. 적이 만들어놓은 방벽이었다. 장합은 병사들을 독려했다.

"이 정도의 장애물은 아무것도 아니다. 넘어서 진군하라."

그때 갑자기 사방에서 불길이 일며 위군의 진로를 막았다.

"어리석구나. 참으로 어리석어. 생각이 짧은 사마의가 얼마 전에 그렇게 혼나고도 정신을 못 차리고 같은 패배를 부하들에게 반복하게 하는구나. 똑똑히 보아라. 공명은 무도나 음평에 있지 않고 바로 여기에 있다."

산 위에서 들리는 목소리는 틀림없는 공명의 목소리였다. 장합은 화를 내며 말했다.

"우리 대국을 두려워하지 않고 번번이 국경을 침략하는 산야의 필부. 거기 꼼짝 말고 있거라!"

그가 경사가 급한 협로를 무리해서 말을 달려 올라가려고 하자 산 위에서 다시 껄껄 웃는 공명의 웃음소리가 들렸다.

"필부의 용기란 바로 지금 너를 두고 하는 말이구나. 원하는 것이 이것이냐?"

공명이 주위에 있는 자들에게 지시하자 통나무와 바위가 굴러 떨어졌다.

장합의 말은 다리가 부러져 쓰러졌다. 그는 다른 말을 잡아타고 산기슭으로 달아났지만, 아군인 대릉이 적에게 포위된 것을 알고 되돌아가 대릉을 구해서 함께 달아났다.

공명은 나중에 말했다.

"예전에 당양 격전에서 장비와 장합이 호각지세互角之勢로 선전하여 이름을 떨쳤는데 그 이유를 오늘 밤 장합의 실력을 보니 알겠군. 앞으로 그는 우리에겐 방심할 수 없는 존재가 될 것이다. 기회가 되면 반드시 제거해야 할 놈이야."

한편 위군의 본진에서 이 비참한 후퇴의 소식을 듣고 사마의는 안색이 달라져서 말했다.

"또 내 생각을 앞질렀군. 공명의 용병이 참으로 신통하구나. 범인의 생각으로는 넘을 수 없는 벽이야."

그는 공명이 적인 것도 잊고 그저 감탄만 하고 있었다. 즉, 마음 깊은 곳에서부터 '졌다'고 느낀 듯했다.

"그렇다 해도 그도 사람이고 나도 사람이다. 내가 어찌 이 정도의 패배에 굴하겠는가."

그는 스스로를 독려하고 마음을 다시 가라앉힌 뒤 밤낮으로 다음 작전을 세우기 위해 골몰했다.

두 번의 서전을 승리로 장식한 것은 촉군의 사기를 드높였을 뿐만 아니라 위군의 풍부한 장비와 마필, 무구 등의 전리품을 노획하는 수확도 있었다. 그러나 사마의 군은 그 후로 좀처럼 움직이지 않았다.

어쩔 수 없이 보름여를 진영에서만 보낸 공명은 원망스러운 얼굴로 말했다.

"움직이는 적은 쳐부수기 쉬워도 전혀 움직이지 않는 적은 어떻게 손쓸 도리가 없구나. 이러는 사이에 아군이 군량 부족에 직면하여 형세는 자연스럽게 역전되겠지. 어떻게 하면 좋겠소?"

공명이 장수들과 회의하고 있는데 성도에서 비위가 칙사로 왔다.

피처럼 붉은 하늘

||| 一 |||

공명은 전에 가정 전투의 책임을 지고 조정에 승상직을 반납했다. 이번에 성도에서 보낸 조서는 다시 승상직에 복귀하라는 명령이었다.

"국가의 대사를 아직 이루지 못했고, 특별히 세운 공도 없는데 어찌 승상직에 복귀할 수 있겠나?"

공명은 끝까지 사양했지만 "그래서는 장졸들의 사기가 오르지 않습니다."라는 사람들의 권유에 따라 결국 조정의 명령을 받들고 칙사 비위를 성도로 돌려보냈다. 그로부터 얼마 지나지 않아 공명은 느닷없이 한중으로 철수 명령을 내렸다.

"우리도 우선 돌아간다."

사마의는 이 소식을 듣자마자 오히려 경계하며 말했다.

"추격했다가는 필시 공명의 계책에 걸릴 것이다. 수비만 하고 움직이지 마라."

그러나 장합 등의 무리는 좀이 쑤신다는 듯이 말했다.

"적은 군량이 떨어진 것입니다. 지금이 바로 추격하여 섬멸할 때가 아닙니까?"

"아니요. 한중은 작년에도 풍작이었고, 올해도 보리가 익고 있소. 군량이 없는 것이 아니라 단지 수송에 곤란을 겪고 있는 것에 지나지 않소. 아마도 공명은 스스로 움직여 우리를 유인하려는 속셈일 것이오. 잠시 척후병의 보고를 기다립시다."

중달은 장수들을 진정시켰다.

잇따라 첩보가 들어왔다.

"공명의 대군이 30리쯤 가서 잠시 주둔해 있습니다."

그 후로 열흘가량 아무 변화가 없다가 이윽고 보고가 올라왔다.

"촉군이 더 멀리 갔습니다."

사마의는 장수들에게 말했다.

"보시오. 30리마다 계책을 세워 변화를 살피며 오직 우리의 추격을 유도하고 있소. 위험하오. 위험해. 절대 공명의 계책에 넘어가서는 안 됩니다."

다음 날도 또 30리쯤 물러갔다는 보고가 들어왔다. 그리고 이틀 뒤에도 척후병이 보고했다.

"촉군이 또 30리를 행군한 뒤 멈췄습니다."

장수들의 견해와 사마의의 생각은 많은 차이가 있었다. 장수들은 애가 타서 그에게 말했다.

"공명이 후퇴하는 수법을 보니 완보퇴군緩步退軍의 계책입니다. 한편으로는 퇴각하고 한편으로는 대치의 진형을 취하는 것입니다. 지극히 평범한 대신 피해를 최소화한 정퇴법正退法을 취하고 있을 뿐입니다. 이것을 간과한다면 천하의 웃음거리가 될 것입니다."

그런 말까지 들으니 사마의도 마음이 조금 움직였다. 특히 장합은 적극적으로 추격론을 폈다. 그래서 결국 생각을 바꿨다.

"그렇다면 장군은 가장 용맹한 병사들을 이끌고 추격하시오. 단

도중에 하룻밤 야영하여 병마를 충분히 쉬게 한 뒤 촉군을 향해 맹렬히 돌진하시오. 나 역시 강병을 이끌고 2진으로 따를 것이오."

정병 3만, 이어서 중달의 중군 5,000명은 시위를 떠난 화살처럼 급히 추격을 개시했다. 그러나 밤이 되자 추격을 딱 멈추고 전군은 그날의 피로를 풀며 내일을 위해 쉬었는데, 그들의 기개는 이미 적을 집어삼킨 듯했다.

이런 상황을 후미의 척후병에게 들은 공명은 비로소 옅은 미소를 띠었다. 기다리고 기다리던 것이었기 때문이다.

공명은 그날 밤 장수들을 불러놓고 비장한 어조로 훈시했다.

"이번 일전은 말할 필요도 없이 촉의 운명을 결정짓는 것으로 틀림없이 오늘 일어날 것이오. 경들은 모두 목숨을 걸고 싸우시오. 아군 한 명이 적 수십 명을 감당하겠다는 각오로 임하시오!"

공명은 이어서 말했다.

"적군의 배후로 우회하여 오히려 적의 후방을 위협할 장수가 필요하오. 누가 가겠소? 목숨을 걸어야 하는 이 어려운 임무를 자청해서 맡을 사람은 없는가?"

그는 좌중을 둘러보았다.

||| 二 |||

아무도 대답하는 사람이 없었다. 자청해서 그 어려운 임무를 맡겠다는 자가 없었다.

그도 그럴 것이 공명은 이 대사를 감당할 자는 지혜와 용기, 담력과 지략을 겸비한 장수여야 한다고 전제했던 것이다.

"……."

공명은 위연을 보았다. 그러나 위연조차 고개를 숙인 채 아무 말이 없었다.

그때 왕평이 불쑥 앞으로 나서며 결심한 듯한 어조로 말했다.

"승상, 제가 가겠습니다."

공명은 굳이 기쁜 내색을 하지 않고 반문했다.

"만약 일이 잘못됐을 때는 어떻게 하겠나?"

왕평은 비장한 얼굴로 대답했다.

"승패에는 연연하지 않습니다. 다만 지금 승상께서 이번 일전이야말로 촉의 흥망에 관계되는 대사라고 말씀하셨기에 제 능력은 돌아보지 않고 오직 죽음으로 나라에 보답하고자 할 뿐입니다."

"왕평은 평시의 훌륭한 인재, 전시의 충성스러운 장군. 이 말로 표현할 수 있다. 그러나 위나라의 대군은 두 패로 나뉘어 전군의 장합과 후군의 사마의의 사이는 그야말로 사지. 내가 명하는 것은 그 사지로 들어가 싸우라는 무리한 병법이다. 말하자면 목숨을 버리는 싸움인데 그래도 가겠나?"

"기필코 가겠습니다."

"그렇다면 병력을 더 충원해주겠다. 왕평의 부장으로 갈 사람은 없는가?"

"저에게 명해주십시오."

"누구냐?"

"전군도독 장익입니다."

"용기는 가상하다만 적의 부장 장합은 만부부당의 용장. 그대는 상대가 되지 않을 것이다."

이 말을 들은 장익은 분하다는 듯이 벌떡 일어났다.

"승상께서는 무슨 말씀을 하십니까? 저도 죽을 각오로 맞서면 두려움을 모르는 사람입니다. 만약, 비겁한 모습을 보인다면 나중에 저의 목을 베십시오."

"그렇게까지 말한다면 바라는 대로 맡겨주지. 왕평과 장익은 각각 병사 1만 명을 이끌고 오늘 밤 안에 은밀히 길을 되돌아가서 도중의 산에 매복하라. 그리고 내일 위군 선봉이 우리를 추격하여 지나가는 것을 보거든 사마의의 제2군이 오기 전에 왕평은 장합군의 뒤에서 공격하고 장익은 사마의의 앞에서 싸우도록 하라. 그 후는 나에게 다른 계책이 있으니 아군을 생각하지 말고 그곳을 최후의 전장으로 삼아 죽을 각오로 임하라."

명령을 받은 두 장수는 공명 앞에 서서 마지막 인사를 하듯 인사하고 즉시 출격했다.

"그럼 이만 가보겠습니다. 건강하십시오."

공명은 그들을 배웅했다. 그리고 그 후 즉시 강유와 요화를 불러 각각 3,000명의 병사를 내주며 왕평과 장익의 뒤를 따라가 전장이 될 부근의 산 위에 올라가 대기하라고 명했다.

그리고 두 사람이 가기 전에 비단 주머니를 건네며 말했다.

"안에 계책이 있으니 이때다 싶을 때 주머니를 열어보아라."

소위 지혜주머니였다.

다음으로 오반, 오의, 마충, 장억을 차례차례 불렀다.

"자네들은 달려오는 적을 정면에서 맞이하라. 벽이 되어 막아서서 싸운다. 그러나 내일 위군은 필살, 필승의 기세로 올 것이니 막아내지 못할 수도 있다. 한 번 공격하고 한발 물러서며 완급을 주어 공격하라. 그러다가 관흥의 병사들이 공격해 들어가는 것을 보거든 그때 비로소 일제히 전력을 다해 싸워라."

공명은 마지막으로 관흥에게 명령했다.

"자네는 일군을 이끌고 이 부근의 산간에 숨어 있다가 내일 내가 산 위에 올라가 붉은 깃발을 흔드는 것을 보거든 일시에 나와 적과 싸우도록 하라. 절대로 평소의 싸움처럼 생각해서는 안 된다."

이렇게 모든 준비가 끝나자 공명은 한숨 자고 새벽 일찍 산으로 올라갔다. 이날, 낮게 드리운 구름을 붉게 물들인 태양에 아직 땅이 피로 물들기 전인데도 하늘은 벌써 피처럼 붉었다.

||| 三 |||

양군의 죽음을 각오한 의기도 그렇고 그 정열과 용맹함을 봐도 그렇고, 또 전장의 지세에서 봐도 종일에 걸친 그날의 격전은 그야말로 촉과 위의 운명이 걸려 있는 중대한 전투라 할 수 있었다. 촉의 마충, 장억, 오의, 오반 등이 우선 네 개의 진을 펼치고 만반의 준비를 하고 기다리고 있는데 장합과 대릉의 위군 3만은 적을 가볍게 여기는 듯한 기세로 진격해왔다.

때는 무더위가 한창인 6월, 인마는 땀에 젖고 풀은 피에 물들었다. 일진일퇴, 절규하는 소리가 하늘을 메웠다.

촉군은 때로는 급하게 때로는 느릿느릿 약 20리를 후퇴했고, 다시 50리를 더 쫓겨갔다.

아침부터 촉군을 급하게 추격하는 한편 공세도 늦추지 않던 위군은 더운 날씨와 분투에 피로한 기색이 역력했다. 시간도 해가 중천에 오르는 오시午時에 가까웠다.

그때 한 산봉우리 위에서 갑자기 붉은 깃발이 움직였다. 공명이 내리는 대호령의 신호였다. 이제나저제나 신호가 떨어지기를 기다리던 관흥이 이끄는 5,000명의 병사는 골짜기에서 질풍처럼 쏟아져나와 위군의 측면을 공격했다.

일단 물러났던 마충 등의 촉군 4개 부대도 즉시 되돌아와서 장합과 대릉에 대반격을 가했다.

여기저기서 피 보라가 일었다.

시체는 산을 이루고, 피는 강이 되었다. 말조차 적의 말을 물어뜯으며 미친 듯이 싸웠다.

촉군의 피해도 막심했지만, 위의 정병도 짧은 시간 동안 엄청난 수가 목숨을 잃었다. 게다가 촉의 장익과 왕평의 두 부대가 뒤에서 나타나는 바람에 위나라의 3만 병사들은 모두 궤멸하는 것이 아닌가 싶었다.

그때 위군의 주력인 사마의가 이끄는 병사들이 도착했다.

촉의 왕평과 장익은 처음부터 자진하여 사지로 들어갔기 때문에 새로 나타난 적을 향해 지체 없이 돌진했다.

"병사들은 들어라! 목숨을 걸고 싸워라!"

북소리와 함성은 천지를 뒤덮고 피는 말굽을 적셨다. 시체는 쌓이고 쌓여 산이 되어갔다.

"지금이다!"

촉의 강유와 요화는 앞서 공명에게 받은 비단 주머니를 열어 보았다. 거기에는 한 줄의 명령이 적혀 있었다.

너희 두 부대는 이곳을 버리고 사마의가 나온 위수의 본진을 공격하라.

강유와 요화의 두 부대는 산을 넘고 또 넘어 위수 방면으로 달렸다. 이 사실을 알고 사마의는 화들짝 놀랐다.

"아, 장안으로 가는 길이 위험하다!"

위군은 갑자기 총퇴각의 명령을 받았다. 즉, 중달의 주력 부대를 비롯해 모든 부대가 눈앞의 대승을 버려두고 급히 위수의 본진으로 철수한 것이다.

처절했던 전투도 마침내 끝났다.

밤이 되어도 달은 붉고, 풀밭에 쓰러져 나뒹구는 양군의 시체는 실제로 1만여 구가 넘었다고 한다.

"이겼다. 아군의 승리다."

위군들은 말했다. 촉군들도 외쳤다.

즉, 피해는 서로 비슷했다.

그러나 이 일전으로 촉군 장수보다 더 많은 수의 위군 장수가 목숨을 잃었다.

얼마 지나지 않아 촉군에도 비보가 하나 전해졌다. 그것은 전에 부상을 입고 성도로 돌아간 장비의 아들 장포의 죽음이었다. 파상풍이 병발하여 끝내 목숨을 잃었다는 소식이 공명에게 전해졌다.

"아아. ……장포도 죽었단 말인가."

공명은 목 놓아 통곡하다가 피를 토하며 혼절했다. 그 후 열흘이 지나 겨우 기력을 되찾았지만, 피로가 쌓인 탓인지 전처럼 건강하지는 않았다.

"슬퍼하지 마라. 내 건강이 악화됐다는 사실을 진중에 알리지 마라. 내가 아프다는 사실이 중달에게 알려지면 다시 공격해올 것이다."

공명은 그렇게 경계한 후 조용히 한중으로 돌아왔다. 나중에 이 사실을 안 중달은 공격 기회를 놓친 것을 몹시 후회하며 말했다.

"그의 귀신같은 계책은 도저히 사람의 지혜로는 가늠할 수가 없구나."

이후 그는 요해를 더욱 단단히 지키며 낙양으로 돌아가 상세한 상황을 위제에게 상주했다. 그 무렵 공명도 오래간만에 성도로 돌아가 유선을 만난 후 승상부로 물러나 한동안 요양했다.

큰비

ㅣㅣㅣ 一 ㅣㅣㅣ

가을 7월, 위나라의 조진이 조정에 나와 말했다.

"나라에 일이 많은 이때 오랫동안 병석에 누워 심려를 끼쳐드린 점 송구스럽기 그지없사옵니다. 이제 건강을 회복하였으니 다시 군무를 맡겨주시옵소서."

또 그는 표문을 올려 자신의 의견을 피력했다.

> 시원한 가을, 인마는 한가합니다. 듣자 하니 공명이 병들어 한중이 비었다고 합니다. 지금이야말로 촉을 칠 때입니다. 위나라의 근심을 지금 제거해야 합니다.

위제는 시중 유엽劉曄에게 의견을 물었다.

"촉을 치는 것이 좋겠소, 아니면 그만두는 것이 좋겠소?"

유엽은 즉시 대답했다.

"지금 치지 않으면 두고두고 후회하실 것이옵니다."

유엽이 집으로 돌아오자 조정의 무인들과 대관들이 찾아와 물었다.

"올가을에는 대군을 일으켜 오랫동안 우리 위나라의 걱정거리인 숙적 촉을 칠 것이라고 폐하께서 말씀하셨다는데 그게 사실입니까?"

그러자 유엽은 웃으며 말했다.

"경들은 촉나라의 산천이 얼마나 험한지 모르는 것 같구려. 촉나라를 과소평가하는 것이 우리의 병이라 할 것이오. 폐하께서도 잘 알고 계시거늘 무엇 하러 그렇게 경솔히 움직여 군마를 상하게 하시겠소?"

그는 부정하며 말도 안 되는 소리를 한다는 듯이 대답했다.

양기楊曁라는 한 관리가 그의 모순된 말을 이상히 여기며 이번에는 직접 위제 조예에게 물었다.

"촉나라를 치지 않으실 생각이시옵니까?"

"자네는 일개 서생이 아닌가. 병법을 논할 자격이 된다고 생각하나?"

"하지만 유엽 시중께서 그런 어리석은 전쟁은 하지 않는다고 말했사옵니다."

"유엽이 그렇게 말했다고?"

"네. 시중은 선제의 모사였기 때문에 모두 그의 말을 믿고 있사옵니다."

"……?"

황제는 즉시 유엽을 불러 힐문했다.

"전에 과인에게 촉나라를 치라고 권하고 궁정 밖에서는 반대로 쳐서는 안 된다고 주장했다던데, 경의 본심은 무엇이오?"

유엽은 천연덕스럽게 대답했다.

"뭔가 잘못 들으신 것이 아니옵니까? 신의 생각은 절대 변하지 않았사옵니다. 촉나라의 험준한 산천을 무릅쓰고 무턱대고 병마를 움직이는 것은 일부러 국력을 소모하여 위나라를 어려움에 빠뜨리는 짓이옵니다. 그들이 공격해온다면 어쩔 수 없이 방어는 하겠지만 우리가 공격해서는 안 될 것이옵니다. 촉을 쳐서는 아니 되옵니다."

황제는 어리둥절한 표정으로 듣고만 있었다. 이윽고 화제가 바뀌자 옆에 있던 양기가 자리를 떴고 갑자기 유엽이 목소리를 낮춰 말했다.

"폐하께서는 아직 병법의 오묘한 이치를 깨닫지 못하고 계신 듯하옵니다. 촉나라를 치는 것은 중요하고도 중요한 일이옵니다. 어찌 양기나 궁중에 있는 자들에게 그런 비밀스러운 일을 말씀하셨습니까?"

"아, 그렇군. ……앞으로는 조심하리다."

조예는 비로소 깨달았다.

형주에 가 있던 사마의가 돌아왔다. 그도 같은 의견이었다. 형주에서는 오직 오나라의 동정만을 시찰하고 왔는데, 그에 대한 사마의의 의견은 이러했다.

"오나라는 촉나라를 도울 것처럼 하고 있지만, 그것은 어디까지나 조약 때문에 그런 것일 뿐 사실은 그렇지 않습니다."

80만이라고 하지만 실제로는 40만 대군이 촉나라와의 접경인 검문관으로 몰려간 것은 불과 10개월 뒤로 낙양의 관리와 백성들도 어리둥절할 정도로 신속한 움직임이었다.

이때 다행히도 공명은 병에서 이미 완쾌되어 있었다.

피를 토하고 혼절했다고 하면 상당한 중태이거나 불치의 병에라도 걸린 것처럼 들리겠지만 '피를 토하다'도 '혼절'도 원서에서는 놀라움의 극치를 표현할 때 자주 쓰는 형용사였다.

공명은 왕평과 장억을 불러 명했다.

"자네들은 각각 1,000명의 병사를 이끌고 진창도의 험로를 지키며 위군을 막도록 하라."

두 장수는 경악했다. 아니 두려움에 떨었다. 적은 40만 대군, 불과 2,000명의 병사로 어찌 막을 수 있단 말인가. 죽으러 가라는 말이나 다름없다고 생각했다.

||| 二 |||

공명의 잔인한 명령에 두 사람 모두 파리한 얼굴로 그 무자비함을 원망하고 있는 듯한 모습이었다. 그러자 공명은 자신의 말에 설명을 덧붙였다.

"요즘 천문을 보니 태음필성太陰畢星에 비의 기운이 가득하더군. 아마도 10년 동안 없던 큰비가 이번 달 중에 내릴 것이라 여겨지네. 위군 수십만 명이 검문관으로 몰려온다 해도 진창도의 좁은 길과 도중의 험로, 그리고 그 큰비를 만나면 도저히 군마가 앞으로 나아가지 못할 걸세. 따라서 이들과 맞서 싸울 필요가 없단 말이네. 우선 자네들을 보내놓고 나중에 그들이 지쳤을 때를 노려 한꺼번에 대군으로 칠 생각이네. 나도 곧 한중으로 갈 것이고."

이 말을 들은 왕평과 장억은 분연히 떨치고 일어섰다.

"의심해서 죄송합니다. 즉시 출동하겠습니다."

두 사람은 진창도로 서둘러 떠났다. 그리고 큰비가 올 것을 고려하여 높은 지대를 골라 진을 치고 한 달 분의 식량도 준비했다.

위나라의 40만 대군은 조진을 대사마大司馬 정서대도독征西大都督으로, 사마의를 대장군大將軍 부도독副都督으로, 또 유엽을 군사로 삼아 계속해서 진군했다. 그런데 진창도에 접어들자 길가의 마을들이 예외 없이 불에 타서 벼 한 섬, 닭 한 마리 구할 수 없었다.

"이것도 공명이 빈틈없이 준비한 것이겠지. 정말 철저하군."

이런 이야기를 나누며 며칠을 더 진군했는데 하루는 사마의가 갑자기 조진과 유엽에게 이렇게 말했다.

"이 이상은 절대로 진군해서는 안 됩니다. 어젯밤 천문을 보니 아무래도 가까운 시일 안에 큰비가 내릴 듯합니다."

"그렇소?"

조진과 유엽은 미심쩍은 표정을 지었으나 사마의의 말이기도 하고 만일의 경우를 생각하여 그날부터 전진을 보류했다.

대나무를 잘라 급히 임시 거처를 세우고 진영에 머무르며 10여 일쯤 흘렀을 때 과연 오늘도 비, 다음 날도 비, 날이 새도 저물어도 비만 내리는 날이 계속되었다.

강우량 또한 놀라울 정도였다. 억수로 퍼붓는 장대비라는 표현이 무색할 정도로 말과 사람이 떠내려가고 무기와 식량도 모두 침수되었다. 임시 거처도 순식간에 물속에 잠겨 산 위로 옮겼다. 게다가 길도 격류로 변했고, 절벽은 폭포가 되었다. 내려다보니 골짜기도 호수로 변해 있었다. 밤에도 거의 잘 수 없는 상황이었다.

이런 큰비가 30여 일이나 끊임없이 이어졌다. 병에 걸린 자와 익사자가 속출했고, 식량은 떨어졌으며, 후방과의 연락도 끊겨 40만의 군마는 여기서 수장될 것만 같았다.

이 소식이 낙양에 전해지자 위제의 걱정은 이만저만이 아니었다. 단을 쌓고 비가 그치기를 하늘에 기원했으나 소용이 없었다.

태위 화흠, 성문교위 양부, 산기황문시랑 왕숙 등은 처음부터 출병을 반대하는 무리였다. 이들이 황제에게 간언했다.

"속히 군대를 불러들이시옵소서."

진창에 조서가 당도했다. 그 무렵 비는 겨우 그쳤으나 전군의 비참한 상황은 말로 표현할 수 없을 정도였다. 칙사도 울고 조진, 유엽도 울었다.

사마의는 부끄러워하며 말했다.

"하늘을 원망하기보다는 저의 어리석음을 원망할 수밖에 없습니다. 이렇게 된 이상 돌아갈 수밖에 없습니다."

겨우 물이 빠진 골짜기에 후군을 배치하고 주력 부대도 둘로 나누어 한 부대가 후퇴하면 다음 부대가 후퇴하는 식으로 주도면밀하게 후퇴했다.

공명은 촉의 주력 부대를 이끌고 적파赤坡라는 곳까지 나와서 맑게 갠 날 기분 좋은 보고를 받았다.

"지친 위나라의 전군이 지금 속속 철수하고 있습니다."

그러나 공명은 이런 보고를 받고도 이렇게 말할 뿐이었다.

"추격하면 반드시 중달의 계책에 넘어갈 것이다. 하늘의 재앙에 의한 패배를 촉나라에 보복하여 체면을 세우고 돌아가려는 마음이 있는 자를 우리가 추격하는 것은 어리석은 일. 돌아가게 두는 것이 낫다."

내기

一

위나라의 전 병력이 멀리 물러간 후 공명은 8부의 대군을 기곡과 사곡의 두 길로 나누어 전진시키며 다시 기산으로 나가 전열戰列을 펴라고 했다.

"장안으로 가는 길은 다른 길도 많은데 승상께서는 왜 항상 기산으로 가십니까?"

장수들의 물음에 공명이 대답했다.

"기산은 장안의 목덜미와 같은 곳. 농서의 각 군에서 장안으로 가기 위해서는 반드시 통과해야 하는 곳이오. 게다가 앞에는 위수가 흐르고, 뒤에는 사곡이 있으며, 여러 겹의 산, 기복이 심한 언덕, 또 많은 골짜기가 있는 지세는 모두 절호의 방패이자 벽이고 돌담이자 참호이고 요새요. 이런 전장은 흔치 않소. 하여 장안을 점령하기 위해서는 먼저 기산을 취해야만 하오."

"과연."

사람들은 비로소 납득했다. 또 누차에 걸쳐 고전을 거듭하면서도 기산을 고집하는 공명의 신념에 감복했다.

그 무렵 위군은 겨우 험지를 벗어나 멀리 후퇴하여 한숨 돌리고 있었다. 길목마다 남기고 온 복병도 차례차례 돌아와 보고했다.

"나흘 남짓 잠복해 있었습니다만, 촉군이 추격해오는 기색이 전혀 없기에 돌아왔습니다."

거기서 약 이레 정도 머무르며 촉군의 동정을 살폈으나 아무런 움직임도 없었다.

조진은 사마의에게 말했다.

"아마도 얼마 전의 장마로 산에 걸쳐놓은 잔교도 끊기고 벼랑길도 무너져서 촉군도 움직이지 못하고 결국 우리가 퇴각하는 것도 모르고 있는 것이 아니겠소?"

"아니, 그럴 리가 없습니다. 촉군은 반드시 우리 뒤를 쫓아올 것입니다."

"무슨 근거로 그렇게 말하는 것이오?"

"공명이 추격해오지 않는 것은 우리의 복병을 두려워하기 때문입니다. 생각건대 그는 이 맑은 하늘을 바라보며 방향을 바꿔 기산 방면으로 가고 있을 것입니다."

"글쎄, 그 의견에는 동의하기 어렵군."

"아니, 분명 그는 기산으로 갈 것입니다. 아마도 전군을 두 패로 나누어 기곡과 사곡의 두 길을 이용할 것입니다."

"하하하하, 그럴까?"

"분명합니다. 지금이라도 당장 기곡과 사곡으로 병사들을 보내 매복시켜두면 그의 기산 진출을 충분히 막을 수 있을 것입니다."

사마의는 역설했으나 조진은 믿지 않았다. 상식적으로 판단해도 천하의 공명이 그런 어리석은 전법을 취할 리가 없다고 했다. 공격해온다면 우리가 퇴각할 때가 절호의 기회이므로 급히 추격하여 이곳으로 올 것이라고 주장하며 물러서지 않았다.

"그럼 이렇게 하시지요."

사마의도 자신의 주장을 굽히지 않으며 제안했다.

"지금 각하와 제가 각각 군을 둘로 편제하여 기곡과 사곡으로 나누어 가서 협로에 숨어 적을 기다리는 것입니다. 그리고 만약 열흘 후까지 공명이 나타나지 않는다면 저는 어떤 벌이라도 달게 받겠습니다."

"어떤 벌을 받고 싶소?"

"이 얼굴에 분을 바르고 부녀자의 옷을 입고 각하 앞에 절을 올리지요."

"그거 재미있겠군."

"그런데 만약 각하의 의견이 틀렸을 경우에는 어떻게 하시겠습니까?"

"글쎄, 어떻게 할까?"

"이것은 큰 내기이니 한쪽만 벌을 받는 것은 아무 의미가 없습니다."

"그렇다면 만약 경의 의견이 맞았을 때는 나는 황제께 받은 옥대와 명마 한 마리를 경에게 주겠소."

"감사합니다."

"아직 인사를 하기는 이르오."

"아니 받은 것이나 다름없습니다."

중달은 껄껄 웃었다.

그날 저녁 그는 기산의 동쪽에 해당하는 기곡으로 향하고, 조진도 병사들을 이끌고 가서 기산의 서쪽인 사곡 어귀에 매복했다.

||| 二 |||

복병의 임무는 전장에서 싸우는 것보다 훨씬 힘들다. 올지 안 올지도 모르는 적을 기다리며 밤낮으로 조금의 방심도 있어서는 안 되고, 불 사용도 엄격히 금지되었으며 해충과 독사의 습격에도 움직여서는 안 된다.

"이게 뭐 하는 짓이야? 적군도 오지 않는데 며칠씩이나 기력을 소모하고 있으니, 주장이나 되는 자가 쓸데없이 고집을 부려서 내기를 해가지고 병사들을 함부로 움직이는 것부터가 잘못됐어."

부장 한 명이 분개하며 부하들에게 불평을 늘어놓았다.

마침 진지를 돌아보던 사마의가 우연히 그 소리를 들었다. 사마의는 진영에 돌아오자마자 즉시 주위에 있는 자들을 보내 그 부장을 끌고 오라고 했다.

"조금 전에 불평을 늘어놓은 것이 네놈이냐?"

"아닙니다, 불평이라니요?"

"닥쳐라. 내가 두 귀로 똑똑히 들었다."

"……."

부장은 침묵했다.

사마의는 정색하며 말했다.

"내기를 하기 위해 병사들을 움직였다고 네놈이 곡해하고 있는 듯한데, 그것은 나의 상관인 조진을 독려하고 또 우리의 원수인 촉군을 막기 위해서이지 사심이 있어서가 아니다. 만약 적에게 이기면 너희들의 공도 모두 황제께 상주할 생각이다. 그런데 함부로 상관의 언행을 비방하고 원망하는 말을 부하들에게 늘어놓아서 사기를 떨어뜨리다니 이는 이적행위다."

그는 즉시 목을 치라고 명령했다.

부장의 목이 진문에 걸린 것을 보고 조금이라도 그런 생각을 품고 있던 자들도 간담이 서늘해져서 방심하지 않고 고통스러운 매복을 견디며 공명 군이 오기를 이제나저제나 기다렸다.

마침 촉의 위연, 장억, 진식, 두경 등 네 장수가 이끄는 병사 2만 명이 이 길에 접어들었는데 사곡 길로 진군하고 있던 공명에게서 연락이 왔다.

"승상께서 기곡을 통과하는 아군은 모쪼록 적의 복병을 경계하며 한 걸음 한 걸음 섣불리 전진해서는 안 된다고 거듭 주의를 주셨습니다."

사자는 등지였고 전달받은 사람은 진식과 위연이었다. 그들은 또 늘 그렇듯 공명이 지나치게 신중하여 의심이 시작된 것이라며 일소에 부쳤다.

"위군은 30여 일이나 물에 잠겨 있던 끝에 병자도 늘고 무기도 쓸모없어져서 모두 철수해버렸는데 어찌 이곳으로 다시 나올 여력이 있겠소?"

등지는 사자로서 경고했다.

"아니, 승상의 통찰은 틀린 적이 없습니다."

"그리도 통찰력이 뛰어난 승상이라면 가정에서 그렇게 참패를 당하지는 않았겠지."

위연은 비꼬듯이 말한 후 덧붙였다.

"한달음에 기산으로 달려가서 누구보다 먼저 진을 펴겠소. 그때 승상이 부끄러워하는지 그렇지 않은지 그 얼굴을 그대로 한 번 보시오."

등지는 거듭 충고했으나 이 사람의 완고함과 어두운 사리 판단력은 어쩔 수 없다고 포기하고 급히 되돌아가 이 사실을 공명에게 보고했다.

공명은 그 말을 듣고 뭔가 짚이는 것이 있는지 의외라는 기색도 없이 이렇게 말했다.

"위연은 최근 나를 가볍게 여기는 것 같아. 위나라와 여러 번 싸웠으나 이기지 못하자 차츰 나에게 실망한 모양인데, ……어쩔 수 없지."

그는 자신의 부덕함을 탄식하더니 잠시 후 이렇게 말했다.

"예전에 선제께서도 말씀하셨네. 위연은 용맹하나 반골의 상이라고. 나도 그것을 모르는 바가 아니나 그의 용맹함이 아까워 오늘에 이르렀네."

그때 파발이 도착했다.

"어젯밤 기곡 길에서 앞장서서 나아가던 진식이 적의 복병에 포위되어 그의 병사 5,000명은 섬멸당하고 남은 병사는 불과 800명. 뒤따르던 위연 군도 위험한 상황입니다."

공명은 가볍게 혀를 차며 말했다.

"등지. 다시 한번 기곡으로 서둘러 가서 진식을 위로하게. 잘못하다가는 죄가 두려워서 오히려 표변할 우려가 있으니."

||| 三 |||

등지를 사자로 보낸 후 공명은 잠시 눈살을 찌푸리고 고민에 빠져 있다가 이윽고 가만히 눈을 뜨고 전령에게 말했다.

"마대, 왕평, 마충, 장익에게도 즉시 오라고 전하라."

일동이 모이자 무슨 비책을 주며 서두르게 했다.

"각자 즉시 출진하라."

또 관흥, 오의, 오반, 요화 등도 불러서 각자에게 비밀 계책을 주고 출진을 명했다. 그리고 나중에 자신도 직접 대군을 이끌고 당당하게 전진했다.

한편 위나라의 대도독 조진은 사곡 방면의 요로에 나와 7일간 잠복하며 기다리고 있었으나 촉군과 전혀 만나지 못했기 때문에 사마의와의 내기에서 자신이 이겼다며 벌써부터 흐뭇해하고 있었다. 그의 관심은 촉군보다는 오히려 사마의와의 내기에 있었다. 아니, 자신의 작은 아집과 체면에 사로잡혀 있었다고 하는 편이 적절할 것이다.

'내가 이기면 사마의가 얼마나 부끄러워할까? 그가 얼굴에 분칠을 하고 부녀자의 옷을 입고 내 앞에서 고개를 숙이는 모습을 구경할 수 있겠구나.'

그는 아집에 사로잡혀 이런 상상을 하고 있었다.

그러는 동안 약속한 열흘의 시한이 다가오고 있었다. 척후병이 고했다.

"병력은 잘 모르겠습니다만, 촉의 병사들이 요 앞 골짜기에 출몰했습니다."

"별거 아닐 것이다."

조진은 진량秦良이라는 장수에게 약 5,000명의 병사를 내주며 골짜기 입구를 막게 한 후 명령했다.

"열흘째가 되면 내가 내기에서 이긴다. 그러니 앞으로 이틀 정도만 깃발을 내리고 북소리를 죽인 채 수비에만 치중하라."

진량은 명령을 지키고 있다가 넓은 골짜기 사이를 들여다보니 사면에 둘러싸인 산에서 물이 고이듯 촉의 군마가 시시각각 늘어나고 있었다. 게다가 무시할 수 없는 기세였기 때문에 안 되겠다 싶어서 급히 자신도 깃발을 무수히 세우고 견고한 진지가 있음을 과시했다. 그러자 촉군이 그날 저녁부터 다음 날에 걸쳐 속속 물러가는 듯했다. 진량은 촉군이 두려워서 길을 바꾼 것으로 보고 이때를 놓치지 말라며 느닷없이 추격 명령을 내렸다.

골짜기 길을 5, 6리나 달려 넓은 곳으로 나왔다. 그러나 촉군은 어디로 달아났는지 그림자조차 보이지 않았다. 진량은 한숨 돌리며 비웃었다.

"뭐야? 요란하기만 하고 실제로는 별거 없는 겁쟁이 군대군."

이 말이 채 끝나기도 전에 사방에서 함성이 일었다. 북소리가 땅을 울리고 화살이 바람을 가르며 진량 군 5,000명을 향해 날아왔다.

말 먼지와 함께 다가온 것은 촉의 오반, 관흥, 요화였다.

위군은 간담이 서늘해져서 사방으로 흩어졌으나 이미 깊은 산간, 달아나려 해도 길마다 촉군이 가득했다. 진량도 포위를 뚫고 한쪽으로 도주를 시도했으나 추격해온 요화의 단칼에 목숨을 잃었다.

"항복하는 자는 목숨만은 살려주겠다. 투구를 버리고 갑옷을 벗어서 던져라."

높은 곳에서 목소리가 들렸다. 공명과 휘하의 장수들이었다. 위군이 버린 무기와 깃발이 순식간에 산처럼 쌓였다. 그들은 고분고분 항복했다.

공명은 시체를 골짜기에 버리게 했지만, 그 무구나 깃발은 취하여 아군 병사들에게 입혔다. 즉, 적군의 장비를 이용해 전군이 위군으로 위장한 것이었다.

그런 줄도 모르고 조진은 그 후 진량의 부하라고 칭하는 전령에게 이런 보고를 받았다.

"어제, 골짜기에서 꿈지럭거리던 적은 계책을 써서 모두 섬멸하였으니 안심하십시오."

그날 늦은 시각, 사마의가 보낸 사자가 왔다. 진짜 사자였다. 그는 이렇게 말했다.

"기곡 쪽에서는 촉군의 선봉, 진식의 병사 4,000~5,000명이 나타났기에 이를 섬멸했습니다만, 각하 쪽은 어떻습니까?"

조진은 거짓으로 대답했다.

"우리 쪽에는 아직 단 한 명의 촉군도 보이지 않았다. 내기는 나의 승리라고 사마의에게 전하라."

||| 四 |||

열흘째 되는 날이었다. 조진은 막료들에게 말했다.

"내기에 지는 것이 괴로워서 사마의가 저런 말을 전해왔으나, 실제로 기곡 방면에 촉군이 출몰했는지는 알 수 없는 일이네. 어떻게든 내가 이겨서 사마의가 붉은 분과 하얀 분을 바르고 부녀자의 옷을 입고 사죄하는 모습을 봐야겠네."

그들은 서로의 얼굴을 보며 흥겨워했다.

그때 북과 뿔피리 소리가 들리기에 무슨 일인가 싶어 진지 앞으로 나가 보니 아군인 진량 군이 깃발을 나란히 하고 열을 맞춰 다가오고 있었다.

저쪽에서 손을 흔들어 지금 돌아왔다고 인사했다.

조진도 아무 의심 없이 마찬가지로 손을 흔들며 그들을 맞이했다. 그런데 수십 보 앞까지 접근하자마자 아군인 줄 알았던 그들이 일제히 창끝을 겨누고 돌진해왔다.

조진은 소스라치게 놀라 진중으로 도망쳐 들어갔다. 그와 동시에 진영의 뒤에서 맹렬한 불길이 일었다. 앞에서는 관흥, 요화, 오반, 오의가, 뒤에서는 마대, 왕평, 마충, 장익 등이 북을 울리며 불과 함께 공격해왔다.

말로는 뭐라 표현할 수 없을 정도로 처참한 광경이었다. 피가 타는 냄새, 아군이 아군을 서로 짓밟으며 내는 아우성, 수비도 지휘도 엉망인 채 총사 조진의 생사조차 모를 지경이었다.

몸만 겨우 빠져나온 조진은 채찍이 부러질 정도로 말 엉덩이를 때리며 정신없이 달아났다.

촉군은 맹렬히 추격했다. 저놈을 잡아라, 화살을 쏴라, 라며 사냥감을 쫓듯이 몰아댔다. 그러나 그는 구사일생으로 목숨을 건질 수 있었다. 산 한쪽에서 갑자기 달려 내려온 정체불명의 부대가 그를 구해주었던 것이다. 나중에 겨우 정신을 차리고 보니 사마의 군이 자신을 보호하고 있었다.

"대도독, 어떻게 된 일입니까?"

중달이 심술궂게 놀리듯이 물었다. 조진은 면목 없다는 듯이 말했다.

"기곡에 있어야 할 그대가 대체 어떻게 알고 나를 구한 것이오? 뭐가 뭔지 모르겠소."

"잘 알고 계시지 않습니까? ……촉군이 이쪽으로 온 것을."

"잘못했소. 내가 내기에 졌소."

"그런 것은 아무래도 상관없습니다. 그러나 제가 사자를 보냈는데 사곡 방면에는 아무 이상도 없고 한 명의 촉군도 보이지 않는다고 하셨기에 진심으로 그렇게 생각하신다면 큰일이다 싶어 길도 없는 산을 넘어 급히 달려온 것입니다."

"옥대와 명마는 그대에게 주겠소. 더는 이 일에 대해서 말하지 말아주시오."

"각하도 내기에 너무 집착하지 마십시오. 그런 물건은 받을 수 없습니다. 그보다 국사에 더욱 힘써주십시오."

조진은 쥐구멍이라도 찾고 싶었다. 그리고 얼마 안 있어 위수의 기슭으로 진지를 옮겼으나 수치와 병으로 안에만 머물면서 진두에는 모습을 드러내지 않게 되었다.

신랄한 중달의 혀가 모질지 못한 조진을 끝내 병들게 했다고 할 수 있다. 원래부터 중달의 빈정거림과 신랄한 혀는 이따금 남에게 상처를 주었다.

공명은 예정대로 기산에 포진하여 병사들을 위로하고 논공행상을 분명히 했다. 전군은 이제 별일 없겠지 하고 마음을 놓았으나 공명은 이전의 숙제를 그냥 넘어가지 않았다.

진식과 위연을 부른 공명은 엄하게 죄를 물었다.

"등지를 사자로 보내 적의 복병을 경계하라고 일렀거늘 내 명령을 경시하고 많은 병사를 죽게 만들었다."

진식은 위연에게 죄를 돌리고 위연은 진식에게 죄를 덮어씌웠다. 공명은 쌍방의 말을 듣고 나서 말했다.

"진식이 목숨을 건지고 얼마간 병사를 남길 수 있었던 것은 위연이 2진에서 도왔기 때문이 아닌가. 비겁한 놈."

그리고 그 자리에서 진식의 목을 치라고 명했다.

그러나 위연은 책망하지 않았다. 반골의 상이라는 것을 알면서도 여전히 살려둔 것은 나라가 위기에 처한 이때 그의 무용을 쓸 날이 많을 것이라고 생각했기 때문이다. 실은 그런 고충을 견뎌야 할 정도로 위에 비해 촉에는 유능한 장수가 적었다.

팔진을 전개하다

||| 一 |||

위나라는 위수를 앞에 두고, 촉나라는 기산을 뒤에 두고 대진한 채로 가을을 맞이했다.

"조진의 병이 위중한 듯하군……."

하루는 공명이 적진을 바라보며 중얼거렸다.

"사곡에서 패퇴한 이후 위나라의 대도독 조진이 병석에 누웠다는 소문은 들었지만 어떻게 그가 위중한지 알 수 있습니까?"

옆에 있는 자가 공명에게 물었다.

"병이 가벼웠다면 벌써 장안으로 돌아갔을 것이다. 아직도 위수의 진영에 남아 있는 것은 그 병이 매우 무거워서 병사들의 사기에 영향을 주는 것을 우려하여 적과 아군에게 비밀로 하고 있기 때문일 테지."

공명은 말을 이었다.

"내 생각이 맞다면 아마도 그는 열흘 안에 죽을 것이다. 시험삼아 그것을 알아보자."

그는 조진에게 보내는 도전장을 적어 그의 진영에 보냈다. 그 문장은 매우 과격했다고 한다.

과연 대답이 없었다. 아무 소식이 없었다. 그리고 불과 7일 뒤에 검은 천으로 덮은 관을 실은 수레와 하얀 깃발을 세운 쓸쓸한 병사들의 행렬이 애수로 가득한 기마대의 호위를 받으며 조용히 장안 쪽으로 갔다.

이런 소식이 척후병에 의해 촉군 진영에 전해졌다.

"그가 결국 죽었군."

공명은 분명히 말하고 장수들에게 주의를 주었다.

"조만간 지금까지 없던 맹렬한 기세로 위나라가 공격해올 것이다. 절대 방심해서는 안 된다."

위나라 안에서는 이런 말이 돌고 있었다.

"공명이 글로 조진을 죽였다."

실제로 중병을 앓던 조진은 그의 도전장을 한 번 읽고 나서 극도로 흥분했고, 그에 위독해져서 숨진 것이었다.

이 사실이 위궁에 전해지자 위제를 비롯한 일족은 보통 격분한 것이 아니었다. 촉나라에 대한 적개심으로 조정에서는 현지의 수반 사마의를 독려, 편달하며 하루속히 이 원한을 갚으라는 명령을 내렸다.

사마의는 공명에게 전에 받은 도전장의 답장을 보냈다.

조 도독은 죽었지만 나 사마의는 아직 건재하다. 군장軍葬이 어제부로 끝났다. 내일은 출진하여 끝까지 싸워보자.

공명은 한 번 읽고는 빙그레 웃었다.

"기다리겠다고 전하라."

그는 답장은 쓰지 않고 말로만 대답하고 사자를 돌려보냈다.

기산의 산은 높고 위수는 유유히 흘렀다. 때는 가을 8월, 양군은 이 대천지에 진을 펼쳤다.

강을 사이에 두고 한바탕 화살을 주고받더니 이윽고 두 진영 모두 북을 울리고 뿔피리를 불며 서로에게 접근했을 때 위나라의 깃발이 좌우로 활짝 열리더니 사마의가 이끄는 부대가 나오는 것이 보였다.

그와 동시에 백우선을 든 공명도 촉군 사이에서 사륜거를 타고 모습을 드러냈다.

사마의는 큰 소리로 외쳤다.

"원래는 남양에서 밭이나 갈던 일개 필부, 자신의 주제도 모르고 함부로 전쟁을 일으켜 평화로운 백성들을 괴롭힌 것이 몇 번째인가. 아직 깨닫지 못했다면 너의 썩은 시체도 기산의 들짐승과 날짐승의 먹이로 던져줄 것이다."

"그렇게 말하는 네가 중달이냐? 과거 위나라의 서고에서 살며 약간의 병서를 갉아먹던 쥐새끼 같은 자가 오늘 투구를 쓰고 진영 앞에서 주제넘게 함부로 지껄이니 가소롭기 그지없구나. 나는 선제의 유지를 받들었으니 위나라와는 같은 하늘 아래 있을 수 없다. 오랫동안 따뜻한 옷을 입지 않고 배불리 먹는 것도 모른 채 꿈속에서도 병마를 조련하기를 쉬지 않은 것은 오로지 역적을 주멸하고 한조를 본래의 모습으로 회복하려는 소망에서였다. 네놈들처럼 일신의 영작을 다투고 명성과 사리사욕을 취하려는 욕심에 싸우는 자들과는 근본부터가 다르다는 것을 알라. 고로 우리는 하늘의 병사, 너희들은 악마의 병사, 스스로 돌아보고 부끄러운 생각이 들지 않느냐!"

"잘도 지껄이는구나. 남양의 필부, 그렇다면 어느 쪽이 바른지 겨루어보자."

"쉬운 일이다. 전투에는 표리表裏가 있다. 정법正法으로 싸우겠느냐, 기병奇兵으로 싸우겠느냐?"

"우선 정법으로 싸우자."

"정법으로 싸우는 데는 세 가지가 있다. 대장으로 싸우겠느냐, 진법으로 싸우겠느냐, 병사들로 싸우겠느냐?"

"우선 진법으로 싸우자."

"그래서 네가 졌을 때는 어떻게 하겠느냐?"

"두 번 다시 삼군의 지휘를 맡지 않겠다. 만약 네가 졌을 때는 너도 깨끗이 촉나라로 돌아가 이후 다시는 위나라의 국경을 침범하지 않겠다고 약속해라."

||| 二 |||

"좋다. 맹세하겠다."

공명은 선언했다. 그리고 재촉했다.

"일단 너부터 일진을 펴라."

사마의는 말 머리를 돌려 중군으로 달려가서 황색 깃발을 휘둘러 병사들을 각 부대에 배치하고 즉시 돌아왔다.

"공명, 지금의 진법이 무엇인지 아는가?"

"가소롭구나. 촉군 병사들은 장수가 아니더라도 그 정도의 진형은 누구나 안다. 혼원일기混元一氣의 진이다."

"그렇다면 너도 일진을 펼쳐보아라."

공명은 사륜거를 타고 중군으로 가서 백우선을 한 번 들더니 다시 사륜거를 타고 나왔다.

"중달, 보았느냐?"

"애들 장난 같구나. 지금 네가 펼친 것은 팔괘진이 아닌가?"

"하면 이 진을 깨뜨릴 수 있겠는가?"

"어렵지 않은 일이다."

"그럼 한 번 해보아라."

"이미 그 진영의 얼개를 아는 자가 어찌 타파하는 법을 모르겠는가. 보아라, 나의 지휘를."

사마의는 즉시 대릉, 장호, 악침 등 세 장수를 불러 그 방법을 가르쳐주었다.

"지금 공명이 펼친 진에는 여덟 개의 문이 있다. 이름하여 휴休, 생生, 상傷, 두杜, 경景, 사死, 경驚, 개開라는 팔부八部로 이 중에 개, 휴, 생의 3문은 길吉이다. 상, 두, 경景, 사, 경驚의 5문은 흉凶이다. 즉, 동쪽의 생문, 서남쪽의 휴문, 북쪽의 개문, 이렇게 세 방향으로 들어가면 이 진은 반드시 패하여 아군이 대승을 거두게 될 것이다. 태세를 갖추고, 주저 없이 법대로 공격하라."

위나라의 삼군은 일제히 북을 울리고 징을 치며 팔진의 길문을 택해 맹공격을 개시했다. 그러나 공명이 부채를 한 번 움직일 때마다 8문의 진에 이상한 변화가 일어나 아무리 공격해도 그 안으로 들어갈 수 없었다.

그러는 동안 위군은 겹치고 몰리며 곳곳에서 분열하기 시작했고, 대릉과 악침 이하 60명이 앞장서서 촉의 중군으로 뚫고 들어갔으나 마치 회오리바람 속에 뛰어든 것처럼 여기저기서 날아오는 화살에 맞아 울부짖는 아군의 소리만 들릴 뿐 조금도 행동을 통일할 수 없었다.

그뿐만 아니라 정신이 들었을 때는 악침과 대릉을 비롯한 60명이 겹겹이 포위된 채 무기를 버려야 할 처지였다.

공명은 사륜거에서 한 번 보더니 말했다.

"이것은 당연한 결과로 딱히 기묘하다고 할 것도 없다. 위군 진영으로 돌려보내주마. 너희들은 돌아가거든 사마의에게 '이런 서툰 전법으로 어찌 우리 팔진을 깨뜨릴 수 있겠느냐. 공부를 더 하고 오라.'고 전하라."

대릉과 악침은 너무 수치스러워서 공명을 똑바로 쳐다보지도 못했다.

공명은 다시 말했다.

"단 한 명이라도 적군이 우리 진영을 밟았다는 것은 기분 나쁜 일이다. 목숨을 빼앗는 것도 어른스럽지 못하지만 이대로 돌려보낼 수도 없는 일. 포로 60여 명의 무구를 빼앗고 벌거벗긴 후 얼굴에 먹칠을 해서 쫓아 보내라."

사마의는 돌아온 병사들을 보고 불같이 화를 냈다. 악침과 대릉 등에게 가해진 치욕은 말할 것도 없이 자신에 대한 조롱이었다.

"내가 이곳에 나와 오랫동안 참으며 군이 작은 이익을 바라지 않았는데 오늘 공명을 만나자마자 이런 큰 모욕을 당했다. 무슨 면목으로 고국 사람들을 보겠는가. 이렇게 된 이상 나는 말할 것도 없고 전군도 목숨을 걸고 싸워라. 오로지 그것뿐이다."

그는 검을 빼 들고 주위에 있는 100여 명의 장수를 독려한 뒤 수만 명의 병력을 한곳에 모아 거대한 산이 무너지듯 촉군을 향해 총공격을 개시했다.

그런데 그때 후방에서 생각지도 못한 큰 함성과 북소리가 들렸다. 돌아보니 두 장수가 흙먼지를 일으키며 이쪽으로 돌진해오고 있었다.

"아뿔싸!"

중달은 절규하며 급히 지휘를 바꾸었지만, 적들은 이미 위군의 후방을 공격하고 있었다. 어느 틈에 우회한 촉의 강유와 관흥이었다.

아궁이

||| 一 |||

이때의 전투에서 사마의는 완벽하게 일패도지一敗塗地(싸움에 한 번 패하여 땅에 떨어진다는 뜻으로, 한 번 싸우다가 여지없이 패하여 다시 일어나지 못함)하여 물러났다고 할 수 있다. 그 피해도 막심했다. 그 후 위수의 진영을 안에서 단단히 지키며 다시 활동을 멈추었다.

공명은 근거지인 기산으로 군사를 거두었다. 그는 전투에서 이겼다고 자만하지 말라며 오히려 전군에 경계심을 늦추지 말 것을 주문했다. 그리고 처음에 정한 목표인 장안과 낙양으로 진격하여 한조 통일의 대업을 완수하겠다고 굳게 다짐하고 있었는데, 생각지도 못한 군중의 사소한 일 하나가 이윽고 큰 차질을 초래하기에 이르렀다.

후방에서 증산과 운송에 힘을 쏟고 있던 이엄李嚴이 영안성에서 전선으로 군량을 보내왔다. 그것을 운송하는 자는 도위 구안苟安이라는 사내였는데, 애주가인 그가 도중에 유흥으로 날을 보내다 기일보다 열흘 정도 늦게 기산에 도착했다.

'어떻게 변명할까?'

문책이 두려웠던 그는 공명 앞에서 천연덕스럽게 말했다.

"위수를 사이에 두고 대전이 벌어졌다는 말을 도중에 듣고 소중

한 군량을 적에게 빼앗겨서는 안 된다는 생각에 숨어서 전투가 끝나기를 기다렸다가 온 것입니다. 그래서……."

공명은 끝까지 듣지도 않고 꾸짖으며 말했다.

"군량은 전투의 양식, 군량 수송도 전투다. 그런데 전투가 벌어진 것을 보고 전투를 멈춘 것은 이미 심각한 직무 태만이다. 게다가 너의 변명은 허언에 지나지 않는다. 네 피부는 결코 산야에 숨어서 비를 피하다 온 것이 아니라 술을 처먹고 살이 쪄서 축 늘어진 것이다. 군수품 수송에는 벌칙이 있으니 사흘이 늦으면 도죄徒罪에 처하고 닷새가 늦으면 참죄에 처한다고 명시되어 있다. 인제 와서 변명해봐야 소용없다."

구안은 즉시 형벌을 집행하는 무사들에게 넘겨졌다. 장사 양의는 그가 처형당하게 되었다는 소식을 듣고 급히 공명을 찾아와 간언했다.

"화를 내시는 것은 당연합니다만, 구안은 이엄이 그 누구보다도 아끼는 부하이니 그를 처형하면 분명 이엄이 화를 낼 것입니다. 지금 나라 안에서 돈과 군량을 갹출하여 전투력 증강에 힘쓰고 있는 것은 이엄 그 사람이니 그와 승상 사이에 문제가 생기면 큰 문제가 발생할지도 모릅니다. 모쪼록 이번엔 화를 가라앉히시고 구안을 살려주십시오."

공명은 침묵한 채 탐탁지 않은 얼굴을 하고 있었다. 전에는 그렇게까지 아끼던 마속조차 벨 정도로 군율에 엄격한 그였다. 그러나 지금은 상황이 달랐다.

"참형만은 면하게 해주지. 그렇다고 불문에 부칠 수는 없네. 곤장 80대를 쳐서 경계심을 일깨우도록 하라."

양의는 그의 마음을 헤아리고 깊이 감사하며 물러갔다.

구안은 그 덕분에 80대의 곤장을 맞고 죽을죄를 용서받았다. 그러나 그는 양의의 은혜도 공명의 관대함도 안중에 없었다. 오히려 곤장을 맞은 것에 분노를 품고 공명을 깊이 원망하며 한밤중에 진지를 이탈해 달아났다.

하인 대여섯 명과 함께 몰래 위수를 건너 위군에 투항한 그는 사마의 앞에 무릎을 꿇고 온갖 욕설을 섞어가며 공명에 대해 험담을 퍼부었다.

"지극히 옳은 말이나 그렇다고 널 당장은 신뢰할 수 없다. 왜냐하면 이것도 공명의 계책일지 모르기 때문이다."

사마의는 신중하게 그를 바라보았다.

"만약 진정으로 위를 섬기며 오래도록 우리나라에 충성을 맹세할 생각이라면 공을 크게 한번 세워보아라. 만약 성공한다면 위제께 상주하여 너도 깜짝 놀랄 만한 중직에 천거하겠다."

구안은 재배하며 말했다.

"무슨 일이든 시켜만 주십시오. 이렇게 된 이상 무슨 일이든 하겠습니다."

사마의는 그에게 계책 하나를 알려주었다.

구안은 즉시 모습을 바꾸고 촉의 성도로 들어갔다. 그리고 도성 안에 첩보기관의 본거지를 만들고 막대한 돈을 써가며 유언비어를 퍼뜨렸다. 이 나쁜 기류는 즉시 효과를 나타내 조정과 민간에서는 전선에 나가 있는 공명을 바라보는 시선이 삐딱하게 바뀌기 시작했다.

||| 二 |||

누가 말했는지 촉의 궁중 안에서는 공명이 이윽고 한중에 나라를 세우고 그 주인이 되려 한다는 풍설이 떠돌기 시작했다. 심지어 거기에 꼬리가 붙어 이렇게 말하는 자조차 있었다.

"그가 병마의 권한을 사용한다면 이 촉을 취하는 것도 가능해. 그가 계속 황제의 어리석음을 힐문하거나 원망하는 것도 그런 마음이 있기 때문일 거야."

도성 안에도 같은 소문이 나돌았는데 궁중에 유언비어를 퍼뜨리고 있는 것은 내관들이었다. 구안에게 매수된 무리가 어리석게도 사리사욕에 눈이 멀어 구안의 말에 놀아난 것이다.

그 결과 마침내 촉제는 칙사를 파견하기에 이르렀다. 요컨대 후주 유선도 결국 유언비어에 마음이 흔들려서 전선에 있는 공명에게 칙명으로 소환 명령을 내린 것이다.

과인이 직접 승상에게 물을 일이 있소. 즉시 성도로 돌아오시오.

공명은 명을 접하자마자 하늘을 올려다보며 크게 장탄식을 했다.

"폐하께서는 아직 나이가 어린 탓에 간신들의 말에 미혹되었나 보구나. 지금 전황이 나에게 유리하게 전개되고 있고, 장안을 공격할 날도 머지않았건만 이런 일이 생기다니. 이 또한 하늘의 뜻인가. 아니면 촉의 국운이 아직 열리지 않았단 말인가. 그렇다고 해서 만약 칙명을 거역한다면 간신배들은 더욱 날뛸 것이고, 이 몸도 주군을 거역하는 불충한 신하가 될 터. 그러나 지금 여기를 버리고 돌아가면 다시 기산으로 나오는 것은 어려울 것이다. 그사이에 위나라는 국방을 강화하여 장안과 낙양은 결국 난공불락이 될 것이 분명한데."

이렇게 괴로워하며 통한의 눈물을 흘렸으나 칙명을 거스를 수 없어서 공명은 그날로 대군을 철수시켰다. 그러자 강유가 걱정스럽게 말했다.

"사마의의 추격을 어떻게 따돌릴 생각이십니까?"

공명은 지령을 내렸다.

"군사를 다섯으로 나눠 각각 길을 달리하여 퇴각하라. 주력은 이 진영에서 철수할 때 병사 1,000명을 남겨 2,000개의 아궁이를 파게 하고 다음 날 퇴진하여 머문 곳에는 또 4,000개의 아궁이를 파도록 하라. 그리고 사흘째 머문 곳에서는 6,000~7,000개, 닷새째의 야영지에서는 1만 개로 퇴각함에 따라 그 수를 배가하라."

"옛날 손빈孫臏은 병력을 더할 때마다 아궁이의 수를 줄이며 퇴각하여 적을 속임으로써 방연龐涓에게 대승을 거두었다고 들었습니다만, 지금 승상께서는 반대로 병사가 줄어들 때마다 아궁이의 수를 늘리라고 하시는 것은 무슨 생각이십니까?"

"손빈의 계책을 역으로 이용하는 것에 지나지 않네. 뭔가를 잘 아는 인간을 계책에 빠뜨리기 위해서는 그 인간이 가지고 있는 지식의 이면을 찌르는 것도 하나의 계책이지. 사마의도 아마 의심하며 깊이 추격해오지 않을 걸세."

이렇게 촉군은 다섯 길로 나누어 속속 철수를 개시했지만, 공명의 예상대로 사마의는 촉군의 복병을 경계하며 바로 추격해오지는 않았다.

그러나 척후의 보고에 따르면 복병의 계책은 쓰지 않은 것 같다기에 서서히 군사를 진군시키며 촉이 주둔했던 곳들을 따라가서 보니 장소가 바뀌고 날이 지날 때마다 아궁이의 수가 눈에 띄게 늘어나고 있었다. 아궁이의 수가 늘어난다는 것은 당연히 병사의 수도 늘어난다는 것이기 때문에 사마의는 일일이 그것을 검사한 후 신중하게 생각했다.

'그렇다면 퇴각하면서 후군의 병력을 강화하고 있구나. 이렇게까지 전의가 높은 병력을 단순히 퇴각하는 적이라고 얕잡아보고 추격하다가는 어떤 반격을 당할지 모른다.'

그는 신중을 기해 결국 추격 명령을 내리지 않았다.

'구안을 성도에 보내 행하게 한 나의 계책은 이미 큰 성과를 거두었다. 그 결과 공명도 소환되는 것이니 이 이상 욕심을 낼 필요는 없다.'

덕분에 공명은 이 정도의 대군을 이끌고도 병사 한 명 잃지 않고 철수할 수 있었다. 나중에 천구川口의 나그네가 와서 퍼뜨린 소문으로 아궁이의 숫자에 공명의 지략이 숨어 있었다는 사실을 사마의도 알게 되었다.

그러나 사마의는 후회하지 않았다.

'상대가 다른 사람이었다면 수치가 되겠지만 공명의 지략에 걸리는 것은 나도 어쩔 수 없다. 처음부터 나는 그의 지모를 따라갈 수 없었다.'

보리가 익다

||| 一 |||

공명은 성도로 돌아오자마자 조정으로 가서 황제 유선에게 물었다.

"대체 무슨 중대한 일이 있기에 이렇게 갑자기 신을 소환하신 것이옵니까?"

애초에 아무 일도 없었기 때문에 황제는 그저 고개를 숙이고 있다가 이윽고 솔직히 대답했다.

"오랫동안 상부相父의 모습을 보지 못해서 그리운 나머지 부른 것으로 다른 이유는 없습니다."

공명은 안색을 바꾸고 혹시 이것이 다 내관들의 참언에 의한 것이 아니냐고 꼬치꼬치 캐물었다. 황제는 아무 말도 못하고 있다가 깊이 후회의 빛을 보이며 말했다.

"지금 승상을 만나 비로소 의심하는 마음이 풀렸지만, 후회해도 때는 이미 늦었겠지요? 전적으로 과인의 잘못이었소."

공명은 상부로 물러가자마자 궁중 내관들의 과거 언동을 조사하게 했다. 공명이 자리를 비운 사이 공명을 비방하거나 근거 없는 유언비어를 퍼뜨리던 내관 몇 명이 곧 잡혀왔다.

공명은 그들에게 힐문했다.

"경들은 후방에서 국내의 안정과 백성들의 전의를 독려하는 중요한 자리에 있으면서 어찌하여 앞장서서 불온한 유언비어를 퍼뜨려 조야朝野의 인심을 미혹했는가?"

한 내관이 참회하며 솔직하게 자백했다.

"전쟁이 그치면 살기도 편해지고 모든 것이 이전처럼 번영할 것이라는 생각에 그만……."

"아아, 참으로 어리석도다……."

공명은 통탄하며 그들의 어린애 같은 현실관을 딱하게 여겼다.

"만약 촉이 경들과 같은 사고방식이었다면 전쟁은 우리 쪽에서 피하려 해도 위나라가 공격해올 것이고, 오나라도 쳐들어와서 싫든 좋든 간에 촉의 국경 안에서 지금과 같은 전쟁을 하지 않으면 안 될 것이다. 게다가 그 전쟁은 패할 것이 자명하고 그 참화는 기산에 나가 싸울 때보다 백배는 더할 것이야. 그뿐만 아니라 경들을 비롯해서 촉의 백성들은 지금처럼 후방에서 일하는 괴로움이 아니라 위와 오의 병사들에게 집도 국토도 유린되고 약탈과 능욕을 당하는 것은 말할 것도 없고 오랫동안 오나라의 노예로 전락하고 위나라의 마소가 되어 혹사당할 것이 뻔하다. 오늘의 불만과 그것을 비교하면 어느 쪽이 나을 것 같나?"

내관들은 모두 고개를 떨군 채 변명 한 마디 할 수 없었다.

"……분명 이것은 적국의 음모일 터. 대체 우리 군관민을 서로 의심하게 만든 소문은 누구의 입에서 나온 것인가? 경들은 누구에게 들었나?"

소문이 시작된 곳을 더듬어 찾은 결과 구안이라는 것이 명료해졌다.

즉시 상부에서 그를 잡아들이기 위해 보안대의 병사들을 보냈으나 구안은 이미 눈치를 채고 위나라로 달아난 뒤였다.

공명은 백관을 바로잡고, 장완과 비위 등 대관에게도 엄중하게 주의를 준 후 다시 의기를 새롭게 하고 한중으로 향했다.

해마다 되풀이되는 출병으로 병사들이 지쳤을 것을 감안하여 이번에는 전군을 둘로 나누어 반은 한중에 남기고 나머지 반을 이끌고 공명은 기산으로 출발했다. 그리고 전장에 있는 기간을 3개월로 정하고 100일 교대 제도를 만들었다. 요컨대 100일마다 두 부대가 해와 달처럼 교대로 전장에 들어가 끊임없이 왕성한 사기를 유지하며 위나라의 대군을 분쇄하려는 것이었다.

촉의 건흥 9년(231)은 위의 태화 5년에 해당한다. 이해 봄 2월, 낙양에 다시 위급을 알리는 보고가 들어오자 위제는 즉시 의지하고 있는 사마의를 불러 모든 병권을 맡기며 말했다.

"공명에 맞설 수 있는 사람은 귀공밖에 없소. 나라를 위해 전력을 다해주시오."

"조진 대도독이 돌아가셨으니 부족한 신이 혼신을 다해 폐하의 은혜에 보답하겠사옵니다."

사마의는 그 즉시 장안으로 나가 위군 전체의 편제에 착수했다. 즉, 좌장군 장합을 대선봉으로 삼고 곽회에게는 농서를 지키게 하고 자신이 있는 중군은 우익과 좌익, 전후 군의 호위를 받으며 위수 앞에 당당히 진을 쳤다.

||| 二 |||

기산에는 안개가 끼고 위수의 강물도 따뜻해졌다. 봄 햇살이 가득

한 하늘 아래 오랫동안 양군은 북도 울리지 않고 대치하고 있었다.

어느 날 중달은 장합을 만나 이야기했다.

"공명은 여전히 군량 조달에 애를 먹으며 이런저런 궁리를 하고 있을 것이오. 농서 지방의 보리가 여물고 있을 때이니 그는 분명 은밀히 군사를 움직여 보리를 베어 군량을 조달하려 할 것이오."

"농서의 보리는 그 양이 실로 방대합니다. 그것을 취하면 촉군의 군량은 충분할 것입니다."

"장군은 위수에 남아 확실하게 기산에 대비하고 있으시오. 내가 몸소 군대를 이끌고 농서로 가서 공명이 하고자 하는 일을 좌절시키겠소."

위수의 진영에는 장합과 4만여 명의 병사만을 남기고 사마의는 그 나머지 병력을 이끌고 농서로 향했다.

중달의 육감은 틀리지 않았다. 때마침 공명은 농서의 보리를 취할 목적으로 노성鹵城을 포위하여 수비 대장의 항복을 받고 그에게 물었다.

"보리는 지금 어느 지방이 잘 익었는가?"

"올해는 농상隴上 쪽의 보리가 벌써 익은 듯합니다. 게다가 농상 쪽 보리가 품질도 좋습니다."

이 말을 들은 공명은 장익과 마충에게 점령한 노성의 수비를 맡기고 직접 남은 군사를 이끌고 농상으로 갔다. 그때 선봉대에서 보고가 들어왔다.

"농상에는 들어갈 수 없습니다. 이미 위나라의 군마가 가득하고 중군에는 사마의의 깃발이 보입니다."

공명은 혀를 차며 말했다.

"그토록 은밀히 기산을 빠져나왔건만, 그는 이미 내가 보리를 취하려는 것을 알고 있었단 말인가. 그렇다면 중달에게도 불패의 계책이 있을 테니 보통 계책으로는 이길 수 없겠구나."

그는 그날 저녁 목욕재계하고 늘 타고 다니는 사륜거와 같은 것을 넉 대나 준비했다. 이윽고 밤이 되자 공명은 유막에 세 명의 장수를 불러 밤이 깊도록 이야기를 나누었다.

첫 번째로 강유가 거기서 나와 사륜거 한 대를 끌고 자신의 진영으로 돌아갔다. 두 번째로 마대가 또 다른 사륜거 한 대를 끌고 돌아갔다. 세 번째는 위연이 마찬가지로 사륜거 한 대를 끌고 자신의 진영으로 돌아갔다.

남은 사륜거 한 대는 잠시 별빛 아래 놓여 있었으나 이윽고 진영을 빠져나온 공명이 거기에 타며 출진을 재촉했다.

"관흥, 준비는 되었느냐!"

"넵!"

멀리서 대답이 들렸다. 관흥은 해괴한 차림의 병사들을 불러 즉시 수레 주위에 배치했다.

우선 수레의 좌우에 스물네 명의 힘센 무장이 늘어서서 그것을 밀었다. 모두 맨발에 검은 전포를 입고 머리를 풀어헤친 채 한 손에는 날카로운 검을 들고 있었다.

여기에 같은 차림을 한 네 사람이 수레 앞에 서서 북두칠성의 깃발을 부적처럼 들고 있었다. 그리고 500여 명의 북 치는 병사가 뒤를 따르고 창을 든 1,000여 기가 여러 갈래로 나뉘어 공명의 수레를 둘러쌌다.

공명의 옷차림도 평소와는 조금 달랐다. 머리에는 평소의 윤건이 아니라 화려한 잠관簪冠을 쓰고 있었고, 새하얀 옷에 패검은 구슬과 금으로 장식되어 있어 한밤중에도 찬란하게 빛났다.

또 관흥과 그 밖의 장수들은 모두 천봉天逢 무늬가 있는 붉은 비단 전포를 입고 말을 타고 달리니 불꽃이 달리는 것 같았다.

이렇게 하늘에서 내려온 귀신의 군대인가 싶은 괴이한 차림의 병사들이 깊은 밤 진지를 나와 농상을 향해 갔다.

그 뒤를 약 3만 명의 보병이 따랐다. 이들은 손에 낫을 들고 있었다. 필시 앞에 있는 병사들이 싸우는 틈에 보리를 베고 이것을 후군으로 운반하려는 목적으로 조직된 부대일 것이다. 평소의 행군 편제와는 전혀 달랐다.

위군 본진에서 보초를 서고 있던 병사는 소스라치게 놀랐다. 날아갈 듯이 달려가 부장에게 고하고 부장은 중군에 급히 고했다.

"뭐? 귀신의 군대가 왔다고?"

사마의는 비웃으며 진두로 말을 몰고 나왔다. 때는 축시丑時 무렵인 한밤중이었다.

북두칠성기

一

푸른 조갯가루를 뿌려놓은 것처럼 하늘을 뒤덮은 별은 밝게 반짝이고 있었으나 사방의 어둠은 끝도 없이 넓고 짙었다. 음산한 미풍이 얼굴을 어루만지고 밤기운이 차갑게 뼈에 사무쳤다.

"과연, 요상한 기운이 불어오는군."

중달은 먼 곳을 응시하고 있었다. 음산한 바람을 일으키며 달려오는 수레 한 대와 그것을 둘러싼 스물여덟 명의 검은 옷을 입은 병사들이 보였다. 머리를 풀어헤치고 검을 찼으며 모두 맨발이었다. 북두칠성기가 그 선두에서 달려오고 마치 불꽃이 날아가듯 붉게 치장한 기마무사들이 전군을 독려하며 끌고 온다.

"공명이다."

중달은 여전히 지켜보고 있었다. 사륜거는 소리를 내며 달려왔다. 수레 위에 흰옷을 입고 잠관을 쓴 사람은 말할 필요도 없이 제갈공명이 틀림없었다. 멀리 떨어져 있고 어두웠음에도 똑똑히 보였다.

"아하하하하."

중달이 별안간 크게 웃었다. 그리고 휘하의 병사 2,000명을 불러 즉시 호령했다.

"귀신 얼굴로 분장해서 사람을 놀라게 하려는 수작이다. 이상히 여길 것 없다. 두려워할 것도 없다. 검을 휘두르며 달려가 무찔러라. 변장한 공명도 맨발로 달아날 것이다. 너희들이 신속하게 움직이면 공명의 멱살을 잡아 생포할 수도 있다. 앗, 가까이에 왔다. 공격하라."

2,000명의 병사들은 와 하고 함성을 지르며 돌진했다. 그러자 공명의 사륜거가 딱 멈추더니 스물여덟 명의 검은 옷을 입은 병사도, 북두칠성 깃발도, 붉게 치장한 기병대도 모두 뒤로 돌아서 퇴각하기 시작했다.

"벌써 달아나기 시작했다. 놓치지 마라."

위나라 병사들은 말에 채찍질을 했다. 그러나 신기하게도 아무리 추격해도 따라잡을 수 없었다.

수레는 분명 눈앞에 있는데 말은 입에 거품을 물고 몸은 땀으로 흠뻑 젖을 뿐 조금도 거리가 좁혀지지 않았다.

"참으로 기괴하구나. 벌써 30여 리나 말을 달려왔는데도 잡을 수 없다니."

"공명의 수레는 저렇게 서두르지도 않고 천천히 가는데 어째서 따라잡을 수 없는 걸까?"

"이런데도 따라잡지 못하는 것은 무슨 까닭일까?"

어이가 없다는 듯 위나라 병사들은 모두 말을 세우고 망연한 표정이었다. 그때 공명의 수레와 그 일진이 다시 이쪽을 향해 다가왔다. 위군은 그 모습을 보고 소리쳤다.

"이놈, 이번에야말로 사로잡고 말 테다."

위군들은 소리치며 달려들었다. 그러나 이쪽에서 덤벼드니 공명 일행은 다시 뒤로 돌아서서 달아났다. 게다가 유유히 서두르지도 않고, 흐트러짐도 없었다.

또 추격하기를 20여 리. 기병 2,000명은 모두 숨을 헐떡였으나 공명 군과의 거리는 여전히 조금도 좁혀지지 않았다.

"이건 예삿일이 아니다."

위군은 미혹에 빠져 한곳에 모였다. 그곳으로 말을 달려온 중달이 병사들이 저마다 한마디씩 하는 탄식을 듣더니 뭔가 깨달은 듯한 표정으로 갑자기 새롭게 명령을 내렸다.

"보아하니 이것은 공명이 잘 쓰는 팔문둔갑八門遁甲의 한 전법으로 《육갑천서六甲天書》에서 말하는 축지법을 쓰고 있는 것이다. 잘못하다가는 필살의 위지危地로 끌려들어가 전멸할 위험이 있으니 더는 추격하지 마라. 진지로 후퇴하라."

그때 갑자기 서쪽 산에서 북소리가 울렸다. 화들짝 놀라 어둠 속을 바라보니 별빛 아래 한 무리의 군마가 바람처럼 달려오고 있었다. 그리고 그 속에서 스물여덟 명의 검은 옷을 입은 병사들과 북두칠성기와 화염 같은 기마대장이 순식간에 나타나 앞장서서 달려왔다.

가까이 온 것을 보니 검은 옷의 병사들은 모두 머리를 풀어헤치고 손에는 검을 들었으며 맨발이었다. 사륜거 위의 흰옷을 입고 잠관을 쓴 사람도 조금 전에 있던 자와 조금도 다르지 않았다.

"아아. 여기에도 공명이 있단 말인가?"

중달은 아군 병사들이 겁먹을 것을 우려하여 자신이 앞장서서 추격해보았다. 20리, 30리, 아무리 추격해도 따라잡을 수 없는 것은 조금 전과 마찬가지였다.

"기괴하구나. 불가사의하기 그지없구나."

사마의조차 기진맥진하여 되돌아가고 있는데 또 한편의 산등성이에서 북두칠성기와 검은 옷을 입은 괴상한 병사 스물여덟 명이 같은 사람을 태운 사륜거를 밀며 다가왔다.

||| 二 |||

사람인가, 귀신인가, 환상인가. 기겁한 위나라의 병사들은 부들부들 떨며 감히 공격하려는 자가 없었다.

"후퇴하라. 후퇴하라."

사마의도 지금은 간담이 서늘해져서 달아날 생각뿐이었다.

그때 또 전방의 어두운 광야에서 깃발이 바람에 날리는 소리와 수레바퀴 소리가 들려왔다. 중달은 소스라치게 놀라 눈이 휘둥그레졌다. 수레 위의 사람은 분명 공명이었고, 좌우에 있는 20여 명의 검은 옷을 입은 자들도 북두칠성기도 처음에 본 것과 같은 것이었다.

"대체 공명이 몇 명이란 말인가? 이대로라면 촉군의 수도 가늠할 수 없겠구나."

중달과 수천 명의 기마병은 밤새 악몽 속을 헤맨 것처럼 파김치가 되어 아침 무렵 겨우 상규성上邽城으로 도망쳐 돌아왔다.

그날 촉군 한 명이 포로로 잡혀왔다. 조사해보니 보리를 베어 노성으로 옮기는 자라고 했다.

'그렇다면 쫓고 쫓기는 틈에 다량의 보리를 베어 성으로 옮기고 있었단 말인가?'

중달은 그제야 깨닫고 그 포로를 직접 심문하여 어젯밤의 수레 중에 하나는 공명이 탄 수레이고 나머지 석 대의 수레는 강유, 위연, 마대가 공명인 양 위장한 것임을 알았다.

"아아, 이제야 축지법의 수수께끼가 풀렸다. 똑같은 네 개의 대오를 편제하여 추격당해 달아날 때 굽은 길이나 풀이 우거진 길 등에서 가까이 있는 자가 숨고 멀리 있던 자가 나타나는, 말하자면 교대로 숨거나 나타나며 추격하는 자의 눈을 속여 달아난 것이로구나. ……과연 제갈량, 참으로 지혜로운 자로다."

그는 공명이 두려워 수비에만 더욱 힘을 쏟았다.

"노성에 있는 촉군을 살펴보니 의외로 소수입니다. 대군처럼 보이게 한 것은 공명의 군사 배치에 의한 것으로 아군의 병력으로 포위한다면 독 안에 든 쥐와 다름없을 것입니다."

곽회는 계속 주장했다. 마땅한 계책도 없이 이후 소극적으로 수비만 하고 있던 중달은 그의 주장을 받아들였다.

"그렇다면 움직이지 않는 것처럼 하고 있다가 기습적으로 전진하여 일거에 노성을 포위하도록 합시다. 그것이 성공하면 이후의 작전은 얼마든지 세울 수 있으니."

서쪽 하늘에 석양이 질 무렵, 대군이 일시에 출발했다. 노성은 그다지 멀지 않았다. 한밤중까지는 어렵겠지만 미명까지는 도착할 예정이었다.

도중의 습지대와 강과 들판, 산을 제외한 나머지는 모두 익은 보리밭이었다. 촉의 척후병은 1정町(1정은 약 109.1미터) 간격으로 보리밭 속에 숨어 있었다.

줄 한 가닥이 노성까지 연결되어 있었다. 병사 한 명이 그 줄을 잡아당겨 딸랑이를 울리면 다음 병사에게 전해지고 또 다음 병사에게로 전해져 순식간에 '위군의 습격' 사실이 촉군에 전해졌다.

공명은 올 것이 예견된 적에 대해서 계책을 세우고 군사를 배치하는 등 충분히 만반의 준비를 할 정도의 시간이 있었다.

지방의 성이라 담도 낮고 해자도 얕았다. 포위당하면 끝장이었다. 강유, 마대, 마충, 위연 등의 각 부대는 대부분 저녁 일찍 성 밖으로 빠져나갔다.

성 밖에 보이는 것은 보리밭뿐이었다. 숨기에 더할 나위 없이 좋았다. 심야의 바람에 보리 이삭이 물결치고 있었다.

위의 대군은 소리 없는 노도처럼 육박해왔다. 적은 아직 모르고 있다고 생각했는지 전군을 성의 동서남북으로 나누기 시작했다. 그때 성 위에서 수천 명의 궁수가 일시에 시위를 당겨 화살을 퍼부었다.

"그렇다면 적도 알고 있었단 말인가. 이렇게 된 이상 단번에 짓밟아버려라."

해자를 넘어 성벽을 오르려 하자 바위와 통나무가 굴러떨어졌다. 얕은 해자는 순식간에 시체로 메워졌다.

"조금 힘든 싸움이지만 분발하라!"

사마의는 여전히 병사들을 독려했으나 잠시 뒤 조금 힘든 싸움이 매우 힘든 싸움으로 변했다. 배후의 보리밭이 모두 촉군으로 변한 것이었다. 아무리 위군이 정예라고는 하지만 무너지지 않을 수 없었다.

새벽 무렵 사마의는 언덕에 서서 입술을 깨물고 있었다. 간밤의 일전에서도 보기 좋게 패하고 말았다. 병력 손실을 헤아려보니 사상자가 1,000여 명에 달했다.

이후 그는 겁을 먹고 상규성 안에 틀어박혔다. 곽회는 분함을 이기지 못하고 밤낮 지혜를 짜내서 다음 계책 하나를 중달에게 권했다. 기상천외한 그 계책에 중달의 표정이 금세 밝아졌다.

||| 三 |||

노성은 결코 수비하기에 좋은 곳은 아니었지만, 위군의 동향을 쉽게 헤아리기 어려워 공명은 수비에 치중했다.

그러나 그는 이렇게 자중하고 있는 것이 절대로 좋은 계책이라고는 생각하지 않았다. 왜냐하면 최근 옹량雍涼에 격문을 날려 손례의 군사를 검각으로 부른 듯했기 때문이다. 일단 위나라가 그 방대한 병력을 나누어 촉의 국경인 검각을 공격하기라도 하면 귀로가 끊기고 군수품이 조달되지 않아 이곳에 있는 수만 명의 촉군은 고립되고 만다.

"너무 움직임이 없다는 것은 오히려 큰 움직임의 전조다. 아무래도 최근에 위군이 조용한 것이 수상하다. 왠지 그 요해가 염려되는구나."

강유와 위연은 그의 명령을 받자마자 군사들을 이끌고 검각으로 향했다.

그러고 나서 얼마 후의 일이다. 장사 양의가 공명 앞에 나와 말했다.

"전에 한중을 떠나실 때 승상께서는 군을 둘로 나누어 100일 교대로 쉬게 하겠다고 선언하셨습니다만, 아무래도 곤란한 상황입니다."

"뭐가 곤란하단 말인가?"

"벌써 그 100일의 기한이 되었습니다. 전선의 병사와 교대할 한중의 병사들이 이미 한중에서 출발했다고 합니다."

"이미 법령화한 이상, 하루라도 어겨서는 안 될 일. 즉시 이곳의 병사들을 한중으로 돌려보내라."

"지금 이곳에는 8만 명의 병사들이 있습니다. 어떻게 교대하는 것이 좋겠습니까?"

"4만 명씩 두 번에 나누어 돌려보내도록 해."

병사들은 이 말을 듣고 뛸 듯이 기뻐하며 각각 돌아갈 준비를 하고 있었다. 그때 검각에서 파발이 왔다. 위의 대장 손례가 옹량의 병력 20만을 동원하여 곽회와 함께 검각으로 쳐들어왔다는 것이었다.

그뿐만 아니라 사마의가 전 위군에게 총공격의 명령을 내려 지금 이곳으로 진격해오고 있다고도 했다.

성안의 모든 촉군이 놀라고 두려워한 것은 말할 필요도 없다. 양의는 몹시 당황하여 공명에게 고했다.

"지금 병사들을 교대할 때가 아닙니다. 귀환은 잠시 보류하고 일단 눈앞에 있는 적의 공격을 막아내야 합니다."

"아니, 그렇지 않네."

공명은 강하게 고개를 저었다.

"내가 전장에 나와 많은 장수를 부리고 수만 명의 병사를 움직이는 것은 모두 신의를 근본으로 하는 것이네. 또한 그들의 부모와 처자식도 이미 100일 교대의 규약을 알고 있으니 모두 집에 돌아올 날을 손꼽아 기다리고 있을 걸세. 비록 지금 아무리 고생이 되더라도 나는 이 신의를 저버릴 수 없네."

양의는 즉시 공명의 말을 그대로 병사들에게 전했다.

그때까지는 이런저런 억측으로 다소 동요를 보이던 병사들도 공명의 마음이 이렇다는 것을 듣고 모두 감읍했다.

"승상께서는 그 정도로 우리를 생각해주시는구나."

"이런 은혜를 입은 우리가 승상께서 위험에 처한 것을 보고도 어찌 여기를 떠날 수 있겠는가."

그들은 모두 양의를 통해 공명에게 청했다.

"부디 이 한 목숨 바쳐 승상의 높은 은혜에 보답할 수 있게 해주십시오."

그래도 공명은 돌아갈 것을 권했지만, 그들은 한 덩어리가 되어 떠나지 않았다. 그리고 앞다투어 성 밖으로 나가 엄청난 위나라의 대군에 반격을 가하여 결국 물리쳐버렸다.

그러나 하나의 어려움이 물러가면 또 하나의 어려움이 온다. 군사들이 개가를 올리고 있을 틈도 없이 영안성에 있는 아군 이엄으로부터 생각지도 못한 급보가 도착했다.

목문도

||| 一 |||

영안성의 이엄은 증산과 운송의 임무를 맡으며 오직 전시의 후방 경영에 힘쓰는 즉, 군수대신이라고도 할 수 있는 요직에 있는 촉나라의 고관이었다. 지금 그 이엄으로부터 온 서신을 보니 다음과 같은 급보가 적혀 있었다.

최근 들리는 소식에 의하면 오나라에서 보낸 사람이 낙양으로 들어갔다고 합니다. 위나라와 연합하여 촉을 치려는 것 같습니다. 다행히 오나라는 아직 군사를 일으키지 않았습니다. 승상께서 서둘러 계책을 세우시어 대비하시기를 바랍니다.

공명은 큰 충격을 받았다. 이 서면의 내용과 같은 조짐이 있다면 실로 심각한 일이었다. 위나라가 갖지 못한 촉의 강점은 촉과 오가 서로 침략하지 않겠다는 동맹인데 그 오가 지금 배반하여 위와 연합하는 사태가 벌어진다면 그야말로 촉에는 치명적이었다.

'결코 의심하고 망설이고 있을 문제가 아니다.'

공명은 큰 영단을 내려 즉시 모든 전선의 총퇴각을 결의했다.

'우선 신속하게 기산에서 퇴각해야 한다.'

그는 노성에서 사자를 급파하여 기산에 남기고 온 왕평과 장억, 오반, 오의에게 명령을 전했다.

내가 여기에 있는 동안에는 위군도 함부로 추격하지 못할 것이다. 조용하고 질서 정연하게 한중으로 퇴각하라.

한편 공명은 또 양의와 마충의 2개 부대를 검각의 목문도로 급파하고 노성에는 가짜 깃발을 늘어세운 뒤 잡목을 쌓고 연기를 피워 마치 사람이 있는 것처럼 꾸몄다. 그리고 그와 휘하의 자들도 서둘러 모두 목문도로 퇴각했다.

위수의 장합은 말을 달려 상규로 왔다. 사마의와 의논하기 위해서였다.

"무슨 일이 일어난 것이 분명합니다. 촉군의 퇴진은 예삿일이 아닙니다. 지금이야말로 신속하게 추격하여 섬멸할 때가 아니겠습니까?"

"아니, 기다리시오. 공명이 하는 일이니 함부로 깊이 들어가서는 안 됩니다."

"대도독께서는 어째서 공명을 호랑이처럼 두려워하십니까? 천하의 웃음거리가 될 것입니다."

그때 한 병사가 와서 노성에 변고가 생겼다고 보고했다. 사마의는 장합과 함께 높은 곳으로 올라가 노성의 깃발과 연기를 잠시 바라보고 있다가 갑자기 크게 웃으며 말했다.

"깃발도 연기도 다 거짓이다. 노성은 지금 텅 비어 있는 것이 틀림없다. 자, 추격하여 격멸하자."

이제는 의심할 여지도 없다고 판단한 사마의는 즉시 군사들을 이끌고 출격했다. 이윽고 목문도에 가까워지자 장합이 사마의에게 말했다.

"이렇게 많은 병사를 이끌고 행군하다가는 너무 늦어질 것 같습니다. 제가 몸이 날렵한 기병으로 수천 명을 이끌고 먼저 달려가 적과 싸우고 있겠으니 도독의 본진은 뒤에 오십시오."

"아니, 군의 속도가 늦는 것은 병사의 수가 많기 때문만은 아니오. 공명의 계책을 신중히 살피며 나아가고 있기 때문이오."

"또 그처럼 공명을 두려워하고 계십니까? 그래서는 추격하는 의의가 없어집니다."

"큰 위험에 빠지는 것보다는 낫지 않을까요? 만약 귀공처럼 공을 세우는 데만 급급해한다면 반드시 후회를 남길 것이오."

"몸을 바쳐 나라에 보답하려는데 대장부 된 자가 목숨을 잃는다 한들 무슨 후회가 남겠습니까?"

"아니, 귀공은 성격이 불같아서 의기는 왕성하나 너무 위험하오. 자중하도록 하시오."

"무슨 말씀이십니까? 효는 성심을 다해야 하고 충은 목숨을 버려야 합니다. 이런 마당에 무엇을 주저하겠습니까? 그저 공명을 공격할 뿐입니다. 부디 허락해주십시오."

"그렇게까지 말한다면 어쩔 수 없지. 장군은 5,000명의 병사를 이끌고 우선 서둘러 가시오. 따로 가상賈翔과 위평魏平에게 2만 명의 병사를 딸려서 뒤따르게 하겠소."

장합은 기뻐하며 떨치고 일어나 병사 5,000명을 이끌고 나는 듯이 적을 추격했다. 달리기를 70리, 갑자기 숲속에서 북과 징이 울리고, 함성이 일더니 장합을 부르는 소리가 들렸다.

"도적 떼의 우두머리야, 어딜 그리 급히 가느냐? 촉의 위연이라면 여기 있다."

||| 二 |||

천성이 불 같다고 정평이 나 있는 장합이었다.

'공명의 수급을 취하고야 말 테다.'

그는 다짐하고 용맹하게 떨치고 일어나 저돌적으로 달려온 위연 군의 창끝 앞에 섰다.

"어딜!"

그리고 일갈을 터뜨리자마자 위연 군에 달려들어 뿔뿔이 흩어버렸다. 위연은 앞으로 나와 맞서 싸우다가 이윽고 거짓으로 지는 척하며 달아났다.

"주둥이만 살아 있는 놈."

장합은 비웃으며 또다시 길을 재촉했다. 그렇게 한 20리쯤 오자 산 위에서 촉의 관흥이라고 외치며 달려오는 부대를 만났다.

장합이 외쳤다.

"네가 바로 관우의 아들이구나. 너도 관우처럼 비명횡사하고 싶으냐?"

관흥은 그 기세를 두려워하는 척하며 달아났다. 장합은 추격했으나 한편에 밀림이 보였기 때문에 만일을 생각해서 병사들에게 지시했다.

"복병이 있을지도 모른다. 맞은편 숲을 정찰해보아라."

그리고 잠시 숨을 돌리고 있는데 앞서 달아났던 위연이 뒤에서 공격해왔다. 위연과 맞서 싸우는 동안에는 관흥이 되돌아왔다. 그들은 공격과 후퇴를 반복하는 식으로 장합을 농락하며 지치게 만들었다. 결국 위연은 목적한 대로 장합을 목문도의 골짜기 입구까지 유인했다.

지형이 험한 것을 눈치챈 장합은 맹목적으로 진격하는 것을 멈추고 전열을 가다듬고 있었는데 위연은 그 틈을 주지 않고 끊임없이 싸움을 걸며 모욕했다.

"장합아, 장합아, 너는 처음의 기세는 어디로 가고 벌써 겁쟁이처럼 두려움에 떠느냐? 돌아갈 길이 걱정되느냐?"

장합은 불같이 화를 내며 말했다.

"도망치기만 잘하는 놈. 꼼짝 말고 거기 있어라."

"도망치는 것이 아니다. 나는 한의 명장, 너는 역문逆門의 좀도둑. 칼을 더럽히는 것이 싫었을 뿐이다."

"이놈, 나중에 울지나 마라."

결국 그는 사마의의 주의도 잊고 목문도의 골짜기로 달려 들어가고 말았다. 게다가 이미 황혼 무렵이라 서산西山에 붉은빛이 보이는 것 외에 골짜기 안은 벌써 어둠에 잠겨 있었다. 위의 장졸들이 뒤에서 불렀다.

"장군. 돌아가시지요. 장군, 돌아가셔야 합니다."

장합은 괘씸한 위연을 죽이기 전에는 돌아가지 않겠다며 말에 채찍질을 해 적을 추격했다.

"비겁자. 부끄러운 줄도 모르는 놈. 조금 전에 한 말을 잊었느냐?"

장합은 어느새 손에 닿을 듯한 거리에 있는 위연의 등에 대고 끊임없이 욕을 하다 말 위에서 느닷없이 창을 던졌다.

위연이 말갈기로 엎드리며 머리를 숙이자 창은 그의 투구를 스치고 지나갔다.

"앗, 장군!"

아군이 부르는 소리에 문득 뒤돌아보니 장합의 앞길을 염려하여 뒤따라온 100여 기의 장졸이 일제히 산을 가리키며 외쳤다.

"수상한 불빛이 보입니다. 저기 산꼭대기에."

"무슨 신호일지도 모릅니다."

"밤이 되면 더욱 큰일입니다. 내일을 기약하고 돌아가는 것이 좋을 듯합니다."

그러나 이런 충고조차 이미 너무 늦었다.

돌연 허공에서 바람을 가르는 소리가 크게 들렸다. 화살이 날아가는 소리였다. 곧이어 절벽이 울리고 암반이 부르짖었다. 적이 떨어뜨리는 통나무와 바위 소리였다.

"앗, 그렇다면."

깨달았을 때는 이미 여기저기서 불길이 치솟고 있었다. 낮은 관목도 큰 나무도 불에 타기 시작했다. 장합은 미쳐 날뛰는 말을 타고 골짜기에서 나갈 길을 찾았으나 그곳도 이미 막혀 있었다.

성격이 불같은 장합은 결국 불 속에서 최후를 맞이하고 말았다.

공명은 목문도의 외곽을 이루는 봉우리 하나에 모습을 드러내더니 우왕좌왕하고 있는 위나라의 병사들에게 말했다.

"오늘의 사냥에서 나는 말을 얻으려 했건만 멧돼지를 잡았구나. 다음 싸움에서는 중달이라는 희대의 짐승을 생포하겠다. 너희들은 돌아가서 사마의에게 똑똑히 전하라. 병법 공부는 잘 되고 있느냐고."

장합을 잃은 위군은 앞다투어 도망가서 그 상황을 사마의에게 고했다.

||| 三 |||

사마의는 장합의 전사를 몹시 안타까워했다. 그가 위나라에서도 손꼽히는 명장인 것을 인정하고 있었고, 실전 경험도 풍부하여 조조를 보필한 이래 무훈도 헤아릴 수 없을 정도였다.

"그를 죽게 만든 것은 정녕 나의 잘못이다. 끝까지 그가 가는 것을 반대했어야 했거늘……."

그는 이렇게 통탄하며 누구보다도 큰 죄책감을 느꼈다. 동시에 사마의는 공명의 작전이 무엇을 겨냥했는지를 명료하게 깨달았다.

'아군을 불패의 땅으로 끌어들여 전멸시킨다.'

이것이 공명의 근본 작전이었던 것이다.

생각이 여기에 미치니 위수에서 규성, 규성에서 이 검각으로 자신도 점점 유인되어 위험천만한 촉의 땅에 발을 들여놓았다는 사실을 깨달았다.

'위험했다. 나도 모르는 사이에 공명의 유인 작전에 걸려들고 말았구나.'

사마의는 황급히 병사들을 되돌려 요소요소에 장수들을 배치하고 오로지 수비에만 전념할 것을 엄명한 후 자신은 이윽고 낙양으로 돌아갔다.

전황을 상주하기 위해서였다. 위제도 장합의 죽음을 슬퍼했고, 군신들도 모두 낙담했다.

"적국이 멸망하지도 않았건만, 우리는 나라의 대들보를 잃었다.

앞으로 닥쳐올 국난을 어찌할꼬."

탄식하는 소리, 침통한 분위기가 한때 위나라 궁중에 가득했다.

이때 간의대부 신비가 황제와 군신들에게 말했다.

"무조와 문황 2대를 거쳐 지금의 황제께서도 용처럼 세상에 일어나시고 우리 대위국의 강대함은 천하에 비할 것이 없사옵니다. 또한 문무에는 훌륭한 신하가 내리는 비처럼 많건만, 일개 장합의 전사를 두고 어찌 이토록 오랫동안 슬퍼하시나이까? 가족의 죽음은 일가의 정으로 한탄해도 되고 애석해해도 됩니다만, 신하의 죽음은 국가의 대의로 유구히 받들며 성대하게 장례를 치르고 칭송하여 온 나라 사람들을 분발토록 해야 하지 않겠습니까?"

"참으로 옳은 지적이오."

이윽고 황제는 목문도에서 수습해온 장합의 주검에 정성껏 예를 갖춰서 낙양을 사람과 조기로 뒤덮을 정도로 성대한 장례를 거행하여 촉나라에 대한 적개심을 더욱 고취시켰다.

한편 공명은 군을 거두어 한중의 진영으로 돌아오자마자 여러 방면으로 사람을 파견해 위오 양국의 분위기를 탐색하고 있었는데, 그때 성도에서 상서 비위가 와서 솔직하게 조정의 뜻을 전했다.

"아무 이유도 없이 한중으로 병사를 되돌린 것은 무슨 까닭입니까? 황제께서도 의심하고 계십니다."

"최근 위와 오 사이에 비밀 조약이 맺어진 듯하다는 소식을 들었네. 만일 오가 창을 돌려 우리의 국경을 공격하는 사태라도 일어난다면 큰일이라고 생각해서 서둘러 기산을 떠나 만전을 기했을 뿐이네."

"이상하군요. 군량 수송에는 문제가 없었습니까?"

"후방에서의 운송이 지체되기 일쑤여서 식량을 조달하기 위해 다른 방법을 써야만 했네."

"그렇다면 이엄의 이야기와 전혀 다르군요. 이엄이 말하기를 이번에 군량이 부족하지 않을 정도로 후방에서 충분히 보내줬는데 승상이 갑자기 퇴각한 것은 수상한 일이라고 계속 말을 퍼뜨리고 있습니다."

"그게 무슨 말도 안 되는 소리인가?"

공명은 조금 어이가 없다는 표정을 지었다.

"위오 양국 간에 비밀 외교의 움직임이 보인다고 나에게 전해준 자가 바로 이엄이었네."

"아, 이제 알겠습니다. 이엄이 자신이 감독하는 군수 증산의 실적이 좀처럼 오르지 않자 그 잘못을 승상께 전가하고자 한 것입니다."

"당치도 않은 소리. 만약 사실이라면 이엄이라 해도 용서치 않겠네."

격노한 공명은 성도로 돌아가 승상부 관리들에게 엄밀히 조사할 것을 명했다. 이엄의 농간은 사실로 밝혀졌다.

"원래는 목을 쳐도 부족한 대죄이지만 이엄 역시 선제가 후주 유선을 부탁한 충신의 한 사람. 관직을 박탈하고 목숨만은 살려주겠다. 즉시 서민으로 떨어뜨려 재동군梓潼郡으로 귀양 보내라."

공명은 이렇게 명령했지만, 그의 아들 이풍李豊은 남겨 장사 유염劉琰 등과 함께 군량 증산 등의 임무를 계속 맡겼다.

구안지사

||| 一 |||

오랫동안 군수대신으로 중요한 내정에 수완을 발휘하던 이엄의 퇴직은 촉군의 일시적인 휴양과 더 나아가서는 국내 여러 분야의 대혁신을 촉구할 수밖에 없었다.

촉의 험로는 사실 누가 책임자가 되든 극복하기 어려운 자연적인 조건이고, 더군다나 촉나라 조정의 신하로는 공명만 한 사람이 없었으나, 원정이 길어짐에 따라 어떤 형태로든 내분은 일어나게 마련이었다.

공명의 고민은 실로 이 두 가지에 있었다. 게다가 촉제 유선은 황제로서의 자질이 너무나 부족한 사람이었다. 사람들의 말에 잘 휘둘리고 결단을 내리지 못했다.

그러나 공명은 이 후주 유선을 유비가 살아 있을 때와 조금도 다름없이 받들었다. 아니 더욱 절절한 충애와 공경의 마음을 쏟아 점점 야위어갈 정도였다. 그만큼 황제 유선도 그를 존경하고 따랐지만 안타깝게도 공명이 자리를 비운 사이에는 군신들에게 휘둘렸다. 촉나라 조정은 언제나 멀리서 공명의 발목을 잡았다. 이에 공명은 '3년간은 내정의 확충에 힘을 쏟자.'고 결심하기에 이르렀다.

3년 동안 전장에 나가지 않고 군사를 양성하고 병기와 군량을 축적하는 등 권토중래하여 선제에게 보답하겠다고 생각한 것이다. 아무리 어려운 일이 거듭되어도 중원 진출의 포부는 꿈에도 잊을 수 없는 공명의 일념이었다.

3년 동안 그는 백성을 돌보았다. 백성들은 그를 천지天地나 부모처럼 여겼다. 그는 또 교육과 문화의 진흥에도 힘썼다. 아이들도 도리를 알고 예를 분별했다. 교육과 학문의 근본을 그는 스승과 제자의 관계라고 생각하여 스승 된 자를 존중하고 그 덕을 함양시켰다. 또 내치의 근본을 관리라고 보고 관리의 정신을 순화하고 자긍심을 높여주었다. 관리로서 한 번이라도 부정행위를 저지르면 거리로 끌어내 백성들보다 더 엄한 벌에 처했다.

"말로 쓸데없이 백성을 꾸짖지 말라. 오히려 좋은 풍속을 일으켜 그것을 따르게 하라. 좋은 풍속을 일으키는 것은 스승과 관리가 해야 할 일로 스승과 관리 된 자가 본을 보이면 그 아래의 백성들은 자연히 이를 따를 것이다."

공명은 항상 이렇게 말했다. 이처럼 3년 동안 촉의 국력은 충실해졌고 조정 대신들과 백성들의 의기도 완전히 새로워졌다.

"3년이 지났사옵니다. 자벌레의 움츠림은 앞으로 뻗기 위함이옵니다. 이제 병력이 갖추어졌으니 여섯 번째 정벌의 깃발을 들고 중원으로 나가려 하옵니다. 다만 신 제갈량도 이미 지천명의 나이이니 전장에서 어떤 일이 생길지 알 수 없사옵니다. ……폐하께서도 선제의 훌륭한 자질을 본받으시어 충신의 말에 귀를 기울이시고 백성들을 자애로 돌보시며 사직을 지켜 선제의 유지를 이루시기를 간곡히 청하옵니다. 신의 몸은 멀리 전선에 있어도 마음은 항상 폐하의 곁에 있겠사옵니다. 폐하께서도 공명은 여기에 없지만, 늘

성도를 지키고 있다고 생각하시고 마음을 굳건히 하시옵소서."

후주 유선은 공명이 엎드려 이별을 고하자 아무 말도 없이 잠시 소매로 얼굴을 감싸고 있었다.

이때도 일부 성도 사람들은 궁문의 떡갈나무가 밤마다 운다든가 남쪽에서 날아온 수천 마리의 새 떼가 한꺼번에 한수漢水에 떨어져 죽었다는 등의 불길한 유언비어를 퍼뜨리며 공명의 출군을 저지하려 했다. 그러나 공명의 큰 뜻이 그런 허황된 소문에 꺾일 리가 없었다.

그는 어느 날 성도의 교외에 있는 선제의 영묘를 참배했는데, 제물을 바치고 눈물을 흘리며 오래도록 뭔가를 기원했다.

그가 유비의 영전에 무엇을 맹세했는지는 말할 필요도 없다. 며칠 후 공명이 이끄는 대군이 성도를 출발했다. 황제는 백관을 거느리고 나와 성문 밖까지 배웅했다.

촉의 군마는 험한 길과 위험한 강을 몇 번이나 지나 이윽고 한중에 들어갔다.

그러나 아직 전투가 시작되기도 전에 공명은 비보 하나를 들었다. 그것은 관흥이 병사했다는 소식이었다.

||| 二 |||

전에 장포가 죽고 지금 또 관흥의 부고를 접한 공명이 낙담한 것은 말할 필요도 없으나, 그 슬픔은 오히려 이 여섯 번째 출병을 더욱 비장하게 만들어주었다.

한중에 집결한 34만 명의 촉군은 5개 부대로 나뉘어 기산으로 출격했다.

이때 위나라는 개원 2년째를 맞이한 청룡 2년(234)의 봄, 2월이었다.

작년에 마파摩坡라는 지방에서 청룡이 하늘로 올라간 기이한 일이 있었는데, 이를 국가의 길한 조짐으로 여겨 개원한 것이다.

또 사마의는 종종 천문을 보았는데 그가 최근 북쪽 별의 기운이 왕성하고 위나라에 길운이 보이는 것에 반해 혜성이 태백을 범하여 촉나라의 하늘은 어두우니 지금 천하의 홍복은 우리 위 황제에게 있다고 예언한 것이었다.

"공명이 3년을 준비해서 여섯 번째 기산으로 출격했다."

이런 보고를 접했을 때는 "명백하도다. 촉나라의 패멸, 위나라의 융성. 천운이 역시 이 일을 알리고 있다."라며 떨치고 일어나 일찍이 보지 못한 대규모 군비를 갖추었다.

출진에 앞서 중달은 조예에게 상주했다.

"지난날 한중에서 부친을 잃은 하후연의 네 아들은 그 원한을 삼키며 절차탁마하고 있사옵니다. 이번 전쟁에 그들도 데리고 가고자 하옵니다."

그 네 사람은 일전에 패배를 초래한 하후무 부마와는 기질 면에서 크게 달랐다. 형 패覇는 궁술과 마술 등 무예에 뛰어났고, 동생 혜惠는 《육도삼략六韜三略》을 암송하고 병법에도 능통했으며 다른 두 형제도 모두 준재였다.

장안에 집결한 위군은 44만이었다고 한다. 그리고 숙명의 결전 장소인 위수를 앞에 두고 종전과 같이 포진했는데, 기산의 촉군은 물론 위군도 전투가 거듭될수록 그 경험에서 지략적인 연구도 진보하고, 또 장비나 병력이 점차 증강되어 이것을 제1차와 제2차의 대치 때와 비교하면 쌍방의 군용에도 얼마 안 되는 세월 동안 현저한 진보가 보였다.

작전상 이번에 달라진 점을 보면 위나라는 우선 5만의 공병대를 동원해 대나무를 잘라 위수의 상류 9개소에 부교를 놓았고, 하후패와 하후위夏候威의 두 부대는 강을 건너 강에서 서쪽에 진을 치게 했다.

이는 일찍이 볼 수 없었던 위나라의 적극적인 공세를 나타낸 것과 동시에 용의주도한 사마의는 본진의 뒤편에 있는 동쪽 황야에 성을 하나 구축하고 그곳을 항구적인 기지로 삼았다.

이처럼 장기전을 치르겠다는 각오는 또 좀 더 강하게 이번엔 촉군의 방비에서도 볼 수 있었다. 기산에 구축한 5개소의 병영은 지금까지의 규모와 크게 다르지 않았다. 그러나 사곡에서 검각에 이르는 14개소의 병영에는 병영마다 강병을 배치하고 병영 간 군량을 비롯한 군수품을 운송할 수 있는 체계와 유사시에 즉각 호응할 수 있는 연락망을 만들었다.

이는 '위나라를 격파하지 않고는 돌아가지 않겠다.'는 공명의 굳은 의지를 무언중에 보여주는 것이었다.

이때 한 병영에서 연락이 왔다.

"위나라의 장수 곽회와 손례의 2개 부대가 농서의 군마를 이끌고 북원北原으로 진출해 무슨 일을 꾸미고 있는 듯합니다."

이 보고를 들은 공명이 말했다.

"전에 혼이 난 사마의가 농서의 길이 우리에게 차단될 것을 염려하여 미리 손을 쓰는 것이다. 지금 거짓으로 우리가 그의 걱정거리인 농서를 공격하는 척하면 사마의는 놀라서 그 주력까지 동원할 것이다. 그러면 우리는 그들의 허를 찔러 위수를 친다."

북원은 위수의 상류다. 공명은 100여 개의 뗏목에 마른 가지를 잔뜩 싣고 물에 익숙한 5,000명의 병사를 선발하여 한밤중에 북원을 습격하게 한 후 위의 주력이 움직이면 즉시 뗏목에 불을 붙여 하류로 떠내려 보내서 적의 부교를 태움으로써 서쪽 기슭의 하후군을 묶어놓고 위수의 남쪽 기슭에 병사를 상륙시켜 그곳의 위군 진영을 빼앗는다는 작전을 세웠다.

이 작전이 과연 성공할지 어떨지는 위나라의 사마의가 이 작전을 간파하느냐의 여부에 달려 있었다.

||| 三 |||

물론 그는 간파했다.

"지금 공명이 상류에 많은 뗏목을 띄우고 북원을 공격할 것처럼 하고 있지만, 허점을 노려 잡목과 기름을 실은 뗏목을 흘려보내 우리가 놓은 부교를 태울 속셈임이 틀림없소."

사마의는 이렇게 말하고 하후패와 하후위에게 뭔가 명령을 내리고 곽회와 손례, 악침, 장호 등의 장수에게도 각각 밀명을 내렸다.

이윽고 촉군의 북원 공격으로부터 전투가 시작되었다.

오의와 오반의 촉군들은 미리 세운 계획대로 수많은 뗏목에 나뭇가지를 싣고 강 위에서 대기하고 있었다.

날이 저물었다.

북원의 전황은 처음에 위나라의 손례가 치고 나왔지만, 맥없이 패배하여 퇴각했다. 촉의 위연과 마대는 패해서 퇴각하는 모습이 수상하다며 일부러 추격하지 않았다. 그때 양쪽 기슭에서 위나라의 깃발이 휘날리며 함성과 북소리가 노도와 같이 일더니 크게 외치는 소리가 들렸다.

"사마의가 기다리고 있었다."

"곽회가 여기 있다."

양쪽에서 쇄도한 위군은 적과 강을 향해 반원을 그리며 포위망을 좁혀왔다.

위연과 마대는 목숨을 걸고 분전했으나 도저히 이기기 어려운 지형이었다. 강에 떨어져 죽은 자, 포위되어 칼에 맞아 죽은 자 등 병사들 대부분을 잃고 말았다.

두 사람은 간신히 상류로 달아났으나 이 무렵 더는 기다리지 못하고 오의와 오반의 병사들이 뗏목을 흘려보내기 시작했다.

그러나 이 뗏목들은 위군이 설치한 부교까지 가기도 전에 장호와 악침 등의 부대에 막혀 공격을 받게 되었다. 장호와 악침 등의 병사들이 다른 뗏목으로 밧줄을 둘러쳐서 촉군의 뗏목을 모두 막고 활을 쏘기 시작한 것이다.

이때 촉군은 쏘거나 던질 수 있는 무기는 아무것도 준비하지 못했기 때문에 뗏목을 가까이 대고 근접전을 펼 수밖에 없었다. 그러나 위군은 그런 뗏목에 화살을 빗발처럼 쏘아댔다.

촉군 장수 중 한 명인 오반도 결국 화살을 맞고 물에 빠져 목숨을 잃었다. 게다가 화계火計는 시도조차 해보지 못한 채 실패로 돌아갔고, 촉군은 비참한 패배를 당하고 말았다.

이곳의 패배는 당연히 별동대인 왕평과 장억 쪽에도 영향을 주었다.

두 부대는 공명의 명령에 의해 위수의 맞은편 기슭을 엿보며 부교가 불에 타는 것을 보면 즉시 사마의의 본진으로 돌격하려고 숨을 죽이고 있었으나 밤이 깊어도 상류에서 불길이 오르지 않자 "도대체 어떻게 된 일이야?"라며 초조해하고 있었다.

그러다 장억이 더는 참지 못하고 말했다.

"맞은편을 보니 위군 진영의 방비가 허술해 보이는군. 공격해 들어가는 것이 어떻겠소?"

왕평이 말했다.

"적이 아무리 허술해 보여도 이곳만의 상황으로 작전을 바꿀 수는 없소."

그는 끈기 있게 불길이 오르기를 기다렸다.

그때 급사가 왔다. 그는 손짓하며 큰 소리로 말했다.

"왕 장군과 장 장군도 어서 후퇴하십시오. 승상의 명령입니다. 북원에서도 아군이 패하고 부교를 불태우려는 작전도 수포로 돌아가는 바람에 아군은 모두 달아났습니다."

"뭐, 아군의 대패로 끝났다고?"

끈기 있게 기다리던 왕평은 당황했다.

서둘러 두 부대가 후퇴하려는 순간 그때까지 물결 소리와 갈대 소리밖에 들리지 않던 주위의 어둠이 갑자기 붉게 변했다. 그리고 한 발의 굉음이 천지의 정적을 깨뜨리는가 싶더니 위군 복병이 사방에서 몰려왔다.

"왕평, 달아나는 것이냐?"

"장억, 어디로 달아나느냐?"

적을 계책에 빠뜨리려고 했지만, 실은 적의 함정 속에 있었던 것이다. 왕평과 장억의 2개 부대는 제대로 싸워보지도 못하고 참패를 당하고 달아났다.

상류와 하류 전면에 걸쳐서 이날 밤 촉군의 사상자만 해도 1만 명이 넘었다. 공명은 패군을 수습하여 기산으로 되돌아갔다. 그의 계책이 이처럼 실패한 것도 드문 일이다. 평소의 자신감에도 적잖은 동요를 일으켰음이 틀림없다. 그 근심은 얼굴에서도 숨길 수 없었다.

||| 四 |||

하루는 공명의 수심에 찬 얼굴을 보고 장사 양의가 은밀히 물었다.

"근래 들어 위연이 승상을 험담하며 군 내의 분위기를 흐리고 다니던데 그가 그럴 만한 일이라도 있었습니까?"

공명은 어두운 표정으로 고개를 끄덕였다.

"그의 불평은 지금 새삼스럽게 시작된 것이 아니네."

양의는 의아하다는 듯이 물었다.

"이미 알고 계시면서 군기에는 누구보다도 엄격하신 승상께서 어찌 방관하고 계십니까?"

"양의, 그런 말은 함부로 입 밖에 내는 것이 아니네. 나의 진짜 마음도 헤아려보고 우리의 장수들과 군사력도 냉정하게 살필 줄 알아야지."

양의는 침묵했다. 그리고 공명의 의중을 헤아려보니 창자가 끊어지는 듯했다. 계속되는 전쟁으로 장성들이 잇따라 세상을 뜨자 쓸 만한 용장은 손에 꼽을 수 있을 정도로 줄어들었다. 그중에서도 위연의 용맹은 단연 눈에 띄었다.

지금 그런 위연을 제거한다면 촉군의 전력은 눈에 띄게 약해질 것이다. 공명이 가만히 참고 있는 것은 그 때문이라고 양의는 깨달았다.

이때 성도에서 명령을 받들고 상서 비위가 기산에 왔다. 공명은 그를 만나 말했다.

"지금 그대가 아니면 할 수 없는 큰 임무가 있네. 촉을 위해 나의 서신을 가지고 오나라에 사자로 가주게."

"승상의 명령이라면 마다할 이유가 없습니다. 어디라도 가겠습니다."

"흔쾌히 승낙해주어서 고맙네. 그럼, 이 서신을 손권에게 주고 또다시 오나라가 움직일 수 있도록 최선을 다해주게."

그에게 부탁한 것은 촉오 동맹의 발동이었다. 서신에 기산의 전황을 소상히 적고 지금 위군의 병력이 거의 모두 이 땅에 와 있으니 이때 오나라가 전에 맺은 조약에 근거하여 위나라를 한쪽에서 공격한다면 위나라는 즉시 양쪽에서 붕괴하여 중원은 평정될 것이다. 이후에 촉과 오가 천하를 양분하여 이상적으로 다스릴 수 있을 것이다. 이렇게 공명은 절절히 설득했다.

비위는 건업으로 갔다.

손권은 공명의 서신을 보고 촉의 사자를 후하게 대접했다.

그리고 그에게 말했다.

"우리도 결코 촉과 위가 놓인 국면을 모른 척하고 있었던 것이 아니오. 공격할 때를 헤아리고 또 그에 맞춰 충분한 전력을 기르고 있었소. 지금은 때가 무르익었다고 생각되니 날을 정해 과인이 몸소 수륙 양군을 이끌고 위를 토벌하기 위해 장강을 거슬러 올라갈 것이오."

비위는 엎드려 감사했다.

"아마도 위나라가 멸망할 날은 100일도 남지 않았을 것입니다. 그런데 어떤 공격로를 택할 생각이십니까?"

그는 그 말의 진위를 살피기 위해 물었다.

손권은 즉시 대답했다.

"우선 총병력 30만을 일으켜 거소문居巢門에서 위의 합비, 채성彩城을 취할 것이오. 또 육손과 제갈근 등에게 강하와 면구를 공격한 뒤 양양으로 치고 들어가게 하고 손소와 장승 등을 광릉廣陵 지방에서 회양淮陽으로 진군케 할 것이오."

그는 평소에도 소홀함 없이 준비하고 있음을 내비치며 손바닥을 가리키듯이 말했다.

주연이 벌어져 느슨한 분위기였다. 이번에는 손권이 비위에게 물었다.

"지금 공명 옆에서 공로를 기록하고 군량을 비롯한 군정을 돕고 있는 자는 누구요?"

"장사 양의입니다."

"항상 선봉에서 싸우는 용장은?"

"우선 위연입니다만."

"안으로는 양의, 밖으로는 위연인가. 하하하하."

손권은 의미심장하게 웃었다.

"나는 아직 양의와 위연이라는 인물을 보지 못했지만, 다년간의 행적으로 들은 바에 따르면 두 사람 다 촉나라를 짊어질 만한 인물은 아닌 듯하오. 어째서 공명 같은 사람이 그런 소인배들을 쓰는 것이오?"

비위는 대답하지 못하고 그 자리를 적당히 넘겼지만, 나중에 기산으로 돌아와 이 사실을 그대로 공명에게 고하자 공명은 탄식하며 말했다.

"과연 손권도 구안지사具眼之士(안목과 식견을 갖춘 선비)로다. 아무리 좋게 보이려 해도 천하의 눈은 속일 수가 없구나. 위연과 양의의 그릇이 작은 것은 나도 이미 알고 있었지만, 오나라의 주군까지 간파하고 있으리라고는 생각하지 못했다."

목우유마

||| 一 |||

"저는 위나라의 부장 정문鄭文이라는 자입니다. 승상을 만나 부탁하고 싶은 것이 있습니다."

어느 날 촉군 진영에 와서 이렇게 말한 자가 있었다.

공명이 만나 무슨 일로 왔느냐고 묻자 정문은 엎드려 절하고 나서 말했다.

"항복을 받아주셨으면 합니다."

그는 검을 풀어 내밀었다. 이유를 묻자 이렇게 대답했다.

"저는 원래 위나라의 편장군이었습니다. 그런데 사마의의 모집에 응해 참군한 후에는 저보다 후배인 진랑秦朗이라는 자를 중용하고 저를 무시할 뿐만 아니라 군공에 있어서 불공평하고, 게다가 제가 불평한다고 죽이려는 기색까지 보였습니다. 그대로 있다가 개죽음을 당하기보다는 승상의 높은 덕을 흠모하고 있었으니 항복하는 편이 낫겠다고 생각하여 온 것입니다. 저를 받아주신다면 이 원한을 풀기 위해서라도 촉나라를 위해서 온몸을 바쳐 충성을 다하겠습니다."

그때 기산 아래의 들판으로 위나라의 장수 한 명이 정문을 추격해와서 정문을 넘겨달라고 계속해서 소리치고 있다고 진영 밖의 보초병이 보고했다.

"누가 너를 쫓아왔다고 하는데 네가 아는 자인가?"

공명이 묻자 정문이 갑자기 안절부절못하며 대답했다.

"그가 바로 저를 항상 사마의에게 중상하는 진랑입니다. 사마의의 명령을 받고 추격해온 것이 분명합니다."

"너와 진랑 중에 무용을 겨룬다면 누구의 무용이 위인가? 사마의가 진랑을 중용한다는 것은 너의 무용이 그보다 못하기 때문이 아닌가?"

"아닙니다. 결코 진랑 따위보다 못하지 않습니다."

"만약 너의 무용이 진랑보다 뛰어나다면 사마의는 중상하는 자의 말에 넘어간 것으로 잘못은 그에게 있다. 동시에 너의 말도 믿을 수 있고."

"그렇습니다. 말씀하신 대로입니다."

"그렇다면 즉시 말을 타고 나가 진랑과 일대일 대결을 하여 그의 목을 가지고 오라. 그 후 너의 항복을 받아들이고 높은 지위를 주겠다."

"어렵지 않습니다. 승상께서는 구경만 하고 계십시오."

정문은 말을 달려 들판으로 달려 내려갔다.

거기서 기다리고 있는 위나라 장수가 말했다.

"배신자. 내 말을 훔쳐 촉군 진영으로 달아나다니 수치를 모르는 놈이로구나. 사마의 대도독의 명을 받들어 너를 주살하겠다. 내 칼을 받아라."

그는 큰 소리로 외치며 정문을 베기 위해 달려들었으나 실력 차이가 큰 듯 맞서 싸우는가 싶더니 순식간에 정문의 손에 목숨을 잃었다.

정문은 그의 목을 베어 다시 공명 앞으로 돌아왔다. 공명은 다시 한번 명령했다.

“진랑의 주검과 옷도 가지고 오너라.”

정문은 다시 달려나가 주검을 가지고 왔다. 공명은 잠시 보고 있더니 주위의 무사들에게 명령했다.

“정문의 목을 쳐라!”

“앗, 어째서 저를?”

정문은 머리를 감싸 안고 절규했다. 공명은 웃었다.

“이 주검은 진랑이 아니다. 진랑은 나도 전에 봐서 안다. 전혀 다른 놈을 진랑이라고 속이다니, 그 계책에 넘어갈 성싶으냐? 사마의가 내놓은 계책임이 틀림없다.”

정문은 두려움에 떨며 말씀하신 대로라고 순순히 자백했다. 공명은 잠시 생각에 잠겨 있다가 생각을 바꾼 듯 말했다.

“정문을 함거에 가두거라.”

다음 날, 공명은 자신이 쓴 글을 보여주며 정문에게 붓과 종이를 내주었다.

“목숨이 아깝다면 이 글에서 토씨 하나 틀리지 말고 사마의에게 서신을 써라.”

정문은 함거 안에서 공명의 글을 그대로 베껴 썼다. 그 편지를 들고 촉군 한 명이 인근의 백성으로 위장하고 위나라 진영으로 잠입했다.

“정문이라는 사람에게 부탁받고 온 사람입니다만.”

그는 사마의의 측신에게 편지를 전했다.

사마의는 편지를 꼼꼼히 살폈다. 정문의 필체가 틀림없었다. 그는 몹시 기뻐하는 모습으로 사자로 온 자에게 음식을 내주고 누구에게도 발설하지 말라고 입단속을 한 후 돌려보냈다.

||| 二 |||

정문의 편지에는 이런 내용이 쓰여 있었다.

내일 기산에서 불길이 오르는 것을 신호로 도독께서 몸소 대군을 이끌고 공격하십시오. 공명도 저의 항복을 아무 의심도 없이 받아들여서 저는 지금 중군에 있습니다. 시간을 맞춰 서로 호응하여 공격한다면 공명을 사로잡을 수 있을 것입니다. 때를 놓치지 마십시오.

쉽게 다른 사람의 계략에 넘어가지 않는 사마의도 자신이 획책한 계략에는 그만 넘어가고 말았다.

다음 날, 온종일 은밀히 준비하여 밤이 되자마자 위수를 몰래 건너려고 했다.

"아버님답지 않습니다."

아들 사마사는 아버지에게 간언했다. 종잇조각 한 장을 믿고 여태껏 자중하던 공격을 감행하는 것은 평소의 아버지답지 않은 경솔한 행동이라고 직언했다.

"과연 그렇구나."

사마의는 아들의 말에 수긍하고 돌연 자신은 후진으로 가고 다른 장수를 선진에 배치했다.

그날 초저녁에는 바람도 상쾌하고 달도 밝아 은밀히 행동해야 하는 야행에는 적합하지 않았지만, 위수를 건널 무렵부터 짙은 밤안개가 끼고 하늘도 먹구름이 덮였기 때문에 사마의는 몹시 기뻐하며 말했다.

"하늘도 우리를 돕는구나."

사람들은 하무를 물고 말에는 재갈을 물리고 촉군 진영 깊숙이 잠입했다.

한편 공명은 그날 밤을 기하여 반드시 사마의를 잡겠다고 잔뜩 벼르고 있었다. 그는 낮에는 검을 짚고 단에 올라 필승의 기도를 하고 저녁에는 피를 잔에 따라 장수들과 나누어 마셨으며 밤이 되자 임무를 분담했다. 촉의 삼군은 숲처럼 대기하고 있었다.

밤이 이슥해지고 검은 안개가 자욱하게 깔릴 무렵 위군은 성난 파도처럼 촉의 중군으로 우르르 몰려 들어갔다. 그러나 영내는 텅 비어 있었다. 위군은 수상히 여기며 경계했다.

"적의 계책에 빠져서는 안 된다."

그러나 이미 위군은 완전히 퇴로를 잃었다.

북과 뿔피리 소리, 철포 소리, 함성이 일시에 일더니 위군의 선봉 대부분은 섬멸당했다. 죽은 자 가운데는 위나라 장수 진랑도 있었다.

사마의는 다행히 후진에 있었기 때문에 촉군의 포위에 걸리지 않고 달아날 수 있었다. 그러나 남은 병력을 구하기 위해 공격을 감행하여 촉군의 포위를 밖에서 뚫어보려고 했으나 엄청난 아군 병력만 잃고 남은 선봉군 약 1만 명을 적 중에 버리고 후퇴할 수밖에 없었다.

"이처럼 평범한 전략에 걸려 평범한 패배를 당한 적이 없었는데."

좀처럼 감정이 격해지지 않는 사마의도 이때만은 분했는지 퇴각하면서 이를 갈았다.

게다가 하늘이 다시 개고 밝은 달이 비추자 한때의 먹구름이 꿈처럼 생각되었다. 그래서 살아 돌아가는 위군들은 너나 할 것 없이 이렇게 말했다.

"이것은 공명이 팔문둔갑법八門遁甲法을 이용해 우리를 검은 안개 속으로 유인한 후 다시 육정육갑六丁六甲의 신통력으로 검은 안개를 흩어버린 탓이야."

이런 요언妖言이 나돌았지만, 누구도 이 말을 의심하려고 하지 않았다.

"어리석은 소리. 그도 인간, 나도 인간. 세상에 귀신 같은 것은 없다!"

사마의는 진중에 떠도는 미신을 단속하고 망언을 엄중히 경계했지만, 병사들 사이에서는 이미 공명이 일종의 신통력을 가지고 기적을 행하는 자라는 인식이 견고하여 없앨 수 없는 일종의 통념이 되어가는 경향조차 보였다.

위나라 병사들이 이런 두려움에 사로잡혀 있었기 때문에 사마의도 이런 병사들을 지휘하는 데 애를 먹었다. 그래서 이후 요해를 단단히 지키고 오직 수비에만 힘쓰며 싸우려 하지 않았다.

그러는 사이에 공명은 위수의 동쪽에 해당하는 호로곡葫蘆谷에 1,000명의 군사를 동원하여 골짜기 안에서 토목공사를 일으켰다. 이 골짜기는 높은 산들로 둘러싸여 표주박 모양의 분지를 안고 있었는데 한쪽에 난 샛길은 말에 탄 병사들이 일렬로 간신히 통과할 수 있을 정도로 좁았다.

공명은 날마다 그곳으로 가서 밤낮으로 장인들에게 무언가 지시를 내렸다.

||| 三 |||

위나라가 굳이 싸우지 않고 장기전을 펼치고 있는 진의는 촉군의 군량이 고갈되기를 기다리는 것임은 말할 필요도 없다.

장사 양의는 그 점을 우려하여 종종 공명에게 호소했다.

“지금 촉의 본국에서 운반되어온 군량이 검각까지 와서 산처럼 쌓여 있는 상황입니다만, 검각부터 기산까지는 길이 나쁘고 험준한 산악이 계속되어 우마는 쓰러지고 수레는 망가져 수송이 전혀 진척되지 않는 상황입니다. 이대로라면 얼마 지나지 않아 군량이 부족해질 것입니다.”

건흥 9년(231)의 2차 기산 출진 이래 3차, 4차로 전쟁을 거듭할 때마다 항상 촉군을 괴롭힌 것은 이 군량 확보와 수송의 문제였다.

약 3년간의 휴전으로 농사를 권장하고 병사들을 쉬게 하여 일찍이 보지 못했을 정도로 대규모의 병력과 장비를 갖추고 지금 여섯 번째 기산으로 나온 공명이 그 쓰라린 경험을 다시 여기서 되풀이할 리가 없었다.

“아니, 그 일이라면 가까운 시일 안에 해결할 것이네. 걱정하지 말게.”

공명이 양의에게 말했다.

양의를 비롯한 촉군 장수들은 이윽고 공명과 함께 호로곡 안으로 들어갔다.

'한 달 전부터 무슨 공사를 하고 있었던 거지?'

전부터 이상히 여기던 장수들은 그 호로곡이 어느 틈에 거대한 산업 공장화되어 있는 것을 보고 깜짝 놀랐다.

그곳에선 공명이 고안한 '목우木牛'와 '유마流馬'라는 두 종류의 수송기가 제작되고 있었다.

이것과 유사한 괴수형 전차는 일찍이 남만 원정 때 적진 앞에 늘어세운 적이 있었다. 이번에 발명한 것은 그것을 군량 수송 전용의 치중차로 개조한 것이라고 할 수 있었다. 그리고 그것은 2차, 3차 출병 때도 시험삼아 운용했었으나 별로 효과를 보지 못했기 때문에 그 후 휴전 기간인 3년 동안 공명이 더욱 진지하게 연구에만 몰두하여 드디어 대량으로 생산할 수 있는 자신감을 갖게 된 신병기였다.

"소나 말을 이용하면 소나 말의 먹이도 필요하고, 축사나 돌보는 손길도 필요하네. 게다가 폐사나 병에 걸려 쓰러질 우려도 있으나 이 목우와 유마는 많은 물건을 쌓아도 먹지도 않고 지칠 줄도 모르지."

이미 무수히 만들어진 실물을 가리키며 공명은 그 '분묵척촌分墨尺寸', 즉 설계도에 대해서도 직접 이런저런 부연설명을 해가며 장수들에게 이야기했다.

대체 목우, 유마란 어떤 구조의 물건일까? 후대에 전해진 치수나 부분적인 해설만으로는 개념을 아는 것만도 무척 어렵다.《한진춘추漢晉春秋》《양집亮集》《후주전後主傳》 등에 기록되어 있는 것을 종합해보면 대략 다음과 같은 구조와 효용을 가진 것임을 추측할 수 있다.

목우란 사각의 배, 굽은 머리, 네 개의 다리를 자유로이 접거나 펼 수 있고 기계로 움직여 보행한다. 머리는 목 안에서 나오고 많은 것을 실을 수 있으나 속도가 느리다. 대량 운반에 적합하고 일상의 작은 물건을 옮기기에는 적합하지 않다. 한 마리로 가면 하루에 수십 리를 갈 수 있으나 여러 마리가 함께 가면 20리를 가는 것에 그친다.

또 다른 책에는 다음과 같이 쓰여 있다.

굽은 것은 소의 머리이고 쌍을 이루는 것은 소의 다리다. 가로로 놓인 것은 소의 목이고 돌아가는 것은 소의 등이다. 네모난 것은 소의 배이고 뾰족하게 돋아난 것은 뿔이고 잉鞅(가슴 끈), 추鞦(꼬리 끈)가 갖추어져 있고, 축軸, 쌍双, 원轅(수레의 채)이 있다. 사람이 6척尺을 가는 것이 우마가 한 번 움직인 것과 같다. 사람의 1년분 식량을 싣고 하루에 20리를 가며 사람의 수고를 크게 덜어준다.

다음은《후산총담後山叢譚》에 적혀 있는 부분이다.

촉군 진영에 작은 수레가 있다. 여덟 석을 싣고 능히 한 사람이 밀 수 있다. 앞은 소머리와 같다. 또 대차大車가 있는데 네 명이 사용하며 열 석을 싣고 밀 수 있다. 아마도 목우유마를 본뜬 것인 듯하다.

기계로 움직이는 그 과학적인 구조는 명확히 밝혀진 것이 없지만, 실제로 운용되어 큰 효과가 있었음은 분명하다.

그런데 이 치중기가 대량으로 만들어지자 촉군은 우장군 고상이 대장인 목우유마대를 잇달아 투입하여 검각에서 기산으로 즉시 대대적인 군량 수송을 개시했다.

촉군은 그 양을 보는 것만으로도 용기백배했다. 반대로 위나라의 지구전은 근본적으로 그 의미를 잃기에 이르렀다.

나사

||| 一 |||

"장호와 악침인가. 급히 오느라 수고했네. 자, 앉게."

"사마의 도독, 무슨 일입니까?"

"다름이 아니라 최근 공명이 대량으로 만들었다는 목우유마라는 것을 자네들은 본 적이 있나?"

"아니, 아직 보지 못했습니다."

"검각과 기산 사이에서 활발히 쓰이고 있다고 들었네만."

"그렇다고 합니다."

"그들이 만들 수 있는 것이라면 우리 진영에서도 그 구조를 보면 만들 수 있지 않을까? 자네들이 협력하여 사곡의 길에 병사들을 매복시켜두었다가 적의 운송대를 급습하여 그 목우유마인가 하는 기계를 네다섯 대만 탈취해오게."

"알겠습니다. 명령은 그뿐입니까?"

"다른 전과는 바라지 않는다. 서둘러라."

"어렵지 않은 일입니다."

사마의의 중군 진영을 나온 두 사람은 즉시 경기대輕騎隊와 보병 1,000명을 이끌고 사곡으로 출발했다.

그리고 사흘쯤 지나 목적한 수송기를 탈취해 돌아왔다.

사마의는 그것을 해체하여 모두 도면으로 그리게 하고 진중의 장인을 불러 만들게 했다.

길이와 넓이, 기동 성능에 이르기까지 똑같은 것이 제작되었다. 이것을 기본으로 수천 명의 장인을 모아 밤낮없이 증산시켰기 때문에 금세 위나라는 수천 대의 목우유마를 갖게 되었다.

공명은 그 소식을 듣고 오히려 기뻐하며 말했다.

“내 예상대로구나. 가까운 시일 내에 위나라가 보내는 대량의 군량을 선물로 받을 것이다.”

7일쯤 지나 촉의 척후병이 소식 하나를 가지고 왔다.

1,000여 대에 이르는 적의 목우유마가 농서에서 막대한 군량을 싣고 오는 중이라는 소식이었다.

‘중달이 하는 일은 역시 내가 생각하는 범위를 벗어나지 않는구나.’

공명은 즉시 왕평을 불러 말했다.

“자네가 데리고 있는 1,000여 명의 병사를 모두 위군으로 위장시킨 뒤 즉시 북원을 통과하여 농서로 향하게. 지금 출발하면 한밤중에 북원에 도착할 것이네. 분명 북원을 지키는 위군 장수가 누구의 병사들이냐고 물을 텐데, 그때는 위군의 군량을 수송하는 병사들이라고 대답하면 어려움 없이 통과할 수 있을 걸세. 그리고 위군의 목우유마대를 기다렸다가 그들을 섬멸하고 1,000여 대의 기기만을 끌고 다시 북원으로 되돌아오게. 북원에는 위군 대장 곽회의 성도 있으니 이번에는 놓치지 않겠다고 필사적으로 달려들 것이 틀림없겠지.”

매우 어려운 작전이었다. 모처럼 노획한 목우유마가 이 경우에는 오히려 아군의 방해가 되지 않을까? 왕평이 인상을 찌푸리고 있자 공명이 말했다.

"그런데 그때는 목우유마의 입을 열어 혀에 장치한 나사를 돌리고 모두 거기에 버리고 오게. 적군은 그것을 다시 되찾은 것에 만족하고 더는 추격하지 않을 걸세. 이후의 작전은 다른 사람에게 명해두겠네."

왕평은 이 말을 듣자 충분히 확신을 얻은 듯한 표정으로 나갔다. 다음으로 불려온 것은 장억이었다. 장억에게는 이런 기책을 알려주었다.

"자네는 500명의 군사를 육정육갑六丁六甲의 귀신 군으로 꾸미고 병사들에게 모두 귀신 가면을 쓰게 하고 얼굴에는 칠을 하여 요사스럽게 보이게 하게. 그리고 각각 검은 옷에 맨발, 양손에는 짐승의 이로 만든 검과 깃발을 들고, 허리에는 유황과 염초를 넣은 호리병박을 차고 산그늘에 숨어 있다가 곽회의 부하들이 우리 왕평 군을 공격한 후 목우유마를 끌고 돌아가려는 찰나에 그들을 공격하게. 분명 적군은 당황하고 경악하여 모든 것을 버리고 달아날 것이네. 그 후에 전부 목우유마의 입속에 있는 나사를 왼쪽으로 돌리고 여기 기산으로 끌고 오게."

다음으로 강유와 위연이 그의 앞으로 불려가 뭔가 다른 계책을 받은 뒤 떠나고 마지막으로 마대와 마충도 명령을 받고 위수의 남쪽 방면으로 달렸다.

날이 저물고 북원의 저편으로 겹겹이 보이는 산들은 별빛 아래 어두워져 갔다.

위의 진원장군鎭遠將軍 잠위岑威는 이날 밤 치중대를 이끌고 농서 쪽에서 골짜기를 돌고 산을 넘으며 한밤중까지는 북원의 성 밖에 도착하기 위해 서둘렀다.

그런데 도중에 수상한 부대와 마주쳤다. 촉의 아문장군 왕평의 부대였다. 그러나 이 병사들은 모두 위군으로 변장하고 있었기 때문에 촉군이라는 사실을 알지 못했다.

||| 二 |||

잠위 군은 수상히 여기며 우선 큰 소리로 물었다.

"거기 오는 부대는 어디, 누구의 병사들인가?"

그러자 왕평의 위장 부대가 느릿느릿 다가와서는 저마다 한마디씩 했다.

"수송대입니다."

"우리도 수송대인데 너희는 어디 소속인가?"

"뻔하지 않은가? 우린 제갈 승상의 명을 받고 네놈들의 군량을 운반하러 온 병사들이다."

"뭐, 촉군이라고?"

잠위 군은 깜짝 놀라서 그 자리에 우뚝 멈춰서고 말았다. 그때 물고기가 헤엄치듯이 날렵하게 말을 몰아 잠위 군의 한복판으로 뛰어든 왕평이 소리쳤다.

"나는 촉의 아문 왕평이다. 잠위의 목과 목우유마를 남김없이 가지고 가겠다."

왕평은 유달리 눈에 띄는 위나라 장수에게 검을 휘두르며 달려들었다.

그가 노린 자는 적장 잠위가 틀림없었다. 잠위는 당황하여 전 병사들에게 뭐라고 호령하다가 왕평이라는 말을 듣고 더욱 간담이 서늘해져서는 무기를 휘두르며 항전했지만 왕평의 검에 맞고 순식간에 말에서 굴러떨어졌다.

촉군의 출현이 뜻밖인 데다가 한밤중이었다.

특히 전투력이 약한 수송대였기 때문에 지휘관인 잠위가 죽자 위군은 사분오열하여 사방으로 달아났다. 왕평은 즉시 "유마를 끌어라. 목우를 밀어라."라고 부하들을 독려했다. 1,000여 대의 목우유마를 나누어서 길을 서둘러 북원으로 되돌아갔다.

북원은 위나라의 기지 중 하나였다. 이곳을 지키는 곽회는 잠위의 병사들이 패주해온 것에 의해 급변을 알고 병사들을 정비하여 촉군이 돌아가는 길을 장악하고 있었다.

왕평은 북원에 도착하자 예정대로 퇴각을 명했다.

"나사를 돌리고 달아나라."

병사들은 일제히 목우유마의 입속에 있는 나사를 오른쪽으로 돌리고 달아났다.

곽회는 군량이 가득 실려 있는 1,000여 대의 목우유마를 탈환하여 일단 성루로 끌고 돌아가려고 했다. 그러나 목우유마의 구조와 조작법을 몰랐기 때문에 혀뿌리의 나사 장치를 모르고 밀어보기도 하고 끌어보기도 했지만 아무리 해도 꼼짝도 하지 않았다.

"이게 대체 어떻게 된 일이야?"

그저 이상히 여기며 의아해하고 있는데 한쪽 산그늘에서 우렁찬 북소리와 뿔피리 소리가 울리더니 요상한 차림을 한 귀신 군이 날듯이 달려왔다.

"앗, 공명이 요술을 부렸다!"

위군들은 그들을 보자마자 두려워 떨며 모두 흩어져 달아났다.

귀신 군은 촉의 강유와 위연의 병사들이 위장한 부대였는데, 그들은 다시 군량을 가득 실은 목우유마를 전부 손에 넣고 개가를 부르며 기산으로 끌고 갔다.

한편 위수의 사마의는 이 급변을 듣고 군사들을 재촉하여 직접 그들을 지원하기 위해 떠났다.

그러나 도중에 만반의 준비를 하고 기다리던 촉의 요화와 장익 군의 급습을 받고 많은 장졸을 잃고 말았다. 결국 혼자 남게 된 사마의는 칠흑같이 어두운 밤, 말에 채찍을 휘두르며 방향도 확인하지 않고 정신없이 달렸다.

이런 사마의를 요화가 발견했다.

"하늘이 주신 기회다. 오늘 밤이야말로 사마의의 목을 반드시 취하고 말겠다."

사마의는 자신을 향해 돌진해오는 적들과 맨 앞에 서 있는 요화를 보며 온몸에 소름이 돋는 것을 느꼈다.

"나의 운도 오늘이 마지막인가."

요화의 검은 벌써 그의 뒤에 바싹 다가와 있었다. 사마의는 눈앞에 있는 교목喬木의 뿌리를 돌아 달아났다. 그것은 열 아름이나 되는 거목이었다.

요화도 거목을 돌아 뒤쫓아갔다. 사마의의 운이 좋았던 것인지 요화가 말 위에서 내려친 검은 사마의의 어깨를 빗나가 나무줄기에 박히고 말았다. 너무 세게 박혔기 때문에 요화가 기합 소리와 함께 검을 빼내려고 하는 사이에 사마의는 말에 채찍질을 하여 멀리 어둠 속으로 달아나버렸다.

||| 三 |||

"분하다."

요화는 발을 동동 굴렀다. 그리고 겨우 검을 빼내며 말했다.

"이때를 놓치면 언제 중달의 목을 취할 수 있겠는가."

그는 포기하지 못하고 말이 지칠 때까지 사마의를 찾아 돌아다녔다.

그러나 사마의의 모습은 결국 어디에서도 찾을 수 없었다. 다만 도중에 숲속 갈림길에서 투구 하나를 주웠다. 황금으로 만든 아름다운 투구는 사마의의 것이 틀림없어 보였다.

"동쪽으로 가는 길에 떨어져 있군."

요화는 부하들을 규합하여 즉시 그 방향으로 추격을 개시했다. 그러나 사마의가 달아난 방향은 반대인 서쪽 길이었다.

사마의가 일부러 투구를 떨어뜨려 방향을 속인 것으로 결국 다시없는 이 기회를 놓친 것은 요화를 위해서도 촉군을 위해서도 실로 안타까운 일이었다.

반대로 위나라에 있어서는 이 작은 기지가 그야말로 큰 행운이었다고 할 수 있었다. 만약 이때 요화가 중달의 기지를 간파하여 '투구를 동쪽 길에 떨어뜨렸으니 오히려 서쪽 길이 의심스럽다.'라고 생각하고 그 방향으로 추격했다면 전쟁의 국면이 일변하여 나중에 촉과 위의 역사가 완전히 달라졌을 것이다.

그러나 역사의 흔적을 크게 바라볼 때는 언제 어떤 경우든 이것을 필연적인 힘과 인력을 넘어선 어떤 것의 힘, 이른바 천운 또는 우연이라는 두 가지로 크게 나눌 수 있다고 생각한다.

위나라의 국운이나 사마의 개인의 운이 좋았던 것은 이때의 사건만 봐도 알 수 있다. 그에 비해 촉나라는 어쨌든 운기를 타지 못하고 공명의 신묘한 계략도, 필살의 작전도 사소한 일에서 언제나 틀어지는 바람에 공은 세우고도 위나라에 결정적인 치명타를 입히지 못했다는 것은 이미 인간의 지혜와 힘 외의 뭔가 다른 힘에 의한 것이라고밖에는 설명할 수 없다.

그런데 사마의는 평소 그렇게 경계하고도 또다시 공명의 책략에 걸려 아군에 엄청난 피해를 줬다.

'이번에도 곰곰이 생각해보니 공명의 계책에 걸렸다기보다는 매번 내 마음에 미혹되어 스스로 계책을 만들어서는 그 계책에 걸리고 만 꼴이었구나. 더는 공명에게 걸려들지 않기 위해서는 우선 내 마음에 변화와 미혹이 생기지 않도록 경계해야 할 것이다.'

그는 자신을 더욱더 철저히 경계하며 수세로 돌아서서 철통같이 지키기만 했다. 그리하여 공세로 밀고 나오는 적을 어쩔 도리가 없게 만들었다.

한편 촉군은 싸우기만 하면 매번 승리한다며 기세가 하늘을 찌를 듯했다. 요화는 가지고 돌아간 중달의 투구를 공명에게 보이며 크게 공을 과시했다.

"이처럼 그가 투구를 버리고 달아날 정도로 정신없이 몰아붙이며 단단히 혼쭐을 내주었습니다."

강유와 장억, 왕평 등도 각각 그날 밤의 공을 자랑했다.

"목우유마 1,000여 대, 거기에 실려 있는 식량만 해도 2만 2,000여 석을 노획했습니다. 이것으로 당분간 군량은 충분합니다."

"그렇군. 잘했네."

공명은 장수들을 향해 일일이 칭찬과 위로의 말을 아끼지 않았다. 그러나 그의 마음속에는 지울 수 없는 일말의 쓸쓸함이 있었다.

지금 만약 이 진영에 관우 같은 사람이 있었다면 이런 작은 전과를 자랑하기는커녕 절대 만족하지 않았을 것이다.

'승상께서 이처럼 신묘한 계책을 내려주셨는데 잡아야 할 사마의를 놓친 것은 참으로 분하기 짝이 없습니다. 죄송합니다.'

그는 오히려 부끄러워하며 끊임없이 사죄했을 것이다.

'아아, 관우도 죽고, 장비도 없고, 또 그 많던 막료들도 어느새 세상을 뜨고…… 촉에 인물이 없구나.'

말로는 표현하지 않았으나 공명이 이따금 적막감에 젖는 것은 바로 그 때문이었다. 그는 과학적인 창조력도 갖추고 있었고, 작전을 세우는 능력도 있었다. 그로 인해 필승의 신념도 있었다. 그러나 촉군 진영에 인재가 부족한 것만은 아무리 해도 메울 수가 없었다.

공을 심다

||| 一 |||

자국이 괴로우면 적국도 자국과 마찬가지로, 혹은 그 이상으로 괴로운 국면에 처해 있다고 보면 대부분 맞다. 전후 위나라의 도성 낙양은 촉나라보다 더욱 심각한 위기에 처하게 되었다. 바로 촉오 조약의 발동으로 인한 오군의 북상 때문이었다. 게다가 이번에 북상하는 오군이 일찍이 보지 못한 대규모의 수륙군이라는 소식이었다.

위나라의 안위가 지금 어떻게 하느냐에 따라 달라질 수 있다고 본 위제 조예는 위수에 급사를 보내 만에 하나라도 지금과 같은 때에 촉나라의 계략에 넘어가는 사태가 벌어지면 위나라 전체가 위태로워지니 사마의에게 오직 수비에만 전념하고 절대 나가서 싸우지 말라는 엄명을 내렸다.

또 조예는 시국의 중차대함을 살피며 말했다.

"지금은 앉아서 사태가 수습되기만을 기다리고 있을 때가 아니오. 선제의 경영 방침과 수많은 고심을 거울삼아 과인도 친히 삼군을 이끌고 스스로 진두에 서서 오나라를 격멸하지 않고는 멈추지 않을 것이오."

유소劉劭를 대장으로 삼아 강하 방면에 급파하고 전예田豫에게 대군을 주어 양양을 지원하게 했다. 그리고 조예 본인은 만총을 비롯한 대장들을 이끌고 합비성으로 진격했다.

이 대오對吳 방어전에 황제의 친정親征이 결정되기 전에 물론 조정에서도 격론이 벌어졌으나 결국 선제 이래 불패의 예가 된 요로要路와 작전을 답습하게 된 것이다.

선봉에 선 만총은 소호巢湖의 호숫가까지 와서 아득한 맞은편 기슭을 보니 호수의 어귀 안팎에 오나라의 병선이 깃발을 휘날리며 수풀처럼 밀집해 있었다.

'아아, 참으로 어마어마한 대군이로구나. 위와 촉은 여러 해에 걸쳐 기산과 위수에서 막대한 국비와 병력을 소모해왔으나 오나라만은 거의 아무런 손실도 보지 않았다. 게다가 강남에서 부를 축적하며 양국이 충분히 피폐해지기를 기다렸다가 대거 공격해온 것이라면 쉽게 격퇴할 수 없을 것이다.'

적의 진용에 기가 꺾인 만총은 급히 말 머리를 돌려 조예 앞으로 가서 보고했다. 조예는 과연 위나라의 군주답게 배포가 컸다. 만총의 말을 듣고 오히려 웃으며 말했다.

"부유한 집의 돼지는 기름이 올라 보기에는 강해 보이지만 야성의 본능을 잃고 어느새 둔중해졌을 것이오. 나에게는 서쪽 국경과 북방에서 매년 전쟁을 치르며 고난 속에서 단련해온 날렵한 군사들이 있는데 무엇을 두려워하겠소?"

그는 즉시 장수들을 모아 군사 회의를 열었다. 그 결과 적이 대비하기 전에 기습전을 감행하기로 결정되었다.

용장 장구張救는 가장 날랜 병사들로만 5,000명을 선발해서 적에게 던질 횃불을 등에 잔뜩 지게 하고 호수 어귀를 공격하러 갔다. 또 만총도 마찬가지로 강병 5,000명을 이끌고 그날 밤 이경二更(21시~23시) 군사들을 두 패로 나누어 오나라의 수채에 접근했다.

부두나 호수의 물결도 잔잔하고 달은 밝았으며 기러기 울음소리만이 들렸다. 이윽고 파도가 하늘을 때리는 순간 벼락이 구름을 찢을 듯한 함성이 일었다.

"야습이다."

"위군의 공격이다."

오군은 당황하여 우왕좌왕했다. 조예가 간파한 대로 그들은 웅장한 자신들의 군용만을 믿고 안심하고 있었던 것이다. 무기와 방패, 노는 어디에 있느냐며 우왕좌왕하고 있는 사이에 비처럼 날아온 횃불이 배를 태우고 또 다른 배로 옮겨붙어 눈 깜짝할 사이에 수백 척의 배가 불에 활활 타고 말았다.

이 방면의 오군 수장은 제갈근이었다. 적벽대전 이래 배를 불로 공격하는 것은 오군의 비법이었는데, 방심하다 첫 전투에서 일찍이 없었던 대패를 맛보고 말았던 것이다. 이날 하룻밤 동안 오군은 무구와 군량, 선박, 병력에 이르기까지 실로 막대한 피해를 보았다. 패장 제갈근은 결국 남은 병력을 면구까지 후퇴시키고 후방의 아군에게 지원을 요청했다. 위군은 시작이 좋다며 개가를 올렸고, 다시 다음 작전을 위해 만반의 준비를 하고 때를 기다렸다.

||| 二 |||

촉나라의 공명, 위나라의 중달, 이들과 비교할 사람을 오나라에서 찾는다면 육손일 것이다.

오군의 총수인 육손이 이끄는 중군은 형주까지 진출해 있었으나 제갈근이 소호에서 대패했다는 보고를 받고 "이래서는 안 된다."며 급히 당초의 계획을 변경하여 새로운 진용을 강구하고 있었다.

예상외로 빨랐던 위군의 출격과 막강한 군사력에 그는 조금 의외라고 생각했다.

'매년 위수에서 막대한 군수품과 병력을 소모하면서도 여전히 이런 전력을 보유하고 있다니.'

깊이를 알 수 없는 위나라의 국력에 새삼 놀랐다.

'서전에서 패한 것은 제갈근의 잘못이라기보다는 오히려 위나라에 대한 인식이 부족했기 때문이라고 할 수 있을 것이다.'

육손은 오제에게 표문을 올려 상주했다. 지금 신성을 공격하고 있는 아군을 위군 뒤로 우회시켜 조예의 본군을 포위하자는 비책이었다. 처음에 육손과 제갈근은 신성이 위기에 빠지면 위군의 주력이 그 방면으로 공격해올 것이라고 예상했다. 그 잘못된 예상이 소호의 패배를 초래하자 육손도 어쩔 수 없이 작전을 바꿀 수밖에 없는 하나의 원인이 된 것이었다.

그러나 어떻게 된 일인지 이 두 번째의 새로운 작전도 그 기밀이 적에게 새어나가고 말았다.

제갈근은 면구의 진지에서 육손에게 편지를 보냈다.

지금 아군의 사기는 떨어지고 반대로 위군의 기세는 날마다 높아지고 있습니다. 엎친 데 덮친 격으로 기밀도 적에게 새어나가 걱정스러운 상황입니다. 그러니 일단 본국으로 철수하여 다시 진용을 가다듬은 후 때를 보아 북상하는 것이 어떻겠습니까?

그는 곤란한 상황을 호소한 후 자신의 의견을 제시했다.

육손이 사자에게 말했다.

"제갈 장군에게 전하라. 너무 염려하지 말라고. 그러는 사이에 우리에게도 계책이 생길 것이다."

그러나 이 정도의 전언으로는 여전히 마음을 놓지 못한 제갈근은 사자에게 물었다.

"육 도독의 진영은 군기가 바로 서고 진격 준비가 되어 있던가?"

"아니, 말씀드리기 송구합니다만, 군기는 매우 흐트러져 있었고, 상하 모두 태만하게 굴며 경계하는 모습조차 보이지 않았습니다."

"진격하지도 않고 수비하지도 않고 대체 어쩔 생각이란 말인가."

고지식한 제갈근은 더욱 불안해져서 직접 육손을 만나러 갔다.

가서 보니 과연 병사들은 진영 밖에서 콩 따위를 심으며 밭을 경작하고 있었다. 또 육손은 영문 근처에서 장수들과 어울려 바둑을 두고 있었다.

"참으로 평화로운 풍경이군."

제갈근은 어이가 없었다. 그리고 연회가 끝난 후 육손과 단둘이 남았을 때 아군의 실태와 위군의 기세를 비교하며 그의 선처를 간곡히 촉구했다.

"아니, 말씀하신 그대로요."

육손은 순순히 그가 한 말을 인정했다.

"나도 철수할 때라고 생각하고 있지만, 퇴군에는 만전을 기해야 하오. 갑자기 물러날 때 위군이 이를 노려 대추격을 감행할지도 모르니까요. ……또 우리의 비책이 적에게 누설되어 조예를 포위하려는 계책은 실행할 수도 없소."

그는 꾸밈없이 말했다.

육손이 바둑을 두며 한가롭게 보내는 것도, 병사들에게 콩을 심게 하는 것도, 물론 위나라를 속이기 위한 것임은 말할 필요도 없다. 위나라는 이런 모습을 보고 육손 군이 내년까지 이 지방에 오랫동안 머물 것이라고 생각했다. 그러나 제갈근이 면구로 돌아가고 얼마 안 있어 그의 수륙군과 육손의 중군은 하룻밤 사이에 장강의 하류로 급류처럼 철수해버렸다.

"육손은 실로 오나라의 손자孫子로다."

나중에 이 사실을 알고 위제 조예는 혀를 내두르며 칭찬했다. 위군은 후속군으로 정병을 충원하고 오나라의 약한 곳을 철저히 깨부수기 위해 2차 작전을 계획하고 있던 참이었다. 조예는 순식간에 그물에서 벗어난 새 떼를 바라보듯이 안타깝게 생각하는 한편 민첩하게 퇴군하는 그들의 모습에 적이지만 훌륭하다고 감탄했다.

일곱 개의 등불

||| 一 |||

오군은 눈 깜빡할 사이에 진격했다가 눈 깜빡할 사이에 퇴각했다. 오군의 총퇴각은 오군이 약해서가 아니라 오나라의 국책이라 할 수 있었다.

왜냐하면 오나라는 처음부터 적극적으로 전쟁에 임할 의지를 가지고 있지 않았기 때문이다. 촉나라로 하여금 위나라의 목을 물게 하고 위나라로 하여금 촉나라의 목을 할퀴게 한 뒤 양국 중 어느 한쪽이 먼저 지치는지 지켜보고 있었다.

게다가 촉나라와 조약을 맺은 터라 촉나라에서 요청이 오면 출병을 거절할 수도 없었다. 그래서 출병은 했지만 위군과 부딪쳐보고 안 되겠다 싶어서 소호에서 당한 패배는 별일 아니라는 듯이 소호를 버리고 퇴각해버린 것이다.

이에 반해 촉나라의 입장은 절대적이었다. 안정을 추구하며 수비만 하고 있으면 즉시 위나라와 오나라 양국은 서로의 욕망을 채우기 위해 이 좋은 먹잇감을 둘로 나누자며 쳐들어올 것이 분명했다.

앉아서 멸망하기를 기다리기보다는 나가서 활로를 찾겠다는 것이 공명이 주장하는 대의명분이었고, 당장 그것 외에는 다른 길이 없었다.

이리하여 기산과 위수의 대진은 촉나라의 존망은 물론 공명에게도 숙명적인 결전장이 되었다. 여기서 물러나면 촉이 살길은 없었다. 최근 위군 진영은 낙양의 엄명에 따라 수비에만 치중하고 있었다. 함부로 적을 자극하거나 명령 없이 전선을 넘는 자는 처형한다는 엄명까지 내려졌다.

움직이지 않는 적을 치기는 지극히 어렵다. 공명도 계책을 쓸 도리가 없었다. 그러나 그는 하는 일 없이 시간만 보내고 있지는 않았다. 그는 그동안 군량 문제를 해결하고 점령지의 민심을 안정시켰다.

둔전병屯田兵 제도를 만들어 병사들을 시켜 밭을 일구고 방목에 힘쓰게 했다. 그러나 그 둔전병은 모두 위나라의 백성들 사이에 섞여 백성들을 돕는다는 것을 원칙으로 수확은 백성들이 3분의 2를 가져가고 군은 나머지 3분의 1을 가져가는 것을 규칙으로 정했다.

하나, 법 위에 군림하며 백성에게 가혹하게 구는 자.

하나, 사사로이 권력을 휘둘러 백성들의 원성을 사고 농사에 태만하여 잡초가 자라게 하는 자.

하나, 군민 사이에 불화를 조장하는 자는 목을 벤다.

이 세 가지 군령 아래 위나라의 농민과 촉나라의 병사가 협동, 화합, 공영했다. 하나의 논에 촉군과 위나라의 농민이 함께 모종을 심었다. 일하는 촉군의 등에 업힌 아이는 위나라 백성들의 아이였다. 논두렁이나 밭, 개간지 등지에서 함께 음식을 먹고 목욕물을 데우며 병사와 농민이 한 가족처럼 단란하게 지내는 모습도 보였다. 여기저기서 이런 흐뭇한 광경 속에서 벼와 보리의 이삭이 자랐다.

“요즘 기산 근처에서는 모두 즐겁게 일하고 있다던데.”

각지로 흩어져 도망가 있던 농민들은 공명의 덕치를 전해 듣고 속속 돌아왔다.

이런 상황을 예의주시하고 있던 사마의의 장남 사마사는 어느 날 아버지가 칩거하고 있는 진중의 한 방을 들여다보고는 “계셨습니까?”라며 안으로 들어갔다.

중달은 읽고 있던 책을 책상 위에 놓고 아들의 얼굴을 바라보았다.

“오, 너로구나. 네댓새 안 보이더니 감기라도 걸린 게냐?”

“아버님, 여긴 전장입니다.”

“그렇지.”

“감기 정도로 자리에 누울 상황도 아니고 장소도 아닙니다. 토착민으로 변장하고 적지의 상황을 시찰하고 왔습니다.”

“잘했구나. 그래, 촉군의 정황은 어떻더냐?”

“공명은 길게 보고 계책을 세운 듯합니다. 위나라의 백성들이 모두 집으로 돌아와 촉군과 사이좋게 지내며 함께 밭을 일구고 있습니다. 요컨대 위수 앞쪽 지방은 시시각각 촉의 영토가 되어가고 있는 실정입니다. 아버님도 이미 알고 계실 것입니다. 위군은 이런 대군으로 어째서 싸우지 않는 것입니까? 저는 이해할 수 없습니다. ……오늘은 그것을 여쭙기 위해서 온 것입니다.”

젊은 사마사는 이렇게 다그치며 부자간이지만 전장에서는 타협할 수 없다는 표정을 지었다.

||| 二 |||

"아니, 나도 생각하지 않은 것은 아니지만……. 어쩌겠느냐. 굳게 지키며 공격하지 말라는 낙양의 칙명이다. 칙명을 거역할 수는 없다."

사마의가 괴로운 듯 변명하는 것을 아들 사마사는 쓴웃음을 지으며 듣고 있었다.

"허나 아버님, 휘하의 장졸들은 모두 그렇게 생각하지 않습니다. 낙양의 지령은 늘 보수적이고 안전을 제일로 삼습니다."

"그럼, 어떻게 해석하고 있느냐?"

"대도독이신 아버님께서 공명에게 압도되어 어찌해볼 도리가 없는 상황이라고 생각하고 있습니다."

"그 또한 틀림없는 사실이다. 나의 지모는 도저히 공명을 따라갈 수 없구나."

"지혜가 있는 자는 지혜를 사용하고 지혜가 없는 자는 힘을 사용한다는 말이 있지 않습니까? 위군 100만은 촉군의 약 세 배에 달하는 병력입니다. 이렇게 많은 병력과 장비, 지리적 이점을 갖추고도 허구한 날 안에 틀어박혀서 신음이나 하며 장졸들을 지치고 화나게 하는 것은 대체 어떤 마음에서입니까?"

"승산이 없다. 아무리 지혜를 짜내도 공명을 이길 수 있는 방법이 보이지 않는구나. 솔직히 지금 상황에서는 지지 않기 위해 노력하는 것만으로도 힘겹다."

"아버님께서는 조금 지치신 듯합니다."

사마사도 그 이상은 아버지가 번민하는 모습을 보고 싶지 않았다. 가슴속의 불만을 조금도 해소하지 못한 채 그 자리에서 물러났다.

그로부터 며칠 후였다. 진영 앞에서 병사들이 소란스럽게 떠들고 있었다. 강기슭의 척후병이 무슨 일인가를 보고한 듯했는데 장졸들이 진영에서 나와 한쪽을 바라보고 있었다.

"무엇을 보고 있느냐?"

사마사도 나와서 바라보았다. 위수의 맞은편 기슭에 한 무리의 촉군이 이쪽을 향해서 뭐라고 소리치고 있었다. 그들 사이에는 깃대가 세워져 있었는데, 그 깃대 끝에 찬란한 황금빛 투구가 걸려 있고, 그것을 휘두르며 아이들처럼 욕을 퍼붓고 있는 자도 있었다.

"어이, 위나라 병사들아, 이것이 무엇인지 아느냐?"

"너희들의 도독, 사마의의 투구다. 지난번 패배 때 길바닥에 떨어뜨리고 겨우 목숨만 건져 달아나는 꼴이 가관이더구나."

"분하거든 가지러 와봐라."

"아니, 겁쟁이 도독 아래 있는 이상 오지 못할 것이다."

촉군들은 투구를 돌리고 손뼉을 치며 웃었다.

사마사는 이를 갈았다. 다른 장수들도 발을 동동 구르며 진중으로 돌아가자마자 사마의에게 몰려갔다. 그리고 촉군의 욕설과 야유의 말을 고하며 당장 쳐들어가서 적을 혼내주자고 저마다 한마디씩 했다.

그러나 사마의는 미소만 짓고 있을 뿐이었다. 그리고 중얼거리듯이 말했다.

"성현의 말씀을 생각해보게. 작은 일을 참지 못하면 큰일을 그르친다고 했네. 지금은 수비에만 전념하게. 절대로 혈기를 부려서는 안 돼."

이렇게 그는 동요하지 않았다. 그러자 촉군도 어쩔 수 없는지 깔보고 욕하며 도발하려는 계책도 어느새 그만둬버렸다.

지난 수개월 동안 호로곡에 들어가 공명이 설계한 성채와 목책 등의 구축을 담당하고 있던 마대가 마침내 공사를 완료한 듯 공명에게 보고하러 왔다.

"말씀하신 대로 골짜기 안에 여러 개의 참호를 파고 성채 곳곳에 잡목을 쌓았으며 여기저기에 유황과 염초를 숨기고 지뢰를 묻었습니다. 불을 댕기는 약선藥線은 골짜기 가운데에서 사방의 산 위까지 종횡으로 빙 둘러치고 눈에 보이지 않도록 충분히 주의했습니다."

"모든 것을 내가 건넨 설계도대로 했겠지?"

"물론입니다."

"좋아. 사마의를 끌어들여 불벼락을 내려줘야겠군. 자네는 호로곡 안의 샛길에 숨어 있다가 사마의가 위연을 추격하여 골짜기로 들어오거든 잠복해 있던 병사들을 돌려 골짜기 입구를 봉쇄하게 하게. 한 차례 불을 던져 온 산과 골짜기가 불로 덮이면 사마의의 전군은 몰살할 것이네."

||| 三 |||

마대가 물러가자 다음으로 위연을 부르고 또 고상을 불러 뭔가 은밀히 의논하더니 명령을 내리고는 각 방면으로 보냈다. 이렇듯 공명의 유막에 활발한 움직임이 보였다.

뿐만 아니라 공명의 얼굴에도 비장한 결의가 나타났다.

'이번에야말로 사마의를 필살의 땅으로 유인하여 단번에 중원

제패의 꿈을 이루겠다.'

그의 나이 54세, 게다가 비쩍 마른 그 몸은 결코 건강하지 않았다. 또 촉나라 내부에서도 이 이상 승부를 미뤄서는 안 되는 사정도 있었다. 반석처럼 움직이지 않는 위군에 대해서 이때 공명이 조금은 초조함을 느끼고 있던 것은 부정할 수 없는 사실이었을 것이다.

이윽고 그도 직접 일군을 편제하여 호로곡 방면으로 향했다. 이동하기에 앞서 그는 남아 있는 병사들에게 말했다.

"모두 마음을 하나로 모아 기산을 방어하는 데 전력을 다하라. 그리고 사마의의 부하들이 공격해왔을 때는 거짓으로 패하는 척하고, 사마의 본인이 공격해오면 전력을 다해 항전하며 틈을 봐서 위수의 적진으로 우회하여 적의 본거지를 쳐라."

이렇게 훈시한 후 구체적인 작전을 지시하고 떠났다. 그리고 그는 본진을 호로곡 인근으로 옮겼는데 거기서 포진이 끝나자 골짜기 뒤로 돌아가라고 먼저 급파해두었던 마대를 다시 불러 밀명을 내렸다.

"이윽고 전투가 시작되면 골짜기를 둘러싼 남쪽의 한 봉우리에 낮에는 칠성기를 세우고 밤에는 일곱 개의 등불을 환히 걸어두게. 사마의를 유인할 비책이니 절대 소홀함이 없도록 하고. 자네의 충의를 알기에 이런 큰일을 맡기는 것이니 나의 믿음을 저버리는 일이 없도록 하게."

마대는 감격하여 돌아갔다.

위군은 이러한 촉군의 움직임을 놓치지 않았다.

하후혜夏候惠와 하후화夏候和 형제는 즉시 사마의를 설득했다.

"부디 저희를 출격시켜주십시오. 지금이라면 촉군 진영의 약점을 찔러 그 근거지를 분쇄할 자신이 있습니다."

"어떻게?"

사마의는 여전히 마음이 내키지 않는다는 표정을 짓고 있었다.

"장기간의 기다림에 지친 촉군은 지금 의미 없이 병력을 분산하고 있습니다."

"아하하하, 그것은 계책이네."

"도독, 어째서 그토록 공명을 두려워하십니까?"

"두려워할 자를 두려워하는 것일 뿐. 나는 별로 부끄럽지 않네."

"그러나 하늘이 주신 기회를 놓치고 계속 틀어박혀 계시면 그 말의 깊이도 신념도 의심할 수밖에 없습니다."

"지금이 그렇게 절호의 기회란 말인가?"

"물론입니다. 촉군이 천험의 호로곡에서 오랫동안 토목공사를 벌인 것은 난공불락의 기지를 구축하기 위함이 틀림없습니다. 또 촉군이 기산을 중심으로 넓은 농지를 경작하고 민심을 수습하고 농작물 생산에 힘쓰고 있는 것은 장기전에 대비해 자급자족하기 위함이 아니고 무엇이겠습니까? 그 자급과 지구책이 지금 완성되었기 때문에 공명도 그 근거지를 서서히 기산에서 옮기기 시작한 것입니다."

"음, 과연."

"인공과 천험으로 다진 호로 분지로 진영을 옮기고 식량도 부족함이 없어지게 되면 다시 그를 공격하려 해도 불가능할 것입니다. 기산을 전위 기지로 삼고 호로곡을 철벽의 성채로 삼는다면……."

"그대들은 내 곁에 있게. 다른 사람들을 보내보겠네."

사마의는 갑자기 그렇게 말하고 하후패와 하후위 두 장수를 불렸다. 그리고 병사 1만 명을 둘로 나누어 촉군 진영을 공격하라고 명했다.

두 장수는 전격적으로 기산으로 진격했다. 그러나 그 도중에 촉의 고상이 이끄는 수송대와 맞닥뜨려 광야에서 전투가 시작되었다. 그리고 위군은 많은 목우유마와 촉군이 버리고 달아난 마구, 징과 북, 깃발 등을 잔뜩 노획한 후 개가를 올리며 돌아왔다.

물과 불

||| 一 |||

위군의 일부는 다음 날도 출격했다. 그날도 약간의 전과를 올렸다.

이후 틈틈이 출격할 때마다 장수들은 저마다 공을 세웠다. 그 대부분은 호로곡으로 군량을 옮기는 촉군을 습격한 것으로 군량과 수레, 그 외의 노획물이 위군의 진문에 산처럼 쌓였고 포로는 날마다 줄줄이 엮여서 보내져 왔다.

"포로는 모두 돌려보내라. 이런 사졸을 죽여봐야 전력이 줄어들 적이 아니다. 오히려 풀어주어 위나라의 인자함을 촉군에 널리 알리는 편이 낫다."

사마의는 아까워하는 기색도 없이 풀어주었다. 한동안 전투도 없고 오랜 진영 생활에 권태를 느끼며 공을 세우는 데 목말라 있던 위나라의 장수들은 앞다투어 사마의의 허락을 받아 전장으로 뛰어나갔다. 그리고 각자 공을 경쟁하듯 반드시 이기고 돌아왔다. 그런 연전연승의 날이 약 스무 날 정도 이어졌다.

'나가서 싸우면 무조건 이긴다.'

이것이 최근에는 위나라 장수들의 통념이 되었다. 실제로 왕년의 흔적조차 찾을 수 없을 정도로 촉군은 약해져 있었다. 요컨대 많은 병사를 농사나 토목공사, 백성들의 위무에 지나치게 동원한 결과 군의 본질인 전투력이 저하된 것이 틀림없다. 또 진지 이동에 의한 병력 분산도 전력 약화의 원인이라고 위군 쪽에서는 보고 있었다.

사마의도 어느새 그렇게 생각하게 되었다. 최근 들어 그가 즐거워하는 모습만 봐도 그것을 알 수 있었다.

"전황이 유리하게 전개되고 있군."

그는 어느 날 포로 중에 촉군 부장이 있는 것을 보고 직접 조사한 끝에 주위에 있는 자들에게 진심으로 그렇게 말했다.

그 포로의 구술로 공명이 지금 있는 진지도 명확해졌다.

호로곡의 서쪽 방면으로 10리쯤 떨어진 지점인 골짜기의 성채로 여러 해를 버티기에 충분한 군량을 옮기고 있다는 것이었다.

"짐작건대 기산에는 공명을 제외한 소수의 장수들만이 지키고 있을 것이다."

그는 마침내 전쟁에 적극성을 보이며 분연히 일어나 오랫동안 닫혀 있던 유막에서 기산 총공격의 명령을 내렸다.

그때 아들 사마사가 아버지에게 말했다.

"어째서 공명이 있는 호로곡을 공격하지 않고 기산부터 공격하십니까?"

"기산은 촉군의 본거지다."

"그러나 공명은 촉나라 전체의 생명이라고 할 수 있는 자입니다."

"그래서 아군이 대거 기산을 공격하는 동안 나는 후진으로 뒤따르다가 방향을 틀어 호로곡을 급습해서 공명의 진영을 깨부수고 골짜기 안에 저장해놓은 그들의 군량을 불태울 생각이다. 병기兵機는 기밀 중에서도 기밀을 요하니 너무 꼬치꼬치 캐묻지 마라."

"과연 아버님이십니다."

아들들은 모두 복종하고 아버지의 계책을 칭송했다. 사마의는 또 장호와 악침 등을 불러 명했다.

"나는 후진으로 가겠으니 자네들은 내 뒤를 따라오게. 유황과 염초를 충분히 가지고 오도록 하고."

공명은 날마다 호로곡 입구 근처의 고지대에 서서 멀리 위수와 기산 사이를 보고 있었다. 약 한 달 가까이 그는 아군의 패배만을 바라보고 있었던 것이다.

그 위험한 중간지대를 고상의 수송대가 끊임없이 오가며 일부러 적의 미끼가 된 것도, 기산의 병사들이 싸우면 지고 싸우면 진 것도 처음부터 그의 작전이었다.

그날, 전에 없던 많은 위나라의 군마가 일찍이 보지 못한 진형으로 한 부대 한 부대 기산을 향해 위풍당당하게 전진하고 있는 것이 멀리서도 보였다.

"오오…… 중달이 드디어 움직이기 시작했군."

공명은 저도 모르게 중얼거렸다. 얼굴이 상기되었다. 기다리고 기다리던 순간이었다. 그는 즉시 주위에 있는 장수를 한 명 불러 명령을 내렸다.

"미리 일러둔 것을 소홀함 없이 실행하라고 전하라!"

그리고 아군이 있는 기산으로 서둘러 가게 했다.

||| 二 |||

위수의 강물마저 막을 정도로 위나라의 군마는 한꺼번에 얕은 여울로 뛰어들었다. 한두 군데가 아니었다. 촉군은 물론 가시나무

울타리를 세워 요소요소의 방벽을 강화해두었다. 그러나 적군은 그것을 피해서 상륙했다. 한쪽을 막으면 다른 쪽으로 상륙했다. 삽시간에 무너진 촉군은 기산의 기슭에서 즉시 산속 진영으로 퇴각했다.

"오늘이야말로 다년간 골치를 썩였던 촉군을 뿌리째 뽑아주겠다."

사마의도 평소의 그와는 사뭇 달랐다. 악마와 귀신도 무섭지 않은 모습이었다.

따라서 위군의 사기는 실로 하늘을 찌를 듯이 높았다. 북과 뿔피리 소리는 천지를 진동시키고 천만의 칼 그림자가 초목을 뒤덮었다. 이날, 바람은 강하고, 강물은 안개가 되고, 그 안개는 빠른 구름이 되어 기산의 산허리를 향해 흘러갔다. 고함과 비명이 난무하는 가운데 피가 튀고 시체가 쌓였다.

촉군은 기산에 주둔한 이래 가장 맹렬한 공격을 받았다. 곳곳에서 시체가 산을 이루는 격전이 벌어졌다. 위군은 당연히 많은 희생을 각오한 총공격이었기 때문에 피로 뒤덮인 길을 미끄러지면서도 말을 달려 촉군의 중심으로 돌진했다.

"지금이다. 따라오너라."

이렇게 어지러운 전투가 벌어질 것을 예상한 사마의는 중군의 뒤에서 갑자기 방향을 바꿔 호로곡 쪽으로 달려갔다. 중달의 목표는 처음부터 기산이 아니었다. 그의 뒤를 장호와 악침의 두 부대가 따라갔다. 또 그의 주위에는 중군의 정예병 약 200명 정도와 사마사, 사마소 두 아들이 아버지를 호위하며 따라갔다.

기산의 촉군은 위의 대군이 쳐들어오자 방어하는 데 급급하여 사마의가 호로곡으로 방향을 바꾼 것을 전혀 눈치채지 못한 듯했기 때문에 사마의 부자와 그 기습 부대는 생각대로 작전이 흘러 가고 있다면서 질풍처럼 목표한 방향을 향해 달려갔다. 도중에 몇 번이나 촉군이 앞을 가로막았으나 아무 대비도 없이 우왕좌왕하며 막아선 것에 지나지 않았다. 200~300명 정도의 소부대도 있었고, 700~800명 정도의 중부대도 있었다. 그러나 처음부터 그들은 사마의 부대의 상대가 되지 못했다.

유린, 또 유린. 사마의 부자의 앞길에는 방책防柵도 없고 병사들도 없고 화살도 없었다. 이곳이 적지인가 의심이 들 정도였다. 그야말로 무인지경無人之境(아무것도 거칠 것이 없는 판)을 가듯 빠르게 진격했다.

그때 조금 강한 기운이 남쪽에서 느껴졌다. 북소리, 함성, 상당히 위협적인 일군이었다.

아니나다를까 "이놈, 어딜 가느냐!"라고 큰 소리로 호통치며 앞길을 가로막은 대장과 병사들을 보니 촉의 맹장 위연이었다.

"바라던 적이로구나."

사마의의 두 아들과 측근의 정예는 한 무리가 되어 그에게 달려들었다. 사마의도 창을 휘두르며 위연에게 다가갔다.

위연은 분전했다. 과연 그는 강했다. 일진일퇴가 반복되는 듯 보였다. 그러나 사마의의 뒤에는 악침과 장호의 두 부대가 따라오고 있었다. 그 대군과 엄청난 전의에 압도되어 위연 군은 달아나기 시작했다.

"추격하라. 놓치지 마라."

이처럼 사마의가 적극적인 모습을 보이는 것도 드문 일이었다. 그도 필승의 전기를 잡으면 결코 소극적인 수비만을 고집하는 겁쟁이 장수가 아니었다는 것은 이것만 봐도 분명하다.

벌써 호로곡의 험한 봉우리들이 눈앞에 보였다. 위연은 패주하는 군사들을 재정비하여 다시 북을 울리며 공격을 개시했다. 그리고 그때마다 약간의 피해를 입고는 달아나기를 반복했다.

그러나 그것도 공명의 명령에 의한 것임은 말할 필요도 없다. 결국 그는 갑옷과 투구까지 버리고 골짜기 안으로 달아났다. 그리고 공명이 말한, 즉 '낮에는 칠성기, 밤에는 일곱 개의 등불이 보이는 곳으로 가라.'는 지령대로 그 표시를 따라 달렸다.

"멈춰라. 이곳의 지형이 수상하다."

골짜기 입구까지 오자 사마의는 갑자기 말을 세우고 부하들과 두 아들을 제지했다.

그리고 좌우에 있는 자들에게 명령했다.

"누가 가서 골짜기 안을 살피고 오너라."

||| 三 |||

부하 몇 명이 즉시 골짜기로 들어갔다. 많은 사람이 말 머리를 나란히 하고 통과할 수 없을 정도로 좁고 험한 길이었다.

"보고 왔습니다."

금세 돌아온 부하들은 사마의에게 정찰하고 온 상황을 보고했다.

"골짜기 안을 둘러보니 곳곳에 방벽이 있고 참호가 있으며 새로운 책문과 군량 등이 보입니다만, 수비하는 병사들은 모두 남산의 한 봉우리로 달아난 듯합니다. 멀리 저쪽에 칠성기도 보이는 것으로 봐서 필시 공명도 발 빠르게 골짜기 밖의 본진을 그쪽으로 옮긴 듯합니다."

이 말을 들은 사마의는 안장을 두드리며 명령했다.

"적의 군량을 태울 때가 바로 지금이다."

촉군에게 치명적인 것은 오직 군량이었다. 공명이 오랫동안 비축한 식량에 불을 지른다면 촉군 수십 만을 죽이는 데 칼을 쓸 필요가 없다.

"들어가서 마음껏 불을 지르고 바로 질풍처럼 돌아간다."

사마의의 두 아들도 아버지의 명령을 듣고 떨쳐 일어났다.

"나를 따르라."

그들은 외길의 험로를 따라 골짜기 안으로 돌진했다.

"잠깐, 저기에 위연이 칼을 들고 버티고 서 있다. 잠시 멈춰라."

사마의는 뒤따르는 부하들에게 말 위에서 손을 흔들어 다시 제지했다.

맞은편에 위연의 일군이 보인 것도 염려가 되었을 뿐만 아니라 그를 더욱 움츠러들게 한 것은 부근의 군량 창고나 책문 근처에 쌓여 있는 엄청난 양의 마른 장작이었다.

촉군 스스로 '화기 엄금'이라고 써서 붙여놓아야 할 창고 부근에 타기 쉬운 마른 장작 등을 산처럼 쌓아놓은 것은 무슨 이유에서일까? 조금 전에 살피러 간 부하들은 수상하게 느끼지 못했지만, 사마의는 그것을 놓치지 않았다.

"두려워할 만한 적이 아닙니다. 우리가 위연을 공격하는 사이에 아버님께서는 병사들을 이끌고 골짜기 안에 불을 지르고 즉시 빠져나가십시오."

사마사와 사마소 형제가 서둘러 가려는 것을 사마의가 제지하며 말했다.

"아니, 기다려라. 지금 지나온 좁은 험로야말로 위험하다. 골짜기 안에서 움직이고 있는 동안 만일 촉의 일군이 저 입구를 막는다면 우리는 나가고 싶어도 나가지 못해 파멸하고 말 것이다. ……실수했다. 사야, 소야, 어서 밖으로 나가자."

"네? 이대로 말입니까?"

"어서 돌아가라. 더 많은 병사가 뒤쫓아오고 있다. 소리 높여 방향을 돌려 돌아가라고 외쳐라. 돌아가라고 명을 내려!"

그리고 본인도 뒤로 돌아가라, 왔던 길로 되돌아가라며 채찍을 높이 들고 외쳤다.

그 혼란 속에서 어디선가 갑자기 이상한 냄새가 코를 찔렀다. 눈이 따끔거리고 숨이 막혔다.

"무슨 연기냐?"

"불을 지르지 마라. 불을 질러서는 안 된다."

그러나 불을 지른 자는 위군이 아니었다. 그뿐만 아니라 명령의 혼선으로 달려 들어오려는 자와 되돌아가려는 자가 골짜기 입구에서 뒤엉켜 소동이 벌어졌다.

바로 그때 한 발의 굉음이 골짜기 안에서 메아리쳤다. 그러자 길 양쪽으로 벽을 이루고 있는 절벽 위에서 집채만 한 크기의 바위와 돌이 산을 진동시키며 헤아릴 수 없이 굴러떨어졌다. 말도 사람도 비명조차 지르지 못한 채 그 밑에 깔려 죽고 말았다. 그리고 골짜기 입구는 순식간에 돌덩이가 포개져 봉쇄되어버렸다.

아니, 그 정도는 아직 사소한 변고에 지나지 않았다. 사방의 산에서 날아온 불화살은 어느 틈에 골짜기 안을 불바다로 만들었고, 불에 쫓겨 달아나는 사마의를 비롯한 위군들이 가는 곳마다 땅이 갈라지고 폭뢰가 하늘로 치솟으며 나무란 나무, 풀이란 풀을 죄다 태워버렸다.

四

위나라 병사들은 대부분 불에 타 죽었다. 불에 놀라 날뛰는 말굽에 밟혀 죽은 자도 헤아릴 수 없을 정도였다. 화염과 검은 연기가 가득한 골짜기에서 아비규환이 하늘에 메아리쳤다.

"계책이 들어맞았구나. 자, 돌아가자."

이런 모습을 보고 골짜기 입구를 향해 간 것은 사마의 군을 여기까지 유인한 위연이었다. 그러나 골짜기 입구가 이미 막히는 바람에 위연조차 달아날 길이 없었다.

"너무하는군. 내가 나가기도 전에 입구를 막아버리다니."

위연은 당황했다. 그의 부하들도 불에 쫓겨 차례차례 쓰러졌다. 그의 갑옷에도 불길이 옮겨붙었다.

"공명이라는 놈이 평소의 일에 원한을 품고 나까지 사마의와 함께 죽이려고 획책한 것이 틀림없다. 분하구나. 여기서 죽다니."

그는 머리카락을 곤두세우고 욕을 퍼부었다.

그즈음 골짜기 안은 열풍으로 가득 차고 살아 있는 자의 외침조차 줄어들어 있었다. 사마의 부자는 셋이 함께 참호 안에서 서로 부둥켜안고 한탄하고 있었다.

"아아, 우리 부자도 결국 여기서 비명횡사하는구나."

그러나 이 부자의 천운이 강했던 걸까. 때마침 세차게 비가 내리기 시작했다.

그 덕에 골짜기 안의 큰불도 단번에 꺼졌다. 그리고 뭉게뭉게 검은 연기가 피어오르고 그 연기를 휘감아 올리는 광풍이 불더니 다시 불씨들이 살아나 여기저기에서 작은 불길이 일기 시작하자 또다시 놀랄 정도로 많은 비가 쏟아져 내렸다.

"아버님, 아버님."

"오오, 소야, 사야. 이게 꿈이냐, 생시냐?"

"꿈이 아닙니다. 하늘의 도우심입니다. 우리는 살았습니다."

"아아, 살았다."

세 부자는 참호에서 기어 올라왔다. 그리고 정신없이 달려 죽음의 골짜기에서 빠져나왔다.

마대의 소부대가 그들을 발견하고 사마의 부자라는 것은 모르고 추격하다가 도중에 위나라의 부대가 오는 것을 보고 별 볼 일 없는 자들을 추격할 필요가 없다며 돌아가 버렸다. 이렇게 해서 사마의 부자는 목숨을 건졌다. 목숨을 건진 자들 중에는 장호와 악침, 두 장수도 있었다.

위수의 본진으로 돌아가 보니 그곳에도 이변이 있었다. 동부 진지 하나가 촉군에게 점령당한 것이었다. 그들을 격퇴하기 위해 위나라의 곽회, 손례 등의 부대가 부교를 중심으로 한창 격전을 벌이는 중이었다.

그러나 사마의를 중심으로 한 일군이 돌아오자 촉군은 "뒤를 빼앗겨서는 안 된다."라며 급히 퇴각하여 멀리 위수의 남쪽으로 진을 물렸다. 사마의는 "부교를 태워 적의 진로를 막아라."라며 즉시 양군 간의 교전로를 불태워버렸다. 하류의 다른 지점에도 부교가 여러 개 있었기 때문에 기산에 가 있는 아군이 돌아오는 데 어려움은 없었다.

그 방면에서 속속 돌아오는 위군도 모두 패한 모습이었다. 위군 진영은 밤새 화톳불을 피워놓고 부상자와 패주자를 북쪽 기슭으로 이동시켰다.

'이 허를 찔러 촉군이 하류를 건너 우리 본진의 뒤로 우회할 우려도 있다.'

생각이 거기에 미친 사마의는 즉시 많은 병력을 뒤쪽으로 돌렸다.

이날 위나라의 피해는 물적으로도 정신적으로도 전쟁을 개시한 이래 가장 컸다고 할 정도였다. 그러나 이 전과를 보고도 촉군 중에서 단 한 사람, 하늘을 우러러 눈물을 흘리며 탄식하는 사람이 있었다.

"일을 계획하는 것은 사람의 일이고 일을 이루는 것은 하늘의 일이로구나. 결국 거물을 놓쳤구나. 아아, 어쩔 수 없다."

말할 것도 없이 공명이었다.

사마의 부자를 죽이기 위한 필살의 계책도 예상치 못한 큰비로 골짜기의 불이 순식간에 꺼지는 바람에 물거품으로 돌아가고 말았다. 공명의 마음은 어땠을까? 일을 계획하는 것은 사람이고 일을 이루는 것은 하늘이라며 홀로 눈물을 삼키고 홀로 아쉬움을 달랠 수밖에 없었을 것이다.

여인의 옷과 두건

||| 一 |||

누가 알랴. 일생일대의 기회를 놓친 공명의 가슴속에 남은 아쉬움을. 사람들은 모두 촉군의 표면적인 승리를 대승이라며 기뻐하고 있었으나 공명은 가슴속에 남은 아쉬움을 풀 길이 없었다. 게다가 그가 일단 아군을 위남渭南 진영으로 수습한 이후 진중에 매우 불온한 분위기가 있어서 알아보니 위연이 불같이 화가 나 있다는 것이었다.

공명은 위연을 불러 물었다.

"그대가 계속 화를 내고 있다는데 무슨 불만이라도 있소?"

위연은 벌컥 성을 내며 말했다.

"그것은 승상 자신의 가슴에 대고 물어보시면 금방 알 수 있을 것입니다."

"글쎄, 잘 모르겠는걸."

"그럼, 말씀드리겠습니다."

"말해보시오, 숨김없이."

"사마의를 호로곡으로 유인하라고 명하셨지요?"

"그랬소."

"다행히 그때 큰비가 내렸기에 망정이지 만약 비가 내리지 않았다면 제 목숨은 어떻게 됐겠습니까? 저도 사마의 부자와 함께 불에 타 죽을 수밖에 없었을 것입니다. 혹시 승상께서는 제가 미워서 사마의와 함께 죽이려 한 것이 아닙니까?"

"그래서 화를 내는 것이오?"

"당연하지요."

"참으로 괘씸하군."

"제가 괘씸하다는 말씀입니까?"

"아니, 마대를 말하는 것이오. 그런 실수가 없도록 불을 지르는 것에 대해서도 신호를 하는 것에 대해서도 모두 마대에게 단단히 명해두었거늘. 마대를 불러라."

오히려 공명이 더 화를 내자 위연은 조금 의외라는 표정이었다.

마대는 공명에게 불려가 면전에서 욕을 먹었다. 게다가 곤장 50대 형에 처해지고, 직책도 부대장에서 분대장으로 강등되었다. 마대는 자신의 진영으로 돌아오자 사졸들에게 얼굴도 보이지 않고 통한의 눈물을 흘리며 분해했다. 밤이 되자 공명의 측근인 번건樊建이라는 사람이 몰래 찾아왔다.

"승상이 보내서 왔소."

그는 거듭 위로한 뒤 말을 이었다.

"실은 위연을 제거할 생각이었지만, 불행히도 큰비로 인해 사마의도 놓치고 그를 죽이고자 하는 계책도 수포로 돌아갔소. 그렇다고 해서 지금 위연을 내친다면 촉군은 붕괴될 것이오. 그 때문에 아무 죄도 없는 귀공에게 그렇게 모욕을 주고 오명을 씌웠지만, 이 또한 나라를 위한 일이니 이해해달라는 승상의 말씀이오. 부디 너그럽게 이해해주시오. 그 대신, 후일 사람들 앞에서 반드시 오늘의 일에 대해 백배로 서훈敍勳하고 귀하의 오욕을 씻어주겠다고 약속하셨소."

이 말을 들은 마대는 분함도 풀리고 오히려 공명의 고충을 헤아렸다. 성격이 삐딱한 위연은 마대의 직위가 떨어지자 공명에게 청했다.

"마대를 저의 부하로 주십시오."

공명은 허락하지 않았다. 그러나 지금은 공명의 약점까지 꿰뚫고 있는 위연이었기 때문에 끝까지 고집을 부렸다. 그 사실을 들은 마대는 "지금은 위연 장군의 휘하에 있는 것이 저로서도 부끄럽지 않을 것 같습니다."라며 자진하여 그의 부하가 되었다.

물론 고심 끝에 내린 결정이었다.

한편 그 후 위군에도 다소 불온한 공기가 내재해 있었다. 여기서도 분하다, 원통하다는 소리가 끊이지 않았다. 물론 그것은 거듭되는 대패에 촉군에 대한 적개심이지 내부적인 항쟁이나 사마의에 대한 원망은 아니었다.

그러나 원망까지는 아니어도 불만은 있었다.

왜냐하면 이후 또다시 진영마다 이런 방이 걸렸기 때문이다.

한 명의 병사라도 이미 정해진 진에서 벗어나는 자는 목을 친다.

또 진중에서 과격한 말을 하거나 함부로 적을 도발하는 자도 처형한다.

이런 철저한 방어주의, 소극적인 작전의 군법이 그들의 행동을 완벽히 통제하고 있었다.

二

위수의 강물도 녹고 따뜻한 봄이 되었지만, 여전히 대치 상태였다.

"도독은 귀머거리가 된 것 같아."

이런 말이 돌 정도였으나 사마의는 아군의 소리에도 주위의 상황에도 신경 쓰지 않는 표정이었다.

어느 날, 곽회가 와서 그에게 말했다.

"제가 보기에 공명이 다른 곳으로 진을 이동할 듯 보입니다만."

"자네도 그렇게 생각했나? 나도 그렇게 보고 있었네."

그러고 나서 중달은 자신의 의견을 털어놓았다.

"만약 공명이 사곡과 기산의 병사들을 일으켜 무공武功으로 나와 산을 따라 동진한다면 걱정해야 하지만 서쪽의 오장원五丈原으로 나가면 걱정할 것 없네."

과연 사마의는 통찰력과 식견을 갖춘 인물이었다. 그가 이 말을 하고 얼마 지나지 않아 공명의 군사는 이동을 개시했다. 게다가 선택한 땅은 무공이 아니라 오장원이었다.

무공은 지금의 섬서성陝西省 무공에 속하는 지방이다. 사마의가 예측하기로 만약 공명이 이쪽으로 나온다면 전원이 옥쇄玉碎 또는 대승을 각오한 비장한 마음의 표현이라 위군으로서도 대응하기 쉽지 않을 것이라고 은근히 두려워하고 있었다. 그러나 공명은 그 모험을 피해 지구전을 펴기에 유리한 오장원으로 옮겼다.

오장원은 보계현寶鷄縣의 서남쪽 35리, 여기도 역시 천리의 굴곡을 이루는 위수의 남쪽에 있다. 그리고 기존의 진지와 비교하면 훨씬 멀리 나온 것으로 중원에 가까웠다. 게다가 여기까지 오자 적국의 장안과 동관은 물론 낙양도 엎어지면 코 닿을 거리에 있었다.

'이번에야말로 이곳의 흙이 되거나 적국의 중심부로 돌입할 것이다. 허무하게 다시 한중으로 돌아가지는 않을 테다.'

이런 공명의 기백은 그 지점과 군용을 봐도 분명한 것이었다.

사마의는 이마를 만지며 기뻐했다.

"아군에게는 참으로 다행한 일이다."

그가 기뻐한 이유는 지구전이라면 그도 자신이 있었기 때문이다. 단지 곤란한 것은 대국을 통찰하지 못한 부하들이 그를 경시하며 '비겁한 총수, 겁쟁이 도독'이라며 진중의 기강을 흐리는 것이었다.

그래서 사마의는 일부러 조정에 상주하여 싸우게 해달라고 청했다. 조정에서는 다시 한번 신비를 전선으로 보내 "굳게 지키고 자중하라. 수비에 전력을 다하라."라며 거듭 전군에 경계령을 내렸다.

촉의 강유는 즉시 공명에게 고했다.

"또 신비가 위무하러 내려왔다고 합니다. 위군의 전의가 꺾인 모양입니다."

"아니, 너의 견해는 옳지 않다. 대장이 군에 있을 때는 군주의 명령을 기다리지 않는 경우가 있다. 만약 사마의에게 나를 제압할 자신이 있다면 어찌 한가롭게 중앙과 왕래하며 명령을 기다리겠나? 우습게도 실은 사마의 본인에게는 전의가 없는데, 단지 그 무위를 병사들에게 보이기 위한 거짓된 행태에 지나지 않아."

또 어느 날, 위군 진영에서 '만세' 소리가 끊임없이 들린다는 보고가 올라왔다. 공명은 왜 적이 환호하고 있는지 파악하려고 경험이 많은 노련한 첩자를 보내 알아보게 했다.

"오나라가 위나라의 조정에 항복했다는 보고가 지금 전해진 듯합니다."

그러자 공명이 웃으며 딱하다는 듯 나무랐다.

"지금 오나라가 항복한다는 것은 아무리 봐도 있을 수 없는 일. 자네는 나이가 예순이나 됐는데도 여전히 그런 말도 안 되는 소리를 믿는단 말인가?"

||| 三 |||

공명은 오장원으로 진영을 옮기고 나서도 여러 방법으로 적을 유인해봤지만, 위군은 움직이려는 기색을 전혀 보이지 않았다.

적국 깊숙이 들어가 있으면서도 그가 군대를 이끌고 싸우지 않고 오직 위군의 망동을 끌어내는 소극전법을 고수하고 있는 이유는, 실은 병력과 장비의 차이 때문이었다. 후방에서 병력과 물자를 보충할 수 있는 위군 진영은 움직이지 않는 동안에도 놀랄 정도로 차근차근 병력이 충원되어 지금은 촉군 전체의 여덟 배에 달하는 병력을 집결시켜놓은 것으로 공명은 보고 있었다.

병력이 많지 않은 촉군의 입장에서는 위군을 유인하여 가까이에서 치는 방법밖에 없었다.

게다가 사마의는 공명의 하나밖에 없는 그 방법조차 간파하고 있었다. 천하의 공명도 반응이 전혀 없고 인내심이 강한 적에게는 계책을 펼 수 없었다. 이전에 기산과 위수 지방에서 백성들의 위무에 힘쓰고 둔전제에 의한 자급이라는 장기 계획을 세워 곤란하지 않을 정도로 군량을 확보해두긴 했지만, 이렇게 해를 넘기고 또 해를 넘기며 매년 적지에 머물다가는 위군의 방루防壘와 장비만 강화될 뿐일 것이다.

“이것을 가지고 위군 진영에 사자로 가서 중달에게 전하고 오너라.”

어느 날 공명은 사자 한 명을 뽑아 자필 편지와 고급스러운 소가죽 상자를 건넸다.

사자는 가마를 타고 위군 진영으로 향했다. 가마를 타고 가는 사람에겐 화살을 쏘지 않고 무기로 공격하지도 않는 것이 전장에서의 관례였다.

“무슨 사자지?”

위나라 병사들은 수상히 여기면서도 진문을 통과시켰고, 이윽고 사자가 청하는 대로 사마의에게 안내했다. 사마의는 우선 상자를 열어보았다. 상자 안에는 화려하고 아름다운 건괵巾幗과 호의縞衣가 들어 있었다.

“……이게 뭐지?”

중달의 입가를 감싸고 있는 성기고 하얀 수염이 부르르 떨렸다. 격노한 것이 분명했다. 그러나 그는 그것을 손에 든 채 가만히 내려다보고만 있었다.

건괵이란 아직 비녀를 꽂지 않은 묘령도 되지 않은 소녀가 머리를 장식하는 천으로 촉나라 사람들은 이것을 담롱개曇籠蓋라고도 했다. 또 호의는 여자가 입는 흰 비단 저고리였다.

수수께끼를 풀면 도전해도 응하지 않고 그저 수비만 견고히 하며 전혀 나오지 않는 중달을 가리켜 마치 수치를 깊이 감추고 바깥세상이 두려워 집 안에서만 교태를 부리는 아녀자 같다고 야유하는 것이었다.

“…….”

다음으로 그는 편지를 펼쳤다.

그가 마음속으로 푼 수수께끼는 역시 틀리지 않았다. 공명의 문장은 나이 든 중달의 재 같은 감정도 다시 타오르게 하기에 충분했다.

역사상 유례없는 대군을 거느리고 있으면서 그대의 태도는 부녀자처럼 기개가 없는데 대체 무슨 일인가? 그대가 무문武門의 사내대장부라면 나와서 당당하게 결전을 벌이자.

"하하하하, 재미있구나."

이윽고 중달의 입에서 터져나온 것은 마음속 분노와 정반대인 웃음소리였다. 촉의 사자는 안심하고 그의 얼굴을 올려다보았다.

"수고가 많았네. 모처럼의 선물이니 잘 받아두겠네."

중달은 그렇게 말하고 주연을 열어 사자를 대접하며 말했다.

"공명은 잘 주무시는가?"

사자는 자신이 모시고 있는 공명에 대해 묻자 술잔을 놓고 자세를 바로 하고 대답했다.

"네. 우리 제갈 공께서는 아침 일찍 일어나고 밤늦게 잠자리에 드시지만, 군중의 업무에 지친 모습은 보이지 않으십니다."

"상벌은?"

"매우 엄격하십니다. 장형 20대 이상은 손수 결정하십니다."

"아침저녁의 식사는?"

"식사량은 극히 적습니다. 하루에 몇 홉 정도를 드십니다."

"오오. ……그러고도 용케 버티는군."

사마의는 크게 탄복하는 듯했으나 사자가 돌아가자 주위에 있는 사람들에게 말했다.

"공명의 목숨이 오래가지 못할 것 같군. 격무와 심로心勞에 시달리면서 소량의 음식밖에 섭취하지 않는 것을 보니, 이미 몸이 많이 쇠약해져 있을 거야."

||| 四 |||

위군 진영에서 돌아온 사자를 향해 공명은 적진의 상황과 사마의의 반응을 물었다.

"중달이 화를 내더냐?"

"웃었습니다. 그리고 기분 좋게 선물을 받았습니다."

"그가 나에 대해 무엇을 묻던가?"

"승상의 일상에 대해 꼬치꼬치 캐물었습니다."

"그리고?"

"식사량을 듣더니 주위에 있는 자들에게 그러고도 용케 버티고 있다고 말했습니다."

나중에 공명은 크게 탄식했다.

"적인 중달보다 나를 잘 아는 사람은 없을 것이다. 그는 나의 수명까지 헤아리고 있구나."

그때 양교楊喬라는 주부主簿가 앞으로 나와 공명에게 자신의 의견을 말했다.

"저는 직업상 항상 승상의 부서簿書(일지)를 볼 때마다 생각합니다. 인간의 정력에도 한계가 있고 집안을 다스리는 데도 아래위의 일이 있습니다. 만약 저의 주제넘은 행동을 탓하지 않고 들어주신다면 저의 생각을 말씀드리고 싶습니다만."

"나를 위해서 하는 말이라면 나도 마음을 열고 듣도록 하겠네."

"감사합니다. 예를 들면 한 집안을 다스리는 데도 사내종에게는 나가서 밭을 갈게 하고 계집종에게는 부엌일을 맡겨야만 합니다. 닭은 새벽을 고하고 새는 도둑을 지키고 소는 무거운 짐을 지고 말은 멀리 갑니다. 모두 그 직분이 있습니다. 또 집주인은 그들을 감독하고 가업을 돌아보며 세금을 내고 자제를 양육합니다. 아내는 이를 내조하고 집을 청소하며 집안을 화목하게 하고, 적어도 집에 흠이 없도록 하며 남편이 마음 쓰지 않게 합니다. 이리하여 일가가 원활히 돌아가는 것인데 만약 그 집주인이 사내종도 되고 계집종도 되어 혼자서 모든 일을 처리하려고 한다면 어떻게 되겠습니까? 몸도 피곤해지고 기력도 쇠해 결국엔 집안이 망하는 원인이 될 것입니다."

"……."

"주인은 유유자적 마음 편히 자고 마음을 넓게 가지며 몸을 잘 돌보고 안팎을 살피면 됩니다. 집안이 망하는 원인은 결코 시종들이나 닭과 개보다 주인이 모자라서가 아니라 주인이 본분을 망각하고 집안의 법도를 따르지 않기 때문입니다. 성현들이 앉아서 도를 논하는 자를 삼공三公이라 하고, 이를 행하는 자를 사대부라고 한 까닭이 여기에 있습니다."

"……."

공명은 눈을 감고 듣고 있었다.

"그런데 승상의 일상을 보면, 다른 사람에게 명하면 되는 일도 몸소 행하고 계십니다. 하루 종일 심신이 쉴 틈도 없이 일하시는 것 같습니다. 이래서는 아무리 끈기 있는 사람도 지쳐서 도저히 버틸 수 없을 것입니다. 하물며 여름에 접어들어 날마다 더운 날이 계속되고 있는데 어찌 몸이 견딜 수 있겠습니까? 부디 느긋하게 휴식을 취하신다면 휘하의 저희는 기쁠 것입니다. 이를 두고 누구도 승상께서 태만하다고 생각하지 않을 것입니다."

"……잘 말해주었네."

공명은 아랫사람의 따뜻한 말에 감사하며 눈물을 흘리면서 말했다.

"나도 그 점을 모르는 바가 아니나 다만 선제의 큰 은혜를 생각하고 국내에 계신 후주의 앞날을 생각하면 잠자리에 들어도 잠을 잘 수 없는 마음이네. 또 인간에게는 정해진 천수라는 것이 있기에 내가 살아 있는 동안 마무리를 지어야겠다는 생각에 유구한 시간을 잊고 인간의 생명이 짧은 것만을 생각하며 조급해했네. 그리하여 다른 사람의 손을 빌리기보다는 내 손으로 하고자 했고, 앞으로 해야 할 일도 지금 하고자 서두르게 되었지. 그러나 자네들에게 걱정을 끼쳐서는 안 되니 앞으로는 나도 이따금 한가로이 보내며 몸을 돌보도록 하겠네."

사람들은 공명의 말을 듣고 모두 숙연히 눈물을 삼켰다.

그러나 그때 이미 공명은 몸에 병이 날 것을 예감하고 있었던 것이 틀림없다. 얼마 지나지 않아 그의 용태는 평소와 사뭇 다르게 보이기 시작했다.

은하의 기도

||| 一 |||

그의 병은 과로에서 비롯된 것이 분명했다. 그런 만큼 갑자기 몸져눕는 일 같은 건 없었다.

오히려 아프면 아플수록 주위 사람들의 걱정에도 불구하고 더욱 군무에 힘썼다. 최근 들리는 소문에 따르면 위나라의 군중에서는 장졸들이 분기탱천해서 사마의를 겁 많고 마음이 약하다고 매도하고 있다고 했다.

"그런 도독을 대위국의 군사령관으로 모실 수 없다."

이렇게 과격한 말을 하며 심상치 않은 분위기라는 것이었다.

원인은 전에 공명이 보낸 호의와 건괵의 치욕이 그 후 위군의 사졸들에게까지 알려졌기 때문이다.

"사마의 대도독은 공명에게서 받은 편지에서 부녀자처럼 기개가 없다고 모욕을 당했지만, 그런데도 그런 적에게 대응할 방법도 찾지 못하고 있다. 그럼 우리는 허수아비란 말인가? 무엇 때문에 이런 대군을 거느리고도 촉인들에게 놀림과 모욕을 당해야 한단 말인가."

이런 말이 돌았고, 이에 주전론자들은 더욱 동요했다.

공명은 병상에 있으면서도 이런 움직임이 감지되자 마음 깊이 비책을 세우고 날랜 첩자를 보내며 명했다.

"위군이 출진할지 어떨지 확실하게 살피고 오라."

이윽고 첩자가 돌아왔다. 목을 빼고 기다리던 공명이 물었다.

"상황이 어떻던가?"

첩자가 대답했다.

"적의 진중은 전쟁의 기운으로 뒤숭숭한 분위기였습니다. 그러나 진문에 흰 눈썹에 붉은 얼굴, 금빛 갑옷을 입은 한 늙은 남자가 우뚝 서서 손에 황금 도끼를 지팡이 삼아 들고 팔방을 노려보며 군문을 엄중히 지키고 있었습니다. 따라서 영내의 군도 나오지 못하는 상황이었습니다."

공명은 저도 모르게 백우선을 바닥에 떨어뜨리며 말했다.

"아아, 그 사람이 바로 위나라 조정에서 군감軍監으로 내려온 신비임이 틀림없다. ……그렇게까지 싸우는 것을 엄격히 단속하고 있단 말인가?"

일신을 나라와 군에 바치고 이미 병까지 얻었지만 날마다 군무에 힘을 쏟고 있는 공명에게 이 일은 큰 실의를 안겨주었다.

위수는 때때로 넘치기도 하고 마르기도 했다. 폭풍이 몰아치는 날, 폭염이 계속되는 날, 날씨는 날마다 달랐지만, 전황은 변화될 조짐을 전혀 보이지 않고, 어느새 가을로 접어들어 아침저녁으로 바람이 쌀쌀해졌다.

'촉군 진중에 일말의 쓸쓸함이 느껴지는군.'

중달은 어느 날 저녁 은밀히 사람을 풀어 공명의 진영을 살피게 했다. 그리고 그 대답에 따라 바로 기습할 생각인지, 갑옷과 투구로 무장한 채 기다리고 있었다.

그때 촉군으로 변장하고 공명의 진영을 살피러 갔던 장수가 사경四更(01시~03시) 무렵 겨우 돌아와서 이마의 땀을 닦으며 보고했다.

"촉군 진영의 군기는 여전히 엄숙하게 휘날리며 조금의 흐트러짐도 보이지 않았습니다. 게다가 한밤중인데도 공명은 평소처럼 누런 두건에 백우선을 들고 소여素輿(흰 나무로 만든 가마)를 타고 진중을 돌아보고 있었습니다. 장졸들이 그를 보자 모두 경의를 표했고 조금의 흐트러짐도 없었습니다. ……정말 놀랐습니다. 군중의 규율이 삼엄하기 이를 데 없었습니다. 최근 공명이 병이 들었다는 소문이 돌고 있었습니다만, 아마 그것도 적이 일부러 퍼뜨린 거짓 소문이 아닐까 싶습니다."

중달은 감탄하며 두 아들에게 말했다.

"제갈공명은 실로 고금의 명사구나. 명사란 그와 같은 인물을 말하는 것이다."

||| 二 |||

그보다 앞서 공명이 오나라에 요청해둔 촉오 동맹에 의한 제2 전선의 전개에 대해서는 아직 어떤 상세한 정보도 들어오지 않았다. 그것은 이미 이해 5월 오나라의 수륙군이 세 길로 위나라를 공격함으로써 조약의 표면적인 이행은 완료된 셈이었다.

공명이 그 승전보를 오랫동안 기다리고 있었음은 상상하기 어렵지 않다.

지난해부터 많은 풍설이 돌고 있었다.

어떤 자는 오나라의 우세를 말하고 어떤 자는 아직 본격적으로 전쟁이 시작된 것은 아니라고 했다. 또 어떤 자는 오나라의 퇴각을 전했다.

오나라와 위나라의 전장은 여기에서 너무 멀리 떨어져 있었다. 난잡한 정보를 모두 믿을 수는 없었다.

초가을의 어느 날이었다.

갑자기 성도에서 상서 비위가 찾아왔다.

"오나라 일로 전할 말이 있습니다."

공명은 그날도 몸 상태가 좋지 않았지만, 평소처럼 태연히 맞이했다.

"그쪽의 전황은 어떤가?"

먼저 공명이 물었다.

비위는 비장함을 드러내며 대답했다.

"5월부터 오나라의 손권이 약 30만 병사를 동원하여 세 방면에서 북상하며 위나라를 계속 위협했습니다만, 위주 조예도 합비까지 출진하여 만총과 전예, 유소 등의 장수들을 독려하여 결국 오군의 선봉을 소호에서 격파했습니다. 이에 오군의 병선과 군량은 큰 피해를 입었습니다. 그래서 후군 육손은 손권에게 표문을 올려 적의 후방으로 우회하고자 했습니다만, 이 계책도 사전에 위나라에 새어나간 탓에 오나라의 전 병력은 결국 아무 전과도 올리지 못하고 대거 퇴각해버렸습니다. ……아무래도 진정으로 의지할 만한 동맹국이라고는 보기 어려울 듯합니다."

"……."

"앗, 승상! 무슨 일이십니까? 갑자기 안색이."

"아니, 별거 아니네."

"하지만 입술 색까지."

비위는 놀라서 사람들을 불렀다.

사람들이 달려와서 살폈을 때 공명은 소매로 얼굴을 가리고 침상에 엎드려 있었다.

"승상, 승상."

"어찌된 일입니까?"

"정신 차리십시오."

장수들이 와서 함께 안아 일으켜 조용한 방으로 옮기고 전의를 불러 모든 방법을 동원해 치료하게 했다. 반 시진쯤 지나자 공명의 얼굴에 혈색이 돌아왔다. 사람들은 안도의 한숨을 내쉬며 말했다.

"정신이 드셨습니까?"

공명의 가슴에는 파동이 일고 있었다. 공명은 사람들을 한 명 한 명 바라보며 말했다.

"……병에 져서 쓰러지고 말았소. 병이 도진 탓인 듯하오. 이제 내 수명도 얼마 남지 않은 듯하군."

마지막 말은 독백처럼 들렸다.

그러나 저녁이 되자 "마음이 상쾌하다. 밖으로 나갈 테니 나를 부축해다오."라고 말했다.

전의 등의 부축을 받아 밖으로 나온 공명은 밤공기를 깊이 들이마시며 말했다.

"아아, 아름답구나."

그는 가을밤의 하늘을 올려다보고 있었으나 갑자기 뭔가에 화들짝 놀란 듯하더니 오한이 느껴진다며 안으로 들어가 시종에게 급히 강유를 불러오라고 했다. 강유는 허둥지둥 달려왔다.

"오늘 밤, 무심코 천문을 보았는데 이미 나의 죽음이 가까워진 것을 알았다. ……죽음은 본연의 모습으로 돌아가는 것뿐이니 딱히 기이할 것도 없지만, 너한테는 할 말이 있어서 급히 불렀다. 절대 슬프다고 흐트러져서는 안 된다."

평소와는 다른 약한 목소리였지만, 그 속에도 추상같은 엄격함이 있었다.

"……무리입니다. 승상께서는 어째서 그렇게 각오하고 계십니까? 슬퍼하지 말라고 하셔도, 그런 말씀을 들어도 저는 통곡하지 않을 수 없습니다."

병실 창으로 들어오는 바람은 싸늘했고, 강유의 눈물 섞인 목소리에 맞춰 촛불이 깜박거렸다.

||| 三 |||

"이미 정해진 일이거늘 어찌 우느냐?"

공명이 꾸짖었다. 자식을 꾸짖듯이 꾸짖었다. 마속이 죽은 후 그의 사랑은 강유에게 기울었다.

평소 강유의 재능을 닦아주기를, 구슬을 사랑하는 자가 반짝이는 구슬을 애지중지하듯이 했다.

"예. ……용서해주십시오. 더는 울지 않겠습니다."

"강유야, 내 병은 천문에 나타나 있다. 오늘 밤 하늘을 올려다보니 삼대성三臺星(삼공三公을 표상하는 별)이 모두 가을 기운에 찬란해야 하는데 객성은 밝으나 주성은 어두울 뿐 아니라 흉색凶色마저 띠고 있더구나. 그래서 나의 죽음이 가까워진 것을 알았다. 공연히 병을 이기지 못해서 하는 말이 아니야."

"승상, 그러면 어째서 부정을 떨쳐버리는 의식을 거행하지 않으십니까? 예로부터 그럴 때는 별에 제사를 지내고 하늘에 기도하는 의식이 있지 않습니까?"

"오오, 그렇지. 나도 그 방법은 익혀두었으나 내 목숨을 위해 사용할 생각은 하지 못했구나."

"지시를 내려주십시오. 제가 명을 받들어 모든 것을 준비하겠습니다."

"음, 우선 갑옷으로 무장한 무장 마흔아홉 명을 뽑아 모두 검은 깃발을 들게 하고 검은 옷을 입혀 기도하는 장막 밖을 지키게 하거라."

"네."

"장막 안을 청결히 하고 제단에 올릴 제물은 다른 사람 손을 빌릴 수가 없으니 내가 손수 준비하마. 그리고 가을 하늘의 북두北斗에 제사를 지낼 것인데 만약 이레 동안 주등이 꺼지지 않으면 내 수명은 지금부터 12년간 연장될 것이나 만약 기도 도중에 주등이 꺼지면 지금 생명은 그저 지금뿐, 나의 생명은 끝날 것이다. 그래서 장막 밖을 수호하는 것이다. 결코 다른 사람이 장막 안을 들여다보지 못하게 하거라."

강유는 삼가 명을 받들고 동자 두 명에게 온갖 제물과 제사에 쓸 도구를 나르게 하고, 공명은 목욕재계한 후 안에 들어가 청소하고 단을 만들었다. 모든 일에 제사祭司를 쓰지 않고, 이윽고 북두에 제사드릴 밀실 안에 장막을 드리우고 칩거했다.

공명은 음식을 끊고 날이 밝을 때까지 한 걸음도 나오지 않았다.

하루, 이틀, 사흘…… 기도는 계속되었다.

밤마다 가을 공기는 쓸쓸하고, 냉랭한 바람은 장막을 흔들었다.

그날 밤 은하수는 유난히 반짝이고 구슬 같은 이슬이 내리며 모든 깃발은 미동조차 하지 않았다. 주위는 밤이 깊을수록 더욱 적막해져갔다.

강유는 마흔아홉 명의 무장과 함께 장막 밖에 서서 공명의 기도가 끝날 때까지 식사는 물론 물도 끊고 돌처럼 서 있었다.

장막 안의 제단에는 일곱 개의 큰 등이 켜져 있었다. 그리고 그 주위에는 마흔아홉 개의 작은 등이 줄지어 걸려 있고 중앙에 본명등本命燈(목숨을 상징하는 주등) 한 개가 놓여 있었다. 공명은 그 앞에 갖가지 제물을 올리고 주문을 외웠다. 또 시간에 맞춰 쟁반의 물을 일곱 번 갈고 물을 갈 때마다 엎드려 절한 후 하늘에 기도했다. 그 기도 소리가 필사적이고 열성적일 때는 장막 밖에 있는 무인들의 귀에도 들릴 정도였다.

"량, 난세에 태어나 몸을 초야에 묻고 농사를 짓던 차에 선제를 만나 삼고三顧의 은혜를 입었으며 어린 황제를 부탁받는 무거운 임무를 맡았나이다. 하여 재주는 없으나 견마지로犬馬之勞를 다하여 용맹한 대군을 이끌고 여섯 번 기산으로 나왔사옵니다. 이는 신이 바라는 바, 맹세코 역적을 주살하여 선제의 유조에 보답하고 세상의 대도大道를 분명히 하려 했습니다. 하오나 뜻밖에도 장성將星이 떨어지려 하며 저의 생명이 끝나려는 것을 하늘이 알려주셨사옵니다. 삼가 고요한 밤하늘을 우러러 천심天心에 고하노니 하늘의 자비를 베풀어 지상의 탄식을 들어주시옵소서. 량의 목숨은 이슬보다 가벼우나 책임은 만산보다 무겁사옵니다. 이를 불쌍히 여기신다면 10년의 수명을 내리시어 량이 대업을 이룰 수 있도록 자비를 베풀어주시옵소서."

이렇게 기도하고 아침이 되면 그는 솜처럼 지친 몸에 물을 끼얹고 병도 잊은 채 종일 군무에 힘썼다고 한다.

이레에 걸친 당시 그의 행적을 고서의 기록에서 살펴보면 너무나 가엾고 애처로워서 차마 읽을 수가 없다.

다음 날이 되면 또 병을 참고 견디며 사무를 본다. 그 때문에 날마다 피를 토한다. 매일 죽다가 살아난다.

이렇게 낮에는 함께 위나라를 무찌를 계책을 논하고, 밤에는 북두에 기원한다.

그 일념과 모습은 그야말로 문자 그대로였을 것이라고 생각한다.

추풍 오장원

||| 一 |||

위군이 떼를 지어 망아지처럼 초원에 아무렇게나 누워 뒹굴고 있었다. 1년 중에서 가장 좋은 계절인 가을 8월의 시원한 밤을 즐기고 있는 것이었다.

그런데 갑자기 한 병사가 소리쳤다.

"앗, 뭐지?"

또 한 사람이 손가락으로 가리켰고, 그 외에도 몇 명이 더 분명히 자기 눈으로 봤다고 떠들어댔다.

"이상한 유성이다."

"셋이야. 둘은 돌아가고, 하나는 촉군 진영으로 떨어졌어."

"이렇게 기이한 일을 보고하지 않았다간 벌을 받을 거다."

병사들은 제각각 진영으로 가서 상관에게 보고했다. 이윽고 사마의의 귀에도 들어갔다.

마침 천문을 관측하는 자가 오늘 저녁 관측된 기이한 현상을 다음과 같이 기록하여 사마의에게 보고하던 참이었다.

> 큰 별 하나가 붉은빛을 띠며 동쪽에서 서쪽으로 길게 꼬리를 물고 날아가더니 공명의 영내에 떨어지기를 세 번, 두 번

은 다시 돌아갔습니다. 그것이 날아올 때는 커다란 빛이었으나 돌아갈 때는 작았고, 그중 별 하나는 끝내 떨어져서 돌아가지 못했습니다. 점술에 의하면 양군이 서로 대치하고 있을 때 큰 유성이 군사들 위를 날아가고 군중에 떨어지면 그 군이 패할 징조라고 합니다.

병사들이 목격한 것과 보고서는 부절을 맞춘 듯 일치했다.

"즉시 하후패를 불러라."

사마의의 눈이 갑자기 이상할 정도로 광채를 띠었다.

하후패는 무슨 일인가 싶어 즉시 달려왔다. 사마의는 영채 밖으로 나가 하늘을 올려다보고 있었는데 그를 보자마자 빠른 어조로 급히 명령을 내렸다.

"공명이 위독한 듯하다. 혹은 오늘 밤 안으로 죽을지도 모른다. 천문을 보니 장성도 이미 제자리를 잃었다. 너는 즉시 1,000여 명의 병사를 이끌고 가서 오장원의 동정을 살피고 오라. 만약 촉군이 거세게 반격한다면 공명의 병은 아직 가볍다고 할 수 있을 것이다. 사상자가 나오기 전에 돌아오라."

하후패는 네, 하고 대답하고는 즉시 부하들을 규합하여 별이 쏟아지는 들판을 쏜살같이 달려갔다.

이날 밤은 공명이 기도하기 시작한 지 엿새째 되는 날이었다. 앞으로 하룻밤 남았다. 게다가 본명등은 계속 켜져 있었기 때문에 공명은 '나의 염원이 하늘에 닿았는가.'라며 더욱 정신을 집중해서 기도하고 있었다.

장막 밖에서 수호하고 있던 강유도 같은 마음이었다. 단지 공명이 기도하다가 그대로 숨이 끊어지지나 않을까 걱정될 뿐이었다. 그래서 이따금 그는 장막 안을 몰래 들여다보곤 했다.

공명은 머리카락을 풀어헤친 채 검을 들고 이른바 보강답두步罡踏斗(북두칠성의 별자리를 따라 걸음을 옮기며 비는 것)라는 기도 자리에 앉아 등을 보이고 있었다.

"……아아, 저렇게까지."

그는 장막 안을 들여다볼 때마다 뜨거운 눈물을 삼켰다. 공명의 모습은 충의의 화신 그 자체였다.

그때 무슨 일인지 밤이 깊었는데도 갑자기 진영 밖에서 시끄러운 함성이 일었다. 강유는 흠칫 놀라 즉시 수호하는 무장에게 명했다.

"보고 오너라."

그런데 엇갈려서 달려온 자가 있었다. 위연이었다. 당황한 모습의 위연은 강유를 밀치고 장막 안으로 뛰어들었다.

"승상, 승상. 위군이 공격해왔습니다. 마침내 이쪽의 바람대로 더는 참을 수 없게 되었는지 사마의가 싸움을 걸어왔습니다."

이렇게 외치며 공명 앞으로 돌아가 꿇어앉으려 하는데 무엇에 걸렸는지 제단 위의 제기와 제물들이 우르르 떨어졌다.

"아차, 이런."

당황한 위연은 또다시 발밑에 떨어진 주등을 밟아 꺼버렸다. 그때까지 화석처럼 기도하고 있던 공명은 앗! 하고 검을 내던지며 통탄했다.

"아아, 죽고 사는 일은 천명에 달려 있나니, 결국 나는 죽을 수밖에 없단 말인가."

강유는 즉시 달려 들어와 검을 뽑자마자 분한 듯이 소리치며 위연에게 달려들었다.

"이놈! 무슨 짓이냐!"

||| 二 |||

"멈추지 못할까!"

공명은 목소리를 억지로 짜내 강유를 꾸짖었다.

비통한 기백이 강유를 멈칫하게 했다.

"주등이 꺼진 것은 사람이 한 것이 아니다. 화내지 마라. 천명이다. 위연이 잘못한 것이 아니니 진정하거라."

공명은 이렇게 말하고 바닥에 쓰러졌다. 그러나 진 밖에서 북과 함성이 들리자 바로 얼굴을 들고 위연에게 명했다.

"오늘 밤 적의 기습은 사마의가 내 병이 위중하다는 것을 알고 그 허실을 살피기 위해 급히 일개 부대를 보낸 것에 지나지 않으니 위연은 즉시 나가서 격멸토록 하라."

풀이 죽어 있던 위연은 이 명령을 받고 평소의 용맹한 그로 돌아와 즉시 밖으로 나갔다.

위연이 진 앞에 나타나자 과연 북소리도 함성도 단박에 역전되었다. 위군은 흩어지고 대장 하후패는 말 머리를 돌려 달아나버렸다.

공명의 병세는 이때부터 정신적으로도 다시 회복을 바랄 수 없게 되었다. 다음 날 그는 중태에 빠진 몸으로 강유를 가까이 불러 명했다.

"내가 오늘까지 배우고 익힌 것을 글로 적은 것이 어느새 스물네 편이 되었구나. 내 말도 병법도 모습도 모두 이 안에 있다. 지금 아군 장수들을 둘러봐도 너를 제외하고는 이것을 전해줄 만한 자가 없구나."

그는 직접 쓴 책을 모두 강유에게 건네며 말했다.

"뒷일은 너에게 부탁하마. 이 세상에서 너를 만난 것은 나에겐 행운 중 하나였다. 촉나라는 길이 모두 험하니 내가 죽더라도 국방에 걱정이 없다. 다만 음평陰平 길에 약점이 있으니 꼼꼼히 대비하여 나라가 위태롭지 않도록 힘쓰거라."

강유가 눈물을 삼키고 있는데 공명이 조용히 명했다.

"양의를 불러라."

그리고 양의에게 말했다.

"위연은 나중에 반드시 모반할 인물이네. 그의 용맹은 귀히 여겨야 할 것이나 성격은 좋지 못하네. 제거하지 않으면 나라의 해가 될 것이야. 내가 죽은 후 그가 모반을 일으킬 것이 분명하니 그때는 이것을 열어 스스로 계책을 얻도록 하게."

그는 편지 한 통을 넣은 비단 주머니를 그에게 건넸다.

그날 저녁부터 다시 용태가 악화되었다. 혼절했다가 깨어나기를 여러 번, 생사를 넘나드는 상태가 며칠이나 이어졌다.

오장원에서 한중으로, 한중에서 성도로, 밤낮없이 파발마가 달렸다.

촉은 멀다. 아니 기다리는 사람들에게는 멀게 느껴졌다.

"칙사가 올 때까지 버티실 수 있을까?"

사람들의 바람도 지금은 그 정도였다.

성도에서 상서복사尙書僕射 이복李福이 칙서를 가지고 서둘러 내려오고 있다는 소식이 전해졌으나 아직 오장원에는 도착하지 않았다.

그러나 다행히 오장원에 비위가 체류하고 있었다. 공명은 자신이 죽은 후에 그에게 맡길 일이 많다고 생각하여 하루는 그를 불러 간곡하게 부탁했다.

"후주 유선도 어느덧 성인이 되셨지만 유감스럽게도 선제만큼의 고난을 알지 못하네. 따라서 보는 눈이 어둡고 민심을 살피는데 아둔한 것은 어쩔 수 없네. 그러니 보필하는 신하들이 마음을 다하여 황제의 덕을 높이고 사직을 굳게 지켜, 이로써 선제의 유덕을 항상 거울로 삼아 다스리도록 한다면 어려움이 없을 걸세. 능력 있고 수완이 좋은 신하라고 느닷없이 등용하여 경솔하게 옛 제도를 파하고 새로운 정치를 펴는 것은 위험하네. 내가 선택한 사람을 쓰되 단점이 있고 약간의 결점이 있더라도 함부로 내치지 않는 것이 좋네. 그중 마대는 다른 사람들보다 충의로우며 나라의 병마를 맡기기에 부족함이 없으니 중용하게. 정치에 관한 여러 부문은 경이 총괄하여 책임을 맡으시게. 또 내 병법의 기밀은 모두 강유에게 전수하였으니 전쟁과 국방의 일은 강유에게 맡기게. 그는 아직 젊지만 중책을 믿고 맡기면 결코 걱정할 일이 없을 걸세."

비위에게 유언을 전한 공명의 얼굴은 어깨의 무거운 짐을 내려놓은 듯 왠지 홀가분해 보였다.

||| 三 |||

매일 그런 용태가 반복되던 어느 날 아침, 공명은 무슨 생각을 했는지 좌우에 있는 자들에게 자신을 부축하여 수레에 태우라고 말했다.

사람들은 의아해하며 어디로 갈 생각이냐고 물었다.

"진중을 둘러보고 싶군."

그는 벌써 일어나 혼자서 깨끗한 옷으로 갈아입었다.

죽음을 앞두고도 저렇게까지 군무에 마음을 쓰는가 싶어 그를 보는 의원은 물론 신하들도 흐르는 눈물을 주체할 길이 없었다.

천군만마 사이를 누볐던 그의 사륜거가 준비되었다. 백우선을 손에 든 공명은 수레에 올라 각 진영을 시찰했다.

이날 아침, 흰 이슬이 바퀴 자국에 떨어지고 가을바람이 얼굴을 스쳤으며 냉기가 뼈에 사무쳤다.

"아아, 군중에 아직 생기가 도는구나. 내가 없어도 급격히 무너지지는 않겠어."

공명은 여러 진영을 바라보며 자못 마음을 놓은 듯했다. 그리고 돌아가는 길에 유리처럼 맑은 하늘을 올려다보며 중얼거렸다.

"유구하도다. 참으로 유구해."

그리고 자신을 돌아보고 혼잣말로 탄식했다.

"인명은 어찌하여 빌린 것처럼 이리도 짧단 말인가. 이상은 또 어찌하여 이리도 많단 말인가."

이윽고 그는 병실로 돌아오자마자 자리에 누웠다. 이날 이후 갑자기 말투가 부드러워지고 얼굴에는 죽음의 그림자가 드리우기 시작했다.

양의를 불러 다시 뭔가 당부하고 또 왕평, 요화, 장억, 오의 등도 한 사람, 한 사람 불러 후사를 부탁했다.

강유는 밤낮 그의 옆을 떠나지 않고 함께 기거하며 시중을 들었다. 공명이 그에게 명했다.

"책상을 준비하고 향을 피운 후 내 문방사우를 가지고 오너라."

공명은 목욕재계하고 책상 앞에 앉아 촉의 천자에게 바치는 유표를 쓰기 시작했다.

다 쓴 후 일동을 향해 말했다.

"내가 죽어도 결코 발상을 해서는 안 됩니다. 사마의는 분명 그 기회를 놓치지 않기 위해 총력을 다해 공격해올 것이오. 이런 경우를 대비해 평소 장인 두 명에게 명해 나의 목상을 만들게 하였소. 그것은 등신대의 좌상이니 사륜거에 태워 둘레를 푸른 비단으로 두르고 사람들이 접근하지 못하도록 하시오. 그리하여 아군들까지 내가 살아 있다고 믿게 하고, 그 후 때를 보아 위군의 선봉을 물리치고 퇴로를 연 후 비로소 나의 발상을 한다면 아마도 어려움 없이 전군은 귀국할 수 있을 것이오."

그는 잠시 호흡을 가다듬고 나서 다시 입을 열었다.

"나의 좌상을 태운 상차喪車에는 좌단 앞에 등불 하나를 밝히고 쌀 일곱 알과 약간의 물을 입에 머금게 하시오. 또 관은 수레 안쪽에 안치하고 그대들이 좌우를 호위하며 엄숙하게 간다면 설령 천리를 가더라도 병사들은 평소처럼 조금도 흐트러짐이 없을 것이오."

또 퇴로와 퇴진법을 알려준 후 마지막으로 말했다.

"더는 남길 말이 없소. 모두 마음을 하나로 모아 나라에 보은하고 맡은 바 임무에 최선을 다해주시오."

사람들은 눈물을 흘리며 명을 위배하지 않겠다고 맹세했다.

황혼 무렵, 일시적으로 숨이 끊어진 듯했으나 입술에 물을 적시자 잠에서 깨어난 듯 눈을 뜨고 병상에서 보이는 북두성 하나를 손가락으로 가리키며 말했다.

"저기, 저 가장 밝게 빛나는 장성이 나의 숙성宿星이다. 지금 떨어지기 전 마지막으로 찬란하게 빛을 내고 있구나. 보아라. 이제 곧 떨어질 것이다…….”

이렇게 말하더니 공명의 얼굴이 금방 백랍처럼 변했다. 감긴 눈의 속눈썹만이 심은 것처럼 검게 보였다.

한 줄기 검은 바람이 불었다. 구름 낀 북두는 여전히 반짝이고 있었고 하늘에는 바람 소리뿐이었다.

||| 四 |||

공명의 죽음 전후를 묘사하는 데 있어서 원서《삼국지》의 묘사는 실로 세밀하다. 그리고 그 위대한 '죽음'에 온갖 의미를 붙여 시화詩化하고 있다.

어쨌거나 공명의 죽음에 대해서 당시의 촉나라 사람이건 위나라 사람이건 간에 어떤 위대한 불가사의함을 느낀 것만은 틀림없다. 원서《삼국지》의 저자까지도 그를 덧없이 죽게 하는 것에 대해 아쉬워하는 부분이 곳곳에 보인다.

예를 들면 공명이 마지막 순간에 북두를 올려다보며 자신의 숙성을 손가락으로 가리키면서 이제 곧 자신의 숨이 끊어질 것이라고 말하고 숨을 거둔 후 성도의 칙사 이복이 도착한 것으로 되어 있는데, 칙사라는 말을 듣자 공명이 다시 눈을 뜨고 말을 했다는 대목도 그러한 필자의 애석함이 묻어난 부분이라고 할 수 있다. 그러나 여기서는 그 불합리함 등을 묻지 않고 원서 그대로 옮기기로 한다. 그러는 편이 1800여 년 전부터 지금까지 공명의 이름과 함께 이 책을 사랑하고 이 책을 전해온 민족의 마음을 이해하기에도 좋다고 생각하기 때문이다.

칙사라는 말을 듣고 다시 눈을 뜬 공명은 이복을 보고 이렇게 말했다고 한다.

"국가의 대사를 그르친 사람은 나요. 부끄러워 사죄할 말도 없구려."

그리고 또 이렇게 덧붙였다.

"신 제갈량이 죽은 후에는 누구에게 승상직을 맡기면 될지…… 폐하께서는 아마 그것을 가장 먼저 물으실 것이오. 내가 죽은 후에는 장완이야말로 승상이 될 만한 인물이오."

이복이 물었다.

"만약 장완이 끝까지 승상직을 사양한다면 누가 좋겠습니까?"

"비위가 좋겠지……."

이복이 다음 질문을 했으나 더는 대답이 없었다.

사람들이 다가가서 보니 이미 숨이 끊어져 있었다.

때는 촉나라의 건흥 12년(234) 가을 8월 23일, 그의 나이 54세였다.

이것만은 많은 역사서와 연의 류의 책이 모두 일치한다. 사람의 수명이 쉰 정도라고 하면 단명했다고는 할 수 없을지 몰라도 공명의 경우는 그야말로 요절했다는 느낌이 든다.

그의 죽음은 촉군이 허무하게 고향으로 돌아가게 했고, 이후 촉나라의 국책에도 일대 전기를 가져오게 했으며 개개인에게도 그의 죽음이 끼친 영향은 매우 컸다.

촉나라의 장수교위長水校尉로 있던 요립廖立이라는 이는 전부터 자신의 재주와 명망을 믿고 있었다.

"공명이 나를 쓰지 않은 것은 사람을 보는 눈이 없기 때문이다."

이렇게 그는 동료들에게 큰소리를 치곤 했는데 그 패기와 자부심이 너무 지나쳐서 공명은 한때 그의 관직을 빼앗고 문산汶山이라는 벽지로 추방하여 근신을 명했다.

이 요립은 공명이 죽었다는 소식을 듣자 자신의 앞길이 막힌 것처럼 한탄했다.

"나는 끝내 서민 신세를 면하지 못하겠구나."

또 전에 재동군梓潼郡에 귀양 가 있던 전 군수대신 이엄도 말했다.

"공명이 언젠가 나를 불러 써줄 것이라고 기대하고 있었는데 이제 그가 죽었으니 내가 살아 있을 의미가 없다."

그는 그 후 얼마 지나지 않아 병을 얻어 죽었다고 한다.

어쨌거나 그가 죽은 후 한동안은 하늘과 땅에도 적막함이 감돌았다. 특히 촉군이 있는 곳에서는 하늘도 한탄하고 땅도 슬퍼했으며 햇빛은 잔뜩 흐렸다.

강유와 양의 등은 유명遺命에 따라 공명이 죽었다는 것을 비밀에 부치고 조용히 퇴군 준비를 했다.

죽은 공명이 산 중달을 물리치다

||| 一 |||

어느 날 밤, 천문을 보던 사마의는 깜짝 놀랐다. 그리고 기쁨에 겨워 소리쳤다.

"공명이 죽었다!"

그는 곧 주위에 있는 장수들과 두 아들에게 흥분해서 말했다.

"지금 북두를 보니 큰 별 하나가 빛을 잃고 칠성의 자리가 무너졌다. 이번에야말로 틀림없다. 오늘 밤 공명은 분명 죽었을 것이다."

순간 사람들은 숨을 죽였다. 적이지만 공명이 죽었다는 말을 들으니 뭔지 모를 공허함을 느꼈기 때문이다. 사마의도 그중 한 사람이었지만 다년간의 숙원을 생각하고는 강하게 칼집을 두드리며 외쳤다.

"지금이야말로 촉군을 전멸시킬 때다. 준비하라고 전하라. 총공격을 개시한다."

사마사와 사마소, 두 아들은 지나치게 흥분한 아버지를 보며 오히려 망설였다.

"아버님, 잠깐만요."

"어째서 그러는 것이냐?"

"지난번에도 그러지 않았습니까? 공명은 팔문둔갑법을 터득하고 육정육갑의 신을 부립니다. 하늘에 기변을 부리지 못한다고 누가 장담할 수 있겠습니까?"

"바보 같은 소리. 어리석은 눈을 속여 비바람을 부르고 밤낮을 바꾸는 술수는 부릴 수 있어도 저 명백한 성좌를 바꿀 수는 없다."

"하지만 공명이 죽었다면 촉군의 파멸은 기정사실이 아니겠습니까? 서두를 필요 없습니다. 우선 하후패에게 명해 오장원의 적진을 살피게 하심이 어떻겠습니까?"

제장도 두 아들의 말에 동의했다. 두 아들을 끔찍이 아끼는 사마의이기에 반박하는 말을 듣고 오히려 기뻐하며 말했다.

"음, 음. ……과연, 그도 그렇구나. 그럼 하후패, 적이 눈치채지 못하도록 은밀히 가서 촉군의 동태를 살피고 오라."

명을 받은 하후패는 불과 20명 정도의 부하만을 이끌고 이슥한 가을밤에 내린 광야의 하얀 이슬을 밟으며 촉군 진영으로 향했다.

촉군 진영의 외곽선은 위연의 수비 구역이었는데 이곳 선봉 부대에서는 아직 위연을 비롯해서 누구도 공명의 죽음을 알지 못했다.

다만 위연은 어젯밤에 꾼 꿈이 자꾸만 신경에 거슬렸다. 그런데 마침 정오 무렵에 찾아온 친구인 행군사마 조직趙直이 길몽이라면서 신경 쓸 것 없다고 말해준 덕에 기분이 좋아졌다.

그가 꾼 꿈은 자신의 머리에 뿔이 돋는 해괴한 꿈이었다. 그것을 조직에게 이야기했더니 조직은 아주 명쾌하게 해몽해주었다.

"기린의 머리에도 뿔이 있고, 창룡蒼龍의 머리에도 뿔이 있네. 평범한 사람들이 그런 꿈을 꾸었다면 흉몽이 되지만 자네처럼 용기와 도량을 갖춘 사람이 꾼 꿈은 실로 대길몽이라 할 걸세. 왜냐하면 이것을 괘로 해석해보면 변화승등變化昇騰의 상이 되기 때문이네. 아마도 자네는 앞으로 반드시 크게 비약할 것이네. 그리고 신하로서는 최고의 자리에 오를 것이 틀림없어."

그런데 조직은 위연을 만나고 돌아가는 도중에 상서 비위를 만났다. 비위가 물었다.

"어딜 갔다 오는 길이오?"

조직은 사실대로 대답했다.

"지금 위연의 진영에 잠깐 들렀는데 위연이 평소와는 다르게 걱정스러운 얼굴을 하고 있기에 무슨 일이냐고 물었더니 이런 꿈을 꾸었다기에 해몽해주고 오는 길이오."

그러자 비위가 재차 물었다.

"그대의 해몽은 진심이었소?"

"물론 아니었지요. 실은 매우 좋지 않은 흉몽이었으나 그에게 진실을 이야기해봐야 괜한 원한만 살 것 같아서 적당히 해몽해준 것에 지나지 않소."

"그 꿈이 어째서 흉몽이라는 것이오?"

"뿔(角)이란 글자는 칼 (刀)을 쓴다(用)는 모양이오. 머리에 칼(刀)을 쓸(用) 때란 그 머리가 떨어져 나갈 때가 아니겠소?"

조직은 웃으며 떠났다.

||| 二 |||

그와 헤어져서 가다가 비위는 황급히 조직에게 돌아가 말했다.

"지금 한 말은 누구에게도 하지 마시오. 부탁이오."

"지금 한 말이라니?"

"그대가 지금 한 위연의 꿈 이야기 말이오."

"아아, 알겠소."

조직을 만났다는 내색은 전혀 하지 않고 그날 밤 비위는 위연의 진영에 가서 그와 대담했다.

"오늘 밤 찾아온 것은 다름이 아니라 어젯밤 결국 승상께서 돌아가셨다는 사실을 전하기 위해 온 것입니다."

"뭐, 사실이오?"

평소 공명을 탐탁치 않게 여기고 있던 위연이었으나, 그럼에도 너무 놀라 잠시 멍한 표정을 지었다. 그러다 곧 물었다.

"언제가 발상이오?"

"한동안 발상은 하지 말라고 유언하셨습니다."

"승상을 대신해 군권을 잡은 이는 누구요?"

"양의가 임명되었습니다. 그리고 병법에 관한 책과 말씀은 생전에 강유에게 물려주었다고 하셨습니다."

"그 애송이에게 말인가. ……음, 그건 상관없지만, 양의는 문관에 어울리는 자가 아닌가. 공명이 죽었다고는 하지만 아직 이 위연이 있소. 양의는 그저 관을 가지고 촉으로 돌아가 장지를 골라 장사나 지내면 그것으로 족할 것이오. 오장원의 촉군은 이 위연이 통솔하여 위나라를 쳐부수겠소. 공명 한 사람이 없어졌다고 해서 국가의 대사를 그르칠 수야 없는 일이지."

대단한 기염이었다. 비위는 그의 말에 일절 토를 달지 않았다. 그래서 위연은 더욱더 우쭐해져서 큰소리쳤다.

"애초에 나의 헌책을 공명이 받아들였다면 촉군은 지금쯤 벌써 장안을 점령했을 것이오. 그런데 공명은 나를 예전부터 눈엣가시처럼 여겼소. 호로곡에서는 그래서 하마터면 불에 타 죽을 뻔하기도 했으니. ……그러나 지금 그가 먼저 죽었으니 원망은 하지 않겠소. 다만 양의 밑에 있을 수는 없소. 그는 일개 장사長史가 아니오? 나는 전군정서대장군前軍征西大將軍 남정후南鄭侯였소."

"옳은 말씀입니다. 그 기분 충분히 이해합니다."

"그대는 나를 돕겠소?"

"물론입니다. 힘이 되겠습니다."

"100만 대군을 얻은 것보다 든든하군. 그럼 서약서를 쓰겠소?"

"물론 쓰겠습니다."

그는 흔쾌히 서약서를 써서 위연에게 건넸다.

"축배를 들도록 합시다."

위연은 술을 내왔다. 비위는 기분 좋게 잔을 받아들고 말했다.

"그러나 서로 경거망동은 삼가야 합니다. 사마의가 허점을 노리고 공격해올 수도 있습니다."

"그야 물론이지요. 그러나 양의가 불복할 것 같은데."

"제가 설득하겠습니다."

"그럼, 부탁하리다."

"믿어주십시오. 결과는 나중에 알려드리겠습니다."

비위는 본진으로 돌아왔다. 그리고 여전히 슬픔에 잠겨 있는 장수들을 모아 상의했다.

"승상의 말씀대로 위연이 모반할 생각으로 가득하여 오히려 승상이 돌아가신 것을 기뻐하고 있소. 이렇게 된 이상 유언대로 강유를 후진으로 삼고 우리도 제법制法에 따라 퇴진합시다."

예상대로 이의 없이 결정되었다. 그래서 극비리에 각 진영의 병사들을 모아 준비한 후 다음 날 저녁 총퇴각을 개시했다.

한편 위연은 비위가 길보를 가지고 오기를 학수고대하고 있었으나 아무 소식이 없자 초조해하고 있었다.

그때 마대가 보였기 때문에 그는 생각하고 있는 것을 마대에게 털어놓았다. 그러자 마대가 말했다.

"아니, 속지 않도록 조심해야 할 일입니다. 어제 아침 그가 돌아가는 것을 보았습니다만, 진문에서 말에 오르자마자 몹시 허둥거리며 돌아갔습니다."

"그런 거동을 보였단 말인가?"

"아마도 비위가 속인 듯합니다."

그때 파수병이 와서 보고했다.

"어젯밤부터 아군의 본진이 총퇴각을 개시하여 이미 대부분이 물러가고 후진의 강유도 이미 퇴군할 준비를 하고 있습니다."

위연은 당황스러웠다.

||| 三 |||

만약 이대로 모르는 채 있었다면 그는 오장원의 전선에 홀로 남겨졌을 것이다. 놀라기도 하고 분하기도 하여 위연은 주먹을 휘두르며 말했다.

"비위, 이 썩을 놈이 잘도 나를 속였구나. 이놈, 반드시 모가지를 부러뜨리고야 말 테다."

마치 회오리바람이 부는 듯이 호령했다.

"즉시 진영을 거두고 마구와 군량을 챙겨라."

그리고 그는 모든 것을 버리고 본진의 뒤를 쫓았다.

한편 앞서 사마의의 명령을 받고 오장원에 정찰을 나갔던 하후패는 말이 지칠 정도로 전력으로 달려 위군 진영으로 돌아왔다.

그가 돌아오기를 애타게 기다리던 사마의는 그를 보자마자 물었다.

"어떻던가?"

"아무래도 이상합니다."

"이상하다니?"

"촉군이 은밀히 철수 준비를 하고 있는 듯합니다."

"역시나."

사마의는 손뼉을 치며 외쳤다. 그의 큰 눈이 만족스러운 듯 반짝였다. 그는 장수들을 둘러보며 호령했다.

"공명이 죽었다. 지금은 속히 남은 촉군을 추격하여 그들을 전멸시킬 때다. 하늘이 준 기회이니 어서 가라. 출진의 북과 징을 울려라."

그는 재촉했다. 징과 북이 울렸다. 각 진영의 문이란 문에서는 모두 깃발과 말이 마치 둑이 터진 것처럼 쏟아져 나왔다. 모든 위군이 앞다투어 오장원을 향해 달렸다.

"아버님, 아버님. 젊은이들 사이에서 그렇게 서둘러도 괜찮겠습니까?"

두 아들은 나이 든 아버지의 흥분한 모습이 걱정되어 좌우에 바짝 붙어서 달리고 있었다.

"괜찮다. 나는 아직 늙지 않았다."

"평소에는 신중에 신중을 기하시던 아버님께서 이번엔 어째서 이리 서두르십니까?"

"당연한 것을 묻지 마라. 혼이 떠나고 오장이 상한 인간이 어찌 다시 내 앞에 서겠느냐? 공명이 없는 촉군은 아무것도 아니다. 이제 내 마음대로 유린할 수 있으니 이 얼마나 통쾌한 일이냐?"

하후패도 뒤에서 말했다.

"도독, 도독. 너무 경솔하게 앞서가셔서는 안 됩니다. 선봉장이 더 앞으로 나아갈 때까지 잠시 고삐를 늦추십시오."

"병법을 모르는 놈, 여러 소리 마라."

사마의는 뒤돌아보며 꾸짖었다. 그리고 달리는 말의 속도를 조금도 늦추려고 하지 않았다.

어느새 오장원의 촉군 진영까지 접근한 위나라의 대군은 북을 울리며 일시에 밀고 들어갔으나 촉군은 한 명도 없었다. 사마의는 더욱 초조해하며 사마사, 사마소 두 아들을 향해 말했다.

"너희들은 후진의 병사들을 정비하여 나중에 따라오너라. 적은 아직 그리 멀리 가지 못했을 것이다. 내가 퇴로를 끊을 테니 나중에 오너라."

그는 숨도 돌리지 않고 추격했다. 그때 한쪽 산 사이에서 징과 북 소리와 함께 촉군이 여기 있다는 함성이 들렸다. 이에 사마의가 말을 멈추고 보니 한 무리의 군마가 촉기와 승상기를 휘날리며 사륜거 한 대를 밀며 달려오고 있었다.

"앗?"

사마의는 소스라치게 놀랐다.

죽었다고 생각한 공명이 백우선을 들고 그 위에 좌정해 있었다. 수레를 호위하고 있는 자들은 강유 이하 손에 철창을 든 10여 명의 장수로 사기가 하늘을 찌를 듯한 것이 전혀 상을 당한 사람들 같지 않았다.

"앗, 또 실수했단 말인가. 공명이 아직 죽지 않았구나. 어리석게도 또 그의 계책에 걸려들고 말다니. 후퇴하라. 후퇴하라."

사마의는 침착함을 잃고 황급히 말에 채찍질을 하여 달아나기 시작했다.

||| 四 |||

"사마의, 어째서 달아나느냐? 역적, 중달아! 그 목을 내놓아라."

촉의 강유는 창을 휘두르며 쏜살같이 달려왔다.

주장인 도독 중달이 갑자기 말 머리를 돌려 달아났을 뿐만 아니라 선봉의 장수들도 모두 소스라치게 놀라 앞다투어 말 머리를 돌렸다.

"공명이 살아 있다!"

"공명이 아직 살아 있다!"

이에 엄청난 기세로 노도처럼 밀려오던 위나라의 대군은 뒤돌아서 퇴각하며 말과 말이 서로 부딪히고 병사와 병사가 서로 짓밟으며 아비규환의 대혼란을 일으켰다.

촉의 장졸들은 이런 위군을 마음껏 짓밟았다. 특히 강유는 패주하는 적군 사이를 달리며 소리쳤다.

"사마의, 사마의. 어디로 달아나느냐? 모처럼 나왔으면서 한 번 싸워보지도 않고 달아나는 법이 어디 있느냐!"

사마의는 뒤도 돌아보지 않았다. 오직 채찍만 끊임없이 휘두르며 서로 밀치고 밟는 아군 사이를 달릴 뿐이었다. 말갈기에 몸을 묻고 앞도 보지 않은 채 마음속으로 하늘의 가호만을 염원하며 정신없이 달렸다.

그러나 아무리 달려도 뒤에서 누군가 따라오는 느낌이 들었다. 그렇게 약 50리를 계속 달리니 평소 명마라고 불리던 말도 비틀거리기 시작했다. 입에 거품을 물고 채찍질을 해도 제자리걸음만 하며 몸부림을 쳤다.

"도독, 도독. 저희입니다. 여기까지 왔으니 안심입니다. 두려워하지 않으셔도 됩니다."

뒤따라온 두 명의 장수는 적이 아니라 아군인 하후패와 하후위 형제였다.

"오오, 자네들이었나……."

중달은 그제야 어깨를 들썩이며 크게 숨을 내쉬었으나 흐르는 땀에 노안이 침침해졌다. 또 안색도 평소와 달랐다고 전해진다.

그가 얼마나 놀랐는지 가히 짐작하고도 남는다. 사마의조차 그럴 정도였으니 위의 대군이 입은 피해는 말할 것도 없었다.

이때 하후패 형제가 권했다.

"촉군이 급히 후퇴하고 있는 듯하니 아군을 재정비하여 다시 맹추격을 시도해보는 것이 어떻겠습니까?"

공명이 아직 살아 있다고 믿고 공포에 떨고 있는 사마의는 쉽게 결정을 내리지 못하고 결국 전군에 철수 명령을 내렸다. 그리고 그도 지름길을 택해 허무하게 위수의 진으로 돌아가 버렸다.

패주한 장수들도 차례차례 모이기 시작했고, 달아났던 근방의 백성들도 하나둘 진문으로 와서 이런저런 보고를 했다. 그들의 보고를 종합해보면 대체로 다음과 같았다.

즉, 대부분의 촉군은 전날 오장원을 떠났고, 단지 강유의 일군만이 최후의 최후까지 남아 있었던 것 같다.

특히 백성들의 말에 의하면 이렇다.

"첫날 저녁부터 촉군은 오장원에서 서쪽 골짜기로 구름같이 모였습니다. 그리고 흰 조기弔旗와 검은 상기喪旗를 늘어세우고 한 대의 수레 주위에 모여든 사람들의 슬퍼하는 소리가 새벽녘까지 끊이지 않았습니다."

그들은 그날의 실정에 대해 목격한 대로 전했다.

"푸른 비단을 둘러 수레 위의 제갈공명을 가렸지만 아무래도 목상 같았습니다."

이런 말을 듣고 비로소 사마의는 공명의 죽음이 사실이었다는 것을 깨달았다.

급히 병사들을 이끌고 추격해보았으나 이미 때는 늦었다.

"지금 쫓아가 봐야 득이 없다. 장안으로 돌아가 나도 오랜만에 쉬어야겠다."

적안파赤岸坡에서 되돌아가는 길에 공명의 옛 진영에 들렀다. 모든 문과 군영의 흔적을 보니 하나같이 가지런하고 질서정연했다.

사마의는 사색에 잠겨 천천히 거닐며 지난날의 공명을 생각했다. 그리고 혼자 중얼거렸다.

"참으로 천하의 기재였다. 아마도 이 땅 위에서 그와 같은 인물은 다시는 볼 수 없을 것이다."

소나무는 예나 지금이나 그 빛깔에 변함이 없다

||| 一 |||

촉군 대열은 오장원의 원한을 영거靈車에 싣고 구불구불한 산길을 따라 성도로 돌아가고 있었다.

"앞에 연기가 보인다. ……수상하구나. 누가 가서 보고 오너라."

양의와 강유, 두 장수가 정찰병을 보낸 후 잠시 행군을 보류했다. 길은 이미 험하기로 유명한 잔도棧道(험한 벼랑 같은 곳에 낸 길. 선반처럼 달아서 낸다)에 이르렀다.

차례차례 돌아온 정찰병들이 보고했다.

"요 앞에 잔도를 태우며 길을 막고 있는 부대가 있습니다. 위연이 틀림없습니다."

"역시."

강유는 분통을 터뜨렸으나 문관인 양의는 낯빛이 하얗게 질려서 겁을 먹고 있었다.

"걱정할 것 없소. 시간은 걸리겠지만 잔도를 통하지 않고 기산의 샛길로 돌아간다면 남곡南谷 뒤로 나갈 수 있을 것이오."

전군은 좁고 험한 길을 우회하여 겨우 남곡을 막고 있는 위연군의 뒤로 나왔다.

도중에 양의는 이 전말을 성도에 보고했다. 그러나 그전에 위연으로부터도 상표上表가 올라와 있었다.

> 양의와 강유의 무리가 승상께서 돌아가시자마자 병권을 강탈하여 난을 꾀하고 있으므로 소장이 이들을 칠 생각입니다.

이것이 위연이 보낸 상주문이고 나중에 도착한 양의의 상표는 그것과는 정반대의 실태를 호소하고 있었다.

공명의 죽음이 전해지자 궁 안팎은 애곡하는 소리와 슬픔과 근심에 휩싸였다. 황제 유선은 물론 황후도 밤낮 슬퍼하며 탄식하고 있을 때여서 이 전후의 변고에 대해 어떻게 하면 될지 판단을 내리지 못했다.

그때 장완이 이렇게 말하며 위로했다.

"승상께서 원정하시던 날부터 남몰래 위연의 반골 기질을 걱정하셨습니다. 평소 지혜로우신 분이셨으니 반드시 자신의 사후를 걱정하셔서 뭔가 계책을 양의 등에게 남기고 떠나셨을 것이 분명합니다. 잠시 다음 보고를 기다려보시옵소서."

장완의 말은 실로 사태를 정확히 꿰뚫어 보고 공명의 유지를 헤아린 것이었다.

위연은 수하의 병사 수천 명을 이끌고 잔도를 불태우고 남곡을 가로막은 후 "양의와 강유의 간담을 서늘하게 해주자!"라며 기다리고 있었다.

그러나 상대가 샛길로 돌아 뒤에서 접근하고 있다는 사실은 알지 못했다.

공격을 받은 위연은 패했고, 수하의 병사 대부분은 천길이나 되는 깊은 골짜기로 떨어졌다. 그는 남은 병사들을 이끌고 목숨만 간신히 건져서 달아났다.

그 와중에도 마대는 당황하거나 소란 떨지 않고 위연을 따르면서도 아무런 해도 입지 않은 정예의 부하들을 데리고 있었다.

위연은 일찍이 마대에게 오만불손하게 대했던 것도 잊고 지금은 마대만을 의지하며 상의했다.

"어떻게 하면 좋겠나? 차라리 위나라로 달아나 조예에게 항복할까?"

"어찌 그런 소심한 말씀을 하십니까? 동서 양천東西兩川(사천성四川省을 동서로 나누어 한수漢水를 중심으로 한 한중 지역을 동천東川, 서한수西漢水를 중심으로 한 파촉巴蜀 지역을 서천西川이라고 한다)의 인사들이 모두 공명이 죽으면 위연이야말로 촉의 장래를 걸머질 인물이라고 주목하고 있습니다. 또 장군께서도 그 자부심과 신명이 있기에 잔도를 태운 것이 아닙니까?"

"그랬지. 처음엔 그랬지만……."

"어째서 초지를 관철하지 않는 것입니까? 부족하지만 저도 있지 않습니까?"

"귀공은 끝까지 나와 행동을 같이해주겠는가?"

"장군을 떠나지 않겠습니다."

"고맙네. 그렇다면 남정南鄭을 공격하세."

위연은 다시 군비를 갖추고 남정을 급습하기 위해 출발했다.

남곡을 건너 위연에게 일격을 가한 양의와 강유 등은 걸음을 재촉하여 제갈량의 영거를 남정성 안에 안치하고 후군이 도착하기를 기다리며 위연의 움직임을 살피고 있었다.

"뭐, 이쪽으로 곧장 달려오고 있다고? 적은 병력이라고는 하지만 촉나라 제일의 용장이다. 게다가 마대가 그를 돕고 있으니 방심할 수 없다."

강유가 경계하자 양의는 생각나는 것이 있었다. 그것은 공명이 임종하기 전에 후일 위연이 변을 일으키면 꺼내 보라고 주었던 비단 주머니였다.

||| 二 |||

비단 주머니 속에는 편지 한 통이 들어 있었다. 공명의 유필임은 말할 필요도 없다. 봉투 겉면에는 이렇게 쓰여 있었다.

위연이 모반을 일으켜 그를 치는 날, 이 편지를 보고 비력秘力**을 얻으라.**

양의와 강유는 주머니 속의 유계遺計에 따라 급히 작전을 변경했다. 즉 강유는 닫힌 성문을 활짝 열고 은빛 갑옷을 입고 금빛 안장에 앉아 길고 붉은 창을 비껴들고 진가陳歌를 부르며 병사 2,000명을 이끌고 성 밖으로 나왔다.

위연은 멀리서 그 모습을 보고 있다가 마찬가지로 징과 북을 울리며 진형을 좁혀왔다. 이윽고 칠흑 같은 말 위에 붉은 갑옷에 녹색 허리띠를 두르고 손에 용아도龍牙刀를 든 위연이 뛰어왔다.

같은 편이었을 때는 그렇게까지 생각하지 않았지만, 이렇게 적이 되고 보니 과연 장대하고 훤칠한 용장임이 틀림없었다. 강유도 보통이 아닌 적이라는 것을 알고 마음속으로 공명의 넋에 기도를 올리며 외쳤다.

"승상의 몸이 식기도 전에 반란을 획책하는 악당은 세상 어디에도 없을 것이다. 평소의 행동을 뉘우쳐 자신의 목을 영거에 바치려고 왔느냐!"

"웃기지 마라, 강유야."

위연은 침을 뱉으며 가볍게 응수했다.

"우선 양의를 내놓아라. 양의부터 먼저 처리하고 너는 나중에 상대해주마."

그러자 후진에서 양의가 말을 몰고 나왔다.

"위연, 야망을 갖는 것도 좋지만 분수를 알아라. 어찌 한 말도 되지 않는 독에 백 곡斛(1곡은 10말)의 물을 담으려고 하느냐? 바보가 따로 없구나."

"앗! 너는 양의구나."

"분하거든 하늘에 물어보아라. 누가 나를 죽일 수 있겠느냐고."

"뭐라고?"

"하늘에 대고 누가 나를 죽일 수 있겠느냐고 세 번만 외치면 한중을 고스란히 너에게 바치겠다. 말할 수 없을 것이다. 그럴 자신도 없을 테니."

"닥쳐라. 공명이 없는 지금, 천하에 나와 어깨를 나란히 할 자는 없다. 세 번이 뭐냐? 몇 번이라도 말해주마."

위연은 말 위에서 몸을 뒤로 젖히고 큰 소리로 말했다.

"누가 나를 죽일 수 있겠느냐? 누가 나를 죽일 수 있겠느냐? 있으면 나와라."

그때 위연의 뒤에서 큰 소리가 들렸다.

"여기에 있는 것을 모르느냐! 자, 내가 죽여주마."

"응?"

돌아보는 머리 위에서 하얀 칼날이 번쩍였다. 어떻게 막을 틈도, 피할 틈도 없었다. 위연의 목에서 피가 뿜어졌다.

"앗!"

아군과 적군 가릴 것 없이 비명을 질렀다. 마대는 피가 뚝뚝 떨어지는 칼을 들고 즉시 양의와 강유 앞으로 갔다.

공명이 살아 있을 때 마대에게 비밀 계책을 내렸던 것이다. 위연의 역적모의는 그의 부하들의 본심이 아니었기 때문에 병사들은 모두 마대와 함께 귀순했다.

이렇게 공명의 영거는 무사히 성도에 도착했다. 사천은 벌써 겨울로 접어들었다. 궁궐 위에 구름이 낮게 드리워졌다. 황제를 비롯한 문무백관이 상복을 입고 영거를 맞이했다.

공명의 유해는 한중의 정군산定軍山에 묻혔다. 궁중의 장례식과 백성들의 조제弔祭는 참으로 극진했으나 정군산 무덤은 고인의 유언에 따라 석관 안에 계절 옷 한 벌만 넣었을 뿐 당시의 관례로는 참으로 검소했다고 한다.

'몸은 죽더라도 여전히 한중을 지키고 넋은 천년에 걸쳐 중원을 평정하겠다.'

이것이 공명의 유지였으리라.

촉나라 조정은 그에게 충무후忠武侯라는 시호를 내렸다. 무덤 속에는 석금石琴 하나가 함께 묻혀서 전해지고 있는데 군중에 있을 때 늘 연주하던 고인의 유품이다. 그 석금의 맑고 영롱한 소리는 오래도록 창과 칼이 난무하는 전쟁터에 있었음에도 여전히 소박하고 풍류를 사랑하는 마음을 잃지 않았던 승상의 모습을 짐작하기에 충분했다.

아득한 1800여 년 전, 오늘의 건아들의 마음을 움직이는 것이 어찌 정군산의 거문고 하나뿐이겠는가.

'소나무는 예나 지금이나 그 빛깔에 변함이 없다.'는 말처럼 깨닫고 보면 모든 것이 예나 지금이나 변함없이 이 윤회와 춘추春秋를 벗어날 수 없는가 보다.

여록

제갈채

||| 一 |||

삼국이 정립한 것은 당시의 치란이 일으킨 대륙 분권의 자연스러운 풍운 작용이기도 했지만, 그것은 원래 제갈공명이라는 한 인물의 가슴속에서 나온 생각임을 부정하기 어렵다. 아직 27세밖에 안 된 청년 공명이 농사일을 하는 틈틈이 초려에서 품었던 이상의 실현이었던 셈이다. 때마침 삼고의 예를 갖춰 맞이한 유현덕의 뜻에 응해 마침내 초려를 나올 때 그는 이렇게 설명했다.

"삼국 정립을 당신의 큰 방침으로 삼아야 할 것입니다. 이것 외에는 한조 부흥의 기치를 들고 중원에 임하는 길은 없습니다."

그리고 마침내 그 이상이 실현되어 유비는 서촉에 자리잡고 북위의 조조, 동오의 손권과 이른바 삼분 정립의 한 시대를 열기에 이르렀으나 원래부터 이것은 공명의 궁극적인 목표가 아니었다.

천하를 셋으로 나누는 공명의 안은 유비가 처음부터 원하고 있는 한조 통일의 필연적인 과정으로 선택된 길이었다.

그러나 도중에 유비가 세상을 떠났다. 공명에게 어린 황제의 장래와 함께 그 유업까지 부탁한 채. 공명의 생애와 충성의 길은 그야말로 이날부터 진면목을 발휘한 것이라고 해도 될 것이다.

어린 황제의 장래와 대업의 달성. 자나 깨나 '선제의 유조'에 보답하고자 하는 것이 이후 공명의 모든 삶이자 모든 인격이었다. 고로 원서《삼국지연의》도 공명의 죽음에 이르면 일단 종국의 느낌이 들고 삼국 쟁패 자체도 휴전에 들어갔다고 볼 수밖에 없다.

아마 독자 여러분도 그러시겠지만 필자도 공명이 죽음을 맞이하자 갑자기 글을 쓸 흥미도 기력도 떨어지는 것을 어쩔 수가 없다. 이것은 독자와 필자를 불문하고 고대부터 삼국지에 대한 일반적인 통념인 듯하다.

그래서 본서는 '도원결의' 이래 거의 원문 모두를 번역했지만 나는 그 종국만은 원문과 상관없이 여기서 끝내고자 한다. 즉, 공명의 죽음을 끝으로 글을 맺겠다.

원서《삼국지연의》를 그대로 따르면 오장원 이후〈공명이 계책을 남겨 위연을 베다〉의 잔도를 태우는 것부터 이어져 위제 조예의 영화기와 난행亂行을 그리고 사마 부자의 대두에서 오나라의 추이, 촉나라 파멸, 그리고 결국 진나라가 삼국을 통일할 때까지의 치란흥망을 자세히 그리고 있지만, 거기에는 이미 시대의 주역격 인물이 보이지 않고 사건의 스케일도 작아지고 원저의 필치도 무미건조해진다. 요컨대 용두사미에 지나지 않는다.

따라서 그것까지 모두 번역할 필요가 없다는 것이 내 생각이지만, 여전히 역사적으로 보아 공명 사후의 추이도 알고 싶어 하는 독자들도 적지 않을 것이기 때문에 그것은 뒷장에 해설하기로 하겠다.

그보다도 원서에 나오지 않는 공명이라는 인물에 대해서 좀 더 많은 이야기를 남기고 싶은 것이 내 생각이다. 그것도 연의본뿐만 아니라 다른 여러 서적도 참고하여 보다 사실적인 '공명유사孔

明遺事'라고도 할 수 있는 일화나 후세의 논평 등을 한데 모아놓는 것도 결코 무의미하지는 않을 것이다. 그것으로 이 《삼국지》의 불충분한 완결을 보충하고 또 전편全篇을 조금이라도 완전함에 가까운 것으로 마무리하는 것이 필자의 임무라고 생각한다.

이하는 그런 생각으로 읽어주길 바란다.

||| 二 |||

평복 차림의 일개 청년인 공명의 첫 출현은 조조의 호적수로 일어난 신인의 모습이었다고 해도 될 것이다.

조조는 한때, 당시 중원의 8할까지 석권하고 형산荊山과 초수楚水에 이르기까지 모두 그의 깃발로 메우고는 '장강을 의지하고 있는 보수국, 오나라만 남았다. 유랑을 일삼고 있는 유비 따위는 말해 무엇하겠는가.'라며 득의만만해 있었던 것은 사실이었지 싶다.

그런 그를 혜성처럼 나타나 좌절시킨 사람이 공명이었다. 또 그의 천하 삼분책이었다.

조조의 자랑거리인 위나라의 대함선단은 오림과 적벽에서 대패하고 북으로 돌아갔다. 이어서 유비가 형주를 점령했다는 소식을 들었을 때 그는 무언가를 쓰다가 너무 놀라서 붓을 떨어뜨렸다는 이야기는 《노숙전魯肅傳》에도 기록되어 있고, 유명한 삽화도 있다. 이것만 봐도 그가 얼마나 무적 조씨의 운을 자부하고 있었는지 알 수 있다.

게다가 이후 '유비 휘하에 청년 공명이 있다.'는 것을 의식하고부터는 뜻이 높았던 천하의 조조도 숨을 거둘 때까지 강한江漢에 한 발짝도 들어가지 못했다.

그렇다고는 해도 조조라는 인물의 성격에서는 실로 동양적 영걸의 대표적인 일면을 볼 수 있다. 그 풍모뿐만 아니라 전격적인 행동이나 다감한 치정痴情과 열정에 있어서도 영웅다운 장점과 단점의 양면을 지니고 있기에 《삼국지》의 서곡부터 중편까지의 대관현악은 끊임없이 그의 모습에 의해 연주되었다 해도 과언이 아니다.

극적으로는 유비와 장비, 관우의 도원결의에 의해 《삼국지》의 서막이 열린 것이라고 볼 수 있지만 진정한 삼국사적 의의와 흥미는 누가 뭐라 해도 조조의 출현부터이고 조조가 그 주도적인 역할을 했다.

그러나 조조의 전성기를 분수령으로 일단 지면에 공명이 모습을 드러내자 그 주인공 자리를 바로 양양의 변두리에서 나온 평복 차림의 일개 청년에게 양보하지 않을 수 없었다.

한마디로 말하면 《삼국지》는 조조로 시작해서 공명으로 끝나는 양대 영웅의 성공과 실패의 흔적을 그린 것이라 해도 과언이 아니다.

이 두 사람을 문예적으로 본다면 조조는 시인이고 공명은 문호라 할 수 있을 것이다.

어리석음, 우둔함, 광기에 가까운 성격적 결함도 다분히 지니고 있는 영웅으로서 인간적인 재미는 공명보다 조조가 훨씬 앞서지만, 후대에 오랫동안 추앙받는 면에서는 도저히 공명을 따라갈 수 없다.

1800여 년이라는 오랜 시간의 흐름은 필연적으로 현실상 양자의 승패뿐만 아니라 그 영구적인 생명력에 있어서도 조조의 이름이 공명보다 훨씬 아래에 놓이고 말았다.

시대의 판정이야말로 최고의 판정이다.

그런데 공명이라는 인격을 모든 각도에서 살펴보면 도대체 어디에 진짜 그가 있는지 너무 어렴풋해서 조금 파악하기 어려운 부분이 있다.

병법가, 무장으로 보면 정말로 그것이 진정한 공명의 모습인 듯하다. 또 정치가로서 그를 생각하면 오히려 정치가로서의 진수眞髓가 느껴지기도 한다.

사상가라고도 할 수 있고, 도덕가라고도 할 수 있다. 또 문호라고도 할 수 있다. 물론 그도 인간인 이상 성격적인 단점은 있었지만, 그의 다재다능함, 즉 유비가 존경하고 사랑해 마지않았던 큰 인물로 동양의 고금을 살펴보아도 좀처럼 찾기 어려운 훌륭한 사령관이었다고 할 수 있다.

훌륭한 사령관. 이상과 같은 모든 능력을 한 몸에 갖춘 제갈공명이야말로 그렇게 부르기에 합당한 인물이다. 또 진정으로 훌륭한 사령관은 그와 같이 큰 그릇이어야 할 것이다.

그렇다고는 하지만 그는 결코 소위 성인형聖人型 인간은 아니었다. 공자와 맹자의 학문을 기본으로 한 점이 엿보이기는 하지만 그 참모습은 오히려 오직 충성을 다하는 평범한 인간이라는 데 있었다.

||| 三 |||

그가 얼마나 평범함을 사랑했는지는 그의 소박한 생활에서도 엿볼 수 있다.

공명이 일찍이 후주 유선에게 바친 표문에서도 평소의 생활 태도를 이렇게 기술하고 있다.

성도의 뽕나무 백 그루, 척박한 땅 열다섯 이랑.

자제子弟의 의복과 음식은 넉넉합니다. 신은 임무가 있어서 외지에 머물러도 의복과 음식은 모두 관에서 받사옵니다. 그러니 생활을 위해 따로 재산을 불리지 않사옵니다. 만약 신이 죽는 날, 안에 남은 의복이 있고 밖에 재산이 있다면 이는 폐하를 배반하는 것이 될 것이옵니다.

공명은 국무에 참가하는 자의 마음가짐의 하나로 생활 속에서 이를 실천했던 것이다. 후한 이래 무신이 금품을 탐하는 폐습은 삼국 시대에도 끊이지 않았을 것이다.

사리사욕 없이 충직하고 참된 인물의 귀감을 나타내려 한 그의 마음은 표문의 구절 이외에도 잘 나타나 있다.

그는 청렴하고 정직했다. 병사를 쓰는 데 있어서는 신산귀모神算鬼謀하고, 적을 속이는 데 있어서는 표리불측表裏不測했다. 그러나 군을 떠나 그 인물을 봤을 때는 어리석을 정도로 정직한 길을 똑바로 걸었던 사람이다.

자식처럼 사랑했던 마속을 벤 것도 그 예라고 할 수 있다. 또 임종 전의 유현덕이 "유선도, 나라의 후사도 일체 맡기겠소. 만약 유선이 어리석어 촉제의 자질이 없다고 판단되면 경이 황위를 이어 촉을 다스리시오."라고 유언했음에도 그는 털끝만큼도 야심을 품지 않았다.

그래서 만년에 해를 이은 북벌 원정에 공명을 따라간 장졸들이 이국에서 목숨을 잃어 고향으로 돌아오지 못했지만, 촉에 있는 유족들은 결코 공명을 원망하지 않았다.

그뿐만 아니라 공명이 죽자 촉나라 백성들은 묘당과 비석을 세웠다. 그가 쉬었던 장소, 그가 말을 맸던 나무, 하나하나가 모두 작은 사당이 되었고 백성들의 제사는 끊이지 않았다.

또 그는 내정과 전진戰陣에 관계없이 상벌에는 매우 엄격하여 그로 인해 좌천당하거나 궁핍해진 사람도 꽤 많았으나 모두가 그의 '사심 없는 마음' 때문에 원망하는 이가 없었다. 오히려 그의 사후에는 그랬던 사람들까지 다시 관직에 나갈 수 있는 길이 사라졌다며 모두 한탄했을 정도다.

"일국의 재상 된 자가 밤이 깊어서야 잠이 들고 아침 일찍 일어나 사무와 군정을 보고 게다가 소소한 인사의 상벌까지 일일이 관여하는 것은 진정한 큰 그릇이 아니고, 게다가 나라에 충성하는 듯하지만 오히려 충성이 아니다."

이런 논평이 없는 것도 아니다. 후세의 역사가는 이외에도 여러 가지 공명의 단점을 열거하고 있지만, 요컨대 나라를 근심하며 그 여윈 몸을 이끌고 참된 마음으로 밤낮없이 고군분투한 고인을, 고생을 모르는 후세의 문인이나 이론가가 따뜻이 입고 배불리 먹으며 시시비비를 논하는 것은 말장난에 지나지 않을 뿐이다. 해마다 여러 차례에 걸친 북위 진격과 기산 체류 중의 노고는 외적의 강대함뿐만 아니라 촉 내부에서 걱정거리가 끊임없이 쏟아지던 위기의 시기였기 때문이다.

아마도 공명은 자신의 몸이 두 개나 세 개이기를 바랐을 것이다. 혹은 그 천수가 10년만 더 주어지기를 원했지 싶다.

역시 그를 진정으로 알아주는 사람은 무명의 민중이었다고 할 수 있을 것이다. 현재, 중국 각지에 남아 있는 주마당駐馬塘, 만리교萬里橋, 무후파武侯坡, 악산樂山 등으로 읽는 지명은 모두 공명이 시를 읊은 유적이거나 말을 맸던 제방, 사람과 헤어진 길이라고 전해지고 있다. 그런 순박한 사모의 마음속에 오히려 그의 모습이 있는 그대로, 또 유구하게, 세월을 초월하여 남아 있다고 생각한다.

||| 四 |||

그러나 한 가지 난처한 것은 그에 대한 일반인들의 지나친 존경이 때로는 도를 넘어서 공명의 모든 것을 신선시神仙視해버린다는 것이다.

그 예를 몇 가지 들어보면 다음과 같다.

> 공명의 딸은 구름을 타고 하늘로 올라갔다. 이것을 갈녀사葛女祠로 제사지냈다. -《조진관기기사朝眞觀記記事》
>
> 목우유마는 신령한 자동기계로 사람의 힘을 빌리지 않고 스스로 달렸다. -《융주지戎州志》
>
> 그는 시계도 만들었다. 그 시계는 매 경更마다 북을 울리는데, 삼경이 되면 닭 울음소리를 삼창한다. -《화이고華夷考》
>
> 공명이 이용한 솥은 지금도 물을 넣으면 저절로 끓는다. -《단연록丹鉛錄》
>
> 공명의 무덤이 있는 정군산에 구름이 끼면 지금도 격한 북소리가 난다. 한중 팔진의 유적에는 비가 내리면 함성이 일어난다. -《간보진기干寶晉記》

이외에도 찾으면 셀 수 없을 정도로 이런 종류의 구비 전설이 많다. 소박하고 사랑스러운 이야기도 있지만, 그중에는 익살스러운 것도 있다. 《삼국지연의》 원서는 사실과 전설을 모두 속속들이 알고 있으면서 민간에 전해지는 공명의 모습도 받아들여 그것을 문학적으로 신선화한 것이다. 그의 병략과 전법을 말하는 데 육정육갑의 기술을 차용하고, 팔문둔갑의 귀변鬼變을 묘사하고 있는 부분 등이 그렇고, 특히 천문과 기상에 관한 것은 모두 중국의 음양오행과 성력聖曆에 따른 것이다.

그러나 오행관도 점성학도 모두 뿌리 깊게 자리한 채 황토 대륙의 서민들이 오랫동안 믿어왔던 근본 우주관이며 그와 관련된 인생관이기도 했기 때문에 이것을 부정하면 《삼국지연의》는 성립하지 않게 된다. 또 이처럼 민중 사이에서 오랫동안 읽히며 전해지지도 않았을 것이다.

그래서 나의 이 새 번역 《삼국지》도 그러한 장면이 나올 때마다 적잖은 고생을 했다. 지금의 독자들에게는 너무도 기이한 것을 이야기하는 것에 지나지 않았기 때문이다. 단 거기에서 구제받을 수 있는 길은 단 하나, 시화뿐이었다. 그 점은 원서도 크게 뜻을 둔 모양이지만, 나 또한 일종의 민족적 시극을 그릴 생각으로 썼다. 동시에 그런 기괴한 분채粉彩도 음악도 배경도 일절 삭제하지 않고 원서 그대로를 옮겨 적었다.

조금 옆길로 샜지만, 중국 민중이 시간이 흐름에 따라 얼마나 공명을 신선시했는지는 당나라 시대가 되어서도 이런 일화가 널리 퍼져 있던 것을 보면 알 수 있다.

당나라 때, 도둑이 있었는데 옛 주인의 무덤을 팠다. 도둑 몇 사람이 함께 그 속에 들어가니 등잔 밑에 앉아 바둑을 두는 두 사람이 있고 그들을 지키는 자가 십수 명 보였다. 도둑들은 두려워하며 절했다. 그러자 앉아 있던 사람 중 한 명이 돌아보며 너희들은 술을 마시느냐고 물었다.

그리고 각자에게 미주 한 잔씩을 주고 옥대 몇 개를 꺼내 나누어주었다. 도둑들은 두려워 떨며 급히 무덤에서 나와 서로를 보며 말하려 했지만, 입술은 모두 옻으로 붙어 떨어지지 않고 손의 옥대를 보니 각자 무섭고 커다란 뱀을 쥐고 있었다. 나중에 마을 사람들에게 물으니 이 무덤은 제갈무후가 만든 것이라고 했다.

이것은《담총談叢》이라는 책에 실려 있는 글이다.

책 이야기가 나온 김에 공명의 저작에 대해 말한다면 병서, 경서, 유표의 문장 등, 그가 쓴 것이라고 전해지는 것이 꽤 있다. 그러나 대부분은 후세 사람들이 그의 뜻을 엮은 것이거나 대신 쓴 것이다.

그중에서도 대표적인 공명의 병서로 알려진《제갈량 5법 5권》등은 일본에도 전해져서 나중에 구스노키류 병법이나 고슈류를 비롯한 많은 병법서 등과 어깨를 나란히 하지만 믿을 만한 것이 못 된다.

그가 진중에서 자주 거문고를 탔다고 하는 것에서《금경琴經》이라는 거문고 연혁과 7현의 음보를 쓴 책도 남아 있다. 진위는 모르지만 공명이 취미가 많은 풍류객인 것은 사실에 가까운 듯하다.

제갈무후 부자는 모두 그림에 능했다.

이런 글귀가 《역대명서보歷代名書譜》에도 보이고 그 외의 책에도 공명이 그림에 뛰어났다는 기록이 있다. 그러나 그의 그림이라고 믿을 수 있는 작품은 한 점도 전해지고 있지 않다.

||| 五 |||

공명은 무슨 일에든 꼼꼼했던 것 같다.

공명이 군마를 주둔한 영루의 흔적을 보면 우물, 아궁이, 장벽, 하수 등의 설계가 기준에 딱 맞아 규칙이 정연했다고 한다.

또 관청, 숙박시설, 교량, 도로 등의 모든 도시 경영에서도 위생을 가장 중시했고, 시민의 편리와 조정의 위엄을 잘 고려했기 때문에 그 시설이 당시로서는 매우 과학적이었다.

그리고 공명 자신이 생활신조로 삼았던 것은 다음의 세 가지다.

근신, 충성, 검소

공직에 종사하면서는 근신, 왕실을 섬기는 데는 충성, 자신의 생활에는 검소. 이 세 가지 자계自戒로 시종일관했다.

이런 풍격을 갖춘 사람에게 간혹 보이는 단점은 스스로에게 너무 엄격한 나머지 남을 책망할 때도 지나치게 가혹한 경향이 있다는 것이다. 결벽은 오히려 공명의 작은 결점이었다.

예를 들면 일본의 도요토미 히데요시豊臣秀吉 같은 인물은 날카로운 눈매와 강한 의지, 때로는 엄혹하기도 하고, 열정적이기도

한 영웅이지만, 어느 한쪽은 활짝 열어놓은 부분이 있었다. 동서남북 네 개의 문 중 하나의 문만은 인간적인 우둔함과 어리석음도 보이고 때로는 멍청한 구석을 드러내기도 했다. 그를 둘러싼 제후들은 그 하나의 문으로 접근하여 그와 친해질 수 있었다.

그러나 공명을 보면 그의 꼼꼼한 성격이 공적 생활뿐만 아니라 일상생활에서도 나타났다. 그리하여 왠지 함부로 접근하기가 어려운 느낌을 주었다. 그의 집 문 앞에는 언제나 깨끗한 모래가 깔려 있었기 때문에 모래 위에 발자국을 남기는 것이 왠지 꺼림칙한 사람들도 있었을 것이다.

요컨대 그의 생활까지도 소위 팔문둔갑이었고, 어디에도 빈틈이 없었다. 즉, 범인에게 편안함을 주는 개방된 부분이 없었다. 이것은 분명 공명의 단점이라 할 수 있을 것이다. 위나라나 오나라에 비해 촉나라 조정에 인물이 적었던 것도 의외로 이런 부분에 그 원인이 있었을지도 모른다.

공명의 단점을 하나 든 김에 촉군이 결국 위나라를 이기지 못한 원인이 어디에 있었는지를 생각해보고자 한다. 나는 그 한 원인으로서 유현덕 이래 촉군이 전쟁 목표로서 주장해온 '한조 부흥'이라는 기치가 과연 합당한 것이었는지, 또 중국 전토의 백성들이 이른바 대의명분으로서 받아들일 만한 것이었는지 의심이 든다.

왜냐하면 중국의 제립帝立이나 황실의 교대는 왕도를 이상으로 하는 것이지만, 그 역사에서도 알 수 있듯이 항상 패도와 패도가 맞부딪쳐 흥망의 과정을 반복했기 때문이다.

거기서 한조라는 것도 후한의 광무제가 일어나 전한의 조위朝位를 찬탈한 왕망王莽을 토벌하고 다시 세상이 평안할 수 있었던 시대에는 아직 민심에 '한漢'의 위덕이 남아 있었다. 그러나 그 후한의 치세도 촉제와 위제 이후에는 천하의 신망이 완전히 땅에 떨어져서 민심이 한조에서 멀어졌던 것이다.

유현덕이 처음에 한의 부흥을 외치며 일어섰던 시대는 그 말기였다. 유비로서는 광무제의 옛 지혜를 본받으려 했는지도 모르지만, 결과적으로는 엎질러진 물을 다시 담을 수 없듯이 한 번 한조를 떠난 민심은 아무리 되돌리려 해도 되돌릴 수 없었다.

그토록 덕이 있는 유비도 쉽게 그 대업을 이루지 못하고 악전고투를 계속한 것도 결국 부분적인 민심은 얻었어도 천하는 여전히 한조의 부흥을 진심으로 환영하지 않았기 때문이다.

동시에 유비의 사후 그 대의명분을 선제의 유업으로 이어받은 공명에게도 화근이 그대로 미친 것이다. 그의 이상이 결국 성공하지 못하고 끝난 근본 원인도, 촉의 인재 부족도 모두 여기에서 유래한다고 봐도 무방할 것이다.

||| 六 |||

《삼국지연의》 중 본문에서 자주 보이는 것이 다음과 같이 그의 풍채를 묘사한 글이다.

몸에는 학창의를 입고 머리에는 윤건을 쓰고 손에는 백우선을 들었다.

이는 신비롭고 고상한 운치가 있는 시적 문장이지만, 이것을 평의하게 말하면 '항상 베로 짠 두건을 쓰고 흰 무명이나 삼베로 짠

옷을 걸치고 나무로 된 가마나 사륜거를 탔다.'는 그의 검소한 생활을 엿볼 수 있다.

그는 처음에 자식이 없어서 형 제갈근의 차남 교喬를 양자로 삼았다. 근은 오나라의 중신이었기 때문에 당연히 그 주인 손권의 허락을 받은 후에 촉의 아우에게 보냈을 것이다.

이 교는 숙부와 아버지의 장점만을 닮아 장래가 촉망되었다. 그는 촉의 부마도위駙馬都尉에 올라 때때로 양부 공명을 따라 출정한 적도 있는 듯했으나 아쉽게도 25세에 병사했다.

공명의 가정은 다시 한동안 적막했으나 그가 45세 때 비로소 친자식 첨瞻을 얻었다. 만년의 첫아이인 만큼 그가 얼마나 기뻐했을지 상상이 간다.

제갈첨은 상당히 재주가 뛰어난 것으로 보이는데 건흥 12년(234) 오나라에 있는 형, 제갈근에게 보낸 공명의 서신에서 이렇게 말하고 있다.

> **첨이 벌써 여덟 살이 되었습니다. 그의 총명과 지혜는 사랑스럽습니다. 단지 그의 조숙함으로 인해 오히려 큰 그릇이 되지 못할까 우려될 뿐입니다.**

그는 여덟 살의 아들을 볼 때조차 국가적 관점에서 보았다.

그해 공명은 원정지에서 병사했다. 고인이 사용하던 서재 안에서 '자식을 훈계하는 책'이라는 것이 나왔다.

그 후 첨은 17세에 촉제의 누이동생과 결혼하여 한림중랑장翰林中郎將에 임명되었다.

아버지의 유덕은 모두 첨에게 좋게 작용하여 선정이 있을 때는 모두 첨이 한 것처럼 여겨졌다. 그러나 그 명성은 과찬에 지나지 않았다. 공명이 생전에 '이 아이는 아마도 큰 그릇이 되지 못할 것이다.'라고 한 말이 첨의 참모습인 듯하다.

촉나라가 멸망한 해, 첨은 37세의 나이로 전사했다.

아들 상尙도 아직 열예닐곱이었지만 위군 속으로 돌진하여 분전하다가 장렬한 죽음을 맞이했다.

결코 국가의 큰 그릇은 아니었다고 해도 공명의 자식은 물론 손자까지 모두 국난에 목숨을 바침으로써 공명의 이름을 욕되게 하지 않았다.

상 밑으로도 어린 남동생이 있었다고 하지만, 그에 대해서는 전해진 것이 없다. 또 공명에게 다른 모계 혈통도 있었다는 설도 있지만 진위는 분명치 않다.

공명의 가계는 이렇게 묻혀버렸지만, 삼국 정립 시대에 이 제갈씨 일문에서 세 명의 장상將相이 나왔을 뿐만 아니라 저마다 촉, 위, 오로 떨어져 있던 것은 보기 드문 기이한 광경이었다.

즉 공명은 촉을, 형인 근은 오를, 사촌인 탄誕은 위나라를 섬겼다. 제갈탄에 대해서는 거의 알려진 것이 없지만 한 책에 이런 기록이 있다.

제갈씨의 형 근, 아우 탄은 모두 명성이 있었다. 각각 나라가 달랐기 때문에 사람들이 말하기를 촉은 용을 얻고 오는 호랑이를 얻었으나 위는 개를 얻었다고 한다.

이것은 조금 혹평인 듯하다. 제갈탄은 분가의 아들로 일찍부터 장군으로 위나라를 섬겼지만, 공명과 근의 사이처럼 친교가 없었기 때문에《삼국지》에서도 별로 다뤄지지 않았다. 그러나 후에 위나라를 취한 사마진司馬晉에 거역하다가 패했기 때문에 진나라 사람들이 그를 나쁘게 기록한 듯하다.

탄에 대해서도 전해진 것은 많지만 이야기가 본 줄거리에서 벗어나기 때문에 생략한다. 공명 사후의 촉에 대해서는 나중에 간략히 설명하기로 하겠다. 그러나 그의 사후 30년간이나 촉이 타국에 침략당하지 않았던 것은 오직 그가 남긴 법과 덕이 그의 사후에도 여전히 나라를 지키고 있었기 때문이라고 해도 과언이 아닐 것이다.

||| 七 |||

라이 산요賴山陽(에도 시대의 역사가)의 제시題詩 '중달, 무후의 영지를 보고 그림에 제목을 붙이다'에서 산요는 이렇게 말하고 있다.

> **공론은 적수敵讐에게서 나온 것과 같다.**

지당한 말이다. 산요는 사마의가 촉군 퇴각 후 그들이 남긴 흔적을 둘러보고 "그는 참으로 천하의 기재奇才다."라고 격찬했다고 전해지고 있는 그 말을 가리켜서 한 말이다.

이 이상 공명을 논하고 공명을 시시비비할 필요가 있겠는가, 라고 세상의 이론가들에게 한 구절로 일침한 것이라고 할 수 있겠다.

하지만 여기서 한 마디 사견을 허락해주신다면 나는 역시 이렇게 말하고 싶다. 사마의는 천하의 기재라고 했지만 나는 위대한 범인이라고 말하고 싶다는 것이다. 공명만큼 정직한 사람도 드물다. 성실하고 바르다. 결코 공자나 맹자 같은 성현도 아니었고 기교가 있는 쾌남도 아니었다. 단지 그 평범함이 세상에 흔한 평범함과는 달리 너무나 큰 것이었다.

그는 군을 한 지점에서 다른 지점으로 이동시키면 반드시 막사의 구축과 함께 부근의 공터에 순무 씨를 뿌리게 했다. 이 순무는 사철 내내 자라고 토양을 가리지 않는 특성이 있다. 그리고 그 뿌리에서 줄기나 잎까지 생으로도 먹을 수 있고, 익혀서도 먹을 수 있는 이점이 있기 때문에 군량의 부식물로는 더할 나위 없이 좋은 식재료였다.

호쾌하고 영웅적인 기질을 지닌 인물 중에서 이런 세세한 부분까지 신경 쓰는 사람은 없을 것이다. 공명이 정직하고 성실한 사람이었기 때문에 생각할 수 있는 부분이었다. 자칫하면 채소의 영양이 부족하기 쉬운 진중의 음식에 이 순무는 상당히 큰 힘이 되었을 것이다. 전진戰陣을 옮기는 경우에도 그대로 버려두고 가도 아깝지 않고, 또 다음 땅에서 바로 재배할 수 있다. 이 순무의 재배가 각 지방으로 퍼져 지금도 촉나라의 강릉 지방에 사는 서민들 사이에서는 '제갈채諸葛菜'라 부르며 즐겨 먹는다고 한다.

또 이런 재밌는 이야기도 있다. 촉이 위에 멸망당한 후, 또 그 위를 정복한 환온桓溫이 성도에 들어갔을 때의 이야기다. 그 무렵, 유선 황제 시대를 살아 그 시대를 아는 100세를 넘은 노인이 있었다.

환온이 노옹을 불러 물었다.

"그대는 백 살이 넘는다고 들었는데 그 나이라면 제갈공명이 살아 있던 시절을 알고 있을 것이다. 그 사람을 본 적이 있는가?"

노옹이 자랑스럽게 대답했다.

"네, 물론 있습니다. 소인이 아직 젊었던 말단 관리였을 때이나 똑똑히 기억하고 있습죠."

"그렇군. 그럼 묻겠는데 공명이라는 사람은 대체 어떤 사람이었는가?"

"글쎄요……?"

질문을 받은 노옹이 곤란하다는 표정을 짓자 환온은 동시대에서 지금까지의 영걸이나 위인의 이름을 대며 다시 물었다.

"예를 들면…… 누구와 비슷한 인물인가? 누구와 닮았다고 생각하는가?"

노인이 대답했다.

"소인이 기억하고 있는 제갈 승상은 특별히 다른 것이 없었습니다. 지금 당신이 예로 든 장군들처럼 그렇게 위대해 보이지는 않았습니다. 다만 승상이 돌아가신 후로는 왠지 저런 분은 더 이상 세상에 없을 것 같다는 생각이 들었을 뿐입니다요."

사마의의 말도 공명을 칭찬한 말일 테지만 나는 왠지 이 노옹의 말 속에서 오히려 공명의 참모습이 느껴진다.

승상의 사당을 어디에서 찾을까
금관성錦官城 밖 측백나무 숲이라네
계단의 푸른 풀은 봄빛 절로 비추고
나뭇잎 사이의 노란 꾀꼬리 속절없이 고운 소리로 운다
삼고초려의 번거로움은 천하를 위한 계책이요
두 왕조를 열고 닦은 노신의 마음이라

출사하여 뜻을 이루지 못하고 세상을 뜨니
오래도록 영웅들의 옷깃을 눈물 젖게 하는구나

공명을 칭송하는 후대 사람들의 시는 많지만, 이것은 대표적인 두보의 시다. 양양의 사당 앞에 후주 유선이 심었다고 하는 측백나무가 당나라 시대까지 무성한 것을 두보가 보고 지은 것이라고 한다.

후촉 30년

一

공명 사후 30년의 역사를 간략히 적어둔다.

이때까지의 촉나라는 거의 공명 한 사람이 그 국운을 짊어지고 있었다고 해도 과언이 아닌 상태였기 때문에 그의 죽음은 곧 촉나라의 멸망을 의미했다.

공명은 이를 자신의 큰 불충이라 여기며 남몰래 걱정하고 있었다. 그래서 자신이 죽은 후를 대비해 할 수 있는 준비는 최선을 다해서 했다.

이후 촉 제국이 30여 년간 유지된 것도 '몸은 죽었어도 살아 있는 공명의 대비'가 내치와 외방外防의 위에 있었기 때문이다.

공명이 죽은 이듬해 즉, 촉의 건흥 13년(235)에는 어떤 일이 있었는가 하면 촉군이 총철수할 때 잔도에서 야심가 위연을 주살한 양의도 관직을 박탈당하고 관가官嘉로 귀양가게 되었다. 그리고 거기서 자결했다.

위연은 양의를 적대시하고 양의는 위연을 부정적으로 보았다. 이 두 사람은 공명이 살아 있을 때부터 사이가 좋지 않았는데 도량이 넓은 공명은 이를 표면에 드러내지 않고 두 사람을 교묘히 이용했다.

두 사람의 사이가 좋지 않은 것은 모두 속으로 공명이 죽은 후에는 자신이야말로 승상에 적임자라고 각자 그 자리를 놓고 다투고 있었기 때문이다.

일찍이 오나라의 손권이 촉나라의 사자에게 공명의 좌우에 있는 중신이 누구냐고 물었을 때 양의와 위연이라고 대답하자 이렇게 말했다고 한다.

"양의와 위연이 서로 싸우고 있으니 공명도 힘이 들겠군."

손권도 공명을 동정하며 위연과 양의를 조소했듯이 두 사람은 촉군 진영에서도 성가신 존재였음이 분명해 보인다.

"위연은 교만하고 양의는 고집스럽다."

생전에 공명은 이렇게 말했다. 그래서 그는 그 누구에게도 후사를 맡기지 않고 오히려 평범하지만 건실한 장완과 비위에게 많은 부분을 맡긴 것이다.

양의의 실각도 결국 그 불평에서 기인한 것으로 그는 성도로 돌아간 후 분명 대명이 자신에게 내려질 것이라고 자부했으나 누가 알았으랴, 중임은 장완에게 내려지고 자신은 중장군사中將軍師에 임명된 것에 지나지 않았다. 그러자 이후 계속해서 불평하며 급기야 불온한 행동을 하려는 움직임을 보였기 때문에 촉나라 조정은 이에 앞서 그의 관직을 박탈하고 관가로 귀양 보내기로 결단한 것이다.

이것이 공명 사후 성도에서 일어난 첫 번째 사건이었다. 한 국가도, 한 집안도 기둥을 잃으면 반드시 내분이 일어나는데 촉도 예외는 아니었다. 그러나 장완은 과연 일 처리에 능하고 실수가 없었다. 그는 우선 상서령이 되어 모든 국사를 처리했다. 사람들은 이런 그를 보고 말했다.

"이 사람은 평범하지만 으스대지 않고 잘난 척하지 않고 행동거지에 숨김이 없어서 좋다."

공명이 그를 선택한 것도 그 특징 없는 것을 특징으로 인정했기 때문일 것이다.

건흥 13년(235) 4월.

장완은 대장군 상서령으로 승진했고, 비위가 그의 뒤를 이었다. 또 오의吳懿가 새로운 거기장군이 되어 한중을 통치하게 되었다.

원정군 대부분은 철수했지만, 한중은 여전히 촉나라에 있어서 중요한 전위기지였기 때문에 많은 국방군이 주둔하고 있었다. 오의가 부임한 것은 그 때문이었다.

이때 동맹국 오나라는 표변하기 시작했다. 공명의 죽음과 동시에 노골적으로 태도를 바꾼 것이다.

"지금 촉을 급히 구하지 않으면 촉은 위에 먹혀버릴 것이다."

이런 명목으로 오는 수만 명의 병사를 촉의 국경인 파구巴丘로 보냈다. 이 위험한 구원군에 대해 촉도 즉시 군사를 파견했다.

"친절은 고맙지만 이 방면에 이렇다 할 위험이 없으니 돌아가길 바란다."

촉은 대치하며 이렇게 외교적 절충에 힘썼기 때문에 오도 결국 혼란을 틈타 이익을 취하려던 뜻을 접고 일단 촉의 국경에서 병사들을 거둘 수밖에 없었다.

||| 二 |||

건흥 15년(237), 촉은 연호를 연희延熙로 고쳤다.

이해 장완은 위나라를 토벌하기 위해 군사를 이끌고 한중으로 나와 은밀히 위나라의 정세를 살피고 있었다. 공명이 죽은 뒤에도 유현덕 이래의 중원 진출의 큰 뜻은 유신들 사이에서 여전히 계승되고 있었다.

장완은 공명이 언제나 군량 수송에 애를 먹었다는 것을 잘 알았기 때문에 이번에는 수로를 이용해 위나라로 진격할 것을 건의했으나 촉나라 조정은 결국 그의 건의를 받아들이지 않았다.

"북쪽으로 흐르는 강을 이용하면 들어가기는 쉽지만 후퇴할 때는 강물을 거슬러 올라가야 하기 때문에 난관에 봉착할 것이다."

이는 그 작전을 부정했을 뿐만 아니라 이미 원정을 내켜 하지 않는 분위기가 조정에 팽배해졌다는 증거였다.

"지킬 것인가, 공격할 것인가."

촉의 여론은 몇 년 동안 아무 결정도 내리지 못했다.

그러는 동안 연희 7년(243) 3월, 위는 촉의 약점을 간파했다.

위나라는 지금이야말로 촉나라를 일격에 궤멸시킬 수 있을 때라며 조상曹爽이 총사령관이 되어 10여만의 병사를 이끌고 장안을 나와 낙구駱口를 거쳐 다년간 노리고 있던 한중으로 일거에 돌입하려 했다. 그러나 촉군은 아직 약해지지 않았다. 촉군은 그 도중에서 맞받아쳐 위군을 고전에 빠뜨렸다.

비위의 원군이 신속히 온 것과 부涪(강 이름) 방면에 촉군이 충분히 배치되어 있었기 때문에 도처에서 위군에게 통렬한 타격을 가하고 특유의 험로를 이용해 적을 괴롭혔다.

"안 되겠다. 아직 공명의 유풍이 살아 있구나."

조상은 이렇게 말하고 퇴각했다.

이듬해 촉의 장완이 죽었다.

촉의 훌륭한 장수들이 이렇듯 한 명 한 명 새벽 별처럼 사라져갔다. 힘으로는 어쩔 수 없는 무언가가 해마다 촉의 역사에 죽음의 그림자를 더해갔다.

장완은 결국 승상은 되지 못했지만, 공명의 뜻을 저버리지 않은 충성된 자였다.

같은 해 12월에는 상서령 동윤董允이 죽었다. 동윤은 장완에 버금가는 중신으로 강직하기로 유명한 이였기 때문에 장완의 죽음 이상으로 이를 안타까워하는 사람들도 많았다.

이 두 사람이 죽자 드디어 봄이 왔다고 환호하며 대두한 세력이 있었다. 환관인 황호黃皓를 중심으로 한 무리였다. 황호는 평소 황제의 총애를 받고 있었지만, 정치에 참견하기 시작한 것은 이때부터였다. 강단 있는 충신들이 차례로 세상을 떠나고 이런 자들이 내정에서 외무에 이르기까지 새롭게 얼굴을 드러내게 되었으니, 이미 그 나라의 운명은 정해진 것이나 다름없었다.

그러나 아직 촉에는 희망이 있었다. 비위와 강유가 여전히 건재했기 때문이다. 이후 그들이 열심히 국정을 돌보고 쇠망기에 접어든 국가를 지탱하며 공명의 유지에 응하기 위해 노력하는 모습은 눈물겨울 정도였다.

결과론적인 이야기이지만 강유의 유일한 단점은 자신의 재능과 기략이 공명에게 미치지 못하는 걸 알면서도 일을 지나치게 크게 벌였다는 점이었다. 게다가 공을 서두른 결과 오히려 촉이 와해되는 데 박차를 가하게 되었다.

어찌되었든 무인으로서, 또 유일한 유법遺法을 공명에게 직접 받은 그로서는 '싸우다 죽든지, 뜻을 관철하든지' 이 두 가지를 걸고 최후까지 적극적으로 싸우는 것 외에는 삶의 보람이 없었을 것이다.

그래서 그는 전부터 양주凉州 지방의 강족羌族을 회유하고 있었기 때문에 이 세력을 이용해서 위나라로 진공할 계책을 세웠다.

이것을 실현한 것은 연희 10년(247)의 가을이었다. 강유는 옹주雍州로 공격해 들어갔다.

위나라의 곽회, 진태 등이 방어전에 나서 각지에서 격렬한 전투가 벌어졌다. 결국 촉군은 위나라의 여러 지역을 짓밟은 것에 만족하고 퇴각할 수밖에 없었다. 위군에 의해 퇴로가 끊기고 부하들 중에 많은 탈주자가 생겼기 때문이다.

||| 三 |||

게다가 또 촉에 불행한 사건이 일어났다. 비위의 죽음이었다.

사람들은 공명의 뜻을 이어받은 큰 그릇으로는 비위가 그 첫 번째일 것이라고 여기고 있던 터라 갑작스럽게 그의 부고가 전해지자 큰 슬픔에 휩싸였다.

사인도 당시에는 비밀에 부쳐졌지만, 훗날 사람들에게 자연스럽게 알려졌다. 어느 날 밤, 촉의 장수들과 환담하고 있는 연석에서 별안간 위의 항장 곽순郭循이라는 자에게 칼에 찔려 목숨을 잃었다는 것이다.

비위의 사후, 촉의 운명은 오직 강유 혼자 걸머지게 되었다.

강유는 연희 18년(255) 8월, 위나라의 왕경王經과 조서洮西에서 싸워 오랜만에 큰 전과를 올렸다. 이때 위군 1만여 명을 섬멸하여 조서의 산과 강을 대부분 붉게 물들였다고 전해진다.

그 덕에 그는 대장군에 봉해졌지만, 바로 다음 전투에서는 위의 명장 등애鄧艾와 단곡段谷에서 싸워 반대로 참패를 당했다.

젊은 시절부터 공명 옆에서 보고 배웠고 공명을 닮은 부분도 있었지만 공명에게는 미치지 못했다. 그 인격이나 역량에 있어서 어쩔 수 없는 선천적 기량의 차이는 이런 식으로 군을 움직일 때마다 확연히 드러났다.

연희 20년(257), 강유는 진천秦川을 공격했다.

위군이 관중關中 방면으로 이동하자 그 허를 찌른 것이다.

위의 등애와 사마망司馬望의 군대는 그의 예봉을 피해 굳이 맞서 싸우지 않았다. 강유는 여러 방법으로 싸움을 걸었지만 소모전에 그쳤을 뿐 이렇다 할 전과는 올리지 못했다.

그가 공명의 유지를 이어 매우 적극적으로 전쟁에 나선 이유는 내정을 휘어잡은 황호 무리의 반전적인 분위기가 점점 농후해지고 있었기 때문이다. 그런 분위기 속에서는 강유도 생각처럼 싸울 수 없었다. 그야말로 국가적인 위기의 상태라 할 수 있었다.

연희 20년에 촉의 연호가 경요景耀로 바뀌었다. 황제 유선은 이 무렵부터 국정을 돌보지 않고 밤낮 주연에 빠져 살기 시작했다. 어려운 시국을 견딜 자질이 없는 부족한 촉제를 안일과 환락으로 유도한 것은 황호 등의 간신 무리인 것은 말할 필요도 없다.

"아아, 나라가 위태롭구나."

양식 있는 사람들은 모두 한탄했다.

그러나 황제의 총애를 받는 황호에 대해서 간언하는 자는 아무도 없었다.

오직 강유만이 황제의 마음을 거스르는 것을 무릅쓰고 몇 번인가 유선의 현려를 바랐다.

"간신을 멀리하시옵소서."

상한 과일 바구니 안에 있는 과일은 전부 썩게 마련으로 한 개만 멀쩡할 리가 없다. 황제의 마음은 이미 감언이설에 넘어가 버린 뒤였다. 아침에 미희들과 함께 일어나고 저녁에는 맛있는 술과 음악에 취했다. 이런 황제에게 충신의 간언은 너무도 쓴 약이었다.

"이제 촉의 운명은 풍전등화로구나."

강유는 개탄했다.

아니나다를까 위나라는 호시탐탐 기회를 노리고 있었다.

결국 경요 6년(263) 가을, 등애와 종회鐘會를 대장으로 삼아 무려 수십만 대군이 위나라를 출발하여 한중으로 진격했다.

촉의 전위대는 즉시 궤멸되었다.

강유는 검각의 험지에서 이 국난을 몸을 바쳐 막았다.

과연 위군은 이곳을 쉽게 돌파하지 못했다. 그러나 음평陰平의 험지를 돌파한 등애 군은 촉나라를 석권하고 즉시 성도로 돌진했다.

성도, 아아, 성도.

촉나라 사람들은 여기서 위군을 보리라고는 꿈에도 생각하지 못했다. 쇄도한 위나라 대군을 보고 나서야 "여기가 이승인가."라며 당황했을 정도였다고 한다.

그러니 이때 성곽의 방비 등이 전혀 이루어지지 않았던 것은 말할 필요도 없다. 위군들은 마음대로 날뛰었고, 유린당한 부녀자들과 노인, 어린아이들은 비명을 지르며 달아났다. 이런 상황에서는 여전히 의연하게 서 있는 궁궐과 저택의 장대하고 아름다운 모습도, 모든 고귀함을 존중하는 문화도, 평소의 이론이나 책상 위의 문장도 결국 아무 역할도 하지 못했다. 그저 속절없이 거칠고 사나운 재난의 위세와 적군의 활보에 부들부들 떨 뿐이었다.

||| 四 |||

궁중은 혼란에 빠졌다.

여기서 다시 과거 낙양이나 장안에서 일어났던 일이 재현되었다.

황제 유선에게는 아무 대책이 없었고, 그렇다고 어떤 결단도 내리지 못했다. 그저 황후와 함께 통곡하고 내관들과 함께 허둥거릴 뿐이었다.

위군은 벌써 성벽 아래까지 쳐들어와서 노래를 부르고 있었다. 촉나라는 망했다. 이미 촉나라는 망했다. 남은 일이 있다면 오직 성문을 열고 위의 깃발 아래 무릎 꿇는 일일 뿐이라고.

"어떻게 하면 좋겠소? 그대들의 의견에 따르겠소. 과인을 위해서 선처해주시오."

유선은 이렇게 말할 뿐이었다. 밤새 열린 중신 회의에서도 여전히 결론을 내리지 못했다. 모두들 우울하고 창백하며 생기 없는 얼굴이었다.

"오나라에 의지합시다. 오나라로 가서 훗날의 재기를 도모한다면 언젠가 촉으로 돌아올 날이 있을 것입니다."

"아니 오나라는 의지하기 어렵소. 오히려 오나라는 우리의 멸망을 기뻐할망정 우릴 위해 위나라와 싸울 신의가 없는 것은 승상 공명이 죽었을 때부터 자명한 사실이오."

"차라리 남방으로 달아나는 것이 가장 안전할 것입니다. 남방은 아직 순박한 풍속이 남아 있고, 승상 공명이 베푼 덕이 백성들 사이에 남아 있습니다."

중론은 가지각색이었다. 황제는 그저 혼란스러울 뿐이었다.

그때 중신인 초주譙周가 어눌한 말투로 자신의 의견을 말했다.

"모든 일에는 처음이 있고 끝이 있으며 중도가 있사옵니다. 처음이나 도중의 일이라면 한때의 변화이므로 만회의 여지도 있고 다시 일어날 수도 있습니다만, 오늘의 변고는 요컨대 승상 공명이 돌아가신 후 만사의 귀착이옵니다. 천수의 귀결이옵니다. 더는 길이 없사옵니다. 오나라로 가는 것도 어리석고 남방으로 달아나는 것도 말로末路에 추태만 더할 뿐이옵니다. ……부디 선제의 덕을 더럽히지 않도록 힘쓰소서. 촉 제국의 마지막이 세상 사람들의 웃음거리가 되지 않기를 바랄 뿐이옵니다."

"그렇다면 경은 성문을 열어 위나라에 항복하는 것이 좋다는 말이오?"

"신으로서는 입에 올릴 수 없는 말입니다만, 천명을 따른다면 그것밖에는 다른 길이 없사옵니다."

의외로 유선은 즉각 수락했다.

"그렇게 합시다. 초주가 한 말이 가장 좋은 듯하군."

유선의 표정은 잠시 밝아지기까지 했다.

중신들은 모두 통한의 눈물을 삼켰다. 그러나 누구도 초주의 의견이 나쁘다고 생각하지 않았다. 모두 체념한 채 아무 말이 없었다.

이 초주에 대해서는 유명한 일화가 있다.

그가 처음 촉궁에 들어간 것은 건흥 초년 무렵으로 아직 공명이 살아 있을 때였다.

공명은 그의 학식과 달견을 전부터 듣고 있었기 때문에 일개 시골 출신 학자를 황제에게 천거하여 권학종사勸學從事의 자리에 등용했다.

그런데 황제를 처음 알현하는 날, 촉 조정의 관리들은 그의 초라한 풍채와 어눌한 말투에 모두 실소를 금치 못했다.

"저런 조심성 없는 행동은 조정의 의례와 존엄을 훼손하는 것입니다. 웃었던 자들을 처벌하심이 어떻겠습니까?"

조정의 감찰관이 이것을 문제삼아 일단 공명에게 상의하러 왔다.

그러나 공명은 이렇게 말했다.

"나도 참기 어려웠는데 다른 관리들은 오죽했겠나?"

그는 관리들이 웃었던 일을 문제삼지 않았다.

공명은 웃지 않았지만 역시 속으로는 자기도 우스웠던 것이다.

자신조차 참기 어려웠던 일을 다른 사람들에게는 죄를 묻는다는 것은 법 정신에 어긋나는 일이 아닐까.

공명이 전장에서 죽었다는 소식을 듣고 초주는 그날 밤 성도를 출발하여 멀리까지 조문하러 달려갔다. 그 이후 도성을 떠난 자는 관리의 복무 규정에 의해 문책당했지만, 제일 먼저 달려간 초주만은 아무런 문책도 받지 않았다.

이런 인물이었던 초주가 중론에 휩쓸리지 않고 유선에게 성문을 열자고 권한 것이었다.

||| 五 |||

성문을 연다고 선언하자 촉나라의 신하들은 그 취지를 위군에게 통고했다. 성 밖에서 위군이 연주하는 음악 소리와 만세 소리가 끊임없이 들렸다. 촉궁 위에는 항복 깃발이 걸리고 황제는 황후와 신하들을 데리고 성 밖으로 나갔다. 그리고 위나라 장수 등애의 군문에 굴욕적인 항복을 맹세했다.

이렇게 촉은 성도를 도성으로 삼아 건국한 지 2대 43년 만에 막을 내렸다.

송백 나무들이 빽빽한 소열묘昭烈廟(유비의 사당)의 깊은 곳, 이날 바람은 어떻게 슬픔을 달랬을까?

정군산의 구름 높은 곳, 공명은 어찌 눈을 감고 있을 수 있었을까?

또 관우와 장비, 그 외의 많은 영웅과 충신 들은 황천에서 얼마나 원통해했을까?

일찍이 모두 이 땅을 위해 생명을 바치고 뼈를 묻었다. 그들은 땅속에서 촉나라의 만대를 기원하고 있을 터인데, 지금 땅 위에서는 위군의 발소리가 울리고 하늘은 위나라의 깃발로 뒤덮였다.

대체 누구의 죄인가.

촉나라 백성들도 한탄하지 않은 이가 없었을 것이다.

단 여기에 유씨 집안의 자랑스러운 황자가 한 명 있었다. 황제 유선의 다섯째 아들 북지왕北地王 심諶이었다. 황자는 황제가 달아나는 것에도, 성문을 여는 것에도 결사적으로 반대했다.

"촉궁이 무덤이 될지라도 위나라와 최후의 최후까지 싸워야 합니다."

그러나 결국 그의 말은 받아들여지지 않았고, 자신과 함께 전사하겠다는 열사도 없었기 때문에 분통을 터뜨리며 홀로 할아버지의 소열묘로 가서 처자식을 먼저 죽이고 자신도 깨끗이 자결했다.

촉한의 말로, 단지 이 황자로 인해 역사는 인심人心의 진실함과 인업人業의 장엄함을 잃지 않았다.

검각의 험지에서 종회鍾會와 대치하고 있던 강유도 성문이 열렸다는 말을 전해 듣고, 또 칙명을 받은 후 위군에 항복할 수밖에 없다고 생각했다.

"무기를 버려라."

강유에게 명령을 받고 위군 앞에 항복하러 나온 그의 부하들은 분하여 검을 뽑아 돌을 내려쳤다.

이것만 봐도 촉국인의 의기와 싸우고자 하는 의지는 아직 땅에 떨어졌다고는 할 수 없을 것이다. 아니 오히려 공명이 없는 30년 동안 매년 공격적 기개를 외적에게 보였다.

"공격이야말로 최고의 수비다."

이런 적극책을 유지해온 기백에는 오히려 놀라지 않을 수가 없다.

강유의 이런 의기는 훌륭하다고 칭찬할 만하지만, 비위의 말에 귀를 기울이지 않아 문제를 일으켜서 국가의 위기를 앞당긴 것도 부정할 수 없다.

비위가 살아 있을 때 강유에게 간절히 호소했다.

"우리가 아무리 애써도 돌아가신 승상은 따라갈 수 없을 것이네. 그 승상조차 중원을 얻지 못했는데 우리는 오죽하겠나. 그러니 한동안은 내정에 힘쓰고 사직을 지키며 군령을 바로 세우고 나라를 부강하게 하는 것이 우리가 해야 할 몫이라고 생각하네. 원정을 나가 공을 세운다는 것은 공명같이 능력을 갖춘 자가 있을 때 비로소 바랄 수 있는 일이 아니겠나? 요행을 바라고 성패를 단번에 결정지으려 해서는 안 될 것이네."

그러나 강유는 자신의 포부를 고집했다. 어느 쪽이 옳고 그른지에 대해서는 초주의 마지막 말에 비추어 생각해볼 수 있을 것이다.

그러나 과거를 천지의 위대한 시로 볼 때, 강유의 다감한 열정은 역시 촉나라 역사의 꽃이라 할 수 있을 것이다. 그는 결국 굴욕적인 무인이 되는 것을 견디지 못하고 훗날 다시 위나라의 종회에게 저항하다가 그에게 잡혀 처자식과 일족 모두 목이 잘렸다. 그는 처음부터 위군의 칼에 목숨을 잃을 운명이었던 모양이다.

||| 六 |||

위군의 성도 점령과 함께 촉나라 조정에서 위군의 등애에게 넘겨진 국가 재산의 기록을 보면 다음과 같다.

호戶 28만 채
남녀 인구 94만 명
장졸 10만 2,000명
관리 4만 명
쌀 44만 곡斛
금은 2,000근
비단 20만 필

이 외에 다른 재보도 있었을 것이다.

그러나 국력은 상당히 피폐해졌고 촉군 장수의 의기도 예전 같지 않았다. 황제 이하 백관은 성을 나와 위문 앞에 무릎 꿇고 맹세했다. 어떤 국가도 망하게 되면 실로 허망하다.

이 멸망을 초래한 원인은 셀 수 없이 많다. 황제 유선의 어리석고 나약함, 양의의 실패, 동윤과 장완의 죽음, 비위의 뜻밖의 재난

등등 국가의 불행이 겹쳤던 것이다.

마지막에 이르러서는 유선의 친정親政과 환관 황호의 전횡 등이 쇠락의 조짐에 박차를 가했다. 나라가 망할 때 반드시 나타나는 말기적 증상은 환관들의 활보에 의한 폭정, 불화, 향락 등이다. 촉나라의 마지막 무렵도 예외가 아니었다.

특히 촉나라를 약화시킨 가장 큰 원인은 학자들의 사상 분열이었다. 그들 중에는 삼국 정립책에도 대륙 통합에도 아무 관심이 없는 자가 많았다. 요컨대 전쟁에 질려 전쟁을 부정하기 시작한 것이다.

문을 걸어 잠그고 시치미를 떼고 있던 두경杜瓊 등도 《춘추참春秋讖》 속의 어구를 끄집어내 "한을 대신하는 것은 당도고當塗高다." 따위의 말을 아무렇지도 않게 했다. 당도고란 위나라를 가리키는 말이다. 위魏라는 문자는 '고각高閣'을 의미한다. 길에 있는 높은 것이라는 복자伏字다. 촉나라의 녹을 먹으면서 이런 말을 아무렇지도 않게 지껄인 것이다.

또 학부의 학자 중에서는 더 심한 말을 한 자도 있었다.

"선제의 이름은 비備다. 비는 준비한다는 뜻과 갖춘다는 뜻이 있다. 후주의 이름은 선禪으로 물려준다는 뜻이다. 유씨는 오래가지 못하고 준비하여 물려줄 것이다."

이런 학자들이 있는 나라가 안에서부터 곪지 않을 리가 없다. 즉, 촉나라는 이런 위험한 증상을 간과하고 있었다.

그런데 항복하러 나온 유선의 남은 생은 어떻게 되었을까? 위나라로 옮겨간 구 촉신의 대부분은 위나라에서 새로운 관직을 받고 그 예속에 만족했다. 유선 역시 위나라의 낙양으로 옮긴 후 위나라에서 안락공安樂公에 봉해져 매우 평범한 나날을 보냈다.

어느 날, 위나라 사람 한 명이 그의 저택을 방문하여 시험삼아 물었다.

"위나라에서 일상생활에 불편함은 없으신지요? 촉나라가 그리워 때때로 비탄에 잠기는 일도 있으시지요?"

그러자 유선은 아무 감정도 없이 대답했다.

"아닙니다. 위나라에는 맛있는 음식도 많고 기후도 좋기 때문에 그다지 촉나라가 그립지 않습니다."

이러한 무감정이 큰 깨달음에서 온 것이라면 훌륭하지만 그의 경우는 드러난 그대로였기 때문에 참으로 가엾다고 할 수밖에 없다.

위나라에서 진나라까지

||| 一 |||

공명 사후 위나라는 비로소 발을 쭉 뻗고 잘 수 있었다.

해마다 속을 썩이던 외환도 어느새 잊고 조정에 흘러넘치는 평화로운 기운은 자연스럽게 향락으로 이어졌다.

이 징후는 아래보다는 먼저 위에서 나타났다. 대위 황제의 이름으로 시작된 낙양의 대토목공사 같은 것이 바로 그것이다.

조양전朝陽殿, 대극전大極殿, 총장관總章觀 등이 조영되었다.

또 이러한 높은 누각과 대각 외에 숭화원嵩華園, 청소원青宵院, 봉황루鳳凰樓, 구룡지九龍池 등의 숲과 연못, 별장을 만드는 데 인력과 국비를 아낌없이 쏟아부었다. 이것에 동원된 인원은 장인 3만여 명, 인부 30만 명이라고 한다.

그야말로 국비의 낭비였다. 조예 같은 똑똑한 군주가 또 이런 폐단에 빠진 것을 보면 인간성의 약점이 빠지는 부분은 모두 궤를 같이하는 모양이다. 아니면 문화의 자연 순환이거나.

어쨌거나 무늬를 새겨 넣은 다리, 화려한 기둥, 푸른 기와, 금빛 벽돌……. 그야말로 호화롭고 웅대하여 이 세상에 비유할 것이 없었다.

한편 백성들은 피폐해지기 시작했다. 원망하는 소리가 끊이지 않았다. 그런데도 조예는 "방림각芳林閣을 개보수하라."라며 민간에서 거대한 목재를 징발하고 돌과 기와, 흙을 나르는 소 때문에 백성들의 고혈을 짰다.

"무조 조조께서도 이처럼 사치하지는 않으셨사옵니다."

이렇게 간언한 신하도 있었다. 물론 조예는 귓등으로도 듣지 않았다. 아니, 간언하다가 참수된 자조차 있었다.

반대로 이렇게 아첨하는 자도 있었다.

"사람은 해의 정기와 달의 기운을 받으면 항상 젊고 장수할 수 있사옵니다. 지금 장안궁 가운데 백량대柏梁臺를 세우고 동인銅人을 만들어 손에 승로반承露盤을 받들고 있게 하시옵소서. 그러면 승로반에 매일 밤 삼경三更 무렵 북두에서 내리는 이슬이 자연스럽게 모일 것이옵니다. 이것을 천장天漿, 또는 천감로天甘露라고 부릅니다. 만약 그 찬 이슬에 옥가루를 섞어 매일 아침 복용하시면 폐하의 수명은 100살이 더해지고 피부도 젊어질 것이옵니다."

이런 말을 듣고 기뻐한 것을 보면 조예의 앞날도 뻔하다.

그러나 위나라의 국운은 여전히 왕성했다. 이것은 훌륭한 신하와 지식인들이 많았기 때문이기도 하지만, 조조 이래 병마는 강하고 나라는 부강했다.

그중에서도 사마의는 위나라에서 당대 제일의 신하였다. 자연히 그의 일문은 융성하고 위세를 떨치기에 이르렀다.

연희 14년(251), 위나라의 가평嘉平 3년, 그 중달이 죽자 국장으로 장례가 치러졌고, 남겨진 관직과 훈작勳爵은 그대로 아들 사마사가 이었다. 그런데 이 사마사도 얼마 지나지 않아 죽고 아우 사마소가 뒤를 이었다.

사마소는 한때 크게 위세를 떨치며 대장군이 되었고, 또 진왕晉王의 구석九錫(천자가 공로가 큰 제후와 대신에게 하사하던 아홉 가지 물품)을 받기에 이르러 거의 황위에 버금가는 위세를 보였다.

이 사마소가 죽자 그의 아들 사마염司馬炎이 왕위를 이어받았다. 위나라 조정은 이때 이미 원제의 대에 들어갔으나 사마염은 이 원제를 퇴위시키고 새로운 국가의 창립을 선언했다.

그가 바로 진晉나라 무제武帝다.

이렇게 위는 조조 이래 5대, 46년째에 멸망했다. 이는 촉나라가 멸망하고 불과 3년 후의 일이었다. 위와 촉을 병합하여 진이 된 국가가 오나라를 공격하지 못한 것은 오나라에 빈틈이 없었기 때문이다. 오나라의 손권도 이미 세상을 떠나고 다음 대인 손호孫皓의 악정이 남방 지방의 폭동을 일으키기에 이르기까지는 문제가 없었다. 그때까지 장강과 강동 해남 땅을 차지했던 오는 부강했고 건업성 안의 지혜롭고 충성스러운 신하들은 여전히 건재했다.

그러나 망하는 것은 한순간이었다. 4대 52년에 걸친 오의 국업도 손호의 폭정에 의해 하루아침에 멸망했다. 육로와 수로를 통해 북쪽에서 남쪽으로 침입한 병사들이 들고 있는 것은 진나라의 깃발이었다.

삼국은 진이라는 하나의 나라가 되었다.

〈끝〉

요시카와 에이지 평역

삼국지 | 5 | 출사 · 오장원

1판 1쇄 인쇄 2023년 2월 10일
1판 1쇄 발행 2023년 2월 15일

평역 | 요시카와 에이지
옮긴이 | 김대환
펴낸이 | 김대환
펴낸곳 | 도서출판 잇북

디자인 | 한나영

주소 | (10893) 경기도 파주시 소리천로 39, 파크뷰테라스 1325호
전화 | 031)948-4284
팩스 | 031)624-8875
이메일 | itbook1@gmail.com
블로그 | http://blog.naver.com/ousama99
등록 | 2008. 2. 26 제406-2008-000012호

ISBN 979-11-85370-58-3 04830
ISBN 979-11-85370-53-8(세트)

※값은 뒤표지에 있습니다. 잘못 만든 책은 교환해드립니다.